KB062824

애프터 데스

애프터 데스

펴 낸 날 | 2016년 9월 1일 초판 1쇄

지 은 이 | 소피 오두인 마미코니안
옮 긴 이 | 이혜정
펴 낸 이 | 이태권

책임편집 | 박송이
책임미술 | 양보은

펴 낸 곳 | (주)태일소담
서울특별시 성북구 성북로8길 29 (우)02834
전화 | 02-745-8566~7　　팩스 | 02-747-3238
등록번호 | 1979년 11월 14일 제2-42호
e-mail | sodam@dreamsodam.co.kr
홈페이지 | www.dreamsodam.co.kr

ISBN　979-11-6027-001-3 03860

이 도서의 국립중앙도서관 출판시도서목록(CIP)은 서지정보유통지원시스템 홈페이지(http://seoji.nl.go.kr)와 국가자료공동목록시스템(http://www.nl.go.kr/kolisnet)에서 이용하실 수 있습니다.(CIP제어번호: CIP2016019408)

• 책값은 뒤표지에 있습니다.
• 잘못된 책은 구입하신 곳에서 교환해드립니다.

소피 오두인 마미코니안 지음
이혜정 옮김

안개와 안개의 색깔

긍정적 감정들의 색깔

• 충성심은 푸르스름한 수정빛 •

• 충만한 감정, 만족감은 흰색 •

• 연민이나 공감은 은회색 •

• 기쁨은 연파랑 •

• 건전한 욕망은 터키블루 •

• 사랑은 짙은 파랑 •

• 행복은 연보라 •

• 긍정적인 흥분은 짙은 보라 •

• 완벽한 충족, 승리감은 황금빛 •

부정적 감정들의 색깔

• 질투는 초록 •

• 욕심이나 갈망은 노랑 •

• 위험한 욕망이나 분노의 초기 단계와 짜증은 연분홍 •

• 위험한 흥분은 짙은 분홍 •

• 분노는 연한 빨강 •

• 위험한 분노는 짙은 빨강 •

• 앙갚음, 복수는 주황 •

• 죄의식과 불안감, 슬픔은 연갈색 •

• 깊은 슬픔과 강렬한 두려움은 짙은 갈색 •

• 사악한 욕망이나 살인은 검정 •

목차

1. 죽음의 맛
011

2. 감정의 맛
025

3. 악의 맛
058

4. 죄의식의 맛
091

5. 타인의 맛
112

6. 욕망의 맛
132

7. 두려움의 맛
155

8. 광기의 맛
171

9. 무능력의 맛
192

10. 다른 곳의 맛
215

11. 아름다움의 맛
240

12. 경험의 맛
285

13. 피의 맛
324

14. 위험의 맛
347

15. 부재의 맛
359

16. 배반의 맛
400

17. 힘의 맛
427

18. 유혹의 맛
451

19. 붉은 악의 맛
468

20. 사랑의 맛
504

작가의 말
526

내 남편 필리프와 사랑하는 두 딸 디안과 마린,
어머니 프랑스와 여동생 세실에게 바칩니다.
여러분은 나의 피이고 심장이며 영혼인 동시에
나의 전부입니다…….

1. 죽음의 맛

제레미가 방금 숨을 거두었다.

21세기, 거대한 도시 뉴욕에서.

사무라이에게 목이 잘린 채.

제레미는 숨이 막혀 비틀거렸고 정신을 차려보니 자신의 시체 위에 서 있었다. 젊은 청년치고 꽤 용감한 성격이었는데 이렇게 두려운 느낌은 처음이었다. 원초적이고 절대적이며 초월적인 두려움이 목구멍까지 치밀었다.

그때, 등 뒤에서 유쾌하고 강렬한 목소리가 들려와 제레미는 소스라치게 놀랐다.

"안녕, 젊은 천사! 죽은 자들의 세계에 온 것을 환영하오!"

화들짝 정신이 들었지만 제레미는 그 남자를 무시하고 다시 자신의 시체에 정신을 집중했다. 목에서 흘러나온 핏방울이 바닥으로 가늘게 똑똑 떨어졌다. 핏방울은 조그만 도랑을 이루며 붉은 얼음덩어리가 되어 바닥에 얼어붙었다. 그 순간 믿을 수 없었지만 갑자기 허기가 느껴졌고, 덕분에 격하게 올라왔던 감정이 한결 부드러워졌다.

제레미는 무슨 일이 벌어졌는지 기억을 떠올리려 애썼다.

저녁 무렵에 텔레비전 방송국에서 인터뷰를 하러 왔었고, 인터뷰를 끝낸 그는 집으로 돌아가던 길이었다. 뉴욕으로 이민 온 프랑스 출신의 제레미는 스물세 살의 젊은 금융가였고 천재 소리를 듣는 재원이었다. 그는 열네 살에 대학 입학시험에 합격하고 열다섯 살에 대학에 들어갔으며, 열여덟 살에는 주식 시황의 변동에 따른 방정식을 주제로 첫 논문을 냈다. 친구들뿐만 아니라 경쟁자들에게도 제레미는 진정한 스타였다. 별명이 '제2의 워런 버핏'일 정도로 금융 분야에서 인정받았고, 전문가들은 그의 놀라운 직관을 칭찬했다.

유명한 호텔 '더 피에르' 근처에 사는 제레미는, 호텔 입구가 센트럴파크와 마주 보고 있어 많은 사람이 오가는 덕분에 안전에 대해서는 보장받은 셈이었다. 하지만 오늘따라 유독 이쪽 5번 가 길은 어둡고 인적이 없었으며, 이상하게도 가로등의 전구가 여러 개 깨져 있었다. 거의 자정 무렵이었다. 제레미는 평소와 다름없이 커다란 나무들이 풍기는 신선한 내음을 마음껏 들이마시며 거대한 공원 가장자리를 한가로이 걸었다.

공원 끝에 거의 도착할 무렵이었는데……. 여자가 보였다. 젊은 여자였다. 금발이었고, 예뻤다. 겁을 먹은 것 같았다. 그녀는 어둠 속에서 흐릿한 실루엣으로 제레미에게 다가왔다. 손에는 작고 하얀 직사각형 무언가를 들고 있었다. 바로 그 순간, 제레미는 목에 엄청난 충격을 느꼈고 참을 수 없는 고통이 밀려왔다. 머리가 바닥에 떨어지고, 몸이 털썩 쓰러졌다.

거의 동시에 눈앞을 스치는 긴 칼날이 어렴풋이 보였다. 여자도 보였다. 그녀는 미친 듯이 비명을 질렀다. 어둠 속으로 달려가던 살인자는 바닥에 떨어진 제레미의 머리에 걸려 비틀거렸고, 머리는 가장자리 도랑으로 굴러갔다.

이제 제레미는 완전히 죽었다. '저세상'으로 들어온 그는 지금 무슨 일이 벌어지고 있는지 도저히 이해할 수 없었고, 충격 속에서 그저 다음 상황을 지켜봐야 했다. 경찰차가 근처에 도착하자 살인자가 나지막이 욕설을 뱉었다. 실수로 지워진 그림처럼 그는 공원의 그늘 속으로 쓱 사라졌다. 사라지기 직전, 세련된 검은 양복 위에 걸쳤던 사무라이 의상을 벗는 사내의 모습이 제레미의 눈에 포착되었다. 사내의 얼굴 어딘가에선 아시아인의 모습이 조금 느껴졌고, 검고 기다란 턱수염에 두 눈은 증오로 이글이글 불타고 있었다. 이상하게도 어떤 이름 하나가 제레미의 뇌리를 스쳤다. 칭기즈 칸. 사내는 13세기, 세계의 절반을 유린하던 몽골인의 날카로운 얼굴을 갖고 있었다.

이제 제레미는 돌처럼 굳어 움직일 수도, 생각할 수도 없었다. 그는 주위를 둘러보았다. 거리는 믿을 수 없을 정도로 밝았다. 모든 것이 오라에 둘러싸인 듯 환히 빛났다. 얼굴이 저절로 찌푸려졌다. 빛이 너무 강했고 소리도 너무 시끄러웠다. 어쩌면 육체에서 벗어난 영혼이기 때문에 눈과 귀가 더욱 예민하게 반응하는 것일지도 몰랐다.

당황한 제레미가 몸을 돌려 등 뒤에서 유쾌하게 인사한 사람을 향해, 아니, 그…… 뭐라고 해야 하는 거지? 천사라고 불러야 하는 걸까, 아무튼 입을 열었다.

"으으읍프흐흐그르르므……." 제레미의 목에서 알아들을 수 없는 이상한 소리가 터져 나왔다.

"아, 걱정 말게." 남자는 가벼운 어조로 말했지만 제레미는 공포에 싸여 입을 다물었다. "자네의 폐 속에 공기가 하나도 없어서 그런 거야. 숨 쉬는 방법을 다시 배워야 한다네. 숨을 쉬지 말고 입안에서 말을 만들어야 해. 그러면 저절로 말이 나올 거야. 방법만 깨달으면 아주 쉽지."

놀란 제레미는 두 눈을 크게 뜨고 시키는 대로 따라 했다. 간신히.

"무선 이리…… 무슨 일이 벌어진 거죠?"

남자가 틀렸다. 말을 만들어내는 것은 절대 쉽지 않았다.

"음, 자네에게 좋은 소식과 나쁜 소식이 있네."

제레미는 공허하고 무감각한 시선으로 남자를 바라보았다.

"아, 아직 충격에서 벗어나지 못했군……. 그렇다면 시간 낭비 하지 않고 말해주지. 자네의 머리가 잘렸을 때 마침 난 근처를 지나고 있었다네. 그래서 기다리기로 마음먹었지. 꽤 충격적인 죽음이라 누군가 설명을 해줄 필요가 있다고 생각했거든. 예상대로 자네는 얼마 지나지 않아 숨을 거뒀네. 게다가 아주 참신한 방법으로 살해당했지. 이런 상황은 나도 오랜만이야. 자, 이제 자네가 사망했다는 사실을 공식적으로 알려주지."

"그렇다면 이쉐…… 이제 좋은 소식은 뭔가요?" 제레미가 간신히 고통을 참으며 물었다.

"그게 좋은 소식이야. 자네가 죽었다는 사실. 나쁜 소식은…… 자네는 혼자가 아니라는 거지."

그는 주위를 둘러싼 군중을 가리켰고, 별안간 제레미는 정신이 번쩍 들었다. 거리에는 수많은 사람들과 유령들, 천사들, 아니, 뭐라 불러야 할지도 모르는 수많은 존재들이 있었다. 그들은 뒤죽박죽 난장판으로 웃고 울고 걷고 달리고 펄쩍 뛰어오르고 심지어…… 날아다녔다.

무엇보다 신기한 것은 그들의 색깔이었다. 어떤 이들은 밤이 오기 직전의 여름 하늘과 비슷한, 아름다운 진보랏빛을 띠고 있었다. 또 다른 이들은 눈이 아플 정도로 강렬한 빨간색이었다. 그 두 가지 색깔 사이에 아주 옅은 파랑에서 진한 파랑까지 모든 단계의 파란색이 있었고, 붉은색은 산뜻한 밝은 분홍빛에서 불타는 주황색으로 넘어갔다. 제레미와 대화를 나누고 있는 남자는 파란색이었다. 의심에 사로잡힌 제레미는 자신의 피부를 바라보았다. 아, 그는 연한 파란빛을 띠고 있었는데, 분홍색에 약간 주황색이 섞인 얼룩 몇 개가 드러나 있었다.

제레미는 다시 고개를 들었다. 눈앞에 보이는 세상이 너무나 달랐다. 잠든 건물들 위로 시선이 미치자 건물들에서 하얀색 혹은 형형색색의 각종 연기들이 피어오르는 것이 보였다. 그 주위로 수많은 사람들의 형태가 북적거렸는데, 마치 몸이 달아올라 피어오르는 연기에 맞춰 장중하고 까다로운 파반•을 추는 것 같았다.

눈앞의 세상이 느린 박자에 맞춰 뛰는 거대한 심장처럼 두근거리며 빛났다. 게다가 제레미는 자신의 시력이 믿을 수 없을 정도로 밝아진 사실에 충격을 받았다. 주위는 깜깜한 밤이었는데 저 멀리 몇 킬로미터나 떨어진 브로드웨이의 빌딩들이 마치 코앞에 있는 것처럼 뚜렷이 보였다!

자신이 멍하니 입을 벌리고 있다는 것을 깨달은 제레미가 입을 다물었다.

"그래, 놀라운 일이지." 남자가 냉소적으로 말했다. "자, 그러면 기본적인 규칙을 살펴보자고. 우리가 지상에 나타난 이후 인간이 얼마나 죽었는지 아나?"

감히 목소리를 내지 못하고 제레미는 고개를 가로저었다.

"네안데르탈인 같은 원시인들부터 세자면 지금까지 약 8백억 명일세. 굉장히 많은 숫자야. 하지만 우리는 그렇게 많지는 않아. 현재 지상 위에 있는 인간들과 거의 비슷한 숫자라고 말할 수 있지. 약 65억 명 정도 되니까. 나로 말하자면 기원후 451년에 이쪽으로 통과했지."

"통과해요?"

• 16~17세기 유럽에서 유행한 궁정 춤곡.

"그래, 우리는 여기에 오는 것을 그렇게 부른다네. 통과라고. 그래서 우리는 이렇게 자기소개를 하지. '안녕하시오. 난 데카루스 폼페요. 플린트라고 불러주시오. 기원후 451년, 통과.' 그러면 사람들이 어떤 시간에 위치해 있는지 알게 되지. 그럼 자네는?"

"제레미예요. 음, 방금 통과."

플린트가 웃으며 다정하게 손을 내밀자 제레미는 기계적으로 그 손을 잡았다. 제레미의 손을 마주잡은 플린트의 손에서 생생한 기운이 전해졌다. 손가락 밑에서 뼈의 움직임도 느껴졌다. 갑자기 제레미는 플린트에게 자신의 목숨이 달린 것처럼 그에게 매달렸다.

"어이, 좀 우울한가? 괜찮아, 괜찮다고. 다 지나갈 거야." 플린트가 말했다.

별안간 제레미의 눈에서 눈물이 흐르기 시작했고 무릎이 툭 꺾였다. 그는 플린트의 손에 매달린 채 바닥으로 쓰러졌다. 어쩔 수 없이 플린트도 바닥에 주저앉았다. 그는 제레미가 두려움에서 벗어나 진정되기를 기다렸다.

"음, 미안하지만 손을 좀 거둬도 되겠나?" 결국 플린트가 말했다.

하지만 제레미는 절대적인 공포의 심연 속, 두려움 저 너머에 있었다. 플린트의 손만이 현실로 느껴지는 유일한 것이었다. 그는 손을 놓아야 한다는 생각마저 인정하지 않았다.

"왜요?" 제레미가 말을 더듬었다. "왜요? 난 너무 젊어요, 이건 말도 안 돼요! 이렇게 죽을 수는 없다고요!"

"자넨 젊었지. 하기야 이제 영원히 젊은 상태로 머물겠군. 앞으로 자네는 죽음이란 것이 대부분 어떤 상태로 오는지 보게 될 거야. 자넨 그 나이에 통과한 것을 행운으로 여기게 될 걸세, 진짜야!"

제레미는 얼굴을 닦으려다가 자신의 손이 아직도 플린트의 손을 잡고 있는 것을 보고는 마침내 손을 놓았고 플린트는 마음을 놓았다.

"나 울고 있나요?" 제레미가 딸꾹질을 하며 물었다.

"그래. 우리는 아주 많은 것들을 할 수 있지. 우는 것을 포함해서."

"눈물도 흘린다고요?" 제레미가 혼란스러워 한 번 더 물었다.

제레미는 죽은 자들이 울 수 있다고는 상상해본 적이 없었다. 하지만 그들에게도 울어야 할 충분한 이유가 있지 않겠는가!

플린트가 한숨을 내쉬며 제레미에게 손수건을 건넸다.

"자, 이걸로 닦게. 난 하나 더 있을 거야."

"고맙습니다." 제레미가 여전히 정신이 나간 듯 기계적으로 대답했다.

제레미는 코를 풀고 나서 여러 번 깊게 숨을 들이마시고 내쉬었다. 그제야 비로소 머리가 제대로 돌아가기 시작했다.

"어떻게요?" 그가 접힌 손수건을 가만히 들여다보며 의심 가득한 어조로 내뱉었다.

"우리는 천사니까!"

제레미가 잠시 눈을 감았다. 그는 다시 머리가 어지러워지면서 공포에 휩싸이는 것을 느꼈고, 냉정을 되찾기 위해 분투해야 했다. 그가 건넨 '어떻게요?'라는 질문이 포괄적인 대답을 불러왔고, 플린트의 대답은 너무 알쏭달쏭한 것 같았다.

"천사들은 울 수 있다. 손수건을 사용해서. 또 뭐가 있죠?"

"우리에겐 몇 가지 능력이 있어. 나이가 많은 천사들은 여러 가지를 만들 수 있지. 걱정은 그리 오래가지 않거든. 아, 이 손수건은 오래전부터 갖고 있던 거라네. 거기 놓아보게."

제레미는 플린트가 시키는 대로 했다. 손수건이 구겨지더니 사라졌다. 가벼운 흔적만 남긴 채. 그 흔적도 결국에는 없어지고 말았다.

제레미의 시선이 다시 멍하니 초점을 잃었다. 플린트가 한숨을 내쉬었다. 그 역시 수백 년 전부터 변화되어온 이 낯선 세계의 규칙을 아직 완전히 파악하지는 못했다.

"오직 사람만이 통과하는…… 그러니까 죽은 사람만이 이곳으로 통과하는 거지. 말하자면 그런 이유 때문에 자네는 알몸인 거야."

"네?"

그제야 제레미는 자신이 실오라기 하나 걸치지 않았다는 사실을 깨닫고 큰 충격을 받았다. 그는 곧바로 몸을 웅크렸다.

"여기서 움직이지 말게." 플린트가 충고했다. "곧 돌아오겠네. 아무도 가까이 오지 못하게 해, 위험할 수도 있으니까."

혼자 남겨두지 말라고 제레미가 소리치기도 전에 플린트는 건물들에서 흘러나오는 반짝이는 안개를 향해 걸어갔다.

벌거벗은 몸을 일으키지도 못하고 웅크리고 있는 제레미의 머릿속에 문득 플린트가 사용한 단어가 떠올랐다. '위험'하다고? 뭐가 위험하다는 거지? 죽는 것보다 더 위험한 것이 뭐가 있단 말인가?

몸을 떨면서 제레미는 시선을 돌려 앞과 위쪽에서 춤을 추고 있는 천사들을 바라보았다. 녹아내리는 태양처럼 아주 강렬한 붉은색을 띤 한 천사가 다른 천사들과 떨어지더니 어떤 건물에서 피어오르는 빨간 연기를 삼키기 시작했다. 빨간 천사는 무언가에 홀린 듯 입술에 미소를 띠었다가 곧 얼굴을 심하게 찡그렸다. 그 모습에 다른 천사들이 황급히 멀리 비켜났다. 빨간 천사가 고개를 들더니 비명을 질렀고, 마치 거대한 병의 마개를 딴 것처럼 펑! 하는 소리가 들리며 돌연 사라졌다! 깜짝 놀란 제레미는 방금 그 천사가 있던 자리를 유심히 살펴보았다. 꿈을 꾼 것은 아니었다. 천사는 완전히 증발해버렸다. 그가 고통스러운 것처럼 얼굴을 찌푸린 걸로 보아 자신의 의지로 그렇게 된 것은 아닌 것 같았다.

플린트가 돌아왔다. 두 팔에는 세련된 옷 한 벌과 속옷, 셔츠와 신발을 가득 안고 있었다.

"이 옷들을 만들어내느라 안개를 사용해야 했다네. 이 옷들은 얼마 후 사라질 거야. 그때는 다시 옷을 만들어줄 늙은 천사를 자네가 찾아야 하네. 안 그러면 완전히 발가벗고 돌아다녀야 할 걸세."

플린트의 말을 듣고 제레미는 많은 수의 천사들이 알몸이라는 것을 깨달았다. 그들은 그 상황을 자연스럽게 받아들이는 것 같았다. 제레미는 눈살을 찌푸리고는 플린트가 가져온 옷들을 받았다. 그러고는 감지덕지하며 재빨리 옷을 입었다. 처음 보는 신기한 천으로 만들어진 옷들은 따뜻했다. 어딘가 좀 불편하다고 느꼈지만 플린트가 입을 열자 제레미는 그의 말에 집중했다.

"자네에게 옷을 만들어주기에는 내가 가진 안개가 충분치 않아 안개를 찾으러 갔었네. 통과 이전에는 이렇게 입었을 것 같아서 말이야. 물론 자네는 옷을 여러 벌 만들 수도 있고 본인에게 필요한 것들을 찾을 수도 있지. 또 몇 년 동안 지금처럼 입을 수도 있을 거야. 자네가 원한다면 그렇게 입어도 되지만, 우리는 대부분 간단한 바지나 토가만 걸치고 있다네. 편하고 실용적이거든. 이곳은 날씨가 변하지 않지. 게다가 옷을 가볍게 입을수록 어색하지 않을 거야. 아기 천사들은 오히려 그게 더 편안하지."

"아기 천사요?"

제레미는 이상하다고 생각했다. 아기 천사란 분홍빛 엉덩이에 얄궂은 미소를 띤, 토실토실 발가벗은 꼬마 천사가 아니었던가.

"그래, '신입'을 우리는 그렇게 부른다네."

제레미는 약간 큼직한 웃옷의 매무새를 고치고 상대방을 자세히 바라보았다.

플린트는 키가 크고 다갈색 머리카락에, 믿을 수 없을 만큼 밝게 빛나는 회색 눈을 갖고 있었다. 나이는 좀 들어 보였지만…… 곧 천오백예순 살이 되는 사람치고는 아주 젊어 보였다! 세련되고 쾌활한 그는 새로 도착한 인물을 도울 수 있다는 사실에 만족하는 것 같았다. 플린트에게는 상대방으로 하여금 신뢰하고 복종하게끔 하는 매우 강렬한 카리스마가 있었다.

제레미는 그의 강렬한 개성과 마주하고 전율했다. 제레미는 천천히 정신을 차리며 몸을 똑바로 지탱하려 애썼다. 살아 있을 적에 제레미는 피도 눈물도 없는 사업의 세계에 공짜는 절대 없다는 것을 체득했다. 그는 몸소 체득하여 얻은 마음의 불신이 겉으로 드러나지 않도록 조심했다. 제레미는 차분한 표정으로 플린트를 향해 고개를 들었다.

"도와줘서 고마워요, 플린트. 당신이 없었더라면 뭘 어떻게 해야 할지 몰랐을 겁니다."

플린트가 인상을 찌푸렸다.

"난 영혼과 육체가 분리된 후 결국 미쳐버리는 천사들도 여러 명 보았네. 자네는 그렇지는 않군. 그런 모습은 결코 보기에 아름답지 않아. 그런 장면을 본 다음부터 죽은 이가 도착할 때 혹시 내가 근처에 있게 되면 그를 돕는 거라네. 별것 아니야. 우리는 대부분 다 그렇게 하지. 자네는 새로 태어난 신생아일세. 방금 다시 태어난 거야! 이제 막 새로운 세상에 도착했으니 두렵고 당황스럽겠지. 그런 자네에게 도움의 손길을 건네는 것은 당연해. 자네도 언젠가는 그렇게 하게 될 거야."

플린트가 의심스러운 표정을 짓고 있는 제레미를 바라보며 말했다.

"시간이 지나면 자네도 이곳에 있다는 사실을 자연스럽게 받아들이게 될 걸세."

제레미가 미소 지었다. 그렇다면 천사들도 감정이 있는 건가? 그들도 사람처럼 자신들의 죽음에 눈물을 흘릴 수도 있고, 다시 태어난 사실에 웃을 수도 있는 것이다. 어디선가 '탁' 하는 소리가 조그맣게 들리며 제레미는 신경세포에 다시 접속된 느낌이 들었다.

"지금은 기분이 훨씬 나아졌어요. 감사합니다. 정말 감사해요. 몇 가지 물어봐도 괜……"

플린트가 손가락을 하나 치켜들어 말을 끊었다.

"자네는 왜 자네가 그런 색깔이고 다른 사람들은 저런 색깔인지 알고 싶겠지. 또 자네가 왜 이곳에 있는지도 궁금할 거고. 마지막으로, 앞으로 어떻게 지내야 하는지 알고 싶을 거야. 대답은 이렇다네. 우선 자네의 피부색은 자네가 어떤 상태인지를 반영하는 거지. 자네는 행복, 기쁨 같은 긍정적인 감정 쪽으로 향해 있는 거야. 자네의 영혼은 푸른색이네. 몇 군데 나타나는 분홍색 얼룩은 조금 화가 났다는 의미이고, 주황색은 적들을 향한 강력한 투지를 나타내는 거지. 심각할 건 전혀 없네. 다만 한 가지 명심할 것은 우리들 중 붉은색을 띠고 있는 자들은 꽤 폭력적이고 위험하다는 점이야. 그들에게 가까이 다가가지 말게나. 자네가 할 두 번째 질문에 대한 대답은 이렇다네. 난 전혀 몰라. 우리는 모두 똑같은 입장일세. 우리는 여기에 있고, 그게 전부야. 자네가 던질 마지막 질문에 대해서는 생존해야 한다고 대답하겠네. 만약 자네가 영양분을 섭취하지 않는다면, 자네보다 먼저 존재했던 수십억 명과 마찬가지가 될 걸세. 이곳에서 사라지는 거지."

제레미가 소스라쳤다.

"뭐라고요?"

"아주 늙은 천사들, 많이 지치고 심하게 절망한 천사들은 자신을 그냥 쇠약해지도록 방치한다네. 그들은 점점 투명해지다가 결국에는 사라지지. 그들이 어디로 가는지는 묻지 말게. 나도 모르니까."

"내가 영양을 섭취해야…… 한다고 하셨나요? 하지만 난 유령이잖아요!"

"우선 자네는 유령이 아니라 천사야. 그리고 누구나 먹어야 한다네." 플린트가 대답했다. "우리라고 예외는 아냐."

"그럼 우리는 무엇을 먹죠?"

"아, 그건 간단해. 우리는 인간을 먹는다네!" 플린트가 육식 동물 같은 표정으로 차갑게 내뱉었다.

2. 감정의 맛

제레미는 공포에 질려 거칠게 뒷걸음질 쳤다.

"뭐라고요? 그럼 당신들은 식인종이에요?"

플린트가 웃음을 터뜨렸다. 아기 천사들은 항상 이런 반응을 보였다.

"아니, 아니야. 절대 그런 게 아냐! 우리는 감정을 섭취하는 거야. 자네의 피부색은 자네가 기쁨이나 쾌락, 사랑, 행복과 창조 같은 인간의 긍정적인 감정에 호감을 느낀다는 표시일세. 붉은 천사들은 불행, 슬픔, 우울함과 파멸의 감정에 이끌리지. 우리는 각자 그렇게 먹고 존재하는 거야. 감정은 다양한 색깔을 띠고 있는데, 그것은 증기의 형태로 사람들에게서 풍겨 나온다네. 우리는 그것을 '안개'라고 부르지. 푸른 천사거나 붉은 천사거나 상관없이 모든 천사들이 먹을 수 있는 것은 풍족함과 만족의 감정을 나타내는 하얀 안개야. 찾기는 어렵지만 널리 사랑받고 있지. 기쁨에서는 파랑 안개, 질투에서는 초록 안개, 욕심은 노랑 안개, 분노는 빨강 안개, 행복은 보라 안개, 복수심에서는 주황색 안개가 피어오르지……. 또, 사악한 욕망이나 살인의 감정에서는 검은 안개가 피어오르는 거야. 자, 가서 자네가 감미롭게 느끼는 감정을 찾아보고 그 안개를 먹어보게나."

제레미가 눈썹을 찡그렸다.

"검정과 빨강은 그리 맛있을 것 같지 않네요."

또 유머 감각을 되찾은 듯 덧붙였다.

"아무리 배고파 죽을 지경이라 해도……."

플린트가 어깨를 으쓱했다.

"자네가 뭘 맛보든 그 맛은 감미롭고, 그 감정이 어떤 것이든 자네를 배불려줄 거야. 자네가 무엇을 선택하든 그것은 자네 자신의 문제일 뿐 누구도 절대 비난하지 않네. 만약 자네가 붉은 천사가 되고 싶다면 될 수 있어. 그건 자네 문제야. 이 안개라는 것은 우리를 먹여 살리는 데만 쓰이는 것은 아니야. 물건을 만드는 데도 사용할 수 있지. 뭐, 옷 같은 거 말일세. 하지만 섬세한 기술이 필요하지. 우리가 만든 물건이 지속되는 시간은 불과 몇 분에서, (그는 잠시 머뭇거리다가 애매하게 말을 이었다.) 꽤 오랫동안이기도 한데…… 그것은 각자의 능력에 따라 다르다네. 자, 이제 나는 가야겠네. 좀 바빠서 말이야. 친구들과 포커게임이 있거든. 새로 만든 카드가 사라지기 전에 가봐야지. 내 친구 임호테프가 영화 「미라」에서 말한 것처럼 '죽음은 끝이 아니'거든! 뭐, 실제로 그가 한 말은 아니지만 지금 이 상황에 인용하기엔 딱이지! 아, 그 영화에서는 그가 아주 성질이 나쁜 사람으로 등장하더군. 그럼 이만!"

"앗, 잠깐만요. 내겐 당신이 필요해요……."

"자넨 아무도 필요 없네. 나를 믿어. 금방 익숙해질 거야. 참, 명심해. 붉은 천사들이 너무 가까이 다가오지 못하도록 하게. 위험할 수 있으니까!"

"네? 뭐라고요?"

하지만 플린트는 손을 흔들며 이미 나무들 사이로 멀어졌다. 제레미는 차갑게 식은 자신의 시체 옆에 얼어붙은 듯 서 있었다.

기운이 빠진 제레미는 털썩 주저앉아 자신의 잘린 머리를 바라보았다. 마치 햄릿이 된 것 같은 기분이었다. 화가 나고 어쩔 줄 모르고, 길을 잃고 불행하며 가슴이 미어지고 겁에 질린 기분.

"죽느냐 사느냐, 그것이 문제로다. 항상 그 장면이 이상했는데 이제는 셰익스피어가 뭘 말하려는지 좀 알 것 같군." 제레미가 중얼거렸다.

제레미의 얼굴에 공허한 표정이 드러났다. 처음으로 거울 없이 자신의 얼굴을 볼 수 있었다. 숱이 많은 갈색 머리카락, 흐릿해진 강청색 눈동자. 이마에는 심하게 수두를 앓았던 흔적이 마치 세 번째 눈처럼 동그랗고 작은 상처로 남아 있었고, 고집 세고 각진 턱이 보였다. 전체적인 조화로 봤을 때 그의 얼굴은 그리 나쁘지 않았다. 만약 제레미에게 시간적 여유가 있었다면, 여자들은 그를 많이 좋아했을 것이다. 하지만 매일 열여섯 시간 내지 열여덟 시간씩 일했던 제레미는 여자라는 존재가 있다는 것만 알고 있을 뿐이었다. 그는 한숨을 내쉬었다. 대체 이게 뭐란 말인가? 이제 삶에서…… 아니, 죽고 난 지금 무엇을 해야 한단 말인가? 제레미는 길 잃은 영혼처럼 자신의 시체 옆에 멍하니 서 있을 뿐, 아무것도 할 수가 없었다.

살인자를 쫓아갔던 경찰차가 돌아오며 피가 잔뜩 고인 웅덩이를 헤드라이트로 비췄다. 차가 거칠게 멈춰 서더니 경찰 두 명이 차에서 내렸다. 한 명이 손전등으로 비추었고, 취한 것 같은 시체의 흐릿한 눈빛과 마주치자 요란하게 한숨을 내쉬었다.

"제기랄. 이봐, 해리, 불쌍한 청년이 목이 잘렸네!" 경찰이 목 메인 소리로 중얼거렸다.

다른 한 명은 경계를 늦추지 않고 주위를 둘러보다가 깨진 가로등 조각을 발견했다.

"오늘 저녁 벌써 두 명의 피해자라니, 제발 연쇄살인이 아니었으면 좋겠군!"

제레미는 갑자기 위기감을 느꼈다. 두 명이라고? 어떻게 두 명이라는 거지? 그는 경찰관을 향해 몸을 기울이며 계속 말하라고 기도했다.

"자, 말해봐." 제레미가 경찰에게 크게 소리쳤다. "계속하라고. 당신이 아는 것을 말해봐! 두 번째 살인도 나랑 똑같은가? 어디에서? 왜? 어떻게?"

놀랍게도 경찰은 제레미의 목소리를 들은 것처럼 입을 열었다.

"이봐, 여자 시체를 조사한 법의학자 말에 따르면 그 여자의 목을 자른 것은 카타나라고 하더군."

"카⋯⋯ 뭐?"

"카타나, 긴 일본도 말이야! 그리고 이 피해자 역시 목을 자른 방법이 정확하게 똑같다는 거야. 깔끔하고 완벽해. 뼈를 가를 때 칼날이 전혀 속도를 늦추지 않았어. 피해자는 틀림없이 즉사했을 거야. 고통을 느낄 시간도 없이."

"당신이 뭘 알아?" 제레미가 소리쳤다. "아냐, 너무나 아팠어. 견딜 수 없을 지경이었다고! 죽음을 맞는 순간은 전혀 찰나가 아니었어. 영원히 계속되는 것 같았다고!"

그러자 경찰이 반응했다.

"피해자를 보니 가슴이 아프네. 저렇게 젊은데 인생이 끝나다니, 정말 슬픈 일이야!"

제레미는 슬퍼하는 경찰에게서 은회색이 섞인 밝은 갈색 안개가 풍겨 나오는 것을 알아차렸다. 반면 다른 경찰에게는 아무것도 없었다. 제레미는 좋은 향기가 나는 안개가 자신을 끌어당기는 것을 깨달았다. 가까이 다가가자 뒤쪽에서 조용한 목소리가 들려 제레미는 펄쩍 뛰었다.

"나라면 그것을 건드리지 않을 거야."

제레미가 몸을 돌렸다. 검은 머리카락을 길게 늘어뜨린 파란색 피부의 오십 대쯤 된 부인이 건물 벽에 팔꿈치를 괴고 무심한 표정으로 서 있었다. 허리에는 간단하게 헝겊을 둘렀고, 가슴도 조그만 천으로 최소한만 가렸다. 아직 인간의 순수함에서 벗어나지 못한 제레미는 동요했다.

"저 경찰이 너 때문에 고통스러운 거야." 그녀가 경찰을 가리키며 말했다. "만약 네가 그의 안개를 먹는다면 네 색깔이 변할 거야. 그리고 넌 점점 부정적인 감정으로 변하겠지. 좋은 생각은 아냐."

제레미가 다가갔다. 여자는 특별할 게 하나도 없었다. 다만 피부색이 제레미보다 훨씬 짙은 푸른색이었다.

"내 이름은 테티셰리*야. 기원전 1600년에 통과했지. 너는?" 그녀가 통통한 손으로 제레미를 가리키며 물었다.

제레미는 눈을 크게 떴다. 그녀의 이름을 듣자 무언가 아스라이 떠오르는 것 같았다.

"음, 제레미 갈보예요. 삼십 분쯤 전에 통과했어요. 시계가 없어서 정확하지는 않지만." 제레미가 대답했다.

"그래, 나도 봤어. 맙소사, 진짜 이상한 죽음이었어."

제레미는 한숨을 내쉬었다. 자신의 목이 잘린 사건은 오랫동안 사람들의 입에 오르내리리라는 생각이 들었다. '맙소사, 저자가 뉴욕에서 목이 잘린 인간이래! 도대체 세상이 어찌 된 거니!'

"안개에 대해서 뭐라고 말씀하셨죠?" 제레미가 걱정스레 물었다. "저더러 갈색 안개는 먹지 말라고 하셨죠? 왜 저 사람이 나 때문에 고통스러운 거죠?"

"우리는…… 인간에게 영향을 미칠 수 있어. 인간 대다수에게 영

* 이집트 왕비로, 아흐모세 1세의 할머니. 손자 아흐모세 1세가 헌사한 비문이 전해 내려옴.

향을 미치지. 인간에게 분노를 유발하고 증오를 불러일으키며 사랑을 부추기고 슬픔과 기쁨을 자극하지. 혹시 이유 없이 화가 난다거나, 낙심하고 불안하다거나 까닭 모를 행복한 감정을 느낀 적이 없었니?"

"음, 물론 있었어요!"

"그건 우리 천사들 때문이야. 항상은 아니지만 대부분은 그렇지. 우리는 인간에게 종속되어 있어. 만약 인간이 무관심하거나 감정이 없다면 우리는 먹고살 수가 없지. 따라서 우리는 인간의 감정을 자극해야 해."

제레미가 깜짝 놀라 그녀를 바라보았다.

"네, 다른 천사도 그런 말을 했죠. 당신들은 정말…… 뱀파이어 같군요. 피를 빨아 먹지는 않지만 감정을 자극해서 빨아 먹잖아요."

푸른 여자의 표정이 딱딱하게 굳었다.

"다른 천사?"

"플린트요. 내가 막 죽었을 때, 그러니까 당신들의 표현을 빌자면, 통과했을 때 나를 도와준 게 바로 플린트였죠."

"그는 무슨 색이었지?"

"파란색이었어요. 당신보다 더 짙었어요."

제레미는 그녀가 긴장을 푸는 것을 느꼈다.

"아, 파란색이라면 괜찮아."

"그는 너무 바빠서 상황을 전부 다 설명해주지는 못했어요. 이제 난 뭘 해야 하는 거죠?"

"시작하는 시점이니 우선 마음을 안정시키려 애써봐. 그러고 나면 뭔가 먹어야 할 거야. 먹는 건 필수적인 거지."

"왜 천사들이 먹어야 하는지 여전히 이해를 못 하겠어요. 천사들은 순수한 정신으로만 존재한다고 생각했거든요."

"으으음, 꼭 그렇지만은 않아. 죽음 이후에도 분명 인생이 있어. 살아남으려면 이승에서 살던 때만큼 온 힘을 쏟아야만 하지."

천사들에 대한 얘기를 듣고 제레미는 기분이 축 처지는 것을 느꼈다. 이렇게 이상한 존재가 도대체 어디 있단 말인가! 만약 신을 만난다면, 천국이어야 할 이곳에 대해 따져보리라! 그때 문득 다른 생각이 떠올랐다. 음, 이제 여기로 온 이상 새로운 존재로 사는 법을 묻는 것이 차라리 낫지 않겠는가.

"그럼 잠은요? 우리도 자는지…… 그러니까 우리도 잠을 잘 수 있는가, 그런 얘기죠."

"그래, 다행히도 잘 수 있어. 만약 잘 수 없었다면 우리는 오래전에 전부 미쳐버렸을 거야. 넌 그저 침실 하나만 고르면 된단다."

제레미가 당황해서 눈썹을 찌푸렸다.

"어떻게요?"

테티셰리가 빈정거리는 시선을 보냈다.

"우선 집이나 건물로 들어간 다음, 침실을 하나 골라서 그리로 들어가서 자면 되는 거지. 이 말이 이상하게 들리니? 오히려 그게 정상 아닌가, 응?"

제레미가 눈을 크게 떴다.

"그래도 살아 있는 사람 위에서 잘 수는 없어요!"

"우린 살아 있는 사람 위에서 자는 게 아냐, 우리는 살아 있는 것들은 모두 다 통과하니까. 넌 사람을 통과해서 자는 거야. 뭐, 걱정하지는 마. 그런 곳 말고도 쉴 곳은 수없이 많으니까. 반드시 침대가 필요한 것도 아니야. 아무 데나 가서 눕거나 둥둥 떠 있을 수 있거든. 이 말은, 우리가 살아 있을 때만큼 잠을 자지는 않는다는 얘기지. 잠에 흠뻑 빠진 몇 명만 빼고는 몇 시간만 자면 돼. 그들은 잠꾸러기지. 그들은 먹을 때만 일어났다가 다시 잠들어. 그들 중 많은 수가 사라졌지. 먹는 것조차 잊어버렸거든."

"아, 알겠어요……."

사실 제레미는 아무것도 이해하지 못했지만 더 깊이 파고들고 싶지는 않았다.

별안간 제레미가 펄쩍 뛰었다. 비둘기 한 마리가 그의 앞에 모습을 드러냈던 것이다. 머리는 으스러졌고 날개는 비뚤어져서 가까스로 '구구……' 하고 울고는 사라졌다.

"저건…… 저건 뭐예요?"

"뭐가?"

"나…… 내가 방금 비둘기를 봤는데요. 완전히 정상이 아니었어요!"

테티셰리가 미소 지었다.

"아, 그래? 그럼 방금 차에 치여 죽은 게 틀림없어. 동물들은 여기 머무르지 않아. 동물들이 어디로 가는지는 우리도 몰라. 다행히 여기로 통과했다가 금방 사라져버리지. 아니었다면 수많은 동물을 죽여 뼈나 살, 모피를 얻은 우리는 분노한 짐승 떼에 끊임없이 위협받았을 거야. 매일 수천 마리의 동물과 곤충들이 죽어가니까 말이야. 사실 죽은 동물을 보는 것은 드문 일이지. 아주 빨리 통과하거든. 막 통과한 '신입'들이 죽은 동물을 보기는 하지만, 몇 시간이면 그런 능력도 사라져버리고 말지. 얼마 지나지 않아 너도 동물들의 죽음을 그저 번쩍이는 섬광으로만 인지하게 될 거야."

그들 앞에서 '퐁당' 하는 소리가 나더니, 놀란 바퀴벌레 여섯 마리가 나타났다가 빠르게 사라졌다. 제레미는 하마터면 눈물이 날 뻔했지만, 자랑스러운 유머 감각이 치욕적인 눈물의 위기에서 다시금 그를 구했다.

"으음," 제레미가 떨리는 목소리를 감추기 위해 그르렁 소리를 냈다. "사는 동안 내가 죽인 모기와 거미, 말벌의 숫자로 볼 때, 그들이 좀비가 되어 나한테 복수를 안 해 참 다행입니다."

그런 얘기를 하자 갑자기 다른 의문이 떠올랐다.

"그럼 우리는…… 불멸의 존재인가요?"

"정확하게는 아냐. 수천 년 동안 생존할 수 있는 좋은 기회를 가졌을 때만 그렇지. 하지만 그렇게 늙은 천사는 흔치 않아. 얼마 후 그들은 싫증을 내고 사라져버리지."

제레미가 갑자기 몸을 일으켰다.

"싫증을 낸다고요? 바로 그거예요. 여러분은 하루 종일 뭘 하시나요? (그는 주위에서 천사들이 열광적으로 춤추는 광경을 바라보다가 덧붙였다.) 밤새도록은 또 뭘 하시죠?"

"상황에 따라 다르지."

"무슨 상황요?"

여자는 한숨을 내쉬었다. 그녀는 신입들에게 수천 번 똑같은 내용을 반복해야만 했다. 하지만 제레미는 포기할 생각이 없었다. 그녀가 단념하고 마침내 입을 열었다.

"네가 어떤 천사냐에 따라 다른 거야. 천사는 여러 가지 부류로 구별되거든. '잠꾸러기 천사'에 대해서는 조금 전에 이미 얘기했지. 그들은 가장 소극적인 부류야. 반대로 '행복 천사'는 인간에게는 관심이 없어. 그저 잘 먹고, 새로운 인생을 어떻게 살 건지만 신경 쓰지. 많은 천사들이 이 경우에 속해. 그리고 '적극 천사'가 있지. '적극 천사'만이 인간 세상에 관여하는 거야."

"관여한다고요?" 제레미가 의심 많은 말투로 되물었다. "어떻게요?"

"'적극 천사'는 극장에 가기도 하고 사람들의 어깨너머로 책을 읽기도 해. 또 좋아하는 작가가 글을 쓸 때 등 뒤에서 그 글을 직접 읽기도 하지. 그들은 인간이 뿜어내는 안개를 먹고 인간들의 말에 귀를 기울이기도 하고, 다양한 공연, 콘서트, 칵테일파티에 참석하며 즐겁게 시간을 보내지."

테티셰리는 가슴 아픈 표정으로 제레미를 바라보며 말을 이었다.

"마지막으로 '복수 천사'가 있지. 그들은 이승에서의 삶을 제대로 마치지 못했다고 생각하는 부류로, 이승으로 다시 돌아가기를 원해. 아니면…… 살해당한 자들이지. '복수 천사' 중 많은 수가 나중에는 미쳐버려."

제레미가 침을 꿀꺽 삼켰다.

느닷없이 테티셰리가 미소를 지었다. 제레미를 두렵게 만든 것을 용서받으려는 듯이.

"이곳에서 최선은 목표를 갖고 스스로를 돌보는 거야. 사라지지 않기 위해서."

살았을 적 제레미의 목표는 금융계의 가장 젊은 왕이 되는 것이었다. 여기서는 그렇게 되는 게 조금 어려울 것 같았다.

그들은 서로 얼굴을 뚫어지게 바라보았다.

"내가 네 입장이라면," 테티셰리가 제레미의 시체를 가리키며 말했다. "왜 저렇게 죽어야 했는지 알아볼 거야."

제레미가 멍청한 표정을 지었다. 그녀는 그를 자극했다.

"분명 무슨 오해가 있었을 거예요. 내겐 적이 될 만한 사람이 없다고요!" 그가 투덜거렸다. "내가 목표를 잘 찾을 수 있을지 모르겠어요. 사람들은 곧 내가 이유 없이 살해당했다는 걸 알게 될 거예요. 내 묘비명은 이런 내용이겠죠."

오십 달러와 브레게 시계 모델 3137 때문에,

구로사와 감독의 영화를 너무 많이 본 미치광이에게

완전히 뼛속까지 목이 잘리다.

"으음, 어쩌면 그렇겠지. 그럼, 넌 다른 할 일이 있니? 찾다보면…… 발견할지 누가 알아?"

제레미가 반응을 하기도 전에, 그녀는 살짝 미소를 던지더니 눈을 감고 온 힘을 모아 집중했다. 테티셰리가 인상을 찌푸리는 것을 보고 괜찮으냐고 물어보려는 찰나, 갑자기 그녀가…… 날아올랐다. 그 모습은 날개를 퍼덕이며 날아오르는 천사의 모습과는 완전히 달랐다. 오히려 헬륨이 가득 찬 풍선이 푸드득 날아가는 모습 같았다. 커다랗고 파란 풍선. 마치 조종 가능한 비행선 같았다. 올라갈지 말지 결정할 능력은 있어 보였으니까.

아, 비행선보다 덩치가 작은 점으로 보아 이미지를 잘못 골랐다. 하지만 비유는 아주 적당한 것 같았다. 깊은 인상을 받은(과정은 고통스러운 느낌이었다) 제레미는 잠시 눈으로 그녀를 좇았지만 빠르게 건물 뒤로 가버려 시야에서 사라졌다.

제레미는 다시 자기 시체에 집중했다. 그는 불안과 방황 외에 무언가 다른 감정이 조금씩 느껴지기 시작하는 것을 깨달았다.

그것은 분노였다.

제레미는 주위에서 무슨 일이 일어나고 있는지 살피려고 몸을 돌렸다.

법의학자가 방금 도착했다. 마르고 안색이 창백했지만 신중해 보였고 믿을 수 없을 정도로 긴 손가락을 갖고 있었다. 그는 제레미의 시체를 보며 고개를 끄덕이더니 망설임 없이 사망을 선고했다. 그러고는 시체의 간에 온도계를 꽂았다. 제레미는 인상을 찌푸렸다. 고통을 느낄 걱정은 없었지만, 법의학자가 자신의 몸에 기구를 꽂는 장면을 보니 등골이 오싹했다.

경찰들은 수많은 사진을 찍고 스케치를 했으며 사방을 관찰하고 측정했다. 제레미는 시간이 그렇게 오래 걸린다는 것에 놀랐다. 영화 속에서는 이런 장면이 고작 몇 분이면 끝났는데 말이다!

"선생님, 끝나셨나요?" 한 경찰이 물었다.

"예, 끝났어요." 의사가 한숨을 내쉬었다. "곧바로 시체를 법의학 연구소로 보낼 겁니다. 이것 말고도 두 구의 시체를 더 확인해야 해요. 그다음에 자러 가야겠죠."

제레미는 하룻밤 새 그렇게 많은 시체가 생겼다는 말에 깜짝 놀랐다. 경찰들은 그리 놀라는 것 같지 않았다. '음, 시체가 잔뜩인 밤이로군, 그럴 수도 있지, 뭐!'라는 표정이었다.

경찰들은 가죽 장갑 낀 손으로 시체의 머리와 몸을 모아 바퀴 달린 검은 포대에 놓았다. 제레미는 다시 경찰에게 다가갔다. 아까 테티세리가 나타나는 바람에 경찰이 두 번째 살인 사건에 대해 말하는 내용을 잘 듣지 못했던 것이다.

"자, 이렇게 하면 인간의 감정에 영향을 미칠 수 있을 것 같군." 제레미가 경찰에게 말했다. "당신에게도 영향을 미칠 수 있을지 봅시다. 첫 번째 살인에 대해 아는 것을 다 말해보세요."

경찰은 아무런 반응 없이 계속 메모를 하고 스케치를 할 뿐이었다.

"이봐요! 내가 말하잖아요. 나한테 자세하게 설명을 하란 말입니다!"

잠자코 있는 것을 보니 경찰은 제레미의 말에 아무런 영향도 받지 않는 게 분명했다.

제레미가 투덜거렸다.

"그 멍청하고 시퍼런 여자는 아무 말이나 지껄인 거로군. 테티셰리, 아무 반응 없잖아요!"

다른 경찰이 다가오자 제레미는 입을 다물고 주의를 기울였다.

"피해자 이름은 제레미 갈보아. 범인은 아무것도 훔치지 않았어. 시계랑 지갑도 그대로 있어. 여권을 보니 피해자는 파리 출신이군. 공금을 횡령한 게 분명해."

제레미의 몸이 뻣뻣이 굳었다. 강도 살인 사건이리라는 믿음이 연기처럼 사라졌다.

"자네 또 아일랜드인의 본성이 나오는군." 첫 번째 경찰이 내뱉었다. "난 프랑스인을 좋아해. 우리가 돈을 좋아하는 것만큼 프랑스인들은 맛있는 음식 먹기를 좋아하지."

"뭐, 그렇긴 하지. 피해자의 명함을 좀 봐. 투자회사를 소유하고 있어."

첫 번째 경찰이 손가락을 딱 부딪쳤다.

"맞아, 얼굴을 어디선가 봤다고 생각했어!"

그는 동료의 빈정거리는 미소에 놀랐다.

"그래, 음……. 그건 물론 머리가 아직 몸에 붙어 있을 때겠지. 두바이, 인도, 그런 국가들의 주식시장에 투자해서 침체된 경제에 활기를 불어넣은 바로 그 사람이야. 그는…… 놀랄 정도의 직관을 가진 것 같더군. 아주 뛰어난 인간인 게지. 스무 살에 자기 회사를 세우고, 여세를 몰아 수백만 달러를 벌어들인 거야. 진짜 천재라고."

"음, 그렇다고 그게 목이 잘리는 걸 막는 데 크게 쓸모가 있진 않았나 봐! 가만있자, 피해자는 바로 저기 저 앞에 살았어."

"혼자?"

"그게 서류에는 표시가 안 되어 있네!"

경찰은 참을성 있게 굴었다.

"그럴 것이라 짐작은 가네만, 수위한텐 안 물어봤나?"

"아니, 아직 안 물어봤어."

동료가 놀란 듯 그저 눈썹만 치켜세우자 다른 경찰이 즉시 말했다.

"좋아. 내가 가지, 내가 가!"

"너무 바보 같군." 제레미가 중얼거렸다. "내 주위에는 사람이 많지 않아. 직원들 몇 명, 친구 두세 명, 그리고 어머니가 있지. 어머니가 나를 싫어하지 않는다면 말이야. 난 세월이 흐르는 것도 모를 정도로 열심히 일했어. 아! 이런 바보 천치. 난 인생을 허비했어!"

그는 얼굴을 두 손에 묻었다가 별안간 들려온 말 한마디에 번쩍 고개를 들었다.

"그리고…… 여자도 마찬가지야!"

두 경찰이 다른 살인 사건에 대해 말했다.

"아아, 만약 그녀가 옷이 벗겨지지 않고 이 피해자와 같은 상황이라면 두 가지 가능성이 있어. 첫 번째는 무작위로 살인을 즐기는 연쇄살인범의 짓일 수 있다는 가능성인데, 이런 경우 살인범을 찾기가 어려워. 두 번째는 청부 살인이지. 이 경우는 사건을 해결하기가 훨씬 쉬워. 살인의 동기만 찾으면 범인을 찾을 수 있지. 두 사건 사이의 관계를 찾아보자고. 어쨌든 일본도로 머리가 잘린 이 피해자와는 달리……."

돌연 제레미의 머릿속에 칼이 목을 베던 순간, 자신을 향해 걸어오던 젊은 금발 여자가 떠올랐다. 그럼 그녀가 두 번째 피해자인가?

경찰은 손목시계를 들여다보며 말했다.

"혈액을 살펴보니 두 사건 사이에 시간적 간격이 있어. 남자는 네 시간 전에 살해당했고, 두 번째 피해자 애나벨라 대핑은 약 두 시간 전에 죽었어."

아, 그래, 그렇군. 그렇다면 숨이 끊어지기 직전에 눈에 띈 그 여자는 아니었다. 이상하게도 제레미는 마음이 가벼워졌다. 그는 그 젊은 여자가 자신 때문에 살해당하기를 원치 않았다.

제레미가 생각에 빠진 사이 자신의 시체를 실은 구급차가 움직이기 시작했다. 당황한 그는 차를 쫓아가려고 미친 사람처럼 달렸다. 하지만 구급차는 아주 빠르게 그와의 거리를 넓혔다. 제레미는 멈춰 서서 숨이 차다는 사실을 확인하고 아연실색했다. 하지만 옆구리가 아프거나 하지는 않았다.

피부색이 반은 파랗고 반은 붉은 소년이 호기심 어린 눈으로 제레미를 바라보았다.

"뭐하는 거야?"

제레미가 잠깐 숨을 고르고 대답했다.

"구급차를 따라잡으려 했어. 내 시체를 따라가려고."

"달려서? 특이한데. 자동차의 속도는 시간당 150킬로미터인데 반해, 인간은 많든 적든 법적으로 허가된 수십 가지 약품을 먹고 특별 제작한 신발을 신고 엄청난 훈련을 해도, 기껏해야 시간당 36킬로미터의 속도로밖에 못 달려. 당신은 생각을 잘못한 것 같네."

음, 겉모습은 아이지만 제레미를 우습게 여기는 말투를 보니, 최소한 이천 살은 된 게 틀림없었다. 제레미는 세련된 예절을 보이기로 마음먹었다. 예의를 갖춰 손해 볼 일은 없으니까.

"죄송하지만 그들이 어디로 떠났는지 아십니까?"

"아, 그들은 시체 공시소로 갔을 거야. 주소를 아나? 모른다면 주소를 알려주지. 가끔 거기서 저녁 식사를 하거든."

"저녁 식사요?"

"뭔가 먹을 기분이 아닐 때, 난 거리를 두고 슬픔을 약간 먹는다네. 시체 공시소에는 슬픔이 아주 많거든."

"아, 음, 아주 좋은데요. 죄송하지만 주소를 알고 싶네요."

"1번가 520번지. 찾기가 아주 쉬워. 34번 버스를 타고 랠리 역에서 내려서 22번으로 갈아타면, 시체 공시소로 갈 수 있을 거야."

"감사합니다!"

제레미는 버스정류장이 어딘지 알고 있었다. 자동차가 고장 났을 때, 일주일 동안 대중교통을 이용한 경험이 있었다. 그는 정류장의 안내 표지판 옆에 앉았다. 그리고 버스를 기다렸다.

기다리고…….

기다렸다…….

마침내 버스가 도착해 제레미가 자리에서 일어섰다. 세워달라고 손짓을 했지만, 버스는 멈추지 않고 제레미 앞을 지나갔다.

아참, 잊고 있었다. 제레미는 죽었다. 다행히도 십오 분 후, 때마침 한 사람이 나타나 제레미는 그 뒤를 따라 버스에 오를 수 있었다. 그것은 꽤 떨리는 경험이었다. 제레미는 차의 움직임을 느낄 수 있었다. 영화에서 봤던 것처럼 버스의 벽을 통과하지는 않았다. 분명히 제레미는 이동하기 위해 살아 있는 사람들처럼 교통수단에 의존해야 했다. 버스 안에는 많은 수의 파란 천사들과 붉은 천사들이 몇 안 되는 승객들과 마찬가지로 깊은 생각에 빠져 있었다.

어떤 사내가 한 여자를 따라 버스에 오르자 별안간 천사들이 생기 있게 반응했다. 푸른 천사들은 즉시 여자 주위로 모여들었고, 붉은 천사들은 남자 주위로 접근했다. 사내는 여자에게 계속 엉큼한 시선을 보냈다. 푸른 천사들은 흥분해서 여자를 보호하려고 여자에게 속삭였다.

"저 남자, 뭔가 좀 수상해. 못 봤겠지만 널 따라왔어. 조심해야 된다고. 널 공격할 거야. 틀림없어! 운전기사한테 말해봐. 널 도와줄 수 있을 거야. 절대 혼자 내리면 안 돼!"

붉은 천사들은 행동하려는 사내를 부추겼다.

"괜찮을 거야. 여자는 울겠지. 하지만 아무런 저항도 못할걸. 넌 몇 시간 동안 여자랑 재미있게 즐길 수 있을 거야! 너무 불쌍히 여기고 고민을 많이 하면 너한테 좋을 거 하나 없다고!"

사내는 붉은 천사들의 영향에 매우 예민한 듯 위험한 분홍빛 안개를 풍기는 반면, 의지가 강해 보이는 턱과 고집스러운 이마를 가진 젊은 여자는 푸른 천사들의 충고에 큰 영향을 받지 않는 것 같았다. 여자가 잠시 가방을 뒤지는데 흰옷과 검은 띠가 제레미의 눈에 언뜻 띄었다. 여자는 사내에게 아무런 주의도 기울이지 않았고, 누가 자신을 따라오든 말든 신경도 안 쓰고 버스에서 내렸다. 제레미는 빙그레 미소를 지었다. 푸른 천사들은 일제히 고통스러운 신음을 내쉬었고, 붉은 천사들은 조롱 섞인 승리의 웃음을 내뱉은 후 잠재적인 성 범죄자이자 음식 제공자를 호위하러 갔다.

"여러분도 여자를 따라가야만 해요. 그녀의 가방 안에 뭐가 있었는지 아세요?" 제레미가 푸른 천사들에게 소리쳤다.

근육이 울룩불룩 건장한 천사 한 명이 제레미의 피부색을 위아래로 훑어보더니, 그가 신입이라는 것을 알아채고 거칠게 내뱉었다.

"네가 뭘 안다고 큰소리야, 파랑 신입?"

"저요? 전 아무것도 아닙니다. 다만 그녀가 도복과 검은 띠를 가진 걸 봤거든요. 가라테 도복 같았어요. 남자가 진짜 그렇게 재미를 볼지 모르겠어서요."

천사들이 서로 눈빛을 교환하더니 젊은 여자를 잡으려고 서로 떼밀며 나갔다.

방금 본 장면에 욕지기를 느낀 제레미는 다음 정류장에서 내렸다.

그는 돌연 걸음을 멈추었다. 멀어지는 버스의 창 너머로 여러 천사가 승객 한 명을 둘러싸고 귀에 손가락을 찔러대고, 있는 힘을 다해 그를 흔들면서, 다 같이 빠르고 강하게 떠들어대는 장면이 보였다. 이명이다! 그래, 틀림없어! 저게 그 빌어먹을 이명 현상인 거야!

외할아버지가 돌아가셨을 때, 제레미는 갑자기 귀에 심각한 문제가 생겨서 이비인후과를 찾아갔었다. 이명은 육체적인 것이 원인이 되기도 하지만 제레미의 경우에는 중요한 결정을 할 때나 크게 스트레스를 받을 때면 간혹 위협적으로 윙윙거리는 소리와 찢어지는 듯한 휘파람 소리가 들렸는데, 끝내 의사는 원인을 찾지 못했다. 이제 제레미는 이해할 수 있었다. 의사는 제레미가 너무도 좋아했던 외할아버지의 죽음에 정신적 충격을 받아 이명이 나타났을 것이라고 말했었다. 하지만 사실은 그런 원인이 아니었다. 바로 저들, 천사들 때문에 그랬던 것이다. 스트레스 많고 요동치는 주식시장의 리듬에 맞춰 살던 제레미는 훌륭한 안개 제공자였을 것이다. 바로 천사들의 목소리가 자신을 미치게 만들 뻔했던 것이다!

짜증이 난 제레미는 어떤 건물 위에서 수백 명의 푸른 천사와 몇 안 되는 붉은 천사가 안절부절못하는 것을 보며 그 앞을 지나갔다. 신경질이 났지만 불빛이 환한 표지판을 보고 그는 가볍게 미소를 지었다. '행복 산부인과'. 건물을 감싸고 있는 푸른 기운이 믿을 수 없을 만큼 아름답게 느껴졌다. 제레미는 잠시 머뭇거리다가 이윽고 결심했다. 플린트와 테티셰리의 말에 따르면 제레미는 하양과 파랑 안개를 먹을 수 있었다.

"경험하려면 먹어보자고. 어쨌든 죽지는 않을 거잖아. 아아, 진짜 웃기는군!"

벽에서 흘러나오는 안개가 하늘을 향해 솟아오르고 있었기 때문에 제레미는 몇 계단 올라가야 했다. 무심코 손을 내밀어 파란 솜사탕 같은 것을 잡으려 애써보았다. 하지만 불가능해 보였다. 다른 천사들에게는 이런 문제가 있는 것 같지 않았는데, 제레미 혼자만 그런 것 같았다.

좋아, 손으로 잡히지 않는다면 직접 핥아서라도 먹어볼 필요가 있었다. 제레미는 안개를 향해 머리를 기울이고 약간 주저하며 혀를 내밀어 한 조각 핥아서 입안에 넣었다.

어라…… 녹기 시작한다…….

강렬한 황홀경에 사로잡혀 제레미는 바닥으로 떨어졌다. 너무나 강렬한 맛에 온 우주가 완벽한 쾌락 속에서 뒤흔들렸다. 조그마한 푸른 안개 한 조각에 모든 것이 다 담겨 있었다. 기쁨뿐만 아니라 처음으로 엄청난 승리의 영광을 안았을 때 느꼈던 자긍심, 아주 우수한 성적을 받았을 때라든지 힘든 경주에서 일등으로 들어왔을 때, 어려운 시련을 이겨냈을 때 느꼈던 자랑스러움, 첫아기를 품에 안을 때 느끼는 긍지, 완벽하게 임무를 달성했다고 느꼈을 때나 세상에서 정확하게 내 자리를 찾았다고 느꼈을 때의 만족감, 모두에게 사랑받고 존경받으며 인정받는다고 느껴 감동의 눈물을 흘렸던 순간의 자신감이 깃들어 있었다. 이 안개 한입에는 승리의 영광과 영원함, 완벽함 그리고 행복의 고치 안에 싸인 모든 것이 담겨 있었다.

제레미의 머릿속은 방금 맛본 것을 어떻게 하면 조금 더 잘 해석

할 수 있을지 찾느라 바빴다. 곧 그 풍미가 입안에서 팍하고 터져버릴 테니까. 그 맛은 제레미가 좋아하는 온갖 맛들의 혼합이었다. 숯불에 구워 아직도 모락모락 연기가 나는 암소 갈비의 향긋한 내음, 씹으면 뽀드득 맛있는 소리가 나는, 베어 물 때마다 감미로운 천국의 맛을 보는 것 같은 맨해튼에서 가장 맛있는 샘네 핫도그, 뜨거운 캐러멜과 버터가 사르르 녹아 노리끼리 윤이 나는 고소한 팝콘, 순식간에 혓바닥 위에서 녹아버리고 말지만 혀의 돌기 위로 미끄러지며 쾌감으로 떨게 만드는 달짝지근한 밤맛 아이스크림, 빨갛고 탐스럽게 잘 익은 달콤한 딸기 위에 얹은 신선하고 부드러운 생크림, 너그러운 햇빛을 받아들여 과즙이 풍부한 잘 익은 황금빛 복숭아, 그리고 바닐라와 오디, 카시스의 풍성한 향미로 목구멍을 가득 채우는 깊고도 풍요로운 포도주 한 모금…….

눈물이 흘러 뺨을 적셨지만 제레미는 그 사실조차 깨닫지 못했다. 잠시 후 그는 마음이 동요하기 시작했고, 이 감정을 계속 느낄 수만 있다면 뭐라도 할 수 있을 것 같았다. 제레미는 게걸스럽게 파란 안개를 한 입 더 먹었다. 황홀감은 아까와 마찬가지였다. 똑같이 강렬하고 똑같이 충격적이었다. 더 이상 견디기 힘들었던 제레미는 입을 크게 벌려 여러 번 게걸스럽게 먹어치웠다. 배가 부를 때까지 실컷.

만약 살해당하지 않았다면, 만약 비극적인 종말을 맞지 않았다면, 제레미는 즐거움과 쾌락을 위해서만 살고 죄의식과 욕구불만, 두려움에서는 영원히 벗어난, 자신들이 즐기지 못한 것들에 눈멀어

춤추고 있는 저 천사들처럼 되었을 것이다.

낙원에서 사는.

하지만 이 완벽한 순간에 문득 현실적인 생각이 마음을 어지럽혔다. 안개라는 존재는 마약 같았다. 아니, 한층 더 위험했다. 왜냐하면 안개가 없다면 제레미는 완전히 사라질 위험이 있었으니까. 제레미는 안개의 맛을 본 것을 자책했다. 대상이 무엇이건 제레미는 아직까지 한 번도 미쳐본 적이 없었다. 마약에도, 알코올에도, 심지어 커피나 담배조차도……. 맞아, 어쩌면 샘네 핫도그와 딸기잼을 곁들인 땅콩버터에는 조금 미쳤는지 모른다. 그렇다 치자. 하지만 그게 전부였다. 제레미는 어느 누구의 노예가 되는 것도 원치 않았고, 심지어 자기 육체의 노예가 되는 것도 싫었다. 이 점이 틀림없이 그를 뒷걸음질 치게 하고 즉시 의심하도록 만들었을 것이다.

"제기랄," 제레미는 이마가 축축이 젖은 것을 발견하고 깜짝 놀라 이마를 문지르며 투덜거렸다. "이거 무진장 위험한 거잖아! 아, 내 시체. 난 내 시체에 집중해야 해. 내 시체를 찾아내야만 한다고. 그래야 하는데……."

제레미는 입이 파란 안개로 다가가는 것을 알아차리고는 갑자기 몸을 멀리 떼었다.

"제레미, 이 자식아." 그는 산부인과에서 결연히 등을 돌리며 중얼거렸다. "당분간 이것에 다시 손대는 것은 문제로 삼을 여지조차 없어."

몇 발자국 걷자 뒤쪽에서 소음이 들렸다. 어깨 너머로 흘깃 눈길을 주었지만 아무도 그에게 관심이 없다는 것을 금세 알아챌 수 있었다. 천사들도, 인간들도 그에게 관심이 없었다. 인간들이 그에게 관심을 기울이지 않는 것은 당연했다. 인간은 이제 그를 볼 수 없으니까……. 제레미는 어깨를 으쓱했다. 무엇보다 누가 그 같은 신입 천사를 따르고 싶겠는가? 제레미는 어둠 속에 몸을 숨긴 그림자를 보지 못한 채 시체 공시소를 향해 다시 걸음을 옮겼다. 그림자는 제레미가 안개에 대한 저항할 수 없는 유혹을 견뎌낸 것을 알아보고, 고개를 끄덕였다.

여전히 믿을 수 없는 감각을 경험한 충격 속에 머물러 있었지만, 제레미는 별 어려움 없이 시체 공시소를 찾아냈다. 건물 위에 붉은 천사들이 얼마나 많은지 보름달의 밝은 빛을 가려버렸다. 제레미는 머뭇거렸다. 건물에서 흘러나오는 붉은 안개에 오염될 것인가? 테티셰리가 조심하라고 했다. 그렇지만 한편으로 제레미는 붉은 안개를 맛보면 몸에 무슨 일이 벌어지는지 궁금하기도 했다. 음, 그래도 붉은 안개를 먹는 것은 피하자. 그러면 괜찮을 거야……. 마지막까지 그러기를 바랐다!

문제가 한 가지 있었다. 시체 공시소에 도착했지만 문이 잠겨 있었다. 제레미는 문에 얼굴을 정면으로 부딪쳤다. 이상하게도 그는 그 문을 통과할 수 있다고 생각했지만 아니었다. 전혀 아니었다. 건물은 아주 단단하게 실제로 존재하고 있었고, 그는 절대 들어갈 수 없었다.

천사들은 형체가 없다고 누가 그랬던가? 아마도 어리석은 인간이 그랬을 것이다.

제레미는 머뭇거리며 쇠로 된 문을 가볍게 건드려보았다. 문은 벨벳처럼 느른한 감촉의 조직으로 덮여 있었다. 그게 무엇이건 간에 그 물질은 그가 만져본 모든 것들을 총망라한 것 같았다. 그것이 제레미가 통과하는 것을 방해했던 것이다. 갈피를 잃은 제레미는 뒤로 물러섰다. 이 상황에서 그가 할 수 있는 것은 단 한 가지, 기다리는 것뿐이었다. 제레미는 주위를 둘러보았다. 잠들지 않는 뉴욕의 화려한 불빛 속에서 사람들은 각자 바쁘게 거리를 오갔다. 천사들이 그들 뒤를 따르며 끝도 없이 떠들어댔다. 때때로 그들은 서로 논쟁을 벌였다.

'내가 말했잖아. 거기에 투자하지 말라고 그 녀석한테 충고하라고 말이야. 거기 투자하는 건 완전히 바보 같은 짓이라고. 넌 우리 후손들을 다 파산시키고 말 거야. 이 멍텅구리 같은 놈아!'

아니면 저기 젊은 검은 머리 여자 위에 둥둥 떠 있는 여자 천사처럼 간혹 살아 있는 사람들의 귀에 대고 직접 말하는 사람도 있었다.

'……내 귀여운 아가. 난 내 딸이 가사도우미 일을 하기를 바라지는 않았었다. 그래도 잘하고 있어. 유혹을 이겨내야 해. 주인 여자가 흘리는 잔돈푼을 훔치지는 마라. 그런 짓은 널 곤란에 빠뜨릴 뿐이야. 그래, 기도하러 가렴. 자비에 신부님께서 오늘 밤 당직이란다. 참 좋으신 분이지. 신부님이 네 얘기를 들어주실 거야…….'

제레미는 24시간 열려 있는 성당을 향해 지친 발걸음을 옮기는 딸을 위해 마음을 쓰는 따뜻한 모성에 감동받았다.

저쪽에는 두 명의 푸른 천사가 한 남자의 머리 위에서 돌며 열렬히 축하했다.

'브라보! 오늘 밤 우리는 다섯 명의 목숨을 구했어. 넌 정말 대단한 의사야!'

제레미는 참고 기다리며 끊임없이 주위를 관찰했다. 푸른 천사들처럼 붉은 천사들도 충고와 암시를 전달하고 있었고, 인간들에게서 퍼져 나오는 안개의 색깔은 천사들의 영향에 민감한지 아닌지를 보여주었다. 창의적이고 투지가 강해 보이는 사람들이 가장 민감하다는 것을 깨달았지만 제레미는 크게 놀라지 않았다. 속이 좁고 폐쇄적인 사람들 주위에는 천사가 딱 한 명 있었고 심지어 어떤 순간에는 한 명도 없었다. 이 사실은 잠시 제레미를 놀라게 했지만 거리에서 느린 걸음으로 걷고 있는 한 남자를 발견한 후에는 그것은 아무것도 아니었다. 그에게서는 아무런 안개도 퍼져 나오지 않았다. 전혀 아무것도 없었다. 체념한 걸음걸이를 보니 남자는 그저 어마어마한 피로감만 느낄 뿐 아무것도 느끼지 못하는 듯 보였다. 제레미는 으스스 오한이 느껴졌다. 또한, 그는 천사들의 재회 장면도 목격했다.

사람들은 매일 죽는다. 당연히 목이 잘리는 것이 아닌 자연스러운 죽음으로 말이다. 제레미는 죽고 나서 가까운 친지를 아무도 만나지 못한 자신과 반대로, 종종 천사들이 방금 임종을 맞고 도착한 가족을 기다린다는 사실을 알아차렸다. 부모를 발견하고 믿지 못하겠다는 말투로 '아빠야? 엄마? 할머니 맞아요? 할아버지예요? 진짜 예요?'라고 외치는 노인들의 놀란 표정을 보는 것은 정말 즐겁기까지 했다. 온 가족과 인사하려면 여러 시간이 걸렸다. 하지만 재회하는 동안 그들에게서 터져 나오는 행복은 위안이 되었다. 모두에게처럼 제레미에게도. 종종 천사들 무리는 새로 도착한 신입을 안고 날아갔는데, 신입은 괴상한 표정을 하고 자신의 조상들 위에 토하지 않으려고 엄청나게 노력했다.

제레미는 머릿속으로 자기 머리에 꿀밤을 먹였다.

'도가 지나쳐. 냉소적인 태도는 이제 그만. 사실 넌 질투하는 거잖아. 아무도 널 기다리지 않으니까.'

마침내 붉은 천사들 무리에 둘러싸인 수많은 인간들이 구급차를 따라 도착했다. 제레미는 펄쩍 뛰어 일어나, 그들 뒤를 따라 시체 공시소 안으로 들어갔다. 지붕 위에서 벌어진 천사들의 춤은 거의 광란에 가까웠다. 슬픔과 고통이 밝은 갈색의 소용돌이 안개로 피어오르더니 색이 더 진해지며 건물 지붕을 통과했다. 붉은 천사들은 먹을 것이 충분할 것이다.

시체 공시소 안으로 들어갔지만 제레미는 자신의 시체를 찾을 수 없었다. 밤이어서 내부의 여러 공간이 닫혀 있었고, 매번 당직 의사가 문을 열어주기를 기다려야만 했는데 아주 성가신 일이었다. 벨벳과 같은 감촉의 벽들과 출구는 계속 그가 통과하지 못하게 막았다. 덕분에 그는 잠긴 문에 발목을 잡혀, 어쩔 수 없이 다양한 사체 부검에 참석해 꽤 많은 시간을 보냈다.

법의학자가 심하게 공격당한 어느 청년의 뇌를 꺼내는 순간, 제레미는 틀림없이 자신이 파랑보다는 갈색에 가까울 거라고 생각했다. 그리고 이번에는 정색을 하고 유령들은(그래, 그래, 천사들은……) 저래도 식사를 할 수 있을까 자문했다. 더 끔찍한 것은, 자신이 귀신처럼 거울에 모습이 비추지 않는다는 사실로, 제레미는 크게 충격을 받았다(결국 또 한 번 충격을 받았다……). 하지만 그것은 당연한 일이었다. 살아 있는 사람들이 볼 수 없다면 거울은 당연히 그를 비출 수 없을 것이다.

한참 시간이 지난 후 해부실의 문이 열리며 법의학자의 조수가 들어와서 제레미는 간신히 빠져나올 수 있었다. 갑자기 제레미가 뒤로 펄쩍 물러났다. 어디선가 별안간 바퀴 달린 들것이 나타나 피하려고 했는데, 어찌된 일인지 뒤쪽에 있던 유리문을 통과해 버렸다. 잠시 동안 제레미는 자신이 어디에 있는지 깨닫지 못한 채 그 자리에 딱 멈춰 있었다. 그러고는 동작을 멈춘 발밑을 쳐다보았다……. 맙소사, 무시무시하게도 두 발은 아무것도 딛고 있지 않았다! 크게 당황한 제레미는 텍스 에이버리•의 만화 캐릭터처럼 두 다리를 버둥거리며 "아, 안 돼!"라고 가까스로 외치고는 엘리베이터 박스의 깊은 구렁 속으로 떨어졌다.

다행히도 엘리베이터가 얼마 멀지 않은 곳에 멈춰 있었다. 떨어지는 충격을 불가사의한 얇은 막이 조금 밖에 흡수하지 못해서 제

• 미국의 만화 제작자 겸 만화가, '벅스 버니' '대피 덕' 등의 캐릭터를 만듦.

레미는 고통스러워 어쩔 줄 몰라 신음했다. 그는 달리면 숨이 찼고 떨어지면 아팠다. 죽었다면 육체에서 분리된 영혼으로 간주되어야 하는 게 아니던가? 도대체 낙원이라는 이곳은 뭐란 말인가? 게다가 엘리베이터 안으로 들어갈 수 있는 방법이 전혀 없다는 사실을 깨닫고 제레미는 두려움에 몸을 떨었다.

"그래, 제레미, 진정해. 기억을 되살려보자. 네가 여기 떨어지기 전에 무슨 일이 벌어졌지? 넌 두려웠어. 바퀴 달린 들것을 피하려 했지. 그리고…… 아!"

그가 기억을 떠올리는 동안, 엘리베이터가 꼭대기 층까지 올라가 천장에 아슬아슬하게 가까워졌다. 뛰어내릴 시간조차 없었던 제레미는 이번에는 엘리베이터 안, 사람들 위에 착륙했다. 다시 말해 엘리베이터를 통과했던 것이다. 다행히 아무도 눈치채지 못했다.

문이 열렸고 제레미는 온몸이 다 아팠지만, 한 가지 깨달은 점이 있었다. 어쨌든 간에 자신의 육체가 물질을 통과하도록 조절할 수 있었다(이 메커니즘에 제대로 적응한다면 그렇단 말이다). 좀 덜 아픈 방법을 배우는 게 더 좋을 테지만 그래도 자긍심이 느껴졌다. 제레미는 이 사실을 오롯이 혼자 찾아냈고 곤경에서 무사히 빠져나왔다. 1점 득점! 제레미는 깊게 숨을 들이마시고는 자신이 서 있는 곳을 둘러보았다. 시체 공시소 안이어서 붉은 천사들이 잔뜩 있을 거라고 생각했는데, 이상하게도 그곳에는 천사들이 단 한 명도 없었다. 가족들과 함께 있거나 지붕 위에 있는 게 틀림없었다.

어떤 의사가 바퀴 달린 들것을 밀고 복도를 지나가는데, 들것 위에 비죽이 삐져나온 두 발을 보고 제레미는 퍼뜩 깨달았다. 자신의 발이었던 것이다! 토할 것처럼 울렁거리는 가슴을 안고 그는 의사를 따라갔다. 어떤 방으로 들어갔는데 거기서 제레미는 어머니를 알아보고 충격을 받았다. 그렇다, 자신의 죽음과 관련해 그들이 호출할 수 있는 사람은 어머니뿐이었다…….

정결한 검은 원피스에 화사한 핑크 진주 목걸이를 건 어머니의 모습은 지금이 새벽 네 시가 아닌 것처럼 완벽하게 빛났고, 수많은 자선바자회의 칵테일파티 중 한 곳에 참석한 것처럼 아름답게 반짝였다. 그녀는 자신의 아들이 숨이 끊어져 차가운 철판 위에 누워 있다는 사실을 믿을 수 없다는 듯 겁먹은 눈으로 시체를 바라보았다.

그리고 놀라운 일이 벌어졌다…….

…… 어머니가 실신을 한 것이다.

제레미는 어머니를 잡고 싶었지만 어머니는 그를 통과해 쓰러졌다. 조수는 이런 상황에 익숙한 듯 어머니가 바닥으로 넘어지기 직전에 붙잡았다. 무척 걱정이 된 제레미는 그녀를 향해 몸을 기울였고, 의사들은 재빨리 그녀를 일으켜 의자에 앉혔다.

"갈보-타치니 부인? 괜찮으십니까?" 한 의사가 아주 친절하게 물었다.

어머니는 눈꺼풀을 파르르 떨더니 한쪽 눈을 게슴츠레 떴다.

"으음, 어떻게 된 거죠?"

"아드님의 시신을 확인하고 기절하셨습니다. 정말 유감입니다."

"기절해요? 내가요? ……말도 안 돼요!"

그렇다. 제레미도 자신의 눈으로 보기 전에는 그렇게 생각했다. 제레미의 어머니, 냉혹한 클레르 갈보-타치니 부인이 아들의 시체처럼 하찮은 일에 기절을 하다니, 이것은 신문에 실릴 사건이었다. 십 년 전에 어떤 밀매상과 결혼을 한 후, 이부 여동생을 낳고 사는 어머니에 대해 제레미는 그 무엇도, 어느 누구도 그녀에게 충격을 입힐 수 없다고 생각했다.

아마도 제레미가 틀린 것 같았다.

어머니는 모두에게 들리도록 '찰칵' 소리를 내며 재빨리 차가운 갑옷을 다시 잠그고, 몸을 꼿꼿이 세웠다. 얼굴이 차가운 가면을 쓴 것처럼 굳었다. 하지만 몸에서 솟아오르는 안개가 속마음을 드러냈다. 안개는 갈색을 띤 짙은 파란색이었고, 제레미는 당황했다. 어머니는 아직 그를 사랑하고 있었다! 두 사람 사이에 있었던 그토록 격렬한 대립과 비난들, 오랫동안 쌓인 언짢은 감정들에도 어머니는 엄청난 슬픔을 느끼고 있었다. 집을 떠난 후 지난 삼 년의 세월 중 처음으로 제레미는 어머니 때문에 가슴이 아팠다. 그리고 어머니를 잘못 판단했다는 후회가 물밀듯이 밀려들었다.

문이 조금 열리더니 겁에 질린 작은 얼굴이 나타났다. 어머니의 비서인 나타샤였다. 그녀는 걱정이 되어 눈을 크게 뜨고 주위를 둘러보았다.

"부인? 따님이 잠에서 깼다고 운전기사가 전해왔어요. 따님은 여느 때처럼 악몽을 꾸고 부인이 어디 계신지 물었어요."

"곧 갈게요, 나타샤." 어머니가 평소처럼 냉정한 어조로 대답했다. “선생님들, 장례식에 필요한 준비는 제가 다 하겠습니다. 언제쯤 아들을 데리고 갈 수 있을까요?”

“나흘 후입니다, 부인.” 한 남자가 대답했다. “아마도 경찰이 부인을 만나고 싶어 할 겁니다. 아드님은 살해당했으니까요. 언뜻 보기에 강도 사건은 아니었습니다.”

“좋아요. 경찰의 연락을 기다리지요. 나타샤, 이제 갑시다.”

어머니는 샤넬 넘버 5의 비싼 흔적을 남기고 떠났다.

마지막으로 제레미는 향수에 젖은 눈으로 자신의 시체를 본 뒤, 지금은 어머니를 따라가는 것이 더 중요하다고 결론 내렸다.

새아버지를 제외하고 그에게는 다른 어떤 적도 없었으니까.

3. 악의 맛

제레미는 차 안으로 들어가느라고 어머니를 통과했는데 기분이 아주 묘했다. 생명이 없는 모든 것들을 벨벳 같은 얇은 막이 덮고 있다면, 죽은 자들에게 살아 있는 사람들은 물질이 아닌 상태로 존재하고 있었다. 살아 있는 사람들은 만질 수가 없을 뿐 아니라, 완벽히 통과하는 것이 가능했다.

현실은 부메랑처럼 항상 정확하게 되돌아왔다. 제레미는 꿈을 꾸는 중이 아니었다. 믿을 수 없는 사소한 부분들이 너무 많았다. 그는 진짜로 죽었고, 냉담하고 매정하다고 생각했던 어머니가 가슴에서 피를 흘리고 있었다. 어머니의 이런 모습은 자신이 죽은 사실 못지않게 제레미에게 혼란을 주었다.

깊은 슬픔에 빠진 어머니는 집으로 돌아가는 내내 나타샤가 눈치채지 못하게 리넨 손수건을 신경질적으로 만지작거렸다. 제레미가 아는 한 어머니는 리넨 손수건 말고 다른 것을 지닌 모습을 본 적이 없었다. 그녀는 크리넥스 티슈를 천박하다고 생각했다.

"저…… 정말 안타깝습니다, 부인." 나타샤가 조그맣게 말했다.

클레르는 아들과 똑같은, 차가운 파란 눈동자로 그녀를 바라봤다.

"당신이 안타까울 게 뭐 있어요. 그 아이를 알지도 못하는데!" 그녀가 무뚝뚝하게 말했다.

나타샤는 당황하지 않았다.

"부인이 안타까운 겁니다. 고통스러워하시는 게 보이거든요. 아이를 잃는다는 것은 아주 끔찍한 일이죠."

클레르는 아무런 대꾸도 하지 않고 입술을 완고하게 일자로 다물었다. 사려 깊은 젊은 비서는 더 말을 하지 않았다. 제레미는 주의 깊게 어머니를 살펴보았다. 클레르는 여전히 매우 아름다웠다. 설령 세월이 그녀의 얼굴을 할퀴고 지나갔다 해도, 눈에 띄지 않게 시행한 안면주름제거수술과 여러 번의 보톡스 주사가 노쇠의 흔적들을 지웠다. 클레르가 무슨 생각을 하는지 알 수 없는 것을 보니, 아마도 천사에게 텔레파시 능력은 없는 것 같았다. 하지만 어머니를 둘러싸고 있는 안개가 그녀의 마음을 보여주었다. 연갈색과 짙은 갈색 사이에서 흔들리는 안개는 슬픔과 두려움이 뒤섞인 쓰라린 회한의 감정을 드러냈으므로, 어머니에게 가까이 가지 않더라도 그 느낌을 충분히 감지할 수 있었다. 더 이상한 것은, 거무스름한 붉은색이 조금이라도 기회가 보이면 승리의 팡파르를 울릴 준비를 하면서 어머니의 안개를 전체적으로 옅게 물들인다는 것이다.

클레르는 화가 난 것이다. 누구에게? 도대체 왜?

마침내 리무진이 제레미의 새아버지가 뉴욕 외곽에 소유한 엄청난 저택의 쇠창살문을 통과했다. 클레르가 빠르게 차에서 내리자 제레미도 코앞에서 문이 닫히지 않도록 서둘러야 했다. 어머니는 하이힐을 신고 바닥에 흑백 대리석이 깔린 넓은 홀을 가로질러 계단을 두 단씩 뛰어 이 층으로 올라갔다.

제레미는 어머니가 그렇게 서두르는 이유를 깨달았다. 밀매상의 금발 천사인 안젤라, 바로 자신의 이부 여동생 때문이었다.

소녀는 침실로 쓰고 있는 엄청나게 큰 방의 침대 속에 조그맣게 몸을 웅크리고 누워 있었다. 벽에 몇 장의 포스터가 붙어 있었지만 공간을 따뜻한 분위기로 만들지는 못했다. 방은 온통 다 하얀색이었다. 침대가 너무 커 그 안에서 길을 잃은 천사를 감싸기 위해서 순수하고 깨끗한 보석 상자가 필요한 것처럼 말이다. 클레르는 감정과 인생을 잘 제어하던 여주인이며 귀부인으로서의 가면을 벗어버리고 손을 내밀었다.

"안젤라, 내 아가. 무슨 일이니?"

"엄마가 없었잖아. 어디에 있었어요?" 소녀는 제레미가 당황스러울 정도로 강렬한 두려움에 목이 메어 물었다.

"엄마는…… 엄마는 중요한 일이 있었단다. 그래도 오래 걸리지는 않았어. 우리 아가, 지금은 엄마가 여기 있잖니. 그래, 무슨 일이 있었는지 말해보렴."

"그게…… 그게 꿈을 꿨어요. 엄마, 늘 똑같은 꿈이에요!"

제레미는 성역이 짓밟히는 기분 나쁜 감정에 사로잡혀 좀 더 침실의 안쪽으로 들어갔다. 그때, 누군가를 보았다.

천사였다. 붉은 천사. 뚱뚱하고 흉측한 형상이었다.

그는 허리에 간단한 옷만 두른 채 기름지고 추잡한 가죽 부대처럼 천장에 매달려, 끔찍한 욕망을 불태우며 아이의 두려움을 탐욕스레 먹어치우고 있었다.

"무서워하지 마. 엄마가 옆에 있잖니." 클레르가 말했다

"그래도 잠드는 게 무서워요, 엄마." 소녀가 속삭였다. "그 사람이 항상 와요. 항상. 그 사람이 어떤 남자를 죽여요. 사방에 피가 흥건하고요. 사방에. 내 몸에도 피가 튀어서 난 온통 빨갛게 되었어요! 엄마, 그 사람 좀 쫓아줘요!"

클레르가 심하게 불안해하자 붉은 천사는 희열에 찬 비웃음을 흘렸다.

"그래, 좋아." 붉은 천사가 그르렁 소리를 내며 낄낄거렸다. "얼마나 많은 피가 사방에 흘렀는지 몰라, 그건 내가 흘린 피야! 언젠가는 네 아비가 대가를 치르게 될 거야, 예쁜 아가씨. 십 년 안에 너를 완전히 미치게 만들어주마!"

"시럽을 줄게, 아가." 클레르가 아주 조용한 목소리로 말했다. "그러면 그 고약한 악몽이 널 괴롭히지 않을 테니 푹 쉴 수 있을 거야."

"빌어먹을!" 붉은 천사가 투덜거렸다. "그래, 수면제를 먹으면 내가 아이의 잠재의식에 닿을 수 없지. 하지만 그렇게 빠져나가지는 못할걸. 애한테 매일 수면제를 줄 수는 없잖아. 그러면 나중에는 제 이름이 뭔지도 모를 정도로 중독되어버릴 테니까. 난 참을 거야. 기

다릴 거라고!"

그리고 붉은 천사는 제레미가 뭐라고 말 한마디 붙이기도 전에 사라졌다.

소녀는 너무나 지쳐서 어머니와 더 이야기할 기력조차 없었다. 안젤라가 시럽을 마시자 클레르는 옆에 앉아 머리카락을 쓰다듬고 아름다운 이야기를 들려주며 잠이 들 때까지 기다렸다. 옛날에 제레미에게 들려주던 이야기였다. 새 남편이자 '밀매상'인 프랭크 타치니와 결혼하기 전에 말이다. 제레미는 어처구니없게도 안젤라를 향해 솟아나는 질투심을 억누를 수가 없었다. 어쨌든 붉은 천사는 분명 안젤라의 아버지와 뭔가 계산할 것이 있는 것 같았다. 무엇 때문에? 무슨 일이 있었던 것일까? 제레미는 그것이 뭔지 알아보기 위해 하룻밤을 기다려보기로 했다. 대저택을 조사하는 것이 지금 그가 해야 할 유일한 일이었다.

제레미는 계단을 올라갔다. 그가 극도로 싫어하는 이 집은 모든 것이 지나치게 과했다. 그 때문에 그는 살아 있을 때에도 이 집에 그리 오래 있지 않았다. 제레미는 자신에게 거의 모든 것을 가르쳐주신, 무서운 멘토이자 냉정한 재력가인 외할아버지 제임스 스튜전트의 곁에서 낮이건 밤이건 시간을 보내는 것을 좋아했다. 재능이 뛰어났던 제레미는 학업을 마치자마자 일자리를 잡고는 이 집에서 도망쳐버렸다. 제레미가 지닌 놀라운 직관은 빠르게 그에게 재력의 문을 열어주었고 돈이 있으니 가족관계에서 자유로워질 수 있었다. 그 무렵 그의 가족관계는 괴상하게 풀어져버린 실타래 같았다. 결국 그 관계가 문제였다…….

벽에 걸린 거만한 초상화들 앞을 지나가며 제레미는 분노가 솟구쳐 오르는 것을 느꼈다. 저 밀매상의 조상들은 도대체 어디 출신이란 말인가? 프랭크의 가족이 프랭크가 최고의 학업을 마치고 뉴욕에서 최상위에 속하게끔 지원했다 하더라도, 출신 성분이 석연치 않고 재산은 최근에 벌어들인 것이란 점은 공공연한 사실이었다. 하지만 저렇게 초상화들을 보란 듯이 과시하며 타치니 일가는 질 좋은 핏줄이라 주장해왔다. 아주 감동적이었다.

밀매상의 침실은 문이 잠겨 있었다. 제레미는 통과하고 싶었지만 불가능했다. 나무 문이 그에게 저항하는 것 같았다. 안으로 들어가려고 이렇게도 해보고 저렇게도 해봤지만 아무 소용이 없었다. 그런데 벽에 몸을 기대는 순간, 갑자기 몸이 한쪽으로 휘청하더니 침실 안으로 들어가 바닥을 굴렀다. 제레미는 자신이 어떻게 했는지 도무지 알 수가 없었지만 어쨌든 안으로 들어온 것에 만족하며 재빨리 몸을 일으켰다.

놀랍게도 프랭크는 깨어 있었다. 그는 전화 통화를 하는 중이었고, 파란 안개가 그의 몸에서 솟아올랐다. 제레미는 분노나 쓰라린 감정, 격심한 고통 같은 것에 흔들리지 않고 프랭크를 바라볼 수 있었다. 프랭크는 매력적인 남자였다. 키가 크고 갈색 머리에 구레나룻이 은빛으로 우아하게 물든 그의 모습에서는 힘과 점잖은 태도가 느껴졌다. 폴로 경기를 하고 하버드 대학에서 공부를 한, 이렇게 호의적인 얼굴의 멋진 사내가 밀매상이라는 것은 상상조차 하기 어려웠다. 클레르도 거기에 걸려들었다. 제레미 역시 어머니가 재혼한 초기에는 마찬가지였다.

"네, 소식은 들었습니다. 아주 잘된 일이죠. 감사합니다. 그 훼방꾼은 이제 더 이상 우리를 귀찮게 못하겠죠. 이게 다 전문가가 몸소 처리해준 덕분이죠. 보스에게 합의한 금액을 받게 될 거라고 전해주십시오. 물론 두 건에 대한 금액이죠!"

제레미는 피가 얼어붙는 것 같았다. 그는 금세 이 밀매상이 무슨 짓을 했는지 알아차렸다. 프랭크는 자신의 범죄를 고백했다. 제레미를 살해한 사람은 바로 이 사람이다! 치밀어 오르는 분노에 사로잡혀 제레미는 프랭크에게로 달려가 그 뻔뻔한 얼굴에 주먹을 날렸다. 물론 아무 소용도 없었다. 어떤 것은 접촉이 가능한데 왜 사람은 안 되는 것일까? 주먹으로 허공을 친 제레미는 기대했던 만족감을 얻을 수 없었다. 밀매상은 비틀거리지조차 않았고, 아내가 나타나자 귀족층 특유의 거만한 표정이 사라졌다. 제레미는 그의 감정 색깔이 변하는 것을 보고 깜짝 놀랐다. 사랑과 관련된 색깔인 짙은 파란색 안개가 피어올랐다. 하늘에 맹세코 저 밀매상은 어머니를 진실로 사랑하고 있는 것이다! 프랭크가 다정하게 포옹하자 어머니는 잠깐 몸이 굳어졌다가 그가 하는 대로 그냥 내버려두었다. 어머니에게서 발산된 슬픔과 고통의 갈색 안개가 창백한 색조로 잠시 프랭크의 푸른 안개에 뒤섞였다. 그러고 나서 클레르는 몸을 일으켜 프랭크와 좀 거리를 두었다. 그녀의 슬픔이 남편의 안개를 은회색으로 물들였고, 프랭크는 결코 연민 따위를 느낄 사람이 아니라고 확고하게 믿고 있던 제레미를 다시 한 번 놀라게 했다.

"어떻게 됐어?" 프랭크가 다정하고 염려스럽게 물었다.

클레르는 떨리는 손으로 머리카락을 만지고는 의자에 앉았다.

"그 아이가 맞아. 오, 맙소사, 프랭크. 믿을 수가 없어. 누군가 그 애를 죽였다고! 제레미는 목이 잘렸어. 마치…… 마치 동물의 목이 잘리듯이. 사람을 그렇게 죽이다니 누가 그렇게 잔인할 수 있을까? 도저히…… 도저히 믿어지지가 않아."

느닷없이 그녀의 얼굴이 창백해지더니 남편을 뚫어지게 바라보았다.

"이 사건이 혹시 당신 사업…… 과 관련 있을 수도 있을까?"

그녀가 '사업'이란 말을 이상하게 발음하자 프랭크는 눈썹을 찌푸렸다.

"절대 아냐. 내겐 적이 없어." 그가 단호한 어조로 말했다.

"그래, 살아 있는 적은 없겠지." 제레미가 중얼거렸다. "하지만 죽은 이들은 있잖아. 이보쇼, 당신은 죽은 사람들을 꽤 수집하는 것 같던데!"

클레르가 화가 나려는 감정을 억제했다.

"당신은 아무것도 몰라. 당신이 그런 사업에 몸담았다는 것을 알고 나서, 난 안젤라 때문에 늘 불안했어. 하지만 제레미에 대해서는 걱정하지 않았지. 그 아이는 정말 화를 많이 냈어. 당신과 당신 사업을 심하게 반대했지……. 그러니 누군가 걔를 해치고 싶어 했을 거라고 어떻게 생각하지 않을 수 있었겠어! 오! 프랭크, 제발……. 부탁할게, 제발 이혼해줘! 당신 돈은 원하지 않아. 난 그저 평범한 인생을 살고 싶을 뿐이야. 매 순간마다 누군가 내 딸을 공격하지 않을까 두려워하고 싶지 않아. 벌써 아들을 잃었잖아. 프랭크, 날 보내줘, 제발!"

제레미는 착각하지 않았다. 프랭크가 풍기는 감정은 분노가 아니었다. 그것은 두려움이었다.

프랭크가 클레르의 발밑에 몸을 던지더니 그녀의 무릎을 감싸 안았다. 클레르는 아무런 반응도 하지 않고 입을 꽉 다물고 있었다. 제레미는 새아버지를 좋아하지 않는 데다가 이런 장면을 바라보고 있자니 심기가 아주 불편했다. 뭔가가 잘못되어가고 있었다. 그는 치밀어 오르는 욕지기를 참으며 두 사람을 지켜보았다.

"클레르, 제발 부탁해. 당신이 떠난다면 난 죽어버릴 거야! 당신이 직접 내 목을 벤다면 더욱 확실하겠지! 제발 이렇게 빌게. 당신은 내가 살아가는 유일한 이유야. 시간을 좀 줘. 당신이 두려워하는 사업들은 전부 다 청산하는 중이야. 난 불법적인 일은 하나도 안 했어. 클레르, 전부 다 투명하다고!"

클레르는 뒤로 물러나듯이 몸을 움츠렸고, 마지못해 몸을 일으킨 남편을 밀어냈다.

"불법적인 일은 안 했다고?" 그녀가 목이 메어 소리쳤다. "무기를 팔잖아! 난 바보처럼 눈이 멀어 고분고분하게 사랑……(숨이 차올라 이 단어를 마칠 수 없었지만, 그녀는 마치 독을 뱉어내듯이 나머지 문장을 뱉어냈다). 그 사실을 알아차리는 데 팔 년이나 걸렸다는 생각을 하면!"

"당신의 사랑하는 아들이 내 뒷조사를 한 때문이었지. 그래, 나도 알아." 프랭크가 대답했다. 고통과 분노가 그의 감정을 물들였다.

"공공사업을 한다는 회사는 껍데기일 뿐이잖아!" 클레르가 프랭크의 말 뒤에 숨겨진 비난을 무시하고 말을 이었다. "그 긴 세월 동안 계속 거짓말을 해온 당신을 어떻게 옛날처럼 믿을 수 있겠어?"

프랭크가 간청하듯 두 손을 내밀었다.

"그것은 당신을 사랑하기 때문에 그런 거야! 만약 진실을 말했다면, 당신은 절대 나랑 결혼하지 않았을 거야. 만약 내가 가난했더라면, 난 결코 당신한테 접근하지 못했을 거라고! 어쩔 수 없었어, 클레르. 선택의 여지가 없었다고. 아주 오래전부터 우리 가족은 이 사업을 해왔어. 아버지가 돌아가셨을 때 난 이 바닥에서 멀어지려 애썼지. 그래도 몇 년 동안 당신을 행복하게 해줬잖아. 우리는 근사한 커플이었어. 하지만 지금은 내 집에서 나 혼자 이방인이 된 것 같은 기분이야! 당신은 나를 견딜 수 없이 차갑게 대하고, 각방을 쓰자고 압박하고, 매일 이혼을 요구하잖아. 나도 더 이상은 견딜 수 없어!"

클레르도 화가 나서 미간을 찌푸렸다.

"그렇게 견딜 수 없다면 내가 원하는 대로 해줘. 나를 자유롭게 풀어달라고."

"으음, 엄마, 지금 저 사람 감정이 변하는 색깔을 보니……." 갑자기 걱정이 된 제레미가 중얼거렸다. "내가 엄마라면 난 그냥 내버려두겠어요! 그는 위험한 사람이에요. 불같이 화가 나게 하면 안 돼요, 엄마!"

제레미는 틀리지 않았다. 어둡고 불길한 붉은 안개가 프랭크의 머리 위를 물들였다. 그는 화가 나고 불안에 사로잡혔다. 아주 나쁜 결합이었다. 생각했던 것과 정확하게 반대의 결과인 셈이다.

"좋아." 프랭크가 거칠게 내뱉었다. "그 정도로 나를 미워한다면, 나도 앞으로 내가 뭘 어떻게 할지 알 수 없어. 이제 당신이 선택해. 떠나도 상관없어……."

그는 클레르가 흥분해서 무슨 말을 하려 하자 손짓으로 멈추게 했다.

"…… 안젤라는 내가 데리고 있겠어."

제레미는 어머니의 눈에서 희망의 빛이 사그라지고 낯빛이 창백해지는 것을 보았다.

"진짜로…… 진짜로 그러진 않을 거지?"

"클레르, 당신은 돈도 없고 일자리도 없잖아." 뱃속에 끓어오르는 고통에도 불구하고 밀매상은 주저 없이 평화롭게 대답했다. "당신은 그저 매혹적이고 존경스러운 한 집안의 주부일 뿐이야. 판사가 과연 누구에게 안젤라의 양육을 맡길까?"

프랭크는 잘못 생각했다. 클레르의 감정 색깔을 보면 그녀는 사실 그를 미워하지 않았다. 그녀는 그저 지치고 당황했으며 딸뿐 아니라 프랭크도(이 점은 철저하게 감추고 있었지만) 걱정스러웠던 것이다. 하지만 그가 방금 말한 내용이 상황을 완전히 바꾸어놓았다. 처음에 클레르는 첫 남편인 제레미의 아버지에 대한 사랑 때문에 변화했고 그다음에는 프랭크를 사랑하면서 성격이 변했다. 그러나 사교계의 여왕으로 군림하는 아름다운 겉모습 아래, 클레르는 마음속 깊은 곳에 여전사의 속성이 남아 있었다. 꿋꿋하고 용감한 여자로서의 속성이.

클레르는 큰 충격을 받았다는 것을 드러내며 벌떡 일어섰다.

"내 아들이 죽었어." 메마른 목소리로 그녀가 말했다.

프랭크가 짜증스러운 몸짓을 하려다 꾹 참아냈다.

"그래, 알고 있어. 그래서?"

"무슨 말인지 모르겠어, 프랭크? 내 아들이 죽었다고. 내가 폴 갈보와 결혼했기 때문에 아버지는 나한테 유산을 물려주지 않았던 거야. 폴은 화가였고 가난한 사람이었기 때문에, 냉정한 재력가인 아버지 눈에 그는 그저 불평 많은 괴짜로밖에 보이지 않았지. 하지만 아버지는 제레미에게 신탁을 해놓았어. 내 아버지는 수십억, 아니 수백억의 재산을 모았어. 제레미는 그 재산에 손도 대지 않았고. 자신의 능력을 증명하고 싶었으니까. 하지만 이제…… 제레미는 죽었어."

프랭크가 입을 벌렸다가 다시 다물었다. 그에게서 퍼져 나오는 안개가 그가 동요하고 있다는 사실을 드러냈다.

"이제 내가 유일한 상속자야." 클레르가 덧붙였다. "유감이군."

더 이상 할 말이 없었다. 그녀는 말없이 침실에서 나갔다. 제레미는 울고 싶었다. 서로에게 상처 주지 않고는 어떻게 헤어져야 할지 모를 정도로 깊이 사랑하는 이 두 남녀의 인생이 가슴 아팠다. 하지만 제레미는 여전히 프랭크에게 화가 났다. 이제는 어머니가 심각하게 걱정되기 시작했다. 왜냐하면 프랭크가 진짜 혼자라고 생각하며 눈물을 흘렸고, 그에게서 뿜어져 나온 안개가 소름 끼치는 주황색으로 물들었기 때문이다. 그는 복수를 생각하기 시작한 것이다.

제레미는 안개 앞에서 뒷걸음질 쳤다. 안개에 다가가지 말아야 했다. 다행히도 문이 반쯤 열려 있어 침실에서 빠져나와 복도를 걷는 어머니를 따라잡았다. 어머니가 침실로 들어가 다시 문을 닫으려는 순간 제레미는 교묘히 들어가는 데 성공했다. 어머니는 침대에 몸을 던지며 울음을 터뜨렸다. 그녀에게서 짙은 초콜릿색 안개가 피어올랐고 끔찍하게 맛있는 냄새가 났다. 제레미는 안개를 피하려고 옆으로 비켜섰다.

"아, 엄마." 제레미가 슬픔에 잠겨 탄식했다. "정말 미안해요. 엄마, 난 죽었어요. 엄마를 보호해줄 수가 없어요. 엄마가 함정에 빠졌는데 아무것도 할 수가 없네요. 엄마, 내 말 좀 들어봐요. 저 사람은 진짜 위험해요. 저 사람은 반드시 부드럽게 다뤄야 해요. 아니면 나를 죽였듯이 엄마를 죽일 거라고요."

하지만 프랭크가 한 말과 행동에는 분명 뭔가가 있었다……. 제레미가 알아차릴 수 없는 무언가가 있었다. 제레미가 잘못 생각하고 있다고 경종을 울리며 충격을 안겨줄 무엇인가가. 그러나 그것이 무엇인지 짐작하는 것은 불가능했다. 제레미는 어머니가 냉정을 되찾을 때까지 옆에 머무르며, 자신의 말을 조금이라도 감지할 수 있게 만들려 애썼다. 그러나 그녀는 괴로움이 너무 커서 제레미가 하는 어떤 말에도 반응하지 않았다. 슬프고 낙심한 제레미는 피로가 몰려오는 것을 느꼈다. 가까스로 침실 문을 통과하는 데 성공한 그는 손님용 침실로 향했다.

드넓은 저택에는 남아도는 침실이 여러 개 있었다. 제레미가 찾아간 침실은 그가 유독 좋아하던 곳이었다. 노르스름한 크림색 바탕의 벽지에는 나비들이 떼 지어 날고 꽃들이 만개한 가운데 말을 타고 여우 떼를 쫓는 사냥꾼들이 그려져 있었다. 제레미는 신기하게도 안락하게 느껴지는, 도처에 널린 그 느른한 얇은 막으로 덮인 침대에 몸을 눕혔다. 누웠는데도 아무런 흔적이 남지 않았고…… 그는 잠이 들었다.

잠이 깼을 때 제레미는 자신이 어디에 있는지를 깨닫는 데 한참 시간이 걸렸다.

자신의 아파트가 아니었다. 왜 이 침실에 있는 거지……? 문득 기억이 떠올라 제레미는 벌떡 일어났다. 그는 죽었다. 완전히, 확실하게 목숨을 잃었다. 제기랄, 이 사실은 몇 번이나 그의 빰따귀를 후려칠 것인가! 도저히 익숙해지지 않았다. 자신이 죽었다는 사실이.

게다가 제레미는 알몸이었다. 안개로 만든 옷은 오래가지 않았다. 플린트가 그에게 경고했던 사실을 잊고 있었다. 제레미의 몸은 온통 파란색이었다. 그에게 일어난 일들은 전부 다 비상식적이고 부당했다. 무시무시한 감정이 그를 휩쓸었고 제레미는 몸을 잔뜩 웅크렸다. 그는 모든 것을 잃었다. 친구들, 인생, 가족…… 설령 가족과 별로 사이가 좋지 않았다 해도 말이다. 제레미는 두 뺨에 눈물이 흘러내리는 것을 느끼고 당황해서 눈물을 닦았다. 원래 그는 잘 울지 않았는데 이 세계에 들어온 다음부터는 눈물이 그치질 않았다.

제레미는 어쩔 줄 몰라 눈물에 젖은 손을 뚫어지게 바라보다가, 전날 본 뚱뚱한 붉은 천사가 조용히 침실을 가로지르는 것을 보았다. 그는 제레미에게 멸시하는 시선을 흘깃 던지고 제 갈 길을 갔다.

제레미는 무언가 차갑고 끈적거리는 것이 자신을 건드린 것처럼 소름이 쫙 끼쳤다. 갑자기 그 천사가 단 한 가지 목적을 위해 여기에 있다는 것을 깨달았다. 여동생을 끈질기게 괴롭혀 파멸시키려는 목적. 제레미는 벌떡 일어나 그를 따라가려 했지만 벽에 부딪혀 튕겨 나가 떨어졌다.

전혀 예상하지 못했던 상황이라 지독히 아팠다. 그렇다. 벽을 통과하는 기술은 아직 완벽한 단계가 아니었다. 다행히도 침실 문이 열려 있어 나올 수 있었다. 제레미는 자신의 육체가 완벽하게 사물을 통과하도록 훈련하겠다고 결심했다. 어느 날 궁지에 몰릴 위험을 감수하고 싶지는 않았다.

붉은 천사가 어디에 있는지 맞추는 것은 쉬웠다. 제레미는 그를 따라갔지만 바로 뒤에 붙지는 않았다. 배가 고팠던 것이다. 창문 앞을 지나며 내다보니 바깥은 벌써 깜깜한 밤이었다. 그렇다면 제레미는 하루 종일 '잠을 잔' 것이다…….

제레미는 아직도 이 새로운 세계의 규칙을 이해하지 못했다. 그는 감정을 '먹는다'. 하지만 배설할 필요는 없다. 이 상황은 비논리적으로 보였다. 달리면 숨이 차다. 그러나 땀이 나지는 않는다. 울 수도 있다. 눈물이 손과 뺨을 적신다. 하지만 심장이 뛰는 것은 느껴지지 않는다. 마치 그의 몸이 본래의 자아를 투영한 것처럼 말이다. 그의 영혼이, 다른 이유 때문이라기보다는 습관적으로 가장 익숙해 보이는 형태를 취하고, 함께 다다를 한계를 선택한 것처럼 말이다.

이 순간, 제레미는 바지를 얻을 수 있다면 무엇이라도 줄 수 있을 것 같았다. 플린트는 안개로 옷을 만들었다고 말했다. 또 어느 정도 시간이 지나기 전에는 제레미가 그 기술을 이용하지 못할 것이라고도 했다. 하지만 지금 주위에는 저 무시무시한 붉은 천사 말고 다른 천사는 아무도 없었다. 저자가 타인을 도울 선의가 있을지 의심스러웠다. 제레미는 혼자 이 곤경에서 벗어나야만 했다.

제레미는 아래층에 있는 주방으로 내려갔다. 사람들이 그를 보지 못하고 무심히 지나쳐갈 때면 여전히 깜짝깜짝 놀랐다. 주방에는 여자 요리사와 급사장이 앉아 있었다. 신문을 읽으며 웃고 있는 그들에게서 하얀 안개가 피어올랐다. 제레미는 가까이 다가가 마지못해 '정성스러운 아침 식사' 대신 안개를 조금 먹었다. 이 안개는 지난번에 먹은 것과 같은 것이 아니었는데도 느낌은 정확하게 똑같았고 여전히 믿을 수 없는 힘으로 그를 뒤흔들어놓았다. 하지만 쓰러지지는 않았다(음, 용의주도하게도 그는 안개를 먹기 전에 벽에 기댔다).

황홀경에서 빠져나온 제레미는 너무 많이 먹어서 두 사람이 뿜어낸 안개의 양이 엄청나게 줄어든 것을 확인했다. 안 돼, 옷을 만들어야 해……. 그는 안개를 손으로 잡으려 애썼지만 손가락 사이로 빠져나갔다. 그는 두 손을 잔처럼 오므려 안개를 담아보려 했지만 여전히 조그만 틈새로 빠져나갔다.

두 사람이 신문을 다 읽기까지 이십 분 동안, 제레미는 안개를 이용해보려고 애썼으나 성공하지 못했다. 조금씩 실망감이 느껴지며 참을성을 잃기 시작했다. 플린트가 예고한 상황이었다. 정확하게 바로 그 이유 때문에 그는 해내고 싶었다. 짧았던 인생 동안 제레미는 선입견과 싸웠다. 특히 나이가 젊다는 이유로 생긴 선입견들과 싸웠다. 이런 정신 상태는 제레미를 고집이 세고 자유분방한 성격으로 만들었다. 제레미는 머리에 두통이 느껴질 때까지 집중하고 또 집중했다. 두통 따위는 무시한 채 안개를 길들이겠다는 의지와 격렬한 분노를 표출하며 무리하게 힘을 쓰고 또 썼다.

별안간 머릿속에서 스위치가 찰카닥 켜진 것 같았다. 안개가 그의 손안에 고였다. 그의 분노가 그렇게 딱 멈추게 한 것 같았다. 제레미는 침을 삼키고 극도로 집중했다. 안개를 잡고 있는 것은 그의 손이 아니었다. 정신이었다. 정신력으로 안개를 반죽할 수 있는 것이다! 떨리는 마음으로 제레미는 손과 정신을 긴장시켰다.

안개가 굳어지더니 따뜻하고 부드러운 작은 생명체처럼 손바닥에서 둥그렇게 감겼다.

"오예에에에에에에!"

함성을 지르다가 여자도 남자도 반응하지 않는 모습에 또다시 깜짝 놀랐다. 너무나 기뻐하며 제레미는 안개를 쥐고 있던 힘을 느슨하게 풀었다. 안개가 날아갔다.

“좋아, 멈출 수도 있군. 그럼 이제 다른 모양을 빚을 수 있는지 보자고.” 그가 중얼거렸다.

여자 요리사와 급사장의 감정이 즐거움, 분개, 연민 사이에서 심하게 변하는 바람에 쉽지 않았다. 하지만 전체적으로 봤을 때 거의 긍정적인 감정이었기 때문에 제레미는 두려움 없이 사용할 수 있었다. 한 시간 정도 엄청난 노력을 쏟은 끝에 흰색과 파랑, 회색이 섞인 쓸 만한 바지를 만들어내는 데 성공했다. 단추를 만들어내는 것은 불가능했지만 이상하게도 기저귀용 옷핀을 만들어내는 데는 아무 문제도 없었다. 틀림없이 현실적인 성향의 여자 요리사에게서 나온 강력한 안개를 사용했기 때문일 것이다. 기저귀용 옷핀이 남자다워 보이지는 않았지만 바지는 잘 고정해주었다.

제레미는 자신이 바보같이 느껴졌지만 웃음을 자제해야 했다. 어쨌든 성공했다! 이렇게 만드는 것이 불가능한 것은 아니라고 플린트가 말했었다. 이 세계에 온 후 처음으로 제레미는 스스로 운명을 약간 통제할 수 있다는 기분이 들었다. 휘파람을 불며 제레미는 서둘지 않고 위층으로 올라갔다. 그러나 붉은 천사를 떠올리자 좋았던 기분이 감쪽같이 사라졌다.

제레미가 안젤라의 침실에 도착했을 때 소녀는 책을 읽고 있었다. 소녀에게서 분출되는 안개는 연갈색이었고 슬픔이 가슴에 느껴졌다. 눈물로 퉁퉁 부은 얼굴을 보고 제레미는 안젤라가 하루 종일 울었다는 것을 알아차렸다. 이상하게도 죄의식이 느껴졌다. 안젤라는 책을 읽어보려고 시야를 흐리는 눈물을 연신 훔치면서도 책을 놓지 않았다.

붉은 천사는 소녀의 머리 바로 위, 천장에 붙어서 두 손을 비비고 있었다. 제레미를 보자 그는 얼굴을 찌푸렸다. 전날에는 안개를 먹고 있어서 그에게 주의를 기울이지 않았지만, 이번에는 제레미의 출현을 눈에 띄게 거북해했다.

붉은 천사가 있다는 것을 확인한 제레미는 다시 속이 뒤집히는 것 같았다.

그저 흉악한 외모와 광기가 번득이는 눈빛 때문만은 아니었다. 그에게서 뿜어져 나오는 파동 때문이었는데, 그 파동은 닿는 것마다 오염시켰다. 제레미는 한 걸음 뒤로 물러섰다. 제레미의 행동이 결국 붉은 천사를 흥분시켰고, 붉은 천사는 단숨에 제레미에게 달려들어 목을 움켜쥐고 벽으로 밀어붙였다. 미는 힘이 너무 세서 제레미를 반쯤 벽 속에 처박았다.

"빌어먹을 파랑 녀석!" 붉은 천사가 휘파람 같은 소리를 냈다. "여기서 뭘 하는 거냐?"

계속 목을 조르며 밀어대자 제레미는 붉은 천사가 진짜로 자신의 목을 졸라 죽이는 게 아닐까 생각했다.

"계집애의 머리맡에서 네 사진을 봤지. 넌 저 애의 이부 오빠잖아. 그렇지, 이 멍청아? 뭘 바라고 여기 온 거야?"

제레미는 증오로 뒤틀린 얼굴 앞에서 눈을 조심스레 내리깔며 떨리는 목소리로 말했다.

"안녕하세요……. 죄송합니다만, 당신을 방해하고 싶지는 않았어요. 난 그냥 지나가는 길입니다만……. (그는 막 생각이 떠오른 것처럼 말했다.) 안젤라 주위에는 푸른 천사가 하나도 없네요, 왜 그런가요?"

사실 이 집에 그 말고 다른 천사는 한 명도 보이지 않아서 제레미는 이상하게 생각하기 시작한 참이었다.

"그 형편없는 것들은 내가 다 쫓아냈지." 붉은 천사가 킬킬거렸다. "난 저 계집애한테 복수할 게 있어. 내 부정적인 감정이 푸른 천사들을 아프게 만들었지. 녀석들은 총알보다 더 빨리 줄행랑치더군. 아아!"

바닥과 천장 사이에 둥둥 뜬 상태로 제레미를 움켜잡은 그의 손이 조금 느슨해졌다.

"이 감정이 느껴지지 않나, 신입 파랑? 이 강렬한 증오와 분노가 느껴지지 않아? 보통 너희 부류는 이 감정에 아파한단 말이다!"

그때서야 제레미는 증오로 가득 찬 이 붉은 천사가 가까이 있을 때 왜 자신이 그렇게 아팠는지 깨달았다. 게다가 욕지기가 치밀어 올라오는 동시에 붉은 천사의 머리통을 으스러뜨리고 싶은 강렬한 욕망을 느꼈다. 이미 목을 조르고 있는 상황에 비추어본다면, 제레미는 그가 자신을 죽이거나 혹은 죽일 수도 있다고 생각했다. 만약 두 번째로 죽는다면 이번엔 어디로 가는 것일까?

안젤라가 코를 푸는 소리에 제레미는 철학적인 생각에서 깨어났다.

"사실 나는 당신이 저 어린애에게 왜 그렇게도 화가 났을까 생각했어요."

붉은 천사의 분노에 찬 외침에 제레미는 소스라치게 놀랐다.

"저 아이의 빌어먹을 아비가 나를 죽였기 때문이야. 자, 이게 이유라고!"

"으으! 그렇게 소리 지를 필요는 없잖아요! 난 귀머거리가 아니라고요! 왜 그가 당신을 죽인 거죠?"

붉은 천사가 대답하려고 입을 열다가 돌연 동작을 멈추고 제레미에게 불신의 시선을 던졌다.

"그게 너하고 무슨 상관이지, 파랑 천사?"

제레미는 재빨리 생각을 했다. 그는 정보가 필요했다. 새아버지가 자신의 살인 사건에 어디까지 연루되었는지 알아내야 했다.

"나 역시 살해되었거든요." 그가 침착한 어조로 말했다.

붉은 천사는 잠시 동안 입을 멍하니 벌리고 있다가 낄낄거리기 시작했다.

"넌 프랭크 타치니가 그 사건을 일으킨 장본인이라고 생각하는 거냐? 그럼 젊은이, 줄을 서야지. 넌 혼자가 아니야!"

갑자기 제레미는 붉은 천사가 한 말의 의미를 깨달았다. 이제까지 새아버지의 사업은 분노를 이용하고 분쟁을 일으키는 것이 중요한 요소였다. 두려움은 아니었다. 오직 클레르만이 남편의 일 때문에 매우 불안해했다. 제레미는 무기 사업으로 살아가는 사람들을 알고 있었다. 그들은 돈을 엄청나게 벌어들이지만 모두 프랭크처럼 합법적 범위의 경계에서 일했다. 그때, 퍼뜩 제레미는 새아버지가 단순한 무기 밀매상 이상이라는 생각이 들었다. 그는 위험한 살인자였던 것이다.

다만 여전히 무언가가 잘 이해되지 않았다. 잘 조성된 가족 사업 덕분에 부자가 된 프랭크의 이미지는 현재 아무런 문제도 없었다. 제레미는 사람들을 제거하라고 차갑게 지시 내리는 프랭크를 상상하기가 어려웠다.

붉은 천사가 경멸하는 표정으로 그를 바라보았다.

"어쨌든 넌 푸른 천사다. 만약 복수하고 싶다면, 만약 그의 아내와 일꾼들의 감정에 영향을 미쳐 물건을 훔치고 그를 속이게 만들고 싶다면 붉은 천사가 되어야만 해. 넌 아직 멀었어."

사실 제레미는 자신이 처한 아이러니한 상황 때문에 조심할 수밖에 없었다.

뚱뚱한 괴물이 다시 천장으로 올라가 매달리려 해 제레미가 대화를 요청했지만, 그는 위협적인 태도로 대답을 완강히 거부했다.

제레미는 깊은 생각에 빠졌다. 무언가 흥미로운 일이 벌어졌다.

붉은 천사는 자신을 죽이지 않았다. 난폭하게 다룬 것은 확실했지만 죽이지는 않았다. 하지만 그의 증오와 분노는 살인도 주저하지 않을 정도로 엄청났다. 만약 그가 죽일 수 있었다면. 그러니까 이 말은 그가 죽일 수 없다는 뜻인가? 제레미의 머릿속에 수백만 가지 의문이 떠올랐다.

제레미는 무고한 여동생을 흘깃 바라보았다. 붉은 천사가 다시 희열에 넘쳐 안젤라가 뿜어내는 슬픔의 안개를 들이마시고 있었다.

제레미는 지금 당장은 규칙을 완전히 숙달하지 못했고 저 괴물에 대항해 싸울 수도 없었다. 하지만 반드시 자신이 개입을 하리라 맹세했다. 붉은 천사가 프랭크에게 복수를 결심하는 것은 좋다. 그러나 여동생을 미치게 만들어 복수하는 것은 말도 안 되는 일이다.

딸을 돌볼 준비를 하고 클레르가 문가에 나타났다. 안젤라는 젖은 뺨을 손수건으로 급하게 닦고 애처로운 미소를 지었다.

"엄마!"

"아가야!"

근심스러운 표정이 지워지며 클레르의 얼굴이 환하게 빛났다. 그녀는 침대 가장자리에 앉아 향기로운 내음을 풍기며 딸을 꼭 안았다. 둘의 사랑은 그녀들에게서 흘러나오는 갈색 안개를 푸른색으로 물들였고 붉은 천사는 역겨움의 외침을 뱉어내며 물러났다.

"아, 엄마, 제레미 오빠가 죽었다는 게 믿어지지 않아요. 뉴스에서는 오빠가 목이 잘렸다고 하더라고요. 누가 오빠한테 그런 짓을 했을까요? 왜 엄마는 오늘 아침 나한테 그 얘기를 안 했어요? 왜 사고였다고 했어요? 사고가 아니었잖아요!"

클레르가 고개를 끄덕였고 제레미는 분노가 그녀의 감정을 물들이는 것을 보았다. 그녀는 분명히 기자들을 미워하는 것이다. 붉은 천사가 다가왔다.

"널 더 고통스럽게 하고 싶지 않았어. 내 아가." 클레르가 중얼거렸다. "지금 상황만으로도 충분히 괴롭잖니. 난 널 보호하고 싶었단다……."

안젤라가 인상을 찡그렸다. 그녀의 안개가 분홍색이 되었다. 안젤라 역시 화가 난 것이다. 붉은 천사가 침을 흘리며 조금 더 다가가 소리쳤다.

"넌 다 큰 처녀야! 네 어미가 조종하는 대로 움직이지 마! 넌 장례식에 가고 싶잖아!"

소녀가 붉은 천사의 입김에 반응하는 것을 보고 제레미는 크게 혼란스러웠다.

"난 열 살이 넘었어요, 엄마. 아기가 아니라고요! 나도 오빠 장례식에 가고 싶어요."

클레르의 표정이 굳었다.

"그 애의 장례…… 하지만 아가, 아직 기별도 받지 못했고…… 그러지 않는 게 더 낫지……."

안젤라가 고개를 들었고 제레미는 돌연 엄격해진 소녀의 얼굴에서 타치니 일가의 고집스러운 표정을 보았다.

"하지만 엄마, 난 가고 싶어요! 내 오빠잖아요!"

소녀는 울음을 터뜨렸다. 더 이상 참을 수 없었던 클레르도 오열했다. 만족한 붉은 천사는 침대로 뛰어내려 그들의 슬픔을 실컷 핥았다. 제레미는 이를 갈았다. 지금 그에게는 단 하나의 생각밖에 없었다. 저 괴물을 지옥으로 보내버리는 것. 하지만 어떻게 해야 한단 말인가? 왜냐하면 지옥도 천국도 존재하지 않는 것이 분명했으니까.

"난 또…… 또 악몽을 꾸겠죠. 그렇죠, 엄마?" 안젤라가 겁먹은 목소리로 중얼거렸다.

붉은 천사가 조심스레 몸을 일으켰다.

클레르가 소녀의 얼굴을 닦아주며 고개를 저었다. 그녀는 딸의 아름다운 금발을 쓰다듬었다.

"잘 모르겠다. 안젤라, 아마 이번에는 안 꿀 거야."

"마음이 너무 아프고 슬퍼요. 다시 악몽을 꿀 게 분명해요……."

클레르가 한숨을 내쉬었다. 제레미는 클레르가 무엇 때문에 고통스러워하는 지 알 것 같았다.

"시럽을 줄까?" 클레르가 머뭇거리는 어조로 물었다.

"먹어도 될까요, 엄마? 연달아 이틀 동안이나?"

클레르가 억지로 미소를 지었다.

"이틀이면 많은 것도 아냐. 그래, 시럽을 줄게. 우리 딸, 넌 잠을 좀 자야 돼. 며칠 후에 제레미의 장례식에 가려면 엄마는 네가 푹 쉬었으면 좋겠다."

클레르가 시럽을 숟가락에 담아 안젤라에게 내밀었고 소녀는 무덤덤하게 시럽을 삼켰다.

붉은 천사가 실망한 울부짖음을 뱉어내며 사라지자 제레미는 한숨 놓았다.

"엄마, 나랑 조금 더 같이 있어줄래요? 제레미 오빠 얘기 좀 해주세요, 네?"

클레르가 한숨을 내쉬더니 아이가 원하는 대로 홍당무와 코끼리, 서커스에 대한 이야기를 들려주기 시작했다. 그것은 제레미가 저질렀던 엄청난 바보짓에 대한 것으로, 제레미는 이미 잘 알고 있는 이야기였다. 안젤라는 슬펐지만 여러 번 웃었다. 제레미는 그들과 떨어져 있기로 했다. 행복했던 시절을 떠올리는 어머니의 이야기를 듣는 것은 너무나 가슴 아팠다.

제레미는 침실에서 나왔다.

그의 머리는 이제 죽음으로부터 거듭나고 천사가 되었다는 충격에서 벗어나 다시 제대로 회전하기 시작했다. 제레미는 점점 희미해지는 저 유령들 중 하나가 되지는 않을 것이다. 그에게는 이 새로운 인생 속에서 이루고 싶은 여러 가지 목표가 있었으니까. 붉은 천사로부터 여동생을 보호하고 프랭크 타치니에게서 어머니를 보호하는 방법을 찾아야 했다. 또 자신을 살해한 자가 프랭크라는 것을 증명하고 왜 그랬는지 그 이유를 찾아내야만 했다. 만약 어머니가 이 사실을 안다면 두 사람은 영원히 헤어질 것이다. 그들의 이별이라는 하찮은 만족에 비한다면 너무 커다란 위험이었다……

제레미는 계단을 내려가 황금색과 회색이 어우러진 거실의 화려한 소파에 편안하게 자리 잡았다. 프랭크에 대해서는 여러 가지 가설이 존재했다.

그중 하나는, 프랭크가 유산을 가로채려는 목적으로 어머니를 나중에 제거하리라 생각하고는(하지만 그의 감정 색깔은 진심으로 어머니를 사랑하고 있었는데……) 외할아버지의 유일한 상속자인 자신을 죽이라고 지시를 내린 것이다(그런데 어머니가 이제 부자라고 말했을 때 프랭크는 진짜로 당황한 것 같았다……).

이런 경우라면 천박하게도 돈이 살인 동기인 것이다.

아니면 복수 때문에 살인을 지시한 것이다. 왜냐하면 제레미가 그의 불법적인 활동을 조사했고, 그 때문에 아내의 사랑이 떠나게 되었으니까.

이 경우라면 사랑이, 그러니까 독점욕이 살인 동기였다.

그것도 아니라면 자신이 살해당한 그날 밤, 두 번째로 살해당한 애나벨라 대핑이라는 여자와 관련된 세 번째 동기가 있었으리라. 하지만 제레미가 이 세 번째 동기를 찾는 것은 불가능했다.

게다가 그 몽골인 살인범은 대체 누구란 말인가? 왜 그 사이코패스가 그토록 끔찍하고 눈에 띄는 방법으로 자신을 살해했단 말인가? 거기에는 경고 같은 것이 있었다. 또 다른 가설로 이끄는 경고. 혹시 프랭크가 모르는 적들 중 한 명이 자신을 이제 더 이상 건드리지 말라는 의미로 그런 짓을 한 것일까?

제레미는 영화 「대부」에서 보았던 끔찍한 장면을 떠올렸다. 침대 속에 피가 철철 흐르는 말대가리가 놓여 있던 장면. 지금 이 사건 속에서는 자신이 그 목 잘린 말일까? 그럼 자신은 혈족의 희생양일 뿐 아무것도 아니란 말인가? 참 대단하다.

제레미는 머리가 아프기 시작했고 해결의 실마리를 제공하는 그 어떤 것도 찾아내지 못했다. 결국 제레미는 프랭크를 염탐해야만 했다. 우선 여동생을 괴롭히는 붉은 천사를 내쫓아야…… 이렇게 생각하다 표정이 굳었다. 이부 여동생인데 '친여동생'이라고 생각했던 것이다. 제레미는 한숨을 내쉬었다. 어쩔 수 없지, 뭐. 차라리 그냥 친여동생이라고 생각하는 편이 낫다. 제레미는 자신이 죽은 지금, 그 어린애한테 불현듯 애틋한 사랑이 느껴져 놀랐다. 제레미는 그 아이를 보호하려 애쓰는 것이다. 게다가 침착함을 되찾고 정보를 찾아내며 이해하려 노력하고 있었다. 무엇보다 가장 먼저 강해져야 했다. 그러기 위해서는 안개가 필요했고 그 점을 제대로 자각하고 있었다.

제레미가 저택에서 나왔다.

밖에는 푸르고 붉은 천사들이 지칠 줄 모르고 무리 지어 여전히 소란을 피우고 있었다. 제레미가 저택을 지키는 개들 앞을 지나자, 셰퍼드들이 갑자기 고개를 쳐들었다. 눈에 보이지는 않았지만 개들은 그의 존재를 감지한 것 같았다. 믿을 수 없는 일이었다! 심지어 녀석들 중 한 마리는 잠깐 낑낑거리더니 다시 누웠다. 아, 항상 의아하게 생각했던 현상의 답은 바로 이것이었다. 때때로 개들이 아무 이유도 없이 짖어댔던 건 천사를 느꼈기 때문이었다!

제레미는 동물들 앞에 서보았다. 개들이 몸을 떨었다. 그는 조심스레 몸을 숙여 비단처럼 부드러운 털을 쓰다듬었다. 그의 손이 털 속으로 가볍게 통과했다. 개들은 좀 흥분했지만 단지 그뿐이었다. 개들 역시 안타깝게도 그가 쓰다듬는 손길을 느끼지 못했다.

제레미는 엉거주춤 몸을 일으켰다. 아까 먹은 안개가 충분하지 못했는지 허기가 위장을 쥐어짰지만 저택으로 돌아가고 싶지는 않았다.

제레미는 뉴욕으로 향했다. 한밤중에 삼십 분 정도 걸었더니 기운이 다 빠졌다. 지난 칠 년 동안 제레미가 두 발을 사용한 것은 오로지, 사무실에서 아주 가까운 집까지 걸어 다닌 것과 컨디션을 유지하기 위해 일주일에 두 번 조깅한 것뿐이었다. 그러니 아무리 빨리 걸으려 해도 마음대로 되지 않았고 달리는 것은 생각조차 못했다. 이제 그는 너무 지쳐 즉시 무언가 먹을 것을 찾아야 했다. 그는 주변의 건물들을 잘 살펴보았다. 프랭크의 저택처럼 호화스러운 저택들이 보였다. 어둠 속에서 그 위를 날아다니는 천사들을 구별하는 것은 쉽지 않았다. 그들은 붉은 천사일까, 푸른 천사일까, 아니면 둘 다일까? 제레미는 그 저택들 중 한 곳으로 다가가 문을 통과했다. 넓은 테라스 너머에 한 커플이 사랑스러운 눈으로 서로를 마주보고 있었다. 푸른 천사들이 지붕 위에서 둥둥 떠다니며 안개를 먹는 중이었다. 좋아, 푸른 천사가 있다는 것은 그도 갈 수 있다는 의미였다. 초록 불이 켜진 것이다. 아! 아!

그가 다가갔다. 제레미는 날지 못하므로 지붕으로 피어오르는 안개를 어떻게 잡아야 할지 알 수가 없었다. 적어도 아직까지는 말이다. 그 생각에 완벽하게 사로잡힌 제레미는 현관 벽이 존재하지 않는 것처럼 자연스레 통과한 것도 깨닫지 못했다. 이 능력은 꽤 편리했다.

거실에서는 두 연인이 손에 샴페인 잔을 들고 타는 듯한 시선으로 서로를 응시했다. 갈색 머리의 젊은 여자는 회색 실크를 한 벌로 입은 모습이 매혹적이었고 검은 머리의 젊은 남자는 그녀가 여덟 번째 불가사의라도 되는 듯 신비롭게 바라보았다.

두 사람의 머리에서 발산되는 푸른 안개는 무진장 먹음직스러웠다. 입안에 침이 고였다. 설사 그가 침이 고이는 반응에 즉시 저항했다 해도 배고픔을 막을 수는 없었다. 여전히 어떤 두려움 섞인 배고픔이었다. 결국 그는 본능에 양보하고 쾌락의 안개 속으로 빠져들고 말 것인가? 제레미는 한숨을 내쉬고 자신의 의지와는 반대로 커플에게 다가갔다.

그런데 제레미는 자신에게 작은 문제가 있다는 것을 알아챘다. 두 사람의 머리 위로 피어오르는 저 가증스러운 안개를 흘리지 않고 어떻게 먹을 것인가? 프랭크의 저택 주방에서는 다행히 요리사와 급사장이 앉아 있었는데 지금 두 사람은 서 있었다. 제레미는 장소를 잘 살펴보았다. 밝은 회색과 크림색이 잘 어우러진 넓은 공간이었다. 통통하고 나지막한 등받이가 붙은 긴 소파들이 방문객을 기다리고 있었다. 작은 테이블들, 예쁜 액자들이 있었지만 그의 관심을 끄는 것은 그런 것들이 아니었다. 커플에게서 얼마 멀지 않은 거리에 짙은 적갈색 의자가 하나 있었다.

제레미는 머릿속에 떠오르는 생각을 구체화하고 자신의 운을 시험해보기로 결심했다. 그는 위자 위에 올라가 몸을 기울였다. 새로운 문제가 발생했다. 의자가 너무 멀었는데 그것을 옮기는 일은, 말하나마나였다. 제기랄. 어쩔 수 없이 그는 몸을 기울이고 또 기울이고 기울였다. 갑자기…… 머리가 앞으로 기우뚱하더니 바닥으로 넘어졌다. 그는 얼굴을 찡그리며 일어났다. 젠장. 멍청하기로 말하자면 그보다 더 멍청한 천사가 어디 있겠는가! 게다가 아픈 것 같은 느낌마저 들었다. 그래, 의자는 좋은 생각이 아니었다. 그럼 소파는 괜찮겠지?

제레미는 소파 위로 올라가 발끝으로 가까스로 중심을 잡았고, 그럭저럭 안개가 올라오는 높이에 입을 갖다 대는 데 성공했다. 아, 너무나 맛있어서 딸꾹질을 할 뻔했다. 그는 가능한 한 빠르게 안개를 삼키기 시작했다. 잠시 후, 그가 완전히 황홀경에 빠져 있는 사이 궁금증으로 가득한 파란 머리가 천장을 통해 쑥 들어왔다.

"음, 여보게들. 푸른 천사 신입이야. 그래서 안개가 별로 없는 거야!"

제레미는 즐기던 진수성찬을 멈추고 눈을 들었다.

그를 바라보던 푸른 천사들이 그에게 미소를 지었다.

"다른 이들을 위해 좀 남겨놓게, 젊은이!" 푸른 천사들 중 한 명이 외쳤다. "안개의 원천에 그렇게 가까이 있으면 몸이 아프게 돼. 그렇게 행동하는 건 붉은 천사들뿐이야!"

제레미는 미간을 찡그렸다. 안개의 원천? 도대체 무슨 얘기를 하는 거지? 갑자기 그는 사랑에 빠진 커플을 인간으로 본 것이 아니라 단순히 식품 저장실 정도로만 보았다는 사실을 깨닫고 부끄러워졌다. 그는 기분이 나빴다. 약간 몸이 부푼 것도 같았다.

"죄송합니다. 여러분을 거북하게 하는지는 몰랐어요." 제레미가 말했다.

"음, 네가 그렇게 먹는다면 우리가 먹을 분량은 확실히 줄어들겠지. 뭐, 그리 심각한 것은 아냐. 하지만 그렇게 할 때는 미리 알려다오. 우리는 저 두 아기들에게 무슨 문제가 생겼는지 알았어. 붉은 천사들은 음식에 관해선 잔인하지. 그들은 저런 착한 커플도 무너뜨릴 정도로 만반의 준비를 하고 있거든."

푸른 천사의 목소리에는 두려움이 묻어 있었다. 아, 죽은 이후의 삶은 정말이지 평온과는 거리가 먼 것 같았다…….

"미안, 미안합니다. 다음에는 꼭 미리 알려드릴게요. 그런데 붉은 천사들에 대한 말씀인데요. 쫓아내고 싶은 붉은 천사가 한 명 있거든요. 그는 어느 여자아이를 두렵게 만들어 미치게 하려는 속셈이에요. 혹시 여러분이라면 어떻게 하실지……?"

푸른 천사들이 인상을 찌푸렸다.

"만약 그게 정말 붉은 천사라면 아주 거칠 거야. 천사는 다른 천사를 죽일 수가 없어. 적어도 그건 아주 어려운 작업이야. 하지만 아프게 할 수는 있지. 그러니 그에게 반박하는 행동은 하지 말게. 그자가 널 공격한다면 날아올라야 해!"

"완벽하군요. 내가 날 줄 모른다는 것을 제외하면……." 제레미가 중얼거렸다.

"다음번에 여기 올 때는 크게 소리쳐. 그러면 우리가 네 목소리를 듣게 될 테니." 긴 금빛 머리카락을 가진 예쁜 파랑 천사가 말했다. "저 두 사람 위에 있으면 한참 동안 안개를 먹을 수 있을 거야. 두 사람은 방금 결혼했거든."

천사들이 제레미에게 미소를 짓고 휙 사라졌다.

"어어어, 저기요!" 제레미가 소리쳤다. "왜 원천에 아주 가까이 있으면 좋지 않은 거죠?"

금발 여자의 머리가 천장을 뚫고 다시 나타났다.

"인간들한테서 감정이 나올 때는 굉장히 강하기 때문에 더 높은 곳에서 그것을 끌어 모아야 희석돼. 그래야 더 '소화하기' 쉽거든. 너 지금 속이 좀 메스껍지 않니?"

제레미는 속이 울렁거린다는 것을 깨달았다.

"음, 그래요." 그가 부끄러워하는 표정으로 말했다. "알았어요. 너무 원천 가까이에서 안개를 섭취하지 말 것. 그런데 날려면 어떻게 해야 돼요?"

젊은 여자가 웃었다.

"네가 가볍다고, 가볍다고 생각하기만 하면 돼. 그러면 저절로 몸이 붕 뜰 거야. 두고 봐. 아주 쉬워! 그럼 다음에 봐!"

이번에는 그녀가 정말로 사라졌다.

제레미는 한숨을 쉬고 황홀경에 빠진 커플을 바라보았다. 그는 몸을 숙여 인사했다.

"먹을 것을 줘서 고마워요. 두 사람 다 아주, 아주 행복하길 빌게요……."

그는 몸을 돌려 낮은 목소리로 마무리했다.

"……이렇게 해서 난 다음에도 확실히 식사할 수 있게 된 건가."

사기충천한 제레미는 저택으로 다시 떠났다. 거기에는 복수에 사로잡힌 귀신 놈이 있었으니까.

4. 죄의식의 맛

제레미는 새아버지의 이야기에 귀를 기울였지만 특별히 아무것도 알아내지 못했다. 프랭크는 여러 사업을 동시에 진행하는 것 같았지만 살인이나 살인범에 대한 내용은 전혀 없었다. 인간과 시간차 없이 살기로 결정한 제레미는 프랭크가 자러 가는 시간에 똑같이 자러 가면서, 이 집에 비어 있는 침실이 많은 것에 진심으로 기뻐했다. 프랭크를 쫓아다닌 나흘 동안, 제레미는 이 불가사의한 세상에서 자신의 흔적을 찾으려 시도했다.

그리고 제레미의 장례식 날이 다가왔다.

자신이 한 번 더 죽은 것 같은 느낌이 드는 미사가 끝난 후—이번에는 지루했다(그래서 많은 짓을 했다) —, 제레미는 상복을 입은 어머니와 새아버지, 안젤라가 참석한 장례 행렬을 따라 리무진까지 들어갔다.

청년은 저승으로 통과한 이후 몇 가지 규칙을 배웠다. 아주 강력하게 집중을 하면 어떤 소재나 대상도 통과할 수 있었다. 때때로 그 대상이 엄청난 힘으로 반발할 수도 있었다. 만약 그가 자동차 안으로 들어간다면, 지난번에 버스에서 그랬던 것처럼 자동차를 타고 이동할 수 있었다. 왜? 왜 그는 중력의 영향을 받는 것일까? 그의 정신이 순수해서 그런 것일까, 아닐까? 또, 왜 어떤 천사들은 빨강이건 파랑이건 간에 멋진 날개를 갖고 있는 반면에 어떤 천사들은 날개 없이도 날 수 있는 것일까? 제레미는 어떻게 해서 안개를 먹을 수 있고, 또 안개를 변형시키는 데 성공했던 것일까? (오래 지나지 않아 그의 바지는 천천히 사라졌고 덕분에 그는 아주 선정적인 모습이 되었다.) 그는 이 모든 질문에 대한 답을 빨리 찾아야 했다.

특히 무엇보다 먼저 친구를 찾아야만 했다.

직업을 통해 제레미는 어떤 일이건 저절로 이루어지는 것은 절대 없다는 것을 알고 있었다. 그의 직업은 혼자 하는 일이 아니라 팀을 이루어 수행하는 일이었다. 그런데 친구를 만드는 것은 쉽지 않았다. 친구들과 포커게임을 한다고 말한 플린트를 빼고, 천사들은 먹거나 날고, 또 사람들 귀에 뭐라고 떠들어대며 시간을 보내는 것 같았다. 그들 중 몇 명은 '지상에 발을 붙이고' 있었고 그들에게 일용할 양식을 '공급하는 사람들'의 머리 위에서 맴도는 데 만족했다. 때문에 대화하는 게 쉽지 않았다. 제레미는 그들을 이해했다. 날 수 있다면 분명히 황홀할 텐데…….

교회까지 쫓아온 끔찍한 붉은 천사는 묘지까지 따라오지는 않았다. 제레미는 그자가 교회에서 이미 가족의 슬픔을 충분히 섭취하고 만족한 것이라 생각했다. 그린우드 묘지에 들어서서 비석이 여기저기 박힌 언덕을 보고 왜 그자가 모습을 드러내지 않았는지 깨달았다.

많이 알려진 이 공동묘지에는 붉은 천사들이 문자 그대로 우글거렸다. 시뻘건 그들의 모습은 위장을 뒤집어놓았지만 당연히 그 뚱뚱한 녀석만큼은 아니었다. 그 추잡한 붉은 천사는 앙갚음을 하려는 거였지만, 여기에 있는 천사들은 그저 먹기 위해 머무는 것이었다. 묘지에는 살아 있는 사람들을 따라온 푸른 천사들도 있었는데, 그들은 인간들에게 애착을 보였다. 또한 확실하게 푸른 천사도 아니고, 확실하게 붉은 천사도 아닌 다양한 색깔의 천사들도 있었다. 바로 그때, 제레미는 언뜻 친숙한 얼굴을 보았다고 생각했다. 약간 동그란 얼굴에, 테티 뭐라던 그 여자……. 분명히 그 여자의 얼굴 같았다. 하지만 엄청난 천사들 무리가 거칠고 요란하게 움직이는 바람에 그녀를 시야에서 놓쳤다.

그들은 독수리처럼 탐욕스럽게 사제 주위로 모였다가 클레르와 안젤라의 슬픔만큼 강렬한 슬픔을 먹어치우기 위해 날아갔다. 제레미는 자신의 장례식에 많은 사람들이 모인 것을 확인하고 깜짝 놀랐다. 아, 그의 동료들이 보였다. 감정의 색깔을 보니 그들은 슬프다기보다는 화를 내고 있는 것 같았다. '여러분, 내가 죽는 바람에 사업이 엉망이 돼서 미안해!' 제레미가 한숨을 내쉬었다. 다른 무엇을 더 기대할 수 있겠는가? 그렇지만 동료들 몇 명은 진심으로 혼란스러워했다. 특히 여비서가 손수건에 얼굴을 묻고 격하게 오열했는데

도도하고 딱딱하게 굳은 클레르는 드러내지 못한 그 이상의 감정이었다.

그러나 어머니에게서 솟아오르는 안개가 그녀의 진심을 드러냈다. 붉은 천사들은 희열을 느끼며 그녀의 끔찍한 고통을 먹어치웠다. 제레미는 살아 있는 사람들 위에 모인 천사들에게 주먹을 날리고 싶을 정도로 화가 치밀어 올랐고 점점 커져가는 분노와 싸우며 이를 악물었다.

갑자기 하늘에서 미사일 같은 것이 내리꽂히며 파란색과 붉은색이 뒤섞인 천사 한 명이 다른 천사들 위로 덤벼들어 믿을 수 없이 맹렬한 기세로 그들을 흐트러뜨렸다. 피해자들은 화가 나서 비명을 질렀지만, 방금 도착한 문제의 천사는 격노해서 손이 미치는 거리에 있는 것들은 모두 공격했다. 결국 다른 천사들이 멀찍이 뒤로 물러섰다. 제레미는 너무나 놀라서 바닥으로 쓰러질 뻔했다. 잔뜩 화가 난 저 천사는 아는 얼굴이었다…….

그래, 제레미는 잘못 볼 수가 없었다.

그 사람은 바로……

그의 아버지였으니까!

너무나 당황해 굳어버린 제레미는 믿을 수 없는 광경을 그저 멍하니 지켜볼 뿐이었다. 붉은 천사들의 무리를 장렬하게 쫓아낸 후, 폴 갈보는 광기 어린 눈빛으로 거친 욕설을 내뱉으며 프랭크 타치니에게 몸을 던졌고 온 힘을 다해 그의 얼굴을 때리기 시작했다.

"개자식, 더러운 놈, 나쁜 자식! 내 여자를 건드리지 말라고 했지.

내 말 안 들려? 널 죽여버릴 거야! 그녀는 내 여자라고!"

타치니는 아무런 반응이 없었다. 그는 폴의 불같은 분노를 전혀 느끼지 못했다. 주먹질은 그를 통과했다. 갑자기 폴이 늑대처럼 울부짖기 시작하더니 하늘을 향해 미친 듯이 얼굴을 쳐들었다. 기둥을 감싸고 올라가는 담쟁이 넝쿨처럼 클레르를 감싸 안고는 아무 소용도 없이 계속 쓰다듬다가 결국 눈물을 흘리며 그녀의 발밑에 꿇어앉았다.

"맙소사, 아버지, 아버지예요?" 상심한 제레미가 중얼거렸다.

제레미는 서둘러 아버지에게 달려가고 싶었지만, 폴은 아들의 필사적인 외침에도 그를 알아보지 못했다.

"그에게는 네 목소리가 안 들릴 거야." 오랫동안 담배와 알코올에 찌들어 거칠어진 목소리가 중얼거렸다. "완전히 미쳤거든……."

제레미는 귀에 익숙한 목소리를 듣고 소스라쳐 몸을 획 돌렸다.

그의 앞에 외할아버지 제임스 스튜전트가 있었다! 외할아버지는 파리에서 대학 생활을 하던 딸내미를 훔쳐간 프랑스 청년 폴 갈보를 싫어했지만 지금은 그를 돌보는 것 같았다. 제레미를 미국으로 데려오는 데 성공해 금융계에 입문시킨 스튜전트 가문의 후손은 손자에게 모든 것을 가르쳤다. 그는 심지어 75세에 침대에서 아름다운 두 여인 사이에 누워 영광스러운 심장마비로 숨을 거두기 전, 제레미를 미국인으로 귀화시키기까지 했다. 국가 경제에 기습 공격을 해 국가 전체를 공포에 떨게 만들었던 은행가 제임스는 파란 연기가 피어오르는 시가를 입에 물고 분노에 차서 장례식을 바라보았다.

제임스가 뭐라고 덧붙이기 전에 제레미가 그의 품으로 뛰어들어 두 팔로 할아버지를 꽉 껴안았다. 약간 놀란 노인은 뒤로 넘어질 뻔했고 거북했지만 결국 제레미를 포옹하며 진정시켰다. 할아버지가 여기 있다니, 제레미는 자신이 스물세 살밖에 안 됐다는 사실을 떠올렸고 외할아버지는 제레미가 어린 시절에 보았던 모습과 크게 다르지 않았다. 제레미를 짓눌렀던 압박감이 사라지며 긴장이 다 풀렸다.

"할아버지! 오, 신이시여. 고맙습니다, 고맙습니다. 난…… 난 완전히 혼자였어요. 너무 무서웠다고요!"

제임스가 빈정거리는 표정으로 고개를 기울였다.

"신은 이 상황과 아무 상관이 없다." 그가 포옹을 풀며 투덜거렸다. "하루라도 네 아비를 돌보지 않거나 네 어미한테 달려가는 걸 막지 않은 날이 없었다……. 그 때문에 네 죽음을 놓쳤지. 아니었으면 너를 돕기 위해 당연히 그 자리에 있었을 거다! 난 네 아비가 많이 밉다. 제레미, 넌 내가 한 최고의 투자였어. 난 죽기 전에 너에게 한 마디라도 더 좋은 충고를 하려고 애썼지. 네 사업의 절반은 내 덕택일 거야!"

제레미가 외할아버지와 다시 만난 충격에서 회복하려 애쓰는 반면, 외할아버지는 자부심으로 환하게 빛이 났다. 문득 제레미는 그 저주스러운 이명이 어디에서 왔는지 깨달았다. 아마도 외할아버지가 그의 인생에 개입했을 것이다. 분명히.

"빌어먹을." 제임스의 표정이 어두워졌다. "넌 진짜 장래가 유망한 청년이었지. 어떻게 이리 엉망이 된 건지! 어쩌다 죽은 거냐, 응? 우리는 방금 전에 집에 들렀다가 소식을 듣고 널 찾으러 이리 달려온 게야. 사고가 났니? 망할 놈의 엉터리 운전사들! 널 치어죽인 녀석이 죽는 날은 파티를 벌여주마. 진짜야."

아, 그렇다. 이 세계에서는 살해당한 사람들이 자리를 뜨지 않고 자신을 죽인 살인범을 기다리고 있을 것이다. 제레미가 입을 열었다.

"음, 그건 아니에요. 할아버지, 난 목이 잘렸어요. 그러니까 아마도 어떤…… 닌자의 일본도에 잘린 것 같아요."

이 말을 하며 제레미는 자신의 얘기가 얼마나 헛소리처럼 들릴지 깨달았다.

그의 생각이 옳았다. 제임스가 눈썹을 찡그리며 말했다.

"맙소사, 너 진짜 그게 가당키나 하다고 생각하니? 닌자라고?"

"나 혼자 죽은 게 아니에요, 할아버지. 그날 밤 살인범은 여자도 한 명 죽였어요. 애나벨라 대핑이라는 여자죠."

이번에는 제임스도 크게 놀라 할 말을 잃었다.

"저런, 그럴 수가!" 한참 후에 그가 입을 열었다. "하지만 그건 말도 안 된다! 두 명의 목을 잘랐어?"

"네, 제 생각에도 진짜 미친 짓 같아요. 어쨌든 이 사건에서 단 한 가지 좋은 점이 있다면 두 분을 다시 만난 거예요." 제레미가 마음 속 깊이 안정이 되어 말을 이었다. "아버지는 어떻게 된 거예요?"

"네 아비는 떠도는 영혼이 되었어. 망령이 된 거지. 죽음이 그를 미치게 했어."

제레미는 플린트가 이 주제에 대해 들려주었던 이야기를 기억해냈다.

"제레미, 그는 마약중독자 같아." 제임스가 걱정스러운 어조로 말을 이었다. "그는 네 어미의 감정을 먹고 산단다. 도통 떨어지려 하지를 않아. 몇 년 전부터 클레르가 슬퍼하고 감정이 격앙되는 일이 잦기 때문에 그는 점점 더 붉은 천사가 되어가고 있단다. 너무나 걱정이 되는구나."

살아 있을 적에 외할아버지는 아버지를 매우 싫어했었는데…… 어떤 이유로 여기에서는 아버지를 돌보게 되었을까?

"왜 돌보게 되신 거예요?" 두 사람이 나란히 서서 장례식을 보다가 제레미가 묻고 말았다.

제임스는 말뜻을 알아듣고 대답해주었다.

"왜냐하면…… 제레미, 네 어미도 언젠가는 우리를 다시 만날 테니까. 만약 내가 예쁜 푸른 천사들이나 아주 음란한 붉은 천사들하고 즐기느라 네 아비를 방치했다는 것을 클레르가 알게 된다면 나는 영원히 그 아이의 잔소리를 들어야 할 것 아니겠니. 난 신중하게 행동한 거야. 그것뿐이야."

"내가…… 내가 아버지에게 말을 건다면 아버지가 나한테 대답할 수는 있나요?"

"그가 너를 알아볼지는 잘 모르겠다. 그래도 시도해볼 수는 있지."

제레미는 고개를 끄덕이고 앞으로 다가갔다. 그는 신음하고 있는 아버지 앞에 무릎을 꿇었다.

"클레르클레르클레르클레르클레르클레르클레르……."

"아버지?"

"클레르클레르클레르클레르클레르클레르클레르……."

지루한 중얼거림은 끝이 없었다. 제레미는 소름이 쫙 끼치면서 심장과 목구멍이 메어오는 것을 느꼈다.

"아버지? 제발 내 말 좀 들어봐요! 나예요, 제레미. 당신 아들이라고요!"

하지만 아버지는 클레르 말고는 누구에게든 귀가 먹고 눈이 먼 것 같았다. 심지어 그는 자신이 어디에 있는지조차 깨닫지 못하는 게 확실했다. 너무 고통스러워 마음이 황폐해진 제레미는 몸을 일으켰다. 죽음만이 유일한 답은 아니었다. 그는 천사들이 가족과 사랑하는 사람들에 집착해 지상에 머무르고 있다는 것을 깨달았다.

"제레미, 너에게 이런 일이 벌어지다니 진심으로 안타깝구나." 제임스가 말했다.

제레미는 여전히 목이 메어 고개를 끄덕였다. 아버지가 너무나 그리웠었다! 폴은 제임스와는 완전히 반대였다. 폴은 화가였다. 훌륭한 화가였다. 하지만 천재성은 없었다. 그는 파리의 미술계에서 단 한 번도 두각을 나타내지 못했다. 가까스로 가족을 부양할 수 있을 뿐이었다. 매혹적인 아내에게는 백만장자 아버지의 사랑하는 딸이었을 때처럼 풍족하지 못한, 그저 먹고살 정도의 생활만 제공할 수 있었다. 폴은 가난했다. 손자가 미국에 와서 산다는 조건으로 제임스가 제레미의 교육비를 대겠다고 했을 때도, 그는 거절할 수가 없었다. 클레르는 한 번도 남편을 원망하지 않았다. 그녀는 가슴 깊이 폴을 사랑했고 어리석은 사고를 당한 그의 죽음은 클레르에게 어마어마한 영향을 미쳤다. 클레르는 뉴욕으로 가서 다시 아버지와 아들을 만났다. 그리고 프랭크를 만났고 그와 결혼했다. 죽은 폴은 그녀를 쫓아다니는 것을 멈추지 않았다. 그는 모든 것을 보았고 모든 것을 알았다. 이 생각이 들자 제레미는 기분이 좋지 않았다.

제임스는 손자의 어깨에 무거운 손을 올렸다.

"제레미, 감상적인 생각은 그만해라. 난 무슨 일이 벌어졌는지 알고 싶다. 왜 네가 살해당했는지, 누구에게 살해당했는지 알고 싶어. 모레 저녁 여덟 시 이후에 렉싱턴 가에 있는 '로지스 앤 블루스'로 와서 나를 찾으려무나. 거기는 음악이 훌륭해서 살아 있는 사람들이 즐거움을 느끼지. 네 아비가 저런 바보 같은 짓으로 내 딸을 더 뒤흔들기 전에 데리고 가련다. 보통 클레르는 그의 말을 듣지 못하지만 지금은 저토록 괴로워하니……."

제레미가 펄쩍 뛰었다.

"난 두 분과 헤어지고 싶지 않아요……."

"안심해, 제레미. 우리는 앞으로 영원히 대화할 시간이 있다. 그리고 네 아비는 네 어미와 대면하면 이성을 잃어. 우리는 이제 진짜로 가야 돼. 폴이 회복되려면 이틀 정도 필요할 거야. 다시 만날 때는 네 아비도 훨씬 정신이 맑을 거다. 내 약속하마."

제레미는 거부했다. 그러나 할아버지는 그의 말을 듣지 않았다. 그는 클레르에게서 폴을 떼어내느라 고생했지만 결국 사위가 양보

했다. 제임스는 사위의 팔을 잡고 문자 그대로 질질 끌고 갔다. 그리고 날아가버렸다.

제레미는 멍하니 아버지와 외할아버지가 멀어지는 모습을 바라보았다. 그는 자신이 알고 있고 사랑하는 유일한 사람들이 이 낯선 세상에 자신을 버려두고 갔다는 생각이 들었다. 그는 그들의 뒤를 따라 달리기 시작했고…… 어떤 젊은 여자와 부딪쳤다.

더 정확하게는 반쯤 그녀를 통과한 다음 급정거했고 불편한 마음으로 뒤로 물러났다. 제레미는 아직까지 사람들을 통과하는 것에 익숙해지지 않았다.

그는 제임스와 폴이 완전히 사라졌다는 것을 알아차리고 욕설을 내뱉었다.

다행히 그들을 어디에서 다시 만날 수 있을지 알고 있었다. 아버지가 연출한 장면과 이렇게 버림받은 상황에 충격을 받은 제레미는 자신의 주의를 흐트러뜨린 여자에게 약간 화가 나서 눈에 보이는 것을 이해하느라 꽤 시간이 걸렸다.

금발 머리의 젊은 여자는 뜨거운 눈물을 흘리고 있었다. 그러나 그녀에게서 발산되는 감정은 단순히 슬픔만은 아니었다. 제레미는 똑같은 색깔의 안개를 이미 새아버지에게서 본 적이 있었다. 그것은 죄의식이었다. 여자는 두려워하며 시신을 매장하는 광경에 시선을 고정시켰다.

제레미는 또 다른 사실을 깨달았다. 검은 스커트와 검은 재킷을 입은 그녀는 커다란 선글라스를 끼고 흑백의 실크 스카프로 머리카락을 감추고는, 장례식이 진행되는 곳에서 몇 미터 떨어진 데 몸을 숨기고 있었던 것이다. 누군가에게 자신의 존재를 들키고 싶지 않은 것처럼. 제레미는 의아했다. 그녀는 프랭크 타치니와 관계가 있는 것일까? 불과 스무 살 정도 되어 보이는 젊은 아가씨였는데, 밀매상들이 거래하는 사람들의 나이를 무시할 리는 없었다. 그녀는 혼자 중얼거리고 있었고 그녀가 중얼거리는 소리를 듣는 순간, 제레미는 꼼짝도 할 수 없었다.

"오, 맙소사, 맙소사, 하나님 맙소사! 난 뭘 한 거지?" 그녀가 탄식했다. "제레미 갈보가 죽다니. 다 내 잘못이야……."

헉! 그는 충격을 받고 약간 뒤로 물러섰다. 이 여자는 도대체 무슨 소리를 하는 거지?

몇 명의 붉은 천사들이 여자의 슬픔, 두려움과 죄의식에 끌려 그녀의 머리 위를 둥둥 떠다녔다. 생전에 한 번도 본 적이 없었기 때문에 제레미는 이 여자가 왜 이렇게 강렬한 감정을 느끼는지 전혀 이해할 수가 없었다…….

느닷없이 섬광이 그의 머리를 스쳤다. 아냐! 그녀를 본 적이 있다! 뒤쫓아오는 살인자를 피해 도망가던 겁에 질린 그녀의 얼굴이 제레미의 머릿속에 새겨져 있었다. 경찰이 도착하는 바람에 그녀는 간신히 목숨을 구했다……. 살인범이 목이 잘린 제레미의 머리에 걸려 넘어질 뻔했을 때였다.

제레미는 붉은 천사들이 많이 몰려 있는 것도 아랑곳하지 않고 젊은 여자에게 다가갔다. 그들은 제레미를 알지 못했다.

"왜 내가 죽은 게 당신 잘못이라는 거지?" 마치 그녀가 진짜로 자신의 말을 들을 수 있는 것처럼 절박하게 물었다. "말해봐! 나한테 설명해보라고! 당신 책임이라고 말했잖아. 당신이 뭘 했는데? 난 왜 살해당한 거지?"

젊은 여자는 그저 울기만 할 뿐이었다. 잠시 후 그녀가 몸을 돌려 비틀거리는 걸음걸이로 무덤들 사이를 지나갔다. 제레미는 여자를 따라가려다 무덤들 주위에 세워진 엉덩이가 통통한 아기 천사들과 천사들의 조각상을 보고 실소를 금할 수 없었다. 사람들이 실상을 안다면…….

진실을 알아야 한다면 바로 지금이 그 순간이다. 제레미는 여자를 따라가며 무슨 일이 벌어졌는지 생각해보려고 애썼다. 무의식적으로 하늘을 쳐다보았지만 제임스와 폴은 완전히 사라졌다. 제레미는 크디큰 고통으로 망연자실하여 대리석 조각처럼 굳어버린 어머니에게 마지막 눈길을 던지고 여자의 뒤를 쫓았다. 살인자와 연결되는 유일한 고리였기 때문에 그녀를 놓칠 수는 없었다.

젊은 여자는 주차된 차 안으로 몸을 던지더니 두 대의 리무진을 들이박을 뻔하며 빠른 속도로 달리기 시작했다. 제레미는 조수석에 앉아 코와 눈이 빨갛게 충혈된 그녀를 바라보았다. 눈물로 얼굴이 부어올랐지만 아주 예쁜 얼굴이었다. 다행히도 화장을 안 했기에 망정이지 화장까지 했다면 물밀듯이 밀려오는 엄청난 매력에 그는 견디지 못했을 것이다. 여자가 발산하는 슬픔과 고통에서는 좋은 냄새가 났다. 그의 아래가 단단해졌다. 견뎌야만 했다.

"당신은 왜 온 거지?" 몇 분 후 제레미가 부드럽게 말했다. "도대체 당신은 누군가요?"

젊은 여자는 빨간 신호등에 차를 멈추고 한 번 더 엄청난 눈물을 쏟아냈다. 제레미는 폭풍이 잠잠해질 동안 입을 다물었다.

"좋아요. 당신은 날 모르고 난 당신을 몰라요. 하지만 내가 기저귀용 옷핀으로 고정시킨 바보 같은 바지를 입고, 보이지는 않지만 여기 당신의 차 안에 있는 이유가 당신 때문인 것 같군요. 그러니 난 당신이 말을 하도록 해야만 해요."

젊은 여자는 더욱 심하게 오열했다.

"그래요." 제레미가 한숨을 내쉬었다. "너무 심하게 울어서 내가 당신한테 물어본 내용은 하나도 들리지 않을 거예요. 아버지만큼 크게 소리 지른다 해도……."

아버지를 언급하자 제레미는 즉시 묘지에서 겪었던 일이 떠올랐다. 차를 타고 가는 나머지 시간 동안 이 낯선 여자가 산발적으로 터뜨리는 울음소리만이 공기를 흔들었다.

갑자기 젊은 여자가 브레이크를 밟으며 주차장으로 들어갔다. 여전히 눈물을 흘리며 그녀는 차 문을 잠그고 걸어갔다. 제레미가 그 뒤를 따랐다. 몇 층 올라가서 두 사람은 작은 아파트로 들어섰다. 아파트는 소박했지만 밝고 따뜻했다. 붉은색으로 수놓아진 하얀 식탁보 위에는 우편물이 놓여 있었다. 커튼은 알록달록했고 키 작은 가구들은 안락해 보였다. 벽에 걸린 부드러운 시골 풍경 몇 점이 눈에 띄었다. 그녀의 집은 잘 정리되어 있었다. 제레미는 젊은 여자의 집을 염탐하는 것이 조금 부끄럽게 느껴졌지만, 자신에게 무슨 일이 벌어진 것인지 알고 싶은 마음은 당연하다고 생각했다. 갑자기 제레미가 펄쩍 뛰었다. 조그만 스코티시 테리어가 나타나더니 즐거워서 미친 듯이 낑낑대며 젊은 여자 주위에서 폴짝거렸다. 여자가 강아지를 품에 안았고 강아지는 눈물로 얼룩진 그녀의 짭짜름한 양쪽 뺨을 핥았다.

"알았어, 알았어. 프랑켄슈타인, 가만히 있어. 곧 산책시켜줄게."

그녀는 강아지한테 목줄을 매주고는 밖으로 나갔다.

제레미는 혼자 남아서 우편물 위로 고개를 숙였다. 우편물에는 다 똑같은 이름이 적혀 있었다. 앨리슨 덜스마우스.

"앨리슨 덜스마우스……?" 그가 큰 소리로 반복했다. "이 이름을 봐도 아무것도 떠오르지 않는데!"

우편물 옆에 작고 하얀 직사각형 무언가가 놓여 있었다. 제레미는 그것이 눈물에 젖어 구겨진 자신의 명함이라는 것을 알아보았다! 그는 욕설을 내뱉었다. 이 여자는 자신을 알고 있다! 하지만 어떻게? 제레미는 전혀 이해할 수가 없었다. 그는 수도사처럼 살았다, 그래, 몇 년 전부터 미친놈처럼 일만 하면서 저녁 시간을 보내곤 했다. 아무리 그래도 그렇지, 만약 저렇게 예쁜 여자가 자신에게 다가왔고 자신이 명함을 주었다면 잊어버릴 리가 없었다! 그렇다고 그녀가 그의 고객일 수는 없었다. 우선, 그녀가 제레미의 고객이었다면 절대 그녀를 잊지 않았을 것이고—시간이 모자라 수도 생활을 했을 뿐 장님은 아니었으니까—, 또 한편으로 아파트 내부는 그녀가 그리 부자가 아니라는 것을 보여주고 있었다.

여자의 행동에 비추어볼 때, 살인범이 자신을 죽이는 동안 자신의 주의를 돌리기 위해 타치니에게 고용된 것 같지도 않았다.

제레미는 여기저기를 기웃거렸다. 핑크색 욕실을 들여다보다 욕조 위에 널어놓은 브래지어와 팬티를 보고 넘어질 뻔했다. 침실로 들어가 침대 앞에 서자 이상하게도 어색한 감정이 느껴졌다. 침대가 엄청나게 컸던 것이다. 이 점은 이상하게 생각되었다. 요컨대 아파트는 꽤 작았고 세면대 옆에는 칫솔이 하나밖에 없었으며 우편물에도 한 사람 이름밖에 없는 것으로 봐서 앨리슨은 분명히 독신이라는 인상을 받았으니까…….

여자가 돌아왔다. 강아지가 제레미가 있는 방향을 바라보며 신음소리를 내뱉었지만 앨리슨은 신경 쓰지 않았다. 이제 슬픔과 죄의식이 약해진 그녀에게서는 평온하고 예쁜 푸른 안개가 간헐적으로 발산되었다. 그런데 왜 그녀 주위에는 푸른 천사가 아무도 없는 것일까? 그들이 있다면…….

제레미는 달려가서 잠긴 창문을 통과해 밖으로 고개를 쑥 내밀었다. 그는 이제 거의 마음대로 벽을 통과할 수 있었다. 아, 그렇다. 푸른 천사들은 건물 위에서 총천연색의 안개 속에 파묻혀 나부끼고 있었다.

앨리슨이 옷을 벗자 제레미는 고개를 휙 돌렸다. 관음증 환자처럼 굴고 싶지는 않았다. 아니, 보고는 싶었지만 평생 동안 잘 받은 교육의 흔적이 그를 만류했다. 그녀는 플란넬 파자마를 입었는데 솔직히 말해 섹시하다고 할 수는 없었다. 샐러드를 만들어 먹고 나서 답안지를 한 무더기 잡더니 일을 하기 시작했다. 제레미는 어깨 너머로 들여다보고 그녀는 초등학교 교사가 확실하다고 생각했다. 그는 어리둥절했다. 그 직업을 갖기에는 너무 젊어 보였던 것이다.

늦은 오후가 평화롭게 지나갔다. 신기하게도 제레미는 기분이 좋다고 느꼈다. 마치 이 젊은 여자가 기품 있는 편안함을 퍼뜨리는 것처럼.

한동안 제레미는 그녀의 귀에 대고 중얼거렸다. 수많은 질문을 했다. 하지만 그녀는 그의 말에 전혀 반응을 보이지 않았다. 제레미의 살인에 대해 해명해줄 수 있을 혼잣말 따위는 한 마디도 하지 않았던 것이다. 결국 제레미는 그녀를 내버려두고 바라보는 것으로 만족했다. 몇 시간이 흐르자 얼굴에 부기가 빠지며 그녀가 얼마나 예쁜지 알게 되었다. 아름다운 푸른 눈, 완고해 보이는 턱, 지적인 넓은 이마, 통통하고 매혹적인 입술.

제레미는 그녀에게 왜 그렇게 큰 침대가 필요한지 알 것 같았다. 애인이 많은 것이 틀림없었다. 하지만 오늘 저녁, 그녀를 부르는 남자는 아무도 없었다. 여자는 채점을 마무리하고는 옷을 벗어 제레미를 놀라움으로 밀어 넣더니, 팬티와 브래지어만 한 채 척추 뼈를 풀어놓은 것 같은 기묘한 기계 위에 몸을 던져 일련의 이상한 동작을 했다. 운동을 한 시간 정도 하고 나자 그녀는 땀으로 뒤덮여 얼굴이 시뻘겋게 변했다. 아까보다는 확실히 덜 예쁜 모습이었지만 그녀에게서 흘러나오는 안개는 완전히 하얀색이 되었다. 그녀는 욕실로 달려가 재빨리 샤워를 마치고 예의 그 흉측한 파자마를 다시 입고 커다란 망토를 뒤집어쓴 후, 다시 프랑켄슈타인을 산책시키러 나갔다.

집으로 돌아와서는 텔레비전 앞에 앉아 커다란 시리얼을 한 그릇 해치웠다. 자러 가기 전에 앨리슨은 또 다른 책들을 펼쳐 들었고 제레미는 깜짝 놀랐다. 제레미가 어깨너머로 들여다보니, 그녀는 초등학교 교사가 아니라 대학생이었다. 아마도 초등학교에서 실습을 하는 것이 분명했다. 앨리슨은 금세 고개를 끄덕거리며 졸기 시작했고 결국 자러 갔다. 제레미는 한숨을 내쉬었다. 그가 시작한 조사는 조금도 진전이 없었다. 생각에 깊이 빠진 제레미는 아파트 문을 통과해 거리를 산책하다가 지하철 입구 위에서 푸른 안개를 조금 먹고 다시 앨리슨의 집으로 돌아왔다. 왜인지는 모르겠지만 그녀의 안개는 먹고 싶지가 않았다. 그리고 그녀를 떠나고 싶은 마음도 없었다.

궁극적으로 침대가 그렇게 큰 것은 좋았다. 제레미는 조심스레 그녀 옆에 누워 잠이 들었다.

제레미가 잠에서 깼을 때 그는 다시 벌거벗은 모습이었고 앨리슨이 그를 물끄러미 바라보고 있었다.

"넌 네가 잘생긴 걸 아는 거지." 그녀가 상냥한 목소리로 말했다.

그가 깜짝 놀라 비명을 지르며 펄쩍 뒤로 물러서서 얼굴을 가렸다. 개 짖는 소리가 앨리슨의 칭찬에 화답했다. 그 순간, 제레미는 그녀가 자신한테 그런 말을 한 것이 아니라 침대 위에 있는 프랑켄슈타인에게 했다는 것을 알아차렸다.

"그래, 알아. 아부는 너한테 아무 소용없다는 것 안다고." 앨리슨이 한숨을 내쉬었다. "네가 원하는 것은 오로지 아침밥과 산책이잖아. 뭐, 꼭 그 순서대로는 아니어도 말이야. 알았어. 곧 간다니까!"

앨리슨은 투덜거리며 침대에서 빠져나왔다. 여전히 심장이 두근거리던 제레미는, 그녀가 프랑켄슈타인을 돌보는 동안 기지개를 켜고 새 바지를 만들었다. 벌거벗은 채로 있는 것은 왠지 성가시고 신경을 예민하게 했다.

제레미가 아침 식사를 한 후 다시 돌아왔을 때 앨리슨은 이미 준비를 마쳤다.

그녀는 자동차에 올라타고 집에서 이십 분 거리에 있는 학교를 향해 달렸다. 자동차에 슬며시 올라타는 데 성공한 제레미는 그녀를 따라 교실로 들어갔다. 수많은 푸른 천사들과 몇 명의 붉은 천사들이 거기 있었다. 푸른 천사들은 아이들을 돕기 위해 몇몇 아이들의 귀에 뭐라고 중얼거렸다. 붉은 천사들은 가장 흥분한 아이들에게 집적거렸다. 제레미는 사람들이 보통 푸른 천사들보다는 붉은 천사들의 충고에 더욱 잘 반응한다는 사실에 다시 충격을 받았다. 보다 더 똑똑하고 더 생기발랄한 몇몇 아이들이 천사들의 말을 좀 더 잘 포착하는 것 같았다.

제레미는 앨리슨이 학생들을 다루는 방식에 감탄했다. 그녀는 자신을 감시하는 꽤 나이 든 여선생의 주의 깊은 시선 아래 아이들을 칭찬하고 사기를 북돋아주었다. 그때, 익히 아는 목소리가 들려와 제레미는 용수철처럼 튕겨 일어났다.

클레르가 허리를 졸라맨 검은 원피스에, 회색 핸드백과 잘 어울리는 구두를 신고 완벽하게 화장을 한 얼굴에 매우 낙심한 표정을 지으며 교실로 들어온 것이었다.

맙소사! 어머니가 여기에서 뭘 하는 거지?

나이 든 여선생이 열렬히 어머니를 맞이하는 것을 보니 선생은 어머니를 익히 잘 아는 것 같았다. 앨리슨의 얼굴이 창백해졌다. 게다가 안젤라가 어머니 뒤에 나타났는데 그 애는 너무 울어서 눈의 상태가 좋지 않았다. 닷새 전부터 거의 끊임없이 울었던 것이다. 제레미는 심장이 부서지는 것 같았다.

다시 죄의식의 칙칙한 갈색 안개가 젊은 여자에게서 흘러나왔고 두려움을 의미하는 더 짙은 갈색 안개도 풍겼다. 제레미는 놀라서 뒷걸음질 쳤다. 이제 그는 앨리슨과 자신이 어떻게 연결되어 있는지 이해했다. 제레미는 어떻게 자신의 명함이 앨리슨의 수중에 들어갔는지 알아차렸다.

안젤라가 자신의 명함을 그녀에게 준 것이다.

이 년 전쯤에 어머니와 여동생이 그의 사무실에 들렀다. 제레미가 프랭크를 싫어했다고는 해도 그 감정을 안젤라에게 드러낼 수는 없었으며, 또 당시에 그는 가족에 관한 모든 것을 다 거부했다. 따라서 제레미는 안젤라가 완전히 낯선 사람인 것처럼 냉정하게 예의를 지켰다. 물론 소녀는 이 무정한 오빠를 매우 좋아했다. 그녀가 제레미의 명함을 몇 장 챙겼던 것이 이제야 기억났다. 하지만 안젤라가 왜 그 명함을 앨리슨에게 주었을까, 그리고 무엇보다 그는 왜 살해당한 걸까…….

갑자기 제레미가 숨을 훅 들이켰다. 살해당한 장면이 다시 떠오르며 어떤 영감을 받았던 것이다. 이미 저승으로 통과한 천사의 상태로 그는 살인자의 움직임을 보았다.

살인범은 그녀 역시 죽이려 했다.

앨리슨은 끊임없이 그것이 자신의 잘못이라고 되풀이했다. 제레미의 죽음이 그녀의 책임이라고. 그날, 앨리슨은 제레미의 아파트 밑에서 몇 시간 동안 그를 기다리고 있었다. 제레미가 그렇게 늦게 귀가하리라고는 생각도 못 한 채. 결국 그의 얼굴이 보이고 앨리슨은 제레미를 향해 걸어오고 있었던 것이 분명했다…….

결론은 단 한 가지뿐이다.

살인범이 그 자리에 온 것은 제레미 때문이 아니었다.

살인범은…… 앨리슨을 죽이려 왔던 것이다!

5. 타인의 맛

이틀 동안 제레미는 앨리슨과 여동생 사이를 번갈아 왔다 갔다 하면서 이 만남을 참을성 있게 기다렸다. '로지스 앤 블루스'는 정말 특별한 장소였다. 삼십 년이나 된 오래되고 사치스러운 호텔은 크라이슬러 빌딩•을 만든 건축가 윌리엄 반 알렌이 설계한 건물로, 이 호텔에 위치한 클럽 '로지스 앤 블루스'는 고객들에게 과거에 흠뻑 잠길 수 있는 멋지고 쾌적한 분위기를 선사했다. 그 당시, 여자들은 롱드레스에 모피를 걸친 사치스러운 모습이었고, 법도 양심도 없는 갱스터들과 밀주가 성행했다.

클럽에 들어갔을 때 가장 제레미에게 충격을 준 것은 테이블들이었다.

테이블들이 둥둥 떠다녔다. 그것도 살아 있는 사람들 위로.

• 영화 「어벤져스」의 배경이 된 지하 1층~지상 77층의 멋진 첨탑이 있는 건물.

천사들은 거대한 돔 천장을 자신들만의 고유한 공간으로 정비했다. 테이블 주위를 둥둥 떠다니는 의자와 소파에 앉아 천사들 역시 둥둥 떠다니며, 그들 밑에 있는 사람들과 똑같이 대화를 나누고 목젖이 보이도록 크게 웃기도 하고 감탄사를 연발하기도 했다. 눈앞의 장면에 놀란 제레미는 내부를 쓱 훑어보았다. 저녁 여덟 시 정각이었다. 아버지와 외할아버지는 아직 보이지 않았다. 클럽 안은 훌륭한 재즈 콰르텟에 매료되어 귀를 기울이는 사람들로 매우 붐볐다. 수많은 푸른 천사와 붉은 천사들이 흰색과 회색, 파란 안개 사이를 지나갔지만 폴과 제임스는 어디에도 보이지 않았다. 그런데 그 많은 천사들 사이에서 제레미는 또다시 테티셰리를 언뜻 본 것 같았다. 통통한 몸매의 푸른 천사가 사람들 무리에 조심스레 섞였다.

아버지와 외할아버지가 보고 싶어 안달이 난 제레미는 거기 있는 천사들이 하듯이 살아 있는 사람 위에 앉을 수는 없어서 비어 있는 긴 의자 끝에 엉거주춤 앉았다.

"제발, 입 좀 다물어요!" 십 분쯤 후 자주색 소파에 주저앉아 우울한 인생에 대해 끊임없이 떠들어대는 어떤 여자의 이야기를 더 이상 참지 못하고 제레미가 투덜거렸다.

"그녀가 당신 얘기를 듣지 못하는 이상, 이 세상이 다할 때까지 그런 이야기를 내뱉을 수 있을걸." 옆에서 유쾌한 목소리가 들려왔다.

제레미는 깜짝 놀라 천장까지 뛰어오를 뻔했다. 두방망이질하는 심장을 진정시키며 그가 고개를 돌렸다. 푸른색과 붉은색이 뒤섞인 소년이 소파에 편안히 앉아 그를 바라보고 있었다.

"제기랄." 제레미가 욕설을 뱉어냈다. "난 심장……"

"마비를 일으킬 뻔했다?" 소년이 말을 끊었다. "아니지, 불가능해. 하지만 누군가를 두렵게 만드는 것은 아주 매혹적인 일이지."

"아! 널 알고 있어. 넌……."

"그래, 그래. 당신이 구급차에 실린 본인 시체를 따라잡고 싶어 했을 때, 상이한 두 가지 형태의 운동으로 움직이는 두 활동체 사이의 속도 차이를 설명했던 사람이지. 그래. 알베르트 아인슈타인이야. 1955년 통과한."

제레미는 기계적으로 그와 악수를 한 후 믿을 수 없어서 눈을 크게 떴다. 이 녀석이 농담을 하는 건가?

"아인슈타인이라고요? 그 아인슈타인? $E=mc^2$의 아인슈타인? 루스벨트 대통령에게 편지를 보낸 과학자? 그 맨해튼 프로젝트•의?"

소년이 한숨을 내쉬었다.

"그렇다네. 그 편지는 평생 나를 따라다녔는데…… 맙소사, 죽은 후에도 따라다니는군. 사실을 명확히 하자고. 나는 그 프로젝트에는 참여하지 않았네. 핵무기하고, 뭐? 나는 다만 나치가 콩고 광산의 우라늄 사업에 착수했으며, 새로운 종류의 폭탄을 만들 가능성을 연구한다는 점을 알려주려고 루스벨트 대통령한테 그 빌어먹을 편지를 보낸 것뿐이야. 이럴 줄 알았으면 그날 내 손모가지를 자르

• 2차 세계 대전 발발 후, 아인슈타인과 동료들이 루스벨트 대통령에게 핵무기를 개발하도록 부추기는 편지를 보냈고, 그 후 루스벨트는 그 유명한 '맨해튼 프로젝트'를 시작한다.

는 게 더 나았을 뻔했어…….”

제레미가 저승으로 통과한 이후, 아무리 그를 위해 마련해놓은 코미디라 해도 기발하기 그지없는 이 상황에 그는 회의적인 표정으로 눈을 찡그리지 않을 수 없었다.

“아인슈타인은 76세에 죽었어요. 이렇게 말하기는 미안하지만 당신은 그 나이치고는 너무 젊어 보이는걸요!”

소년이 고개를 끄덕였다.

“야, 야, 이히 바이스(그래, 그래, 나도 알아). 두뇌를 더욱 고성능으로 활용하기 위해 다시 젊어졌다네. 나한테 몇 가지 질문을 해봐. 대답하는 즐거움을 만끽할 수 있게.”

제레미는 수학에 약간 천재적인 기질이 있었다. 그는 금융 시장의 반향을 미리 예측하고 대비하기 위해 그에 적용 가능한 방정식을 만드느라 꽤 많은 시간을 보냈다. 따라서 아인슈타인이라고 주장하는 이 사람을 꼼짝 못 하게 하는 것은 그리 어려운 일이 아니었다.

사 분 후, 제레미는 이 물리학자가 말하는 문장의 도입부를 가까스로 이해할 수 있었지만, 오 분 후에는 포기해버렸다.

오케이, 그는 진짜 아인슈타인이거나 그를 진짜같이 잘 모방하는 인물이었다!

“정말…… 정말 영광입니다.” 제레미가 자신을 휩쓸고 있는 방정식의 파도를 저지하기 위해 말을 더듬었다. “하지만……”

“하지만…… 내가 여기에서 뭐하냐고?” 아인슈타인이 문장을 끝내려는 짜증스러운 강박관념을 드러내며 말을 이었다. “음, 나는

'로지스 앤 블루스'에 자주 오는 편이네. 자신들의 죽음에 의문을 품은 천사들이 모이는 장소니까. 그리고 나는 관심이 많아."

"관심이 많아요?"

"그래. 난 우리가 존재하는 세계의 비밀을 파악하려 애쓰고 있어. 이미 몇 십 년 됐지. 두세 가지의 원칙은 이해했지만 내 이론을 위협하는 사건들이 끊임없이 벌어지고 있네. 그게 아주 성가시게 해. 물리는 원칙에 부응하는 것이거든. 그리고 이곳의 원칙은 철저히 분석하기에는 아주 미묘해. 하지만 나는 결론을 얻게 될 거야. 확실해!"

제레미는 짓궂은 표정으로 자신을 바라보는 주름 하나 없는 소년의 얼굴을 물끄러미 바라보았다. 이상하게도 걱정스러운 마음이 들었다.

"알았어요. 그런데 나는 왜 당신이 나와 다시 만나고 싶어 한 것 같은 이상한 기분이 들까요? 당신이 여기 있는 것이 왜 우연이 아닌 것 같죠?"

"그렇게 존칭으로 말하지 않아도 돼. 너무 예민하게 굴 필요는 없네. 난 특별히 당신을 찾지는 않았어. 가장 흥미로운 천사들이 여기에서 다시 만나기는 하지만 말이야. 물론 나는 당신의 죽음이 흥미로워. 당신은 목이 잘렸고, 그건 평범한 사건이 아니지. 난 확실한 도식에서 벗어난 모든 것을 쫓으려 애쓰고 있어. 나는 '그'를 이해하게 되기를 바라고, '그'가 원하는 것이 무엇인지를 이해하기 바라고 있네."

제레미는 소년이 강조하는 단어에 민감하게 반응하며 눈을 크게 뜨고 물었다.

"'그'를 이해해요? 그가 누군데요?"

아인슈타인은 자신의 목소리가 남들한테 들릴까 봐 불안한 것처럼 고개를 숙이고 중얼거렸다.

"그거야 당연히 신이지, 뭐!"

이 대답은 제레미에게 큰 충격을 주었다. 그는 입을 크게 벌린 채 아무 말도 못 하고 소년의 얼굴을 뚫어지게 바라보았다.

"신이라고요?"

"그래. 난 이 총체적인 단어를 아주 좋아하지. 볼테르가 지칭한 것처럼, '위대한 건축가'나 '위대한 시계상' 따위의 별명을 나는 살아 있는 동안에도 사용하지 않았네. 하물며 죽은 다음에는 더하지. 설령 그것이 여성스러운 근원일지라도, 신이라는 명칭이 역시 좋네."

"왜냐하면 확실하지 않으니까?"

아인슈타인이 어깨를 으쓱했다.

"그렇지."

제레미는 이런 유의 토론을 계속할지, 말지 주저했지만, 어쨌든 간에 아버지와 할아버지는 아직도 나타나지 않았으니 시간 여유는 있었다.

"스티븐 호킹이 틀린 거예요." 제레미가 천사들을 바라보며 말했다. "그는 신이 존재하지 않는다는 것을 증명할 수 있다고 생각했죠. 다중 우주나 수천 우주가 동시 탄생한다는 즉, 에드워드 위튼의

M이론에 근거한 원칙들이 호킹에게 그런 생각을 허락한 거죠!"

아인슈타인이 한숨을 내쉬었다.

"나도 확실하지 않아. 정확하게 이 M이론은 초끈 이론을 통일장 이론으로 통합한 건데, 나는 그것이 의문이네. 만약 우리가 있는 이 저승이 바로 빅뱅의 순간에 만들어진 평행세계 중 하나라면? 1,370억 년 전에 과열된 아주 작은 물질이 빵! 하고 터진 거라면? 폭발을 통해 우리가 생각하는 것처럼 단 하나의 세계가 아니라 매우 광대하고 차가운 수천 개의 무한한 세계가 되었다면 말이야. 그러면 믿을 수 없는 우연에 의해서 우리의 세계는 생명을, 더군다나 의식이 있는 생명을 만들어내게 된 거지."

제레미의 신경세포가 뜨거워지기 시작했다.

"당신은 우리가 다른 세계에 있다고 생각하시나요? 우리의 세계와 동시에 창조되었다고요. 그렇죠? (그는 자신이 이해한 것을 표현하기 위해 애썼다.) 마치 책의 각 페이지처럼요? 공통된 교차점말이에요. 하지만 한 페이지 위에 또 한 페이지가 있는 그 각 페이지 사이에는 어떤 교차점도 없는 거죠? 세계의 층을 말하는 거죠?"

"아마도 (알베르트가 한 손 위에 다른 한 손을 포갰다.) 여기 살아 있는 사람들의 세상이 있고, 그 위에 또 다른 세상인 우리들의 저승이 있는 거야. 영혼들이 통과하고 두 번 죽지 못한다는 절망 속에 고착될 때까지 텅 비고 아무런 도움도 안 되는 세상. 만약 이 세상이 변화무쌍했다면? 여기에 나타나는 존재들에 맞출 수 있었다면? 그랬다면 신의 행위는 어디에 있을까?"

색소폰 연주자가 음악을 연주하기 시작했고, 그 음악은 악기가 혼자 노래를 부르고 울부짖는다는 느낌을 받을 정도로 너무나 완벽하고 멋졌다. 그것은…… 마법이었다.

아인슈타인이 미소를 지었다.

"봤지? 저러니 신의 존재를 어찌 의심하겠어. 저런 음악을 들을 때는 저것이 바로 천사지! 신은 천사를 통해 자신을 표현하는 거야."

그는 붉은 천사들을 향해 흘깃 적의의 눈길을 던지고는 가시 돋친 어조로 덧붙였다.

"악마가 저들을 통해 자신을 표현하는 것처럼."

제레미는 고개를 끄덕였지만 사실은 푸른 천사건, 붉은 천사건 살아 있는 사람이건 간에 모두 매력적이라고 생각했다. 다른 악기들이 다시 연주를 시작하자, 제레미는 자신이 궁금한 내용을 화제로 삼았다.

"우리는 벽이나 물건들에는 부딪치면서 왜 사람들을 만질 수는 없는 거죠? 왜 이동하는 데 차량을 이용해야만 하는 거예요? 또 천사가 되었는데 나는 어떻게 중력을 느낄 수 있는 거죠? 내가 섭취한 감정이라는 양식은 어디로 가는 거예요?"

아인슈타인은 음식에 대해서는 아무 이론도 내세우지 못했다. 반면 그는 만약 우리가 다중 우주 이론을 받아들인다면, 단단한 사물을 감싸고 있지만 사람은 감쌀 수 없는, 두 세계 사이에 어떤 막 같은 것이 존재한다고 생각했다. 그 막이 감싸고 있는 것이 바로 생명이 없는 사물이다. 그 이유 때문에 천사들은 생명이 있는 것들은 전혀 만질 수가 없는 것이다. 마치 사람이나 동물들이 아무런 실체도 없는 것처럼. 아인슈타인에게 이것은 이해할 수는 없지만 인정할 수는 있는 원칙이었다.

이 생각은 제레미가 왜 엘리베이터 위에 떨어졌고, 왜 아픈지를 설명해주었다. 그가 부딪친 것은 금속이 아니라 그 물건을 감싸고 있는 세계의 막이었다. 그가 엘리베이터 안으로 떨어지면서 천장을 통과하는 데 성공했을 때는, 그가 육체를 물질이 아닌 것으로 변형시킬 수 있었기 때문이다. 그렇다면, 그가 육체를 변형시켜 그 막을 뛰어넘을 때, 사람들은 왜 그를 보지 못하는 것일까?

"두 세계 사이에 있는 막이 그것을 허락하지 않는 거야. 심지어 물질을 통과할 때에도, 막은 사람들이 우리를 감지하지 못하게 방해하지." 아인슈타인이 사려 깊은 목소리로 설명했다. "하지만 어떤 사람들은 감지하는 경우도 있어. 세상에 예외 없는 규칙은 없다는 사실이 실제로 증명되는 거지. 난 막이 좀 덜 완벽하게 싸인 장소들이 존재하거나, 인간의 뇌가 더 잘 받아들이는 순간이 있다고 생각해. 아마도 그런 이유로 천사가 날개를 갖고 있다고 생각하는 사람이 있는 걸 거야……."

제레미는 완전히 정신 나간 표정으로 그를 바라보았다.

"그래." 알베르트가 설명했다. "초기의 천사들은 살아 있을 때 지상의 끔찍한 위험들에 노출된 사냥꾼들이었네. 그들의 눈에는 오직 새들만이 이 위험을 피할 수 있었지. 그들은 거친 존재들이었어. 그래서 죽은 다음, 그들은 자신들의 육체를 변형시키기에는 너무 늙었기 때문에 사람들 위의 안개를 먹으려고 새들의 날개를 재현해 날아오른 거지. 이런 상황은 19세기까지 계속되었어. 산업혁명 시대까지. 뉴턴이 17세기에 만유인력의 법칙을 증명했지만, 나는 데는 날개가 필요 없고 육체를 변형시켜 가볍게 만들기만 하면 된다는 것을 천사들이 깨달은 것은 2세기 후였던 거지. 그사이에, 인간들이 천사를 봤던 거라고 생각해."

제레미는 몸을 떨었다. 그는 사람들이 천사를 감지할 방법이 전혀 없다고 생각했었다. 아인슈타인은 그의 반응을 보고 놀라 설명을 했다.

"난 위대한 선지자들의 제자들과 토론을 많이 했네. 그들은 특히 매우 목이 마르거나 굶주렸을 때, 우리가 있는 이 저승을 여러 번 본 적이 있다고 말했어. 그 순간, 그들의 뇌는 우리의 모습을 감지하고 우리의 말소리를 알아들을 수 있었던 거지. 그들은 커다란 날개를 달고 색깔이 있으며 빛이 나는 존재를 보았다고 했고, 자신들이 본 것을 글로 묘사했지. 중세의 삽화공들, 조각가들, 채색유리 제조공들은 그 내용을 읽고 그것을 시각적으로 표현했어. 하지만 과학의 시대와 더불어 조금씩 사람들은 우리를 감지하는 능력을 잃어갔던 거야. 그들의 정신이 폐쇄적이 되었거나 우리와 분리되는 간격이 커졌던 건지, 나도 정확히는 모르겠어. 어찌 되었든 간에 지금은 인간들 중 아주 소수만이 우리를 감지할 수 있어. 그들 대부분은 정신병원에 머물고 있네."

"네. 만약 천사들의 목소리를 들었다면, 나도 방음 장치된 정신 병동 침실을 의뢰했겠죠." 제레미가 말했다. "그럼 살아 있는 시체들은요?"

"뭐라고?"

"내 말은, 죽지도 살지도 않은 사람들 말이에요. 잠시 죽었다가 살아 있는 사람들 사이로 되돌아가는 사람들요. 아시겠지만 그들은 여기 우리 세계로 단 몇 분 통과했다가 돌아가잖아요. 다시 살아났을 때 그들은 종종 빛을 봤다거나 자신을 기다리는 사람들, 혹은 천사들을 봤다는 사실을 떠올리고요."

"그래, 그렇지." 제레미가 왜 좀비에 대해 말하고 싶은지 알베르트는 잠시 생각했다. "그들이 정말로 우리 세계를 본 건지는 확실하지가 않아. 어떤 면에서 그들이 묘사하는 것은 사실이지만……."

제레미는 자신의 의문에 몇 가지 답을 얻은 것이 행복해 고개를 끄덕였다.

"당신은 수많은 답을 찾은 것 같네요. 만약 우리가 그 다중 우주론을 버리고 신이 우주를 창조했다는 가설로 다시 돌아간다면, 우리는 왜 여기에 있는 것일까요? 또 당신은 '위대한 선지자들의 제자들'과 대화를 나눴다고 했는데, 그렇다면 그 얘기는 예를 들어 위대한 선지자들인 모세도, 예수도, 부처도 만나지 못했다는 의미인가요?"

알베르트가 실망한 표정으로 입술을 뾰족이 내밀었다.

"그래. 사방을 다 돌아다녀봤지만 그들을 찾아낼 수가 없었어. 그리고 우리가 왜 여기에 있는지에 대해서는 아무런 견해도 없네. 우리 천사들은 문명을 재현할 수가 없어. 우리가 만들어내는 물건들이 너무 빨리 사라지기 때문이지. 우리는 먹기 위해 인간들을 점점 더 극단적인 경험으로 몰아붙이고 있어……."

갑자기 그들 옆에 있던 젊은 여자가 손에 있던 잔을 흔들어, 아인슈타인의 말을 끊고는 그를 관통해 옆에 있던 남자에게 술을 쏟았다. 그녀는 히스테릭한 웃음을 터뜨리며 그 남자를 닦아주려고, 특히 가랑이 사이를 닦으려고 몸을 숙였다. 남자 가까이 있던 붉은 천사가 그의 귀에 아주 고약하게 속삭였고, 영향을 받은 남자에게서 흘러나온 안개는 탐욕의 빛을 띠고 있었다.

아인슈타인이 짜증스럽게 투덜거렸다.

"지금 이 상황은 대부분의 커플이 아주 행복하면서도 왜 그렇게 자주 기만과 질투를 보이는지 설명해주는 거지. 오로지 호르몬 문제만은 아닌 게야. 만족의 안개는 흰색이지만 두 색깔의 천사들이 다 먹을 수 있지. 따라서 푸른 천사들이 별 문제없이 살아갈 수 있을 때는 상관하지 않는 거야. 그 말은 수많은 천사들이 사람들이나 건물들 위에서 그저 떠돌거나 먹는 것에 만족하고 있다는 거지. 수백만 명의 천사 집단 중, 뉴욕에서 우리 주변 사람들에 진짜로 관심 있는 천사는 불과 만 명 정도일 걸세. 가장 집요한 부류가 여기에서 서로 다시 만나는 거지."

그는 말을 멈추고 강한 실망감을 느낀 듯 생각에 잠겼다. 제레미는 잠시 기다리다가 아인슈타인이 진짜 다른 곳으로 가버린 것처럼 보여 다시 대화를 시작했다.

"당신은 우리가 이곳으로 '통과한' 이유가 단지…… 먹기 위해서라고 생각하세요? 약간 단순화된 것 같아요. 아닌가요?"

아인슈타인이 다시 고개를 들고는 인상을 찌푸렸다.

"어떤 면에서 우리는 이미 지상에서 했던 것 이상을 하지는 않아. 우리는 태어나고 살고 죽는 거지. 그사이에 우리는 먹고 감정을 경험하지. 여기에서 우리가 하는 것도 그런 거야……."

제레미는 푸른 천사들과 붉은 천사들을 바라보다가, 자신이 통과했을 때 본 천사 중 하나에게 벌어진 일이 떠올랐다. 그는 그 얘기를 석학에게 했다.

"나도 더 이상 모르겠어. 가장 파란 천사들과 가장 붉은 천사들은 사라졌지. 그런 식이야." 알베르트가 아쉬워했다. "사실 나는 극단적인 감정을 너무 많이 먹지 않도록 자제한다네. 지금으로선 이 세상을 떠날 생각이 없으니까. 난 심지어 이곳을 다른 세계로 통과하기 위해 잠시 머무는 곳이라 생각하네."

제레미는이 대화가 아주 재미있다고 생각했지만, 자신이 '로지스 앤 블루스'에 왜 왔는지 그 이유를 잊지 않았다. 형이상학과 우주론은 좀 더 기다려야만 할 것이다. 저 명민한 알베르트 아인슈타인이 오십 년 동안 신의 존재를 증명하는 데 성공하지 못했다면, 그것을 증명해낼 사람은 어차피 제레미 갈보가 아니었다. 게다가 그 생각은 끔찍해 보일 뿐이었다. 만약 신의 존재를 증명한다면 악마의 존재 또한 증명될 수 있지 않겠는가. 그는 전혀 그러고 싶지 않았다.

"그건 그렇고, 우주를 연구한 당신은 인간을 미치게 하려고 애쓰는 천사를 어떻게 쫓아내고 무너뜨리는지, 혹은 제거하는지 아시나요?"

"뭐라고?"

제레미는 여동생 이야기를 아인슈타인에게 일부 들려주었다. 물론 전부는 아니었다. 이 미스터리한 소년을 아직까지 완벽히 믿을 수는 없었으므로. 소년은 덥수룩한 갈색 머리를 뒤죽박죽 헝클었다.

"우리 푸른 천사들은 다 똑같은 걱정거리가 있네……. 저 망할 놈의 붉은 천사들이 인간들을 계속 시체처럼 썩게 만들고 있어."

그의 설명은 명확했다. 사랑과 기쁨의 감정 역시 고통과 증오의 감정만큼 강렬해서 붉은 천사들은 푸른 천사들보다 아주 강해질 수는 없으며, 다만 조금 더 거친 것뿐이다. 그렇다고 붉은 천사가 인간에게 들러붙는 것을 막을 수 있는 방법은 없었다.

아마도.

그런데 거의 감지되지 않는 무엇인가가 있었다. 알베르트가 고개를 끄덕이고 슬그머니 바라보다가, 제레미의 시선을 피했다. 직업상 제레미는 육체의 언어를 읽을 줄 알았다. 상대방이 거짓말을 하거나 정보를 숨기는 것을 볼 줄 알았다.

아인슈타인은 거짓말을 했다. 행동을 통해서든지 아니면 고의로 말을 안 했든지 간에, 그것은 확실했다.

제레미는 한숨을 내쉬었다. 그를 향한 불신이 점점 커졌다. 안젤라를 괴롭히는 붉은 천사를 끝장낼 방법은 반드시 존재한다. 그런데 아인슈타인은 그것을 말하고 싶지 않은 것이다. 왜?

별안간 제레미가 가벼운 마음으로 몸을 일으켰다. 마침내 아버지와 외할아버지가 도착했다. 그는 그들이 오는 방향으로 손을 흔들었다. 폴과 제임스가 제레미를 발견하고는 미소 지으며 다가왔다.

"아, 가족 모임이로군." 아인슈타인이 세 사람의 모습이 비슷한 것을 알아채고 말했다. "자, 이제 자네를 놓아주지. 자네가 지루하지 않다면 우리 가끔 여기에서 만나자고. 자네가 어떻게 되는지 알고 싶으니까. 오케이?"

아버지를 다시 보자 초조해진 제레미는 다시 오겠다는 손짓을 했고 아인슈타인은 사라졌다. 다행히도 옆자리의 불쾌한 여자와 남자도 사라져서 자리가 비었으므로 사람들의 무릎에 앉지 않고…… 아니, 사람들의 무릎을 통과하지 않고도 세 남자는 앉을 수 있었다.

"내 아들, 내 아들아!" 폴이 제레미를 부드럽게 끌어안으며 외쳤다.

잠시 동안 제레미는 아무 말도 할 수 없을 정도로 감동에 휩싸였다. 오직 아버지의 열렬하고 따뜻한 포옹만이 기억났다. 아버지에게서는 익숙한 애프터 셰이브 냄새가 아닌 향신료와 허브의 신선한 냄새가 풍겼다. 포옹에서 풀려나면서 제레미는 아버지의 뺨에 눈물이 흘러내리는 것을 보았지만 아버지가 우는 장면에 그리 놀라지 않았다.

"그만 우세요!" 제레미가 목이 메어 거칠어진 목소리로 말했다. "남들이 계집애들이라고 하겠어요! 두 분은 남자잖아요. 그래요, 안 그래요? 사람들 앞에서 이렇게 훌쩍이는 건 꼴사납다고요!"

제레미는 하늘을 바라보았다. 아버지 역시 고개를 들었다. 죽은 이후에도 상황은 그리 많이 바뀌지 않았다. 외할아버지는 냉담한 폭군처럼 버티고 있었다. 그들은 자리에 앉았고, 폴이 거북한 표정으로 아들을 바라보았다.

"너…… 너 묘지에 왔었니?"

"네." 제레미가 대답했다. "내 시체를 묻었잖아요. 설명할 필요도 없죠."

"미…… 미안하구나. 그때 내가 좀 돌았었나 봐." 폴이 사과했다.

제레미가 손을 흔들어 괜찮다는 표시를 했다.

"아버지, 전혀 중요하지 않아요. 지금은 어떠세요?"

"내 눈앞에 클레르가 없을 때는 괜찮아." 폴이 털어놓았다. "하지만 네 엄마와 함께 있을 때면 아주 힘들단다. 그녀를 보러 가고 싶은 마음을 자제할 수가 없어. 난…… 난 너무나 가슴이 아프다. 그녀가 빨리 죽었으면 좋겠어. 더 이상 견딜 수가 없으니까."

제레미가 충격을 받은 표정으로 아버지를 뚫어지게 바라보았다. 폴 역시 자신이 한 말이 얼마나 잔인한지 깨닫고는 이마를 문지르더니, 갈색 머리카락을 마구 헝클었다.

"미안해. 가끔 난 아무 말이나 막 해버린단다. 음, 이제 네 얘기를 좀 하자. 제레미, 넌 아직 너무도 젊은데 도대체 무슨 일이 일어난 거니? 난 이해가 잘 안 된다. 네 외할아버지한테 검에 베이고 어쩌고 하는 얘기를 들은 것 같다만……."

제레미는 자신이 어떻게 죽었는지를 설명했고, 그가 앨리슨과 관련된 내용을 언급하자 제임스는 입에 물고 있던 시가를 삼킬 뻔했다. 흥분한 나머지 금세 시가를 다 피워버리자, 제임스는 안개를 조금 잡아 시가를 다시 만들었다.

"낙원의 모든 성인들에게 맹세코!" 그가 말했다. "그건 완전히 미친 짓이야. 아, 이 녀석아! 금발 여자에 원한을 품은 미친놈 때문에 살해당하다니! 어떻게 그것을 알게 된 거냐?"

제레미는 앨리슨을 따라간 것을 설명하고는, 그녀가 자신의 살인 사건을 목격했던 것을 기억해냈다고 얘기했다. 그녀와 자신의 연결고리는 이부 여동생 안젤라였으며, 안젤라가 알 수 없는 이유로 자신의 명함을 그 젊은 교생에게 주었다고 덧붙였다. 그가 아는 것은 거기까지였다. 이제 제레미는 살인범이 앨리슨을 공격할 것이라고 추측했다. 그가 정체불명의 또 다른 여자인 애나벨라 대핑을 살해한 것처럼.

"좋아." 제임스가 정신이 딴 데 가 있는 것처럼 말했다.

"네?"

"그래." 제임스는 정신이 나가서 대답했다. "만약 그녀가 죽는다면, 네가 왜 살해당했는지 얘기해줄 수 있겠다."

제레미는 그의 반응에 기가 막혔다.

"하지만 할아버지! 난 그녀가 죽기를 바라지 않아요! 난 어떻게 하면 그녀를 보호할 수 있는지 알고 싶다고요! 난 그녀에게 반드시 위험하다는 경고를 할 거예요!"

제임스는 그를 바라보다가 불이 붙은 시가 끝에 시선을 고정시켰다. 그는 희열을 느끼며 도넛 모양으로 연기를 만들기 시작했고 잠시 후 중후한 목소리로 말했다.

"넌 할 수 없어."

제레미는 할아버지에게 따지려 했지만 그럴 필요가 없다는 것을 깨달았다. 제임스가 옳았던 것이다. 앨리슨은 선지자도 아니고 미치지도 않았으니까. 따라서 그는 절대 그녀의 의식에 다다를 수가 없었다. 제레미는 소파 깊숙이 몸을 묻었다.

"그럼 난 아무것도 할 수가 없다. 할아버지가 하시고 싶은 말씀은 이거죠?"

"그래, 뭔가를 시도해볼 수는 있겠지. 그녀를 걱정할 수도 있고." 폴이 제임스에게 우울한 시선을 던지며 말했다. "그녀의 귀에 뭐라고 중얼거릴 수도 있어. 그런 것들이 내가 네 엄마에게 해본 것들이지. 나는 프랭크가 무기 밀매상이라는 것을 알고 있었다. 그래서 몇 년 동안 클레르와 너의 머릿속에 의혹을 주입했어. 넌 네 엄마보다 훨씬 더 영향을 쉽게 받았어. 결국 넌 프랭크에 대한 조사를 하고 말았으니까. 네가 느꼈던 의혹들, 의심들은 내가 너에게 은밀히 속삭인 거였다. 난 멈추지 않았지. 네 엄마와 너, 두 사람이 모두 위험에 처한 것을 보고 나는 미쳐버렸지."

제임스가 마지못해 인정하며 고개를 끄덕였다. 그렇다, '미치다'라는 말이 딱이었다. 제레미는 새아버지, 어머니, 앨리슨, 그 애나벨라 대핑이라는 여자, 그리고 살인범 사이에 관계도를 그리려 애썼다. 결국 그는 두 종류의 논리를 세웠지만 어떤 것이 제대로 된 논리인지 알아볼 방법이 없다는 것이 문제였다. 아마도 폴이 가르쳐줄 수 있을지도 모르겠다. 저택에 있던 붉은 천사는 자신이 타치니에게 살해당했다고 말했다. 제레미는 세련된 새아버지가 그렇게 손을 더럽히는 수고를 했을지 의심스러웠다. 그는 틀림없이 전문가에게 도움을 청했을 것이다. 만약 제레미의 추측이 맞는다면 바로 그자가 제레미의 살해범과 동일 인물일 것이고, 그렇다면 폴은 증거가 있을 것이다.

"그럼 아버지는 안젤라 주위를 맴도는 붉은 천사가 누군지 아세요?" 제레미가 절박한 심정으로 물었다.

"아니, 그는 일 년 전부터 나타났어. 그가 자신을 죽인 타치니를 비난한다는 것 말고는 무슨 일이 일어났는지 잘 모르겠다. 그는 내 질문에 대답하기를 거부하더구나." 폴이 대답했다.

"그를 쫓아버리려 시도해보지 않았어요? 아버지, 그는 안젤라를 완전히 미치게 만드는 중이에요!"

폴이 시선을 피했다.

"난 아무것도 할 수 없어." 그가 애매모호한 말투로 털어놓았다. "내 딸이 아니잖니. 나하고는 아무런 관련도 없다. 내 눈에 중요한 사람은 단 하나, 오직 클레르뿐이야. 네 생각에 그 살인자가 네 엄마도 죽일 것 같니? 그렇게 되면 정말 멋질 텐데!"

제레미는 목이 메어 자리에서 일어났다. 자신이 잘못 생각한 것이다. 아버지는 진짜로 미쳤다. 전혀 차도가 없을 만큼 완전히 강박관념에 사로잡혀서 말이다. 클레르를 되찾겠다는 강박관념.

"죄송해요. 이제 전 가봐야 해요." 제레미가 폴과 제임스에게 차갑게 말했다. "두 분은 여기 자주 오시는 것 같네요?"

제임스가 고개를 끄덕였다.

"그래, 우리 천사들은 자유 시간이 꽤 많거든. 네가 들은 것처럼 여기 '로지스 앤 블루스'는 음악이 아주 훌륭하니까 자주 들르지. 혹시라도 필요하면 여기에 와서 우리를 찾으려무나. 참, 얘야?"

"네, 할아버지?"

"그 붉은 천사를 없앨 방법을 찾아봐라. 언제나 해결 방법은 있단다. 낙담하지는 마라. 우리는 이상한 장소에서 살지만 겉모습만 믿어서는 안 된다. 충고를 하자면, 얘야, 나가 싸우렴!"

6. 욕망의 맛

제레미는 방금 자신이 들은 말에서 쉽게 벗어나지 못했다. 죽음은 냉혹한 외할아버지의 성격을 약간 변화시킨 것 같았다. 할아버지가 연민을 보여주었으니까. 놀라웠다. 제레미는 할아버지에게 감사의 뜻을 담은 미소를 보내고 인사를 했다. 다시 생각에 깊이 빠진 폴은 희미한 동작으로 그에게 인사를 건넸다. 벌써 밤 열한 시였다. 제레미는 '로지스 앤 블루스'를 떠났지만, 잠시 숙고한 후에 집으로(그러니까 어머니의 집으로) 돌아가는 대신 앨리슨에게 가기로 결정했다. 불현듯 그 아가씨가 어떻게 지내는지 궁금해졌다.

안타깝게도 앨리슨은 집에 없었다. 오직 프랑켄슈타인만이 의문을 품은 듯 짖어대며 그를 맞이했다. 제레미는 몸을 굽혀 강아지를 쓰다듬었다. 강아지가 아무것도 느끼지 못할 것을 분명하게 알고 있었지만 그래도 위로가 됐다. 그는 침대에 누웠다. 클럽에서 안개를 먹었기 때문에 배가 고프지는 않았다. 그는 희미하게 불안감을 느꼈다. 앨리슨은 어디에 있는 것일까?

제레미는 잠깐 잠이 들었지만 목소리가 들려 후다닥 깼다.

앨리슨이 돌아왔다……. 하지만 혼자가 아니었다.

젊은 남자와 함께였다.

게다가 천사 둘이 둥둥 떠 있었다. 푸른 천사 한 명과 붉은 천사 한 명. 그들은 제레미에게 손짓으로 인사를 건네고는 앨리슨과 젊은 남자에게 주의를 집중했다. 당황한 제레미는 펄쩍 뛰어 일어났다. 남자는 꽤 매력적이었다. 제레미는 원래 남자의 아름다움에 크게 흥미가 없었는데 그 남자는 대부분의 남자들을 능가했고 특히 얼굴이 뛰어나다는 점을 인정하지 않을 수 없었다. 얼굴에 대해 말하자면, 제레미는 그의 탐스러운 갈색 머리칼과 웃음 짓는 커다란 초록 눈동자, 결단력 있는 턱선, 넓은 이마와 귀족적인 턱을 이미 본 적이 있었다. 어디에서 본 것일까?

제레미는 약간 목이 메어 만약 앨리슨과 저 남자가 침대 위로 쓰러져 열정적으로 사랑을 나눈다면, 자신이 할 수 있는 것이 무엇일까를 고민했다. 그때, 젊은 남자가 하는 말에 정신이 번쩍 들었다.

“자기야, 진짜, 그거. 그 장식은 어린 여비서들이나 할 수 있는 거였어. 정말 끔—찍—했다고!”

제레미는 현기증이 났다. 머리가 핑 돌아 그는 침대 위에 앉았다. 아, 이제 저 남자를 어디에서 보았는지 떠올랐다. 그는 동부에서 서부까지 여자들이라면 침을 질질 흘리는 복근의 소유자이자 유명한 모델이었다. 이름이 클라크 어쩌고였는데…….

"클라크!" 마치 제레미의 생각이 메아리친 것처럼 앨리슨이 소리쳤다. "몇 초만 네가 그 독사 같은 혓바닥을 잡아둘 수 있다면 참 멋질 텐데. 난 네 도움이 필요한 거지, 너의 그…… 아주 의심스러운 패션 감각이 필요한 게 아니거든."

클라크는 자신의 탐스러운 갈색 머리카락을 쓰다듬더니, 매혹적인 초록 눈을 찡긋하고는 캐시미어 코트를 의자에 걸쳐놓았다.

"사랑스러운 아가씨, 귀담아듣고 있어요. 너 때문에 새 비비크림 런칭 기념 칵테일파티도 안 갔잖아. 노에미가 신경질 부릴 거야. 그녀 주변에서 나만 난쟁이가 아닌 데다가 그녀의 파트너 노릇을 하고 있었으니까. 여기에서 내가 필요한 만큼이나 그녀에게도 내가 필요하거든."

푸른 천사가 제레미의 어깨에 섬세한 손을 올리며 안타까운 한숨을 내쉬었다.

"사실 저 남자는 매우 똑똑해. 짜증나는 것은 그의 강박관념이 항상 경박한 태도로 그 똑똑함을 가린다는 거지!"

"네가 그의 첫 번째 애인이었나?" 탐욕스러운 붉은 천사가 물었다.

"아니." 푸른 천사가 약간 뒤로 물러서며 마지못해 대답했다. "첫 번째는 아냐. 하지만 나는 그를 진짜 사랑했어. 그래서 죽고 나서도 그를 좀 따라다니기로 결심했지. 그의 인생은 감정이 범람하지. 너도 알다시피 말이야. 너도 그걸 먹고 사니까!"

붉은 천사가 그를 보고 웃었다. 그리고 제레미에게도 미소 지었다.

클라크는 동성애자였던 것이다. 오호, 베리 굿이다. 방금 전 강렬한 질투의 감정에 사로잡혔던 것 때문에 조금 당황스럽긴 했지만, 갑자기 제레미는 연민을 느끼며 젊은 남자를 관찰했다.

그때 클라크가 예기치 않은 짓을 했다. 앨리슨의 입술을 재빨리 덮치며 열정적이고 격렬한 키스를 퍼부었다.

두 천사는 안개를 먹는 것도 잊고 밑으로 쑥 내려왔다. 그들은 바닥에 섰다.

"맙소사, 저것 봐!" 한 명이 외쳤다. "그가 양성애자라는 것 알고 있었어?"

"아니, 전혀 몰랐어." 다른 한 명이 흥분해서 대답했다. "나, 난 충격 받았어. 완전 특종이야! 살아 있을 적엔 몰랐지만 이 사실에 무진장 화를 낼 사람을 두세 명 알고 있거든! 음, 그러니까 걔네들은 완전히 속은 거네. 저 녀석 잽싸게 도망가야 할 것 같은데!"

그들은 커다랗게 웃음을 터뜨렸다.

제레미는 두 사람을 떼어놓고 싶은 욕망을 억누르며 이를 갈았다.

얼굴이 빨개진 앨리슨이 숨을 헐떡이며 혼란스러운 표정으로 클라크를 밀어냈다.

"클라크! 내가 뭐라고 했니!" 앨리슨이 외쳤다.

청년이 절대로 죄를 짓지 않을 듯한 매력적인 손을 흔들었다.

"금단의 열매, 그게 날 흥분시키거든. 넌 내가 키스하고 싶은 단 한 명의 여자야. 안심해. 그리고 넌 오래전부터 싱글이잖아. 앨리슨, 그 바보 같은 백마 탄 왕자 얘기나 꿈꾸며 말이야. 그런 남자는 없어! 내가 맹세하지!"

태연한 체하며 앨리슨은 방어용으로 강아지를 무릎에 올려놓고는 소파에 앉았다. 그녀는 가까스로 정신을 차렸다.

"난 약속했단 말이야……."

"그래, 네 어머니가 돌아가시기 전에 머리맡에서 약속했다며. 결혼 첫날밤까지 처녀를 지키겠노라고. 물론 그건 네가 선택한 거지. 강요된 게 아냐. 나 다 알아. 그건 완전히 바보 같은 짓이야! 내가 주는 것은 자유를 얻는 티켓이야. 이 아가씨야, 그 어리석은 결정에서 너를 해방시키기 위한 티켓이라고!"

앨리슨의 예쁜 얼굴이 완강해졌다.

"난 약속했어. 약속을 했으면 지켜야 하는 거야. 우리 엄마는 아주 어린 나이에 결혼해야만 했어. 나를 임신하고 계셨거든. 그것이 엄마의 인생을 완전히 무너뜨렸지. 학업을 중단해야 했고 한 남자에게 얽매여야 했어. 물론 그 남자란 우리 아버지지. 엄마는 내가 자기와 똑같은 실수를 저지르지 않겠다는 맹세를 하라고 했어. 아버지와 엄마는 결국 헤어지고 말았고 내가 계속 엄마 편을 들자 아버지는 나한테 더 이상 아무 말도 안 하게 됐어. 엄마를 가여운 해골로 만든 그 끔찍한 암세포의 공격을 받아 죽어가면서도, 엄마는 내가 학업을 다 마치고 경제적으로 독립한 후에 결혼을 하고 그다음에 남자랑 잠자리를 하라고 약속하게 했지. '어떤 콘돔도, 어떤 피임약도 백 퍼센트 확실하지는 않단다. 위험한 짓은 절대하지 마라!' 하고 수십 번 반복했어. 그래서 아주 끔찍하더라도, 때때로 내가 미칠 지경이 될지라도, 혹은 뉴욕에 이런 상황을 이해할 수 있는 남자가 한 명도 없다는 생각이 들어도, 난 버텨낼 거야. 결혼하고 싶은 남자를 찾아낼 때까지, 그리고 내 맹세를 이해할 남자를 만날 때까지."

클라크가 짜증스레 한숨을 내쉬었다.

"알았어, 알았어! 알아들었다고. 그 얘기는 아주 마음속으로 외우고 있거든. 우리는 거의 함께 자랐다는 걸 잊지 마. 하지만 사랑을 나누는 것, 오, 그건…… 그건 말하자면 천사들과 함께 뛰노는 것 같은 거라고!"

푸른 천사와 붉은 천사가 크게 웃음을 터뜨렸다.

"오호, 네가 그런 말을 했겠다!"

앨리슨은 긴 금발을 뒤로 넘기고 그를 무섭게 쏘아보았다.

"음, 우리는 사랑을 나누지 않을 것이고 그게 누구든 난 친밀하게 굴지 않을 거야. 너는 왜 그 남자가 나 때문에 살해당했는지 알아내도록 나를 돕기나 하라고!"

이 마지막 말이 클라크의 매력적인 유혹을 확실히 끊어 제레미는 한껏 마음이 가벼워졌다.

"뭘 당했다고?"

"살해당했다고." 앨리슨이 조그만 목소리로 말했다. "목이 잘렸어. 뉴스를 보니 경찰이 그러는데 피해자가 두 명 있대. 두 피해자 모두 일본도로 살해됐다더라고."

클라크가 미간을 찌푸리더니 고개를 설레설레 흔들었다. 그는 의자를 가져와 앨리슨 앞에 놓고 천천히 앉았다.

"왜 그게 네 잘못이라는 거야? 앨리슨, 안심해. 네가 「용쟁호투」

의 리메이크 영화에서 연기를 한 것은 아니잖아? 그 쿵후 강의는 안 좋은 생각이었다고 내가 말했잖아. 이 딱정벌레 아가씨야."

앨리슨은 그의 유머에도 냉담했다.

"확실하지는 않아! 그저 추측일 뿐이야. 난 그 사건이, 그러니까…… 내가 들은 적이 있는 어떤 이야기와 관련이 있는 것 같아. 만약 그렇다면, 나 역시 위험하단 말이야!"

클라크가 갑자기 아주 걱정스레 이마를 문질렀다.

"앨리슨, 안 돼. 네가 맡은 역에 대해 말하지 마. 나쁜 시간에 나쁜 장소에 있는 여자는 일반적으로 아주 짧게 나오지! 네 말이 옳기는 해. 그런 여자는 영화 속에서 대부분 일찍 죽으니까. 무슨 얘기를 들었는데? 앨리슨, 자세히 말해봐!"

"그래. 앨리슨. 그에게 자세한 얘기를 해봐!" 제레미가 부추겼다.

"너…… 너를 연루시키지 않고 말하려니 뭐라고 말해야 할지 모르겠어. 클라크." 앨리슨이 어쩔 줄 몰라 하며 대답했다. "나쁜 시간과 나쁜 장소에 대한 얘기는 네 말이 맞아. 안타깝게도. 난 우연히 어떤 대화를 들었어. 그게…… 그게 그러니까 새롭게 만들어낸 어떤 제품에 대한 것이었지. 하지만 그것을 만든 사람은 그 제품을 비밀로 간직하려 했어. 그가 왜 그러는지는 나도 모르겠지만…… 그건…… 그건 미친 짓이야. 완전히 말이야. 내가 알고 있는 바에 따르면 회사는 그의 이름을 붙였어."

"그게 그 피해자와 관계가 있는 거야?" 클라크가 그녀의 말을 끊었다.

"피해자의 이름은 제레미 갈보야. 내가 교생 실습을 하는 반에 그의 여동생이 있지. 자기 오빠를 매우 자랑스럽게 생각하는 그 애가 어느 날 나한테 오빠의 명함을 주었어. 난 그 사람을 텔레비전에서 본 적이 있어. 그는 엄청난 대기업의 경제 전문가였거든. 난 다만 우연히 들은 대화 내용에 관련된 사람이 왜 자신의 이익에 반하는 행동을 하는지, 그 이유를 설명해줄 수 있는 전문가를 찾아 물어보고 싶었을 뿐이야. 무고한 사람을 고발하기 전에."

클라크는 난감해했다. 초록색 눈이 돌연 아주 심각해지며 고개를 숙였다.

"이봐, 아가씨. 솔직히 난 이해가 잘 안 가. 그러니까 내 질문은 아주 간단해. 왜 문제의 그 제품 제작자를 고발하려고 하는 건데? 그게 너하고 무슨 관련이 있길래? 혹여 네가 고발한다면 넌 아주 더러운 상황에 빠지게 될 거야. 나라면 그 뉴욕에 나타난 넌자 어쩌구 하는 황당무계한 얘기는 입 밖에 내지 않을 거야. 앨리슨, 그러니까 난 거대한 제약회사를 고발할 준비가 된 어린 여대생에 대해 걱정하는 거라고!"

앨리슨이 의심스러운 눈초리로 그를 쏘아보았다.

"그게 제약회사와 관련된 것인지 어떻게 알았지?"

클라크가 한숨을 내쉬고는 조각같이 아름다운 자신의 근육질 몸을 가리켰다.

"난 그저 멋진 게 아냐, 친애하는 앨리슨. 이 믿을 수 없는 아름다움 아래에 나도 머리가 있다고."

"너와 같이 있는 게 좋은 이유는 네가 엄청나게 겸손하기 때문이야." 앨리슨이 빈정댔다. "그래, 네가 옳아. 연구실이 문제인 거야."

"넌 무엇 때문에 그 일에 개입하려는 건데?"

앨리슨이 몸을 잔뜩 웅크리고 머뭇대다가 결국 털어놓았다.

"내가 들었던 대화 내용 때문이야. 문제의 약품은 암을 치료할 수 있는 거야. 전부 다는 아니지만 절반 정도는 고칠 수 있을 거야. 그것만 해도 엄청나잖아!"

클라크는 몸이 굳었다. 제레미 역시 몸이 굳었다. 제레미가 자신의 살인 사건에 새아버지의 유죄를 거론하긴 했지만, 라이벌이 관련된 살인의 가능성 역시 배제할 수는 없었다. 비즈니스 살인. 물론 그것은 앨리슨의 의심과 합치하는 것은 아니었다. 제레미는 문제의 그 사람이 뭘 하고 싶었던 것인지 짐작해보았다. 혹시 그 기적의 약품이 나오기 전에 자신의 회사 주식을 사재기하는 것? 그것은 아닐 것이다. 왜냐하면 회사에 그의 이름을 붙였다면 그가 회사의 주인일 테니까. 만약 제레미라면, 기적의 약품을 시장에 내놓기 전에 연구실을 통제하고 누군가를 제거하고 싶었다면, 그렇게 목을 베면서 시선을 끌지는 않았을 것이다! 자신이었다면 은밀히 행동했을 것이다. 독이 든 주사기라든가 불행한 사고, 우발적인 익사 사고를 가장해…….

"암을 치료할 수 있는 약품이라고?" 클라크가 중얼거렸다. "알겠다. 네 어머니가 그 무시무시한 병으로 돌아가셨잖아. 그래서 넌 약간 강박관념이 있는 거야. 좋아, 다른 질문이 있어. 네가 한 말을 증명할 수 있어?"

앨리슨의 두 눈 가득 눈물이 차올랐다.

"아니, 당연히 못 하지!" 그녀가 신음했다. "녹음할 생각 같은 건 못했다고! 난 그냥 그 자리에 있었어. 기다리는 중이었지. 남자는 나를 보지 못하고 사무실에서 누군가와 통화를 한 거야. 얼마 있다가 내가 기다리던 사람이 도착했고 우리는 거기에서 떠났어. 하지만 그때 그가 옆방에 있던 내 존재를 깨닫고 내가 자신의 통화 내용을 들었다는 것을 알아챈 게 거의 확실하다고 생각해……."

"앨리슨." 클라크가 소파에 앉아 부드럽게 입을 열며 따뜻하게 그녀를 팔로 감싸 안았다. "목을 베어 사람을 죽이는 것은 잔혹한 살인범이나 하는 짓이야. 눈에 띄지 않게 수백억을 벌고 싶은 신중한 사업가가 할 일은 아니란 말이야. 네 말은 타당하지가 않아. 그 피해자 이름이 뭐라고? 신경 쓰고 듣지를 않았어." 클라크는 정확하게 제레미와 똑같은 추론을 펼쳤다.

"제레미 갈보." 앨리슨이 코를 훌쩍이며 기분 좋게 짖어대는 프랑켄슈타인을 무릎에서 내려놓았다. "장례식 때 그의 어머니와 계부인 프랭크 타치니 씨를 봤어……."

"뭣! 너 금방 말한 사람이 누구라고?" 클라크가 소리쳤다.

"제레미 갈……"

"아니, 아니, 다른 남자!"

"음, 프랭크 타치니……."

클라크의 얼굴이 밝아지며 앨리슨을 마주 보았다.

“그 사람은 대부야! 프랭크 타치니, 그는 대부라고!” 그가 제레미와 거의 같은 높이로 튀어 오르며 외쳤고 그것이 제레미를 자극했다.

앨리슨이 눈을 크게 떴다. 완전히 이야기에 집중해 귀를 기울이고 있던 천사들도 마찬가지로 눈을 동그랗게 떴다.

“누구의 대부?”

“아니, 영화 「대부」 말이야! 그 제레미라는 피해자는 너하고는 아무 상관없이 본보기로 살해된 거야, 예쁜 아가씨. 어쨌든 넌 그가 어떤 활동을 했는지 정보를 조금 더 알 필요가 있어. 의붓아들이 무기 밀매상으로 프랭크 타치니를 고발했고 의붓아들의 요청에 따라 프랭크 타치니에 대한 수사가 진행되었다는 것을 모르지? 그런 사람들이 배신자를 어떻게 처리하는지는 너도 잘 알잖아!”

앨리슨은 어안이 벙벙했다. 그녀의 감정에서 흘러나온 안개가 공포의 빛깔로 물들었다.

“너…… 넌 내가 위험한 비밀을 알게 되었을 뿐만 아니라 거기다가 청부 살인에까지 우연히 연루되었다는 거야? 무기 밀매상이 주도한?”

클라크 역시 완전히 아연실색한 표정으로 그녀를 바라보았다.

“네 말이 맞아, 이 아가씨야. 넌 그렇게 여러 가지에 연루된 거야. 그 비밀에 대해서는 잘 모르겠어. 하지만 그 살인 사건에 대해서는 분명하다는 생각이 들어. 넌 경찰을 찾아가야만 해.”

앨리슨이 몸을 잔뜩 움츠렸다.

"안 돼."

"안 된다고? 왜 안 돼?"

"왜냐하면 난 아무것도 못 봤단 말이야!"

그녀가 다시 거칠게 호흡하고는 덧붙였다.

"불쌍한 제레미의 머리가 도랑으로 굴러가는 것만 봤을 뿐이야. 난 도망갔어. 다행히 살인범은 나를 쫓아오지 않았어."

클라크가 가슴이 미어져 앨리슨을 꼭 끌어 안았다.

"그게 네가 할 수 있는 최선의 방법이었잖아! 하지만 확실히 경찰은……."

"클라크, 내 증언이 쓸모가 있다면 당연히 나는 경찰한테 다 말할 거야! 깜깜한 밤이었고 나는 제레미 갤보가 다가오는 것을 봤어. 난 구석진 곳에 숨어 있었지. 눈에 띄고 싶지는 않았거든. 시간이 흘러갈수록 그렇게 기다리는 것은 어리석은 짓이라는 생각이 점점 더 들었어. 그러나 저녁때 그의 사무실에 전화를 했지만 비서가 그에게 연결해주지 않았단 말이야. 만날 약속을 하는 게 불가능했어. 어떻게 해야 할지 몰라서 그렇게 기다리기로 했지. 그게 유일한 해결 방법이었거든. 늦은 시간이었지만 마침내 그가 도착했고, 나는 가벼운 마음으로 앞으로 나갔어. 그는 자신이 사는 건물을 향해 걸었고 어두운 곳을 지나가고 있었어. 그때 이상한 소리가 들린 거야."

앨리슨이 몸을 부르르 떨었다.

"그러고 나서 그의 목이 떨어지는 것을 봤어. 피가 흘렀지. 어둠 속에서 뭔가가 움직였어. 그게 전부야. 나는 미친 듯이 도망갔어."

클라크는 걱정스러운 듯 이마를 찡그렸다.

"어머나." 천사들 중 한 명이 소리쳤다. "저런 표정은 짓지 말아야 하는데. 주름이 생겨버릴 거야!"

클라크가 말을 이었다.

"너무나 걱정돼, 앨리슨. 넌 위험에 처했어! 네 반응도 이해해. 경찰을 상대하는 게 걱정되는 거야. 하지만 이렇게 부탁할게. 이 사건은 너 때문에 벌어진 게 아냐. 넌 아무것도 못 봤고 살인범이 그걸 알고 있다는 것을 너도 알아!"

앨리슨은 잠시 말을 잃었다. 그리고 눈을 감았다.

"그래, 나도 그건 알아."

"그렇다면 이제 어떻게 할 거야?"

"그건…… 지금은 아무 생각도 안 나. 만약 타치니에 대해 네 말이 정확하다면, 제레미 갈보의 죽음이 나하고 아무 상관이 없으니 마음의 부담을 덜겠지. 하지만 연구소를 고발하는 것은 포기하지 않을 거야. 그 치료제는 시장에 나와야 해, 클라크! 그러면 모든 환자들이 그것을 이용할 수 있단 말이야. 그게…… 그게 제일 중요하다고!"

"음, 좋아요." 제레미가 중얼거렸다. "여러분 고마워요. 나의 죽음이 여러분에게 아무런 문제도 일으키지 않는다는 것을 알게 되어 만족합니다."

천사들이 호기심 어린 눈빛을 반짝이며 그를 향해 몸을 돌렸다.

"네가 피해자니?" 붉은 천사가 물었다.

"네에." 제레미가 내뱉었다.

"그럼 넌 누가 너를 죽였는지, 그리고 왜 죽였는지 알아보려고 여기 온 거야?"

"네에." 여전히 짜증스러운 목소리로 제레미가 반복했다.

두 천사가 똑같이 황홀해서 손뼉을 쳤다.

"오호호." 푸른 천사가 노래하듯 달콤하게 말했다. "우리가 도와줄게. 응, 마이크, 우리가 도와주자! 이자의 입장에서 조사를 하도록 저 잘생긴 갈색 머리 귀에 속삭이자고."

제레미가 관심을 갖고 몸을 일으켰다.

"그렇게 할 거예요. 진짜로?"

두 천사가 고개를 끄덕였다.

"어떻게요! 두 사람은 약간 싫증이 나기 시작했잖아요. 하지만 저기에는 모험, 미스터리, 섹스가……."

"아니," 한 천사가 말했다. "섹스는 아냐. 적어도 지금은 아냐. 그녀랑은 아냐."

"쯧쯧, 정말이야. 하지만 너한테 도움의 손길을 줄 이유는 무진장 많아. 너 알지, 로지스 앤 블……."

"……블루스." 천사들이 확실히 그 장소를 좋아하는 것 같다고 생각하며 제레미가 말을 마쳤다. "네, 음악이 환상적이죠."

"이봐, 신입 푸른 천사치고는 너 꽤 잘 아는구나! 좋아." 마이크라 불린 천사가 말했다. "이틀 후에 거기에서 만나자, 우리가 뭘 찾았는지 얘기해줄게."

클라크는 한동안 앨리슨이 경찰과 접촉하게끔 설득하려고 시도했다. 앨리슨은 클라크 때문에 골치가 아프다고 말했고, 그와 말싸움한 덕분에 등에 경련이 난다고 투덜거렸다.

클라크는 마침내 단념했지만 솔직히 유감스러운 표정이었다.

"엎드려봐. 등을 부드럽게 풀어줄게. 그렇다고 그 사건에서 빠져나왔다고 믿지는 마."

소파에 앉아 앨리슨은 주제가 바뀐 것에 만족하며, 그가 시키는 대로 했다. 하얀 티셔츠 안에 손을 넣어 몇 번의 움직임으로 브래지어를 빼내고 나서 그녀는 엎드린 다음 티셔츠를 어깨 위로 말아 올렸다. 아름다운 가슴은 정숙하게 쿠션으로 감추었다.

처음 시작은 아주 평범한 마사지였다. 등에 경련이 일어난 만큼, 긴장을 푸는 데 꽤 시간이 걸렸다. 그러고 나서 클라크의 우정 어린 마사지가 서서히 눈에 띄는 동작으로 변했다.

"오오오, 너무 좋다. 마사지의 신 같아!" 앨리슨이 중얼거렸다.

천천히, 멈추지 않고 클라크의 손이 앨리슨의 바지를 향해 내려가기 시작했다. 그녀의 등 아래쪽을 마사지하기 위해 클라크는 아무 말 없이 그녀를 약간 들어 올려, 단추를 하나씩 풀어 봉긋 솟아오른 엉덩이 윗부분까지 드러냈다. 앨리슨은 몸을 뒤틀었지만 단호히 거부하지는 않았다.

갑자기 클라크가 그녀 위에 걸터앉아, 마치 멋진 바이올린의 현을 켜듯이 커다란 손으로 그녀의 피부와 근육을 연주했다. 결국 클라크는 앨리슨의 바지를 완전히 벗기고 그녀의 긴 다리와 엉덩이를 차례로 마사지했다. 정숙하고 하얀 면 팬티를 가로질러 무릎에 옴폭 패인 민감한 부분을 가볍게 깨물며 그녀가 분별을 잃게 만들었다. 우정 어린 마사지는 관능적인 애무로 변했다.

"안 돼애애." 제레미가 미칠 듯이 화가 나서 울부짖었다. "안 된다고오오. 앨리슨! 저항해. 넌 맹세했잖아! 어머니한테 약속했잖아!"

하지만 앨리슨에게는 들리지 않았다. 이제 클라크는 불타듯 뜨거운 몸으로 그녀를 덮쳐 부드럽게 포옹하며 목덜미를 살짝 물었다. 앨리슨 역시 열정적으로 신음하며 몸을 맡겼다. 클라크가 반항할 시간을 주지 않고 그녀의 몸을 돌려 티셔츠를 빼내고는, 멋지게 생긴 가슴을 천천히 부드럽게 핥기 시작했다. 앨리슨의 몸이 휘며 상체가 뒤로 젖혀졌다. 클라크의 애무는 모든 것을 잊게 만들었다. 그의 능숙한 손과 달콤한 혀의 놀림 아래서 느낀 환상적인 감정만 제외하고.

두 사람이 사랑을 나누려 했다. 거기, 바로 제레미 앞에서. 이 상황은 제레미를 미치게 만들었다.

문득 젊은 천사의 눈길이 주인의 순결에는 거의 관심이 없는 듯, 조금 멀리서 졸고 있는 프랑켄슈타인에게로 향했다. 그는 강아지에게로 달려가 고함을 치며 사방으로 펄쩍펄쩍 뛰어오르기 시작했다.

"야아아아아, 예에에에에! 나 여기 있다. 나 여기 있어! 프랑켄슈타인, 예에에에에에!"

예민한 동물적 감각 덕분에 무언가 희미한 움직임을 감지하고 깜짝 놀란 프랑켄슈타인이 고개를 번쩍 들었다.

"그래애애애애애애, 그거야아아아아아!" 제레미가 훨씬 더 요란하게 소리쳤다. "자, 일어나. 일어나봐. 날 좀 봐. 날 좀 보라고!"

제레미는 사방으로 팔짝팔짝 뛰고 발을 구르며 손을 마구 흔들었다. 강아지는 무엇인가가 자신을 부추기는 듯한 모호한 기분이 들며 거북한 느낌을 받았다. 그는 의문을 표현하며 한 차례 짖어댔고, 곧이어 다시 움직임이 느껴지자 또 짖었다. 제레미가 이름을 계속 부르며 손뼉을 치자 세 번째로 짖었다.

앨리슨이 동작을 멈추었다. 돌연 클라크를 밀어내며 정신을 차렸다. 완전히 벌거벗고 머리가 온통 헝클어진 채로.

클라크는 한숨을 내쉬고, 목소리를 가다듬느라 잠시 사이를 두었다.

"난 저 개가 싫어. 알겠니?"

"그래." 앨리슨이 티셔츠를 움켜쥐고 후딱 다시 입으며 대답했다. 손가락이 약간 떨렸다. "이번에는 나도 그래. 하지만 내가 탈선하지 않도록 막았잖아. 고맙다, 프랑켄슈타인. 네가 나를 구했어!"

화가 난 앨리슨은 클라크를 향해 몸을 돌려 손가락질을 하며 위협했다.

"너 말이야. 넌 정말로, 진심으로 구제불능이야. 제기랄이라고, 클라크!"

"이런, 진정해애애애애." 남자가 미소 지었다. 그의 매력적인 복근이 눈에 띄었다. "좋지 않았다고는 말하지 마……."

앨리슨은 조그맣게 신음을 냈다. 아직도 몸이 뜨거웠다.

"그래, 이 돈 주앙 같은 놈아. 너무 환상적이었어! 그러니 내가 약속을 잊기 전에 넌 여기에서 달아나야 할 거야."

클라크가 그녀의 허리를 잡았다.

"자, 조금 더 긴장을 풀어줄게. 절대 끝까지는 가지 않을 거야. 약속해."

앨리슨이 남자의 손가락을 탁 치며 몸을 뺐다.

"오오오오, 안 돼. 생각하지도 마! 네 덕분에 이미 긴장은 충분히 풀렸거든. 난 널 알아. 네 약속 따위는 믿을 게 못 돼. 넌 완전히 나 몰라라 하잖아."

그녀는 남자의 애석해하는 시선 앞에서 말투가 부드러워졌다.

"하지만 진짜 멋진 순간이었어, 클라크. 특히 그 무기 밀매상에 대한 정보를 알려줘서 정말 고마워. 네가 준 정보가 문제를 해결하지 못한다 해도 넌 나를 많이 도운 거야. 사랑해."

"나도 널 사랑해." 클라크가 마지못해 다시 옷을 입으며 다정하게 대답했다. "내가 그 연구실과 연구실의 상황에 대해 친구 몇 명에게 물어볼게. 자세한 얘기는 빼고 말이야." 앨리슨의 시선이 돌연 불안해지는 것을 보면서 그가 덧붙였다.

"좋아." 붉은 천사가 말했다. "그가 조사를 하게끔 압박할 필요도 없겠어. 알아서 스스로 조사할 테니까."

푸른 천사인 마이크는 걱정스럽게 제레미를 똑바로 바라보았다.

"저런, 여기 있는 우리 친구가 가슴에 번개를 맞는 불상사를 당한 것 같네. 그것은 안 좋아, 아주 안 좋은데……."

제레미가 그를 바라보았다.

"번개 뭐라고요?"

"넌 살아 있는 여자와 사랑에 빠진 거야. 이 한심한 바보야!" 붉은 천사가 대답했다.

"뭐요? 아니에요. 내가 그녀를 알게 된 건 불과 얼마 전인걸요!" 제레미가 반박했다.

"아, 그래? 그런데 왜 클라크가 그녀와 사랑을 나누려는데 그렇게 고통스러워했지? 불쌍한 강아지, 그렇게 놀란 동물은 거의 본 적이 없어."

"하지만…… 하지만 왜냐하면…… 왜냐하면 그녀가 약속을 했고, 그 약속을 어기는 것은 나쁘니까요. 나…… 난 그저…… 음…… 보호하는 거예요. 그래요, 맞아요. 난 그녀를 보호할 뿐이에요."

두 천사가 호기심이 가득한 눈초리로 제레미를 관찰했다.

"저자는 아무 말이나 하는 거야. 그렇지, 마이크?"

"그래, 비장하네. 그럼 안녕. 곧 또 보자고!"

그들은 떠나기 전에 앨리슨에게 한 번 더 키스하는 데 성공한 클라크를 따라갔다.

젊은 여자는 몸을 떨며 문을 닫고는 꼬리를 흔들며 짖어대는 프랑켄슈타인에게 시선을 고정했다.

"맙소사." 그녀가 중얼거렸다. "얼마나 키스를 잘하는지! 하마터면 할 뻔했어……."

앨리슨은 마음을 가다듬으려고 깊게 숨을 들이마셨다. 그러고는 다시 티셔츠를 벗었다. 제레미는 당황해서 황급히 뒤로 돌았다. 벌거벗은 그녀의 가슴을 보는 것은 더 이상 견딜 수 없었다. 그는 잘 모르는 여자와 사랑에 빠진 것이 아니라, 그녀가 벗은 모습을 보는 것이 부도덕하다고 생각했던 것이다. 음, 그래. 만약 그가 사랑에 빠졌다면, 그것도 역시 부도덕한 짓일 것이다……. 제레미는 혼자 웃었다. 그래, 그 천사들이 옳다. 그는 비장했다. 그가 보든 안 보든 그녀가 무슨 신경을 쓰겠는가? 그는 죽은 몸인데!

제레미가 돌아보니, 앨리슨은 이미 욕실로 들어갔다. 그녀는 찬물로 샤워를 하며 온갖 욕설과 비명을 질러 제레미를 걱정시켰다. 그녀는 아주 짧은 셔츠를 입고 돌아왔다.

제레미는 앨리슨의 긴 다리를 보고 침을 꿀꺽 삼켰다. 그러고는 아무 거리낌 없이 제모하는 장면에 참가해야만 했다.

"제길, 제길, 제길!" 여자가 소리쳤다. "그가 내 털북숭이 다리를 만졌어. 이런 끔찍한 일이!"

제레미는 젊은 여자들이란 아주 복잡하다는 생각을 안 할 수가 없었다. 앨리슨의 허벅지와 장딴지 위에는 서로 경쟁하듯 솟아난 털 세 가닥밖에 없었으니까.

제모를 한 후 그녀는 좀 더 일을 하고 나서야 잠이 들었다.

제레미의 살인 사건과 그녀가 알게 된 정보들을 제외하면, 앨리슨은 평범하고 바쁜 인생을 살고 있었다.

다음 날 제레미는 다시 앨리슨의 수업에 따라갔고 (그가 알아낸 바에 의하면, 그녀는 대학에 다니면서 이 학교에서 보름 동안의 실습을 하고 있었다.) 저녁에는 매혹적인 '여자들만의 저녁 식사'에 처음으로 참석했다.

앨리슨보다 훨씬 나이가 많은 두 명의 친구가 식당에서 그녀와 만났다. 그녀들의 머리 위에도 역시 천사들이 날아다녔는데, 한 명은 아주 붉은 천사여서 제레미는 걱정스러웠다. 천사들이 이름은 밝히지 않았지만 그에게 인사를 했다. 제레미는 여자들은 여자들의 안개를 먹고 남자들은 남자들의 안개를 먹는 것이 아닐까 생각했다. 제레미가 앨리슨을 호위하는 것을 보고 여자 천사들이 놀란 표정을 지었던 것이다.

저녁 식사는 매우 교훈적이었다. 세 명의 여자들은 아주 빠른 속도로 말을 했고, 쉽게 농담을 했다. 만약 앨리슨이 클라크와 있었던 작은 사건에 대해 얘기하지 않았다면, 두 친구들은 포기하지 않고 자신들의 성생활을 자세히 묘사했을 것이다. 제레미는 여자들의 노골적인 대화에 아연실색하면서도 재미있었다. 그 주제에 대해서 여자들은 절대 남자들보다 못하지 않았다.

제일 신랄하게 쏘아붙이는 여자는 붉은 천사가 붙어 있는 여자였는데, 이름이 미스티라는 것 같았다. 그녀는 경제 변호사로, 가만히 들어보니 24시간 내내 일하는 것처럼 보였고 그녀가 뿜어내는 안개는 분홍색이었다. 그녀는 지친 것 같았다, 모든 것에. 돈을 충분히 벌지 못하는 남편에게도, 충분히 수완이 좋지 못한 애인에게도, 지워진 매니큐어에도, 너무 많은 시간 일하기를 요구하는 상사에게도, 얼굴에 나타나기 시작한 주름살에도 (사실 그녀는 나머지 두 명보다 확실히 나이 들어 보였다.) 지친 것 같았다…….

스트레스를 받으며 제레미는 그녀가 곧 궤양 같은 병을 앓게 되리라 생각했다. 앨리슨보다 일곱 살 많은, 겨우 스물일곱 살이었는데 그녀는 세상 모든 것을 다 보고 모든 것을 다 겪어본 것 같은 인상을 풍겼다. 제레미는 그녀가 약간 소름 끼친다고 생각했다.

앨리슨은 안정적이었고 유머가 있었다. 그녀는 미스티를 웃게 만들었고, 그것이 미스티의 긴장 상태를 풀어주었다. 식사가 끝나고, 그녀들은 서로 안녕을 고했고 미스티는 앨리슨을 껴안았다. 미스티의 안개가 희미하게 성적인 욕망으로 빛나자 제레미는 동요했다. 그녀들은 하이힐에 몸을 싣고 어깨를 흔들며 서로 멀어졌고 서지 않는 택시들에 욕설을 퍼부었다.

제레미는 정신을 차리지 못했다. 앨리슨은 모두를 사로잡았다. 그녀는 아름다웠고 똑똑했으며, 무언가 독특한 것이 풍겼다. 일종의 순수함이.

제레미는 앨리슨에게 열광하고 있다가 누군가를 보고 즉시 지상으로 내려왔다.

남자였다.

식당 구석에 앉아 신문에 얼굴을 숨긴 남자는 매우 집중해서 앨리슨을 관찰했다. 그의 머리 위에는 붉은 천사 셋이 떠돌고 있었다. 하나도 아니고, 둘도 아닌, 붉은 천사 셋이. 천사들은 뚱뚱했고, 남자에게서 솟아오르는 거의 검정에 가까운 빨간색의, 독이 있으며 위압적인 색깔의 안개를 아무 문제없이 삼켰다. 제레미는 남자의 차가운 시선과 마주쳐 딸꾹질을 했다. 살짝 찢어진 눈이었다.

그 남자다! 아시아인의 피가 섞인 남자.

제레미의 목을 자른 그 남자였다.

7. 두려움의 맛

제레미는 온몸을 꿰뚫는 얼음같이 차가운 전율을 느꼈다. 남자는 키가 크고 몸은 엄청 야위어서 마치 수염 달린 거미 같았다. 안색은 창백했지만 그에게서는 엄청난 기운이 풍겼다. 그는 완전히 까만색으로 옷을 입었는데, 단추 구멍에 꽂은 핏빛 장미 한 송이가 눈에 띄었다. 물론 그는 검을 갖고 있지 않았지만, 제레미는 그가 무장했다는 것을 알아차렸다. 살인범이 자신을 볼 수 있는 것처럼 느껴져 제레미는 식당 구석에 몸을 숨겼다. 끔찍한 분노가 마치 독약처럼 핏줄 구석구석을 뚫고 지나가며 그를 휩쓸었다. 증오, 분노였다. 제레미는 저 남자 때문에 죽었는데 복수할 방법이 아무것도 없었다. 잠시 후, 제레미는 이성을 잃을 정도로 분노하여 살인자에게 몸을 던질 뻔했다. 그런 행동이 아무런 소용도 없다는 것을 너무나 잘 알면서도 말이다.

남아 있는 이성이 그를 제지했다. 살인자 위에서 부유하는 세 천사는 흉악하고 기괴했으며 진한 붉은색이었다. 그들을 바라보기만 했는데도 제레미는 구역질이 치밀었다. 그 천사들에 비하면 자신은 턱없이 부족했고, 설령 그들이 저자를 죽이지는 못할지라도 많이 괴롭힐 것은 확실했다. 제레미는 할 수 있는 한 최대로 자신을 억제했고, 남자를 알아채지 못한 것처럼 행동했다. 그는 앨리슨 옆에 바짝 붙어 서서 곁눈질로 남자를 열심히 감시했다.

이상하게도 세 명의 천사는 살인자의 귀에 아무 말도 속삭이지 않았다. 그들은 꼼짝도 않고 황홀경에 빠져 게걸스럽게 먹기만 했다. 남자는 분명히 극단적인 감정을 겪고 있었다.

문제는 그에게 이런 감정을 일으키는 것이 바로 앨리슨이라는 것이었다.

제레미는 당황해서 어찌할 바를 몰랐다. 자신을 살해한 범인이 앨리슨을 감시하는 것이 확실했다. 하지만 그는 이유도 목적도 알지 못했다. 앨리슨은 그때, 아무 의심 없이, 나쁜 순간에 나쁜 장소에 있었던 것이다. 그리고 지금 살인자가 은밀하게 행동하는 태도에 비추어볼 때 확실히 그녀가 표적이었다,

"앨리슨!" 제레미가 그녀의 귀에 대고 긴박한 어조로 소리쳤다. 아무것도 모르는 앨리슨은 친구에게 인사를 하고 집으로 돌아갈 준비를 하고 있었다. "내 말을 들어야 해요! 어떤 남자가 당신을 미행하고 있어요. 그는 틀림없이 당신을 죽이려 할 거예요. 당신은 반드시 얘기를 해야 해요. 그러니까…… 좋아요. 원한다면 클라크한테라도 말해요. 하지만 저 남자를 고용한 자를 체포할 수 있는 사람에

게 말해야 해요. 내 말 들어요! 천사들이 세 명이나 머무는 것을 보면 저자는 분명히 살인청부업자예요! 앨리슨! 빌어먹을! 내 말 좀 들어요!"

하지만 젊은 여자는 위험에 대해 아무런 자각도 하지 못했다. 그녀는 조용히 집으로 들어가 뉴욕 여자답게 이중으로 문을 잠갔다. 제레미는 이중 빗장을 넘기 위해서는 한 발짝이면 충분하다는 것을 확인했다.

자정이었다.

그런데…… 앨리슨이 프랑켄슈타인을 데리고 다시 나왔다.

"안 돼애애애애애!" 제레미가 울부짖었다. "앨리슨, 안 돼요오오오오!"

어딘지 모를 곳에서 들려오는 고함을 틀림없이 감지한 프랑켄슈타인이 이번에는 강하게 으르렁거리기 시작했다. 앨리슨이 털을 쓰다듬어 강아지를 진정시키고는 내려갔다. 신경이 예민해진 제레미가 그녀를 따라 거리로 나섰다. 작은 강아지는 보도를 달리기 시작하더니 신이 나서 사방을 킁킁거렸다.

제레미는 자신이 살해된 그날 밤처럼 거리의 가로등 두 개가 깨져 불이 꺼진 것을 깨닫고는 더욱 기분이 좋지 않았다.

"제기랄!" 그가 욕설을 내뱉었다. "그놈이 그녀를 죽일 거야! 앨리슨, 빨리 집으로 돌아가요. 제발요. 제발 이렇게 빌게요!"

갑자기 강아지가 짖어대며 전속력으로 달렸고 앨리슨은 역시 말아 쥔 목줄을 풀며 어두운 골목길로 끌려갔다.

"안 돼, 안 돼, 안 돼, 안 된다고! 제발 부탁이에요." 제레미는 계속 간청했다. "안 돼요. 개를 따라가지 마요. 그냥 내버려두고 도망가요!"

그토록 애절히 말했건만 여전히 무감각한 앨리슨은 프랑켄슈타인이 목줄을 너무 당기지 않도록 목소리를 높여 타이르며 따라갔고 마침내 강아지가 들어간 골목길 앞에 이르렀다.

별안간 줄이 느슨해졌다. 마치 줄 끝에 아무것도 없는 것처럼.

제레미는 눈을 질끈 감았다. 자신이 사랑…… 아니, 너무나 아끼는 여인이 살해당하는 것을 차마 볼 수가 없었다.

검은 그림자가 펄쩍 뛰어올랐고 앨리슨이 비명을 질렀다.

그 순간, 제레미는 더 이상 견딜 수가 없어서 눈을 뜨고 말았다. 양쪽 뺨에 눈물이 하염없이 흘러내리며 그 자리에 무너지듯 주저앉았다. 동시에 안도의 한숨이 흘러나왔다. 정신병자처럼 웃음이 실실 나왔고, 지나가던 천사들이 깜짝 놀라 그를 바라보았다. 검은 그림자의 정체는 고양이였다! 망할 놈의 고양이일 뿐이었다! 털을 곤두세운 고양이가 빠른 속도로 자신을 따라온 프랑켄슈타인을 실컷 공격했다. 강아지는 목줄이 다 풀려 멈추기 직전이었기 때문에 짖기에도 바빴다. 가슴에 손을 얹고 서 있던 앨리슨은 어쨌든 딱하게 되어버린 강아지한테 화를 냈다. 결국 그들은 천천히 집으로 돌아갔다. 천사거나 말거나 심장마비에 걸릴 뻔했던 제레미의 호위를 받으며.

앨리슨과 프랑켄슈타인이 집으로 돌아가자 제레미는 긴장이 풀렸다. 살면서 이렇게 무서웠던 적이 없었다. 음, 자신이 죽었다는 것을 알았을 때를 빼고 말이다. 하지만 그때를 제외하고 이렇게 극심한 두려움을 경험하는 것은 에너지를 소모하는 일이었다.

앨리슨이 잠이 들자 제레미도 옆에 누워 잠이 들었다.

전날처럼 앨리슨이 그에게 잘생겼다고 말을 걸자 잠에서 깨었다. 제레미는 그녀가 자신의 뒤에서 침을 흘리고 있는 강아지에게 말을 건다는 사실을 너무나 잘 알고 있었다. 유감스럽지만 뭐, 어쩔 수 없다. 제레미는 미소를 짓고 대답했다.

"고마워. 당신도 아름다워."

그는 살인자가 떠올라 절박한 목소리로 덧붙였다.

"당신은 엄청난 위험에 처했어. 앨리슨! 내 말 좀 들어요. 제발! 내 목소리에 귀를 기울여보라고요!"

앨리슨은 만족한 미소를 띠고 행복에 겨워 킁킁거리는 프랑켄슈타인을 쓰다듬었다. 그리고 나갈 준비를 했다.

제레미는 그녀를 뒤쫓았다. 이번에는 환한 대낮이라 전혀 위험하지 않았다.

하루 종일 제레미는 앨리슨을 감시했다. 그는 슈퍼마켓에서 살인범을 본 것 같았고 여성용 화장실에서도 봤다고 생각했으며, 그녀가 커피를 사러 들어간 스타벅스에서도 본 것 같았다. 토요일이어서 앨리슨은 일하러 가지 않았다. 장 보기를 마친 후 앨리슨은 친구들과 점심 식사를 했고, 영화관에 가서 로맨틱 코미디를 보고 진심으로 눈물을 흘렸다. 이런 모습은 제레미를 짜증나게 했다.

며칠 전부터 제레미는 앨리슨에 대해 더 많이 알고 싶다는 갈망에 불타며, 수많은 장소로 앨리슨을 따라다녔다. 겨우 스무 살에 벌써 실습을 하다니, 그녀는 틀림없이 학업 성적도 뛰어날 것이다. 앨리슨은 어떤 면에서는 성숙했고 또 어떤 면에서는 완전히 어린애 같았다. 그녀는 용감했고, 제레미가 확인한 바에 따르면 굉장히 고집스러웠으며 신의가 있었고 솔직했다. 앨리슨은 게이 친구가 여러 명 있었는데, 그들과 함께 외출하면 아무래도 약속이 깨질 위험이 적기 때문에 그런 것이 틀림없었다. 그녀는 가족 없이 혼자인 것 같았다. 제레미를 가장 놀라게 한 것이 이 점이었다. 뉴욕과 같은 거친 정글 속에서 부모가 있다는 것, 가족이 있다는 것은 구명 튜브를 가진 것과 마찬가지이다. 문제가 생긴다 해도 가족이 있다면 언제나 반겨주고 너그러운 품으로 피할 수 있다는 것을 알고 있다. 하지만 앨리슨은 아니었다. 지난번에 그녀가 클라크와 나눈 대화로 알게 된 바에 따르면, 앨리슨의 아버지는 그녀에게 전화 한 번 하지 않는 사람이었다. 어머니는 죽었는데, 제레미가 교회 근처에서 보았던 그 젊은 가사도우미의 어머니처럼 딸 옆에 머물지도 않았다. 게다가 오빠도 언니도 동생도 없었다. 앨리슨의 외로움은 때때로 그녀를 사로잡는 슬픔 속에 어떤 방식으로든 투영되었다. 그녀는 전율하며 두 팔로 자신을 감쌌다. 제레미는 가슴이 아팠다. 앨리슨을 만질 수도 없고, 자신이 여기, 그녀 곁에 있다고 말할 수도 없다는 것이 그의 가슴을 찢었다. 자신이 그녀를 보호하고 있다고, 언젠가 그녀가 그를 만나러 올 때까지 그녀 옆에 머물 거라고 말해줄 수 없어서 가슴이 찢어졌다.

밤이 되어 사방이 캄캄해지자 제레미는 그녀를 쫓아가면서 살인자가 어딘가에 숨어 있지 않은지 확인하려고 두리번거렸다. 앨리슨은 택시를 소리쳐 부른 뒤 제레미가 미처 반응할 새도 없이 재빨리 택시를 탔고 벌써 저만치 멀어졌다.

제레미는 두려움에 얼어붙어 욕설을 내뱉었다. 앨리슨이 어디로 갔는지 알 길이 없었던 제레미는 그녀의 집으로 돌아가 기다리기로 결정했다.

젊은 천사는 현관문을 막 통과하자마자 몸이 굳었다. 아파트 안에 누군가 있었다. 가면을 쓴 검은 그림자가 얼핏 보였다. 제레미는 그림자 위에 떠 있는 세 명의 붉은 천사를 보고 그가 누군지 알아보았다.

살인자였다. 살인자가 앨리슨의 집에 들어온 것이다!

살인자는 미친 듯이 짖어대는 프랑켄슈타인을 묶어 제압했다. 절망에 빠진 제레미는 살인자를 향해 고함을 치기 시작했고, 세 명의 붉은 천사는 재미있다는 눈길을 보냈다. 살인자는 당연히 아무것도 몰랐다. 그는 앨리슨의 전화기를 조작했다. 제레미는 그가 전화기 안에 작은 도청 장치를 넣는 것을 보았다. 그러고 나서 조심스레 전화기를 다시 조립했다. 살인범은 아파트를 샅샅이 둘러본 후, 침실에 있는 전화 콘센트에 두 번째 도청 장치를 설치하고, 거실의 전화

콘센트에 세 번째 도청 장치를 설치했다.

제레미는 입을 다물고 마음을 진정시켰다. 남자는 아마도 앨리슨을 죽이라는 지시를 받지는 않은 것 같았다. 적어도 지금 당장은 아니었다. 제레미는 오히려 좋은 소식을 알게 됐다고 생각했다. 살인자는 제레미를 살해하던 순간에 앨리슨이 자신을 보았다고 생각하고 있었다. 그렇다면 앨리슨이 살인자가 누군지 모른다는 사실을, 큰 목소리로든 전화로든 말하게 해야 했다. 그렇게 되면 살인자는 더 이상 그녀를 제거할 이유가 없을 테니까. 그녀가 누구에게 말했는지 그 사람의 정체를 알기 위해, 그리고 그 사람 역시 제거하기 위한 목적으로 도청 장치를 설치한 경우만 아니라면…….

남자는 아주 치밀하게 움직였다. 유령처럼 아무 소리도 내지 않고 개를 잡아 묶었던 끈을 풀어준 다음, 물리지 않도록 입을 잡으며 입마개를 빼주고는 밖으로 나가기 직전에 프랑켄슈타인을 거실 한가운데 던졌다. 미친 듯이 화가 난 프랑켄슈타인은 잘 닦인 마룻바닥에서 미끄러지며 남자에게 달려갔지만, 문은 이미 닫힌 뒤였다. 강아지는 닫힌 문을 향해 잠시 펄쩍거리며 분노에 차 짖어대다가, 침입자가 도청 장치를 설치한 곳을 찾아 코를 킁킁거렸다.

앨리슨이 집으로 돌아왔을 때, 그녀는 프랑켄슈타인이 이상하게 흥분하고 있다고 생각했지만 녀석이 왜 바닥을 긁어대는지 이해하지 못했다. 오히려 강아지가 그런 짓을 하지 못하도록 단호히 막았다. 앨리슨은 아파트에 누가 왔었다는 것을 전혀 깨닫지 못했다. 제레미는 남자가 그녀의 집에 침입했던 방법이 특히 무서웠다. 그렇게 아무런 흔적도 남기지 않고 자물쇠를 열다니, 마치 어린애 장난 같았다. 침입자가 한 짓을 전부 목격한 제레미는 앨리슨이 더 이상 요새라고 할 수 없는 이 장소에 계속 머물기를 바라는 건지 아닌지, 자신도 자기 마음을 잘 알 수가 없었다. 제레미는 그 생각을 오랫동안 할 여유가 없었다. 앨리슨이 샤워를 한 후 매혹적인 검은 원피스를 입고 나타난 것이다. 잠시 후 다시 하얀 원피스로 갈아입었다. 그 다음엔 파란 원피스, 빨간 원피스, 다른 검은 원피스, 바지로 차례차례 갈아입었다. 그다음엔 레깅스와 긴 웃옷. 하이힐, 낮은 굽 구두. 긴 원피스, 짧은 치마. 시스루 블라우스, 비치지 않는 블라우스. 두꺼운 벨트. 칠 부 바지, 다시 처음 입었던 검은 원피스. 제레미는 앨리슨이 입을 옷을 고르는 데 그렇게 오랜 시간을 바치는 것에 몹시 놀랐다. 마침내 그녀는 우아한 샴페인 색깔의 원피스와 그에 잘 어울리는 황금색 하이힐을 신고 작은 클러치 백을 들었다. 그러고 나서 크고 파란 눈에 화장을 했다. 화장을 한 앨리슨의 눈은 제레미를 기절시킬 만큼 화려한 분위기를 내뿜었다. 마지막으로 향수를 몇 방울 떨어뜨린 후, 거울에 비친 자신의 모습에 인상을 찌푸렸지만 제레미가 보기에 그녀는 아름다웠고, 그렇게 준비를 마쳤다.

이번엔 앨리슨을 놓치지 않았다. 앨리슨이 택시를 잡자 이번에는 제레미도 택시 안으로 재빨리 들어갔다. 안타깝게도 앨리슨은 여자들만의 저녁 식사에 간 것이 아니었다. 한 남자와 함께 저녁을 보냈다.

제기랄! 마음에 있는 남자와의 만남이었다. 음, 뭐랄까. 앨리슨이 외모에 쏟은 정성을 생각해볼 때, 제레미는 틀림없이 그럴 것이라고 짐작했다.

마크 어쩌고라는 남자였다. 종합병원의 젊은 인턴으로, 명석하고 재미있었다. 미스티가 소개해준 남자였다. 저녁 내내 남자는 완전히 매력이 철철 넘쳤고 앨리슨을 여러 번 웃게 만들었다. 그들은 온갖 주제에 대해 대화를 나누었다. 남자가 화장실에 갔을 때, 질투로 마음이 괴로웠던 제레미는 그를 쫓아가 통화하는 내용을 엿들었다.

"안녕, 미스티." 마크가 아무도 자신의 얘기를 듣지 않는다는 것을 확인하고 입을 열었다. "네가 하라는 대로 다 했어. 성적인 농담은 전혀 안 했고 이미지대로 똑똑하게 굴었지. 하지만 제길, 쉽지 않을 것 같아. 이 아가씨, 너무 섹시하고 매력적이야!"

실제로 자연 그대로의 앨리슨이 예쁘다면, 화장을 하고 무릎 위 짧은 원피스를 입어 기다란 다리를 드러낸 그녀는 완전히 섹시했다. 앉아 있을 때 허벅지가 너무 드러나지 않게 원피스의 밑단을 잡아당기는 모습이 눈에 보였지만 그래도 섹시했다. 그런 순수함이 제레미의 마음에 들었다. 음, 제레미는 문제의 원피스가 오직 자신만을 위해서 조금 더 짧기를 바랐다. 다른 수컷들을 위해서가 아니라.

"그래, 알아. 그녀가 섹스를 안 한다는 것은 알아. 고마워. 넌 그 말을 오백오십오만 번은 했다." 마크가 투덜거렸다. "그럼 이제 한 번 더 설명해줘. 그렇게 예쁜 여자랑 자지도 못한다면 난 왜 그녀를 만나야 하는 거지? 남는 게 뭐지?"

마크는 대답을 듣고 한숨을 내쉬었다.

"아 그래, 네 아버지가 내 상사인 걸 잊고 있었군. 난 정말 바보야! 그래도 그녀랑 결혼하라고 강요는 안 할 거지, 응?"

그는 대답을 들으며 작게 웃음을 터뜨렸다.

"아, 마음이 놓인다. 알았어. 신경 써서 아주 섬세하게 그녀를 다룰게. 솔직히 말해 처녀들은 너무 지루해. 내 경험을 믿어. 넌 정말 너무 좋은 친구이기 때문에…… 알았어, 알았어. 넌 아버지한테 내 장점을 칭찬해주고…… 난 이렇게 널 돕고! 그래도 그녀랑 자려고 애써볼 권리는 있잖아? 그래, 알았어. 실수하지 않고 서두르지 않을게. 멋지다. 고마워, 미스티. 넌 나한테 엄…… 누나 같은 존재야."

마크가 전화를 끊고 다시 한숨을 쉬었다. 그는 결심한 듯 손을 씻고 앨리슨 곁으로 돌아갔다.

제레미가 화가 나서 욕지거리를 했다. 마크의 안개를 먹는 푸르스름한 천사가 진한 장밋빛 후광에 둘러싸여 마크를 욕하는 소리를 들으며 어깨를 으쓱했다.

"저 녀석은 항상 저래. 하지만 음, 그를 용서하는 것은 수많은 목숨을 구하기 때문이지. 저 녀석이 네가 보호하는 여자를 너무 불행하게 만들지 않기를 바랄게. 그런데 이상하군. 보통 여자들은 여자의 안개를 먹고 남자들은 남자의 안개를 먹는 것을 좋아하는데……. 넌 왜 여자 것을 먹지?"

"난 그녀의 안개를 먹는 게 아닙니다." 아직도 속이 상한 제레미가 응수했다.

"오, 사랑에 빠진 천사로군. 힘내, 이 친구야. 넌 아직도 고통이 끝나지 않았구나!"

제레미는 인상을 찌푸렸다. 천사들은 전부 왜 이렇게 참견이 많은 거야! 그는 사랑에 빠진 게 아니다. 그는 다만…… 보호자일 뿐이다. 그래, 이게 제일 적당한 단어다.

제레미는 레스토랑에서 다른 사람들의 안개를 조금 먹고 집으로 돌아가는 앨리슨을 배웅했다. 그러니까…… 정확하게 말하자면 배웅이라기보다는 앨리슨을 바래다주는 마크를 따라갔다. 마크는 건물 밑에서 신사적으로 안녕을 고하며 앨리슨의 입술 끝에 살짝 정숙한 입맞춤을 했다. 그러고는 작고 날렵한 2인승 자동차를 출발시켰다.

"허풍쟁이 녀석!" 앨리슨이 흡족해하며 손을 흔들어 인사를 하는 동안 제레미는 투덜거렸다.

그녀는 아파트로 들어가 프랑켄슈타인에게 즐겁게 보낸 저녁 시간에 대해 들려주었다. 제레미는 앨리슨이 머저리 마크를 어떤 점에서 그렇게 멋있다고 생각하는지 알고 가슴이 미어졌다.

"너 알아, 프랭키?" 그녀가 외쳤다. "그는 햄프턴에 집이 있대……. 그러니까 부모님이 부자 동네 햄프턴에 집을 갖고 있대. 그 집에 날 초대했어! 그는 무지 귀여워. 날 포옹하려고 애쓰지도 않았고 나를 덮치려 하지도 않았단 말이야. 진짜 이상하지. 그는 생명을 구하는 사람이야. 정말 좋아!"

앨리슨은 프랭키를 잡고 빙빙 돌렸고 공중에 그렇게 붕 떠 있는 것이 불편한 개는 왈왈 짖었다. 그녀는 미안해하며 프랭키를 내려놓았다.

"다시 만나자고 했어. 월요일 저녁에. 정말 멋지지! 이 사실을 미스티한테 알려야 돼! (그녀는 손목시계를 보고 깜짝 놀랐다.) 음, 시간이 너무 늦어서 내일 아침에 전화하는 게 좋겠다. 시간이 이렇게 흘렀는지도 몰랐네! 이런, 이런! 미스티 말대로 그 남자 정말 멋져……."

미어지는 가슴을 안고 제레미는 소파에 몸을 웅크렸다. 앨리슨은 그녀를 완전히 우롱하는 남자와 사랑에 빠지려는 것이다. 이 사실이 그의 가슴을 찢었다. 하지만 적어도 이 재잘거림을 들을 살인자는 도청 장치의 보안을 불안히 여기지는 않을 터였다.

사랑은 사람을 장님으로 만들고 또 어리석게 만든다.

앨리슨이 안전하게 침대에 들고 프랭키를 내보내자 제레미는 마지못해 그녀를 내버려두고 천사들을 찾으러 떠났다.

제레미는 왜 자신이 이렇게 행동하는지 잘 알지 못했다. 어쨌든 간에 그는 앨리슨을 보호하기 위해 아무것도 할 수가 없었고, 설사 자신을 살해한 진짜 범인이 누구인지 알아낸다 해도, 그 사실이 무엇을 바꾸어놓는단 말인가? 복수를 하기 위해 그가 붉은 천사로 변신할 수는 없잖은가…….

제레미는 조금 의기소침해진 마음을 달래보려고 '로지스 앤 블루스'로 갔다. 안타깝게도 그곳에는 아버지도 할아버지도 없었고, 클라크에게 조사를 시키겠다고 장담했던 두 천사마저도 없었다. 사실은 그들이 없는 게 정상이었다. 그들은 이틀 후에 만나자고 얘기했으니까…….

안개를 들이마신 후 제레미는 새아버지에게 가보기로 결정했다. 그 전에 안젤라의 침실에 잠깐 들렀다. 안젤라는 평화롭게 잠들었고 붉은 천사는 보이지 않아 마음이 놓였다. 머리맡 테이블에는 시럽 병도 없었다. 시럽 병이 없다는 것은 어머니가 여동생을 진정시키기 위해 수면제를 사용할 필요가 없었다는 것을 의미했다. 제레미는 진심으로 행복해서, 유령처럼 통과해버리는 손짓이지만 소녀의 금발을 부드럽게 쓰다듬었다.

"난 아주 좋은 오빠는 아니었지. 하지만 너를 괴롭히는 그 고약한 붉은 천사를 반드시 쫓아내서 만회하겠노라고 약속할게." 제레미가 속삭였다.

클레르도 자고 있었다. 그녀는 아직 아들의 죽음에 대한 충격이 가시지 않아 불안한 상태였다. 반면 프랭크는 자고 있지 않았다. 거의 새벽 두 시가 다 된 늦은 시간이었는데도, 그는 피곤한 표정으로 서재 안을 성큼성큼 걸어 다녔다. 그의 몸에서 흘러나오는 안개는 파랑과 분홍이 섞인 이상한 색이었다. 만족과 분노가 뒤섞인 것이다. 의아하게 생각한 제레미가 가까이 다가가 부드럽고 설득력 있는 어조로 말했다.

"자, 무슨 걱정거리가 있는지 말해봐요. 날 제거하는 데 성공했으니 복수한 거잖아. 당신은 아직도 내 어머니를 사랑하고 여동생을 걱정한다, 이건가? 그 머릿속에서 무슨 일이 벌어지는지 나한테 설명해봐요."

놀랍게도 앨리슨에게 그렇게 걱정스러운 고함을 외쳤을 때보다 이렇게 조용히 속삭이는 소리에 프랭크가 더 날카롭게 반응했다.

"빌어먹을! 제기랄!" 그가 내뱉었다. "이제 모든 게 거의 끝났는데 클레르가 나를 떠나려 하다니! 어떻게 하란 말이야?"

안개가 갈색으로 바뀌었다. 무한한 슬픔을 나타내는 갈색으로. 제레미는 눈살을 찡그리며 뒤로 물러섰다. 안개의 색깔…… 안개의 색깔에 무엇인가 있었다. 갑자기 제레미는 깨달았다. 아, 이 얼마나 멍청한 얼간이란 말인가! 지난번에 보았을 때 프랭크는 '두 가지 사업에 관여하며, 이제 곤란할 일은 하지 않는다'고 자부했다. 그때 새아버지에게서 흘러나온 안개는 파란색이었다! 그가 한 말은 사실이었고 위험한 만족감이 아니라 솔직한 행복을 느꼈던 것이다! 프랭크는 제레미의 살인에 관여하지 않았다. 새아버지는 아무 짓도 하지 않았다. 그게 아니라면 절대 그의 안개가 이런 색깔을 드러내지는 않을 것이다. 안개의 색깔이 거짓말을 하지는 않으니까.

게다가 본의 아니게 프랭크는 제레미가 발견한 사실을 확고하게 만들어주었다. 그는 주먹 쥔 손을 다른 손바닥에 치며 소리를 질렀다.

"안 돼. 바보 같으니라고! 난 수상쩍은 사업을 전부 다 청산했다고 말하고 싶었어. 그 말을 하려고 만나려던 순간에 살해당하다니! 클레르가 너무 고통스러워하고 나도 마찬가지야. 이제는 클레르와 평화롭게 지낼 수 있었는데! 그 바보가 결국 다 망쳤어!"

"그래요, 고마워요." 제레미가 빈정거리며 응수했다. "나도 당신들을 사랑해요."

이 소식은 제레미를 흥분시켰다. 어떻게 해서든지 실수를 바로잡아야만 할 것이다. 어머니와 새아버지를 떼어놓기 위해 별의별 짓을 다 했는데 어머니가 재혼한 이 남자는 솔직한 사람이라는 것이 이제 확인되었다. 아마도 완벽하게 정직하지는 않은 것 같지만 진심으로 어머니를 사랑하는 것은 맞았다.

이제 제레미는 앨리슨을 구해야 했다. 그녀는 어느 때보다 위험에 처해 있었다. 제레미가 살해당한 것은 확실히 앨리슨 때문이었다.

제레미는 펄쩍 뛰어 일어나 달렸다.

반드시 아인슈타인을 찾아야만 했다.

8. 광기의 맛

숨이 거의 턱에 닿을 정도로 빠르게 '로지스 앤 블루스'로 달려가며, 제레미는 천재를 만날 수 있기를 마음속으로 빌었다. 아마도 누군가 저 위에서 그의 소원을 들은 것 같았다. 만에 하나 저 위가 존재한다면 말이다. 아인슈타인이 젊은 청년들에 둘러싸여 클럽에 있었던 것이다. 모두들 커다란 테이블 주위의 의자에 둥둥 떠서 화가 난 표정이었다. 여전히 날지 못했던 제레미는 고개를 쳐들어야만 했다.

"……운트 이히 빈 니흐트 아인퍼슈탄든 미트 이넨(나는 당신에게 동의하지 않아)!" 아인슈타인이 화를 냈다.

"비판퀼로(엿 먹어)!" 수두로 얼굴이 얽은 청년이 반박했다.

"갈릴레이," 다른 사람이 소리쳤다. "욕 좀 하지 말라고 얼마나 말했어! 너 자신을 위해서라도 그 16세기식 이탈리아의 상스러운 언행은 좀 하지 말라고, 제발!"

"난 1642년에 죽었어." 갈릴레이가 응수했다. "16세기가 아니라 17세기야. 넌 그 욕을 내가 네 나라말로 하기를 바라지? 미스터 박학다식 벤자민 프랭클린! 엿이나 드셔……."

"여기요오오오! 여보세요오오오오!" 제레미가 웅성거리는 사람들을 향해 외쳤다. "알베르트! 이리로 내려오세요, 제발!"

아인슈타인이 아래를 내려다보다 제레미를 발견하고는 낯빛이 환히 밝아졌다.

"아," 그는 우아하게 바닥까지 내려오며 말했다. "내가 좋아하는 정신착란 모임이라네. 지금이 모이는 시간이거든. 우리 물리학자 천사들만의 작은 회의가 있어. 솔직히 말해 아주 특이한 레오나르도와 벤자민만 빼면 나머지들은 모두 거만하기 짝이 없지! 자네는 어떻게 지내나? 그래, 말해봐. 다른 천사들이 평소에 할 수 없는 것을 해냈나?"

이 질문을 하면서 아인슈타인은 뼈다귀를 기다리는 개처럼 고개를 우스꽝스럽게 옆으로 기울였다.

"당신이 필요해요. 사느냐 죽느냐의 문제거든요." 제레미가 말했다. "그 질문에 대답하면 저를 도와주실 건가요?"

통쾌한 웃음이 젊은 얼굴을 환하게 빛냈다.

"당연하지. 그럼, 그럼, 기꺼이! 자네가 '사느냐 죽느냐의 문제'라고 말한 순간, 나는 천사의 문제가 아니라 살아 있는 사람의 문제라고 추론했네……."

제레미는 고개를 끄덕이고는 자신의 바지를 가리켰다.

“젊은 푸른 천사가 옷다운 옷을 만드는 것이 불가능하다는 것을 깨달은 것 같아요.”

“그래.” 아인슈타인이 인정했다. “나도 그렇게 되기까지 수년이 걸렸지.”

아인슈타인은 주위에 있는 안개를 이용해 청바지와 티셔츠를 입었다가 턱시도 차림으로도 변신했다가, 그다음에는 반바지와 샌들로, 다시 청바지를 입은 모습으로 변신했다. 제레미는 놀랐다. 자신은 이 추한 바지와 꼴불견인 기저귀용 옷핀을 만드는 데 아인슈타인이 지금 사용한 시간보다 열 배는 더 많은 시간이 필요했는데!

좋다, 이번에는 제레미가 물리학의 천재를 현혹할 차례였다. 그는 까치발을 딛고 서서 정신을 집중하고는 안개 자락을 낚아챘다. 제레미가 아인슈타인을 놀라게 할 수 있는 유일한 방법이었다. 제레미는 따뜻하고 파란 공을 하나 만들어 두 손으로 잡고는 늘렸다. 몇 번 더 만지작거리자 단단하고 파란 옷감이 만들어졌다. 세계적 석학의 어리둥절한 표정을 보고는 확실히 성공했음을 깨달았다.

“운글라우블리히(믿어지지가 않는군)!” 아인슈타인이 외쳤다.

그는 머리 위에서 아직도 열정적으로 토론하고 있는 다른 석학들에게 불신의 시선을 던지고는 제레미를 ‘로지스 앤 블루스’의 조용한 구석으로 끌고 갔다.

“절대 평범하지 않아.” 아인슈타인이 말했다. “전혀 아냐. 나는 매우 머리가 좋아, 진짜로 아주 머리가 좋다네. 그런 나도 자네에게 지금 보여준 것을 해내는 데 몇 년이 걸렸고, 옷을 입기 위해서는 다른 천사들에게 의존해야만 했네. 한 번 더 말하지만 자넨 특별한 천사일세. 그렇다면 이 상황은 아주 흥미진진한 문제를 제기하기 시작하지. 왜 자네일까?"

제레미는 그 점에 대해서는 아무것도 알지 못했다. 그는 이 낯선 세상에서 방향을 잃고 두려운 상황을 이겨내느라 자신이 특별한지 아닌지 생각해볼 여유가 없었다.

"천재는 당신이에요. 당신이 왜와 어떻게를 찾아야죠. 나는 그저 당신의 질문에 대답했을 뿐이죠. 그래서요? 당신은 나를 도와줄 수 있나요? 난 반드시 앨리슨을 구해야만 해요. 살인자가 그녀를 찾아냈어요! 그가 그녀의 아파트에 잔뜩……"

"장독?" 아인슈타인이 어리둥절해서 말을 끊었다. "그가 그녀의 아파트에 왜 장독을 갖다놓았나?"

"아뇨, 잔뜩요. 난 도청 장치를 잔뜩 설치했다고 말하려던 거예요. 살인자는 앨리슨이 누구랑 얘기를 나누는지 확인하고 그녀를 죽이려는 거예요! 무슨 일이 있어도, 앨리슨에게 그 사실을 알려야 돼요!"

제레미는 지난번에 아인슈타인과 만나고 나서 그 이후에 일어난 사건들을 전부 다 털어놓았다. 그가 말을 마치자 아인슈타인은 인상을 찡그렸다.

"만약 자네가…… 특별하지 않았다면, 자네를 돕지 않았을 거야. 어쨌든 선택의 여지가 없군. 이리 오게나."

"이제 어떻게 할 건데요?" 약간 흥분한 제레미가 물었다.

"자네와 나, 우리는 아무것도 할 수 없네. 하지만 난 누군가를 알고 있지……. 어쩌면 그는……."

"누군데요?" 제레미가 절박한 말투로 되물었다. "어떻게 우리를 도울 수 있을까요? 불가능할 줄 알았어요. 그 무엇도 살아 있는 사람들의 세상에 간섭할 수 없을 거라고 생각했다고요!"

알베르트 아인슈타인은 몸을 돌려 그에게 미소를 지었다. 청바지와 파란 티셔츠를 입은 아주 호리호리한 몸으로.

"오! 가능하다네. 우리는 교령•이 가능한 망령을 찾을 거야, 그럼 끝이지!"

문제의 망령은 뉴욕에 사는 게 아니라 뉴저지에 살고 있었다. 앨리슨을 그렇게 오랫동안 보호자 없이 내버려둬야 한다는 것이 약간 불안했지만, 이번 방문은 매우 중요했고 제레미는 반드시 도움이 필요했다. 그는 이런 불안감을 아인슈타인에게 말하지 않았다. 그가 살아 있는 여자한테 첫눈에 반했다고 다른 천사들이 이미 그를 비웃지 않았던가.

다른 도시로 이동하는 데는 꽤 오랜 시간이 걸렸다. 그들은 목적지 방향으로 가는 자동차들을 찾아야만 했고, 방향이 바뀔 때에는 잽싸게 다른 자동차로 갈아타야 했다. 제레미는 그 덕에 육체와 사물을 변형시키는 방법을 더 빨리 습득하는 강의를 받은 셈이 되었

• 죽은 사람의 영혼이 살아 있는 사람과 서로 통함.

다. 아인슈타인을 따르며 이 자동차에서 저 자동차로 뛰어넘는 방법을 배웠다. 초반에는…… 어렵고 까다로웠으며 특히 몸이 고통스러웠다. 제레미는 금세 온몸이 멍투성이가 되어 석학을 히죽히죽 웃게 만들었다.

"당신들, 젊은 푸른 천사들은 아직 자가치료 방법을 모르는가 보군. 자네의 몸은 마치 진짜로 부딪친 것처럼 반응하네!"

알베르트는 흥미롭다는 듯 눈썹을 치켜세웠다.

"적어도 자네는, 자네는 가능하지 않아? 어쨌든 간에 자네는 이미 특별한 것을 만들어냈잖은가. 그런데 왜 그건 안 되는 거지?"

제레미가 알베르트에게 우울한 시선을 던졌다. 제기랄, 그는 진짜로 굉장히 아팠다! 그는 고통을 없애보려 열심히 집중했지만 앨리슨에게 너무 집착했는지 아무것도 사라지지 않았다. 눈에 보이는 몇 개의 퍼런 멍뿐 아니라(나머지 몸은 감히 상상할 수도 없었다), 찌르는 듯한 고통도 사라지지 않았다.

분한 생각이 들었지만 아인슈타인은 더 고집을 부리지 않았다. 함께 가면서 제레미는 아인슈타인이 붉은색이건 푸른색이건 개의치 않고 안개를 최대한 많이 잡아채는 것에 놀랐다. 이 세계적인 석학은 총천연색의 밧줄 같은 것을 만들었다. 그는 그것을 배낭에 집어넣었는데 그 배낭 역시 기록에 남을 만큼 빨리 만들어낸 것이었다. 그가 만든 두 가지 물건이 얼마나 편리한지 제레미는 진심으로 부러웠고 그런 똑같은 결과를 얻기 위해 최대한 빨리 연습하겠다고 다짐했다.

결국 그들은 목적지에 도착했다.

그 집은 창백한 달빛 아래 우뚝 서 있었다. 제레미는 등이 오싹할 정도로 음산하다고 느꼈다. 진짜로 유령이 나오는 집 같았다…….

"망령 24호가 마지막으로 신호를 보내온 게 이 집이야." 아인슈타인이 목소리를 낮추며 말했다. "소리 내지 말게. 그는 꽤…… 공격적이니까."

"이 자동차에서 저 자동차로 뛰어다니려면 꽤 많이 움직여야 해서요. 그래서 물어볼 시간이 없었는데 정확하게 우리는 무엇을 찾고 있는 건가요?" 제레미가 빈정거렸다. "망령 24호요? 그렇다면?"

"우리는 그를 찾고 있는 게 아냐. 난 그가 어디에 있는지 정확하게 알고 있지. 그는 반경 천 킬로미터 내에 살고 있는 스물네 번째 망령이라네. 인간 세상과 접촉하는 데 성공했던 망령들의 위치를 측정하는 아주 정확한 지도가 있거든."

맙소사. 이제 천사들은 망령의 위치를 측정한단다. 그것도 지도로. 안개로 만든 지도인가? 아주 멋지다. 제레미는 놀라운 일이 가득한 새로운 인생이 아주 좋았다. 온몸에 나타난 멍 자국에 비추어본다면 고통스러울 때도 있긴 하지만……. 온통 시퍼러둥둥한 것이, 이제야 비로소 본분인 '푸른 천사'에 제대로 어울리는 것 같았다.

잠시 냉소적인 순간이 지나고 제레미는 아인슈타인의 말에 주의를 기울였다.

"그래요, 당신이 말했었죠." 제레미가 투덜거렸다. "하지만 난 인간들과 소통하는 것이 불가능하다고 생각했어요!"

"불가능한 게 아니라 매우 불확실하지. 망령들은 천 번에 한 번 성공하거든. 이것은 그들이 일관성 있는 메시지를 만들어낸 적이 한 번도 없다는 뜻이지."

"그런데 왜 그들은 되고 우리는 안 되죠?"

"우리는, 우리는 미치지 않았거든. 그들은 미쳤지. 완전히. 우리는 그들 중 하나를 생포해서 자네가 말한 그 여자가 사는 아파트까지 옮길 거야. 거기에 가더라도 그가 그녀와 접촉하지 못할 수도 있어. 하지만 상황을 충분히 무섭게 만들어 그녀가 경계 태세를 취하게 되는 정도는 기대할 수 있을 거야. 그녀가 경계 태세를 취한다면 아마 살인자를 잡을 수도 있겠지. 만약 그녀가 먼저 살인자를 본다면, 그녀는 살인자를 알아보고 아마도 경찰서에 가서 신고할 수 있을 것이고."

"굉장히 많은 '아마'가 있네요." 제레미가 회의적으로 코를 훌쩍이며 말했다.

"그럼 더 좋은 계획이 있나?"

"아니, 아니에요. 죄송합니다." 제레미가 숱 많은 갈색 머리카락을 흔들며 사과했다. "지쳐서 그래요. 그뿐이에요."

세계적 석학이 중얼중얼 뭐라고 투덜거렸는데, 제레미는 욕을 했을 거라고 짐작했다. 두 사람은 까치발을 들고 살금살금 그 집으로 향했다.

벽을 통과했지만 집 안에서는 특별한 것은 아무것도 찾을 수 없었다. 집 안은 60년대 분위기로 장식되어 있었고 옛 모습 그대로 남아 있었다……기보다는 오히려 상태가 좋지 않았다. 습기가 많아 축축했고 제레미는 금세 소름이 돋는 것을 깨달았다.

"여기 누가 사나요? 그러니까…… 망령 24호를 빼고?" 그가 중얼거렸다.

"아주 나이가 많은 사람이 두 명 살고 있는데, 내 생각에 그 사람들 역시 곧 우리 세계로 통과할 것 같아. 그들은 완전히 귀가 먹었다네. 따라서 왜 망령 24호가 그들과 소통하려 고집을 부리는지 아무도 알 수가 없어. 게다가 그는 그들을 죽도록 미워하는 눈치야. 아, 왜냐하면 그가 이 집의 배수관을 두드린 지 족히 삼십 년은 되었거든. 자식들이 배관공을 열 명도 넘게 불렀지만, 배수관의 어디에 문제가 있는지 결국 아무도 찾아내지 못했다네. 물론 그럴 수밖에 없지."

제레미는 어리둥절해서 멍하니 서 있었다.

"당신 말은 그러니까, 의문의 소음들, 유령 들린 집, 이 모든 것이 다 망령의 짓이다, 이건가요? 천사가 한 짓이라고요?"

갑자기 '쿵! 쿵! 쿵!' 하는 불규칙적인 소리가 들려 두 사람은 펄쩍 뛰었다. 온 집 안에 그 소리가 둔중하게 울렸다.

"쉬이이이이잇! 작게 말해." 아인슈타인이 벽에 딱 붙어서 발소리를 죽이고 걸으며 엄하게 말했다. "그래. 현대적인 아파트에서 이렇게 하기는 힘들지. 현대적 아파트에는 배관 시설이 벽 속에 매설되어 있잖은가. 망령들은 배수관에 직접 접촉을 해야만 하거든. 망령에도 여러 가지 다양한 부류가 있다네. 전기의 망령이 있지. 그들은 전류를 변화시키는 게 가능해. 예전에는 원하는 장소를 어둡게 만들기 위해 촛불을 불어 끄며 장난을 쳤지만, 지금은 계량기나 전등의 퓨즈가 나가게 하고 냉장고, 세탁기, 텔레비전이나 컴퓨터를 꺼트린다네. 또 램프나 하이파이 스테레오를 켜거나 끄고는 하지. 그들이 왜 그러는지는 아무도 몰라. 그들은 정신 나간 꼬마들처럼 그렇게 노는 것 같아……. 또 허깨비 망령이 있어. 그들은 자신들의 모습을 투영할 수가 있다네. 때때로 아주 예민한 사람들은 그들을 어렴풋이 볼 수도 있지. 그렇게 투영하려면 그들은 몇 달 전부터 그 묘기를 잘해낼 수 있도록 엄청난 노력을 쏟아야 해. 그러다가도 휙 사라져버리기도 한다네. 어떤 집에는 여러 종류의 망령이 있지. 역시 그들이 왜 다른 곳이 아닌, 그런 정해진 장소에 모이는지는 아무도 몰라. 게다가 그들은 거의 대부분 붉은 천사들이지. 그들은 자신들이 만들어내는 공포와 불안의 안개를 먹고 살아."

"당신은 왜 그런 이야기를 신입 천사들에게 바로 말해주지 않죠?"

제레미는 화가 나는 감정을 자제하기가 힘들었다. 앨리슨이 위험에 처했는데 그들은 그에게 가장 중요한 정보를 숨기고 있었다.

아인슈타인은 제레미의 분노를 느끼고 진정시키는 투로 대답했다.

"왜냐하면 막 통과한 신입이 먹는 것 말고 다른 것을 생각하는 경우는 거의 없기 때문이지. 자네는 진짜로 아주 예외적이야. 지상의 인생은 고단하네. 그래서 신입 천사들이 여기에 도착하면 피곤한 거야. 그러니 잠을 자거나 인간들의 안개를 먹고 다른 천사들과 시간을 보내면서 놀기만 하는 거지. 신입들에게는 그것이 위안이 되거든. 더 이상 주먹다짐도 없고 더 강한 자도 더 약한 자도 없으며 경쟁도 없으니까. 질투나 사랑, 증오에 눈이 멀거나 집념에 사로잡힌 천사들만, 또 복수하고 싶은 천사들만 살아 있는 인간들에게 '되돌아가려' 하고 소통하려 애쓰는 거지. 집념에 사로잡힌 망령들이 너무 많이 생기지 않도록 늙은 천사들은 신입들에게 그 가능성에 대해 말하지 않는 거야."

제레미는 테티셰리가 이런 부류의 천사에 대해 넌지시 말했던 것이 떠올랐다. 그녀는 그들을 '복수의 화신'이라고 불렀었다…….

알베르트는 지하실 문 앞에 멈춰 섰다.

"음." 그는 배낭에서 안개 밧줄을 꺼내 재빨리 단단한 그물로 다시 짜며 말했다. "이제 우리는 문을 통과할 거야. 망령 24호가 틀림없이 저 뒤에 있을 걸세. 우리 둘이 힘을 합쳐서 잘해보세!"

두 천사는 조용히 문을 통과해 지하실로 통하는 계단에 나타났다. 제레미는 신경이 극단적으로 날카로웠고 계단 몇 개 내려가는 것은 마음을 진정하는 데 아무런 도움도 되지 못했다.

붉은 천사는 아인슈타인이 짐작했던 것처럼 그 자리에 있었다. 그는 배수관을 두드리는 데 너무 열중한 나머지 그들이 다가오는 소리도 듣지 못했다. 그의 행동은 참으로 이상했는데, 두드리는 소리 중 몇 번만 전달되는 것 같았다. 그는 쉬지 않고 두드렸지만 열 번 중 겨우 한 번만 인간들에게 전달되었다. 그는 아주 뚱뚱하지도 않았고 몇몇 덩치 큰 붉은 천사들처럼 통통 붓지도 않았다. 머리카락은 텁수룩했고, 그가 눈을 들어 제레미와 알베르트를 보았을 때,

제레미는 그의 두 눈이 타는 듯이 시뻘건 피바다 같다는 것을 알아차리고 소름이 쫙 끼쳤다.

"으아아아아아!" 망령은 자신이 만들어낸 거대한 안개 몽둥이를 들고 화를 내며 그들에게 달려들었다.

제레미가 펄쩍 뛰어올라 커다란 몸짓을 하며 지하실로 뛰어들어 그의 주의를 끄는 동안, 알베르트는 미친 망령에게 안개 그물을 던질 준비를 했다. 제레미는 몽둥이질을 피하려고 옆으로 몇 걸음 크게 뛰었다. 그는 미친 망령이 자신을 때리는 데 성공한다면 무슨 일이 벌어질지 알 수 없었고, 그 상황을 알고 싶은 생각도 전혀 없었다. 마침내 망령 24호가 계략대로 허공에 둥둥 떠 있는 자신의 발밑까지 다가오자, 아인슈타인은 그물을 던져 미친 망령을 포위했다.

망령은 너무 세상과 멀어진 상태여서 자신에게 무슨 일이 벌어진 것인지 깨닫는 데도 시간이 한참 걸렸다. 어떻게 된 것인지 알고 나서도 그는 제레미를 쫓아 계속 뛰었다. 이런 상황을 예상하지 못했던 알베르트는 그물을 움켜잡는 실수를 저질렀고, 거대한 황새치를 잡은 부주의한 낚시꾼처럼 미친 천사에게 질질 끌려갔다. 완전히 젖은 황새치가 사십 킬로그램쯤 되는 것에 비해, 망령 24호는 족히 백 킬로그램은 될 것이 틀림없었으므로 알베르트는 멈출 수가 없었다. 세계적인 석학은 독일어로 욕설을 지껄이면서도 그물 끄트머리를 계속 끈질기게 움켜쥐고 있었다.

이렇게 긴장된 상황이 아니었다면 제레미는 웃음을 터뜨렸겠지만, 거대한 몽둥이로 자신을 두들겨 패려는 불같이 화가 난 붉은 천사를 보고 있자니 알베르트가 이리도 몸이 허약한 것이 너무나 아쉬웠다.

제레미는 쏟아지는 공격을 요리조리 교묘히 피하면서 비명을 질렀다.

"아인슈타인! 그가 멈추지를 않아요! 어떻게 해야 되죠?"

제레미의 비명이 미친 망령을 놀라게 했고, 그로 인해 망령이 몸을 떨며 그물 위에서 흔들리자 그물이 망령의 발목을 꽉 조였다. 망령이 비틀거렸다. 그 틈을 이용해 알베르트는 즉시 몸을 일으키며 단호한 동작으로 그물을 잡아당겼고 마침내 망령은 균형을 잃었다. 망령은 벼락 맞은 참나무처럼 커다랗게 '쿵!' 소리를 내며 높은 곳에서 떨어졌다. 바닥에 떨어져서도 그는 빠져나오려 시도하며 계속 발버둥 쳤고 계속해서 몽둥이로 그들을 때리려고 애썼다. 헐거워지기 시작한 그물코 사이로 망령이 무기를 든 팔을 내밀자 결국 제레미도 합세해 그를 잡았다. 그럼에도 싸움은 조금 더 지속되었다. 붉은 천사가 그물을 풀어버리려 하자 알베르트가 잽싼 동작으로 그를 포박했다. 다행히도 망령은 순간적으로 반항하지 못했고 알베르트의 굉장한 지구력에 직면해 마침내 싸움에서 지고 말았다.

제레미가 몸을 일으키며 이마에 흐르는 땀을 닦았다.

"휴우우우우우, 우리가 이기지 못하는 줄 알았어요!"

"아," 이번에는 알베르트가 몸을 일으켜 옷에 붙은 먼지를 떨며 투덜거렸다. "이건 쉬운 거야! 이제 그를 데리고 네 여자 친구 집에 갈 일이 남았잖아!"

발가락 하나 꼼짝할 수 없을 정도로 완벽하게 포박당한 붉은 천사는 온 힘을 쥐어짜 비명을 질렀다. 오 분이 지난 후 그가 제레미에게도 들리게 다시 비명을 지르자, 알베르트는 인내심을 잃고 일 층으로 달려가 두 늙은 집주인의 안개를 조금 채취해서 입마개를 만들었다. 알베르트가 지하실로 돌아오자마자 붉은 천사는 그를 물려고 시도했지만, 알베르트는 분노로 거품을 뿜어내는 입에 능숙하게 입마개를 씌웠다. 사방이 조용해지자 비로소 안도의 한숨을 내쉬었다.

"뭐가 더 견디기 힘든 것인지 모르겠어요." 제레미가 한숨 쉬며 말했다. "살인자인지 아니면 완전히 돌아버린 이 망령인지……."

"오, 이자는 그리 오래 견디지 않아도 될 거야. 이자는 자네 친구를 미치게 만들려 할 거야. 최대한 요란한 소음을 낼 것이고, 그녀가 도망치거나 충분히 그럴 만한 상황이 되면, 그는 이곳으로 다시 돌아올 거니까. 그는 항상 여기로 돌아온다네."

제레미는 입을 헤벌리고 그를 바라보았다. 결국 다시 말을 이었다.

"그럼 저자를 납치한 게 이번이 처음이 아니라는 말인가요?"

"얼마 전에 그에게 모스 부호를 가르쳐주는 것이 가능한지 알고 싶었지." 알베르트가 슬픈 표정으로 고백했다. "우리는 부분적으로 성공했어. 몇 개의 부호가 완벽하게 예측 불가능한 리듬이 되어 인간들에게 받아들여졌네. 아주 강력한 의지로도 이해할 수 있는 메시지를 발신하는 것은 불가능했어. 몇몇 허깨비 망령들, 특히 아주 늙은 천사들 중 몇몇은 인간 세상과 연결되어 그들의 몸을 차지하는 데 성공했다네. 물론 그들은 자신들이 원래 말했던 언어로 말했는데, 그것들은 이미 대부분 사어(死語)가 되어 있었어. 사람들은 이 상황을 전혀 이해하지 못하고 잘 알던 사람이 갑자기 전혀 모르는 언어로 말하는 모습에 매우 놀랐지."

"타인의 몸을 차지한다는 그 얘기, 그게 설마 천사들이 한 짓이라고 말하는 것은 아니죠?"

"정확하게 천사는 아냐. 머리가 돈 천사지. 결과적으로 그들은 자신들이 뭘 원하는지 표현하지 못했지. 환생이 오히려 그들을 더욱 망가뜨린 것 같아……."

"사람들은 그들에게 악마가 들렸다고 생각했고요. 그렇죠?"

"가장 많이 그렇게 하는 자들은 붉은 천사들이지. 당연히 그들은 합창단 애들처럼 순진하지 않아. 게다가 몇몇은 몹시 악마 같고 매우 심하게 미신을 믿어. 향을 피우는 것도 기도도 성수도 그들에게는 절대 타격을 줄 수 없다네. 하지만 그들은 그것들이 자신들을 불태우기라도 하듯이 반응하지. 우리는 그것이 순전히 심리적 문제일 뿐이라고 생각하네. 그 늙은 천사들은 종종 종교가 옹알이하던 초기에 신과 악마가 세상을 두루 돌아다닌다고 생각되던 시기에 생존했던 천사들이지. 그래서 그들은 성스러운 물건에 매우 예민하다네. 그런 상황은 몇 년 동안 지속될 수도 있어. 그러다가 허깨비 망령들은 사라져버리고 마는 거야. 아주 오랫동안 그 상태를 유지할 수는 없지. 안타깝게도 본의 아니게 몸을 빼앗긴 자도 결국에는 완전히 미쳐버린다네. 종종 일어나는 일이지."

“그럼 왜 그런 망령들 중 한 명을 납치하지 않은 거죠? 앨리슨의 몸을 차지하…….” 제레미가 갑자기 말을 멈추었다. “아, 그렇군요. 그럼 그녀가 미쳐버리겠죠. 당연히.”

“그렇지. 따라서 그녀를 두렵게 하는 것이 최선의 해결책이야.”

발치에 있는 붉은 천사가 격렬하게 몸부림치는 바람에 두 천사는 그에게 주의를 기울였다.

“저자를 옮기는 것은 지옥 같을 거야!” 아인슈타인이 한숨을 쉬었다. “자네는 아직 물건들을 잘 만들 줄도 모르고…… 좋아. 그를 어깨에 짊어지고 일 층에다 올려놓게. 내가 발판을 준비하지.”

제레미는 앞으로 무슨 일이 일어날지 깊게 생각하지 않으려 애쓰며 알베르트의 말에 따라 미친 천사를 들어 올렸다. 그는 끔찍하게 무거웠고 여러 번 움직여야 했다. 너무 고생스러워 숨을 헐떡이며 제레미는 지하실의 계단을 올라갔고, 한편 지붕에서는 아인슈타인이 그 집에 사는 두 거주자의 안개를 모아 변형시키고 있었다. 그는 마침내 가죽 띠를 갖춘 파란 발판을 완성해 평화롭게 둥둥 띄워놓았다. 알베르트가 그 위에 앉아 바닥까지 내려왔다. 그들은 입마개를 한 소처럼 크게 울부짖는 붉은 천사를 발판에 고정시켰다. 그는 여전히 도망가려고 몸부림쳤다.

망령은 돌아가는 여정 내내 계속 목청껏 노래했다. 집에서 멀어지는 것이 그에게 극도로 큰 영향을 미치는 것 같았다. 알베르트와 제레미는 이번에는 버스로 가는 여정을 선택했다. 소형 자동차로 가는 것은 완전히 미친 짓이었다. 제레미에게는 그를 다루는 것이 너무 고통스럽고 가혹해 망령 24호를 여러 번 놓아줄 뻔했다. 하지만 앨리슨을 걱정하는 마음이 훨씬 강했다. 적어도 망령이 살던 집의 두 노인은 며칠 동안 조용히 지낼 수 있으리라 생각했다.

아파트에 도착하자마자 제레미는 서둘러 앨리슨이 잘 있는지 확인했다. 앨리슨은 잠들었고, 옆에 프랑켄슈타인이 있는 것을 보고 한숨 놓았다.

제레미는 아인슈타인이 망령을 풀어주는 것을 보고 깜짝 놀랐다.

"맙소사…… 뭘 하는 거예요?" 그가 즉시 도망갈 것이라고 생각한 제레미가 외쳤다.

"다 잘되고 있는 거야. 소리 지르지 말게나." 아인슈타인이 중얼거렸다. "그는 아파트를 한 바퀴 돌고 두드릴 것이 뭐가 있는지 볼……. 아, 저것 봐. 벌써 찾았군!"

주방 구석에 파이프가 벽에 매설되지 않고 비죽이 튀어나와 있었다. 망령은 소리를 지르기 시작했는데 이번에는 기쁨의 외침이었다. 그는 아인슈타인이 돌려준 몽둥이를 휘두르며 귀머거리처럼 두드리기 시작했다. 맙소사! 제레미는 귀를 꼭 틀어막아야 했건만 그렇게 시끄러운 소리가 사람들에게는 전달되지 않았다.

"잘될 수 있을 거야. 아니면 어쩔 수 없지." 아인슈타인이 목소리를 높이며 말했다. "그는 여기에 며칠 동안 머물 거야. 그 후엔, 이미 말했듯이 원래의 집으로 돌아가고 싶어 할 걸세. 그래도 효과가 있기를 바라네."

다른 계획은 없었다. 제레미는 고개를 끄덕이며, 치명적인 덫이 되어버린 이 아파트에서 앨리슨이 도망가도록, 미친 망령이 그녀에게 혼란을 줄 수 있기를 온 영혼을 바쳐 기도했다. 그리하여 그녀가 누군가의 집으로 피신하게 되기를 간절히 소망했다. 심지어 그 누군가가 색정광인 클라크일지라도 상관없었다. 그녀가 혼자 있지 않는 것. 그것이 그가 바라는 단 한 가지 소원이었다.

두 시간 동안 그들은 아무 결과도 없이 배수관을 두드리는 망령을 관찰하며 토론했다.

"자네, 그거 아나?" 앨리슨이 목줄을 찾는 동안 요란하게 짖어대는 프랑켄슈타인을 바라보며 아인슈타인이 말했다. "만약 내 이름이 프랑크였다면, 난 저 개와 똑같은 이름을 가졌을 거야, 프랑크 아인슈타인이잖아!"

제레미가 웃음을 터뜨렸다. 알베르트는 절망적인 상황을 심각하지 않게 만드는 재주가 있었다……. 하지만 이미 아침이 밝아서 아인슈타인은 석학 친구들을 만나야 했고 두 천사는 헤어져야만 했다. 그들은 며칠 후 주중에 '로지스 앤 블루스'에서 다시 만나 제레미가 이후의 사건을 알베르트에게 얘기해주기로 약속했다.

프랑켄슈타인을 산책시키고 금세 돌아온 앨리슨은 아파트를 조금 정리한 후, 대학으로 가서 친구들을 몇 명 만났다. 제레미는 그녀의 뒤를 따랐다. 그녀는 친구들에게 자신의 교생 실습을 담당하는 초등학교 교사와 몇 가지 문제가 있다고 말했다. 그녀가 생각하기에 그 교사는 정말이지 특이할 정도로 엄하다는 것이다. 그다음 앨리슨은 초등학교로 갔다. 오후 내내 그녀 옆에 있었던 제레미는 살인범이 있나 관찰했지만 그는 모습을 드러내지 않았다. 앨리슨을 관찰하던 제레미는 기묘한 점을 목격했다. 앨리슨에게서 흘러나온 안개가 간혹 이상한 색깔로 물들곤 했다. 앨리슨은 두려워하고 있었다. 그녀가 실습을 하고 있는 교실에서 무엇인가를 두려워했다. 무엇인가를…… 혹은 누군가를. 양쪽 볼이 축 처지고 머리 손질도 엉망인 무뚝뚝한 담임선생과 또 한 명의 교생을 빼면 교실에 어른은 없었다. 제레미는 주의 깊거나 산만한 혹은 장난기 많거나 풀이 죽은 아이들의 작은 얼굴들을 하나하나 살펴보고 무엇인가 문제가 있는 점을 발견하려고 애썼다.

원인이 모호한 만큼 이 작업은 시간이 꽤 오래 걸렸다. 앨리슨은 두려움과 싸우고 있었고, 그는 그런 상황을 잘 알 수 있었다. 마침내 쉬는 시간이 끝나고 아이들이 교실로 들어왔을 때, 제레미는 갑자기 번쩍 깨달았다.

앨리슨이 두려워하는 것은 어른이 아니었다.

아이였던 것이다! 앨리슨처럼 금발에 커다란 갈색 눈을 가진 어린 소년이 젊은 여자 교생의 거북한 감정을 깨닫지 못하고 해맑게 웃었다. 그는 앨리슨과 같이 있을 때 아주 편안해 보였고 심지어 다른 아이들보다 앨리슨을 더 잘 알고 있는 것 같았다.

제레미는 미간을 찡그리며 그 아이를 주의 깊게 관찰했다. 아이는 전혀 특별한 점이 없었다. 소년의 안개로 판단해보건대, 악의도 없었고 심술궂지도 않았다. 오히려 반대로 그 아이는 총명하고 명랑했으며 행복한 아이였다. 제레미는 출석부에 흘낏 눈길을 던졌다. 아이의 이름은 피터 벤투지였다. 제레미는 그 이름을 보고도 아무것도 떠오르지 않았다…….

수업이 끝났고 앨리슨은 학생들에게서 해방되었다. 담임선생의 지시에 따라 그녀는 교실을 정리하고 칠판을 지운 후 자신이 할 일을 준비하느라 바빴다. 제레미는 지친 그녀를 보면서 가슴이 아팠다. 그녀는 걱정스럽고 긴장된 얼굴이었고 집으로 돌아가는 내내 표정이 굳어 있었다.

제레미는 아파트 건물의 발치까지 따라갔지만 앨리슨의 정신 상태를 해석하느라 입구에서 기다리고 있던 두 명의 남자를 눈치채지 못했다. 그녀가 걸음을 늦췄다는 것을 깨달았을 때는 이미 너무 늦었다. 두 남자 뒤로 잘생긴 남자가 한 명 나타났는데 바로 그 완전무결한 클라크였다. 클라크의 머리 위에는 두 명의 천사가 떠 있었다. 제레미가 참지 못하고 내뱉었다.

"제기랄, 색정광은 더 이상 필요 없는데. 저 녀석은 여기서 뭘 하는 거지?"

잘생긴 모델의 머리 위에 있던 두 천사는 입장이 좀 곤란한 것 같았다.

"사실 우리가 일을 너무 잘한 것 같아." 붉은 천사가 말했다.

"그래. 우리가 클라크의 귀에 대고 경찰을 찾아가야 한다고 계속 속삭였고, 그가 우리 말을 들었거든." 푸른 천사가 한술 더 떴다. "그는 이번 사건이 그 기적의 치료약과는 아무 상관도 없고 마피아 조직과 청부살인업자하고만 관련 있다고 생각한 거야. 물론 우리는 아무것도 몰라. 다만 저 아가씨가 이 녀석한테 화가 나서 미쳐버릴 지경이라는 거야. 은밀히 조사하기는커녕 불안하게 만들었으니까. 그는 영화를 너무 많이 본 것 같아……."

"난 앨리슨이 저 녀석을 숯처럼 확 태워버렸으면 좋겠어." 제레미가 화를 내며 말했다. "경찰이 개입했다는 것을 살인자가 깨닫는다면, 살인자는 잽싸게 앨리슨을 제거해버리고 말 거야! 그러니까 형사들은 절대 그녀의 아파트로 올라가서도 안 되고 도청장치 앞에서 말해도 안 된단 말이야!"

세 천사들 아래에서 앨리슨은 형사들이 건넨 명함과 신분증을 걱정스레 관찰했다.

"네?" 그녀는 클라크에게 비난이 가득한 시선을 던지며 조그만 목소리로 말했다. "뭣 때문에 저를 찾아오셨는지?"

"안녕하세요? 우리는 본템스 형사와 브릭 형사입니다. 음, 우선 밖에서 이럴 게 아니라 당신 집으로 들어갔으면 좋겠군요." 두 형사 중 한 사람이 점잖게 제안했다.

"우리 집에요? 하지만……." 앨리슨이 더듬었다.

엄한 시선과는 반대로 직업적인 미소를 짓고 있던 형사가 냉담하게 덧붙였다.

"당신이 목격한 살인 사건에 관해서 몇 가지 상세한 설명을 좀 해주셔야겠습니다. 제레미 걀보의 살인 사건 말입니다."

9. 무능력의 맛

눈에 보일 정도로 충격을 받은 앨리슨은 두 형사를 똑바로 바라보았다. 그녀에게 처음으로 말을 건넨 본템스 형사는 대머리에다 그에 어울리는 뚱뚱한 배를 가졌고, 텔레비전 앞 안락의자에 깊숙이 처박혀 눈 운동만 하며 맥주를 목구멍으로 들이부을 것 같은 인상이었다. 그다음, 브릭 형사는 본템스 형사와는 완전히 반대로 마르고 날카로운 인상이었으며 위험스러울 정도로 주의가 깊었다. 만약 브릭이 좀 더 젊고 매력적이었다면 더 공포감을 주는 인상이 되어 본템스의 '돈 많은 중년 남자' 같은 외모와 균형을 이루었을 것이다. 이런 생각이 스쳐 지나간 후 앨리슨은 정신을 차렸다. 이 두 사람은 형사이다. 진실을 찾으러 온 것이고 피도 눈물도 없이 냉정할 것이다.

제레미 갈보는 유일한 미지수였다. 클라크가 추측한 것처럼 두 살인 사건이 마피아와 관련이 있다면, 앨리슨은 실제로 커다란 위험에 처하게 될 것이다. 그런 경우가 아니라 해도 그녀는 역시 위험했다. 그녀는 아주 운이 나빴다. 앨리슨은 바닥에 단단히 두 발을 딛고서서, 여기 이 자리에서 단 한 발짝도 움직이지 않겠노라고 결심하고는 깊게 숨을 들이마시고 입을 열었다.

"내 친구 클라크가 형사님들께 정확히 뭐라고 말했나요?" 그녀가 평소보다 훨씬 높은 목소리로 물었다. 그러자 훨씬 더 어리게 느껴졌다.

"특별한 것은 없어요." 한 형사가 말했다. "당신이 갈보 씨 살인 사건의 목격자라는 것뿐이죠. 피해자가 당신 앞에서 목이 잘렸다고 하더군요. 살인자를 보지는 못했다고 들었고요."

앨리슨에게서 솟아오르는 안개가 그녀의 마음이 안도하고 있다는 것을 보여주었다. 다행히도 클라크가 나갈 문은 남겨놓은 것이었다.

그녀가 가장 예쁘고 순수한 미소를 지으려 애쓰자 양쪽 보조개의 가치가 빛나는 미소가 입가에 드러났다. 게다가 연예계의 스타같이 상황에 딱 맞는 포즈를 취하며 끔찍하지 않았다.

"오오오," 그녀가 속눈썹을 깜빡이고 손뼉을 치며 감탄사를 내뱉었다. "그럼 나는 유명해지는 건가요? 텔레비전에 나오는 거예요?"

클라크와 제레미가 이번만은 완벽하게 똑같이, 그녀에게 못마땅한 시선을 보냈다. 이 장면은 뭐지?

두 형사는 미소를 지었다. 누군가 경찰들이 당황했다는 사실을 알아봤다 해도 그들은 미소를 지었을 것이다.

"아가씨, 모든 건 당신이 진짜로 무엇을 보았는지에 달려 있어요……."

"아, 그럼 집에 올라갈 필요는 없겠네요." 앨리슨이 가벼운 어조로 말했다. "난 아무것도 못 봤으니까요. 오직 그림자 하나, 번쩍하는 느낌, 그리고 휙! 마지막으로 머리가 떨어지는 것을 봤을 뿐이에요."

"제기랄," 제레미가 욕을 내뱉었다. "의견을 바꿔야겠어. 당신 아파트로 올라가서 도청 장치 앞에 서서 그 말을 형사에게 다시 한 번 말하라고!"

하지만 완전히 경솔한 여자처럼 굴기로 결심한 앨리슨은 형사를 자신의 집에 한 발짝도 들여놓을 생각이 없었다.

"물론," 그녀는 은밀하고 비밀스러운 어조로 대답했다. "그때 너무나 두려웠기 때문에 도망간 것은 바보 같은 짓이에요. 그 자리에 계속 있었다면 살인범을 보았을 테고, 그러면 신고할 수 있었을 텐데. 네, 그래요. 확실해요!"

"살인자의 얼굴을 못 봤나요?"

앨리슨은 분하다는 듯이 약간 인상을 찌푸렸다.

"네, 전혀 못 봤어요. 가로등이 깨져 있어서 굉장히 어두웠거든요."

그녀는 몸을 숙이며 중얼거렸다.

"형사님들은 그가 일부러 그랬다고 생각하세요? 살인자가 일부러 가로등을 깨서 못 보게 했을까요? 영화에서처럼 살인자가 범죄를 저지르기 전에 계단의 전등을 다 깬 걸까요?"

두 형사가 서로 얼굴을 마주 보더니 그중 한 명이 명함을 꺼냈다.

“그런 경우라면 당신을 더 이상 귀찮게 할 필요가 없네요. 아가씨, 혹시라도 뭔가 중요한 부분이 떠오른다면 언제라도 우리에게 전화를 주세요.”

앨리슨은 신중하게 명함을 받고는 감사 인사를 했다.

“저에 대한 심문은 벌써 끝난 건가요? 뭔가 기억이 떠올라서 인터뷰할 수 있으면 진짜 좋겠어요……. 진짜 무서웠어요. 아휴, 진짜 끔찍했죠. 두 분은 상상할 수도 없을 거예요! 끔찍하다고 생각지 않으세요?”

“우리는 시체를 못 봤어요. 또 그 장소에 있지도 않았고요.” 배뚱뚱이 형사가 정중하게 대답했다. “죄송합니다만, 우리는 지금 현장에 가봐야 한답니다.”

그들은 앨리슨과 클라크에게 인사를 하고는, 앨리슨이 뭐라고 더 떠들어대기 전에 자리를 떴다.

형사들이 시야에서 사라지자 클라크가 폭발했다.

“빌어먹을! 앨리슨! 너 도대체 무슨 짓을 한 거야!”

“그래, 앨리슨!” 제레미도 소리를 질렀다. “멍청한 짓을 했어. 그들은 널 보호할 수 있었을 거야!”

앨리슨의 예쁜 얼굴이 굳었다. 그녀의 푸른 눈동자가 번쩍이더니 클라크의 팔을 잡고 아파트 건물 로비로 끌고 갔다.

“너를 믿었는데 나를 배신하고 형사를 만나러 가? 너를 위해 그 모든 내용을 비밀에 부치라고 한 거야!”

"너무 위험해, 앨리슨. 넌 보호를 받아야 해."

"난 지금 아무도 믿을 수 없어!" 앨리슨이 화를 냈다. "클라크, 내가 너더러 도와달라고 부탁했지, 나를 파멸시키라고 부탁한 게 아니잖아! 그들은 나를 믿지 않아. 내가 뭔가 안다고 생각한단 말이야. 그게 아니라면 그들은 그렇게 빨리 포기하지 않았을 거라고!"

"제발 그랬으면 좋겠어!" 앨리슨이 클라크를 엘리베이터로 밀어 넣자 그가 응수했다. "그 두 형사는 살인자를 찾아내고 싶은 거야. 너만큼이나 말이야!"

"고마워. 이제 네 덕분에 그들은 내 이름과 주소를 알게 됐어. 네가 생각하는 것처럼 마피아가 타치니 가족을 노린 거였다면 그 사람들은 사방에 정보 제공자가 있을 거야. 그들은 목격자가 있다는 걸 벌써 알았을 거라고. 내가 아무것도 못 봤다고 아무리 입을 다물어도 말이야……."

"아! 아! 진짜 웃긴다……."

"입 다물어. 그러니까 내가 얘기했잖아. 그들 역시 내가 두려워서 거짓말을 하는 거고, 언제든 형사를 찾아갈 거라고 생각할 거야. 그러니 난 위험한 거지."

"하지만……."

"설령 네 형사 친구들이 아무에게도 정보를 알리지 않는다 해도, 또 그들이 정직하다 해도 그들은 내가 실제로 아무것도 보지 못했다는 것을 확인하기 위해, 나를 굴복시키기 위해 어떻게든 행동할 거라고! 그들은 정식으로 수사를 할 테고, 이웃들을 심문하고 범행 장소의 밝기를 측정할 것이고 나는 그들의 지시에 따라야만 하겠지. 그들은 쓸데없이 나를 위험에 밀어 넣을 거란 말이야!"

클라크는 앨리슨의 고집에 화가 나서 시선을 돌렸다. 제레미가 두려워하는 가운데 두 사람은 아파트로 들어가 프랑켄슈타인으로부터 열렬한 환영을 받았다. 그리고 클라크는 말하지 말아야만 하는 문장을 정확하게 내뱉었다.

"경찰이 다시 돌아오면 난 네가 그들에게 반드시 설명해야만 한다는 의견을 고수할 거야. 왜냐하면 그들은 다시 돌아올 것이고, 넌 보호받기를 원하는 게 확실하니까!"

제레미 입에서 절망의 탄식이 새어 나왔다.

"안 돼애애애애애! 도청 장치 앞에서 그런 말 하지 마!"

클라크를 따라다니는 두 천사가 동정 어린 표정으로 그를 바라보았다.

"무슨 도청 장치?"

제레미는 살인범이 한 일을 그들에게 간단히 설명했다.

"그렇다면, 이봐, 그녀는 이제 끝장이네!" 붉은 천사가 소리쳤다.

"그렇군. 음, 좋은 점이 있다면 그녀가 곧 우리 곁으로 올 거라는 점이지." 푸른 천사가 안심하며 덧붙였다.

제레미는 두 천사 모두에게 분노의 눈길을 던졌다.

별안간 엄청나게 큰 '쾅!' 하는 소음이 나서 앨리슨과 클라크가 놀라 펄쩍 뛰었고, 두 천사도 마찬가지로 깜짝 놀랐다. 이 두 천사는 주방에 있던 망령을 아직 알아채지 못하고 있었던 것이다. 망령은 승리의 비명을 질러대고는 더욱 세게 두드렸다.

"망령이잖아!" 한 천사가 소리쳤다. "네가 망령을 여기로 오게 한 거야? 너, 머리가 어떻게 된 거 아냐?!"

"이게 도대체 무슨 소리야?" 클라크가 걱정스레 물었다.

"나도 모르겠어." 앨리슨이 대답했다. "배수관에서 소리가 나는 건 처음이야. (그녀가 인상을 찌푸렸다.) 어떻게 이렇게 큰 소리가 나는거지. 이제는 배수관까지 나를 괴롭히네!"

"브라보!" 제레미가 망령을 부추기며 외쳤다. 그러자 망령이 놀란 것 같았다. "더 하세요. 더 두드려요!"

환희의 비명을 내지르며 망령은 더 힘차게 두드렸고, 빠르고 강하게 스무 번 정도 두드리자 한참 있다가 '쾅!' 하고 소음이 들렸다. 두 번째 소리도 인간 세상에 거칠게 울려 퍼졌다.

"아!" 푸른 천사가 말했다. "그녀를 떠나게 하려는 거로군! 뭐, 꽤 영리한 생각이네."

"제기랄! 말도 안 돼!" 앨리슨이 욕설을 뱉어냈다.

"좋았어!" 제레미가 외쳤다. "자, 계속해요. 내가 원하는 대로 잘 돼가고 있어요!"

망령 24호는 기뻐서 입술을 비죽거리며 몽둥이를 움켜잡고는 미친 사람처럼 두들겨댔다……. 세 명의 천사가 부추기자 더욱더…….

'쾅!' 소리가 두들길 때마다 다 들리지는 않았지만, 앨리슨이 심각하게 걱정할 정도로는 충분했다. 클라크와 함께 앨리슨은 사방을 찾아보다가 결국 망령이 몽둥이로 강타하는 배수관 앞에 멈춰 섰다.

"배수관에서 나는 소리가 맞네." 클라크가 말했다. "이 배수관으로 뭔가 다른 게 지나가는 것이 틀림없어."

앨리슨은 잠시 눈을 감았다. 지쳐 보이는 얼굴에서 낙담하는 표정이 읽혔다.

"오, 자기." 제레미가 중얼거렸다. "정말 미안해. 하지만 선택의 여지가 없었어요!"

두 천사가 마치 피 냄새를 맡은 두 마리 상어처럼 고개를 번쩍 들었다.

"그녀를 뭐라고 불렀나, 젊은 파랑 천사?" 붉은 천사가 물었다.

"'자기'라고 했어. 내가 분명히 들었어." 두 번째 천사가 귀에 손을 대 나팔로 만들며 말했다.

"사랑에 빠진 게 아니라며 우리에게 큰소리쳤던 게 바로 본인이잖아……. 그때는 뭐라고 했지?"

"음, '보호자'라고 한 것 같은데." 두 번째 천사가 야유했다.

제레미는 두 천사들이 조롱을 하든 말든 상관하지 않았다. 그는 그들을 막을 수도 없었고 앨리슨을 보호하려는 마음을 자제할 능력은 더욱 없었다.

끔찍했다.

제레미는 갑자기 이 두 명의 얼간이들이 한 말이 옳다는 것을 깨닫고 고통스러웠다. 그는 정말 사랑에 빠진 것이다. 그는 앨리슨의 모든 것을 사랑하고 있었다. 그녀의 천진난만함, 강인함, 용기, 당당한 표정, 아이들과 사람에 대한 애정, 강박관념까지도. 또 그녀의 상낭한 성격, 긴 다리와 커다란 눈, 고집스러운 이마와 쪽 곧은 코도 사랑했다. 그러니까 전부 다 말이다!

젊은 천사의 눈에 그녀는…… 완벽했다.

"아, 제기랄." 제레미 입에서 이런 소리가 저절로 흘러나왔다.

사랑에 빠졌다는 사실은 제레미를 쓰러뜨렸다. 그는 여자를 사랑할 수 없는 입장이었다. 사랑은 적어도 앞으로 육십 년 동안은 실현 불가능한 것이었다. 두 천사가 빈정거리며 이런 생각을 확인해주었다.

"그래. 문제는 그녀는 '저기' 있고 너는 '여기' 있다는 거지. 떨어져서, 멀리, 다른 세상에, 양립 불가능한 곳에, 산 사람과 죽은 사람으로." 푸른 천사가 아픈 상처에 비수를 꽂으며 하나씩 열거했다.

"예쁘고 귀여운 분홍 여자 천사를 찾아보도록 해." 붉은 천사가 거만하게 말했다.

"아니면 어리고 푸른 여자 천사를 찾든지." 다른 천사가 덧붙였다.

"여자 천사와 함께라면 즐거운 시간을 보낼 수 있을 거야." 붉은 천사가 푸른 천사를 무섭게 쏘아보며 말을 이었다. "이것 봐, 여기에는 수백만 명의 여자 천사들이 있어. 살아 있는 여자 한 명보다 그녀들에게 관심을 갖는다고 너를 욕할 일은 전혀 없지. 아주 건전하지는 않지만 말이야. 넌 이성을 잃을 위험이 있으니 (입에 거품을 물고 계속 배수관을 두드리는 망령을 가리켰다.) 저 불쌍한 놈처럼 끝날 수도 있어."

그들이 옳다. 제레미는 그들이 옳다는 것을 알고 있었다. 하지만 그의 가슴속에 있는 무언가가 앨리슨을 단념하지 못하게 밀어냈다.

"난 살인자가 제압될 때까지 그녀를 도울 거예요." 제레미가 낙심한 목소리로 중얼거렸다. "살인자가 제압된다면, 그때, 난, 나는…… 그녀를 놓아줄 거라고요."

제레미가 두 천사를 향해 몸을 돌렸다.

"내 아버지처럼 끝내지는 않을 거예요. 내 인생…… 내 죽음을 게걸스럽게 먹어치우는 헛된 강박관념을 그냥 내버려두지는 않을 겁니다."

두 천사가 제레미의 단호한 결심에 환호했다.

"이봐, 그런 선택을 한 것은 담배를 끊겠다고 마음먹은 것과 비슷한 거야." 푸른 천사가 아주 거만한 어조로 말했다. "처음에는 죽을 것 같은 느낌이 들고 진짜로 미친 듯이 원하지만 시간이 흐르면 지나가버리지……. 넌 지금 그 첫 단계에 있는 거야. 네가 중독되었다는 것을 이제 막 자각한 거지. 두 번째 단계가 되면 그 중독의 고통을 벗어나려 노력하게 될 거야."

제레미가 머리를 흔들었다.

"당신들은 사랑이 중독이라고 생각하는 겁니까?"

두 천사가 약속이나 한 듯 동시에 고개를 끄덕였다.

"물론이지!"

그들은 커다란 소리로 웃어젖히기 시작했다. 문득 제레미는 붉은 천사가 되든 푸른 천사가 되든 그것은 그리 중요한 것이 아니라는 사실을 깨달았다. 우정, 사랑같이 이승에 존재하는 모든 인간의 감정들은 여기에도 여전히 존재할 수 있었다. 그는 이제야 그 사실을 알아차렸다.

두 천사의 쾌활함은 제레미를 더 의기소침하게 만들었다. 그는 아직 여기 저승에서 제자리를 못 찾았다. 제레미는 아직도 지상의 사람들에게 너무 얽매여 있었고…… 특히 한 여자에게 얽매여 있었다. 그가 가족과 자신에게 스스로 부여한 다른 임무는 잊지 않았다 해도 말이다. 이부 여동생을 미치게 만들려는 붉은 천사를 제거한다는 바로 그 임무 말이다.

천사들이 그렇게 대화를 나누는 동안, 앨리슨과 클라크는 배관공을 불렀다. 배관공은 내일 들르겠다고 약속했다.

"저 멋진 '쾅!' 소리가 좁은 아파트에 울려 퍼지는 한 오늘 밤 여기에서 잘 수는 없을 거야." 클라크가 말했다. "경찰, 마피아, 살인자 등 수많은 이유가 있겠지만 저 미치게 만드는 소리가 최악이다. 우리 집으로 가자."

앨리슨이 그를 바라보고는 유감스러운 표정으로 미소를 지었다.

"네 집에서 밤을 보낼 수는 없어. 클라크, 너도 잘 알잖아. 우리는 새벽이 되면 후회할 일을 하게 될 거야. 난 너를 잘 알거든!"

젊은이가 상체를 둥글게 구부렸다.

"달링," 그가 은근한 어조로 말했다. "새벽이 되면 넌 확실히 수많은 감정을 느끼겠지만, 거기에 후회는 없을 거야."

앨리슨은 잠시 입을 멍하니 벌리고 있었다.

"네가 그런 식으로 말하다니 믿어지지가 않아. 이…… 사기꾼아!"

클라크는 초록빛 눈동자를 더욱 두드러져 보이게 하는 윤기 나는 갈색 머리카락을 매만졌다.

"아니, 난 현실주의자지. 근사한 애인감이고. 진짜야. 그리고 네가 혼자 여기에 있는 것보다 우리 집에 있는 게 훨씬 마음이 놓일 것 같아. 저 문은 조금이라도 건장한 남자한테는 장난감이야. 발길질 한 번이면 바닥에 나동그라질걸."

앨리슨이 어깨를 으쓱했다.

"지금 나를 겁주는 단 한 가지는 저 소리 때문에 귀가 먹어버리는 거야. 저렇게 계속 시끄럽다면 내일 저녁 미스티네로 갈게."

"그렇지!" 제레미가 행복하고 놀라서 소리쳤다. "원하던 바야! 그녀가 이곳을 떠날 거예요! 아저씨, 당신은 최고예요!"

제레미가 망령 24호에게 엄지손가락을 두 개 다 치켜 올렸다.

아마도 자신이 낸 소리에 그렇게 만족한 사람을 처음 보고 깜짝 놀랐을 망령은 더 열심히 두드렸다. 아무도 그렇게 그에게 고마워하거나 용기를 북돋은 일은 없었다.

미스티의 이름이 언급되자 클라크는 입이 쑥 나왔다. 제레미는 클라크가 심히 탐욕스러운 그 변호사를 별로 좋아하지 않는다는 것을 확인했다.

"내 집으로 가는 게 더 나을……."

클라크가 말을 다 끝내지도 않았는데, 앨리슨이 벌써 그의 몸을 돌려 문 쪽으로 밀었다.

"자 자 자, 됐어. 여자를 유혹하는…… 네 재능을 나 말고 다른 여자들에게 보여주러 떠나야지. 물론 남자들도 잊지 말고. 내일 다시 보자. 알았지? 난 피곤해 죽겠어. 살인자가 오건 말건, 배관공이 오건 말건, 내 인생은 계속되고 나는 프랑켄슈타인을 목욕시켜야 한다고."

똘똘한 강아지가 자기 이름에 '목욕'이란 단어가 연결되는 것을 듣고 고개를 들었다. 그는 적어도 일주일 동안은 코에 샴푸 냄새가 배고 눈에는 눈물이 흐르리라는 것을 깨달았다. 해결 방법은 단 한 가지뿐이었다. 도망가는 것. 강아지는 즉시 침대 밑으로 달아나 몸을 숨겼다.

"저런," 앨리슨이 한숨을 내쉬었다. "내 강아지가 머리가 기막히게 좋다는 걸 잊고 있었네. 철자로 말했어야만 했는데……."

"네가 목욕시키려는 걸 녀석이 알아들었다는 거야?" 클라크가 믿을 수 없다는 표정으로 물었다.

"그래, 프랭키는 아주 영리하거든. 게다가 얼마 전부터 이상한 행동을 하는 것 같아. 마치…… 마치 무언가가 프랭키를 귀찮게 하는 것처럼 말이야."

제레미가 한숨을 내쉬었다.

"당신 강아지가 말할 수만 있다면!"

"네 개가 나만큼 똑똑하구나." 클라크가 빈정거렸다. "나도 요즘 아주 이상한 일들이 많이 일어나는 것 같거든!"

클라크는 조롱하는 표정으로 제레미에게 인사하는 두 천사에 둘러싸여 문까지 배웅을 받았다. 앨리슨은 그가 나가자 안도하며 문을 닫았다.

"뭔 바보짓이야! 경찰을 만나러 가는 건 그야말로 제일 마지막에 해야 하는 거잖아! 내가 좀 망상증 환자 같긴 하지만, 영화 시나리오들은 아무 생각 없이 구성된 게 아니란 말이야. 진실이 바탕이 된 거라고. 누구나 이익만을 좇으려는 욕심을 갖고 있고, 그게 끝도 없이 반복되면서 인간을 움직일 수 있는 동력이 되는 거야."

아파트 전체를 뒤지는 숨바꼭질을 한바탕 하고 나서, 고기 한 조각으로 어르고 수많은 욕설을 내뱉은 후 앨리슨은 가까스로 프랑켄슈타인을 잡아 목욕시켰다. 목욕이 끝나자 강아지는 털이 반짝거리며 깨끗해졌지만 그녀는 땀에 젖고 비누 거품투성이에 지친 상태였다.

마음속은 너무나 걱정스러웠지만 제레미는 많이 웃었다. 특히 프랑켄슈타인이 완전히 비누 거품에 뒤덮여 도망가고 그녀가 그 뒤를 쫓아 달려갈 때는 무진장 웃었다.

"빌어먹을," 앨리슨이 땀에 젖은 이마에 떨리는 손을 얹으며 투덜거렸다. "군대를 상대로 싸운 것 같네. 네 조상 중에 혹시라도 케르베로스는 없겠지. 아까 목욕시키며 넌 머리가 세 개인 게 분명하다고 중얼거린 게 후회돼서 그래!"

강아지는 계속 짖어댔다. 그것은 분명히 아직 흐릿한 눈으로 연달아 퍼부어대는 개의 욕설일 것이다. 그다음 재채기를 여러 번 했다. 화가 난 프랭키는 앨리슨에게 등을 돌리고 기분 상한 표정으로 자기 바구니로 갔다. 바구니에 엎드려서 머리를 앞발에 올리고는 눈을 감았다. 토라진 것이다.

만족한 앨리슨은 미소를 짓고 조그만 욕실을 정리하기 시작했다. 나중에 스펀지로 몇 번 닦았지만 아파트 안에는 격렬한 싸움의 흔적뿐만 아니라 습기와 비누 자국도 남아 있었다. 앨리슨은 끊임없이 숨을 헐떡이며 청소를 했다.

"휴우," 그녀가 파란 소파 위에 털썩 주저앉으며 말했다. "적어도 육 개월 동안은 조용히 지낼 수 있겠어!"

그녀는 노트북을 켜고는 비밀번호를 넣어야 열리는 자료를 클릭했다.

자료가 열렸다. 사진 아래에 드러난 이름이 제레미의 눈으로 들어왔다.

벤투지. 앨리슨이 교실에서 두려워하던 소년과 성이 같았다! 제레미는 무슨 일인지 전혀 알 수 없었다. 그녀는 부속 자료를 클릭했고 모든 것이 설명되었다.

많은 사진들이 있었다. 기품 있고 세련된 오십 대 남자의 사진이었다. 전체적으로 머리카락이 까맸지만 관자놀이 부분은 은색이었고, 침착한 눈빛에 한 손에는 어린 소년을 잡고 있었다. 이런 설명이 붙어 있었다. '아서 벤투지 씨, 동명의 약학 연구소 전 회장인 동시에 연구원이다. 디즈니 스튜디오의 새 영화 시사회에서 아들 피터와 함께 있는 모습이다.'

제레미는 눈썹을 찌푸렸다. 만약 이 연구소가 설립자의 이름을 지니고 있다면, 왜 그는 제약 시장에 암 치료제 출시를 늦추려 했던 것일까? 논리적으로 맞지 않았다. 게다가 왜 '전 회장'이지?

이 점은 앨리슨에게도 똑같이 반향을 불러일으킨 것이 분명했다. 그녀가 재무 자료를 얻으려고 그 그룹의 웹사이트에 접속했다. 두 사람은 갑자기 정신이 번쩍 들었다. 벤투지는 그 연구소의 소유주가 아니었다. 연구소는 아서 벤투지의 아버지인 프랭크 벤투지가 설립했고, 그 성을 따랐기 때문에 거기에서 혼란이 온 것이었다. 프랭크 벤투지는 옛날에 이 연구소를 거대한 투자기금회사에 넘겼다. 현재, 사업은 몰락하는 중이었다. 연구와 개발 부서의 경영이 좋지 않아 여러 팀이 공공 분야로 빠져나갔고, 그들은 그 팀들을 대신할 사업을 전혀 찾지 못했다. 연구원들도 한 명씩 떠났다. 밖에서 보았을 때 벤투지 연구소는 불안정해 보였고 파산하기 직전이었다. 그러나 연구소를 쥐고 있는 그룹은 아직 그 부분을 넘길 준비가 안 되었다. 그들은 회장을 세 번 바꾸었지만 아무 효과도 보지 못했다. 심지어 아서 벤투지조차 임원의 위치가 아니었다. 그는 조금씩 후퇴해 지금은 팀 내에서 단순한 연구원일 뿐이었다.

직업적인 경험으로 제레미의 눈에는 벤투지가 도달하려는 목적이 무엇인지 확실히 보였다. 그들이 진행한 연구들이 많이 실패했다는 것을 알린 후 파산을 막기 위해 연구소를 팔려는 그룹에게 주식을 엄청 싼 가격에 제의한 다음, 그동안 일했던 사람들을 전부 설득하고 새로운 팀을 만들어 이 년쯤 지난 뒤 기적의 약품을 내놓으려는 것이다.

그러면 어마어마한 부자가 될 테니까.

비열한 인간.

결국 제레미는 돈이라는 무시무시하고 거대한 것 때문에 살해당한 것이었다. 그는 비명을 지르고 소리 내어 울고 싶었다. 만약 그가 살해당하지 않았다면 그는 앨리슨을 만나게 되었을 것이다. 분명히. 아마도 그는 지금 천사가 되어서 그러는 것과 똑같이 그녀를 사랑하게 되었을 것이다.

제레미는 한숨을 내쉬었다. 물론 현실은 그렇게 진행되지는 않았을 것이다. 만약 앨리슨이 자신에게 물어보러 온 일이 회사 업무 때문에 너무 피곤하게 생각되었다면 앨리슨을 눈여겨보지도 않았을 것이다. 제레미는 그녀에게 대답해주는 정도로 만족했을 것이고 곧 잊었을 것이다. 인생에 있어 가장 중요한 것이 살아 있는 것임을 깨닫기 위해 그는 죽어야만 했다. 또한 사랑도 중요하다는 것을 깨닫기 위해…….

갑자기 '쾅!' 하는 소리가 크게 울려 퍼져 두 사람은 깜짝 놀라 소스라쳤다. 앨리슨은 읽던 것을 멈추었다. 배수관에 대고 뭐라고 중얼거리며 그녀는 노트북을 껐다. 외투를 걸치고는 아직 토라져 있는 프랑켄슈타인을 데리고 저녁 산책을 하러 나갔다. 한 여자와 개 한 마리는 제레미의 걱정스러운 시선 아래 산책을 하고 얌전히 집으로 돌아왔다. 오늘 저녁 앨리슨은 외출하지 않았다. 열 시쯤 되자 그녀는 하품을 하기 시작했다. 가끔 '쾅!' 하고 울리는 소리가 잠을 청하는 그녀를 방해했다. 결국 짜증이 난 앨리슨은 비행기에서 가져온 것으로 보이는 귀마개를 찾아와 화를 내며 양쪽 귀에 쑤셔 넣었다.

그다음 그녀는 현관문의 보안용 사슬과 열쇠가 잘 잠겼는지 확인한 후에 자러 갔다. 앨리슨과 마주 보고 누운 제레미는 눈을 감기 직전에 앨리슨에게서 흘러나오는 파란 안개를 '맛보는' 기쁨을 참을 수가 없었다. 너무나 맛있어서 숨이 막힐 뻔했다. 인간이었을 때나 천사가 되어서도 비슷한 것은 절대 한 번도 마셔보지도 먹어보지도 못한, 상상할 수 없는 강렬한 맛이었다. 풍미와 행복이 폭발했다. 그는 강한 충격을 받았다.

"사랑해요," 제레미가 떨리는 목소리로 중얼거렸다. "사랑해서 미쳐버릴 것 같아요!"

앨리슨은 그의 목소리를 듣지 못했다. 귀마개를 해서 아무 소리도 들리지 않는 그녀는 천천히 잠에 빠져들었다. 제레미도 그녀를 따라 잠이 들며 손을 잡았는데, 그의 손은 앨리슨의 손을 통과했다.

처음에 제레미는 무엇이 자신을 깨웠는지 전혀 알아차리지 못했다. 아마도 부서진 사슬이 부딪치는 소음과 프랑켄슈타인이 으르렁거리는 소리를 어렴풋이 들은 것 같았다.

문이 거칠게 열리는 순간 갑자기 강아지가 격앙된 소리로 짖어대며 입구로 달려갔다. 문 뒤에 서 있던 그림자가 강아지를 기다렸다. 프랭키는 그 사람에게 뛰어올라 그가 끼고 있는 장갑을 격렬하게 물어뜯었지만, 지난번처럼 기운을 잃고 묶이고 말았다.

제레미는 고함을 치기 시작했다. 하지만 앨리슨은 귀를 틀어막은 귀마개 때문에 프랑켄슈타인이 짖는 소리뿐만 아니라, 살인자가 손에 검을 들고 아파트로 들어오는 소리도 전혀 듣지 못했다.

제레미가 망령을 집으로 데리고 왔기 때문에 그녀는 죽지 않을 수 있었다. 그런데 소음을 피하려고 귀마개를 하다니?!

제레미는 미친 것처럼 남자에게 달려들어 온 힘을 다해 그를 때리려고 애썼다. 당연히 제레미의 주먹질은 아무 소용이 없었다. 살인자를 따라온 흉악한 붉은 천사 세 명이 당황한 제레미를 보고 커다랗게 웃음을 터뜨렸다.

입마개를 한 프랑켄슈타인은 너무 짖고 몸부림을 친 나머지 숨이 막혔다.

이 시끄러운 소음과 소란함이 결국에는 앨리슨의 잠을 깨운 것이 틀림없었다. 그녀가 눈을 뜬 것이다. 희미한 빛이 창문을 통해 새어 들어왔다. 환한 달빛이었다. 앨리슨이 창문의 겉창을 완벽하게 닫지 않았던 것이다. 민첩하게 움직이는 살인자를 보고 놀란 그녀는 즉시 무슨 일이 벌어졌는지 깨달았다. 그녀는 머리맡의 램프를 낚아채 침대에서 뛰어내려 목청껏 비명을 지르며 그에게로 달려들었다.

살인자는 어설프게 첫 공격을 피했다. 그는 틀림없이 젊은 여자가 잠에서 깨어나자마자 이렇게 공격적으로 덤벼들 것이라고는 예상하지 못했을 것이다. 제레미는 앨리슨이 쿵후 수업을 받았다는 것을 기억해냈다. 심지어 클라크는 그 주제를 가지고 그녀를 비웃었던 것이다.

안타깝게도 그녀의 공격은 날카롭지 못했다. 빠르게 쏟아지는 공격을 막아낸 남자는 반격할 자세를 취했다. 그는 매섭게 주먹을 한 방 날려 앨리슨의 가슴을 쳤다. 충격으로 뒤흔들린 젊은 여자는 숨이 막혀 뒤로 물러났다. 그녀는 뒤에 있던 침대로 쓰러지며 램프를 놓쳤고 램프는 시트 위로 튀어 올랐다.

칼집에서 검이 뽑히며 휘파람 같은 소리를 냈다. 날카로운 칼날을 보고 앨리슨은 비명을 질렀다. 제레미 역시 비명을 질렀다. 근심스러운 목소리들이 계단과 건물 복도에서 웅성웅성 들려왔다. 살인자가 욕설을 뱉어냈다.

그는 앨리슨에게 검을 휘둘렀다. 그녀는 내리치는 검을 막기 위해 가까스로 램프를 낚아챘고 패닉 상태에서 그녀는 본의 아니게 램프를 켰다. 살인자는 눈이 부셔서 앨리슨의 머리를 맞히지 못했고 칼날이 전등을 깨뜨리며 소켓 속에 꽂혔다. 남자가 즉시 경련을 일으켰다. 제레미는 그가 감전되었다는 것을 알아차렸다. 검의 손잡이는 나무였지만 손잡이 받침이 금속이었다.

제레미는 문득 앨리슨 역시 경련을 일으키고 있다는 것을 깨달았다. 그녀가 공격을 막으려고 움켜잡았던 램프가 금속이었다. 앨리슨이 두 손으로 램프를 꽉 잡고 있었기 때문에 살인자와 똑같이 감전되었던 것이다. 두 사람은 무섭고 치명적인 끈으로 묶인 것처럼 서로 얽혀 경련을 일으키고 숨이 막혔다.

그런데도 퓨즈는 나가지 않았다! 제레미는 손 쓸 방도가 없었기 때문에 광란하는 정신병자처럼 비명을 지르며 사방을 뛰어다녔다. 갑자기 사람들이 거실로 들어왔다. 틀림없이 요란한 소음에 위험을 감지한 이웃집 사람들이었다. 그들 중 한 명이 방의 전등을 켰고 마침내 퓨즈가 나갔다.

살인자와 앨리슨은 벼락을 맞은 듯 각자 옆으로 툭 떨어졌다.

"빨리!" 어둠 속에서 누군가 소리쳤다. "구조대를 부를 테니 누가 두 사람에게 심장 마사지를 좀 해요!"

"저 사람은 할 필요 없어!" 그들 중 한 사람이 반발하며 말했다. "저 검을 봐. 저자가 틀림없이 TV에 나온 그 살인자야. 그는 이 아가씨를 죽이러 온 거야!"

처음 말한 남자는 더 논하지 않았다. 화가 난 붉은 천사들과 제레미가 남자에게 고함을 쳤지만, 그는 듣지 않고 앨리슨에게 심장마사지를 하기 시작했다. 심장마사지를 하고 나서는 인공호흡을 했고 리듬에 맞춰 열다섯 번씩 흉곽을 압박했다. 계속해서 인공호흡과 가슴 압박을 반복했고 그사이에 다른 사람은 응급 구조대를 불렀다.

별안간 제레미가 충격에 빠져 뒷걸음질 쳤다. 그의 앞에 앨리슨의 나체가 완벽한 형상으로 막 나타났던 것이다.

"안 돼……." 젊은 천사는 공포에 싸여 중얼거렸다. "안 돼, 지금은 올 때가 아냐. 당신은 죽어서는 안 돼. 절대 안 돼! 지금 죽는 건 절대 금지라고!"

어리둥절한 젊은 여자가 제레미를 똑바로 바라보았다. 몇 초 동안이었지만 그녀의 몸이 흔들리며 투명하게 되는 것이 제레미의 눈에 보였다.

"그래," 제레미가 고함쳤다. "꼭 달라붙어요! 다시 가라고! 당신의 몸으로 다시 돌아가란 말이야! 지금은 올 때가 아니야!"

그녀 뒤로, 아무도 돌보지 않은 살인자의 희미한 실루엣이 천천히 드러났다. 방금 숨을 거두었는데도 비쩍 마른 그의 몸은 벌써 완전히 붉은색이었다. 살아온 전 인생을 통틀어 처음으로 공포에 질린 살인자는 눈을 크게 뜨고 경악해서 주위를 바라보았다. 제레미는 그의 모가지를 비틀어 때려눕히고 싶은 충동을 가까스로 억제했다. 이미 세 명의 붉은 천사들이 방금 통과한 신입을 둘러싸고 있었던 것이다.

제레미는 다시 앨리슨에게 주의를 돌려 살아 있는 사람들 사이로 돌아가라고, 온 힘을 다해 거기에 꼭 매달리라고 그녀를 북돋았다.

구조대원들이 아파트로 들어왔다. 그들은 최선을 다하고 있는 사람들 사이를 거칠게 가르며 바닥에 누운 두 사람을 향해 달려갔다. 그들이 심장마사지를 하고 살인자의 폐에 산소를 불어 넣기 시작하자, 천사가 된 살인자의 형상이 흔들렸다.

이십여 분 동안 구조대원들은 앨리슨과 살인자의 생명을 살리려 애를 썼다. 여러 번 반복되는 구조 작업에 두 사람은 회복될 것 같았다. 하지만 두 사람 모두 이미 장막을 통과해 너무 멀리 와버렸다.

삼십 분이 지나자 먼저 살인자가, 그다음에는 제레미가 살아 있기를 그토록 열망했던 앨리슨이 이쪽으로 확실히 넘어왔다. 바로 제레미 옆으로, 엄청난 절망을 느끼는 그의 옆으로.

키가 크고 건장한 구조대장이 결국 고개를 떨궜다. 그에게서 솟아오르는 안개가 커다란 슬픔과 무력함을 보여주었다.

"이제 구조 작업은 아무 소용없네." 그가 아직도 작업을 하고 있는 부하 대원들에게 말했다. "두 사람 다 사망했소."

10. 다른 곳의 맛

제레미가 이곳으로 통과했을 당시와 마찬가지로 앨리슨 역시 말을 되찾는 데 아주 힘들었다. 그녀는 자신에게 무슨 일이 벌어졌는지 전혀 깨닫지 못했다. 그녀의 뇌는 자신의 갑작스러운 죽음을 받아들이지 못했다. 앨리슨은 통제할 수 없을 정도로 떨고 있었다.

젊은 여인은 아직도 죽기 직전 느꼈던 극단적인 두려움에 사로잡혀, 저승으로 통과하며 흔들렸던 몇 분을 이해하지 못한 채 공포에 질려 몸을 잔뜩 웅크리고 있었다.

제레미가 그녀 앞에 쪼그리고 앉아 부드럽게 미소를 지었다.

"안녕하세요, 앨리슨." 그가 천천히 말했다. "천사들의 세계에 온 것을 환영해요."

앨리슨은 흐릿한 눈을 들어 제레미를 바라보고는 뭐라고 말하려 애썼지만 헛된 시도였다.

처음에 플린트가 제레미를 위해 그랬던 것처럼, 제레미는 과거의 몸에서 이어지는 천사의 몸은 새로운 세상의 공기를 호흡하는 법을 다시 배워야 한다고 그녀에게 설명했다. 그는 간단하게 설명하려 애썼다. 십여 개나 되는 이론과 설명으로 불쌍한 앨리슨을 지치게 만드는 것은 좋은 생각이 아니었다. 그녀는 충분히 상처받았던 것이다. 한 시간 이상 제레미는 그녀를 위로하고 진정시켰다. 감히 그녀를 만질 수는 없었는데, 제레미가 그녀를 향해 손을 뻗자 그녀가 심하게 몸을 떨었던 것이다.

세 명의 붉은 천사는 살인자를 데리고 어디론가 가버렸다. 어딘지는 신이나 알 것이다. 더 정확하게 말하자면…… 악마나 알 것이다. 어쨌든 지금 제레미는 완전히 만족했다. 만약 그의 앞에 살인자가 있었다면, 그는 아마도 살인자를 죽여 기쁨을 맛보고 싶은 감정을 참지 못했을 것이다. 하지만 앨리슨과의 첫 만남에서, 손에 몽둥이를 들고 졸던 네안데르탈인이 잠을 깬 것 같은 멍한 모습을 그녀에게 보이고 싶지는 않았다.

"무슨 일이…… 무슨 일이 일어난 거예요? 여기가 어디죠?" 마침내 젊은 여자는 입을 열었다.

"정말 유감이에요." 제레미가 다정한 목소리로 대답했다. "그대…… 아, 미안해요. 당신은 죽었어요, 앨리슨. 당신은 천사가 되었답니다."

앨리슨은 푸른 눈동자를 제레미에게 강렬하게 고정시켰고 공황 상태로 숨을 헐떡였다.

"내가…… 내가 죽었어요?"

"그래요, 기억 안 나요? 나를 죽인 살인자요. 그가 당신도 죽였어요."

그녀는 소스라쳤다. 제레미는 그녀가 너무나 두려운 표정으로 바라보는 사람이 자신이라는 것을 알지 못하고, 무엇이 그녀를 그렇게 두렵게 만드는지 알아내려고 주위를 두리번거렸다.

"제레미 걀보! 당신이 그 사람이잖아요. 그러니까…… 그러니까……."

"목이 잘린 사람이죠." 제레미가 한숨을 쉬며 말을 완성했다. "그래요, 나도 알아요. 죽는 방법으로는 아주 특이했죠. 인정할게요. 뭐, 당신이 죽은 방법도 마찬가지예요. 사이코패스가 램프에 꽂은 검 때문에 감전사한 것도 뉴스에 실릴 자격이 있어요!"

앨리슨의 얼굴이 다시 공포로 일그러졌다.

"내가 죽었다고요! 하지만…… 오, 클라크! 그는…… 그는…… 정말 끔찍한 일이에요! 그는 고통스러워 죽을 거예요!"

제레미가 깜짝 놀라 말문이 막혔다. 이 여자는 지금 막 인생의 저편으로 건너온 것이다. 그런데 자신에 대해 생각하기보다 친구의 고통에 대해 염려하고 있었다. 그녀는 정말 경이로웠다.

"그래요." 그러고 싶지는 않았지만 제레미는 아주 신랄하게 대꾸했다. "그래도 다시 기력을 차리겠죠."

별안간 앨리슨이 벌떡 일어나 비틀거렸다. 그녀는 몸을 똑바로 잡아주려는 그의 도움을 거절하고 비명을 질렀다.

"난 돌아가야 해요! 다시 돌아가야 한다고요!"

제레미가 그녀의 거친 반응에 깜짝 놀라 뒤로 물러났다.

"앨리슨……."

"당신은 이해 못 해요! 난 할 일이 너무나 많다고요! 클라크…… 클라크…… 난 클라크를 버려둘 수 없어요! 그리고 약도! 그 약…… 그 약을 위해 뭔가 해야만 해요. 당신은 모르는…… 아주 중요한 거예요. 그 약은 치료약이에요……. 그러니까……"

"……암의 치료약이죠. 그래요, 나도 알아요." 제레미가 침착한 어조로 그녀의 말을 끊었다. "그것 때문에 우리 둘 다 살해된 거죠. 내 새아버지는 이번 사건과 아무 상관도 없어요. 마피아는 더군다나 관계가 없죠. 이번 사건은 그저 더러운 돈 문제가 원인이에요. 어쨌든 당신은 돌아갈 수 없어요. 앨리슨, 정말 유감입니다. 당신의 육신은…… 그러니까 내 말은 지상에 머물렀던 당신의 육신은 죽었어요. 보세요."

제레미는 앨리슨의 몸을 천천히 돌려, 구조대원들이 들것에 그녀의 시체를 놓고 덮개를 씌우는 광경을 보게 해주었다.

앨리슨은 울음을 참지 못하고 납빛처럼 창백한 자신의 얼굴 위로 지퍼가 잠길 때까지 울어댔다. 자신의 끝없는 슬픔에 사람들이 무의식적으로 전율하자 그녀는 심하게 절규했다. 제레미도 양쪽 뺨에 눈물이 흘러내리는 것을 느꼈다. 그는 그녀를 진정으로 이해하고 있었다! 프랑켄슈타인이 돌아와 아주 격렬하게 짖어대는 소리에 사람들이 놀라 강아지를 둘러쌌다. 강아지는 앨리슨이 느끼는 두려움과 이쪽 세계를 감지할 수 있었던 것이다.

너무 지치고 고통스러운 나머지 앨리슨은 풀썩 쓰러졌고, 이번에는 제레미가 두 팔로 그녀를 감싸도 저항하지 않았다.

그들은 한참 동안 그렇게 서로 얼싸안고 있었다. 시간이 한참 흐른 뒤 헝클어진 아름다운 금발 아래에서 눈물에 젖은 조그만 목소리가 들렸다.

"그런데 난 왜 완전히 알몸인 거죠?"

제레미가 얼굴이 빨개지더니 재빨리 포옹을 풀고 몸을 뗐다.

"오, 오, 미안해요. 미안해요. 내가 곧 옷을 만들어줄게요!"

그는 색깔에 신경 쓰지 않고 주위를 떠도는 안개를 잡았다. 먹을 게 아니었으니 색깔은 상관없었다. 두 개의 가림 천을 만들기 위해 노랑과 초록, 빨강 안개를 가지고 작업했다. 그 작업은 제레미 본인의 바지를 만들 때보다 훨씬 까다로웠다.

제레미는 가련한 미소를 지으며 앨리슨에게 만든 것을 내밀었다.

"또 미안하네요. 지금으로서는 이것이 내가 만들 수 있는 전부예요. 더 공들인 옷을 만들기에는 나도 죽은 지가 얼마 안 됐거든요."

제레미는 두 개의 기저귀용 옷핀을 만들어서 용감하게 그녀에게 내밀었다.

"그래도 내가 한 조치가 그리 나쁘지는 않은 것 같아요."

앨리슨은 한참 동안 몸을 웅크린 채로 꼼짝도 하지 않고, 야생의 소녀처럼 기다란 금빛 머리카락 사이로 경계의 표정을 드러내며 그를 쏘아보았다. 조금이라도 움직이면 그녀는 천 조각, 만 조각으로 부서질 것 같았다. 제레미가 옷감과 옷핀을 내밀고만 있을 뿐 다른 행동은 안 했기 때문에 앨리슨은 어쩔 수 없이 그것을 잡았다. 젊은 여자는 서툴렀지만 가림 천 하나는 미니스커트로 이용하고, 다른 하나는 가슴을 가리는 데 썼다. 다행히도 제레미는 그녀의 몸이 충분히 가려지도록 좀 크게 만들었던 것이다. 이렇게 입으니 앨리슨이 정글의 여왕이자 타잔의 여인이었던 제인과 꽤 비슷하게 보였지만, 제레미는 그 생각을 마음속에 혼자 간직했다. 이제 막 '통과'한 그녀는 제레미의 초라한 유머 감각을 인정할 준비가 아직 안 됐을 테니까.

제레미의 눈에 앨리슨은 자신의 시체 주위에서 벌어지는 일을 무시하고 제레미에게 집중하려는 것처럼 보였다. 지금 그녀 주변에서 확실한 존재는 오직 제레미 혼자인 것처럼. 그는 그녀를 이해했다. 자신 역시 플린트에게 똑같이 행동했으니까. 마치 바위에 붙은 굴딱지처럼 그에게 매달렸다. 제레미는 은유적인 표현을 사용했고, 그 은유적 표현이 앨리슨을 약간 기분 좋게 한다는 것을 깨닫고 희미하게 미소를 지었다. 그는 행복했다. 이곳에 도착하고 처음으로 기분이 좋았고, 사랑하게 된 여자가 살해된 것이 행복했다…….

맙소사, 그는 완전히 머리가 돌아버린 것이다. 그렇다!

"당신은…… 당신은 정확하게 무엇을 이용한 거예요?" 앨리슨이 따뜻하고 부드러운 낯선 옷감을 손으로 쓰다듬으며 조그만 목소리로 물었다. "이 색깔 있는 연기는 뭐라고 부르나요? 왜 이렇게 모든 게 빛나고 이렇게 강렬할까요?"

제레미는 그녀를 위해 흔쾌히 이 세상의 특별한 여러 가지 것들을 설명해주었다. 그녀는 미간을 찡그리며 그의 얘기에 귀를 기울였다. 조그만 옷을 걸친 앨리슨의 모습이 너무나 사랑스러워서, 제레미는 이야기에 집중하기 위해 억지로라도 앨리슨의 오른쪽 어깨 너머를 바라보아야 했다. 결국 그녀는 자신의 뒤쪽에 저렇게 제레미를 열광시키는 것이 무엇인지 보려고 몸을 돌렸다. 구조대원들이 자신의 시체를 옮길 준비를 마친 것을 보고 그녀는 눈을 크게 떴다. 제레미가 그녀를 돌보고 있는 사이에 경찰들이 도착해서 범죄 현장을 살펴보고는 사방에 남은 수많은 흔적들을 채취해 사진을 찍었다. 램프와 장검은 밀봉 가능한 비닐봉지에 넣었다. 들것에 실린 두 구의 시체와 공간을 만드느라 밀어놓았던 가구들도 보였다.

"안 돼!" 앨리슨이 비명을 질렀다. "아…… 저들이 뭘 하는 거죠?"

"당신의 몸을 시체 공시소로 옮기려는 거예요." 제레미가 말했다. "당신에게 친척이 없다는 것은 알지만 아버지에게는 알릴 거예요. 그 후 당신은 땅에 묻히죠. 그리고 이제 여기에서의 새로운 삶이 시작될 겁니다. 다 잘될 거예요."

앨리슨은 다시 그에게로 주의를 돌리더니 감정을 터뜨렸다.

"이게 어떻게 '다 잘된다'는 거예요?! 농담하는 거예요? 뭐가 다 잘된다는 거죠? 난 죽었다고요! 이제 더 이상 잘될 일은 없단 말이에요! 우리는 여기에 있어요. 그걸 보면……."

돌연 말을 멈추고 앨리슨이 그에게 시선을 고정했다.

"내가 친척이 없고 아버지밖에 없다는 것을 어떻게 알죠? 또 암 치료제에 대해서는 언제 들었나요?"

제레미는 입을 열었다가 그냥 다물었다. 끔찍한 변태로 여길 게 뻔한데 며칠 전부터 그녀를 감시했다고 어떻게 말하겠는가?

제레미의 죄지은 듯한 표정을 보고 앨리슨은 뒤로 한 발짝 물러서서, 눈앞에 펼쳐진 장면을 관찰했다. 그러고는 여기에서 자신의 아파트를 다 볼 수 있다는 점과 그 연관성을 놀라울 정도로 빠르게 깨달았다.

"나를 미행했군요!"

바로 그 순간, 구조대원들이 앨리슨의 몸을 관통했고 그녀는 소스라쳐 놀랐다.

"저 사람들이…… 저들이…… 저들이 나를……."

"그래요." 갑작스러운 그녀의 반응을 보고 좀 전의 비난을 모면할 좋은 방법을 발견한 제레미가 빠르게 말했다. "우리는 살아 있는 생명체는 만질 수 없어요. 다만 생명이 없는 단단한 사물은 만질 수 있죠. 알베르트가 이 주제에 대한 이론을 세웠어요. 다양한 우주를 다 연관시켜도 실제로 우리는 아무것도 못 만지는 게 사실이에요. 심지어 지상에 있는 살아 있는 인간들도 못 만져요. 우리는 원자로 이루어져 있고 원자는 핵과 이 핵의 주위를 도는 전자로 이루어져 있어요. 우주는 약 99.99퍼센트가 텅 빈 허공으로 되어 있고요. 이 원자들은, 예를 들어 방망이로 야구공을 칠 때 야구공의 원자들은 방망이의 원자들이 관통하지 못하도록 막는 자기장을 방출하죠. 지상처럼 여기도 일종의 자기장 같은 것이 있을 거예요. 물건 주위에서 훨씬 두껍고 탄탄한 그 자기장은 우리가 물건을 만지고 옮기도록 허락하는 거죠. 반대로 이 자기장은 살아 있는 생명체에는 존재하지 않아요. 이것이 우리의 원자들이 생명체를 통과할 수 있는 이유예요. 그런 이유로 구조대원들이 당신의 몸을 관통하게 된 거예요."

제레미는 박식한 설명을 계속하려고 했지만, 앨리슨이 도중에 길을 잃었다는 것을 깨달았다.

"알베르트요?" 그녀가 완전히 갈피를 못 잡고 중얼거렸다.

"아인슈타인 말예요. 그래요. 그가 여기에 있어요. 세계에서 제일 유명한 석학들 대부분도 다 여기 있죠. 게다가 지금은 회의가 있어요. 내 말은 알베르트가 열정적인 사람이라는 거죠."

제레미는 최선을 다해 상황을 혼란스럽게 만들려 애썼다. '난 당신이 샤워하는 모습을 보았답니다'라는 주제에서 멀어질수록 그녀를 대하기가 더 나았으니까.

젊은 여자가 눈살을 잔뜩 찡그리며 내뱉었다.

"아무 말이나 내뱉지 마요. 내 집에서 나를…… 나를 훔쳐보면서 뭘 했는지나 얘기해봐요!"

아, 실패.

"묘지에서," 제레미가 마지못해 입을 열었다. "당신 때문에 내가 살해당했다고 중얼거리는 당신을 봤어요. 나는 내가 왜 죽었는지 조사하기로 결심했죠. 그래서 당신을 따라간 거예요. 음, 그래요, 어떤 점에서는 미행이죠. 당신의 인생에 끼어들려는 목적은 아니었어요. 어쨌든 당신 역시 위험에 처했다는 걸 알리려고 무진 애를 썼죠. 살인자는 당신 아파트 여기저기에 도청 장치를 설치했어요. 나는 가끔 나를 감지하는 당신의 개를 자극했고, 배수관을 두드리라고 망령을 데리고 오기도 했죠. 몇 시간 동안 당신 귀에다 소리를 지르기도 했고요. 하지만 당신은 전혀 듣지 못하더군요."

제레미는 슬픈 동시에 행복해서 한 번 더 반복했다.

"그래요, 당신은 전혀 듣지 못했어요. 나는 애썼다고요. 내가 할 수 있는 건 전부 다 했죠. 결국에는 아무 소용도 없었지만……."

앨리슨의 얼굴이 느닷없이 창백해졌다.

"하루 종일 계속 거기 있었던 거예요? 당신…… 당신 얘기는, 그러니까 우리는 보지 못하는 상태에서 모든 것을 다 볼 수 있다는 거예요? 아무나 관찰할 수 있다고요? 어떻게요? 난……."

"이리 와봐요. 나랑 같이 갑시다." 제레미가 말했다.

그녀가 미처 깨닫기도 전에 그는 그녀의 손을 잡고 아파트의 벽을 통과했다.

앨리슨은 무서워서 비명을 질렀지만 제레미는 그녀를 놓지 않았고, 그녀는 그를 쫓아갈 수밖에 없었다. 금세 그들은 복도에 서 있었다. 제레미는 결과에 꽤 만족했고 머리가 헝클어지고 얼굴이 벌게진 그녀는 여전히 호흡이 짧게 끊겼다.

"사실," 제레미가 친절하게 말했다. "이건 수영장으로 뛰어드는 게 아니에요. 그러니 호흡을 참을 필요는 없답니다."

앨리슨이 험상궂은 눈으로 그를 쏘아보았고 멋쩍어진 그는 어깨를 으쓱했다. 앨리슨은 냉정하게 손을 빼냈다.

"알았어요. 다음에 또 이런…… 이런 행동을 할 의도가 있으면 미리 알려주세요. 그러면 이런 바보 같은 반응은 안 보일 테니까요!"

제레미가 얌전히 고개를 끄덕였다. 새로 온 신입 천사치고는 아주 잘 적응하고 있었다. 이상하게도 그녀가 살았을 때는 이런 성격을 가졌다는 것을 그는 전혀 깨닫지 못했다…….

제레미는 계단을 내려가 거리로 통하는 열린 문 앞에 서서 구조대가 지나가기를 기다렸다. 앨리슨도 그를 따랐다. 뭐, 어쨌든 간에 그녀는 선택의 여지가 없었다.

다시 제레미와 만나자 그녀는 가슴 앞에 팔짱을 끼고 말했다.

"그럼 들것은요?"

"네?"

"우리가 사람들은 통과하지만 사물은 단단하게 그냥 있다고 말했잖아요, 그래서 우리가 이렇게…… 이렇게 다른 사람들과 마찬가지로 땅 위를 걷는 거고요. 하지만 들것도 나를 통과했잖아요. 구조대원뿐만 아니고요!"

"자동차들과 움직이는 모든 것들도 마찬가지죠. 그래요. 두 세계 사이의 자기장은 항상 우리를 밀어내는 게 아니에요. 움직이는 교통수단에 머물러 장소를 이동하기 위해서는 엄청난 노력을 기울여야만 해요. 또 하나의 미스터리죠. 일부분은 단단하고 다른 부분은 그렇지가 않아요. 그 경계 역시 다 똑같지는 않답니다……."

자신이 대답하지 못할 질문들을 물어보기 전에 제레미는 그녀를 밖으로 밀었다. 앨리슨은 비명을 지르려고 하다가, 화려하게 빛나는 도시의 비현실적인 아름다움에 놀라 그 자리에 굳어버렸다. 떠오르는 태양의 찬란한 빛 아래에서 둥근 원을 만들며 날고 있는 천사들의 춤에도 깜짝 놀랐다.

앨리슨은 너무나 감동해서 말을 되찾는 데 몇 분은 걸렸다. 그녀가 입을 열어 내뱉은 말은 경탄스러운 숭배의 말이었다.

"저들은…… 날고 있잖아요! 정말…… 정말 멋져요. 어떻게 하는 걸까요?"

"저들은 육체의 밀도를 변화시킬 수 있다는 것을 발견했어요. 틀림없이 원자력과 관련된 그 유명한 이론과 관련 있을 거예요……."

고상하게 생긴 두 명의 푸른 천사가 무지갯빛으로 빛나는 엄청나게 큰 날개를 천천히 펄럭이며 그들 위를 지나갔다. 두 천사는 완전히 벌거벗었고 앨리슨은 두 눈을 휘둥그레 떴다. 제레미는 그런 것에 흥미를 잃은 남자처럼 굴었다.

"아, 그래요……. 옛날의 전통을 신봉하는 사람들도 있죠. 날개 달린 천사, 뭐 그런 거요."

앨리슨은 살던 곳에 용기를 남겨두고 온 것처럼 소심하게 굴었다.

"그렇다면 우리는…… 우리는 신을…… 보게 될까요?"

그녀는 침을 꼴깍 삼키고 목소리를 낮췄다.

"그것은요? 아…… 악마도 보게 될까요?"

제레미가 인상을 찌푸렸다.

"그건 나도 몰라요. 지금은 그분이 모습을 드러내지 않으니까요. 내가 감지할 수 있는 방법으로는 아니란 말이죠. 둘 중 아무도 못 봤어요. 알베르트는 틀림없이 당신에게 더 많은 얘기를 해줄 수 있을 거예요. 여기에 나보다 훨씬 오래전부터 있었으니까. 그리고……."

앨리슨이 여전히 눈부신 시선으로 그를 향해 몸을 돌렸다.

"사실 난 신이 아니라, 다른 쪽을 더 좋아해요. 그런데 우리도 할 수 있을까요?"

"뭘요?"

그녀는 짜증스레 발을 동동 굴렀다.

"날아다니는 거요. 우리도 날 수 있을까요?"

제레미는 안타까운 듯 입을 쑥 내밀었다.

"그건 옷과 같은 거예요. 내가 깨달은 바에 의하면 아직 우리는 거기까지 못 미쳐요."

앨리슨의 어깨가 축 처졌다.

"아, 안타깝네요." 그녀가 말했다. "그게 가능했다면 적어도 위로가 되었을 텐데. 어쨌든 나한테……, (그녀가 힐끗 그를 보고는 고쳐 말했다.) 우리한테 일어난 일은 굉장히 흉악하니까요. 그리고 미안해요."

"뭐가 미안해요?"

"이 사건에 당신을 끌어들인 거요. 정말 미안해요. 어느 날 당신한테 사과를 하게 되리라고는 상상도 못했어요. 그런데 보세요. 했잖아요. 정말로, 정말로 미안해요."

제레미가 어깨를 으쓱했다. 지금 그는 새로운 인생에 익숙해졌다. 앨리슨을 원망하지는 않는다. 자신을 처참하게 살해한 그 나쁜 놈에 대해서는 아니지만. 젊은 여자의 단호한 눈빛에도 자신과 똑같이 강렬한 분노가 드러났다.

"그를 그냥 조용히 내버려둘 수는 없죠. 그렇죠?" 그녀가 중얼거렸다. "그가 대가를 치르게 할 방법을 잘 찾아보자고요. 우리가 그를 건드릴 수 있거나 괴롭힐 수 없다는 것은 알아요. 하지만 반드시 시장에 그 약품을 내놓게 해야만 해요. 하루하루 지날 때마다 수천 명의 환자들이 그 더러운 병으로 죽어간단 말이에요. 그 정신병자는 돈을 벌기 위해 그 약을 잡고 있는 거라고요. 걀보 씨, 그는 악마예요. 진짜 악마요. 여기에 있어야 할 인간은 바로 그라고요. 우리가 아니라!"

"제레미라고 불러요." 젊은 남자가 기계적으로 대답했다. "우리가 무엇을 할 수 있을지 나도 잘 모르겠어요. 난 당신을 구하는 것도 성공하지 못했고, 우리를 죽인 그 살인자에게 복수하는 것도 실패했으니 솔직히 말해 뭘 어떻게 해야 할지 모르겠어요!"

앨리슨이 이를 악물었다. 그녀는 아직도 겁먹은 상태였고 제레미는 육감이 있는 것처럼 그녀의 감정을 느꼈다. 그녀가 품고 있는 분노는 두려움만큼 강렬한 의지를 반영하고 있었다. 천사들은 안개를 만들어내지 않았다. 적어도 제레미의 관점에서 보았을 때 눈에 보이는 안개는 없었다. 그러나 만약 천사들도 안개를 만들어냈다면, 앨리슨의 안개가 빨강과 검정이었을 거라고 장담할 수 있었다.

제레미는 그녀를 다정하게 바라보았다. 앨리슨은 용감했다. 그렇다, 고집이 세고 의지가 강했다. 그는 앨리슨을 지금 바로 안고 싶었다. 오랜 시간 관찰한 후에 그녀를 만질 수 있다는 것은 소름끼치게 멋진 것이었다.

"뭐예요?" 앨리슨이 말했다. "왜 나를 그런 표정으로 바라보는 거죠? 이봐요. 당신한테는 이상한 일이겠지만 이 모든 사건은 다 내 잘못 때문에 벌어진 거예요. 그러니 당신은 나를 죽도록 원망해야 된다고요……. 하지만 난 당신이 필요해요. 이 세계가 어떻게 움직이는지 설명해주고 벤투지의 집까지 가려면 어떻게 해야 하는지 알려줘요."

앨리슨이 제레미에게 다가와 갑자기 세게 그의 손을 잡았다.

"날 도와줘야 해요!"

제레미는 자신이 그녀가 기대한 반응을 보이지 않는다면, 그녀가 히스테리를 일으키리라 생각했다. 알베르트는 미쳐버린 천사들에 대해 조심하라고 그에게 충고했다. 그의 아버지처럼 미쳐버린 천사. 제레미는 그녀가 소스라칠 정도로 힘껏 그녀의 손을 조여 조금 침착해지길 바랐다.

"무엇보다," 제레미가 그녀에게 조용히 말했다. "당신은 죽은 지 겨우 두 시간밖에 안 됐어요. 지금 전쟁터에 스스로 몸을 던지는 것은 시기상조예요."

앨리슨은 그의 말을 중단시키려 했지만, 제레미가 그런 그녀를 막았다.

"내 말 좀 들어봐요! 당신과 나는 이해할 수 없는 규칙으로 가득한 새로운 세상에 떨어졌어요. 나도 당신처럼 일 분이 지날 때마다 암이라는 끔찍한 병으로 사람들이 죽어간다는 사실을 알아요. 그 벤투지라는 인간이 그 병에 대항할 수 있는 치료약을 쥐고 있다는 것도 알고요. 그런데 한편으로는 죽는다는 것이 그리 끔찍한 경험은 아니에요. 적어도 죽은 자들은 이곳에서 평화를 찾을 수 있잖아요. 일종의 평화 말예요……. 또 한편으로 우리는 필요한 정보를 얻기 위해 훨씬 오래전부터 여기에 있었던 천사들을 찾아야만 해요. 이 세계의 규칙을 위반할 줄 아는 사람들 말예요. 우리가 그 관심사에 집착하지 않는다는 조건으로 우리를 도와줄 수 있는 이들을 찾는 거죠. 그들은 집착을 좋아하지 않죠. 집착은 언제나 천사들을 병들게 하고 마니까요."

제레미가 잠시 사이를 두었다.

"사실대로 말하면 병든다기보다는 미치는 거죠."

제레미가 '미치다'라는 단어를 강조하자, 그녀가 빛나는 푸른 눈동자로 그를 뚫어지게 바라보았다.

"앨리슨, 내 말 들려요? 그것은 놀이도 탐구도 아니에요. 나는 당신한테 생존에 대해 말하는 겁니다. 만약 당신이 복수에 집착하는 게 보이면, 나는 당신을 돕지 않을 거예요. 알겠어요?"

제레미도 불과 며칠 전에 도착했지만, 보복을 위한 증오의 단계를 넘기 위해 이제 막 죽어서 여기에 도착한 앨리슨에게 무엇을 강조해야 하는지 확실히 알고 있었다. 잠시 동안 그녀가 머뭇거렸다.

"부탁할게요. 난 당신을 잃고 싶지 않아요. 아직은." 제레미가 떨면서 중얼거렸다.

앨리슨이 입을 열어 말하려 했지만, 그가 방금 열정적으로 한 말이 그녀를 깜짝 놀라게 했다. 그녀에게 일어난 어떤 일보다 더. 앨리슨은 그를 관찰했다. 제레미는 매력적인 청년이었다. 아름다운 갈색 머리, 솔직하고 총명해 보이는 회색빛이 약간 섞인 강청색 눈동자, 윤곽이 고른 몸. 그는 클라크처럼 잘생기지는 않았다. 하지만 클라크에 필적할 남자는 거의 없을 것이다. 두 번째 인생에서 처음으로 앨리슨은 자신이 한 남자와 마주하고 있다는 것을 깨달았다. 믿음직한 남자. 그녀가 의지할 수 있으며 그녀에게 도움이 되고 어깨를 내줄 수 있는 남자. 제레미의 손을 놓지 않고 앨리슨이 다가가 그의 눈을 그윽하게 바라보았다.

"난 집착하지 않을 거예요. 약속할게요." 제레미의 길고 풍성한 갈색 속눈썹에 거의 도취되어 그녀가 한숨을 내쉬었다.

앨리슨이 제레미의 손을 놓으며 뒤로 물러섰다. 마지못해 제레미도 여자의 손을 놓아주었다. 제레미가 마음속으로 그녀를 잘 알고 있다 해도 그녀는 이제 막 그와 알게 된 것이다. 그녀에겐 시간이 필요했다.

"이리 와봐요. 좋은 곳을 알려줄게요." 제레미가 말했다.

"내 시체는 어쩌고요?"

"그건 이제 필요 없어요. 정말이에요."

앨리슨은 의심스럽고 걱정되었지만 제레미를 따라가기로 결정했다.

"어디로 가는 거예요?"

제레미가 즐거운 미소를 띠며 졸려 보이는 행인 몇몇이 걷고 있는 길 한복판에 섰다. 행인들 위에는 안개를 먹기 위해 천사들이 날고 있었다.

"당신한테 알베르트를 소개해줄 때가 됐어요!"

앨리슨을 '로지스 앤 블루스'로 인도하면서, 제레미는 알베르트와 함께 뉴저지에 갔을 때 어떤 점에서 자신이 알베르트에게 답답하게 보였을지 깨달았다. 이제 그는 어느 정도 수월하게 이 차에서 저 차로 통과할 수 있었다(완벽하다기보다는 수월하게). 하지만 앨리슨은 두려워했다. 자동차가 그녀를 살짝 스치거나 관통할 때마다 집중력을 잃었다. 뒷걸음질 치거나 비틀거렸고 넘어지거나 제레미를 잡아끌었다. 삼십 분 정도 계속된 헛된 시도 끝에 결국 그는 포기했다.

"이런 종류의 훈련을 하기에는 좀 이른 것 같네요." 제레미가 말했다. "당신은 죽은 지 얼마 안 됐기 때문에 이 모든 것들에 익숙해질 필요가 있어요. 지하철을 탑시다."

이 방법이 빠르긴 했지만, 앨리슨은 지하철에서도 사람들의 팔이나 손 또는 몸이 그녀를 통과할 때마다 펄쩍 뛰었다.

"아주…… 아주 기분이 불쾌해요." 마침내 큰 거리로 나가는 출구를 향해 가게 되자, 앨리슨이 떨리는 목소리로 말했다.

"네, 나도 처음에는 굉장히 아팠어요."

갑자기 앨리슨이 플랫폼 중간에 딱 멈춰 섰다. 바쁜 승객들이 자신을 통과하는 것도 모른 채.

"제기랄! 프랑켄슈타인! 프랑켄슈타인을 여태 잊고 있었어요!"

제레미가 유감을 표현하는 몸짓으로 두 손을 벌리며 어깨를 으쓱했다.

"정말 유감이네요. 나도 그 똘똘한 강아지를 정말 좋아했는데. 안타깝게도 당신은 이제 녀석을 위해 아무것도 할 수가 없어요. 녀석은 살아 있으니, 이제 녀석을 돌보는 것은 죽은 자의 몫이 아니죠. 아마도 클라크가 거둬주지 않을까요?"

앨리슨이 격렬한 울음을 터뜨리다가 돌연 멈추었다.

"클라크를 아세요? 아, 난 바보예요. 당연히 클라크를 알겠죠. 당신은…… (그녀가 침을 꿀꺽 삼켰다.) 당신은 언제부터 거기에 있었나요……?"

어이쿠. 그는 재빨리 거짓말을 했다.

"형사 두 명과 함께 왔을 때부터예요. 네, 경찰을 당신 집으로 데리고 오다니, 그게 얼마나 어리석은 짓이었는지! 나는 그 때문에 살인자가 당황했고 당신을 살해했다고 확신해요."

그녀가 소스라치게 놀랐다.

"당장은 우리 불쌍한 프랑켄슈타인이 고아나 마찬가지네요. 난 클라크가 그 아이를 거둬주기를 바라요. 클라크의 사생활이 좀 이상하다 해도 상관없어요. 개를 귀찮아하지는 않을 거예요."

그때부터 목적지에 도착할 때까지 그들은 말없이 걷기만 했다. 제레미는 앨리슨의 뺨에 흐르는 눈물을 보았지만 아무 말도 하지 않았다. 그녀는 자신에게 닥친 일만큼 자기 강아지에게 닥친 일에 대해서도 가슴 아파하는 것 같았다. 그는 그녀의 감정을 존중했다. 제레미는 잠시 그녀의 손을 꼭 잡아주는 것으로 만족했다. 앨리슨은 감사하며 그의 손을 꼭 잡았다가 즉시 놓았다. 제레미는 자기가 입고 있던 옷에서 안개를 한 조각 떼어내서 손수건을 만들어주었고, 앨리슨은 고마워하며 낚아챘다. 손수건을 세 장이나 사용한 끝에 그녀는 가까스로 흐릿한 미소를 지어 보였다.

"이렇게 손수건을 계속 만든다면 완전히 벌거벗게 되겠어요!"

제레미가 미소를 지었다.

"그렇게 해서라도 당신을 도울 수 있다면 해야죠. 그게 제일 중요한 거니까요."

그가 앨리슨에게 흘깃 눈길을 던지며 덧붙였다.

"당신은 이미 내 훌륭한 복근과 털이 많은 허벅지를 봤잖아요. 그러니 좀 더 보고 싶다고 한들 그리 놀랍지도 않아요!"

제레미의 유들거리는 말투에 잠시 놀란 앨리슨이 웃음을 터뜨렸다.

"맙소사, 당신은 클라크보다 잘난 척이 더 심하네요! 여기에도 잘난 척 같은 게 있을 거라고는 상상도 못했어요."

아, 어쨌든 그는 앨리슨을 웃기는 데 성공했다. 잘했다. 그녀는 울음을 멈추었다. 훨씬 낫다.

"벌거벗는다고 말해서 생각났는데," 제레미가 말했다. "당신이 걸친 옷이 사라질 거라는 걸 알려주는 것을 잊었어요……."

말이 떨어지자마자 그녀가 몸을 웅크리는 것을 보고 제레미는 손을 내저으며 빨리 덧붙였다.

"아니, 아니, 지금이 아니에요! 몇 시간 후에요. 나도 신입 천사여서 아직 규칙들을 전부 자유자재로 이용할 수가 없어요. 그래서 내 옷과 당신 옷이 사라지는 거예요. 물론 다른 옷을 만들어줄게요."

흠, 어쩌면 제레미는 이렇게 가볍게 그 얘기를 하지 말았어야 했는지도 몰랐다. 앨리슨이 믿지 못하겠다는 시선을 던졌던 것이다.

"농담하는 거죠, 네?"

"절대 아니에요."

"그럼…… 우리가 입은 옷이 사라지기 전에 미리 알려주나요?"

제레미는 웃음을 참을 수가 없었다.

"안타깝게도 아니에요. 옷들은 말하지 않아요. 통지서를 보내지도 않고요. 천상의 나팔 소리로 경고하지도 않죠."

"진짜 재밌네요. 아니, 내 말은 옷들이 줄어들거나 뭐, 그런 식으로 되는 건지, 그런 뜻이에요."

나이 든 푸른 여자 천사들의 무리 한복판에서 갑자기 알몸이 된 적이 있었던 그는 아무런 신호도 없다는 것을 확실히 말해주었다. 제레미는 천사들의 짓궂은 표정과 몹시 당황했던 자신의 이야기를 들려주고는 두 번째로 그녀를 웃기는 데 성공했다. 제레미는 그녀가 죽음을 잊도록 만들지는 못할 것이다. 하지만 그녀를 진정시키는 것, 그렇다, 그것은 가능할 것이다.

자신이 걸친 옷에다 의심스러운 시선을 가끔 던지긴 했지만, 두 사람이 '로지스 앤 블루스'에 도착했을 때 앨리슨은 꽤 긴장이 풀린 상태였다.

그런데 문 앞에서 문제가 생겼다. 생각에 따라 지금 시간은 너무 늦었거나 너무 이른 시간으로, 아침이었지만 클럽은 이미 문이 닫혀 있었다. 좀 이상했지만 어쨌든 간에 제레미는 클럽 안에 천사들이 있다는 것을 '느꼈고', 틀림없이 그들이 파티를 하는 중이며 심지어 살아 있는 인간은 아무도 없다는 것을 깨달았다. 문이 잠긴 건물 안으로는 어떻게 들어갈 수 있을까? 물론 그는 아파트 벽을 통과해 앨리슨을 놀라게 하는 데 성공한 적이 있었지만, 이번에는 결과가 그렇게 확실할지 알 수 없었고 실패할 우려도 있었다……. 그래도 시도해봐야 했다. 제레미가 앨리슨의 손을 잡고 안으로 들어갔다. 그녀는 그를 따라 들어가고 싶은 의지가 충만했지만, 뒤쪽으로 거칠게 튕겨 나갔다.

크게 당황한 제레미는 재빨리 몸을 돌렸다.

그는 인도에 길게 뻗어 반쯤 녹초가 된 앨리슨에게로 돌아왔다.

"아이쿠! 아야!" 그녀가 외쳤다. "무진장 아파요!"

앨리슨은 눈이 사시가 되어 이마와 가슴을 문질렀다.

"죽은 사람이 고통을 겪다니, 이 낙원 도대체 뭐 이래요!" 그녀가 화를 냈다.

"음, 사실 우리가 지금 낙원에 있는지는 나도 확실치 않아요. 에, 그래요. 몸이 아플 수 있어요. 미안해요. 그 얘기 하는 것을 잊었네요. 하지만 우리의 새로운 몸은 아주 빨리 반응해요. 팔이 부러지거나 턱이 빠진 상태로 오래 머물지 않아요. 제자리에 맞추기만 하면, 잠시 후 더 이상 아픔을 느끼지 못하거나…… 아주 조금 느끼게 되죠." 제레미가 말했다.

역시 제레미는 경험에 대해 이야기했다. 천사가 된 상태를 이해하기 전에 수도 없이 떨어져본 경험은 그의 몸이 거의 한계가 없다는 것을 가르쳐주었다. 반면, 여기에서도 고통은 지상에서와 마찬가지로 여전히 불쾌감을 주었다. 고통을 느끼는 시간이 훨씬 짧다고 해도.

제레미는 앨리슨이 일어나도록 도와주었다. 젊은 여자는 잠시 비틀거린 후, 다시 균형을 되찾았다.

"아야! 음, 이제 어떻게 해야 해요?"

"다시 시도해봐야죠."

앨리슨이 표정이 굳더니 인상을 찡그렸다.

"머리가 어떻게 된 거 아니에요? 난 저 문에 부딪쳐서 벌써 한 번 나동그라졌다고요. 또 해보자니 말도 안 돼요!"

"당신은 반드시 벽을 통과하는 법을 배워야만 해요." 제레미가 참을성 있게 말했다. "만약 그걸 못한다면, 이곳에서 당신의 생활은 정말로, 진짜로, 아주 길게 느껴질걸요!"

"아니에요." 앨리슨이 간신히 팔짱을 끼며 고집 센 표정으로 투덜거렸다. "난 그런 일에 절대 적합하지가 않…… 아아아!"

제레미는 주저하지 않았고, 환심을 사기 위한 정중함도 잊었다. 그는 그녀를 거칠게 앞으로 밀었고 젊은 여자는 아야, 라고 말할 새도 없이 문을 쑥 통과했다. 제레미는 그다지 뿌듯한 표정도 짓지 않고 한숨을 내쉬고는 자신도 통과했다. 엄청난 비난이 쏟아지리라 예상했지만, 앨리슨은 공중에 둥둥 떠다니는 테이블들과 천사들이 토론하고 서로 말다툼하며 즐기는 광경에 너무나 놀라 제레미한테 욕을 퍼부어주는 것도 까마득히 잊어버렸다.

"'로지스 앤 블루스'에 온 것을 환영합니다." 제레미가 얼굴 가득 함박웃음을 머금고 말했다.

놀란 감정에서 빠져나온 앨리슨은 그래도 그에게 눈을 흘기며 손가락을 치켜들고 위협했다.

"당신 말예요. 다시 또 이런 짓을 하면 살아…… 죽은 걸 후회하게 만들어줄 거예요. 알았어요?"

"오오, 결국 자네의 리프헌(연인)과 다시 만났군, 그렇지, 구트, 구트(좋아, 좋아)." 가까이에서 목소리가 들렸다.

알베르트는 약간 키가 자랐고 또 체격도 좋아졌다. 이제 그는 열 살보다는 열네 살에 훨씬 가까워 보였다. 앨리슨이 뭐라 반응하기도 전에 그는 섬세하게 그녀의 손을 잡고 뒤꿈치를 딱 소리 나게 붙였다(운동화를 신고 이렇게 하니까 좀 우스꽝스러워 보였다). 그러고는 아주 신사답게 품격을 갖춰 손에 입맞춤을 하려고 몸을 숙였다.

"아인슈타인입니다. 알베르트 아인슈타인이에요. 만나서 영광입니다."

앨리슨은 알베르트가 잡고 있는 손을 빼고 의심스러운 표정으로 그를 뚫어지게 바라보았다.

알베르트는 그녀의 얼굴 표정을 보고는 화를 낼 수 없게 만드는 미소를 지었다.

"이름이 똑같네요. 그 사람과……." 그녀가 대담하게 말해보았다.

"아니, 이름이 똑같은 게 아니라 내가 바로 그 사람이오. 몸은 (그는 청소년의 외모를 하고 있는 자신의 몸을 가리켰다.) 좀 젊어졌지만. 아, 나를 따라 할 필요는 없다오. 당신은 아주 젊은 나이에 통과했으니까. 그래요. 늙는다는 것은 동화 속에서나 예쁘게 묘사되지요!"

그는 어떻게 자신이 몸을 변화시켰는지 설명했는데(의상의 변화를 시범으로 보여주기까지 했다), 이것이 앨리슨을 사로잡아 알베르트는 그녀를 자연스럽게 안락한 소파로 이끌 수 있었다. 여기서 안락하다는 것은 그들이 앉았던 것들이 전부 다 딱딱하고 불편했던 것에 비해(그들이 만들어낸 가구류는 제외하고) 안락하다는 말이다.

거대한 공간의 한구석에는 붉은 천사들이 아주 흥분해서 시끄럽게 소음을 내고 있었다. 알베르트가 그들에게 흘깃 걱정스러운 시선을 던졌다.

"자네가 와서 정말 다행이네, 제레미." 알베르트가 음모를 꾸미는 듯 은밀한 어조로 속삭였다. "그렇지 않아도 막 자네를 찾아가려고 했어……."

"저를요?" 제레미가 놀라서 물었다. "저를 왜요?"

알베르트가 그들에게 몸을 기울이고 폭탄 같은 강렬한 말을 뱉어냈다.

"붉은 천사들이 우리에게 전쟁을 선포하려고 하거든!"

11. 아름다움의 맛

"우리…… 우리 뭐요?" 알베르트의 말에 너무나 놀란 제레미가 가까스로 입을 열었다.

"미안해." 알베르트가 짓궂은 어조로 말했다. "더 이상 견딜 수가 없었어. 나도 지금 이 상황이 완전히 통속적이고 선정적인 멜로드라마 같다는 것 인정해. 하지만 이것이 지금 벌어지고 있는 일이거든. 자네는 우리가 인간들에게 하는 것을 봤지. 그렇지, 제레미?"

앨리슨이 제레미에게 걱정스러운 시선을 던졌다.

"여러분이 인간들에게 뭘 했는데요? 나한테 설명해준 것처럼 그들의 감정을 먹는 것은 빼고 말이죠. 그렇죠, 제레미?"

알베르트가 젊은 청년을 대신해 대답했다.

"우리는 인간들에게 영향을 미친다오, 아가씨. 먹기 위해서 그들의 감정을 부추기지요. 우리는 과학과 의학이 발전하도록 적극적으로 장려한답니다. 인간들이…… 오래 살수록 우리도 잘 먹을 수 있으니까요. 시체는 우리에게 아무런 쓸모도 없다오. 몇 년 전부터 여기에 붉은 천사들의 숫자가 점점 더 많아지고 있어요. 꼭 강한 붉은 천사들은 아니지만 그래도 붉은 천사는 붉은 천사지요. 살아생전에 고통을 많이 겪은 천사들은 아주 불안해합니다. 우리 세상으로 통과한 그들은 부정적인 감정을 먹게 된다오. 우리는 그런 성향을 저지하려 애쓰지만, 붉은 천사들이 많아질수록 그들은 인간들을 부정적인 감정 쪽으로 유인하지요. 그런 인간들이 죽으면 그들은 또 붉은 천사가 되고……. 다시 말해 그릇된 먹이사슬이 계속되는 거라오. 물론 천사들은 행복합니다. 하지만 인간들은 불행하지요. 이제까지 우리는 나름대로 균형을 유지하는 데 성공했다오. 붉은 천사들이 마음껏 먹을 수 있는 불안과 스트레스로 가득한 전쟁의 시기가 있었고, 그다음으로는 푸른 천사들이 먹고살 수 있는 평온과 부흥으로 가득한 평화의 시대가 있었지. 불행히도 지금은 붉은 천사들의 수가 매우 많다는 것이 느껴져요. 워싱턴에서 열릴 다음 회의에서 그들이 원하는 것은……"

제레미가 믿을 수 없다는 표정으로 알베르트의 말을 끊었다.

"잠깐만요! 설마 그 회의에서 수십억 인간의 운명을 결정한다는 말은 아니죠? 그건…… 그건 완전히 미친 짓이에요! 왜 인간들을 조용히 내버려두지 않는 거죠? 그들은 더 이상 영향을 받을 필요가 없는데도 우리를 먹여 살리기 위해 충분히 다양한 감정을 겪고 있잖아요!"

아인슈타인은 고개를 저었다.

"안타깝게도 아냐. 있는 그대로 내버려두면 사람은 쉽게 만족하는 경향이 있지. 규칙적으로 텔레비전 앞에 앉게 해봐. 거의 무기력해진 인간을 보게 될 테니까."

"아, 텔레비전에 대항할 수는 없어요!" 제레미가 말했다.

"오, 하지만 있어." 아인슈타인이 대답했다. "텔레비전 프로듀서들에게 작업하는 붉은 천사 무리가 있는데, 그들은 완전히 형편없고 끔찍한 영화나 방송 프로그램을 만들도록 프로듀서들에게 영향을 미쳤고, 그것을 보는 도중에만 사람들이 언짢은 기분을 느끼게 했어. 하지만 텔레비전을 껐는데도 인간은 히스테릭해지더라고. 스포츠 프로그램도 마찬가지야. 붉은 천사들은 훌륭한 스포츠맨들이 잠을 자지 못하도록 방해하고 그들에게 나쁜 생각과 나쁜 습관을 속삭여줬어. 사람들은 그 선수들이 시합에서 지는 것을 인정하지 못했지. 패배는 인간들을 우울하고 공격적으로 만들었어. 특히 축구 경기의 응원자들을 말이야. 인간을 장악하는 것은 아주 쉬운 일이야!"

알베르트가 심한 비난의 의미로 다시 고개를 저었다.

"그렇게까지는 아니에요." 제레미가 투덜거렸다. "난 앨리슨의 목숨을 구하는 데 성공하지 못했어요. 하지만 노력이 부족했던 것은 아니에요!"

알베르트가 그에게 빈정거리는 듯한 시선을 던졌다.

"아, 자네는 아주 젊은 천사이지 않나, 제레미. 자네의 설득력은 아주 약하지! 자네가 여기에서 몇 백 년을 지내고 나면 어떤 인간에게든 영향력을 행사할 수 있을 거야. 진짜일세."

앨리슨은 더 이상 참을 수가 없었다.

"당신이 지금 한 얘기는 몹시 불쾌하네요! 당신은 사람들을 마치, 마치 일종의…… 젖을 짜낼 수 있는 양처럼 취급한다는 얘기인가요?"

"음, 사실 우리가 젖을 짜는 것은 젖소라오. 아니면 암양이거나. 당신이 말한 양은……"

"천사들은 이런 상황에 한 명도 반대하지 않나요?" 앨리슨이 격앙되어 알베르트의 말을 끊었지만 말을 계속할 수가 없었다. 알베르트가 금방 뜯어낸 자신의 옷소매 끝을 그녀의 입에다 쑤셔 넣었던 것이다. 앨리슨은 안개 조각을 다시 뱉어내려 했는데, 그만 혀 위에서 사르르 녹아버렸다. 앨리슨이 새로운 인생에서 처음으로 천사들의 양식을 맛본 것이다…….

그 느낌은 말로 형용할 수가 없었다. 최고의 행복, 최고의 희열, 최고의 쾌락이 목구멍 안으로 흘러 들어가는 것 같았다. 나중에 그녀가 제레미에게 이 느낌에 대해 말하고 두 사람이 서로의 경험을 비교해보았을 때, 두 사람은 같은 것을 좋아하지는 않는다는 사실을 알게 되었다. 실현과 자긍심, 희열의 감정이 젊은 여자의 입안에서 터진 풍미는 완전히 달랐다. 라즈베리를 얹어 맛이 풍부한 컵케이크, 바나나 맛이 나는 폭신하고 사르르 녹는 마시멜로, 아삭아삭 씹히는 빨간 사과, 짭짜름한 버터 캐러멜, 캐슈너트, 피스타치오 크림, 약간의 고추가 들어가고 백리향의 향이 진한, 포크가 서 있을 정도로 감동적인 기도네 가게의 볼로네즈 파스타, 감미로운 감자, 거의 날아오를 것 같이 너무나 가벼운 양파 튀김…… 진정한 맛의 불꽃놀이였다.

"오!" 앨리슨은 눈을 크게 뜨고 입김을 뱉어내며 너무 좋아 쓰러졌다. "또 줘요!"

알베르트는 한숨지으며 다른 소매 끝을 내밀었다.

세계적인 석학은 하마터면 완전히 알몸이 될 뻔했다. 앨리슨이 멈추지 않고 계속 한입씩 야금야금 핥아먹었던 것이다. 마침내 그녀가 어느 정도 충족감을 느끼고 손을 떼자, 알베르트는 반바지와 구두만 걸치고 있을 뿐 비쩍 마른 옆구리에는 아무것도 걸치고 있지 않았다.

약간 당황한 앨리슨은 자신의 왕성한 식욕을 자각하고, 여전히 믿을 수 없는 충격에 빠져 딸꾹질을 했다. 제레미처럼 그녀도 이 황홀경에 완전히 빠져 인간성을 잃고 싶은 마음은 없었다. 알베르트가 고개를 끄덕여 기특한 마음에 경의를 표했다.

"아가씨, 이제 좀 잘 이해되시오?"

"그건 마약 같아요. 그렇지 않나요?" 제레미 뒤에서 목소리가 들렸다. "마약 중에서도 가장 경이롭고 없어서는 안 되는 마약. 우리에게 그것은 생존하기 위해 반드시 필요한 것이니까……."

갑자기 눈살을 찌푸리는 알베르트의 얼굴을 보고 제레미는 천천히 몸을 돌렸고, 거기에서 다른 천사를 발견했다. 제레미도 잘 아는 얼굴이었다.

플린트였다.

제레미는 엉겁결에 옛 로마의 대장인 플린트를 잡고 그의 품 안으로 뛰어들어 다정하게 꼭 끌어안았다.

"플린트, 내 친구!" 그가 소리쳤다. "어떻게 지냈어요?"

즐거워진 대장 역시 제레미를 포옹했다. 그들이 처음 만났을 때처럼 위풍당당한 플린트는 아주 세련되게 옷을 차려입었다. 짙은 청색 의상에 소박한 보라색 주머니가 조화된 유쾌한 품위가 제레미의 초라한 옷과 대조되었다. 그는 항상 이렇게 인상적인 오라를 풍겼다. 이번에는 피부가 그가 입은 의상과 통일된 색깔로, 거의 색깔이 없는 아주 창백한 푸른색이었다. 젊은 천사가 그런 색깔을 띠는 것은 거의 불가능했다.

"이분은 플린트예요." 제레미가 쓸데없이 몹시 흥분해서 그를 소개했다. "여기로 통과했을 때, 나를 처음으로 맞아주었고 여기에서는 어떻게 하면 되는지 설명해준 분이죠."

앨리슨에게 소개되자 플린트의 회색 눈빛이 환하게 빛났다. 그는 앨리슨의 손을 잡고 정중하게 몸을 숙여 인사했다. 그녀의 얼굴이 붉어졌다.

"당신의 발그레한 장밋빛 얼굴을 보니 통과한 지 얼마 되지 않았군요. 마드무아젤." 그가 말했다.

제레미가 눈썹을 찡그렸다. '당신의 발그레한 장밋빛 얼굴이라고?'

푸른 천사의 강렬한 카리스마에 압도되어 목소리를 제대로 조절

할 수 있을지 확실하지 않았던 앨리슨은 고개를 숙여 인사를 했다.

플린트가 매혹적인 미소를 띠고 그녀에게 다가갔다.

"아주 오랜만에 이렇게 황홀한 천사를 만나는 기쁨을 누리는군요. 새로운 세상에 온 것을 진심으로 환영합니다!"

"고…… 고맙습니다……." 앨리슨이 가까스로 말을 했다. "모든 게 다…… 너무나……."

"훌륭하고, 믿을 수 없으며, 놀랍죠. 그래요, 나도 알아요. 이곳에는 진짜 수천 가지의 재미있는 것들이 있답니다……."

플린트는 갑자기 자신의 등 뒤쪽을 완전히 몰두해 바라보는 알베르트를 거만하게 힐끔 쳐다보았다. 알베르트의 표정이 그를 거북하게 만들었다.

"……몇몇 흥을 깨는 사람들 마음에는 들지 않겠지만!"

어리둥절해진 제레미는 알베르트가 그토록 강렬하게 집중해서 바라보는 것이 무엇인지 살펴보았다. 그리고 별안간 심장이 멈춰버린 것 같은 느낌을 받았다.

그것은 어떤 것이 아니었다…….

젊은 여자였다. 몇 초 동안 제레미는 그 여자가 발산하는 빛에 눈이 부셨다. 그녀는 겨우 열여덟 살 정도 되어 보였는데, 타오르는 듯 완벽하고 순수한 상태의 아름다움을 지니고 있었다. 빨간색의 기다란 머리카락이 동그란 엉덩이 아래까지 흘러내렸다. 입술은 석류처럼 붉었고, 완벽한 초록빛 눈동자는 봄에 땅을 뚫고 솟아오르는 여린 새싹 빛깔이었다. 그녀가 미소를 짓자 두 다리가 뻣뻣하게 굳어버린 것 같았다. 코는 클레오파트라가 분해서 울부짖을 정도였다. 매끄럽게 윤기가 나는 두 다리는 한없이 긴 것 같았다. 그녀의 얼굴은 햇빛에 오랫동안 그을린 듯 구릿빛이었고, 살짝 푸른 기가 도는 피부색은 두 젊은 천사의 피부색과 아주 가까웠다. 제레미는 자랑스레 볼록 솟은 그녀의 가슴과 납작한 복부에 시선을 두지 않으려 애썼다. 앨리슨과 마찬가지로 그녀 역시 아주 짧은 스커트와 조그만 조끼밖에 안 입었던 것이다.

제레미는 침을 꿀꺽 삼켰다. 그는 눈이 튀어나오지 않고 혀가 늘어지지 않도록 열심히 자제했다.

옆에서 앨리슨이 숨을 깊게 들이마셨다. 클라크와 친하게 지내면서 그녀는 이미 많은 수의 남자 모델과 여자 모델들을 만날 기회가 있었다. 하지만 그들 중에 이 여자와 경쟁할 만한 상대는 없었다. 이 여자는 완전히 다른 부류에 속했다.

"릴리, 이리 와서 내 친구들한테 인사해." 플린트가 말했다. "여러분에게 릴리를 소개할게요. 내 눈에는 아주 어려 보이지만 안타깝게도 그녀는 나이가 많답니다. 여행을 많이 했거든요."

릴리가 제레미에게 가느다란 손을 내밀자, 제레미는 뇌가 분리된 듯 반응할 순간을 놓쳤다. 그래도 그녀의 손을 가까스로 잡고 악수를 했다. 그녀의 손에 닿자 제레미는 불덩어리를 만진 듯한 느낌이 들었다. 그 불덩어리는 그를 아프게 하는 게 아니라, 기쁨과 감미로움으로 소진시켰다.

"안녕하세요, 여러분. 반가워요. 잘 지내시죠?" 릴리가 부드러운 목소리로 인사했다.

아! 심지어 목소리조차 완벽하다. 대답을 해야 한다고 생각하자 제레미는 입이 바짝바짝 마르는 것을 느꼈다.

"잘 지내요……. 아주, 아주 잘 지내요……. 마드무아젤." 그가 우물거렸다.

"릴리라고 불러요." 그녀가 제레미에게 장난스레 한쪽 눈을 찡긋하며 말했다.

"아…… 네, 네, 음, 릴리. 난 잘 지내요. 당신은요? 당신은 잘 지내시나요?"

아직 작동하는 몇 개 안 되는 신경세포가 그에게 강한 신호를 보냈다. '넌 두 세계를 통틀어 가장 아름다운 미인 앞에서 멍청한 짓을 하고 있는 중이야.' 릴리는 남자들의 뇌를 크림치즈로 변형시키는 일에 익숙한 것이 확실했다. 그녀는 세상에서 가장 진지한 목소리로 자신도 아주 잘 지낸다고 대답했던 것이다.

릴리는 따뜻하고 편안하게 앨리슨의 손을 잡았다. 두 젊은 천사는 두 늙은 천사의 기운과 카리스마에 짓눌려 서로 시선을 교환했다. 제레미에게는 릴리가 적어도 플린트만큼 나이가 많다는 것이 느껴졌다…….

릴리는 모든 것을 잊게 만드는 그런 유의 여자였다. 의무, 가족, 명예, 모두다. 그녀는 돈 호세의 카르멘이었고 율리시스의 키르케였으며 달타냥의 밀라디였다. 숭고했고 지독하게 위험할 것이 틀림없었다.

릴리는 끔찍하게 유혹적이었다.

“여기에서 뭐 하는 겁니까?” 알베르트가 무뚝뚝한 목소리로 물었다. “내 기억이 정확하다면, 난 당신들이 ‘로지스 앤 블루스’를 ‘아직도 항문기에 고착된 비장한 아기 천사들’의 소굴로 생각하는 줄 알았는데. 당신들 특권 계급이 웬일로 여기에 젖먹이 애들하고 옹알이하러 왔나요?”

제레미는 귀를 기울였다. 특권 계급? 무슨 특권 계급? 천사들 사이에 계급이 존재한단 말인가? 죽음은 모든 것을 평등하게 만든다고 생각했는데!

플린트가 야수 같은 미소를 지으며 대답했다.

“친애하는 알베르트, 질투하는 것은 좋지 않아. 우리는 자네가 아직 너무 어리기 때문에 입후보하는 것을 거절한 거야. 하지만 갈릴레오는 우리 그룹의 일원이지. 좀 참게나. 몇 백 년만 더 있으면 자네도 우리와 합류할 수 있을 거야.”

알베르트가 인상을 찌푸렸다.

“그 이름이 무례하고 제멋대로 떠들어대는 그 이태리 원숭이를 의미하는 거라면, 난 됐소!”

알베르트는 제레미와 앨리슨에게 가볍게 목례를 한 후 사라졌다. 릴리의 듣기 좋은 웃음소리가 퍼졌다.

“그런 말은 좋지 않아, 플린트. 난 알베르트를 많이 좋아한단 말이야. 그는 진짜로 똑똑해, 그렇잖아!”

플린트가 격앙된 몸짓을 했다.

"그래, 나도 알아! 그는 '미스터리'들을 해독하고 싶어 죽을 지경이지(그는 두 손으로 따옴표를 묘사하며 그 단어를 말했다). 그가 우리 모임에 들어오면 앞으로 오십 년은 질문으로 우리를 귀찮게 할 거야. 그런 일이 벌어지게 서두를 필요는 절대 없지!"

플린트가 앨리슨에게 다시 시선을 돌렸고 그의 불타는 눈길에 앨리슨은 숨이 멎을 것 같았다.

"그 끔찍한 순간을 기다리는 동안, 마침 제레미에 대해서는 약간 책임감도 있으니 여러분을 데리고 가고 싶네. 여기에서 즐길 때는 어떤 일이 벌어지는지 두 사람에게 보여주기도 할 겸 말이야! 죽음은 끝이 아니라네!"

앨리슨이 인간의 감정을 이용하는 천사들의 문제점에 대해 거론하고 싶은 굳은 의지가 있었다 해도 플린트의 매력에 저항할 수는 없었다.

나중에 얘기할 수밖에 없었다…….

릴리는 마치 두 번째 피부인 것처럼 몸에 딱 붙는 화려한 하얀 드레스를 입었고, 플린트는 감색 턱시도를 입었다. 그들이 제레미와 앨리슨에게 옷을 갈아입으라고 권하지 않았기 때문에 두 젊은 천사는 입고 있던 옷 그대로 있었다.

제레미는 플린트가 앨리슨의 긴 다리와 예쁜 가슴에 탐욕스러운 눈길을 여러 번 던지는 것을 보고, 플린트가 옷을 많이 입지 않은 그녀의 모습을 좋아하는 것이 아닌가 의심스러웠다. 청년은 걱정이 돼서 그녀를 지켜보았다. 제레미는 나이가 많고 사악한 사람들이 젊은 사람들을 나쁜 일에 끌어들여, 그들의 나머지 인생이 아주 안 좋게 끝나는 영화를 너무 많이 보았다.

특히 젊은 천사들에게는 더욱더…….

릴리와 플린트가 그들을 데리고 간 곳은 전혀 나쁜 곳이 아니었다. 하기야 안개를 빼고 나면 이 이상한 세상에서 그들에게 문제를 일으킬 것은 아무것도 없었다……. 그 장소는 창고를 개조한 버려진 작업실이었는데, '로지스 앤 블루스'보다 적어도 두 배는 더 컸다. 게다가 클럽에서 그리 멀지도 않았다. 그곳에 살아 있는 사람은 없었다. 오직 천사들만 있었다. 수백 명의 천사들만. 그들은 중앙에 거대한 무대를 설치하고, 뒤쪽으로는 커다란 벽걸이 천을 걸고 안락한 소파들과 폭신한 안락의자들이 무대를 향해 놓이도록 배치했다. 제레미는 별안간 집기를 고르고 실내를 꾸미는 직업이 이곳에서도 필요했으리라는 생각이 들었다. 그만큼 뛰어난 솜씨로 안개를 변형할 수 있으려면 거쳐야 할 많은 길이 있었다. 놀랍게도 거기 있는 천사들은 아무 문제없이 안개로 만든 자신의 작품들을 오래 보존하는 것 같았다. 그렇게 보였다.

앨리슨, 그녀는 죽었지만 어쩔 수 없는 여자였다. 그녀는 많은 천사들이 자신처럼 가볍게 입은 것을 보고는 안심했다. 물론 몇몇 천사들은 훌륭한 디자이너들의 믿을 수 없이 멋진 작품을 보란 듯이 과시하기는 했지만 말이다. 물론 디자이너들 역시 죽은 사람들이었다.

그들은 네 명 모두 커다란 보라색 소파 위에 자리 잡았다. 릴리와 플린트는 다양한 색깔의 수많은 천사들과 인사를 나누었다. 그들은 이곳에 단 한 가지 똑같은 이유로 왔다. 쇼를 보기 위해서. 저녁 내내 훌륭한 쇼맨들과 유명한 스타들이 무대 위에 등장했다. 음악가들은 지상에 존재하는 악기 대부분을 다시 만들어내는 데 성공했다. 피아노는 틀림없이 한 열 명 정도 되는 천사들이 달라붙어 만들어냈을 것이다.

공연을 보다가 엘비스 프레슬리에 이어 마릴린 먼로가 노래를 부르러 무대에 나타나자 제레미는 의자에서 떨어질 뻔했다. 그녀는 공연장에 열정의 불을 질렀다.

"맙소사! 최고야!" 앨리슨은 부서져라 손뼉을 치며 소리쳤다. "정말 믿을 수가 없어!"

두 영원한 스타만 있는 게 아니었다. 천만의 말씀. 제레미와 앨리슨은 진짜 페스티벌에 참석한 것이다. 프랭크 시나트라가 과거의 젊고 잘생긴 모습으로 무대 위에 입장하자 그들의 눈에는 눈물이 고였다. 그는 천사 같은 목소리로 노래를 했다.

놀라운 것은 무대 위 예술가들이 사례를 받는 것이 보였고, 그 방식은 굉장히 창의적이었다. 돈도 없고 화폐도 없으며 아무런 교환할 것이 없는 천사들은 결국 방법을 찾아냈다. 가장 익살스럽고 가장 빛나며 가장 재능 있는 스타들에게 그들은 압축한 안개 조각을 주었다. 그 조각들은 예술가들이 푸르거나 붉은 것에 치우치지 않고 먹을 수 있도록 흰색이나 황금색이었다. 신선하고 꿈같은 무대였다. 이 대단한 괴물들은 살기 위해 인간들에 의존할 필요도 없었고 오로지 자신들의 재능만으로 먹고살았다. 그들은 인간 세상과 똑같이 박수로 먹고살았다.

공연을 보는 동안 앨리슨의 조끼와 짧은 하의가 단번에 사라져 당혹한 순간에, 플린트가 아주 정중하게 멋진 드레스를 만들어주었다. 의자를 변형한 그 원피스는 보라색에서 차츰 푸른색으로 색깔이 변했다. 릴리는 제레미를 위해 옷을 만들었는데, 자신의 하얀 드레스와 어울리도록 몸에 꼭 맞는 짙은 청색의 세련된 양복을 만들어주었다. 그들은 구두까지 만들어주었으니 그야말로 고급 맞춤복이었다!

마지막 쇼가 끝나자 시간은 벌써 오후가 되었다.

릴리와 플린트는 두 젊은 천사들을 인간들의 유명한 레스토랑 중 한 곳의 바로 위에 있는, 어떤 미식 천사가 시작한 안개 레스토랑으로 데리고 갔다. 물론 그들은 여전히 날 줄 모르는 앨리슨과 제레미를 위해 공중에서 식사를 하는 천사들과 합류할 수 있도록 안개 계단을 만들어야 했다.

얼룩 하나 없이 새하얀 모습으로 그들을 맞이한 천사는 요리에 대한 놀라운 창의력으로 유명했다. 그와 악수를 나누고 비어 있는 테이블을 찾아낸 플린트는 주인장이 몇 세기 전부터 가장 맛이 풍부하고 귀한 안개들을 찾아 전 세계를 돌아다녔다고 친구들에게 설명했다. 경험 많고 노련한 능력 덕분에 미식 천사는 안개를 압축할 수 있었고, 꽤 오랜 기간 동안, 필요하다면 몇 년까지도 안개를 보관할 수 있다고 말했다.

깜짝 놀란 앨리슨과 제레미는 투명한 수정 안개로 만들어진 접시에 담긴 상상도 못했던 맛의 세계에 입문하였다. 투명한 탓에 접시와 테이블을 구별하기 어렵다는 단점은 있었지만 말이다. 도대체 어떤 감정이 쉽게 깨질 것만 같은 수정처럼 이토록 투명하게 빛나는 것일까?

플린트가 그것이 무엇인지 그들에게 알려주었다.

그것은 충성심이었다.

다양한 화려함과 창의력 앞에서 가장 놀란 것은 제레미였다. 이곳으로 통과한 며칠 동안 그는 천사들이 이렇게 창의적일 수 있다는 것을 미처 깨닫지 못했다.

저녁 식사를 하면서 호기심이 가득한 두 늙은 천사는 앨리슨에게 어떻게 그렇게 젊은 나이에 '통과'하게 되었는지 물었다. 앨리슨은 약간 망설이며(제레미가 대부분 주석을 달았다), 암 치료제에 대한 내용과 제레미를 죽인 살인자에 의해 자신도 일본도로 살해당한 사실을 얘기했다.

앨리슨이 이야기를 끝내자 릴리가 제레미의 손에 자신의 손을 올려놓았다. 제레미는 그녀의 접촉이 너무나 관능적이어서 몸이 떨리는 것을 억제해야만 했다.

"가엾은, 가엾은 친구!" 릴리가 부드러운 목소리로 속삭였다. "얼마나 무시무시한 얘긴지! 둘 다 너무나 젊고 너무나 순수하고 너무나 장래가 창창했는데! 진심으로 안타깝네요."

"그럴 필요 없어요." 제레미의 손 위에 얹힌 릴리의 손을 보는 것이 좋지 않았던 앨리슨이 대답했다. "당신은 그 일과 아무 상관도 없잖아요. 확실한 것이 한 가지 있다면, 벤투지가 자신이 한 짓에 대한 대가를 치러야만 한다는 거죠. 제레미와 내가 그 일을 처리할 거예요."

그 말에 릴리와 플린트는 몸이 굳었다. 앨리슨은 릴리가 손을 거두고 의자에 몸을 깊숙이 묻자 안도했다. 제레미는 앨리슨에게 경고 신호를 보냈고, 문득 그녀는 제레미가 강박관념에 사로잡힌 천사들에 대해 말했던 것이 떠올랐다. 그녀가 강박관념이 아니라 정의의 문제라고 밝히기도 전에 플린트가 물었다.

"복수하고 싶은 건가? 복수라, 좋은 감정이지."

제레미는 입을 멍하니 벌렸다.

"뭐라고요? 아, 그러니까…… 좋다고요?"

플린트가 불가사의한 미소를 지었다.

"이곳에는 두 가지 적이 있네. 우리를 미치게 만드는 강박관념과 우리를 사라지게 만드는 권태가 그것이지. 물론 구체적인 결과를 위한, 정의를 회복하기 위한 사소한 복수는 좋아(플린트가 릴리와 은밀한 시선을 교환했다). 우리와 함께라면 좋은 결과가 있을 거야. 천사에게는 아주 훌륭한 일이지. 시간은 좀 걸릴 거야."

자신이 한 말을 강조하기 위해 플린트는 안개 요리들과 테이블을 통과하면서까지 아주 정중하게 몸을 굽히는 장면을 연출했다.

"자네들은 우리에게 기대를 걸어도 좋아. 물론 우리가 자네들에게 큰 도움이 될 수 있을지는 잘 모르겠어. 하지만 이 벤투지라는 작자는…….”

“벤투지예요.”

“그래, 벤투지는 내 친구들을 공격한 것을 후회하게 될 거야. 내 입장에서는 이토록 매혹적인 천사를 우리에게 보내줘서 고마울 수밖에 없지만 말이야.”

앨리슨이 플린트의 과도한 찬사에 어떻게 반응할지 몰라 당황한 반면, 릴리는 야수 같은 미소를 지었다.

“그를 죽여버릴까?”

어리둥절한 제레미와 앨리슨은 타는 듯이 빨간 머리카락을 가진 천사를 뚫어지게 바라보았다.

“어…… 어떻게요?” 앨리슨이 말을 더듬었다.

“음, 그건 쉬워요.” 릴리가 태평하게 미소 지었다. “나쁜 순간에 나쁜 사람이 있는 거랍니다. 마약중독자가 자신의 복용량을 채우고자 권총을 한 발 쏘거나 칼을 휙 한 번 휘두르면, 결판나는 거죠!”

“하지만…… 하지만 당신들은 푸른 천사잖아요!”

“우리는 자칭 ‘천사’이긴 하지. 하지만 긍정적인 감정을 먹고 산다고 해서 우리가 성자는 아니잖아.” 플린트가 친절하게 바로잡아주었다. “우리는 여전히 불완전한 상태야. 아마도 그 벤투지는 수많은 붉은 천사들을 먹여 살리고 있을 거야. 그 근원을 제거하는 것은 어떻게 보면 잘하는 행동이지. 상상해보게. 그 추잡한 천사들에게서 해로운 음식을 모두 빼앗는 것을 어떻게들 생각하는가?”

앨리슨이 제레미의 시선을 찾았고 그의 시선 속에서 자신과 똑같은 망설임을 읽었다.

"아뇨. 죽이는 것은 해결 방법이 아니에요." 앨리슨이 말했다.

"왜?"

"벤투지가 죽는다면 그가 만든 치료약이 함께 사라지잖아요. 그러면 수백만 명의 환자들이 치료받을 수 없게 되겠죠……."

릴리가 고개를 끄덕이며 자신도 모르게 말을 놓았다.

"맙소사! 그래, 네 말이 옳아. 그 생각은 미처 못 했네. 플린트, 다른 해결 방법을 찾아야겠어."

플린트가 우아하게 안개를 조금 삼키고 미소 지었다.

"나는 걱정하지 않아, 사랑스러운 릴리. 당신의 무한히 깊은 상상력을 믿으니까!"

두 늙은 천사는 함께 웃기 시작했고, 자신들이 최근에 붉은 천사들에게 장난쳐서 골탕 먹인 이야기를 유쾌하게 털어놓았다. 아마 천사들도 상대방을 방해하면서 지루함을 달래는 모양이었다. 두 명의 천사는 이 놀이에 아주 강한 것 같았고, 젊은 천사들은 문득 그들을 알게 된 것이 다행이라고 생각했다.

하얀 천사가 그들에게 아주 신선하고 맛이 풍부한 안개를 가져다주었을 때, 제레미는 레스토랑에 있는 다른 손님들을 둘러보았다. 아직도 공중에 둥둥 떠 있는 것에 익숙해지지 않았고, 의자에서 미끄러지지 않으려고 노력하느라 제레미는 레스토랑 안의 풍경을 바로 관찰하지 못했다. 하지만 이제 보니 천사들의 색깔은 이전에 그가 보았던 색깔들과 매우 달랐다.

맛있는 것을 먹고 있는 천사들은 빨강이나 파랑의 온갖 그러데이션으로 표현된 깊고 화려한 색깔을 띠고 있었다. 그들 중 많은 수가 날개를 갖고 있었고, 의자는 그들이 불편하지 않게 등을 기댈 수 있도록 특별히 만들어진 것 같았다.

제레미는 앨리슨 역시 그 천사들의 날개에 매혹되었다는 것을 깨달았다. 온갖 종류와 다양한 크기의 날개가 있었다. 대부분은 깃털로 된 것이었고, 몇 개는 화려한 무지갯빛에 우아한 나비의 날개와 비슷했으며, 또 어떤 것들은 잠자리 날개처럼 투명하고 섬세했다. 붉은 천사들은 피부로 된 날개를 좋아하는 것 같았는데, 익룡의 날개와 비슷하게 생겼다. 그러나 붉은 깃털 애호가들은 그중에서도 아주 불타는 듯한 빨간 날개만 제대로 쳐주었다.

이 모임은 아주 근사하고 색이 화려했으며 눈이 부셨다. 제레미는 플린트의 은빛 시선과 마주쳤고, 자신이 뉴욕 상류사회의 한가운데에서 식사를 하고 있다는 것을 인정하지 않을 수 없었다. 이들은 아주 늙은 천사들이 확실했고, 권태와 졸음, 게으름, 추락, 광기, 이 모든 것을 견디는 방법을 아는 자들이었다. 가장 강한 자들이 곧 가장 까다로운 자들이었다.

그들은 수백 살, 수천 살쯤 되어 보였다.

"예쁘죠, 그렇지 않아요?" 앨리슨의 어린애 같은 경탄의 시선에 즐거워진 릴리가 넌지시 말했다. "몇 년 후면 당신도 원하는 대로 똑같은 것들을 만들 수 있을 거예요."

앨리슨이 열광하여 뜨거워진 입술로 질문을 던졌다.

"당신은," 그녀가 수줍어하며 물었다. "당신은 날개가 없으세요?"

릴리가 미소 지었다.

"나는 날개가 필요 없어요. 하지만 원한다면 마음껏 만들 수 있죠. 봐요."

그녀가 눈을 감더니 갑자기 놀라운 동작을 했고, 두 개의 거대한 황금빛 날개가 등에서 솟아올랐다. 그에 답하듯 두 개의 은빛 날개가 플린트의 등을 장식하자 순간적으로 레스토랑 안의 대화가 모두 끊겼다. 주위에 있던 천사들이 다 같이 존경을 담아 릴리와 플린트에게 인사를 건네고 난 뒤에야 대화의 끈이 다시 이어졌다. 제레미와 앨리슨은 너무 감탄한 나머지 입을 다물지 못했다. 정말 근사했다. 믿어지지 않았다. 사실 그들의 날개는 전체가 다 황금빛이나 은빛이 아니라 부분적으로 황금빛이거나 은빛이었고, 그 중심은 완벽한 흰색이었으며 기이한 무늬를 형성하며 황금색이나 은색의 넓은 선이 그어져 있었다.

앨리슨이 더 이상 견디지 못하고 은빛 날개를 향해 손을 뻗었다. 플린트는 그녀가 만져볼 수 있도록 한쪽 날개를 그녀 쪽으로 기울여주었다.

"난…… 난 이게 차가운 금속 느낌일 거라 생각했어요." 앨리슨이 살포시 한숨을 내쉬며 말했다. "하지만 부드럽네요! 새들의 날개보다 더 부드러워요!"

그녀는 제레미를 향해 몸을 돌렸고, 그는 플린트의 회색 눈동자 속에 가볍게 짜증이 드러나는 것을 눈치챘다.

"제레미, 만져봐요. 진짜 부드러워요!"

릴리가 황금빛 날개 한쪽을 낮춰 제레미의 얼굴을 스치자 그는 소스라쳤다. 그렇다. 부드러웠다. 소름 끼치도록. 쾌감에 젖을 정도로 부드러웠다. 그는 잠시 믿을 수 없는 부드러움에 둘러싸여 릴리와 사랑을 나누는 장면을 상상했다. 하지만 즉시 정신을 차렸다. 제레미는 나이 든 천사들이 아기 천사들을 어떻게 다루는지 잘 알고 있었다. 친절함, 그 이상도 그 이하도 아니었다. 절대 릴리는 자신에게 특별한 관심을 갖지 않을 것이다…….

그러나 릴리의 초록빛 눈이 제레미에게 다정하게 미소 지었다.

당혹스러웠다. 릴리는 틀림없이 수천 살은 되었을 것이다. 그런데 앨리슨보다 더 어려 보였다. 묘한 기분이 들며 제레미는 마음이 어지러웠다. 이성을 강요하는 마음과 그녀의 눈빛이 의미하는 것 사이에서 끊임없이 싸워야 했다.

청년은 이 행복하고 당황스러운 상태에서 벗어나기 위해 뭔가를 찾아야만 했다.

"붉은 천사들은 왜 푸른 천사들에게 전쟁을 선포한 거죠?" 제레미가 느닷없이 질문을 던졌다.

두 늙은 천사가 난처한 시선을 교환하고는 앨리슨의 열렬한 반대에도 불구하고 날개를 다시 접었다.

"아인슈타인이 그렇게 얘기하던가?" 플린트가 물었다.

"네. 전 그저 젊은 천사일 뿐이어서(그는 '아기 천사'라는 단어를 쓰고 싶지 않았다), 천사 세계의 정치적 분위기를 아직 파악하지 못했거든요. 사람들의 세상이 사이클에 따라 선이나 혹은 악 쪽으로 기운다고 하더라고요. 이번에는 붉은 천사들이 확실하게 악 쪽으로 끌어당기려 한다고…….”

플린트는 마음이 불편한 것처럼 눈썹 하나 꼼짝 안 하고 천사의 참을성을 보여줬다. 감각이 아주 예민한 제레미는 플린트가 자신의 질문을 좋아하지 않는다는 것을 느낄 수 있었다.

“우리는 선이라든지 악이라든지 확실히 말할 수 없어.” 릴리가 등에서 날개를 완전히 없애며 상냥한 목소리로 말했다. “붉은 천사들은 극단적인 감정을 먹고 살지……. 그들은 푸른 천사들이 양식을 찾는 것보다 훨씬 어려움이 많거든. 그래서 그런 안개를 더 찾는 거야. 뭐랄까…… 난폭하고, 강렬한.”

그녀는 몸을 숙여 테이블 위에서 붉은 안개로 만들어진 와인 잔을 잡더니, 식기를 이용해 그것을 깨뜨린 다음 제레미와 앨리슨에게 건넸다.

“자, 맛을 봐요. 이해할 수 있을 거예요.”

진홍색 유리 조각을 보며 제레미는 눈썹을 찡그렸다.

“위험하지 않나요?”

“아니, 붉은 천사가 되려면 엄청나게 많은 양을 먹어야만 해. 이 정도로 위험할 건 없지.”

의심 많은 두 젊은 천사는 안개 조각을 입으로 가져갔다. 제레미는 강렬한 감정이 자신을 뒤덮자 펄쩍 뛰었다.

정말 놀랍게도 그 황홀경은 먼저 다른 안개들을 먹었을 때와 똑같았다. 행복, 달성, 기쁨과 같은 감정의 안개 말이다. 하지만 제레미는 자신이 분노의 안개를 먹었다는 것을 분명히 알고 있었다. 어떤 면에서는 푸른 안개를 맛보았을 때보다 더욱 강력하고 격렬한 느낌이었다. 거칠고 부정적인 감정들이 안개에 특별한 양념을 더한 것처럼. 제레미는 왜 붉은 천사들이 그런 안개들을 좋아하는지 이해할 수 있었다. 왜 그들이 분노나 슬픔 같은 부정적인 감정을 그토록 많이 만들고 싶어 하는지도 알 것 같았다……. 황홀경은 그야말로 말로 표현할 수 없었다. 게다가 위험할 정도로 중독성이 강했다.

"푸른 천사들은 붉은 천사들의 행동을 제한해야만 해. 계속 제대로 먹고살고 싶다면." 두 젊은 천사들이 놀라운 맛을 경험을 한 후 아직도 눈빛이 흐릿한 것을 보고 즐거워하며 릴리가 속삭였다.

"붉은 천사들이 점점 더 강해지지만 않는다면 말이야……." 플린트가 분통이 나서 조금 인상을 쓰는 것이 보였다.

릴리는 손을 흔들어 논쟁을 마무리했다.

"아무렴 어때. 우리는 어떻게 할 수도 없을 거야. 그건 당신이 속한 대심의회의 소관이잖아. 난 아니거든! 그리고 이 주 후에야 워싱턴에서 모일 텐데, 뭐."

릴리는 봄의 정취가 묻어나는 초록빛 시선을 제레미의 푸른 눈에 고정시키고 중얼거렸다.

"나하고 시간을 좀 보낼래, 제레미? 너한테 이 세상의 멋진 것들을 더 알려주고 싶어서 그래. 물론 지금 당장은 우리에게 너를 보낸 그자에 대해 좀 말해주고."

제레미가 릴리의 매력에 압도되는 것을 보면서 앨리슨은 질투가 솟구쳐 오르는 것을 막을 수가 없었다. 앨리슨은 제레미를 잘 알지도 못하는데, 참 이상한 일이었다.

플린트는 앨리슨에게 몸을 기울여 손가락 끝으로 그녀의 뺨을 스쳤다.

플린트의 손가락이 닿은 부분이 불꽃처럼 그녀를 불타오르게 했다. 동시에 느낌은 잊을 수 없을 정도로 부드러웠다. 앨리슨은 소름이 쫙 끼쳤다.

"그러면 너, 매혹적인 앨리슨, 넌 나랑 같이 갈까?"

앨리슨의 온몸에 촉각이란 촉각이 전부 곤두섰고, 그녀의 머릿속에서는 경보 신호가 깜빡였다. '조심해, 위험하다!' 만약 살아 있었을 때라면, 앨리슨은 플린트의 제안을 받아들였을 것이다. 남자들과 같이 지내는 시간이 편안할 경우에는 종종 그들과 외출하곤 했었으니까……. 그러나 너무나 멋지고 매력적인 이 천사가 갑자기 위험하기 짝이 없는 포식 동물처럼 여겨졌다. 지상에서 그녀 주위를 배회하던 모든 포식 동물 같았다. 그녀는 불안감에 조그맣게 딸꾹질을 시작했고, 일어서서 말을 더듬었다.

"제레미, 내…… 내가 뭘 좀 잊었어요. 꼭 확인해야 할 게 있는데 그걸 잊었네요. 나랑 같이 갈 수 있을까요. 미…… 미안하지만?"

만약 앨리슨이 그렇게 두려운 상태가 아니었다면, 플린트의 어리둥절한 표정을 보고 그녀는 즐거워졌을 것이다.

"으으음, 그래요." 최면 상태에서 빠져나오며 제레미가 대답했다.

"물론이죠! 우리 모두 당신과 함께 가줄까요?"

"아니, 아니에요. 당신만요." 앨리슨이 재빨리 소리쳤다. "당신하고 나하고만요. 그렇게…… 별것도 아닌 추잡한 일 때문에 플린트와 릴리를 귀찮게 하지는 말자고요! 빠…… 빨리요!"

아직 정신이 몽롱한 제레미가 뭐라고 반응하기도 전에 앨리슨은 그의 손을 낚아채, 레스토랑의 출구로 끌어당겼다. 다행히 아직 사라지지 않은, 플린트가 만들어준 안개 계단이 있어 그들은 바람처럼 급히 내려갔다. 플린트와 릴리는 멀어지는 두 사람을 이상한 눈빛으로 관찰하면서도 잠자코 있었다.

밖으로 나가자마자 제레미는 계속 자신의 손을 힘주어 잡고 있던 앨리슨을 불러 세웠다.

"당신은 공포에 질렸어요." 제레미는 침착하게 말했지만 마음속으로는 릴리에게서 떨어지게 된 것에 대해 큰 소리로 항의하고 싶었다. "무슨 일이에요?"

"그가…… 그가 나랑…… 그가 나랑 자고 싶어 했어요." 앨리슨이 지나치게 어색한 표정으로 말을 더듬었다. "나는 그러고 싶지 않아요……. 그럴 수 없어요……. 나는……."

"처녀니까요. 그래요. 나도 알아요." 제레미가 텅 빈 레스토랑 입구에 필사적으로 시선을 고정시킨 채, 산만한 표정으로 그녀의 말을 마무리했다.

갑자기 얼음같이 차가운 침묵이 내려앉았다. 제레미가 몸을 돌렸다. 앨리슨이 꼼짝하지 않고 그를 바라보았다.

"난 불안하다고 말하려 했어요." 북극곰도 얼어붙게 할 것 같은 냉랭한 목소리가 앨리슨의 입에서 튀어나왔다. "당신은 나의 아주 사소한 사생활까지 다 아는 것 같군요!"

제레미는 얼굴이 빨개지는 것 같았다. 마침내 릴리의 영향이 잦아들었다. 그런데 그의 머릿속에는 다시 선명한 이미지가 새겨졌다. 완벽하게는 아니지만, 황금빛 피부와 초록빛 눈동자의 순간적인 이미지가 여전히 그의 머릿속을 반복해서 지나갔다.

"아, 미안해요." 제레미가 사과했다. "난…… 깊이 생각하지 않고 말한 거예요. 하지만 좋아요. 아주 좋아요! 난 너의…… 당신의 주관이 뚜렷한 생각에 감명 받았어요. 정말 멋져요!"

앨리슨은 얼음처럼 투명한 색깔이 스며 있는 푸른 눈동자로 그를 똑바로 바라보았다.

"내 말은 불안하다는 거예요." 그녀가 방금 떨어진 눈송이 같은 목소리로 말을 이었다. "그 두 늙은 천사는 아인슈타인처럼 엄청나게 똑똑한 존재도 자신들 무리에 받아들이지 않았어요. 그런데 느닷없이 우리한테 심취했잖아요. 왜죠? 난 아직 이 세계를 잘 모르겠어요. 설명이 필요해요. 난 뭐가 뭔지 모르겠고 또 두려워요!"

"나도 역시 이 세계를 잘 몰라요." 제레미가 좀 불쌍해 보이는 모습으로 대꾸했다.

"그 나이 든 천사들한테는 무언가 비밀스레 숨겨진 특별한 이유가 있는 것 같지 않아요? 그러니까…… 자신들 말로는 권태감을 이기기 위해 소일하는 것 이외에요."

제레미 역시 두 늙은 천사가 그들에게 보여주었던 과도한 관심에 대해 깊이 생각해보았다.

"가능한 일이에요. 난 그런 생각은 전혀 못했어요!"

"모든 게 너무 빨리 일어났어요." 앨리슨이 말했다. "완전히…… 완전히 이해하기는 좀 어려워요. 내가 알고 있는 것이 한 가지 있다면, 그런 부류의 사람들은 항상 뭔가 다른 꿍꿍이가 있다는 거예요. 그 두 사람은 내 생각에 엄청나게 강력해 보여요!"

기진맥진한 제레미는 그녀에게 소리를 지를 뻔했다. 자신은 딱 한 가지 생각밖에 없다고(그리고 그것은 은밀하게만 품은 생각이 아니라고), 릴리의 발밑으로 돌진해 뒹굴고 싶은 생각밖에. 돌연 제레미가 미간을 찌푸렸다. 방금 앨리슨이 한 말에 깜짝 놀라 눈을 크게 떴다. 그는 플린트가 언급했던 내용 중 한 가지가 불현듯 떠올랐다.

"다시 거기에 가봐야겠어요. 플린트한테 정말로 중요한 걸 물어볼 게 있었거든요." 제레미가 아직도 생각에 잠긴 듯 중얼거렸다.

"방금 내가 한 말을 듣지 못했군요." 앨리슨이 응수했다. "그 사람은 나를 두렵게 해요. 너무 강력하다고요. 그 앞에서 오래 버틸 수는 없을 거란 말이에요!"

"나 혼자 갈 수 있어요." 제레미가 무뚝뚝하게 대꾸했다. "당신이 무슨 말을 하고 싶은지 알아들었어요. 릴리도 역시 내 마음을 어지럽혔어요. 그녀는 나를…… 나를 매혹시켰어요."

"그래요, 그거예요. 그도 나를 매혹시켰어요." 앨리슨이 아직도 떨리는 목소리로 중얼거렸다. "난 커다란 고양이 앞에 선 쥐가 된 느낌이었어요. 지금은 그의 관심을 받지만, 언제든지 그는 발톱을 꺼낼 거예요. 그러면 피가 튀겠죠……."

"여기 있어요." 제레미가 대답을 들어야 한다는 생각에 마음이 혼미해져서 명령하듯 말했다. "만약 플린트가 릴리는 놔두고 혼자 우리를 따라온다면, 나는 평소처럼 제대로 생각할 수 있을 거예요. 그녀를 보지 않는 것만으로도 충분해요. 그러면 괜찮을 거예요. 곧 돌아올게요."

"제레미!" 앨리슨이 외쳤지만 허사였다.

이미 늦었다. 청년은 벌써 레스토랑 안으로 사라졌다.

제레미를 기다리는 짧은 시간이 영원처럼 느껴졌다. 앨리슨은 거리 한복판에 못 박힌 듯 혼자 서 있었다. 사람들이 천사가 된 자신의 몸을 통과해 지나가자 온몸이 부르르 떨렸다.

마침내 플린트와 제레미가 건물에서 나왔다. 앨리슨은 즉시 제레미에게 시선을 던졌고, 그들을 피하려 하지 않았다. 그녀가 플린트의 중독성 강한 힘을 피할 수 있다면 좋으련만.

"나한테 아주 중요한 일이 있는데, 아마도 플린트가 우리를 도와줄 수 있을 거예요." 제레미가 설명했다.

"멋지네요!" 앨리슨이 두 눈이 모일 정도로 제레미만 시야에 담으려 애쓰며 떨리는 목소리로 말했다. "음, 그게 뭔데요?"

"내 여동생이 어떤 붉은 천사에게 괴롭힘을 당하고 있어요. 그 내용을 알베르트한테 얘기했지만 그는 아무것도 할 수 없다고 했거든요. 당신이 조금 아까 정확하게 지적한 것처럼 노련한 천사보다 더 강력한 것은 없죠. 당신이 옳았어요. 플린트는 가능하대요. 그는 내 문제를 해결할 수 있을 것 같대요. 그래서 우리는 내 집으로 가기로 했어요. 그러니까…… 내가 옛날에 살던 집으로요."

이번에는 릴리가 태평하게 레스토랑에서 나왔다.

앨리슨은 이유를 알지 못했지만 소름이 쫙 끼쳤다. 이상하게도 빨강 머리 여자가 그렇게 다정하게 대해주건만 앨리슨은 플린트보다 그녀가 더 무서웠다.

"우리가 도둑처럼 갑자기 떠나서 루시우스는 굉장히 화가 났어." 릴리가 아름다운 저음으로 말했다. "그래도 너희들의 귀여운 탐험에 합류하게 되어서 무척 기뻐! 덩치 큰 붉은 천사와 대립한 지 진짜 오래되었거든!"

제레미는 의문을 품은 앨리슨의 표정 앞에서 가슴 아픈 미소를 지었다. 릴리가 그들을 따라온 것을 보니, 분명히 일이 그가 바라던 대로 되지 않은 것 같았다.

앨리슨은 자신이 플린트한테 하는 것처럼, 제레미도 빨강 머리 천사를 똑바로 바라보지 않으려 한다는 것을 깨달았다. 제레미는 자신의 여동생을 돕겠다고 결정한 릴리에게 유혹될 가능성을 헤아려보고는 맑은 정신을 유지하려 애썼다.

제레미가 서둘러 레스토랑을 떠나게 된 것에 대해 사과하려고 입을 여는 순간, 두 천사의 등에서 매력적으로 사각거리는 소리를 내며 날개가 다시 솟아올랐다.

그들이 날개를 사용하려는 이유가 제레미의 마음에 걸렸다. 사실 천사들은 날개가 필요 없었으니까…….

앨리슨과 제레미가 거부하기도 전에, 두 늙은 천사는 벌써 두 사람을 품에 안고 새파란 하늘로 날아갔다. 공기는 부드러웠지만 속도와 고도 때문에 추웠다. 릴리는 제레미를 안았는데, 자신의 몸무게의 반밖에 안 되는 여자의 팔에 아기처럼 안겼다는 사실에 그리 편안하지 않았다. 물론 플린트는 앨리슨을 안고 날았다. 그들이 무슨 얘기를 나누는지는 들리지 않았다. 근육이 강하게 발달한 플린트의 팔에 안긴 앨리슨은 아주 조그맣게 보였다. 별안간 제레미의 시선이 릴리의 아름다운 눈길과 마주쳤다.

"우리가 이동하는 방식이 네 마음에 들었으면 좋겠어." 절대적인 지배자 입장에 있는 릴리가 제레미의 귀에 속삭였다. "어떤 이들은 현기증을 느끼거든."

믿을 수 없이 아름다운 그녀의 커다란 날개가 별 노력 없이도 공중을 헤쳐 나갔고, 그 느낌은 이루 말로 표현할 수가 없었다.

"네, 네, 괜찮아요." 제레미가 빨강 머리 천사의 관능에 다시 휩쓸리며 조그만 목소리로 대답했다. "당신이 나를 놓지만 않는다면 다 좋아요."

그녀가 웃음을 터뜨렸다.

"처음으로 날았을 때는 뼈가 다 부러졌지! 그때부터 나는 내게서 벗어나려는 것은 사람이든 물건이든 절대 놓아주지 않았던 것 같아!"

이 말이 떨어지자마자 제레미는 그녀에게서 벗어나고 싶지 않았다. 절대로!

날아가는 시간이 제레미의 입맛에는 너무 짧았다. 어쨌든 곧 그들은 타치니 가의 잔디밭 위에 완벽하게 내려섰다. 근처를 어슬렁거리던 경비견들이 제레미보다 두 늙은 천사들의 존재에 훨씬 예민한 것 같았다. 제레미 혼자 왔을 때는 얌전하던 녀석들이 심하게 동요하고, 신경질적으로 으르렁거렸던 것이다.

밤이 내리고 있었다. 전날 제레미는 아주 조금밖에 못 잤다. 그런데 그가 먹은 안개가 피곤한 그의 몸을 회복시킨 것 같았다. 올림픽 경기에 나가도 될 정도로 컨디션이 좋았던 것이다.

"나를 따라오세요." 제레미가 말했다. "그 저주받은 붉은 천사가 벌써 있을지 모르겠어요. 그가 활동하기에는 시간이 아직 좀 이르거든요. 그래도 늦게 오지는 않을 거예요. 흉악한 붉은 천사가 내 여동생한테 들러붙었어요. ……이부 여동생이죠. 매일 저녁 아이를 괴롭혀요. 그래서 어머니는 동생이 잠들 수 있도록 시럽을 주곤 해요."

릴리가 눈썹을 찌푸렸다.

"수면제를? 그건 별로 좋지 않은데. 수면제를 먹으면 붉은 천사가 아이에게 미치는 영향을 막을 수 있겠지, 확실히. 하지만 중독될 위험이 있어."

제레미는 위험을 무릅쓰고 릴리를 똑바로 바라보았다. 어쩔 도리가 없었다. 바라볼 때마다 매번 그 아름다움에 숨이 턱 막혔다.

"네, 그것 때문에 당신의…… 플린트의 도움이 필요한 겁니다."

"그래, 내가 자네의 문제를 해결해보겠다고 말했잖아." 제레미의 어깨를 친절하게 두드리면서 플린트가 말을 이었다.

플린트를 향해 고개를 돌리면서 제레미는 뭔가에 정신을 빼앗긴 앨리슨이 아직도 플린트의 건장한 팔뚝에 매달려 있는 것을 보았다.

"앨리슨, 괜찮아요?" 제레미는 갑자기 앨리슨이 플린트를 두려워했다는 것을 기억해냈다(음, 제레미는 앨리슨에게 그들이 날아갈 것이고 플린트가 그녀를 안고 가리란 것을 미리 알려주지 못했다).

앨리슨은 마치 제레미가 보이지 않는 듯 환각에 사로잡힌 눈빛이었다.

"앨리슨?" 제레미가 좀 더 강하게 반복해 불렀다.

앨리슨이 깜짝 놀라 소스라쳤다.

"네? 뭐라고요?"

"괜찮으냐고 물었어요. 어지럽지 않았어요?"

당황한 앨리슨이 열나는 손으로 얼굴을 쓸고는, 플린트의 팔을 풀고 제레미에게 다가왔다.

"아뇨, 괜찮아요. 그냥 기억이 안 나요. 참 이상하네요. 뛰어올랐는데 앗, 도착! 여기에 서 있는 거예요……."

제레미가 입술을 깨물었다. 그는 플린트가 앨리슨에게 어떻게 했는지 물어보고 싶은 것을 억지로 참았다. 지금으로서는 플린트가 너무나 필요했다. 그래도 늙은 천사가 그녀를 홀리기 위해 능력을 사용하는 것은 마땅치 않았다.

앨리슨이 놀란 것을 보고 플린트는 제레미에게 한쪽 눈을 찡긋하며 설명했다.

"자네 친구는 나는 것을 그리 좋아하지 않더군. 이 위급한 작전을 수행하기 위해 아주 빨리 날아야 했기 때문에 그녀의 정신을 약간 흐리게 했어……."

"정신을 약간 흐리게 해요?"

"그래, 우리 능력은 우리에게 많은 것을 허락하는데, 그중에서도 우리가 삼킨 안개를 천사에게, 예를 들어 혼자 먹고살기에 너무 허약한 천사에게 전달하는 것도 포함되지. 내가 앨리슨에게 한 게 바로 그거야. 그녀에게 졸음 안개를 전달했다네. 그래서 도착할 때까지 그녀가 잠든 거지. 뭐, 금세 회복될 거야!"

릴리가 플린트에게 의문스러운 시선을 던졌지만, 플린트의 설명은 제레미를 진정시켰다.

"앨리슨과 안개를 '나눈' 거라 이거지." 릴리가 생각에 잠긴 어조로 말했다. "재밌네."

플린트가 인상을 썼다. 그것이 무엇을 의미하건, 릴리는 플린트 앞에서 한 번 더 강조할 정도로 꽤 놀란 것 같았다. 제레미는 나중에 아인슈타인에게 설명을 부탁해야겠다고 생각했다. 그 세계적인 석학이 대답해줄 수 있기를 바라면서.

앨리슨이 잠깐 비틀거렸기 때문에 제레미가 부드럽게 그녀의 팔을 잡았는데, 그 모습을 보고 플린트가 얼굴을 찌푸린 것은 눈치채지 못했다. 릴리도 똑같이 인상을 찌푸리며 자신의 오랜 친구에게 장난기 어린 미소를 보냈다. 분명 플린트가 언짢아하는 모습을 보는 것이 그녀는 재미있었을 것이다. 제레미는 어떤 만족감이 느껴지는 것을 막을 수 없었다. 어쨌든 그들은 웅장한 저택으로 들어가기 위해 현관 앞 계단을 올라갔다. 앨리슨은 불만을 제기하기에는 아직도 너무 혼란스러운 상태였다. 그들은 닫혀 있는 현관문을 통과해 저택 안으로 들어갔다.

안으로 들어간 그들은 제레미의 인도 아래 안젤라의 침실로 올라갔다.

"저 애, 진짜 매력적이다!" 릴리가 커다란 하얀 침대에 기대앉은 가녀린 소녀를 발견하고는 소리쳤다.

커다랗고 포근한 베개를 여러 개 겹쳐 거기에 등을 기댄 안젤라는 좋아하는 책을 읽으며, 여주인공인 타라 덩컨이 겪는 흥미진진한 모험에 빠져 때때로 이마를 찡그렸다. 어린 여동생이 저렇게 두꺼운 책을 탐독하는 것을 보고 제레미는 부드럽게 미소 지었다. 그는 안젤라 옆에 앉아 머리카락을 쓰다듬어주었다.

앨리슨은 숨이 멎을 정도로 몹시 놀랐다. 제레미를 알게 된 지 얼마 안 됐지만, 그를 알아차리지도 못하는 어린애에게 저토록 무한한 다정함을 보여주다니……. 죽음을 넘어서까지 제레미는 자신이 사랑하는 것들을 보호하려는 것이다.

그녀 자신은 깨닫지 못했지만 바로 이 순간 앨리슨은 사랑에 빠졌다.

제레미가 맞았다. 역겨운 붉은 천사는 아직 그 자리에 없었다. 하지만 그들이 침실에 도착한 지 몇 분 지나지 않아, 그가 천장을 가로

질러 지나가더니 아무 소리도 내지 않고 조용히 천장에 매달렸다. 즉시 해로운 기운이 그 공간에 퍼졌고, 제레미는 구역질이 날 것 같아 펄쩍 뛰어올랐다. 안젤라는 갑자기 몸이 불편해지며 경련을 일으켰다.

붉은 천사는 아이의 공포를 즐길 준비를 하고 있다가 두 늙은 천사의 존재를 발견했다. 그는 비열한 웃음을 띠며 입술을 꽉 다물었지만, 제레미는 그의 광적인 눈동자에 깃든 두려움을 읽었다.

"당신들 여기서 뭐하는 거요? 저 아이는 내 거야. 내 거란 말이야!" 붉은 천사가 거칠게 소리쳤다.

그는 미쳐버린 개처럼 끝없이 '내 거야! 내 거야!'라고 외치기 시작했다.

플린트는 진짜로 재미있다는 듯, 한쪽으로 고개를 기울였다.

"저 녀석, 완전히 미쳤네." 릴리가 농담처럼 툭 던졌다. "어떻게 처리하면 좋겠어, 친애하는 플린트?"

"그를 제거할 수는 없어."

"없지."

"좀 낫게 할 수는 있어."

"있지."

제레미와 앨리슨은 늙은 천사들 사이에 오간 말을 이해할 수 없었지만, 플린트와 릴리는 자신들이 무엇을 해야 할지 너무 잘 알고 있었다. 두 늙은 천사가 함께 붉은 천사를 향해 몸을 돌리고는 손을 내밀었다.

붉은 천사는 증오에 찬 표정을 드러냈다.

"당신들이 나를 두렵게 만들 수 있을 것 같아? 이 늙은 화석 같은 것들아! 당신들은 나한테 아무것도 할 수 없어! 난 저 아이를 미치게 만들 거란 말이야. 그리고 당신들은……."

무언가가 두 천사의 손에서 튀어나왔다. 그게 무엇인지 파악하지는 못했지만 커다란 망치 같은 강력한 힘으로 뚱뚱한 붉은 천사에게 날아가 부딪쳤다. 그의 얼굴이 무시무시하게 경련을 일으켰고 두 눈은 거의 튀어나올 정도였다.

느닷없이 붉은 천사가 웃었다. 게걸스럽고 흉악한 미소였다.

"오, 그래! 그래! 좋아, 또 해봐!" 그가 외쳤다.

플린트와 릴리가 정신을 집중했고, 다시 보이지 않는 힘이 붉은 천사를 정면으로 강타했다. 그가 안젤라 위로 떨어졌다.

공황상태에 빠진 제레미는 비명을 질렀지만, 당연히 뚱뚱한 붉은 천사는 손끝 하나 부딪치지 않고 여동생의 몸을 통과했다. 릴리는 즉시 안젤라의 불안감을 감지하고 소녀의 귀에다 속삭였다.

"안젤라, 이 닦는 것을 잊으면 안 되지? 빨리 욕실로 가렴!"

"참," 꼬마 아가씨가 큰 소리로 말했다. "이 닦는 걸 잊었네!"

안젤라는 읽던 책을 머리맡 테이블에 놓고 달려 나갔다. 안젤라 위에서 뒹구는 흉측한 천사를 보는 것이 견디기 힘들었던 제레미는 큰 짐을 던 기분이었다.

"고맙습니다." 늙은 천사들의 지시에 인간들이 얼마나 예민한지 되새기며 제레미가 릴리에게 중얼거렸다. 어쨌든 젊은 천사들의 말보다는 훨씬 더 효과가 좋았다.

앨리슨이 다가와 그의 손을 잡았다. 자신의 손에 앨리슨의 작고 따뜻한 손이 닿는 것에 묘한 위로를 느끼며 제레미도 그 손을 꽉 잡았다.

"정말 끔찍해요." 앨리슨이 조그만 목소리로 그를 위로했다. "저 붉은 천사는 왜 그런 짓을 한 거죠? 왜 그 애가 자기 것이라고 외쳤을까요?"

"지난번에 저자가 말하길 내 새아버지가 자신을 청부 살인했다고 하더군요. 그래서 딸한테 복수하는 거라고. 괴물에다 미친놈이에요. 내 새아버지인 무기밀매상이 저자를 청부 살인했을 가능성이 확실히 있다 치더라도, 아무 죄 없는 아이에게 복수를 하겠다고 결심하는 것은 비열한 짓이지!"

앨리슨이 고개를 끄덕였다. 그녀는 소녀의 머리 위에, 부풀어 오른 가죽 부대 같은 모습으로 매달려 있던 역겨운 붉은 천사의 모습이 여전히 불편했다.

"그들이 저 붉은 천사를 어떻게 할까요?" 앨리슨이 릴리와 플린트를 가리키며 물었다.

"나도 확실히 몰라요." 제레미가 중얼거렸다. "오! 조심해요. 그가 다시 움직여요!"

이제까지 붉은 천사는 공격을 받을 때마다 쾌감을 부르짖는 것으로 그쳤지만 지금은 겁에 질려 몸을 뒤틀었다.

"안 돼!" 돌연 붉은 천사가 비명을 질렀다. "안 돼. 그만해!"

플린트와 릴리는 냉혹했다.

"안 돼, 안 돼, 안돼애애애애애! 제발 그만해!"

공격에 또 이어지는 공격. 굴착기 같은 소리가 나면서 규칙적인 충격이 계속되었다. 붉은 천사가 겪는 것은 더 이상 쾌감이 아니었다.

그것은 고통이었다. 엄청난 고통.

갑자기 그가 천장을 향해 얼굴을 들더니 너무나 강렬하게 비명을 질렀고, 밖에서 개들이 답하듯 짖어댔다.

귀를 멍하게 할 정도로 요란하게 '펵!' 하는 소리가 났다.

붉은 천사가 사라졌다.

제레미가 저승으로 통과하던 날 보았던 새빨간 천사와 정확히 똑같이 사라졌다.

릴리와 플린트는 기진맥진해서 털썩 주저앉았다.

제레미와 앨리슨이 놀라서 그들을 부축하려고 달려갔지만, 두 늙은 천사는 손을 내저으며 침대 위에 앉았다.

"휴……." 릴리가 이마에 맺힌 땀을 닦으며 한숨을 내쉬었다. "저 자는 정말 희한했어!"

"그래," 플린트가 숨을 헐떡거리며 인정했다. "어쨌든 몰아내기가 쉽지 않았어."

몇 분 전까지만 해도 없던 주름살이 그의 고상한 얼굴에 푹 파였고, 푸르스름했던 피부색은 아주 창백해졌다.

"자네들이 우리에게 음식을 조금 구해줘야만 할 것 같네." 플린트가 제레미와 앨리슨에게 말했다. "잠시 동안 여기서 못 움직일 것 같거든."

제레미는 침실 밖으로 달려 나갔고 앨리슨이 그 뒤를 따랐다. 앨리슨이 큰 역할을 할 수 없을지 알면서도 제레미는 안개를 어떻게 거두는지 보여주었다. 그는 어머니와 새아버지, 그다음에 요리사와 급사장 주위에서 안개를 채취했다. 다양한 색깔의 안개가 모였는데 제레미는 늙은 천사들이 그리 개의치 않으리라 생각했다. 제레미가 옳았다. 그들은 며칠 굶은 사람들처럼 안개에 몸을 던졌다. 하지만 그들은 얼마 전에 최고급의 맛있는 저녁 식사를 끝내지 않았던가…….

"정말 고마워." 릴리가 눈부신 미소를 지으며 말했다. "아아, 내 비축량이 이렇게 다 고갈된 것도 참 오랜만이네!"

"선생님, 선생님은 괜찮으세요?" 앨리슨이 머뭇거리며 물었다.

플린트가 먹기를 멈추고 그녀를 강렬한 눈빛으로 바라보았다.

"나를 플린트라고 부르고 싶지 않은 건가, 매혹적인 앨리슨? 선생님? 으으음, 내가 늙었다고 제대로 한 방 먹이는구나!"

"그게…… 그게 아니라 존경의 표시예요." 앨리슨이 잘 들리지도 않게 웅얼거렸다. "난 당신께 그저 존경의 표시를 하고 싶었던 거예요. 당신은…… 당신은 아주 인상적이거든요. 전…… (늙은 천사가 그녀에게 빈정거리는 시선을 던졌고, 앨리슨은 말을 고쳤다.) 제 말은요……. 플린트."

당황한 제레미는 앨리슨이 늙은 천사와의 사이에 심리적으로 벽을 세우려한다는 느낌을 받았다. 하지만 제레미는 플린트와 릴리에게 너무나 고마웠고, 스스로를 얽매고 싶지 않았다.

"고맙습니다, 정말 고맙습니다." 제레미가 심정을 토로했다. "내 여동생을 위해 두 분이 하신 일에 대해 어떻게 감사해야 할지 모르겠어요. 정말 환상적이었어요! 어떻게 한 거예요?"

"그에게 먹을 것을 가득 채워줬지." 릴리가 간단하게 설명했다. "플린트와 나는 그에게 엄청난 양의 음식을 넣어준 거야. 그는 슬픔과 증오, 복수 등으로 엄청나게 부풀어 올라서 이미 거의 무르익은 상태였지. 그래서 그렇게 어렵지 않았어. 물론 둘이었으니까 더 빨리 끝낼 수 있었지. 그리고 네가 옳았어, 제레미!"

"뭐가요?"

"너 혼자서는 아무것도 할 수 없었을 거야. 오직 우리의 능력만이 그를 사라지게 할 수 있었어."

빨간 머리 천사의 경쾌한 어조에서 그가 느낀 것은 경고였을까?

"그가…… 그가 돌아올 일은 없을까요?" 앨리슨이 여전히 불안한 목소리로 물었다.

"응." 플린트가 그녀를 안심시켰다. "그는 떠났어. 돌아올 수 없지. 단, 한 가지 확실한 게 있어. 아무리 천사들이라도 너무 게걸스럽게, 너무 자주, 많이 먹는다면 과도하게 먹는 인간과 똑같은 문제에 맞닥뜨리게 되는 거야. 더 일찍, 더 빨리 '통과'해버리는 거지."

앨리슨은 커다란 파란 눈을 동그랗게 뜨고 끈질기게 물었다.

"붉은 천사한테 무슨 일이 일어난 건데요? 그는 무시무시하게 고통스러운 표정이었어요!"

"전혀 모르지." 플린트가 한숨을 내쉬었다. "우리는 영양 섭취를 중단하고 사라진 천사들이 어떻게 되는지 몰라. 너무 먹은 천사들한테 어떤 일이 일어나는지는 더욱 모르고……."

세 명의 천사 사이에, 다른 층이나 제3의 우주에 존재하는 어떤 신이 있을지도 모른다는 생각이 잠시 맴돌았다.

"난 너희들을 이해해." 릴리가 인정했다. "좀 실망스럽겠지만, 여기 꽤 오래전부터 있었어도 이곳에 대해서 전부는 몰라. 아직도 밝혀질 미스터리가 많이 있거든."

제레미가 어깨를 으쓱했다. 당분간은 아무 상관없었다. 중요한 건, 여동생이 이제 그 끔찍한 기생충 같은 존재에서 벗어났다는 것이다.

클레르가 침실로 들어오자 안젤라가 미소를 지었다. 어머니의 빛나는 얼굴 앞에서 제레미는 다시 슬픔이 차오르는 것을 견딜 수가 없었다. 어머니가 그리웠다. 제레미는 어머니가 자신이 좋아하지 않는 남자와 사랑에 빠졌기 때문에 인생에서 어머니를 지우려 했다. 이제야 그는 자신이 얼마나 어리석고 이기적이었는지 깨달았다. 어머니는 화려한 사교계 여자라는 겉모습 아래 한없는 슬픔을 감추고 있었던 것이다. 제레미는 어머니가 어린 딸 앞에서만이라도 쓰고 있던 가면을 벗어버리는 것이 기뻤다.

"우리 아기! 오늘 저녁에는 기분이 어떠니?"

안젤라가 코를 찡긋거렸다.

"정말 이상해, 엄마. 난 아까 이를 닦았는데 갑자기, 왜인지는 모르겠어요. 일어나서 다시 이를 닦으러 간 거예요! 침실로 다시 되돌아와서야 이미 이를 닦았다는 생각이 난 거예요! 그리고 저녁에 잠이 들 때마다 항상 숨쉬기가 힘들었잖아요……."

"그래, 그랬지. 우리 예쁜이." 클레르가 다정하게 안젤라의 말을 받았다. "우리는 알레르기가 아닌가도 생각했었잖아. 그런데 넌 아무것에도 알레르기가 없었고……."

"조금 전에 다시 숨쉬기가 힘들었어요! 그런데 금세 사라졌어요, 엄마. 갑자기! 기분이 훨씬 좋아요!"

제레미가 앨리슨에게 승리의 브이 자를 그렸다. 그녀는 환한 미소로 답했는데, 이번만은 릴리도 앨리슨에게 필적할 수 없었다. 금발의 젊은 여자는 자신을 빛나게 해준 제레미에게 아주 만족했다.

플린트가 두 손을 비비며 힘들게 일어났다. 그는 잠시 비틀거렸다. 앨리슨이 본능적으로 그를 부축하려고 다가갔다. 플린트는 흐릿한 미소로 고마움을 표하고는 그녀를 가슴에 꼭 안았다.

이번에는 얼굴이 창백해진 릴리가 일어났다. 이번엔 제레미가 그녀를 부축해주었는데, 두 손 아래 탄력 있고 볼륨 있는 몸매가 느껴져 다시 전율했다. 이 여자는 유혹의 화신이었다. 제레미는 심장이 밖으로 튀어나와 공중회전을 하는 것 같았다. 그의 손에 닿은 릴리의 허리는 잘록하고 매력적이었지만, 몇 분 전에 자신의 손안에 들어왔던 가냘픈 앨리슨의 손을 지우지는 못했다. 음, 그러니까…… 완전히는 아니었다.

클레르가 안젤라 옆에 앉아 함께 책을 읽었다. 제레미는 두 사람이 평화롭게 앉은 장면을 보며 마침내 영혼이 진정되는 것을 느꼈다. 이제 그들은 엄마와 딸을 남겨두고 떠나기로 결정했다. 두 늙은 천사는 너무나 지쳐서 벽을 통과하는 데 어려움이 있었다. 가까스로 밖으로 나왔지만 날개가 솟아나지 않았고, 그들은 여전히 두 젊은 천사에게 의지해 걸을 수밖에 없었다.

"두 분은 진짜로 엄청난 도움을 주신 거예요." 제레미가 잠시 후에 또 반복했다. "어떻게 해야 감사의 뜻을 전할 수 있을까요?"

플린트가 손을 저어 아니라는 표현을 했다.

"우리한테 고마워할 필요 없어. 천사들은 이해관계를 따져서 행동하지 않아. 우리는 자네를 도운 거야. 그게 전부지. 아마도 어느 날엔가 자네도 누군가를 도울 것이고 그렇게 빚을 갚는 거지."

제레미와 앨리슨은 서로 눈빛을 교환했다. 문득 두 천사를 잘못 생각하고 의심했던 것이 부끄러워졌다. 특히 그들이 쏟은 엄청난 노력을 보고 나니 더욱 그랬다.

그들은 맨해튼으로 가기 위해 버스를 찾았고, 두 늙은 천사는 제레미와 앨리슨에게 플린트의 집으로 가자고 제안했다. 플린트는 복층으로 된 근사한 펜트하우스에 살고 있었다. 내부는 짙은 색조의 귀한 목조 재료와 푸른색과 황금색, 흰색이 섞인 대리석으로 꾸며져 있었다. 그 공간은 족히 육백 제곱미터는 될 것 같았고, 인간의 가구는 하나도 없는 텅 빈 곳에 안개로 만든 가구들이 가득 차 있었다. 펜트하우스의 '진짜' 문들은 전부 다 활짝 열려 있었지만, 각 공간의 아늑함을 보존하기 위해 플린트는 안개로 조각한 화려한 문을 달았고, 천사들은 그 문들을 마음대로 열고 닫을 수 있었다.

"너무 멋져요! 어떻게 이런 곳을 찾았어요?" 제레미가 믿어지지 않는 근사한 장소에 들어서며 감탄했다.

"오, 이것은 매우 오래된 천사들의 특권 중 일부라네……. 집주인은 자신이 아파트를 몇 채나 소유하고 있는지도 가물가물한 부자 노인네지. 나는 그를 설득해 이곳을 보수하게 한 다음, 잊어버리게 만들었지. 그는 돈 문제 대해서는 그리 큰 걸 잃지 않았어. 억만장자니까 말이야. 덕분에 나는 인간에게 의존하지 않고 거주할 수 있다네. 이것이 진정한 호사겠지."

아, 제레미는 이제 왜 그렇게 많은 부자들이 별 이유도 없이 아파트를 빈 상태로 놓아두는지 알았다. 늙은 천사들이 그들을 그렇게 부추기는 것이다!

이 방, 저 방을 구경하면서 제레미는 플린트가 만든 가구들과 각종 물건들을 보고 감탄을 금치 못했다. 플린트의 집은 매우 인상적이었다. 이 모든 것이 일시적이라는 점을 제레미는 알고 있었음에도 말이다.

"여기 있는 가구들은 다 자주 새것으로 바꿔줘야겠네요?" 그가 물었다.

자신이 입고 있는 옷이 사라질 시간이 지난 것을 보고, 제레미는 의심스러운 눈으로 안락의자들을 바라보았다. 그는 바닥에 엉덩방아를 찧고 싶은 생각이 없었으니까.

플린트는 웃음을 터뜨렸다.

"젊은 천사여, 걱정 마시게나. 여기 있는 것들은 전부 다 내가 만든 것이고, 또 몇 가지는 오백 살 이상 된 천사들이 만든 걸세. 우리가 사용하는 안개는 어떻게 보면 압축된 거야. 이 가구들은 몇 년 동안 유지될 수 있지. 내가 새 가구를 다시 만들었을 때나, 나를 위해 새로운 것을 만들어준 천사들과 접촉할 때만 사라진다네."

안도의 한숨을 쉬며 플린트는 화려한 안락의자에 쓰러지듯 주저앉았고, 릴리 역시 넓은 공간에 놓인 다섯 개의 소파 중 하나에 털썩 앉았다.

"바에 음료수가 있다네." 플린트가 말했다. "앨리슨, 제레미, 그 음료수들을 마시고, 미안하지만 우리한테도 좀 갖다 주게나. 난 지금 손가락 하나도 까딱하기가 버겁다네."

제레미는 자신이 하겠다고 앨리슨에게 손짓을 했고, 곧 둥둥 떠 있는 병들을 가져왔다. 놀랍게도 그 안에 액체로 된 안개가 담겨 있었다.

제레미의 놀라워하는 눈빛에 플린트가 대답했다.

"우리는 안개를 액화할 수 있어. 큰 공감을 얻지는 못할지라도, 나는 때때로 잔을 들고 마시는 것을 좋아하거든. 자, 건배합시다!"

제레미는 푸르스름한 안개로 된 수정잔을 들었다. 거의 투명한 잔의 색깔이 레스토랑에 있던 접시들의 색깔을 떠올렸다. 제레미는 플린트가 붉은 천사를 쫓아낸 승리의 기념으로 잔을 든 것이라 생각했다. 하지만 늙은 천사가 한 말에 그는 멍하니 입을 벌렸다.

"친애하는 앨리슨, 친애하는 제레미. 내 집에 입주한 것을 환영하네!"

12. 경험의 맛

그 말에 앨리슨은 들고 있던 잔을 떨어뜨리고 말았다. 지상의 잔보다 훨씬 강했지만 바닥에 떨어져 산산조각이 났고 깨진 안개 조각들이 바닥에 굴렀다.

제레미는 낮은 테이블에 자기 잔을 조심스레 올려놓고는 플린트를 주의 깊게 바라보았다. 반면 앨리슨은 불편한 마음으로 깨진 조각들을 정리하려 애썼다.

"우리를 초대한 것 아닌가요?" 마침내 제레미가 입을 열었다. "이 집에서 살라…… 고요?"

심장이 끊어질 것처럼 심하게 두근거렸고, 덫에 걸린 느낌이었다.

"우리 늙은 천사들은 종종 이런 일을 해." 릴리가 플린트의 제안을 반기며, 재미있다는 듯 한쪽 눈을 찡긋했다(갑자기 그녀 눈가에 주름이 잡힌 게 보였다). "만약 어떤 젊은 천사가 우리한테 흥미진진한 순간을 제공한다면, 우리는 그 천사에게 우리와 함께 지내자고 제안하고는 해. 너와 네 여동생을 괴롭히던 그 붉은 천사, 복수에 불타는 앨리슨, 너희들은 한동안 우리가 권태롭지 않게 즐길 수 있는 거리를 갖고 있어. 따라서 우리가 너희들한테 신세를 지는 거지. 그 반대가 아니고. 우리가 너희에게 감사를 표시하기 위한 최소한의 것으로 너희들에게 먹고 자고 입는 것을 제공하는 셈이지."

제레미는 긴장을 풀었다. 이런 방법으로 말한다면, 교환은 공정한 것 같았다. 그런데 왜 저들의 손에 놀아나는 장난감이 된 기분이 드는 걸까?

릴리가 하품을 하더니 빨간 고양이처럼 몸을 쭉 늘였다. 그녀의 관능적인 실루엣에 플린트와 제레미는 주의가 쏠렸다. 앨리슨은 짜증스러워 얼굴을 찡그리고 싶은 것을 참았다.

"으으음, 죽을 것 같아! (릴리는 이렇게 말하고 웃음을 터뜨렸다.) 그러니까…… 피곤해 죽겠다는 뜻이야. 플린트, 내 침실은 여전히 정리되어 있지?"

"난 당신이 내 곁에 돌아와 머물기를 열렬히 바라면서 매년 당신의 침대를 새것으로 교체하지." 플린트가 느물거리는 목소리로 대답했다.

"이 싸구려 아첨꾼! 그럼 난 쉬러 갈래. 이따 봐요!"

그러고 나서 그녀는 단호한 걸음걸이로 멀어졌다. 잠시 후, 이번에는 앨리슨이 피곤함을 드러냈다. 그녀는 거북함을 감추려 애쓰느라 얼굴이 붉어졌다.

플린트가 미소 지었다.

"모두들 기진맥진한 것 같군. 우리는 정말 대단한 저녁을 보내지 않았나! 그대들을 침실로 안내해야겠네."

플린트가 제레미의 어깨에 손을 얹었다.

"나는 그것이 무엇이건 자네에게 강요하고 싶지 않고, 자네가 불편한 것은 원하지 않네. 제레미. 자네가 여기에 살지 않아도 나는 화내지 않을 거야. 알겠나? 앨리슨도 자네도 나에 대해 손톱만큼의 의무감도 갖지 말게. 오늘 밤은 여기에서 자고, 내일 아침 다시 얘기해 보세."

제레미는 잠시 머뭇거린 후, 앨리슨이 있는 방향으로 시선을 돌렸다. 어쨌거나 그녀는 이리로 '통과'한 지 얼마 되지 않았고 그녀 역시 많이 지쳐 보였기 때문에, 적당히 타협하는 것이 좋을 것 같았다.

"고맙습니다, 플린트. 당신은 진짜로 친절하세요."

플린트가 그의 어깨에 장난스럽게 주먹을 날렸다.

"친절? 자네 농담하나? 자네 덕에 나는 엄청난 저녁 시간을 보냈고, 우리는 더러운 붉은 천사를 지옥으로 보냈네. 어딘가 지옥이 있다면 말이야. 자네와 함께 있게 해주었으니 친절은 자네가 베푼 거지."

제레미는 또다시 플린트에게 고마움을 표시하려 했다. 그러나 플린트가 앨리슨을 바라보는 야수 같은 눈길을 보고 깜짝 놀랐다. 자신의 매력을 감지하지 못하는 앨리슨은 이 분 전에 릴리가 한 행동을 무의식적으로 따라 하며, 기분 좋게 기지개를 켰다. 그 모습에 자극을 받은 젊은 천사가 말했다.

"어쨌든 내일, 앨리슨을 데리고 우리 집으로 가겠습니다. 그러니까…… 제 어머니 집에요. 커다란 침실들이 많거든요. 저택은 엄청 크고, 거기에서는 아무도 우리를 귀찮게 하지 않을 테니까요……."

플린트가 어깨를 으쓱했다. 언뜻 보기에는 제레미가 말한 내용이 그렇게 플린트를 기분 나쁘게 한 것 같지 않았다. 만약 아인슈타인이 그의 입장이었다면 이 세계적 석학은 의심의 여지없이 수백 살짜리, 아니 수천 살짜리 천사들의 사생활 속으로 콧노래를 부르며 들어갔을 것이다.

플린트가 제레미와 앨리슨을 인상적인 크기의 침대가 가운데 떡 놓인 거대한 침실로 안내했다. 플린트는 물건들을 잘 만들었다. 티끌 하나 없이 하얀 침대 시트, 파랗고 가벼운 이불(큰 장점은 없었지만 따뜻했다), 폭신한 베개(플린트는 자신의 날개에 있는 깃털로 베갯속을 채웠을까? 제레미는 버릇없이 보일까 봐 이 질문을 던지지는 않았다), 필요는 없지만 아주 예쁜 욕실. 이 침실은 역시 아주 큰 또 다른 침실과 붙어 있었고, 두 침실은 열려 있는 진짜 문으로 통하게 되어 있었다. 앨리슨 역시 제레미에게 인사를 하고 나서 침대 위로 쓰러졌다. 늙은 천사는 그들이 쉬도록 자리를 떴다.

제레미는 과거 세계에서 좋았던 여러 가지 것들 중에 샤워가(이제 더 이상 씻을 필요가 없으므로) 가장 그리웠다. 살아 있을 적에, 샤워기 아래 서서 쏟아지는 물줄기를 맞으면 다양하고 멋진 생각이 좀 더 잘 떠오르고는 했던 것이다. 무엇보다 샤워하면서 좋은 아이디어를 꽤 많이 얻곤 했다.

하지만 이제 여기에 샤워 같은 것은 없다. 천사들에게는 그저, 안개 낀 음식과 제레미가 통제할 수 없는 이상한 것들뿐이었다.

그는 몸을 일으켰다.

앨리슨과 대화를 나눠야 했다.

제레미는 살금살금 발소리를 죽이고 옆방으로 들어가, 세련된 파란색과 붉은색이 어우러진 침대에 앉았다. 그 옆에 앨리슨이 있었지만 그녀는 벌써 잠든 것 같았다.

불행히도 침대가 안개로 만들어진 탓에 울렁울렁 움직이기 시작했다. 앨리슨은 놀라서 벌떡 일어났다. 그녀는 제레미라는 것을 알고 마음을 놓았다. 이 반응을 본 제레미는 기분이 나빠야 하는지 좋아야 하는지 알 수가 없었다. 의자 위에 드레스를 벗어놓았기 때문에 이불 아래에서 앨리슨은 알몸이었다.

제레미는 무슨 말을 하고 싶었는데 갑자기 잊어버렸다.

"무서웠다고요!" 앨리슨이 제레미를 나무랐다. "당신은 움직일 때 아무 소리도 안 난단 말이에요!"

"미안해요." 제레미가 목소리를 낮추라고 손짓하며 중얼거렸다. "사과하고 싶었어요."

그녀는 아름다운 파란 눈을 크게 뜨고, 이불로 몸을 더욱 바짝 감쌌다.

"나한테 사과한다고요? 뭐에 대해서요? 당신이 살해……(그녀는 그 단어가 걸렸다), 당신이 여기로 통과한 것은 당신 잘못이 아니라 내 잘못이잖아요!"

"어쨌거나 나는 사과하고 싶어요." 그가 끈질기게 말했다. "아까 우리 집으로 갈 때 플린트와 릴리가 우리를 데리고 가기 위해 날개를 사용할 것을 난 미리 알고 있었거든요. 또 당신을 유혹하기 위해 무슨 짓이라도 하려는 플린트가 당신을 데리고 간다면 그 여정이 당신한테 불편할 것이란 점도 알 수 있었고요……."

릴리가 없었다면 제레미는 틀림없이 질투에 불탔을 것이고, 마치 수컷 고릴라처럼 연적에 맞서기 위해 털이 부숭부숭한(사실 그렇게 털이 많지는 않지만) 자신의 가슴을 주먹으로 두드렸을 것이다. 하지만 릴리가 있었기 때문에, 화려한 릴리가 있었기 때문에 모든 것이 바뀌었다. 제레미는 앨리슨에게 반했다고 믿었다. 왜냐하면 앨리슨밖에 안 보였으니까. 클라크에게 붙어 다니던 두 천사가 옳았다. 그가 사랑에 빠져야 할 존재는 살아 있는 여자가 아니라, 여자 천사였던 것이다!

어쨌든 지금은 그의 심장을 뒤집어엎을 그 관능적인 빨강 머리 천사도 옆에 없었으므로, 제레미는 아주 고집불통에 매혹적이고 순수하기 짝이 없는 앨리슨의 매력에 다시 빠져들었다.

그녀가 베개에 등을 기대고, 이불을 가슴 위로 바짝 끌어당겨 팔짱을 끼자 몸매가 더욱 매력적으로 드러났다. 제레미는 침을 꿀꺽 삼키고 그녀를 똑바로 바라보며 물었다.

"당신은 어떻게 할 생각인가요?"

앨리슨이 무심하게 어깨를 으쓱했다.

"모르겠어요. 한편으로는 플린트가 두렵지만, 다른 한 편으로는 나를 특별히 유혹하지도 않아요. 그는 그저 나를 도와주려는 걸 거예요. 그러니까……, (그녀는 '벤투지에게 복수하고 암 치료제를 시장에 내놓도록 나를 도우려는 걸 거예요'라고 말하려 했다. 하지만 그것은 정확하게 사실이 아니라는 것을 깨달았다. 플린트가 원하는 것은 단순했다. 틀림없이 치료제를 찾으려는 것이다. 암 치료제가 아니라 권태를 이길 수 있는 치료제 말이다.) 그는…… 그는 좋은 사람이에요. 게다가 당신이 나에게, 푸른 천사들은 긍정적인 감정으로 기우는 경향이 있다고 말했잖아요. 그렇죠? 그렇다면 우리는 겁낼 게 하나도 없어요!"

낙심한 제레미는 한숨을 쉬었다. 플린트가 그녀의 정신을 '혼란스럽게' 한 것은 말하지 않기로 결심했다. 괜히 그녀를 두렵게 만들 필요는 없었다.

"난 정말로 모르겠어요, 앨리슨. 나는 당신보다 겨우 며칠 먼저 '통과'했을 뿐이니까요. 내가 플린트에 대해서 어떤 의견을 갖는 건 불가능해요. 적어도 지금 당장으로서는."

"이 모든 게…… 이 모든 게 믿을 수가 없어요! 아직도 가끔은 지금 그냥 꿈을 꾸고 있는 것 같다는 생각이 들어요."

그녀는 제레미를 흘깃 쳐다보고는 슬쩍 말을 흘렸다.

"특별하게 이국적이고 소름 끼치는 꿈."

앨리슨이 대화 주제를 바꿨다.

"당신에 대해서 얘기 좀 해봐요!"

제레미는 이제까지 아무에게도 가족에 대해서 얘기한 적이 없었다. 하지만 앨리슨의 순수한 눈길 앞에서 그는 털어놓기로 결심했다. 모든 것을. 지상에서는 아무 말도 하지 않은 채, 그는 혼자 죽었다. 같은 실수를 또다시 되풀이하지는 않을 것이다. 지금 그의 앞에는 자신을 이해할 수 있는 누군가가 있으니까. 결국 이렇게 죽고 나서야 말이다.

앨리슨은 몇 시간 동안 이것저것 적절한 질문을 하며 제레미가 하는 얘기를 들었다. 제레미는 폭군 같았던 외할아버지에 대해 이야기했고, 너무 젊은 나이에 죽은 아버지, 어머니와 새아버지 그리고 이부 여동생과 자신의 인생에 대해서 이야기했다. 제임스 스튜전트의 손자라는 사실은 현실로부터, 세상의 나머지 모든 것으로부터 그를 단절시켰다. 매일 더 강한 강도로 자신을 삼켜버릴 듯이 위협하는 무시무시하게 큰 금액의 돈이 아니라, 오히려 그에게 너무 많은 것을 요구하는 외할아버지라는 존재가 말이다. 완벽하기를 요구했고, 최고가 되어야 했으며, 가장 똑똑하고 가장 강한 인간이 되어야 했다. 외할아버지는 제레미가 자신처럼 무자비한 인간이 되기를 바랐다.

앨리슨은 제레미가 연애 경험이 거의 없다는 사실을 듣고 귀를 의심했다. 제레미가 어렸을 때, 외할아버지는 손자를 항상 자신의 곁에 머물도록 조치했다. 대학에서 제레미는 공부를 무진장 열심히 했고 술은 좋아하지 않았다. 때문에 그는 남들과 단절되었으며, 여자들에게 관심을 갖기보다는 수학과 성공, 돈에 집착했다. 하지만 앨리스는 대학 캠퍼스에서 그가 가장 귀여운 '괴짜'였을 것이라고 확신했다.

어떤 면에서 제레미는 앨리슨과 비슷했다. 물론 그는 숫총각은 아니었다. 그는 잠깐 여자를 '만났'지만 오래가지는 않았다고 고백했다. 이 말을 들은 앨리슨은 양쪽 볼이 발그레해졌고, 자신이 이런 종류의 순결을 좋아한다는 것을 깨달았다. 심지어 아주 많이.

"이번에는 당신 차례예요." 제레미가 감동적이면서 진을 다 빼놓는 심리 여행을 마치고 말했다. "난 이제 완전히 벌거벗은 몸이에요. 그러니 이번엔 당신 차례예요."

두 사람은 한 시간 정도 더 이야기를 하면서부터 말을 편하게 하기 시작했고, 네 시간이 지난 후에는 서로 몇 년 동안 알고 지낸 것처럼 친숙하면서도 묘한 느낌을 받았다.

앨리슨이 그에게 알 수 없는 미소를 날렸다.

"아, 내가 상황을 제대로 이해한 거라면, 당신은 내 벌거벗은 몸을 여러 번 본 것 같은데!"

제레미는 얼굴이 빨개졌다. 남자의 이런 모습 역시 앨리슨은 아주 좋아했다. 얼굴을 붉히게 만드는 것. 웃게 만드는 것도 좋아했다.

앨리슨은 제레미에게 자신의 인생에 대해 이야기했다. 물론 제레미는 큰 줄기는 알고 있었지만 전부는 아니었다. 그녀가 어머니의 극심한 고통에 대해서 얘기할 때 그는 다시 동요했다. 앨리슨은 중간에 말을 끊고 몸을 부르르 떨었다.

"엄마를 볼 수 있을까? 엄마와 다시 만날 수 있을까?"

"잘 모르겠어. 살아생전에 고통을 많이 받은 천사들은 먹고 노는 것밖에 생각 안 한다고 했는데……."

앨리슨은 고개를 끄덕였다. 그래, 안개를 맛보고 나니 색깔이 어떻든 간에 어떤 천사든 싸우고 싶지 않으리라는 것에 완벽히 공감했다.

"내가 당신을 쫓아다니던…… 음, 당신을 보호하려 애쓰던 시간 동안, 당신 엄마가 가까이에 있지는 않았어. 그렇다고 당신 엄마가 딸이 잘 지내는지 보려고 아주 오지 않는다는 뜻은 아냐."

앨리슨의 두 눈에 눈물이 글썽거렸다. 제레미는 앨리슨을 두 팔로 감싸며 품에 꼭 안았다. 두 사람은 한참을 그렇게 가만히 있었다. 마치 움직이기 두려운 어린아이들처럼.

조금씩 앨리슨의 긴장이 풀리는 것이 느껴졌다. 의도한 바는 아니었지만, 그녀는 풍만하고 아름다운 가슴을 제레미의 가슴에 대고 문질렀다. 제레미는 아랫도리에 간단하게 걸친 안개 바지 속에서 불끈 무엇인가 솟아나는 것을 느꼈다. 앨리슨은 무슨 일인지 깨닫고 거칠게 펄쩍 뛰어올랐다. 제레미는 다시 몸을 식힐 수 있는 것들에 대해 생각하려고 애를 썼다. 얼음덩어리, 물이 얼어붙은 호수에 대해 생각했지만 아무 소용이 없었다. 제레미의 품속에 머물렀던 앨리슨은 현실적으로 생생하게 살아 있었고, 부드럽고 다정했으며 너무나 완벽하고 관능적이어서 소름이 돋았다.

앨리슨이 아름다운 푸른 눈을 들어 제레미를 바라보자, 그가 자연스레 몸을 구부려 그녀의 육감적인 핑크빛 입술에 입술을 포갰다.

지금 벌어지는 일은 도저히 어떻게 표현할 수 없었다. 앨리슨은 몇 시간 전에 죽었는데 지금은 불가사의한 세상에서 다시 살아난 것이다. 앨리슨은 너무나 두려웠고 버려졌다고 느꼈었다. 그런데 단번에 그녀가 만난 새로운 세계가 한 번 더 뒤집혔다.

단 한 번의 입맞춤으로.

이 천사의 입맞춤은 앨리슨이 이제까지 받은 키스, 그 어느 것과도 완전히 달랐다. 남자와 깊은 관계를 가진 적은 없었다 해도 그녀는 충분히 열의 있게 연애를 했고 꽤 많은 것들을 배웠다. 특히 실망에 대해 배웠다. 그런데 이번에는? 앨리슨은 이런 일체감이 존재할 수 있다는 것조차 상상하지 못했다. 거북하거나 껄끄러운 것은 아무것도 없었다. 두 사람의 입술은 서로 어디에도 부딪치지 않고 완벽한 조화를 이루며, 심지어 앨리슨은 호흡을 멈췄다는 것조차 깨닫지 못할 정도로 넋이 빠져 완벽한 조화를 이루며 서로 화합했다. 앨리슨은 몸이 묘하게 따뜻해지는 것을 느꼈다. 안개로 만들어진 이불이 스르륵 미끄러졌고, 벌거벗은 제레미가 자신을 끌어안는 것을 깨달았다. 앨리슨은 제레미가 자신과 하나가 되고 싶은 듯 온몸으로 자신의 몸을 누르자 신음 소리를 냈다. 문득 그녀는 사라졌다고 믿었던 강렬한 욕망의 파도가 뱃속에서 거세게 일기 시작한 듯한 기분을 느꼈다. 바로 그 순간 제레미는 욕망의 지배 아래 절제력을 잃은 것 같았다. 그의 두 손이 천천히 앨리슨의 단단한 엉덩이 위로 내려왔다. 그는 앨리슨의 골반에 자신의 골반에 갖다 대며, 두 다리 사이로 미끄러져 들어가기 전에 한 손으로 그녀의 나긋한 허리 곡선을 쓰다듬었다. 제레미가 앨리슨을 부드럽게 애무하자 그녀는 황홀한 감정으로 한 번 더 신음을 뿜어냈다.

삶과 사랑을 축하하고 죽음을 조롱하고 싶은 억누를 수 없는 욕구 때문에 다급한 마음이 된 제레미는 앨리슨을 침대에 눕히고 한없이 떨리는 손짓으로 자신의 바지를 내렸다.

행동이 너무 과했다.

앨리슨이 느낀 떨리는 흥분과 즐거움이 공포에 쓸려가버렸다. 그녀는 갑자기 불안한 동작으로 뒤로 물러서며, 거의 침대에서 떨어질 정도로 거칠게 제레미를 밀쳐버렸다.

그것이 제레미의 목숨을 구했다.

일 초 전 제레미가 있었던 바로 그 자리에 마치 면도날처럼 날카로운 붉은 장검이 번득이며 내리꽂힌 것이다. 긴 칼은 이불을 갈랐고 매트리스와 침대, 심지어 양탄자까지 베어버려 그 속에 들어 있던 안개 깃털들이 사방으로 흩날렸다. 당황한 제레미와 앨리슨은 동시에 비명을 지르며 무너져 내린 침대 뒤로 함께 뛰어내렸다. 앨리슨은 몸을 가리기 위해 이불을 한 조각 휙 낚아챘다.

살인자가 그들을 다시 찾아낸 것이다.

완벽하게 무장을 한 살인자가 그들 앞에 우뚝 서 있었다.

먹이를 놓쳐 화가 난 남자는 몸을 세웠고, 마치 제레미와 앨리슨이 자신에게 걸맞은 적수인 것처럼 이상하게 장검을 들어 인사했다. 이 행동은 아직도 머릿속이 반은 패닉 상태로 마비된 제레미에게 기이하게 느껴졌다.

"제기랄!" 제레미가 소리쳤다. "뭐가 문제지? 네놈은 나를 죽이고 앨리슨을 죽였다. 우리한테 원하는 게 대체 뭐야?"

살인자는 침대 뒤에 숨어서 대답을 기다리고 있는 두 사람에게 무시무시한 눈길을 던졌다. 그리고 입을 열어 자신의 혀를 꺼냈다. 살덩어리 한 조각이 혓바닥을 대신하고 있었다. 살인자의 진짜 혀는 불타버렸던 것이다. 잘린 게 아니었다. 아니, 조그맣고 끔찍한 돌기밖에 남지 않을 때까지 타버린 것이다. 앨리슨은 역겨워서 몸을 떨었다.

"아," 제레미가 말했다. "확실히 의사소통이 쉽지는 않겠군."

살인자가 더 가까이 다가오기 전에, 제레미를 산산조각 절단해서 천사들의 갱생 능력을 시험하기 전에, 이번에는 제레미가 입을 커다랗게 벌려 살인자를 놀라게 하고는 온 힘을 다해 고함쳤다.

"프ㅇㅇㅇㅇㅇ을리이이이이이인트ㅇㅇㅇㅇㅇ! 구해줘요오오오오오!"

살인자가 인상을 찌푸리면서 균형을 잃든 말든 전혀 개의치 않고 흔들리는 침대 위로 뛰어올랐다. 제레미가 번개같이 뒤로 물러서며 면도날처럼 예리한 주홍색 칼날을 가까스로 피했다.

"프ㅇㅇㅇㅇㅇ을리이이이이이인트ㅇㅇㅇㅇㅇ! 급해요!"

아직도 잠이 덜 깬 얼굴로 앨리슨의 침실에 들어온 플린트는 눈앞의 광경에 깜짝 놀랐다. 마구잡이로 난장판이 된 침대와 사방으로 흩뿌려진 깃털들 앞에서 그는 꿈쩍하지 않았다. 두 아기 천사들을 죽이려는 듯한 긴 검을 든 붉은 천사에는 그리 놀라지 않았다 해도 말이다.

플린트가 전광석화처럼 재빨리 반응했다. 두 눈이 이글이글 타오르더니, 순식간에 키가 일 미터는 더 커졌다. 그러고는 거의 검정에 가까운 아주 깊은 푸른색이 되어서는 위엄 있게 외쳤다.

"내 집에서는 안 돼!"

플린트가 엄청나게 큰 손으로 갑자기 난폭하게 주먹을 한 번 휘두르자, 살인자는 칼을 든 채 창밖으로 내동댕이쳐졌다. 발음도 불분명한 그의 외마디 비명소리가 십여 미터 아래로 떨어지며 '쾅!' 하는 커다란 소리에 묻혀버렸다.

제레미와 앨리슨은 너무나 겁에 질려 아무 말도 못하고 플린트를 바라보았다. 그토록 평화로운, 아니 오히려 즐거워하는 듯한 표정이라니 믿을 수가 없었다. 거대한 키의 늙은 천사는 좀 덜 위협적으로 보이기 위해 짙은 푸른색의 거인으로 변신했다.

"아!" 거인이 투덜거렸다. "어떻게 저 시뻘건 자식이 여기까지 왔지? 게다가 어떻게 내가 알지도 못 하는 사이에 내 아파트로 들어올 수가 있었을까?"

제레미는 공포로 떨리는 젤리 상태처럼 되어버린 자신의 뇌세포들을 재빨리 다시 연결해 아주 논리적인 대답을 감행했다.

"으음, 우리처럼 하지 않았을까요? 벽을 통과해서?"

플린트가 그에게 화난 눈길을 던졌다.

"아니, 그건 불가능해." 그가 휙 몸을 돌려 침실에서 나가며 노호했다. "내가 벽에다 칠을 했단 말이야."

앨리슨과 제레미는 어리둥절한 시선을 교환했다. 그들은 창밖을 흘깃 바라보았지만 살인자는 이미 절뚝거리며 멀어져갔다.

마음을 놓은 두 천사는 침대를 뛰어넘어 플린트를 다시 찾으러 달려갔다. 플린트는 거실 소파에 앉아 생각에 잠겨 있었다. 그는 변신하느라 지친 것 같았다.

"벽에 칠을 하는 것이 그 정신병자를 이리로 못 들어오게 하는 것과 무슨 상관이 있어요?"

"벽에 칠을 하면 그래." 플린트가 얼굴을 문지르며 중얼거렸다. 그 모습은, 불타오르듯 강렬한 힘을 보여준 후인데도 이상하게 그를 상처받기 쉬운 남자처럼 보이게 했다. "벽들을 안개로 발랐거든. 그 안개는 내 의지에 복종하지. 마치 내 몸처럼 말이야. 그것은 경보기 역할도 하고, 또 내가 들여보내고 싶지 않은 천사들을 밖에 붙잡아두기도 하지. 분명히 안개가 벗겨진 부분이 있는 거야. 내일 확인해봐야겠어."

제레미는 몸이 굳었다. 그의 의심 많은 머릿속에서는 만약 누군가 들어오는 것을 막을 수 있다면 나가는 것도 막을 수 있으리라는 생각이 솟구쳤다……. 제레미는 머릿속 한구석에 이 정보를 기억해두었다. 그가 생각에 잠겨 있는 동안, 플린트는 푸른 천사라고 볼 수 있는 범위 내에서 '정상적인' 상태로 되돌아오며 점점 작아지기 시작했다.

"왜 그 붉은 천사가 그 순간에 자네들을 공격했을까?" 플린트가 갑작스레 호기심 어린 어조로 물었다.

"그 점에 대해서는 아무 의견이 없습니다." 제레미가 대답했다. "그에 대해 아는 것은 그자가 우리를 죽였다는 것뿐이에요."

"분명히 그는 다시 시작하고 싶은 욕망이 아주 강했던 거예요." 앨리슨이 찢어진 이불 조각을 미니 드레스처럼 만들어보려 몸 위에 정돈하며, 아직도 떨리는 목소리로 말했다.

"맞아요, 참 이상하네요. 게다가 플린트, 내가 생각해봤는데, 당신은 내 여동생을 괴롭히던 붉은 천사를 없애기 위해 아주 특별한 방법을 사용했잖아요. 칼이나 총 등, 어떤 무기도 사용하지 않았잖아요. 그것이 필요 없는 것처럼요. 그런데 이 살인자는 일본도를 가지고 우리를 위협했고, 그 칼로 우리를 난도질하겠다고 마음먹은 것 같았어요. 그럴 수 있을까요? 그가 그런 방법으로 또다시 우리를 죽일 수 있을까요?" 제레미가 걱정스레 물었다.

플린트가 눈살을 찌푸리더니, 수수께끼 같은 대답을 내놓았다.

"그렇기도 하고 아니기도 해."

그러고는 얕보는 표정으로 덧붙였다.

"그는 젊은 천사잖아. 젊은 것들은 무슨 짓이든 다 하지."

앨리슨과 제레미는 늙고 경험 많은 천사가 자신들에게 정확하게 알려주기를 참을성 있게 기다렸다. 잠시 후 플린트가 그저 소파에 앉아만 있으려는 것처럼 보이자, 앨리슨이 처음으로 침묵을 깼다.

"'그렇기도 하고 아니기도 하다'는 것이 무슨 뜻이에요? 그렇다는 거예요, 아니라는 거예요?"

플린트가 깜짝 놀라며 멍한 상태에서 깨어났다.

"뭐라고? 아, 그래, 미안하네. 내가 좀 지쳐서. 짧은 시간에 너무 많은 에너지를 쓰는 것은 좋지 않거든. 그렇다는 것은 그가 자네들을 난도질할 수도 있다는 거야. 자네들은 매우 고통스럽겠지. 반면, 아닐 수도 있다는 것은 그자가 자네들을 죽일 수는 없다는 거야. 안개가 자네들에게 닿는 것만으로도 자네들은 다시 회복이 될 테니까."

제레미와 앨리슨은 의문 가득한 시선을 서로 교환했다.

"그렇다면," 제레미가 말했다. "우리가 안개를 먹을 때 실제로 우리는 안개를 '먹을' 필요가 없다는 거네요. 안개와 접촉을 하는 것만으로도 충분하다. 이런 뜻인가요?"

"충분해. 하지만 확실히 만족감은 덜하지." 플린트가 피곤한 미소를 지으며 인정했다. "그것은 젊은 천사들의 능력 밖에 있어. 적어도 초기에는. 이걸 봐."

소파에서 그의 몸이 빠져나왔다. 제레미와 앨리슨은 깜짝 놀라 딸꾹질을 했다. 소파에는 몸의 형태가 확실하게 움푹 파여 있었다. 그들이 대화를 나누는 동안, 플린트는 물건에서 안개를 빨아들이며 몸의 각 부분을 새롭게 변화시켰다.

제레미는 머릿속 세포가 충분히 효과적으로 작동을 하자 다음 질문을 던졌다.

"그 미친놈이 내 머리를 자르면 어떻게 되는 거죠? 몸이 머리에서 다시 자라나요? 그럼 내 몸은요? 몸에서는 머리가 나오나요? 그럼 나는…… 두 명이 되는 건가요?"

"아니. 조각은 혼자 재생될 수 없어, 그것은 머리와 같이 의식을 가진 의지가 필요해. 그것이 어떻게 작동하는지는 나한테 묻지 말고 내 물리학자 친구들한테 물어야만 할 거야. 그들이 인과관계와 물질의 관계, 세포 사이의 인력에 대해서 말해줄 거야. 나는 단지 현상만을 말해줄 뿐이지. 한편 천사들은 자신의 신체 기관들을 다시 붙이며 회복할 수 있어. 도마뱀이나 문어처럼 신체 일부분을 다시 자라게 하는 거지."

가슴 속에 어떤 생각을 감추고 있을 때는 절대로 그 생각을 버리지 않는 앨리슨은 걱정스러운 문제로 다시 돌아왔다. 그녀는 자신의 몸이 햄버거 고기처럼 다져져 인도 여기저기 떨어지는 소름 끼치는 광경을 보게 되는 건지 궁금했다.

"내가 제대로 알아들었다면, 몸의 나머지 부분이 재생되는 것을 막으려면 머리만 가져가버리면 된다는 건가요?"

플린트가 당황한 표정을 지었다.

"완전히 그렇지는 않아. 하지만 동시에 그렇기도 하지……."

앨리슨이 인상을 썼다. 그녀는 애매하게 구는 것을 굉장히 싫어했다.

"만약 머리가 안개에 접근하지 못한다면, 머리는 몸을 다시 자라게 할 에너지가 충분하지 않을 거야. 따라서 살인자가 재생을 막고 싶다면, 적절한 조치를 취해 머리를 빨리 가지고 가서 아무도 없는 장소에 갖다놓아야겠지. 하지만 세계 어디건 이런 장소는 점점 줄어들고 있어. 아주 황량한 사막 한가운데일지라도 혹은 북극이나 남극지방일지라도, 석유를 채취하기 위해 굴착하는 사람들이 있고,

사냥꾼들이나 여행객들, 탐험가들이 있으니까……. 안개가 없는 장소는 끊임없이 감소하고 있어."

앨리슨의 머릿속 광경은 다진 햄버거 고기에서 포를 뜬 생선으로 넘어갔다.

"깊은 바닷속은요? 바다 저 깊은 곳에는 아무도 없잖아요."

"심연은 그렇지. 가능한 얘기야. 하지만 거기에도 역시 인간들이 점점 더 정밀한 기계를 보내고 있잖아. 언젠가는 거기도 가게 될 거야. 머리가 안개에 닿게 되면 다시 재생되기 시작할 테지. 우리 중 가장 나이가 든 몇몇 이들은 동물들이나 심지어 그저 살아 있는 세포의 에너지를 사용하는 것도 가능할 거라고 얘기하고 있어. 아직까지는 어떤 천사도 그럴 능력은 없지. 요컨대 머리가 안개와 접촉할 수 없다면, 천사가 음식물을 먹지 못할 때 일어나는 현상이 일어날 거란 얘기지. 머리와 몸이 사라져버리는 거야."

플린트가 인상을 찌푸리더니 마지못해 안개로 된 잔을 잡았다. 그 잔은 그에게 힘을 불어넣어주면서 손에서 사라지기 시작했다.

"제기랄!" 그가 투덜거렸다. "이런 것들을 만드는 데는 거금을 지불해야 해! 만약 카나페를 계속 먹는다면 더 비싼 값을 치러야 할 거야!"

의문 하나가 제레미를 괴롭혔다.

"플린트, 살인자가 어떻게 우리를 찾아냈을 거라 생각하세요?"

늙은 천사는 이마를 찌푸렸다. 그 역시 이 질문을 스스로에게 던졌고, 거북해진 것처럼 보였다.

"글쎄," 그가 볼멘소리로 중얼거렸다. "그에게는 그것이 가장 쉬운 분야였겠지. 많은 수의 붉은 천사들이 내가 어디에 사는지 알고 있으니까 그들 중 하나가 그에게 알려줬을 수 있어. 비밀은 아니니까."

별안간 셋은 아주 걱정스러운 침묵 속에서 서로 눈빛만 교환했다.

"어쩌면 우리한테 전쟁을 선포한 붉은 천사들이 예정보다 조금 더 일찍 방법을 찾아낸 것일지도 모르겠군." 플린트가 이렇게 중얼거렸다. "그렇다면 이것은 이런 의미야. 자네들끼리 있으면 안전하지 않다. 그러니 자네들은 나와 함께 머물러야만 하겠네. 내 보호 아래, 여기에서!"

앨리슨과 제레미는 플린트가 방금 한 말을 되새겨보았다. 부드러운 안락의자에 앉은 앨리슨은 몇 분 전부터 제레미를 관찰하고 있었다. 그녀가 제레미를 밀어낸 이유가 있었다. 자신들의 생명…… 아니, 몸을 구하기 위해서였다. 하지만 그렇게 한 것을 후회했다. 그래도 제레미에게 그 이야기를 털어놓을 수는 없었다. 앨리슨은 그에게 끌리고 있었으니까.

지금 그녀가 느끼는 이 감정은 일어날 수 있는 일이 아니었다. 아무도 단 몇 시간 만에 사랑에 빠지지는 않는다! 아니, 빠질 수 있나?

이 말은 그녀가 이 새로운 세상에서 더 이상 모순적이지 않다는 의미이다…….

다른 한 가지 문제가 걱정스러웠다. 플린트에 대한 매혹이 바로 그것이었다. 늙은 푸른 천사는 권력이 아주 강한 것 같았다. 앨리슨은 그가 불타는 화덕처럼 뜨겁고, 내미는 손을 막을 수 없다는 것에 매혹을 느꼈다. 지금까지 앨리슨은 누구에게 매료당한 적이 한 번도 없었다. 물론 그녀 나이 또래의 젊은 여자들처럼 좋아하는 가수, 배우, 작가 들은 있었지만, 콘서트나 사인회 때문에 길가에 텐트를 치거나, 스타를 잠시 볼 수 있으리라는 희망으로 호텔이나 집 앞에서 몇 시간 동안 죽치는 스타일은 아니었다. 그렇지만…… 그녀도 어떤 배우 때문에 딱 한 번 그런 짓을 해본 적은 있었다. 하지만 앨리슨은 창피해서 그 행동을 차마 말할 수 없는 비밀로 덮어두었다. 지금 그녀가 플린트를 마주하고 맛보는 감정은 정확하게 그때 느꼈던 감정과 같았다. 어렴풋한 일종의 숭배 같은 것이 양 볼을 붉게 물들였다. 앨리슨은 제레미와 함께 있을 때면 밀려오는 욕망의 파도와 이 감정은 아무 상관도 없다고 생각했다. 하지만 그녀는 떨고 있었다.

살인자의 습격이 준 충격이 지나가자 앨리슨은 자고 싶은 강렬한 욕망을 느꼈다. 제레미는 천사들이 살아 있는 인간들처럼 휴식을 취하지는 않는다고 말해줬다. 그런데 왜 이렇게 견딜 수 없이 자고 싶은 것일까?

돌연 제레미의 목소리가 들려 그녀는 잠이 깼다. 더 정확하게 말하자면 제레미의 말투 때문이었다.

"살인자는 완벽하게 붉은색이었어요. 안개로 된 장검도 만들어 가졌었고요."

플린트 역시 위기감을 느끼고 벌떡 몸을 일으켰다.

"뭐라고? 방금 뭐라고 말했나. 자네?"

"당신이 나에게 설명하기를, 우리 신입들은 우리가 어떤지에 따라 다른 색깔을 띠게 된다고 했죠. 우리가 통과할 때 부정적인 감정 쪽으로 기우는 사람들은 붉은색을, 전적으로 그런 것은 아니지만 긍정적인 감정에 이끌리는 사람은 푸른색을 띤다고 말했죠. 나나 앨리슨처럼…… 그런데 그 살인자는 머리꼭대기부터 발끝까지 새빨갰어요!"

"그리고 그가 장검을 만들었다고 했지?"

"네."

"그건 불가능해!"

제레미가 어깨를 으쓱했다.

"여기에 도착한 이후 난 '불가능'이란 단어의 의미를 다시 생각하게 되었죠."

플린트는 잠시 무언가를 깊이 생각하더니, 극도로 피곤했지만 우아하게 몸을 일으켰다.

"잘 들어보게. 나는 우선 기운을 회복해야만 해. 아니면 아무짝에도 쓸모없는 밥통이 되고 말 거야. 여섯 시간 후에 다시 만나 아침식사를 하자고. 그리고 이 모든 사건에 대해 깊이 생각해보잔 말이야. 알겠나? 그때까지 좋은 충고를 하나 하겠네. 절대 나가지 말게. 물론 난 자네들을 막을 수 없어. 아니, 막고 싶지 않아. 하지만 자네들이 나 없이 산책하러 떠난다면 내가 자네들을 보호하기는 어려울 거야……."

몇 시간 전부터 앨리슨은 거기가 어디건, 가는 것이 싫었고 충분히 두려웠다. 플린트와 함께든 아니든 말이다. 늙은 천사는 제레미와 앨리슨에게 인사를 하고 둘만 남겨놓은 채, 지친 걸음으로 넓은 거실을 떠났다. 이 소란스러운 대소동에도 릴리는 깨어나지 않았다. 아파트는 매우 넓었고, 그녀는 반대쪽 끝에서 자고 있으니 놀랄 일도 아니었다.

정신 나간 표정으로 제레미는 '혀', '장검', '빨강' 같은 몇 개의 단어를 흘리며 뭐라고 중얼거렸다. 그는 늙은 천사의 지친 표정을 확인하고 불안해했다. 평소와 같지 않았다. 아까 이른 저녁 무렵, 그들에게 침실을 안내해주고 자러갔을 때도 플린트는 확실히 지친 표정이었다, 하지만 이렇게는 아니었다…….

앨리슨이 제레미의 앞에서 손을 흔들었다.

"방금 내가 무슨 말을 했는지 못 들었지. 그렇지?"

제레미가 혼란스러운 얼굴로 그녀를 바라보았다.

"미안해. 난 살인자가 안개 검을 만들 능력이 있다면, 왜 혀는 다시 재생시키지 않았을까를 생각하고 있었어……. 나는 목이 잘렸지만, 어쨌든 팔 밑에 목을 끼고 여기 도착하지는 않았잖아!"

상상해보니 약간 멍청한 광경이었지만 앨리슨은 소름이 끼쳤다. 그녀는 어깨를 으쓱했는데, 그 동작이 그녀의 가슴에 매혹적인 움직임을 만들어 즉시 제레미의 욕망에 다시 불을 붙였다.

"그 점에 대해서 난 아무것도 모르겠어. 다만 너무 피곤할 뿐이야. 제레미, 난 방금 전에 살인자가 내 침실을 무너뜨렸기 때문에, 당신 침실에서 같이 잘 수 있을지 물었어."

갑자기 제레미의 표정이 먹음직한 생쥐를 막 발로 잡은 고양이처럼 행복해졌다. 앨리슨이 즉시 손가락으로 위협했다.

"아니, 안 돼, 그건 말도 안 되는 일이야! 그런 감정은 충분히 겪었단 말이야."

청년이 유혹적인 미소를 잃지 않는 것을 보면서 그녀는 잘 달래는 것이 좋겠다고 판단했다.

"진짜야, 제레미. 난 당신이 맘에 들어. 사실이야. 당신은 매력적이고 아주 잘생겼어(좋아, 그녀는 '귀엽다'고 말하지 않았다. 제레미는 그녀가 언젠가 저녁때 외출해서 만난 그 마크처럼 자신을 '귀엽게' 생각했다면 싫었을 것이다……). 하지만 난 준비가 안 됐어. 이해하지? 아직 아냐. 이 모든 것, 내게 일어난 이 모든 사건은…… 진짜로…… 이해하기가 힘들어. 그리고…… 나는 사과하고 싶어. 당신을 그렇게 밀어내서 미안해. 난…… 난 당신의 키스에 답하지 못할 거야. 좋지는 않지만."

제레미는 안심하라는 손짓을 했다.

"아냐, 잘했어. 내가 조각날 뻔한 상태를 막아줬잖아. 그 조각들을 다시 이어 붙이려면 침실을 여기저기 뛰어다녀야 했을걸?"

이 말이 앨리슨을 웃겼다. 제레미는 자신의 실망한 모습이 앨리슨에게 보이지 않기를 바라며 속으로 한숨을 내쉬었다. 그러고는 차가운 물로 샤워할 수 없는 것을 천 번째로 아쉬워했다.

"음, 앨리슨. 이제 난 정말로 얌전히 있을게. 당신이 나를 미치게 만들지라도."

앨리슨의 얼굴이 빨개졌다. 하지만 제레미는 자신의 말을 후회하지 않았다. 앨리슨은 실제로 그를 욕망으로 미치게 만들었으니까.

"걱정하지 마. 당신은 나를 믿을 수 있을 거야. 같이 가자……."

제레미가 고통스럽게 인상을 쓰면서 의자에서 일어났을 때, 그의 근육은 공포와 아드레날린의 분비로 아직도 단단하게 반항하는 중이었다. 그는 자신의 몸이 왜 이렇게 살아 있을 때처럼 반응하는지 도무지 이해할 수가 없었다. 하지만 자신이 앨리슨에 대해 느끼는 믿을 수 없는 격정에 대해 그는 이 세상을 만든 그분에게 감사했다(그분이 존재하건 안 하건 간에).

뭘 하는 거냐고 묻는 앨리슨의 놀란 눈빛을 뒤로 하고 제레미는 그녀의 침실에서 베개를 몇 개 가져왔다. 그가 베개들을 침대 가운데에 놓고 두 사람 사이에(마지못해) 경계선을 만드는 것을 보고서야 알아차렸다. 앨리슨은 미소를 지었다. 제레미는 진짜 사람을 깜짝 놀라게 하는 남자였다.

앨리슨은 찢어진 시트로 만든 짧은 원피스를 입은 채였고(아, 안타깝구나, 젊은이여), 제레미는 릴리가 만들어준 바지를 얌전히 입고 있었다. 그는 잠들기 전에 당연히 진한 입맞춤을 하려 했다(그 이상을 얻어내리라는 희망을 품고. 천사들 역시 꿈을 꿀 권리는 있잖은가?). 하지만 앨리슨은 안개와 깃털로 만들어진 폭신한 베개에 머리를 대자마자 잠 속으로 빠져들었다. 최근의 일들은 확실히 제레미에게 영향을 미친 것이 분명했다. 그는 황금색 천사들과 비정한 붉은 천사들이 끔찍한 전쟁을 하는 꿈을 꾸었다. 이 광경은 그를 혼란스럽게 했다. 왜냐하면 이제까지 그는 한 번도 황금색 천사들을 만난 적이 없었기 때문이다. 심지어 플린트와 릴리가 황금빛과 은빛 날개를 펼쳤을 때조차 그들의 피부는 푸른색이었다. 그는 불안에 사로잡혀 눈을 번쩍 떴다. 옆에서는 앨리슨이 곤히 잠들어 있었다. 자는 모습도 얼마나 예쁜지……. 자신이 죽고 그녀가 살아 있었던 순간에 그랬던 것처럼 제레미는 그녀를 응시했다. 그녀가 별안간 가볍게 그르렁 소리를 냈고, 그것이 그녀에게 품고 있던 로맨틱한 이미지를 조금 흩뜨렸다. 제레미는 웃음이 터지려는 것을 참았다. 그는 그녀가 잠에서 깨어나기를 진정 원했다. 자신에게 말을 걸어주고 자신을 쓰다듬어주기를 원했다. 오, 그래, 특히 쓰다듬어주기를 말이다! 제레미는 깊게 한숨을 쉬었다. 그것은 해로운 생각이었다……. 특히 앨리슨에게. 차라리 그는 등을 돌리고, 점점 커져가는 욕망을 누르기 위해 살인자가 새빨간 검을 들고 나타났던 그 이상한 장면을 생각하려 애썼다. 헛수고였다. 더 이상 잠이 오지 않았다. 살인자의 얼굴 대신 앨리슨의 얼굴이 자꾸 나타나는 것을 막을 수 없었다. 사랑한다고, 당신만을 원한다고 속삭이는 그 미소 띤 입술을 바라보면서, 그토록 파란 눈동자 속으로 빠져드는 것을 피할 수 없었다……. 꿈속에서도 말이다.

제레미가 잠에서 깨어났을 때, 앨리슨이 그에게로 몸을 기울여 미소를 지었다.

"안녕, 내 예쁜 천사." 제레미가 목소리에 강렬한 욕망을 몽땅 담아 중얼거렸다.

그녀가 웃음을 터뜨렸다.

"당신은 잠에서 깨어날 때도 여자 비위를 맞출 줄 아네! 자, 이 게으름뱅이. 일어나! 플린트가 우리를 기다리고 있어."

앨리슨은 이미 잘 차려입은 상태였다. 길고 늘씬한 다리를 드러내는 아주 짧은 반바지와 꼭 맞는 조끼 같은 것을 입었다. 그녀는 자기 것보다 큰 반바지와 티셔츠를 내밀었다. 검은색 옷이었다.

"플린트가 이 옷을 줬어. 당신이 입었던 옷을 또 입고 싶지는 않을 거라면서."

그 말에 제레미는 잠이 확 달아났다. 그는 눈살을 찌푸렸다.

"플린트가 우리한테 옷을 만들어줬다……. 당신은 잠에서 깬 지 오래됐어? 왜 날 안 깨웠어?"

앨리슨의 눈빛이 떨렸다.

"나도 잘 모르겠어. 잠에서 깨어났을 때 내 침실이 보고 싶었고 어젯밤에 살인자와 무슨 일이 있었는지 제대로 알고 싶었어. 플린트가 만들어준 이브닝드레스가 아직도 거기 있어서 입어봤는데 그렇게 실용적이지는 않더라고. 그때 플린트가 들어왔어. 그는 내가 입고 있던 드레스를 이렇게 변형시켰고, 이 반바지와 티셔츠를 만드는 데 쿠션의 안개를 사용했어." 그녀의 표정은 꿈꾸는 것 같았다.

"난 남들한테 의존하는 게 좀 꺼려지기 때문에 그 능력을 좀 더 빨리 통제하고 싶어……. 그러고 나서 플린트가 아침 식사를 준비하는 동안 그와 대화를 나누었지. 참! 그는 실제로 벽에서 안개가 사라진 곳을 찾아냈어! 거기로 살인자가 들어온 거였어. 플린트가 그 틈을 수리하고 나니 릴리가 들어오더라고. 그녀가 당신을 깨우러 오겠다는 걸 내가 하겠다고 했지. 그리고 자, 내가 여기에 있는 거야."

앨리슨은 릴리가 제레미를 어떻게 깨울 생각인지를 너무나 잘 알고 있었고, 이제 제레미가 자신의 것이라고 마음을 정했기 때문에 (어젯밤 제레미를 밀어낸 것에 비추어보면 매우 역설적이지만) 그를 깨우러 서둘러 왔다는 말까지는 하지 않았다.

앨리슨은 제레미가 자신에게 즐거움을 준 것에 대해서는 의심하고 싶지 않았다. 플린트가 불타는 시선을 그녀에게 고정했을 때 느낀 피할 수 없는 불안감과, 역시 불타는 젊은 천사의 열정 사이에서 우쭐했던 것은 틀림없었다……. 그런데 왜 이렇게 비참하게 느껴지는 걸까? 물론 몇 시간 전에 살해당했다는 사실은 뺐는데도 말이다. 앨리슨은 머릿속에 떠오르는 생각들을 다 지워버렸다. 지금은 제레미와 함께 살아남아야만 한다는 생각뿐이었다. 사랑이든 아니든 그것은 나중 문제이다……. 아니면 아예 문제가 아니거나.

앨리슨은 침대 위에 옷을 올려놓았다. 한편 제레미는 그녀가 방금 자신에게 한 말을 곱씹었다. '난 시간 개념을 잃었어' 같은 말은 너무 싫었다. 플린트가 앨리슨의 정신을 다시 혼란스럽게 만든 것일까? 제레미는 앨리슨에게 자신이 플린트를 의심하고 있다는 것을 알리지 않았다. 그는 여느 때와 마찬가지로 벌거벗고 있다는 것을 잊어버린 채 벌떡 일어섰고, 기겁을 한 앨리슨은 부리나케 뛰쳐

나갔다. 제레미는 하늘로 눈길을 돌렸다. 이 세계에서 살아나가려면 앨리슨도 언젠가는 그 순수함을 버려야만 할 것이다. 수천만 명의 천사들이 대부분의 시간을 벌거벗고 산책하고 있으니 말이다. 특히 그런 상태로 앨리슨이 자신을 안아주면 참 좋을 것 같았다.

잘 재단된 검정 티셔츠를 입으려다가 제레미가 돌연 움직임을 멈췄다.

황금색 빛이 그의 몸 위에서 번득였다. 순간적으로 그는 뭔가가 반사된 거라고 생각했다, 하지만 아니었다. 그 빛은 그에게서, 더 정확하게 얘기하자면 그의 배꼽에서 나온 것이었다.

제레미의 배꼽이 황금 동전처럼 빛나고 있었다.

그는 겁에 질려 가까스로 침을 삼켰다. 이제 무슨 일이 벌어지려는 것일까? 제레미는 황금색 조각상으로 바뀌는 걸까? 건드려보았지만 피부는 어제와 정확하게 똑같았다. 유연하고 미지근했다. 제레미는 조심스레 숨을 들이쉬고 내쉬었다. 배꼽 주위의 자국은 늘지도 줄지도 않았고 아무런 변화도 없었다. 음, 좋아. 아니…… 하나도 좋지 않다. 하지만 지금 당장은 이 기묘한 변화를 비밀로 지켜야 하리라. 제레미는 플린트가 자신에게 무언가를 기대하고 있다는 느낌을 버릴 수가 없었다. 늙은 천사가 앨리슨을 유혹하려는 것에 비추어볼 때, 그것은 제레미를 침대 속으로 밀어 넣기 위한 것은 분명히 아니었다. 플린트가 자신에게 무엇을 원하는지, 앨리슨과 자신에게 원하는 게 뭔지 알지 못하는 한 제레미는 플린트를 신뢰할 수 없을 것이다.

젊은 천사는 두근거리는 가슴을 안고 무사히 옷을 입었다. 그는 호화로운 식당에 들어가자마자 릴리의 굉장한 아름다움과 정면으로 마주쳤다. 아침 식사 시간, 그녀의 모습은 너무도 치명적이었다……. 탁월하게 아름다운 천사의 가슴은 제레미의 머릿속에서 배꼽에 대한 생각을 쫓아내기에 충분했다. 그녀는 몸만 그렇게 완벽한 것이 아니었다. 뽀얗게 달구어져 빛을 내는 저 얼굴이나 성자라도 지옥에 떨어뜨릴 듯한 입술. 아, 그것은 그녀만이 지닌 독특한 개성의 힘이었다. 플린트와 마찬가지로 릴리에게서 풍기는 강렬한 카리스마가 제레미의 머리가 제대로 생각하지 못하도록 막았다. 사실 앨리슨과 함께 밤을 보낸 후 제레미는 면역이 되었다고 생각했었다.

하지만 전혀 아니었다.

약간 열에 들뜬 제레미는 릴리에게 인사를 하고 자리에 앉았다. 릴리를 바라보는 것, 그것은 아름다움의 샘물을 직접 들이켜는 것과 같았다. 그녀의 완벽함은 안개처럼 그 자체로 사람들을 가득 채우고 배불릴 수 있었다. 앨리슨이 정신을 빼앗긴 제레미의 옆구리를 팔꿈치로 툭 치자 그는 간신히 최면 상태에서 헤어나올 수 있었다. 앨리슨과 눈이 마주쳤지만 앨리슨의 시선에서 비난은 전혀 읽을 수 없었다. 오직 이해심만 가득 있을 뿐이었다.

오늘 아침, 플린트는 버터를 바른 크루아상과 몹시 비슷한 것을 만들었다. 비록 곁들일 음료가 없기는 했지만. 제레미가 크루아상을 한 입 맛보았는데 안개가 혀 위에서 사르르 녹았다. 기쁨과 황홀경이 느껴진 다음 풍미가 입안에서 폭발했다. 그렇다, 진짜 크루아상의 맛이었을 뿐만 아니라 최고의 버터 맛이었으며, 게다가 완벽한 꿀 향이 곁들여졌다. 더불어 아주 풍부한 커피 향기까지 이어져 소름이 끼쳤다. 플린트는 어떻게 이런 극치의 경지에 이를 수 있었을까, 제레미는 생각했다. 혹시 제빵 명장의 생명을 빼앗은 것은 아닐까?

어안이 벙벙할 정도인 감탄의 순간이 지나자 제레미 역시 앨리슨처럼 음식에 몸을 던졌다. 두 늙은 천사는 살인자의 공격에 대해 언급할 수 있었지만, 아침 식사가 끝나지 않았기 때문에 그 얘기를 꺼내지는 않았다.

배가 가득 차자 릴리가 먼저 입을 열었다.

"지난밤에 일어난 일은 아주 이상했어(두 젊은 천사가 뜻하지 않게 빈정거리는 표정을 짓자 릴리는 짧은 웃음을 터뜨렸다)……. 그러니까…… 여기서 이미 일어난 일들 중에서도 특히 이상했다는 거지. 그 붉은 천사는 늙은 천사의 거주지에 침입할 정도로 너희에게 강력하게 복수를 시도한 것 같은데, 그런 일은 이제까지 한 번도 일어난 적이 없거든. 그래서 우리는 그를 찾아내 그가 한 행동을 후회하게 해줄 거야……."

릴리는 마지막 단어를 중얼거리며 말을 마쳤다.

"……뼛속 깊이."

릴리의 미소는 잔인했고 두 명의 젊은 천사는 똑같이 침을 꼴깍 삼켰다.

"그럴 필요는 없을 거예요." 제레미가 앨리슨을 바라보며 말했다. "우리는 나갈 거니까요."

릴리와 플린트가 동작을 멈췄다. 이 광경은 마치 그들이 호흡을 멈추고 석상으로 굳어버린 것처럼 느껴져 인상적이었다. 그들에게서 뿜어져 나오던 카리스마는 사라져버렸다. 늙은 천사들이 이토록 놀라움을 표현한 적이 있었던가?

잠시 후 플린트는 다시 숨을 뱉어냈고 릴리는 테이블 위에 손을 올렸다. 제레미는 두 사람의 모습이 하나도 달라지지 않아 조금 놀랐다.

"나간다고?"

"네, 두 분은 우리를 정말 근사하게 대해주셨어요. 하지만 살인자는 이곳을 알고, 우린 두 분을 위험에 노출시키고 싶지 않아요. 앨리슨과 내가 군중 속으로 녹아들거나 다른 도시로 떠난다면 그자는 우리를 절대 찾지 못할 거예요. 우리가 평화롭게 살 수 있는 장소는 수천, 수만 개나 있으니까요. 난 금융계의 왕이 되는 것에 너무 얽매여서 많이 여행해보지 못했어요. 그러니 이제는 생전에 가보지 못한 지구의 방방곡곡을 다 여행하고 싶어요……."

설령 그 말이 떠나기 위한 핑곗거리였다 할지라도 제레미는 실제로 그렇게 돌아다니며 평온을 되찾고 싶었다. 동시에 앨리슨과의 관계도 더 깊어지기를 열망했다. 살아 있을 때도 사랑을 찾아내지 못했는데, 그 사랑을 저승에서 잃어버린다는 것은 생각하고 싶지도 않았다. 지금 앨리슨에게 느끼는 감정을 살아 있을 때는 어느 누구에게서도 느껴보지 못했다. 제레미는 그녀를 행복하게 해주고 싶었고, 그녀를 보호하고 싶었으며, 안전한 은신처에서 영원히 사랑을 나누고 싶었다. 제레미는 자신이 과거에 끝없이 능력을 추구했던 것처럼 앨리슨에게 사로잡히는 중이라는 것을 잘 알고 있었지만, 어쩔 수 없었다. 그래도 사랑을 정복하는 것은 돈을 산더미처럼 모으려 애쓰는 것보다 훨씬 더 고결하게 생각되었다. 다만 플린트와 릴리에게 이 계획을 알리기 전에 앨리슨에게 설명했다면 분명히 훨씬 영리한 대응이었을 것이다…….

신경질이 난 앨리슨은 가슴에 팔짱을 꼈다. 제레미는 도대체 무슨 생각으로 자신의 이름을 거론한 것일까?

"난 떠나지 않아!" 그녀가 짜증스럽게 소리쳤다. "임무를 완성해야 된단 말이야. 벤투지가 시장에 치료약을 내놓게 만들어서 수천만의 목숨을 구해야 한다고……. 그러려면 내겐 플린트가 필요해! (늙은 천사는 만족스러운 표정을 지었다.) 난 혼자 옷도 만들 줄 모른단 말이야! 옷도 제대로 걸치지 못하고 복수하게 생겼잖아……."

앨리슨은 성난 암고양이처럼 말을 뱉어냈고, 제레미는 그때서야 한발 늦게 자신이 욕망을 현실로 착각했다는 것을 깨달았다.

"음, 내 말은," 제레미는 만회해보려고 애썼다. "우리는 친구들을 위험하게 하지 않고 언제든지 여기에 올 수도 있고, '로지스 앤 블루스'에서 만날 수도 있다는 거야."

제레미는 꼭 플린트의 영향으로부터 앨리슨을 멀리 떼어놓고 싶었다. 하지만 앨리슨은 그의 바람과 달리 그리 도움을 주지 않았다…….

플린트는 마치 제레미의 생각을 읽는 것처럼 빈정거리는 미소를 만면에 가득히 띄었다.

"내 집이 바로 자네들 집이나 마찬가지야." 그는 침착한 목소리로 말했다. "두 사람이 머물고 싶다면 언제나 환영일세. 나는 앨리슨의 숭고한 탐색을 도울 거야. 설사 자네들이 다른 곳에서 살고 싶다 해도 자네들을 도울 거야. 여기 머무는 것은 어떤 경우에도 나의 지지를 얻기 위한 조건이 아냐. 우리 사이에 그것은 너무나 명백하지."

그는 잠시 거리를 두었고, 제레미는 그런 엄청난 너그러움 앞에서 거북한 감정을 느꼈다.

그때 릴리가 끼어들었다. 그녀는 진짜 이상한 얘기를 했다.

"플린트, 혹시라도 이 두 사람이 진짜 나가게 된다면 키메라에 대해서 얘기해줘야지!"

늙은 천사가 인상을 찌푸렸다.

"아냐, 그럴 필요 없어. 이들이 불운하게 키메라를 만날 확률은 0.000005퍼센트도 안 돼."

플린트는 릴리가 이 생물체에 대해 언급한 것이 약간 난처한 것 같았다. 제레미는 물론 키메라가 무엇인지 잘 알고 있었다. 양의 몸에 사자의 머리, 뱀의 꼬리를 가진 신화 속 동물이었다. 하지만 그 동물이 여기 저승에서 뭘 하는지는 전혀 아는 바가 없었다. 무엇보다 이곳에 동물은 없었다.

"그게 뭐죠?" 제레미가 좀 예민한 어조로 물었다.

플린트가 한숨을 내쉬었다.

"그건 우리 세계에서 비밀……로 치부되는 한 가지 요소야. 두려움, 죽음, 병마, 사랑하는 사람을 잃는 것 등등의 고통을 충분히 경험한 인간들은 다시 '통과'한다는 것이 불안하고 매우 걱정되거든, 그래서……"

릴리가 플린트의 말을 끊었다. 그녀의 어조는 거침이 없었다.

"이들에게 이 얘기를 하지 않고 나가게 내버려두는 것은 말도 안 돼, 플린트. 당신이 안 한다면 내가 얘기할게!"

플린트는 인상을 찌푸렸지만 릴리의 고집 앞에서 두 손을 들고 말았다.

"알았어, 좋아, 좋아. 릴리가 옳아. 음…… 자네들이 어느 날 운 나쁘게 키메라와 마주친다면 스스로를 보호할 수 있어야만 하니까……. 우리가 자네들에게 이 얘기를 해야지. 아니, 직접 보는 게 더 나을 거야……. 오늘 저녁 결투가 있을 예정이야!"

제레미와 앨리슨은 넋이 빠져 서로 바라보았다. 제레미는 느닷없이 '파이트 클럽'에 있는 것 같은 인상을 받았다. 두 젊은 천사의 절박한 물음에도 불구하고 플린트는 그 이상은 말하지 않았다. 또한 해결해야 할 사건이 있었기 때문에 그는 벤투지의 추격전에 함께 갈 수가 없었다. 그래서 그들은 나중에 '결투장'에서 만나기로 약속했다.

사정이 그랬으므로 플린트는 제레미와 앨리슨을 압박하지 않았다. 두 젊은 천사는 나갈 수 있다는 허락을 받았지만 릴리의 호위를 받아야만 했다. 그녀는 경호원 역할에 재미를 느끼는 것 같았다. 화려한 붉은 머리 천사는 라라 크로프트•가 입을 법한 핫팬츠와 장검 두 개, 단검 여러 개를 만들었다. 이것만으로도 제레미는 숨이 멎을 정도였는데, 거기에 끝에 쇠 장식이 달린 짧은 검정 부츠를 신고 머리카락을 하나로 굵게 땋아 내리고는 준비가 끝났다고 선언했다. 오토바이를 탄 여전사의 완벽한 재현이었다.

릴리는 아주 태평한 표정이었는데, 그것이 진정한 미션을 완수하기 위해 출정한다고 느끼는 앨리슨의 감정을 특히 자극했다. 다시 인생의 통제력을 되찾은 느낌을 받은(그러니까…… 말하자면 그렇다는 얘기다) 젊은 여성의 힘찬 추진력 아래, 그들은 아서 벤투지를 찾는 수색 작업의 닻을 올렸다. 인터넷으로 검색한 덕분에 앨리슨은 당연히 그의 집 주소를 알고 있었지만 먼저 직업적인 배경 내에서 그의 동정을 살피기로 했다. 그녀는 벤투지가 암에 대한 치료책을 다시 거론하기를 바랐다.

릴리가 다 같이 날아가자고 제안했지만 앨리슨은 완고하게 거부했다. 그녀는 날아가는 것도 옮겨지는 것도 좋아하지 않았다. 이 말은, 인간들이 이용하는 교통수단의 도움을 받아 이동하는 것도 즐겁지 않다는 뜻이다. 앨리슨은 물질이 아닌 상태로 변하는 것에 엄청난 어려움을 느꼈다. 제레미가 자동차 안으로 수월하게 들어가는 것을 보고 앨리슨도 시도했지만, 문짝에 거칠게 부딪쳤기 때문에

• 영화 「툼 레이더」의 주인공인 여전사.

그녀는 릴리에게 불평을 했다. 릴리는 이 기회를 이용해 모든 점에서 특별한 재능을 보이는 제레미의 적응력을 칭찬했다. 이 말은 제레미를 꽤 거북하게 만들었다. 그는 특별하고 싶지 않았다. 제레미는 그저 앨리슨이 사랑해주기만을 바랐다! 아 물론, 그들 둘이 영원히 함께 행복하게 사는 것도 바랐다…….

'안티 – 벤투지'라는 그들 계획의 첫 번째 단계를 위해, 그들은 벤투지의 이름을 단 유명한 연구소의 정보를 찾기 위해 한 약국에 들렀다. 그다음 그들은 건물의 칠 층에 위치한 벤투지가 일하고 있는 연구 센터까지 찾아갔다.

마침내 자신들을 살해하라고 지시했던 장본인과 마주하게 되자 앨리슨은 몸이 굳었다. 아서 벤투지의 얼굴에는 비열하고 더러운 인간이라는 기색이라곤 전혀 드러나지 않았다. 정신병 걸린 연구원의 이미지와는 반대로, 하얀 가운을 걸친 모습은 심지어 세련되어 보였다. 그러나 갈색 눈동자에서 번득이는 빛은 속일 수가 없었다. 이 남자는 엄청난 발견을 한 것이 틀림없었다. 그는 그 사실을 전 세계에 알리고 싶어 몸이 달았다. 어마어마한 돈과 맞바꿔서 말이다.

"저 쓰레기가 우리를 죽이라고 시킨 거지?" 제레미가 으르렁거렸다.

그는 앨리슨이 벤투지의 계획을 알게 된 사정을 클라크에게 털어놓던 장면을 떠올리고는 더 알고 싶어졌다. 제레미가 말을 이었다.

"앨리슨, 사실 당신한테 물어본 적은 없지만 알고 싶어서 그래. 어떻게 저자의 계획을 알게 된 거야?"

"난 저자의 아들 피터에게 특별 수업을 하고 있었어. 수업이 있던 날, 나는 저자의 사무실 옆에 있는 서재에서 피터를 기다리고 있었지. 문은 잠겨 있지 않았지만 가구가 하나 놓여서 내 모습을 가렸던 거야. 아서 벤투지는 나를 볼 수 없었지. 나는 저자를 방해하고 싶지 않아서 소리를 죽이고 앉아 있었어. 몇 분 후 벤투지가 전화에 대고 문제의 그 암 치료제에 대해 말하더니 그 약품을 발표하지 않으리란 사실도 얘기했어. 아직 적당한 시기가 아니라며 말이야. 나는 아연실색하고 공포에 휩싸여 그의 말을 잘못 알아들었다고 생각했어. 곧이어 피터가 들어왔고, 피터는 나를 보자 반가워서 나한테 말을 하기 시작했지. 나는 아이에게 입을 다물라는 신호를 했지만 이미 늦었던 거야. 그 순간 아서 벤투지는 내가 자신의 통화 내용을 다 들었다는 사실을 알아차렸던 거지. 그는 진짜로 빠르게 대처했어. 며칠 후 그가 새로운 치료제를 발견했다는 것을 알고 있던 여자 동료를 살인 청부 의뢰했어, 물론 이것은 내 추측이기는 하지만 말이야. 그리고 당신을 살인 청부 의뢰한 거고(앨리슨이 깊게 숨을 들이마셨다). 그다음에는 내 차례였던 거야……."

제레미가 그녀를 위로하려 애썼다.

"경찰이 그와의 관계를 밝혀낼 거야. 난 확신해. 벤투지는 우리를 없애는 데 그렇게 눈에 띄는 방법을 쓸 정도로 아주 위험한 인간이야. 연쇄살인범의 행적을 좇는 데도 역시 사람을 붙였어. 하지만 나는 경찰이 그의 아들 피터가 내 여동생과 같은 반이라는 것을 밝혀내고, 당신과 나, 그 여자 동료 사이의 관계를 곧 풀어낼 거라고 확신해!"

"아니," 앨리슨이 격한 어조로 반박했다. "당신과 그 연구원은 확실하겠지. 두 사람은 같은 수법으로 살해당했으니까. 하지만 내 죽음에 대해서는 경찰이 수사를 한다 해도 벤투지와 내가 어떤 거래를 했는지 아무런 흔적도 찾지 못할 거야. 그가 내게 현금을 건넸는데 내가 거절했거든. 피터에게 두 번째 수업을 하는 날이었어. 난 그 수업에 대해 아무한테도 얘기하지 않았지. 심지어 피터의 담임선생인 마치 부인도 몰랐으니까. 게다가 아이들은 절대 심문하지 않을 거야. 경찰들은 그저 일반적인 질문이나 하겠지. '이상한 점은 못 느꼈나요? 주위를 배회하는 사람은 못 봤나요?' 따위. 내가 백만 달러를 걸겠는데, 벤투지가 집에 왔던 나의 존재를 절대 아무에게도 발설하지 말라고 아들에게 주의시켰을걸. 그게 누구든 아무것도 못 찾을 거야."

그들이 대화를 나누는 동안, 아서 벤투지는 가운 속에 입은 재킷의 안주머니에서 휴대전화를 꺼내 전화번호를 누르며 욕설을 지껄였다.

"제기랄, 칸, 전화 받아! 도대체 뭐하는 거야, 멍청아! 살인 사건을 벌여놓고 이렇게 사라지면 어쩌라는 거야!"

이 말에 제레미와 앨리슨, 릴리의 얼굴에는 순간적으로 충격을 받은 표정이 드러났다. 잠시 후 타는 듯이 붉은 머리 천사가 냉소적으로 웃으며 앨리슨의 손을 가볍게 쳤다.

"자, 아기 천사들. 이제 살인자는 완전히 너희 것이다! 내가 도울 테니, 너희는 저자가 그 대가를 치르게 하렴!"

13. 피의 맛

제레미는 분노가 끓어올랐지만 벤투지의 목을 두 손으로 힘껏 조르고 싶은 잔인한 욕망을 억눌렀다. 앨리슨은 먹이를 삼키려 탐욕스레 주위를 맴도는 상어처럼 끈기 있게 그의 주위를 돌았다. 그러다가 갑자기 욕설을 내뱉으며 소리를 지르더니 살인자에게 달려들어 주먹을 마구 휘둘렀다. 제레미는 자신의 장례식 날 보았던 아버지의 모습을 다시 보는 것 같은 무서운 인상을 받았다. 그것은 통제할 수 없는 분노였다. 제레미는 앨리슨에게 달려가 그녀를 붙잡았다.

"자, 자." 앨리슨이 놀라운 힘으로 버텼지만 제레미는 그녀를 부드럽게 다루었다. "진정해, 숨을 들이마시고. 자, 이런 행동은 아무 소용이 없어!"

잠시 후 앨리슨의 눈이 붉은색으로 변한 것 같은 느낌이 들었다. 결국 몸부림을 멈춘 앨리슨은 제레미의 품 안에서 울음을 터뜨렸다. 마음이 아픈 제레미는 그녀를 꽉 안아주었다. 릴리가 다가와 거의 어머니처럼 두 사람을 같이 끌어안았다. 제레미는 앨리슨이 너무 걱정되어서 처음으로 빨간 머리 천사에게 욕망을 느끼지 못했다.

몇 분 후 가슴이 후련해진 앨리슨은 릴리가 건넨 손수건을 받아 눈물을 훔쳤다. 그녀는 살인자에게 다시 달려들고 싶은 유혹을 이겨내기 위해 벤투지에게서 등을 돌렸다.

"릴리," 감정에 휩싸여 아직도 목이 잠긴 목소리로 앨리슨이 말했다. "만약 당신이 벤투지한테 말을 한다면, 그에게 당신의 말이 들릴 거라고 생각하세요? 그가 당신의 말에 복종할까요?"

"아가씨, 어떻게 되는지 곧 보게 될 거야!"

붉은 머리 천사가 벤투지의 귀에 대고 속삭였다.

"넌 너무나 졸려. 아주 피곤해서 남들 앞에서 잠들어도 어쩔 수 없을 지경이야. 누가 보든 말든 넌 아무 상관 안 해. 신경 써야 할 일이 너무 많아서 피곤이 몰려오고 있어."

긴장한 표정으로 세 천사는 벤투지를 뚫어지게 바라보았다. 하지만 그는 살인 청부업자와 접속하려는 생각에 사로잡혀 아무런 흔들림도 없었다.

"당신 수법이 그리 잘 먹히지는 않네요." 앨리슨이 업신여기는 말투로 내뱉었다.

릴리가 냉정한 시선을 그녀에게 던지고는, 느닷없이 연구소의 한쪽 면을 나누어놓은 반투명 유리벽을 통과했다. 그녀는 현미경을 들여다보고 있던 한 남자의 귀에 속삭였고, 잠시 후 그는 하품을 하기 시작하더니 의자를 뒤로 밀고는 책상 위에 팔을 올리고 잠깐 졸았다. 제레미는 별안간 운전할 때 왜 그렇게 졸음을 이기기가 힘들었는지 이제야 알았다. 붉은 천사들이 이런 짓을 즐겨 했다면 말이다.

릴리가 만족감에 초록빛 두 눈을 빛내며 사무실로 되돌아왔다.

"그래서요?"

앨리슨이 마지못해 그녀를 인정했다.

"저 사람한테는 먹히는데 벤투지한테는 안 되네……."

무력해진 릴리가 흐릿하게 인상을 썼다.

"유감이야. 우리는 진지하게 너희들을 도울 수 있을 거라고 생각했어. 우리 힘은 실제로 인간에게 영향을 미칠 수 있으니까. 하지만 저렇게 큰 죄악, 공포, 탐욕과 마주하니…… 제대로 작용하지 않는다는 것을 인정할게. 벤투지에게는 내 말이 들리지 않아. 내 말을 들으려고도 하지 않고 자기 고민과 돈에만 너무 집착하고 있어. 그를 마음대로 다루려면 아주 강력한 붉은 천사가 있어야만 해!"

앨리슨이 거칠게 고개를 쳐들었다.

"왜 푸른 천사가 아니라 붉은 천사예요? 난 어차피 같은 줄 알았는데?!"

그렇다, 제레미도 마찬가지였다. 특히 여동생을 괴롭히던 붉은 천사를 촛불처럼 훅 불어버린 두 푸른 천사를 본 이후였으니 더욱 그런 생각이었다.

릴리는 인상을 더 찌푸렸다.

"불행히도 그건 완전히 정확하지가 않아. 부정적인 감정이 클수록 더욱 힘이 강하고, 붉은 천사들이 부정적인 감정을 많이 먹을수록 그들도 더 강해지게 되는 거야. 몇몇 나이 든 붉은 천사는 완전히 끔찍하거든. 너희들도 오늘 저녁 결투를 보면 확인할 수 있을 거야."

자신들을 기다리고 있을 것을 떠올리고 제레미가 몸을 부르르 떨었다. '키메라'라는 단어는 신화적인 개념을 많이 포함하고 있는 것 같아 더욱 소름 끼쳤다. 천사들이 그것을 재창조하고…… 서커스 놀음 같은 것을 기획하는 데 성공한 것일까? 검투사들도 등장하고? 또 무시무시한 생명체들도 같이 등장하는?

그러나 지금 제레미가 걱정하는 것은 앨리슨뿐이었다. 그녀는 집착이 점점 커지는 중이었다. 그녀가 망령이 되도록 내버려둔다는 것은 생각할 수도 없는 일이었다.

제레미는 앨리슨의 손을 잡았다. 그녀는 몸을 떨었다. 그것이 그의 마음을 아프게 했다. 제레미는 조심스레 그 감정을 숨기려 했다. 하지만 릴리의 초록빛 눈동자가 호기심을 품고 그를 바라보았다. 그녀 역시 앨리슨을 걱정하고 있었다. 그것이 보였다.

복수해야 한다는 앨리슨의 병적인 집착 때문에 그들은 한참 동안 벤투지를 염탐했고, 오후 나절이 끝날 즈음에는 그의 집까지 쫓아갔다. 살인자의 아들인 피터가 아버지의 품속으로 달려가는 장면을 보자 앨리슨은 신음을 흘렸다. 아이는 학교에서 알게 된 교생 선생님이 죽었다는 소식에 울음을 터뜨려 아직도 눈이 빨갛게 충혈되어 있었다. 릴리가 그녀의 손을 잡았지만, 앨리슨은 벤투지가 아이의 슬픔을 가라앉히려 애쓰며 다정하게 아들을 다루는 것을 보고 광기에 사로잡혀 쓰러질 뻔했다.

"선생님은 하늘나라로 가셨을 거야." 벤투지가 아들을 꼭 안으며 부드럽게 말했다. "이제 고통스럽지도 않고 천사가 되어 너를 지켜줄 거야. 선생님이 너를 많이 사랑한 것을 아빠도 알아. 아빠는 그것을 금방 알아차렸단다. 네가 선생님을 그리워하는 만큼 선생님도 널 그리워할 거야."

이런 괴물도 사랑을 할 수 있다니. 제레미는 벤투지가 이토록 정답고 사려 깊은 아버지 이리라고는 생각하지 않았는데, 이 광경을 보고 깜짝 놀랐다. 하지만 앨리슨의 눈에는 남자에게서 흘러나오는 푸른 안개에도 불구하고 거짓부렁과 위선적인 행동만 보였다.

피터는 열 살밖에 안됐지만 아버지가 없을 때 텔레비전을 많이 봤다. 본의 아니게 아이는 중요한 정보를 그에게 알려주었다.

"아빠, 선생님을 죽인 사람은 검으로 벌써 두 사람이나 죽인, 바로 그 살인범이래요. 그런데 우리 선생님은 맞서 싸웠대요! 그래서 죽기 전에 그 살인범을 죽이는 데 성공했대요!"

아서 벤투지는 온몸에 소름이 돋았다.

"뭐라고? 피터, 방금 뭐라고 했니?"

"경찰이 학교에 왔었어요. 그 아저씨들은 무슨 일이 벌어졌는지 우리한테 말을 안 해주려고 하더라고요. 그런데 텔레비전에서 뉴스를 했어요. 난 집에 열두 시에 들어왔는데 그때 봤어요. 선생님이 저항하는 바람에 그 살인범이 전기에 감전돼 죽었대요. 나쁜 사람이니까 잘됐죠, 뭐!"

아서 벤투지가 두려움을 느끼자 갈색 안개가 피어올랐다. 그는 최선을 다해 아들을 위로했지만 온갖 시나리오를 상상함에 따라 갈색 안개가 더욱 높게 거실 천장으로 피어올랐고, 정신이 저 멀리 딴 데 가 있다는 게 눈에 보였다.

별안간 그는 급한 일이 생겼다는 핑계를 대며 아들을 집에 혼자 두고 자동차로 뛰어올랐다. 더 잽싼 릴리가 재빨리 그의 뒤를 따랐고, 제레미와 앨리슨은 피터 곁에 머물렀다. 벤투지가 삼십 분 후 다시 돌아왔다.

"벤투지가 임대한 휴대전화를 강물에 던졌어." 릴리가 약간 숨을 헐떡이며 말했다. "칸과 관련 있는 것들을 전부 다 없애는 거지!"

이 말을 듣고 앨리슨이 뿜어낸 소리는 거의 짐승이 으르렁거리는 소리에 가까웠다. 앨리슨이 만약 이 순간 살아 있는 사람들처럼 안개를 뿜었다면, 예쁜 색깔은 아니었을 것이라고 제레미는 입을 꾹 다물고 생각했다. 그녀는 자신이 살던 집에 절대 다시 가보고 싶어 하지 않았고, 클라크나 프랭키에 대한 소식도 알고 싶어 하지 않았다. 이런 모습은 제레미가 안다고 여겼던 앨리슨과는 전혀 다른 모습이었다. 지금 앨리슨은 냉정하고 몰인정해 보였다. 굳게 마음을 먹었으면서도 그녀는 오후 내내, 마치 한 마리 들짐승처럼 벤투지 주위를 맴돌았다. 끊임없이 욕설을 뱉어내고 열에 들떠 어떻게 하면 그를 해칠 수 있을지에만 골몰하며 호시탐탐 그를 노렸다.

그를 죽인다?

제레미는 앨리슨이 정확하게 자신과 똑같은 감정을 겪고 있다고 짐작했다. 무력하다는 감정. 아무것도 할 수 없다는 느낌. 그는 이미 이런 감정을 경험했다. 앨리슨에 대해 사랑을 느꼈을 때. 그녀는 바로 지금 그 감정을 경험하는 것이다. 그녀가 겪는 감정의 동력은 증오였다. 이 두 경우에 결과는 같다. 집착이 나타나는 것이다. 집착이 나타나는 것은 좋지 않았고, 천사들의 말이 옳았다. 제레미는 복수하려는 앨리슨을 포기시킬 정도로 충분히 그녀를 사랑할 수 있을까?

매우 힘들었지만 릴리와 제레미는 결국 앨리슨을 벤투지에게서 떼어놓았다. 뉴욕 외곽에 있는 벤투지의 집에서 벗어나자 앨리슨은 잠시 정신을 되찾는 것 같았다.

하지만 앨리슨의 이 말이 릴리를 화나게 했다.

"당신들은 나를 도와주고 싶지 않은 거예요. 나도 잘 안다고요! 맹세컨대 난 나에게, 아니 우리에게 한 짓을 그 나쁜 놈한테 똑같이 해줄 방법을 찾아내고 말 거예요. 무슨 수를 써서라도."

릴리가 눈썹을 치켜뜨니 초록빛 두 눈에서 섬광이 번쩍거렸다.

"난 도와주고 싶지 않다고 말한 적 없어. 이런 짓은 아무 소용도 없다고 했을 뿐이지. 심지어 내가 증명했잖아. 너도 제레미처럼 인정했고. 난 네가 그 미묘한 차이를 이해하길 바라. 꼬마 천사 아가씨."

앨리슨은 그녀에게 적의에 찬 눈길을 던지고는, 거대한 창고 안에 세워진 커다란 안개 원형극장 앞에 도착할 때까지 입을 꾹 다물고 침묵을 지켰다.

이제까지 제레미는 천사들이 안개를 채취할 수 있는 곳에만 만남의 장소를 만든다고 알고 있었기 때문에, 이 창고가 사람들의 거주지에서 멀리 떨어져 있다는 사실에 놀랐다.

청년은 원형극장 안에서 싸움꾼들에게 욕설을 퍼붓는 천사들의 아우성이 들려오자 한숨을 내쉬었다. 그렇다, 파이트 클럽이다. 두말할 것도 없이. 원형 경기장, 로마와 시저가 떠올랐고 안개와 무서운 결투가 그들을 기다리고 있을 것만 같았다.

입구에서 출입을 통제하고 있는, 반은 파랗고 반은 붉은 늙은 천사가 두 아기 천사를 보고 깜짝 놀랐지만 릴리 덕분에 함께 안으로 들어갈 수 있었다.

"릴리, 네가 뭘 하는 건지는 알지?" 늙은 천사가 위협적으로 투덜거렸다. "다들 완전히 흥분했어. 이런 결투를 안 한 지 꽤 오래됐잖아. 얘네 둘은 아주 애송이 같은데……."

"내가 보호할 거야, 브렌트. 걱정하지 마." 릴리가 가볍게 대답했다. "플린트는 벌써 도착했어?"

"그래, 늙다리 얼간이는 벌써 자기 자리에 앉아 있어. 널 기다리고 있지."

그가 앨리슨과 제레미에게 시선을 던지더니 한 마디 덧붙였다.

"엉덩이를 조심해, 애송이들! 늙은이들을 똑바로 쳐다보지 말고. 여기에서 그런 짓을 하면 도발로 생각하니까. 그래, 그들이 너희들을 눈여겨보지 않도록 조심하는 게 좋을 거야!"

목이 메어 제레미와 앨리슨은 고개를 끄덕였다. 아, 그들은 다른 천사들이 자신들에게 관심 갖기를 눈곱만치도 바라지 않았다. 그들은 스스로 몸을 작게 움츠리려 애쓸 것이다!

영화를 많이 본 제레미는 거칠고 극도로 흥분한 사람들이 잔뜩 모인 음산하고 더러운 장소일 것이라고 예상했다. 그 안에서 두 사람이 서로 두들겨 패며 피투성이가 되거나, 아니면 원형 경기장에서 검투사들이 결투하듯이 검과 삼지창을 들고 서로를 찌를 것이라 생각했다. 다만 지상의 사람들과는 달리 늙은 천사들은 시합을 몰래 조작할 아무 이유도 없었다. 예상과는 다르게, 천사들은 공공연히 이 창고에 투자를 했고, 가장 창조적인 인물들이 안개를 조각해서 오로지 칸막이 좌석만 있는 화려한 원형극장으로 변화시켰다. 그것도 총천연색으로. 이 화려한 외관은 앞으로 보게 될 광경이 제레미가 맛볼 가장 소름 끼치는 경험(죽음을 제외하고)이라는 것을 드러내며, 거기에 터무니없이 유쾌한 인상을 더했다. 오늘 저녁, 수많은 날개들이 자랑스레 바스락거렸다. 논리적으로 생각해볼 때 그것은 아주 늙은 천사들의 날개였다. 그들은 자신들의 힘과 상당한 연배를 드러낼 명백한 증거로 푸른색, 보라색, 붉은색, 자주색 등 깊고 짙은 색깔들을 보란 듯이 과시했다. 무시무시한 카리스마를 드러내듯이. 자신들이 독점한 음식의 색깔을 알리는 듯한 몇몇 인물들은, 유명한 레스토랑의 셰프처럼 완전히 새하얀 색이었다. 그들은 만족감을 나타내는 안개만 먹는 것이다.

갑자기 릴리가 두 젊은 천사들의 허리를 끌어안고 플린트가 있는 칸막이 좌석까지 날아갔다. 앨리슨이 소리를 지를 새도 없었다(음, 어쨌든 선택의 여지가 없었다. 거기에는 계단도 없었고 그들은 날지도 못했으니까……). 칸막이 좌석은 화려했다. 짙푸른 색 벨벳이 깔린 내

실엔 폭신한 안락의자들이 놓여 있었고, 휴식용 침대 두 개도 있었는데 그것을 본 앨리슨은 부끄러워 낯을 붉혔다. 공연을 관람하면서 식사를 할 수 있도록 모듬 안개 요리가 낮은 테이블 위에 놓여 있었다. 릴리와 제레미는 벤투지를 감시하느라 아침부터 아무것도 먹지 못했으므로 즐거이 음식들을 먹었지만, 앨리슨은 그 짧은 비행에도 속이 울렁거려 여전히 거북했다. 현기증으로 고통받는 천사라니, 그녀는 자신이 진짜 바보같이 느껴졌다!

마침내 경기장에 흘깃 눈길을 던진 제레미는 함성을 지른 원인에 대해 자신이 잘못 생각했다는 것을 알아차렸다. 두 천사가 서로 대결하고 있는 것이 아니라, 너무나 멋진 하얀 천사가 재미있는 이야기를 하면서 혼자서 남자, 여자, 말 한 마리로 번갈아 변신하고 있었다. 그들이 들은 소리는 하얀 천사가 변신하는 모습에 따라 짓궂게 희롱하거나 환호하는 갈채 소리, 왁자지껄 웃음을 터트리는 소리였던 것이다. 제레미와 앨리슨은 입을 멍하니 벌린 채 공연의 마지막 장면을 지켜보았고, 배우는 마지막으로 초록 잎이 달린 호화로운 참나무로 변신했다. 그들이 아이들처럼 넋을 놓고 공연을 지켜보는 동안, 릴리는 플린트에게 그들이 보낸 오후 시간에 대해 얘기했다. 벤투지를 설득하는 데 실패한 내용도 들려주었다.

플린트는 눈썹을 찌푸리고는 걱정이 되는지 입술을 깨물었다.

"그가 당신 말을 못 듣더라, 이거지? 좋지 않아. 우리 중에서 당신이 사람들에게 제일 강하게 영향을 끼치는데 말이야. 으음."

그는 한숨을 내쉬고는 한참 동안 입을 꾹 다물고 꼼짝도 하지 않았다. 원형 경기장에서는 배우가 공연을 막 끝냈고, 이제 천사들이 높은 쇠창살로 둘러싸인 금빛의 길로 올라가자, 앨리슨은 몸을 떨었다.

"제레미, 앨리슨, 내 말 잘 듣게. 난 아직 뭔가를 하지는 않았네." 마침내 플린트가 입을 열었다. "몇 시간 쉬고 난 다음, 그 장검을 든 미친놈에 대한 정보를 알아보았지. 그의 이름은 나란바아타르 칸이야. 살인 청부업자가 확실하고. 그의 에너지는 아주 독성이 심해서 삼십 년 전부터 붉은 천사들을 스무 명가량 먹여 살릴 수 있었어. 나는 최근에 칸을 쫓아다니며 그의 안개를 먹던 세 명의 붉은 천사를 찾아냈는데, 그들은 앨리슨이 그를 죽여버린 것에 분노하더군. 그는 확실히 중요한 식량 원천이었거든. 그건 그렇고, 세 붉은 천사는 그 벤투지란 놈이, 상황에 대해서 너무 많이 알고 있는 연구소 동료인 애나벨라 대핑이라는 여자를 없애버리기 위해 몇 달 전에 칸을 고용했다는 것을 인정했네. 그들은 또한 벤투지가 앨리슨이 자기 대화를 엿들었다는 것을 알아차렸을 때, 비밀이 새어 나갈 가능성이 있어서 칸에게 앨리슨을 제거하라고 지시한 것도 인정했지……."

"맙소사, 끔찍해요!" 앨리슨이 돌연 낯빛이 창백해져서 펄쩍 뛰어 일어나며 소리쳤다. "클라크!"

"그래, 그 역시. 바로 그것 때문에 살인자가 자네 아파트에 도청장치를 설치했던 거야. 그자는 누구를 제거해야 할지 알고 싶었던 거지. 그가 즐겨 쓰는 무기는 일본도야. 그는 전 세계 어디서나 사람을 죽여왔어. 그런 이유로 그 녀석은 아주 많은 보수를 받았네. 그는 말을 할 수가 없었어. 젊었을 때, 상대편 패거리가 녹아내리는 납덩어리를 삼키게 해서 혀와 입천장, 목구멍이 다 녹아버렸거든."

제레미는 공포에 싸여 딸꾹질이 나오려는 것을 참았다. 그는 상상력이 너무 풍부했던 것이다. 단순한 화상으로도 무진장 고통스러운데, 녹아내리는 금속을 삼키는 것이 어떤 고통을 가져올지는 알고 싶지도 않았다.

"덕분에 그는 완벽한 살인자가 됐지. 아무도 그에게 진실을 뱉어내게 할 수 없었으니까……."

"앨리슨," 릴리가 상냥한 말투로 끼어들었다. "그렇게 서 있지 마. 그러다 모두의 눈에 띄고 말겠어. 그래, 신중하지 못한 행동이야……. 벤투지의 하수인은 죽었어. 난 클라크가 누군지 모르지만 당분간은 아무 위험도 없을 거야."

엄청나게 마음이 어지러웠지만 앨리슨은 릴리의 말에 따라 자리에 앉았다. 하지만 맞잡은 손과 열에 들뜬 시선이 그녀가 딴생각에 빠져 있다는 것을 드러냈다. 제레미는 그녀가 클라크에게 알리기 위해 최대한 빨리 달려가리라 짐작했다. 물론 아무 소용도 없을 테지만. 제레미는 그 점을 잘 알고 있었다. 그도 그렇게 노력했었으니까.

귀청을 찢는 나팔 소리가 울려 퍼져 두 젊은 천사는 소스라치게 놀랐다. 모든 관중의 관심이 주최자들이 올라간 황금빛 무대로 쏠렸다. 끔찍할 정도로 야윈 두 명의 천사가 그들 앞에 모습을 드러냈다.

왜인지는 모르겠지만 제레미는 푸른 천사와 붉은 천사의 싸움을 상상했다. 그런데 아니었다. 두 천사는 둘 다 진하고 강렬한 붉은색이었다.

"맙소사!" 앨리슨이 한숨을 내쉬었다. "저들은 왜 저렇게 말랐을까요?"

플린트가 희미하게 성가심이 드러나는 표정으로 그녀의 손을 토닥거리며 대답했다.

"이제 보게 될 거야. 아주 드물고 흥미진진한 구경거리지. 자네 두 사람에게는 교훈적이기까지 할걸……."

무대 위에 있던 두 천사 중 한 명이 천천히 고개를 들어 증오에 불타는 눈으로 관중을 훑었다. 그자가 날카롭고 긴 새빨간 송곳니를 드러내자 앨리슨은 공포에 질렸다. 그의 두 손에는 아주 뾰족한 손톱이 보였다. 조금 물러서기는 했지만 상대방 역시 관중의 갈채를 받으려고 송곳니를 드러냈다. 관중은 기꺼이 그에게 박수갈채를 보냈다.

"죽여버려!"

이 말을 듣고 제레미는 숨이 막힐 뻔했다. 그래, 솔직히 말해 메시지는 명확했다.

두 천사는 즉시 서로에게 달려들었다. 금세 피가 흘렀다. 그들은 날카로운 손톱과 발톱을 사용하며 피하지 않고 서로 거칠게 공격했다. 몇 분이 지나자 제레미는 두 번째 붉은 천사가 첫 번째 천사보다 공격이 약해졌다는 것을 눈치챘다. 아마도 그는 첫 번째 천사에게 최악의 본능을 불러일으켰던 것이리라. 첫 번째 천사는 절대적인 분노 상태인 것 같았다. 여러 번 반복해서 두 천사는 서로를 물어뜯으려 애썼지만 헛된 시도였다. 그때 갑자기 아무도 예상하지 못하는 사이 첫 번째 천사가 옷을 벗더니 그것을 창으로 변형시켰다. 눈 깜짝할 사이에 그는 강력한 힘으로 상대방의 배를 꿰뚫어 안개로 된 천장에 박아버렸다.

승리의 울부짖음을 내뱉으며 그는 천장에 박힌 상대방에게 달려들었다. 두 번째 천사 역시 반격을 퍼부으며 격렬한 몸짓을 했지만, 배에 박혀 자신을 꼼짝 못 하게 하는 창을 빼낼 수가 없었다. 첫 번째 천사가 거대한 진드기처럼 상대방의 목에 매달려 그를 먹어치우기 시작했다. 제레미는 속이 뒤집혀 꼼짝도 할 수 없었다. 승자가 패자의 몸을 게걸스럽게 삼키면 삼킬수록 두 번째 천사의 몸은 줄어들고 작아졌다. 절망에 빠지고 쇠잔한 패자는 관중을 공포로 얼어붙게 하며 잔혹한 비명을 질렀다.

"이게 바로 뱀파이어 신화군요!" 놀란 제레미가 한숨을 토해냈다. "사람들이 천사들이 서로 물어뜯는 것을 봤던 거죠. 그렇죠?"

"그래," 플린트가 미소를 지으며 인정했다. "나머지는 전부 민간설화일 뿐이지만 바탕은 실제 있었던 일이야. 오늘날 서로 맞붙어서 다른 천사를 죽이는 방법은 이것뿐이지. 상대방을 사라지게 하는 방법은 빼고 말이야. 상대방을 한번 물어뜯은 천사는 그를 완전히 먹어치워야만 하기 때문에 예외로 남아 있는 거지……."

"당신이 하고 싶은 말은…… 그러기 위해서 그들이 그렇게 야위었다는 건가요? 상대방을 다 먹어치울 수 있도록 굶는다고요?" 앨리슨이 깜짝 놀라며 중얼거렸다.

"바로 그거야." 릴리가 너무나 자연스럽게 대답했다. "보기에 그리 아름답지도 않고 성적 매력도 없지만, 그래도 아주 효과적이지."

"어떻게든 해야 해요." 앨리슨이 흥분해서 말했다. "저렇게 계속하도록 내버려둘 수는 없어요. 저건 끔찍하다고요! 비인간적이에요!"

플린트의 어조가 갑자기 차갑고 침착해졌다.

"앨리슨, 상상해봐. 저렇게 먹히는 붉은 천사가 아서 벤투지라고. 괴물 같은 인간, 아서 벤투지. 다만 돈 몇 푼을 더 벌겠다고 동료와 제레미 그리고 앨리슨, 당신마저 죽인 장본인. 자, 어떻게 할 텐가?"

혼란스러운지 앨리슨이 머뭇거렸다.

"나…… 나도 모르겠어요."

하지만 그들은 앨리슨이 거짓말한다는 것을 알고 있었다.

플린트가 중립을 지켰다.

"나는 저 두 천사 사이에 어떤 갈등이 있는지 몰라. 다만 패자가 상대 붉은 천사나 그 가족을 공격했다는 것만 알고 있네. 첫 번째 붉은 천사는 그 대가를 치르게 하려고 오래전부터 그를 찾아다녔지. 동정심을 보여야 한다면 그것은 책임을 지려는 첫 번째 천사가 보여야 해. 손안에 목숨을 쥐고 있는 것은 그자니까. 자네가 아니고, 앨리슨."

논쟁은 피할 수 없었다. 플린트는 앨리슨의 어깨에 다정하게 손을 얻었다. 늙은 천사가 방금 말한 내용은 앨리슨이 그 장면에 대해 갖고 있던 생각을 완전히 바꿔놓았다. 무시무시한 비명과 탄식을 안 듣기 위해 손으로 귀를 막는 대신, 그녀는 감정을 억누르고 몸을 숙였다. 제레미처럼 진저리를 치며 시선을 돌리지 않고 일그러진 주의력으로라도 관찰했다. 그러자 죽어가는 천사 대신에 이제 벤투지가 보였다. 뿐만 아니라 그 비열한 인간이 죽게 버려둔, 암으로 수척해진 환자들 무리도 보였다.

승자가 창을 뽑자 패자의 몸은 더욱 줄어들었다. 승자는 상대방을 게걸스럽게 삼키는 데 너무 열중해 제대로 흡수하지는 못했다. 길고 탐욕스러운 흡입은 혐오스러웠지만 주최자 중 어느 누구도 중간에 개입하지 않았고, 심지어 푸른 천사들조차 마찬가지였다. 이제 시간은 얼마 남지 않았다. 두 번째 붉은 천사가 점점 말라서 딱딱해질수록 첫 번째 붉은 천사는 몸이 부풀어 올랐다. 점점 약해지던 두 번째 천사의 비명은 들리지 않을 정도로 완전히 사라져버렸다. 그는 인형만 한 크기로 줄어들더니 골무만 한 크기로 작아졌다가 마침내 첫 번째 붉은 천사의 입속으로 완전히 사라졌다.

결투하기 전에 사람들처럼 키나 몸무게를 쟀다면, 승자는 백팔십 센티미터의 키에 몸무게는 겨우 사십 킬로그램 정도였을 것이다. 지금 그는 자기 몸무게만큼을 빨아들여 팔십 킬로그램 정도 나가는 것 같았다. 그가 삼켜버린 존재는 아직 몸속으로 흡수되지 않았기 때문에, 배 속에 괴물 같은 어린애를 품고 있는 것처럼 보였다.

“저자가 이겼어…….” 제레미가 중얼거렸다. 제레미는 무대 위에 재현된 견딜 수 없이 폭력적인 장면에 아직도 목이 잠겨 있었다. "이 상황이 그를 더 강하게 만드는 걸까요?"

"더 강하게 한다……. 반드시 그렇지는 않아. 더 잘 먹는 것, 그것은 확실하지." 플린트가 말했다. "저자는 이제 한참 동안 먹지 않아도 될 거야. 과도한 폭식은 심지어 그를 곧장 '저세상'으로 보낼 위험도 있다네."

그럴 가능성이 있다 해도 승리한 붉은 천사는 그리 걱정하는 표정이 아니었다. 무대 한가운데에서 자기 몸무게만 한 것을 삼키고 꼼짝할 수도 없이 떡 버티고 앉아, 그는 굉장히 행복한 표정으로 웃고 있었다.

역겨운 광경 앞에서 제레미는 입 밖으로 튀어나오려는 그 질문을 결국 참지 못하고 던졌다.

"플린트, 우리가 처음 만났을 때 당신은 붉은 천사들이 가까이 못 오게 해야 한다고 말한 적이 있어요. 그들은 정말 위험할 수 있다고요. 그렇다면 그 말은 이 장소 말고 다른 곳에서도 붉은 천사들이 다른 천사들을 공격한다는 그런 뜻인가요? 우리를 죽인 살인자가 예외적인 경우가 아니고요?"

플린트가 인상을 찌푸렸다. 이 문제를 거론했던 기억은 나지 않았지만, 제레미가 그렇게 주장한다면…….

"난 그저 붉은 천사들이 위험하다는 얘기를 했던 거야……. 물론, 만약 푸른 천사가 자네에게 원한을 품었다면, 저 붉은 천사가 다른 붉은 천사에게 원한을 품은 것처럼 자네도 위험에 처하게 될 거야.

따라서 자네의 질문에 대한 대답은 의심의 여지없이 '예스'야. 그런데, 그런 일은 쉽게 일어나지 않아."

앨리슨은 커다란 푸른 눈을 더욱 크게 뜨고 여전히 강렬하게 무대를 바라보고 있었다. 그러고는 돌연 깊게 숨을 쉬기 시작했다. 제레미는 그것이 두려움 때문인지 만족감 때문인지 분간해낼 수가 없었다.

"바로 저들을 키메라라고 부르는 거군요." 제레미가 다시 말을 이었다. "오늘 당신이 얘기하려던 것이 키메라였잖아요. 아닌가요? 왜 뱀파이어라고 안 하죠?"

플린트가 고개를 흔들었다.

"자네는 인간 키메라가 무엇인지 아나?"

"네, 어머니의 자궁 속에서 몸이 자신의 쌍둥이와 하나로 합쳐진 사람이죠. 아주 흔치 않은 경우예요. 왜냐하면 일부 DNA는 다른 부분의 DNA와 같지 않을 수도 있으니까요."

제레미는 이 내용을 알고 있었다. 어떤 범죄자가 자신이 저지른 범죄를 무죄로 만들기 위해 이 기묘한 육체적 특징을 이용한 일화를 본 적이 있었던 것이다. 그는 앨리슨의 감탄 어린 시선을 느끼며 알고 있는 내용을 조심스레 털어놓았다.

"수천 년 전에는 뱀파이어 신화가 존재하지 않았어." 플린트가 설명하기 시작했다. "여자들이 쌍둥이를 낳는 경우, 쌍둥이 동생은 형이나 누나, 언니의 몸에서 나온다고 생각했어, 한 아이가 '삼키고 있기라도 한' 것처럼 말이야. 그래서 첫 번째 천사처럼, 상대방을 먹어치우면서 어떻게 하면 적을 없애는지를 알게 되자, 수천 년 전에는 그렇게 부른 거야…….”

그는 황금빛 무대에서 뒹굴거리는 붉은 천사를 가리켰다.

“키메라라고…….”

제레미와 앨리슨은 똑같이 온몸에 소름이 쫙 끼쳤다. 진정 흉측하고 끔찍했다.

“자네들을 내 보호 아래 두고 싶은 이유는, 칸이 자네들을 공격하는 말도 안 되는 상황은 제외하고라도 말이야, 몇몇 키메라들이 완전히 미쳤기 때문일세. 그들은 천사들 중에서도 가장 약한 아기 천사들을 공격한다네. 물론 군중 앞에서는 절대 공격하지 않아. 그들은 은밀한 곳에 숨어 살고 있지. 그 때문에 그들을 찾아내기가 어려운 거야. 게다가 오랫동안 굶어야 하고 변신해야 한다는 사실은 그들이 먹을 식량은 다른 천사들뿐이라고 강력하게 주장하는 셈이지. 평범한 안개는 더 이상 그들을 만족시키지 못해. 그 정도로는 충족감을 얻지 못하는 거야…….”

“만약 당신이 천사를 삼키는 중인 키메라를 현장에서 잡는다면 어떻게 되는 거죠? 다시 말해 공식적이 아니고 불시에 발견하면요?”

대답은 명확했다.

“키메라를 체포해 가두겠지. 내가 내 아파트 벽을 통제하는 것처럼, 우리가 통제할 수 있는 안개 감옥 속에 가두는 거야. 늙은 천사의 특권으로 우리는 그를 먹을 수 없게 만들 수 있어. 키메라가 더 이상 먹을 수 없다면 매우 쇠약해져서 결국에는…… 너무 먹거나 더 이상 먹지 않는 천사들이 가는 곳으로 향하는 거지……."

제레미는 점점 천국이 지옥과 비슷하다는 생각이 들었다. 그의 머릿속에서 키메라는 중세의 고딕 시대에나 등장하는 존재였다. 은은한 파스텔 색조로 여겨지는 천국에서 음울하고 어두운 고딕이라니, 제레미는 진짜로 받아들이기 힘들었다.

"체포된 천사가 사라지는 데는 시간이 얼마나 걸리나요?"

"그건 체포된 천사의 힘이 얼마나 강한지에 달려 있어. 심지어는 몇 년이 걸릴 수도 있지."

아. 그렇군. 그래서 아인슈타인이 얘기한 것처럼 천사들은 다른 천사들을 제거하는 데 여러 가지 방법이 있다고 한 것이었다. 플린트와 릴리가 여동생을 괴롭히던 붉은 천사한테 했던 것처럼 아주 많이 먹이는 방법, 하나도 먹이지 않는 방법, 또 그들을 먹어치우는 방법. 멋지군, 제레미는 이 세상이 참 좋았다.

"릴리와 나는 자네들을 추적하는 그 살인자 때문에 이 광경을 보여주고 싶었네……." 플린트가 심각하게 말을 이었다. "붉은 천사들이 칸에게 정보를 제공하는 것을 내가 막을 수는 없어. 언젠가는 그가 자네 둘을 죽이기 위해 무엇을 해야 하는지 알게 될 거야. 그것은 그의 영원한 임무 같은 거니까. 심지어 나조차 왜 그런지 모르지만 말이야. 즉, 그게 젊은 붉은 천사에게는 꽤 어렵단 뜻이야. 적어도 꽤 많은 세월이 지나기 전에는."

"꽤 많은 세월이란 몇 년을 말하는 거죠? 오 년? 십 년?" 앨리슨이 불신에 찬 표정으로 물었다.

"아, 아니지. 오백 년이나 천 년, 아니면 그 이상! 자기 몸을 그렇게 변형하려면 아주 오랜 세월이 필요하거든. 단 몇 년 만에 배울 수 있는 게 아냐."

제레미가 안심하며 고개를 끄덕였다. 암, 당연하지. 여기서는 천 년 단위로 수를 세니까.

앨리슨은 배불리 먹은 천사에게 다시 주의를 돌렸다. 처음에 그녀는 '먹힌' 천사에게 연민을 느꼈다. 그런데 플린트가 상대방이 벤투지라면 똑같이 하겠느냐는 질문을 던졌다. 옛날의 앨리슨이었다면, 즉 살해당하기 전의 그녀였다면, 그녀는 '아니'라고 대답했을 것이다. 그녀는 그 천사와 벤투지를 용서했을 것이다. 옛날의 앨리슨은 착했으니까.

하지만 이제 앨리슨은 더 이상 너그러운 마음을 갖고 싶지 않았다.

이 세상으로 통과한 순간부터 비정상적이고 끔찍한 분노가 그녀의 몸속에 서서히 자리잡고 있었다. 앨리슨은 자신이 전환점에 서 있다는 것을 알았다.

다른 천사들이 그랬던 것처럼, 제레미의 사랑을 받아들이고 죽은 생명으로 차라리 평화롭게 살아야 할까? 아니면 복수의 지옥 속으로 주저 없이 뛰어들 것인가? 수백만 사람들의 목숨을 구하고?

앨리슨은 다시 깊게 한숨을 내쉬고 얼룩덜룩 다양한 색깔의 군중을 오랫동안 관찰했다. 돌연 그녀가 플린트에게 몸을 돌리며 늙은 천사의 은빛 눈동자를 사나운 눈초리로 쏘아보았다. 그다음 앨리슨이 한 얘기는 제레미를 머리끝부터 발바닥까지 뒤흔들었다. 그녀가 한 말은 그녀의 깊은 본성에 반대되는 것 같았다.

"보복의 개념에 대해서는 아주 잘 알았어요, 플린트. 나는 저 붉은 천사가 상대방에게 겪게 한 것을 정확하게 똑같이 벤투지에게 겪게 하고 싶어요. 난 그가 죽었으면 좋겠고, 죽어서 영원히 사라지게 하기 위해 여기 이 세상으로 통과했으면 좋겠어요. 하지만 그 전에, 그가 암 치료제를 개발했다는 것을 만인 앞에서 고백하기를 바라요. 릴리는 그 괴물이 암 치료제를 시장에 내놓도록 강요할 수는 없을 거라고 했어요. 거기에 걸린 많은 양의 돈다발과 그렇게 강한 탐욕 없이는요. 그런 것은 내가 가진 동기가 아니에요! 그러니까 플린트, 말해주세요. 내가 어떻게 해야 벤투지를 고통스럽게 할 수 있을까요? 어떻게 해야만 한 인간이 나에게 복종하도록 만들 수 있을까요? 어떻게 하면 늙은 천사의 힘을 신속히 얻을 수 있을까요?"

플린트가 걱정스러운 표정으로 몸을 일으켰다.

"자넨 할 수 없어. 그건 불가능해. 수백 년의 세월이 필요한 일이야!"

"하지만 방법이 있을 거예요. 확실해요. 그게 느껴진다고요!"

플린트가 어깨를 으쓱했다.

"그래, 언제나 방법은 있지. 인간과 천사 들은 제도 속에서 항상 틈새를 찾아냈으니까……."

"그러면요? 난 뭘 해야 하죠?"

늙은 천사는 머뭇거리며 그녀를 똑바로 바라보았다. 그러고는 항복하는 듯했다.

"난 모험과 액션을 좋아하지. 예쁜 아기 천사 앨리슨. 하지만 자네가 요구하는 것은 좀 복잡하고, 아주 비싼 대가를 치를 위험이 있어."

"얼마나 비싼데요?" 앨리슨이 응수했다.

"너 자신을 완전히 쓰러뜨릴 정도로 비싸지……." 릴리가 불타오르는 머리카락을 흔들며 천천히 말했다.

앨리슨은 이해하지 못했다. 제레미 역시 이해할 수 없었다. 하지만 왠지 위가 아프기 시작했다.

"매혹적인 앨리슨," 플린트가 엄숙한 표정으로 느릿느릿 말했다. "그러기 위해서는 자네가…… 붉은 천사가 되어야만 한다네!"

14. 위험의 맛

제레미는 목이 조이는 느낌이 들었다. 앨리슨은 위험을 전혀 지각하지 못했다.

고통으로 마음이 너무 괴로워진 제레미가 의자에서 거칠게 일어섰다. 갑작스러운 행동에 늙은 천사 여러 명이 그를 향해 시선을 돌렸다. 릴리는 일그러진 미소를 띠며 강철 같은 손으로 제레미의 손목을 잡아 내렸다.

"자리에 앉아!" 그녀가 재빨리 소리쳤다. "늙은 천사들이 여기에 아기 천사를 데리고 왔다고 우리를 비난하기 전에 말이야!"

그녀의 힘은 굉장했다. 제레미는 릴리가 가냘픈 젊은 여자가 아니란 것을 잊고 있었다. 강한 손에 꽉 잡혀 제레미는 강제로 다시 자리에 앉았다. 화가 난 그는 아픈 손목을 문질렀다. 그러고는 릴리가 자신을 복종시키려고 자신의 힘을 조금 떼어간 것처럼, 갑자기 기운이 빠진 것 같아 깜짝 놀랐다.

그들이 있던 칸막이 좌석 내부에 특별한 일이 없다는 것을 확인한 늙은 천사들은 곧 대화하던 주제로 다시 돌아갔고, 네 천사에게서 관심을 돌렸다. 릴리는 마음을 놓으며 한숨을 내쉬었다.

'엇,' 앨리슨이 생각했다. '릴리가 두려워하네. 재밌는걸…….'

분노를 참으려 애쓰며 제레미는 앨리슨에게로 몸을 숙였다.

"앨리슨, 붉은 천사가 될 거야? 진짜로? 그게 진짜 당신이 원하는 거야? 당신이 조금 아까 얘기한 것처럼, 부정적인 감정을 '우려내기' 위해 인간에게 그런 감정을 겪게 만드는 게 당신이 원하는 거냐고?"

아얏. 제레미는 앨리슨을 아프게 할 부분에 힘을 주어 말했다. 앨리슨은 분노가 끓어올라 자신이 느끼는 불안감을 쓸어가도록 방치하고 있었다. 벤투지를 부추겨 그가 발견한 치료제를 전 세계에 내놓는다면 그녀는 수백만 명의 목숨을 구할 것이다. 이 생각이 그녀에게서 양심의 짐을 덜어주었다. 단 한 번, 결과가 수단을 정당화하는 것이다.

앨리슨은 대답을 하면서 마음에 가득 찬 분노를 표현했다.

"그래! 우리는 죽었어, 제레미. 죽었다고! 여기는 천국도 아니고 신은 존재하지도 않아!"

플린트와 릴리가 펄쩍 뛰며 그녀에게 목소리를 낮추라는 손짓을 했다.

"신이 존재하지 않기 때문에, 내가 신의 자리를 대신해서 정의를 실현하려는 거야. 내가!"

이 말에 제레미는 얼굴이 창백해졌다. 그는 불가사의하고 설명할 수 없는 이유로 앨리슨이 신성모독을 했으며 이런 상황은 위험할 수 있다고 확신했다. 플린트와 릴리의 표정을 보자 그는 두려움으로 몸이 굳었다.

플린트가 목을 가다듬었다.

"으흠흠. 이건 또 다른 언쟁이로군……. 난 붉은 천사가 되려는 아기 천사를 절대 부추기지 않아, 난 늙은 푸른 천사니까 당연하지. 하지만 앨리슨의 열정적인 탐색을 이해하긴 해. 만약 네가 사람들의 목숨을 구한다면 넌 땅 위에 사는 수백만 인간들에게 엄청난 행복을 가져다주는 거야. 그러면 우리 편은 잘 먹을 것이고…… 따라서 나는 너를 도울 거야. 설사 너를 그렇게 변형시키는 것이 나쁘다는 생각이 들어도 말이야."

제레미가 미친 사람처럼 플린트를 향해 몸을 돌렸다.

"늙은 천사만이 오직 사람들에게 영향을 미칠 수 있잖아요. 젊은 붉은 천사는 젊은 푸른 천사보다 더 사람들에게 영향을 미칠 수 없단 말이에요!"

"정확해. 앨리슨은 우리가 하는 것처럼 인간들한테 영향을 미칠 수는 없어."

플린트가 금세 말을 이어서 제레미는 반응할 새가 없었다.

"불행하게도 벤투지의 경우, 릴리가 보여주었던 것처럼 우리 푸른 천사들의 영향에 반응하기에는 너무 썩고 타락했어. 그러나 나이 든 붉은 천사는 그럴 수 있는 힘이 있지. 아무 이유 없이 그 치료제를 밝히라고 부추기는 것은 안 돼. 당연히 그것은 불가능해. 하지만 나이 든 붉은 천사는 벤투지의 정신을 혼란스럽게 할 수 있고, 그가 실수를 저지르게 만들 수 있어. 그룹의 경영진들에게 영향을 미치거나 의혹을 불러일으키면서, 그가 사무실에 '두고 간' 관련 서류를 다른 연구원이 찾는다거나, 그가 꾸미고 있는 음모를 연구소가 우연히 알게 된다거나 하는 식으로 말이야……. 방법은 수없이 많다네!"

"어찌 되었든 앨리슨이 붉은 천사가 되어야만 하잖아요. 그 이유는……."

"오직 붉은 천사만이 이런 종류의 도움을 늙은 붉은 천사한테 요구할 수 있기 때문이지. 릴리도, 나도, 자네도 안 돼. 아직은 앨리슨도 안 되지. 어쨌든 이런 색깔로는 안 돼. 그리고 조심해. 그것이 사람들에게 행복을 가져다준다면, 어떤 붉은 천사도 이 요구를 받아들이지 않을 거야. 심지어 우정 때문에도 안 할 거야. 왜냐하면 푸른 천사들이 득을 볼 테니까. 반대로, 붉은 천사들은 병으로 생겨난 고통과 슬픔을 즐기지. 그들에게 그것보다 더 효과적인 것은 없어. 암 환자의 병이 그 가족의 정신 상태를 무너뜨리는 것은 제외하더라도, 고통과 슬픔의 고리가 다른 사람들에게 닿을 때까지 빠르게 커지는 걸 즐기는 거야……. 돌멩이 하나가 날아와 연못 수면에 튀는 것과 좀 비슷하겠지……."

플린트가 잠시 입을 다물었다. 제레미는 그의 다리가 앨리슨의 다리에 닿은 것을 알아보고는, 꺼내려던 말이 다시 쏙 들어갔다.

"따라서 앨리슨은 붉은 천사가 되어야 할 뿐만 아니라, 나이 든 붉은 천사에게 도움을 요청할 때 거짓말도 해야만 하는 거지. 이것이 가장 위험한 점이야. 나이 든 붉은 천사들은 유머 감각이란 게 전혀 없거든. 칸에게 붙어먹던 세 명의 천사가 늙은 천사들에게 일어난 일에 대해 하는 얘기를 들을 기회가 있었거든! 수천 살 먹은 붉은 천사들은 그리 많지 않아서 정보는 돌고 돌지……. 그러므로 앨리슨은 천사의 '정치' 사이클 밖에서 사는, 아주 강력하고 붉은 천사를 찾아내야만 해. 인류가 태어난 후부터 붉은 천사들과 푸른 천사들에 대항해온 인물. 그건 그저 위험하기만 한 게 아니라, 거의 불가능한 거지!"

플린트가 계획을 펼쳐놓고 어려움을 설명할수록, 앨리슨은 그것을 성공적으로 이루고 말겠다는 욕망이 더욱 끓어올랐다. 그들의 토론이 과도하게 변질되려 하자 다시 옆 좌석의 늙은 천사들이 관심을 갖기 시작했다.

지친 릴리가 자리에서 일어났다.

"그만 집으로 돌아가지. 너희들은 여기에서 너무 눈에 띄었어."

앨리슨이 그녀에게 언짢은 시선을 던졌지만, 붉은 머리 천사는 전혀 개의치 않고 경기장 안까지 파닥파닥 날아가 출구에 다다랐다. 이번에는 플린트가 일어나 순식간에 안개 계단을 만들어 앨리슨에게 정중하게 손을 내밀었다. 앨리슨은 그들을 쫓아가는 것 말고 다른 선택의 여지가 없었다. 제레미는 앨리슨이 칸막이 좌석 안에 있는 나이 든 붉은 천사들의 얼굴을 모두 뚫어지게 바라보는 것에 주의했다. 마치 기억 속에 그들의 얼굴을 다 새겨놓기라도 할 것처럼 말이다.

일 분 일 초 시간이 지나갈수록 제레미의 실망감은 강도가 점점 커져갔다. 그는 사랑하는 여자를 잃는 중이었고, 어떻게 그녀를 구할지 아무런 돌파구도 없는 상태였다.

제레미 옆에서 앨리슨은 어깨가 무겁다고…… 느꼈다. 어마어마한 무게가 어깨 위를 짓누르는 것 같았다. 또다시. 제레미 옆에 앉아 무대 위에서 노래하는 엘비스 프레슬리와 프랭크 시내트라를 보았을 때만 해도, 그녀는 새로운 인생이 아주 멋질 것이라고 생각했다. 마침내 앨리슨은 고통도 없고, 어머니한테 했던 약속을 지켜야 한다는 고민도 없으며, 그것이 무엇이든 망칠 위험도 없고 두려움도 불안도 실망도 없이 살 수 있을 거라고 생각했다. 그녀는 죽음을 이용해 여행을 하고 열정적인 사람들을 만나고, 사람들의 어깨너머로 책을 읽으며 여전히 영화관에 가고, 자신을 계발하며 재미있게 즐길 생각이었다. 두려움이 다 날아가버렸었는데……. 하지만 오래된 불운, 어머니가 강하고 확고하게 앨리슨에게 세뇌시켰던 책임감의 끔찍한 의미가 빠른 속도로 그녀에게 돌아왔다. 다시 앨리슨은 임무를 짊어졌고, 다시 그녀는 자신에게 그 임무를 수행할 능력이 없다는 인상을 받았다.

앨리슨은 제레미에게 흘깃 시선을 던졌다. 이 남자의 모든 것이 마음에 들었다. 제레미는 매력적이었고 용감했으며 그녀를 보호해주었다. 매혹적인 복근을 갖고 있었기에 그 앞에서 침을 흘리지 않도록 애써야 했다. 제레미가 그녀를 안았을 때 그녀가 느꼈던 감정이 그와 사랑을 나눈다면 겪게 될 느낌을 미리 맛본 것이었다면? 그렇다면 진짜 폭죽이 터지는 느낌이었을 텐데……. 제레미는 깨닫지 못했지만, 제레미야말로 앨리슨이 임무를 포기하도록 만들 수 있는 유일한 사람이었다. 그녀가 임무를 수행하거나 기운을 다 뺄 필요도 없었다. 앨리슨은 제레미의 품속에서 행복을 맛보았을 것이고 다 잘되었을 것이다. 세상은 계속 지금처럼 돌아갈 것이며, 치료제도 언젠가 알려질 것이고 벤투지는 부자가 되고 사람들의 생명을 구할 것이다. 그는 영웅이 되리라…….

이 생각에 이르자 앨리슨은 플린트의 손을 놓고 주먹을 꽉 쥐었다. 안 돼. 그럴 수는 없다. 그들을 죽인 살인범은 대가를 치러야 한다!

팽팽한 긴장 사이에 내려앉은 침묵 속에서 그들 네 명은 창고를 떠났다. 원형극장은 빠르게 비어가고 있었다. 키메라는 끌려 나갔고 천사들은 벌써 황금빛 무대에서 내려와 링을 둘러싼 쇠창살을 정리했다.

아파트로 돌아가는 길은 우울하기 그지없었다. 두 젊은 천사의 대립에 릴리는 괴로운 것 같았지만, 플린트는 전혀 신경 쓰는 것 같지 않았다. 그는 다만 자신이 필요한지 아닌지 결정하도록 앨리슨에게 도움을 제안했을 뿐이었다. 돌아가는 내내 두 아기 천사는 플린트를 즐겁게 하려 애썼고, 그에게 흥미진진한 모험을 약속했다. 그는 지루할 새가 없었다.

그들이 아파트를 비운 사이 누군가가 앨리슨의 침대를 수리해놓았다. 그녀는 제레미의 침대에서 잘 필요가 없어졌다. 잘 시간이 되자 앨리슨은 말 한 마디 없이 제레미의 침실에 베개를 찾으러 갔다. 두 사람의 친밀한 관계를 이용해 앨리슨의 생각을 바꾸고 싶었던 제레미는 앨리슨이 침실에서 막 나가려는 순간에 그녀를 가로막았다.

"잠깐만!" 그가 긴급하게 소리쳤다. "당신한테 할 말이 있어."

앨리슨은 안개 베개 두 개가 자신을 보호해주기라도 하는 듯 가슴에 꼭 끌어안고, 도전적인 표정으로 그를 뚫어지게 바라보았다. 제레미는 그녀를 도와주기는커녕, 방해하기만 해서 극도로 그녀를 자극했다. 앨리슨 역시 제레미의 입술에 자기 입술을 포개고 싶은 욕망과, 그의 반쯤 벌거벗은 몸의 친밀한 느낌 때문에 미칠 것 같았다. 제레미의 빌어먹을 바지가 더 아래로 내려가지만 않는다면 그녀는 잘 버틸 수 있을 것이다. 하마터면 앨리슨은 그의 배꼽에 있는 황금빛 자국이 뭐냐고 물어볼 뻔했지만, 대화가 이상한 방향으로 흐를까 봐 침묵을 지키고 있었다.

"내 말 좀 들어봐……." 제레미가 앨리슨의 얼음같이 냉정한 태도에 쭈뼛거리며 말을 시작했다. "난…… 나는 정말 당신이 필요해."

앨리슨이 조금 긴장을 풀었다. 하지만 입을 열지는 않았다.

"앨리슨, 당신이 나에게 엄청나게 중요하다는 거 알아?"

젊은 여자는 시선을 피하지 않았다. 그들이 열정적으로 포옹을 했기 때문에, 그래, 그녀는 자신이 그에게 무관심하지 않다는 것을 알고 있었다. 솔직히 말하자면 그때는 너무 좋았다. 음, 제레미는 정확하게 무슨 말을 하고 싶은 것일까?

제레미가 말했다.

"난 당신을 사랑해."

앨리슨은 안고 있던 베개를 떨어뜨릴 뻔했다. 좋아, 그녀는 모든 것을 다 예상했다. 이 말만 빼고. 조심스럽게 그녀는 다시 베개를 꽉 껴안았다.

"난 당신이 살아 있을 때를 봤어, 앨리슨. 난 내가 본 모습을 사랑했지. 당신은 아름답고 솔직하고 성실했어. 모든 것을 무릅쓰고 약속을 지켰고(그가 작게 미소를 지었다), 설령 클라크와 당신이 잠시 그 약속을 잊는 바람에 프랑켄슈타인을 따라 내가 고함을 지르기는 했지만……."

그의 바지가 흘러내렸다.

앨리슨은 얼굴이 새빨개졌다.

물론, 그저 유머러스한 말을 해서 분위기를 자연스레 풀고 싶었다 해도, 제레미가 그 사건을 꺼낸 것은 그리 좋은 생각이 아닌 것 같았다. 그녀의 얼굴이 붉어지고 일그러지는 것을 보면서 제레미는 기회를 놓쳤다고 생각했다. 앨리슨은 그의 탄탄한 복근과 엉덩이에 눈을 두지 않으려 무진장 애쓰고 있었다.

"요컨대," 그가 재빨리 말을 이었다. "그런 이유로 나는 사랑에 빠졌어. 나는 우리가 여기로 통과한 후부터 일어난 모든 일에 대해 당신과 내가 함께 깊이 생각해봤으면 좋겠어. 내 말 들어봐, 앨리슨. 이제까지 내가 붉은 천사들에 대해 본 것들은 전부 다 나쁜 것뿐이었어. 그들은 인간들의 가장 부정적인 성향을 조장해 그것을 이용하고 있어. 당신은 진짜로 그들이 먹는 것에 익숙해져서 그것을 견딜 수 있을 거라고 생각하는 거야? 복수가 실현 가능하다고 가정한다면? 그럼 복수를 마치고 나면 어떻게 다시 푸른 천사가 될 건데?"

제레미는 앨리슨의 손을 잡아 (그녀는 베개 하나를 떨어뜨려야 했다.) 자신의 가슴에 올렸다. 손바닥 아래로 단단한 가슴근육이 느껴져 앨리슨은 입술을 깨물었다.

"내 마음을 당신에게 바칠게, 앨리슨."

제레미는 앨리슨의 반짝이는 두 눈에 자신의 강청색 눈동자를 고정했다. 두 사람은 감동해서 잠시 서로를 뚫어지게 바라보았다. 앨리슨은 제레미의 깊은 눈동자 속에서 사랑을 보았다. 사랑뿐만 아니라 욕망, 열정, 무엇이든 함께 나누고픈 욕구를 보았다. 그것은 어떤 것보다 그녀를 위해 가장 중요한 것이었다. 평생토록 혼자라고 느꼈던 그녀를 위해.

하지만 앨리슨은 곧 강경한 태도를 취했다. 그녀는 이런 유혹을 이미 수십 번 받았다. 수많은 남자들이 그녀에게 함께 자자고 요구했고(제레미처럼 열렬히 그녀를 사랑한다고 말한 사람은 없었을지라도), 그녀는 어떻게 버티면 되는지, 제레미의 욕망과 마음에 대항해 어떻게 무장하면 되는지 알고 있었다. 앨리슨은 아무 말도 하지 않았다. 그녀의 목소리가 그녀를 배반했다.

앨리슨은 뒷걸음질 쳤고 제레미의 손이 천천히 떨어졌다. 여전히 말 한 마디 없이 앨리슨은 제레미의 앞을 스쳐 지나 자신의 침실로 돌아갔다. 앨리슨이 원한 대로 사생활을 배려해 플린트는 두 개의 침실 사이에 안개 문을 달아주었다. 단두대 칼날이 떨어지듯이 그 문이 쾅 닫혔다.

충격을 받은 제레미는 고개를 떨궜다. 잠시 후 매우 주저하며 문 앞까지 다가갔다.

그는 감히 문을 두드리지 못했다. 손을 뻗었지만 그저 안개 장벽을 스칠 뿐이었다. 제레미는 등을 굽혔다. 죽을 때, 그리고 여기에서 지낸 처음 며칠 동안 느꼈던 무시무시한 공포는 그동안 사라졌었다. 그 공포가 빠르게 달려오는 것이 느껴졌다. 이번에 그가 두려운 것은 자신 때문이 아니라 앨리슨 때문이었다.

제레미는 그녀를 만나기 위해 벽을 통과하는 것은 포기했다. 그녀에게 시간을 주는 것이 더 나을 것 같았다. 어쩌면 한숨 푹 자고 나면, 이 모든 사건에 대해 앨리슨은 자신의 결정이 틀렸다고 깨달을지도 모른다. 제레미의 머릿속에는 이 허무한 문장이 맴돌았다. '좋은 의도가 항상 좋은 결과를 가져오지는 않는다.'

제레미는 뒤로 물러서서 무거운 걸음걸이로 자신의 침실로 돌아갔다. 두 늙은 천사는 아무 말 없이 자러 갔기 때문에 제레미는 플린트와 대화를 나눌 수도 없었고, 릴리의 침실로 간다는 것은 더더욱 생각할 수도 없었다. 그렇게 생각하는 것만으로도 다리가 후들거렸다…….

제레미는 침대에 몸을 던졌다. 머리 뒤에 깍지를 끼고 누워 천장에 강청색 눈동자를 고정했다. 결국 그는 앨리슨을 다그치지 않는 것이 옳다고 속으로 수차례 곱씹고 나서, 잠이 들어 앨리슨의 꿈을 꾸었다.

하지만 그가 틀렸다.

몇 시간 후 잠에서 깨어났을 때, 앨리슨은 사라지고 없었다.

플린트도 함께.

15. 부재의 맛

제레미는 앨리슨과 플린트가 없어졌다는 것을 깨달은 순간 곧바로 릴리의 침실로 달려갔다.

"릴리! 릴리! 두 사람이 없어졌어요!" 그가 벽을 통과하며 고함을 쳤다.

제레미는 망막을 자극하는 굉장한 장면에 흠칫 그 자리에 멈춰 서고 말았다. 빨간 머리 천사는 찬란하게 빛나는 알몸으로 아직 잠들어 있었다. 이런 돌발 사태가 일어날 가능성은 손톱만큼도 생각하지 않고 제레미는 불쑥 그녀의 침실로 뛰어든 것이었다. 제레미는 당황해서 얼굴이 새빨개진 채로 획 몸을 돌렸다.

"죄송해요, 죄송해요. 난…… 미안합니다. 하지만……."

등 뒤에서 하품 소리와 잠이 잔뜩 묻은 조그만 목소리가 들려왔다.

"음…… 뭐야? 무슨 일이 일어났어?"

"앨리슨과 플린트가 사라졌어요."

릴리가 숨을 고르는 듯 잠시 침묵이 흘렀다. 안개로 된 이불이 바스락거리는 소리가 들렸고, 제레미의 귀 옆에서 뜨겁고 감미로운 목소리가 숨결을 뿜어내자 그는 몸을 떨었다.

"그게 무슨 말이야……. 사라졌다니?"

제레미는 제발 릴리가 옷을 입었기를 바랐다. 만약 안 입었다면 그는 한 마디도 제대로 할 수 없을 것이 확실했으므로. 그가 천천히 몸을 돌렸다.

제레미가 눈을 떴을 때, 눈앞에는 그의 손과 입술을 부르는 완벽하고 탄력 있는 고상한 가슴이 나타났다. 으음, 릴리는 벌거벗은 상태였다.

젊은 청년은 힘들게 침을 삼킨 다음 붉은 머리 천사의 봄 향기 나는 초록빛 눈동자를 용기 있게 바라보았다. 그녀의 가슴을 바라보지만 않는다면 곤경에서 벗어날 수 있을 게 확실했다.

"내 말은…… 그들이 없다는 거예요." 제레미가 릴리의 아름다움을 견딜 능력이 없는 자신의 성욕에 화가 나서 중얼거렸다.

큐피드의 활 같은 그녀의 입술이 작고 하얀 이를 드러내며, 매혹적인 미소로 살짝 벌어졌다.

"한 바퀴 돌아보려고 나갔을 거야. 네 친구가 어제저녁부터 너무 혼란스러워했잖아. 아마도 플린트가 생각을 좀 바꿔주려고 어딘가 잠깐 데리고 가지 않았을까?"

그녀가 우아하게 어깨를 으쓱하고는, 슬며시 묘한 동작을 해 제레미는 눈을 감고 말았다.

다시 눈을 떴을 때 릴리는 그에게 몸을 딱 붙이고 있었다. 제레미는 마치 뜨거운 화덕 옆에 있는 것처럼 그녀의 몸이 뿜어내는 열기를 고스란히 느낄 수 있었다.

"그들을 기다리면서…… 넌 뭘 하고 싶어?" 릴리가 일부러 숨을 가쁘게 쉬며 그에게 물었다.

벨벳처럼 부드러운 그녀의 목소리에서 상상을 초월하는 쾌락의 환상이 너울대며 춤췄다.

"저…… 전 거실에서 그들을 기다릴게요." 제레미가 뒤로 물러나며 말했다. "그럼…… 옷을 입으실 수 있도록 나갈게요."

그리고 제레미는 내뺐다.

천사의 냉정한 웃음소리가 침실 밖까지 따라왔고 제레미는 자신을 저주했다. 세상에서 가장 아름다운 여인이 자신에게 손을 내밀었는데, 그는 복수만을 꿈꾸고 인류를 구원할 생각에 빠진 철없는 여자를 사랑하고 있는 것이다. 엄청난 바보짓을 저지르기 전에 빨리 구원해야 할 사람은 인류가 아니라, 바로 그였다.

그들은 하루 종일 두 사람을 기다렸다.

앨리슨과 플린트는 돌아오지 않았다.

그들은 밤새도록 기다렸다. 사실은…… 제레미 혼자 밤새 기다렸다. 릴리는 아무런 오락거리도 없는 곳에 멍하니 있기 싫다며 밖으로 나갔다. 새벽이 되었지만 앨리슨과 플린트는 여전히 돌아오지 않았다. 그때부터 염려하는 마음에 강렬한 질투심이 뒤섞인 감정이 제레미를 좀먹기 시작했다. 그는 불안한 상태에서 몇 시간 정도 억지로 선잠을 자고 플린트가 비축해놓은 식량을 배부르게 먹고는 계속 그들을 기다렸다. 릴리가 돌아와서, 플린트의 친구들에게 물어보았지만 별 소득이 없었다고 알려주었다. 늙은 천사와 앨리슨은 여기 저승에서 사라져버린 것 같았다.

다음 날이 되자 제레미는 더는 못 참겠다고 생각했다. 그는 벤투지를 찾아갔다. 일요일인데도 그자는 연구소에서 일하고 있었다. 제레미는 앨리슨이 그자에게 들러붙기 위해 나타나리라는 희망을 안고 하루 종일 벤투지를 미행했다. 헛수고였다. 참으로 이상한 것은, 불안과 두려움이 벤투지의 머리 위에 질식할 것 같은 안개의 소용돌이를 만들어내는데도 그 안개를 먹으려는 붉은 천사가 단 한 명도 없다는 점이었다.

벤투지의 집에 가보았더니 피터만 집에 있을 뿐, 플린트와 앨리슨은 거기에도 없었다. 플린트의 아파트에 되돌아갔다가 앨리슨의 옛 아파트에도 가보았지만 여전히 아무도 없었다. 똘똘한 프랑켄슈타인은 누군가가 맡기로 한 것 같았다. 제레미는 클라크가 어디 사는지 알게 되어서 거기도 들러보았다. 다행히 프랑켄슈타인은 거기 있었고, 제레미의 존재를 느끼고 짖기 시작하며 무기력하게 처져 있는 클라크를 잡아당겼다. 모델의 빛나던 아름다움은 퇴색한 것 같았고, 얼굴에는 깊은 다크서클이 생겼으며 눈도 벌겋게 충혈되었다. 클라크는 슬픔에 잠겨 있었다. 어떤 면에서는 제레미처럼 영원히 앨리슨을 잃었다는 극심한 감정에서 회복하지 못하고 있었다.

클라크가 이를 닦는 모습을 멍하니 바라보고 있자니, 경찰 수사에 대한 기억이 제레미의 머릿속에 떠올랐다. 모델은 자신의 친한 친구가 마피아에게 살해당했다고 경찰에게 여러 번 반복해 말했다. 그래서 앨리슨을 살해한 책임을 물어 타치니를 심문하는 등, 형사들은 수사 방향을 잘못 잡았었다……. 한편으로는 그 때문에 형사들이 앨리슨의 아파트를 확실히 뒤지게 되었다. 결국 그들은 도청 장치를 찾아냈다. 불행히도 도청 장치의 조작 방식은 경찰을 더욱 혼란스럽게 만들었다. 연쇄살인범이라는 주장은 그들이 보기에 점점 더 납득하기 힘들어졌다. 그 도청 장치라는 것이 정밀화된 수준이 아니었으니까.

절망한 제레미는 앨리슨의 흔적을 찾아다니는 것을 포기했다. 이제 그는 어디로 가야 할지 몰랐다. 앨리슨은 클라크조차 보러 오지 않았던 것이다……. 생각을 좀 바꿔보기 위해 젊은 천사는 아인슈타인을 만날 수 있다는 희망을 품고, '로지스 앤 블루스'로 달려갔다. 운도 없는지 세계적인 석학조차 거기에 없었다. 제레미는 신경이 예민해져서 튀어나오는 욕설을 막을 수가 없었다. 도대체 모두 다 어디로 가버렸단 말인가? 생각에 잠긴 제레미는 젊은 천사를 한 명 알아보았다. 그 천사는 뚱뚱한 인간 여자의 풍만한 가슴을 곁눈질하며 안개로 만든 화려한 색깔의 액체를 즐기고 있었다.

"시뇨르 갈릴레오?" 제레미가 머뭇거리며 아는 척을 했다.

청년은 늙은 천사들이 아기 천사들에게 보이는 경멸 어린 시선을 그에게 던졌다. 그렇게 보이지는 않았지만 단연 플린트만큼 나이가 든 이 유명한 이탈리아인은 어쨌든 삼백오십 살 이상은 되었다. 플린트가 갈릴레이는 늙다리 클럽에 가야 할 정도라고 말한 적이 있기 때문에, 어쩌면 그는 앨리슨과 플린트가 어디에 있는지 알지도 몰랐다…….

"코사(무슨 일인지)?" 그가 퉁명스러운 말투로 물었다.

이탈리아 말이라고는 한 마디도 모르는 제레미는(피자, 파스타, 끼얀티 와인은 빼고) 당황하지 않고 말을 이었다.

"난 플린트의 친구예요, 아니 차라리 데카루스 폼페의 친구라고 해야 알겠군요." 제레미가 말했다.

갈릴레이가 의심스러운 표정으로 그를 바라보자 제레미가 덧붙였다.

"릴리의 친구이기도 하고요."

그 이름을 듣자 이탈리아 청년은 즉시 자세를 바로 하고 젊은 얼굴에 색정적인 미소를 띠었다. 그 미소는 야릇한 동시에 역겨웠다.

"아, 그래. 그 말을 먼저 했어야지! 아아, 라 벨라 라가차(아름다운 아가씨)! 우리 릴리는 눈으로 보는 즐거움이야. 천사들 중에서 가장 아름다운 여인이지. 정말이야. 그런데 그녀가 너 같은 아기 천사와 뭘 하는 거지. 그녀가 지금 막 요람에서 꺼내주었나?"

"친구인 앨리슨과 나는 복수를 할 거예요. 내 생각에는 오히려 릴리가 우리를…… 심심풀이로 생각하는 것 같아요."

이 말을 듣고 갈릴레이가 웃음을 터뜨렸다.

"아, 그렇군." 그가 손가락을 흔들며 말했다. "권태에 어울리는 치료제지. 알겠어. 몰토 베네(좋아). 난 얼마 전부터 플린트를 못 봤어. 그는 원래 뉴욕에 자주 오지 않아. 보통 그는 훌륭한 실력자들이 있는 곳에 있지. 결정이 행해지는 곳, 권력의 중심에. 거기 가서 그를 찾아야 할 거야, 아기 천사."

제레미는 더 정확한 것을 물어보려 했지만, 갈릴레이가 길고 곱실거리는 머리카락을 가진 섬세한 미소년을 알아보고 그를 불렀다. "레오나르도, 카로 미오(내 친구)!" 그러고는 그를 향해 달려갔다. 제레미는 그곳이 어딘지 알 수 있었다. 훨씬 일찍 그곳을 떠올렸어야 했다. 강렬한 감정과 권력을 가진 늙고 탐욕스러운 수많은 천사들을 만날 수 있는, 세상에서 가장 적절한 곳이 어디겠는가?

당연히 워싱턴이었다!

제레미가 플린트의 아파트로 돌아오고 얼마 지나지 않아 릴리도 돌아왔다. 제레미는 그녀에게 갈릴레이와 나눈 대화를 얘기했고, 그녀는 깜짝 놀라 매우 기뻐하며 손뼉을 쳤다.

"그래, 맞아! 아주 오래전부터 나도 거기에 가지 않아서 귀여운 것들이 나를 끔찍이 그리워할 거야. 그래, 워싱턴으로 돌아가자. 정말 멋진 생각이야!"

제레미는 그녀가 말한 '귀여운 것들'이 누구인지 전혀 묻고 싶지 않았다.

"당신은 워싱턴에 사나요?"

"사실 난 여기저기에 살고 있어. 하지만 권력은 거기로 모이지. 물론 난 워싱턴에도 아파트가 있어. 백악관 근처에."

"그렇다면 갈릴레이가 말한 것이 그럴듯하다는 거네요? 플린트가 나이 든 붉은 천사를 만나기 위해 거기로 앨리슨을 데리고 갈 수도 있을까요? 그러니까…… 그녀를 붉은 천사로 바꾼 다음에?"

"모르겠어. 어쨌든 우리는 거기에 가자. 응?"

제레미는 일 초도 주저하지 않았다. 확실히 그는 앨리슨과 접속된 것 같았고 그녀가 먼 곳에 있는 것이 느껴졌다. 어떻게, 왜 제레미가 그렇게 느꼈는지 알아내는 것은 불가능했다. 그저 확신할 뿐이었다. 그것이 가장 중요했다.

다음 날 아침, 릴리와 제레미는 워싱턴으로 떠났다. 제레미가 생각했던 것과는 반대로 여행은 복잡하지 않았다. 그들은 비행기를 탔고, 앨리슨에 대한 걱정은 굴뚝같았지만 젊은 천사는 이번 여행이 눈부신 경험이라고까지 생각했다. 특히 한창 비행기가 날고 있을 때, 릴리의 도움으로 보잉 비행기의 날개 위를 걸어봤을 때는 정말 황홀했다.

목적지에 도착하자 릴리는 제레미를 곧바로 자기 집으로 데리고 갔다. 빨간 머리 천사 역시 플린트처럼 커다란 아파트를 취향에 맞는 가구와 장식 들로 멋지게 꾸며놓았다. 그녀는 안개로 된 벽을 금빛이 도는 붉은색 페인트로 칠했다. 화려하게 번득이는 붉은 벽 색깔이 닿자 릴리의 피부 색깔은 아주 매혹적인 복숭앗빛으로 보였다.

그러나 제레미를 진짜 놀라게 한 것은 그게 아니었다.

'귀여운 것들'이야말로 놀라웠다.

그것은 남자들을 지칭하는 것이었다. 족히 여섯 명은 되어 보였다. 조각상처럼 잘생기고 너무 멋져서, 그 잘생긴 클라크도 질투심에 불타오를 것 같았다. '그것들'은 전혀 '귀엽지' 않았는데, 왜냐하면 다들 키가 백팔십 센티미터에서 이 미터는 되는 게 틀림없었으니까. 릴리가 아파트에 발을 들여놓자마자, 그들은 추워서 죽을 것처럼 그녀 곁으로 몰려왔고 그녀가 불이라도 되어 자신들을 따뜻하게 해줄 것처럼 굴었다. 모두들 여신을 대하듯 숭배하는 몸짓으로 그녀를 어루만졌다. 그녀는 생명력으로 활활 불타오르며 그들이 바치는 열렬한 숭배를 즐기는 것 같았다. 몇몇 청년들이 대담하게 그녀를 껴안고 노골적으로 애무하자, 제레미에게는 그 모든 애정 행위가 거북해지기 시작했다.

진정으로 살아 있는 환상인 이 남자들은 제레미처럼 간단한 바지만 걸치고 멋들어진 근육을 자랑스레 드러냈다. 그들은 전부 다 머리카락이 장딴지까지 늘어질 정도로 길고 화려한 색깔이었으며, 긴 머리카락을 금색이나 은색 매듭으로 세련되게 묶었다. 단 한 명만이 붉은색 안개로 된 아주 몸에 딱 맞는 바지를 입었는데, 머리카락은 하나로 땋아 앞으로 내렸고 반들반들 윤이 나는 긴 검정 부츠를 신었다. 얼굴은 스무 살이 넘어 보이지 않았는데, 머리카락은 완전히 새하얀 색깔이었다. 정말 놀라운 그 아름다움 앞에서, 남자들에게 별로 끌리지 않는 제레미조차 우세한 수컷이 이상적으로 구현된 그 모습에 굴복하며 감탄하지 않을 수 없었다. 별안간 그 청년이 릴리에게 몸을 기울이더니, 그녀의 의향은 추호도 의심 않는 듯 그녀를 자신의 배로 바짝 끌어당겨 거친 숨결을 뱉어내며 릴리의 입술을 덮쳤다.

거북해진 제레미는 참지 못하고 짧게 신음을 뱉어냈다.

이 무례한 소음에 선 채로 릴리와 사랑을 나누려던 청년이 몸을 추슬렀다.

무거운 침묵이 퍼졌고 그제야 천사들은 릴리가 혼자 오지 않았다는 것을 깨달았다. 하얀 머리를 땋아 내린 젊은 남자가 뒤로 물러섰지만, 소유욕이 강해 보이는 손은 릴리의 잘록한 허리에 아직 머물러 있었다. 그가 적대감이 드러나는 목소리로 투덜거렸다.

"새로 온 녀석입니까, 아름답고 매혹적인 릴리시여? 그럼 이제 우리가 마음에 안 드시나요?"

'아름답고 매혹적인 릴리시여'라고? 그자는 마치 중세 시대 기사처럼 말했다. 제레미는 터져 나오는 웃음을 꾹 참았다.

"아냐, 그는 내 숭배자가 아니야." 릴리가 아쉬움이 실린 말투로 대답하며 한숨을 내쉬었다(제레미는 어떻게 그녀의 유혹을 견딜 수 있었을까?). "그는 여기에 여자를 찾으러 온 거야. 정신이 나가서 붉은 천사가 되려는 아기 천사를 찾으러 왔어. 우리처럼 푸른 천사가 아니고 말이야!"

'숭배자들'은 웃음을 터뜨렸다. 릴리의 말 속에 기지가 넘치는 표현이 있었는지 몰라도 제레미는 파악하지 못했다. 그들 중 한 남자는 푸르스름한 빛이 도는 꽤 까만 피부를 가졌는데, 조각된 은실로 머리카락을 묶어 귀가 드러났다. 왠지 친숙한 느낌이 들어 제레미는 그에게 시선을 고정했다. 남자도 제레미를 바라보더니 눈부신 미소를 지었다. 문득 제레미는 그를 어디에서 보았는지 깨달았다. 그는 잘 알려진 배우였던 것이다! 물론 죽지 않았을 때 말이다.

그 천사들을 일일이 뚫어지게 바라보고 나니 제레미는 왜 그들을 전에 만난 적이 있는 듯한 느낌을 받았는지 깨달았다. 그들은 과거나 현재에, 세상에서 가장 잘생긴 남자들과 꼭 닮은 사람들을 더욱 발전시킨 모습들이었던 것이다. 그들은 릴리의 마음에 들기 위해 육체를 바꿀 정도로 릴리에게 매여 있었는데, 이 사실로 제레미는 두 가지를 알게 되었다. 첫째는 그들이 틀림없이 굉장히 늙었으리라는 것이고, 둘째는 제레미가 생각하는 것보다 릴리는 훨씬 위험한 존재라는 것이었다. 왜냐하면 그들은 전부 다 금단 증상을 겪는 것처럼 행동했기 때문이다. 빨간 머리 천사는 제레미가 상황을 이해했다는 것을 알아차린 것 같았다. 입을 삐죽 내민 것을 보니.

"여러분!" 릴리가 단호하게 지시했다. "우리를 좀 내버려둬. 제레미와 나는 할 일이 있어."

즉시 실망스럽고 이해하지 못하겠다는 표정이 남성적인 얼굴들에 퍼졌다.

하얀 머리 남자가 화가 나서 주먹을 꽉 쥐었다.

"우리를 이 집에서 내쫓는 겁니까, 찬란한 릴리시여?"

"잠시 동안만이야." 그녀가 섬세한 어조로 대답했다. "너희들은 나에게 아주 즐거운 오락거리인걸. 이 임무가 끝나면 내가 찾으러 갈게……."

느릿느릿 마지못해 아파트를 떠나면서 천사들은 한 명씩 그녀 앞에 무릎을 꿇고 존경스러운 마음을 담아 그녀의 손에 입을 맞췄다. 적의를 품은 그들의 눈길을 받으며 제레미는 똑같은 메시지를 아주 선명하게 일곱 번 받았다. '너, 언젠가는 우리 손에 죽었어.' 소름이 쫙 끼쳤다. 정말 근사하다, 방금 제레미는 기록을 깬 것이다! 한 번에 일곱 명의 적이라니, 맙소사! 고통받는 용감한 젊은이여……. 아쉽지만 파리 떼와는 할 말이 없다네!

마지막 긴 머리채가 문밖으로 사라지자마자 릴리는 긴장을 풀었다. 자신의 아파트를 뽐내고 싶어서 그녀는 제레미를 데리고 한 바퀴 돌며 구경시켜주었다. 제레미는 그저 건성으로 둘러보았지만, 릴리는 안개로 만든 진정한 예술 작품을 수집해놓았다. 그녀의 수집품은 믿을 수 없을 만큼 굉장한 것들뿐이었다. 제레미는 수집품에 새겨진 영원불멸한 서명들을 일부 알아볼 수 있었다. 1466년에 죽은 이탈리아 조각가 도나텔로는 르네상스 시대의 청동상으로 초기 나체상 중 하나인 그 유명한 '다비드'를 특별히 릴리를 위해 다시 제작했다. 검은 안개로 된 이 작품은 너무나 생생해서, 금방이라도 그 어린 소년이 기지개를 켜고 받침대에서 내려올 것만 같았다. 그 조각상 정면에는 또 다른 의기양양한 '다비드'가 있었는데, 이번에는 미켈란젤로가 하얀 안개로 만든 조각상이었다. 미켈란젤로는 자신이 태어나기 구 년 전에 죽은 도나텔로를 한 번도 만난 적이 없었지만(적어도 살아생전에는 말이다!), 도나텔로와 필적할 뿐 아니라 심지어 그 천재를 능가했다. 두 사람의 위대한 나체 조각상들은 침묵 속에서 서로 으르렁대는 것 같았다. 가구들은 1732년에 죽은, 17세기 가장 위대한 고급 가구상인 앙드레 샤를르 불이 작업한 것이었다. 제레미는 예술가들이 어떻게 안개를 압축해서 나무의 광택과 거북 등껍질의 질감, 청동의 도금한 느낌을 내는지 알 수는 없었지만, 거기에는 훌륭한 대가의 솜씨가 확실하게 드러나 있었다. 제레미의 눈에 보이는 것들은 모두 근사하고 아름다웠다. 죽은 다음에도 이 천재들은 안개라는 낯선 재료로 계속 작업을 한 것이 틀림없었다……. 새로운 작품 앞에 설 때마다 제레미는 어리둥절해졌다. 그런 감정은 릴리의 거대한 침실을 보고 더욱 심해졌다. 미켈란젤로가 바티칸 시국에 있는 시스티나 성당의 웅장한 벽화를 부분적으로 재현했을 뿐만 아니라, 레오나르도 다빈치도 함께 그렸다는 사실을 깨달았던 것이다! 그는 입이 떡 벌어지는 것을 참아야만 했다. 이번에는 사치스러운 릴리에 대해 의식적으로 무관심하게 행동하던 제레미도 감탄하지 않을 수 없었다. 빨간 머리 천사는 곧 사라질 덧없는 박물관을 실제로 모조리 재현해놓은 것이다.

"안개가 사라지면 어떻게 되나요?" 제레미가 호기심 가득한 말투로 물었다.

"플린트네 집에서 이미 봤잖아. 늙은 천사들은 모두 여러 해 동안 안개를 보존할 수 있어. 하지만 실제로는 얼마의 시간이 지나면 안개가 흩어지다가 결국엔 사라져버리지. 그렇게 흩어지기 시작하면 나는 친구들을 만나러 가서 작품을 재현해주겠다고 승낙할 때까지 암사슴같이 애절한 눈빛을 하고 바라보지……. 난 예술이 너무 좋

아. 넌 아니니?"

제레미는 항복하고 고개를 끄덕였다. 그래, 그도 예술을 사랑했다. 이 영원불멸한 천재들을 만나는 것도 너무 좋아하게 되리란 것을 알고 있었다. 다만 우선 앨리슨을 찾고 싶었다……. 워싱턴에 도착한 때부터 제레미는 앨리슨이 가까이 있다고 느꼈다. 아니, 오히려 자신이 그녀에게 가까이 갔다고 느꼈다. 그는 마음이 가벼워졌다. 그런데 이 느낌은 그가 상상의 나래를 편 결과일까, 아니면 진짜로 그녀와 접속된 것일까? 제레미는 이 이야기를 릴리에게는 하지 않았다. 그는 빨간 머리 천사가 앨리슨과 자신의 관계를 그리 존중하지 않는다는 느낌이 들었다.

"난 좀 피곤하네." 돌연 릴리가 말했다. "우리는 좀 있다가 백악관에 갈 거야. 그다음에는 국회의사당과 국방성에도 들를 거야. 우리 친구들이 거기에 있기를 바라자고……. 우선은 좀 먹고 잠시 쉬자. 휴식이 필요해. 특히 제레미 너는."

젊은 천사는 사흘 전부터 조금도 쉬지 못했기 때문에 정말로 완전히 지쳐버렸다. 그는 반박하지 못했다. 릴리는 그에게 쉴 수 있는 침실을 보여주고, 나가기 전에 잠깐 주춤했다. 몇 초간. 제레미는 곁눈질로 그녀를 흘깃거리면서 제발 자신에게 너무 가까이 다가오지 않기를 바랐다. 아까, 반쯤 그녀를 범했던 그 젊은 남자의 격렬한 모습이 섬광처럼 눈앞을 스쳤다. 사실대로 고백하자면, 제레미는 그 하얀 머리 천사 대신 그렇게 할 수 있었다면 많은 것을 내놓았을 것이다. 매일매일 놀랍도록 매혹적인 릴리에 맞서는 것은 매 순간 엄청난 노력이 필요했다. 하지만 붉은 머리 천사는 그를 유혹하지 않았다. 적어도 아직까지는. 그가 준비가 안 됐다는 것을 그녀도 느꼈다.

"만약 그들을 못 찾으면 어떻게 하지?" 릴리가 천천히 물었다.

"찾을 거예요." 제레미가 단언했다.

"하지만……."

"우리는 그들을 찾을 거라고요! 도와주셔서 고마워요, 릴리. 좀 이따 봐요."

어안이 벙벙해진 빨간 머리 천사가 반짝이는 초록빛 눈으로 그를 뚫어지게 바라보았지만, 뭐라고 대꾸하지는 않았다. 그녀는 품위 있게 침실을 떠났고 제레미는 안도의 한숨을 내쉬었다. 자신이 릴리의 매력 앞에서 얼마나 더 버틸 수 있을지 알 수 없었다. 제레미는 어떠한 희생을 치르더라도 앨리슨을 찾아내야만 했다. 빨리!

그렇지 못하면 아무것도 장담할 수 없었다.

원기를 회복시키는 휴식을 몇 시간 취한 후, 그들은 안개로 재빨리 간식을 먹고 곧장 백악관을 향해 떠났다. 릴리는 붉은 천사건 푸른 천사건 상관없이, 아주 나이 든 천사들 몇 명이 자신들의 구역을 만들었다는 것을 알고 있었다. 하지만 제레미는 웅장한 건물에 다양한 색깔의 천사들이 이렇게 득실거릴 거라고는 상상도 하지 못했다. 타원형 공간에서 서로 충고하고 지시를 내리는 소리, 논쟁을 벌이는 소란스러운 목소리들, 요란한 고함이 살아 있는 사람들의 머리 위에서 터져 나왔다. 이렇게 흥분한 상태는 대통령을 둘러싸고 벌어지는 것 같았다. 이 유명한 공간에는 열에 들뜬 흥분한 분위기가 퍼져 있었다.

"천사들이 세계 제3차 대전을 선포했나요, 아님 뭔가요?" 제레미가 얼빠진 표정으로 물었다.

릴리가 매력적인 웃음을 터뜨렸다.

"여기는 항상 이래! 붉은 천사들은 인간들이 살해당하도록 조정하고, 고통과 공포를 더 많이 만들기 위해 대통령과 의원들에게 속삭이는 거야. 그 균형은 지키기가 꽤 까다롭거든. 푸른 천사들은 역시 아주 어려운 과업인 평화와 번영을 회복하려 애쓰고 있지. 정치가들, 권력을 가진 인간들, 예술가들, 예언자들, 사고에서 살아남은 생존자들은 우리의 암시에 훨씬 영향을 많이 받아. 그들은 상상력이 뛰어나니까. 그 때문에 우리는 좋은 결과를 얻을 수 있지. 네가 본 것처럼 사람들에게 우리 목소리가 들리려면 커다랗게 소리를 질러야만 해."

"아무리 둘러봐도 앨리슨이 보이지 않아요." 제레미는 천사들이 무엇을 할 수 있는지, 어떻게 권력을 행사할 것인지에 관심을 드러냈지만, 그래도 편집증 환자처럼 앨리슨에게 집착하며 말했다.

릴리의 입에서 젊은 여자에게 어울리지 않는…… 아니, 늙은 천사라 할지라도 어울리지 않는 끌끌거리는 소리가 새어나왔다.

"난 네가 살았던 과거 세계에서 가장 고결했던 늙은 천사들을 보여주고 있는데, 넌 한 가지밖에 생각하지 않는구나. 네 여자 친구를 찾는 것밖에!"

제레미가 다음과 같이 반응하자 그녀는 진짜로 역겹다는 표정을 지었다.

“우리가 여기에 온 이유가 그것 때문이잖아요. 그녀를 찾기 위해서. 그들을 찾기 위해서 말예요. 갈릴레이가 그랬다고요. 플린트는 워싱턴에 있을 거라고…….”

릴리가 한숨을 내쉬었다.

“여기서 기다려. 푸른 천사들한테 물어보고 올게.”

릴리는 대통령 위를 날아다니며 그의 귀에다 커다랗게 소리 지르고 있는 짙푸른 천사를 향해 다가갔다. 그의 옆에는 이상하게도 붉은 천사가 단 한 명도 없었다. 릴리가 질문을 하려고 잠시 그의 말을 끊자, 그녀에게 재빨리 대답하고 나서 그 푸른 천사는 다시 대통령에게 집중했다. 돌연 제레미는 그가 누구인지 깨달았다. 그는 프랭클린 루스벨트였다! 미합중국의 서른두 번째 민주당 대통령으로 미국 역사 속에서 두 번 이상 재선된 유일한 인물이며, 뉴딜 정책과 사회보호제도의 창시자로서 현 대통령에게 많은 충고를 하는 중이었다……. 제레미는 그 천사의 뒤에 있는 여러 다른 천사들도 알아보았다. 심장이 미친 듯이 두근거리기 시작했다. 검은 턱수염이 있는 야윈 천사는 에이브러햄 링컨이었고, 그 왼쪽에 있는 천사는 조지 워싱턴 초대 대통령으로 물리학자인 벤자민 프랭클린과 대화를 나누고 있었다. 가장 유명한 대통령들과 미국 건국의 두 아버지 아닌가! 정말 믿어지지가 않았다. 제레미는 완전히 황홀해서 무엇 때문에 여기 왔는지 잠시 잊었을 정도였다. 그는 그들에게 다가가서 말을 붙이고 싶었지만 그 옆에는 더 좋은 자리를 차지하려고 서로 밀며 악다구니하는 푸른 천사들과 붉은 천사들이 의원들, 장관들과 보좌관들을 온통 둘러싸고 있었다. 앞으로 더 나아갈 수가 없었다.

제레미의 눈앞에서 나이 많은 붉은 천사가 함부로 루스벨트를 밀어젖히고는 그의 자리를 차지하더니, 이번에는 그가 대통령의 귀에 대고 비명을 지르기 시작했다. 제레미는 깜짝 놀라 눈이 휘둥그레졌다. 그는 왜 정치인들이 자주 머리가 아파 신음하는지를 이제야 알 것 같았다. 저렇게 천사들이란 천사들은 전부 다 그들의 귀에 대고 고함을 질러대는데 어찌 머리가 아프지 않겠는가!

앞서 본 위대한 정치적인 인물들과는 반대로 지금 대통령한테 영향을 미치려 애쓰는 붉은 천사는 누군지 알아볼 수가 없었다. 그 천사는 살집이 꽤 있고 안개로 만든 정장을 아주 멋지게 차려입었으며, 뺨에는 흉터가…….

제레미는 침을 꿀꺽 삼켰다.

알 카포네였다. 미합중국 대통령의 귀에 고래고래 소리 지르고 있는 인물은 유감스럽게도 그 유명한 시카고 갱단 두목이었던 것이다! 별안간 그자가 눈을 들어 제레미와 시선을 마주쳤다. 순간 젊은 천사는 매우 악의적이고 반감 가득한 시선의 과녁이 되어, 그 자리에서 얼음 조각으로 변해버리는 줄 알았다.

한 발 한 발씩 뒷걸음질 치며 제레미는 자신을 삼켜버리려는 천사들 무리에서 조금 멀리 떨어져 타원형 공간의 구석으로 갔다. 편

집중 환자처럼 굴고 싶지는 않았지만, 제레미는 그 붉은 천사가 자신을 알아보고 앙심을 품을지도 모른다는 무시무시한 생각에 빠졌다. 제레미 자신에게 개인적으로. 하지만 그것은 완전히 불가능한 일이었다…….

"그는 없어." 릴리가 갑자기 그의 곁에 휙 나타나서 제레미는 소스라치게 놀랐다. "정보를 검증하려고 두 명의 푸른 천사와 붉은 천사 한 명한테 물어봤어. 이제 CIA로 갔다가 국방성으로 가자. 국회의사당에도 가보고."

"누가 없어요?" 제레미가 아직도 충격 속에서 헤매며 물었다.

"누구긴 누구야?!" 릴리가 투덜거렸다. "당연히 플린트지! 제레미, 무슨 일이 있었어?"

젊은 천사는 불쾌하고 집요한 감정을 떨쳐버리려 애쓰며, 손으로 얼굴을 쓸어내렸다.

"아니, 아녜요. 아무것도 아니에요. 가요."

백악관을 떠난 두 사람은 워싱턴에서 플린트와 앨리슨이 갈 만한 장소는 다 휩쓸고 다녔지만, 아무런 성과도 없었다. 아무도 플린트를 보지 못했다. 낙심한 제레미는 어떻게 앨리슨을 찾을 것인지 곰곰이 생각하며 몇 시간을 보낸 후, 릴리와 함께 돌아가기로 결정했다. 빨간 머리 천사의 안락한 아파트 벽을 통과하자마자 제레미가 그녀를 향해 몸을 돌렸다.

"절대 이렇게 포기할 수는 없어요!" 그가 신경질을 냈다. "명단 있어요?"

제레미는 릴리의 봄내음 나는 초록 눈동자 속에서 놀라움을 읽었다.

"명단? 무슨 명단?"

"플린트가 앨리슨을 데리고 갈 만한, 가장 엄청나고 가장 늙고 가장 위험한 붉은 천사들 명단요!"

릴리가 도톰한 입술을 삐죽 내밀었다.

"넌 왜 앨리슨이 플린트하고 같이 있을 거라고 생각하는 거지?"

제레미의 빈정거리는 대답이 튀어나왔다.

"그들이 동시에 사라진 것은 사실이잖아요?

"앨리슨이 자기 일 때문에 나갔을 수 있고, 플린트가 그녀를 쫓아갔을지도……."

어리둥절해진 제레미가 그녀를 똑바로 바라보았다. 저 화려한 여자의 목소리에 살짝 깃든 것이 질투란 말인가? 하지만 릴리는 지금 제레미와 마주한 주름 하나 없는 가면을 수천 년 동안 다듬어왔다. 그는 질투하느냐는 말을 할 수가 없었다.

이번에는 제레미가 어깨를 으쓱했다.

"이유는 중요하지 않아요. 어쨌든 그들은 떠났어요. 그들이 함께 갔건 아니건 그건 전혀 중요하지 않아요. 중요한 것은 그녀를 찾는 거예요……. (그가 릴리를 흘깃 쳐다보고는 고쳐 말했다.) 그들을 찾는 거죠……."

"명단 같은 건 없어." 릴리가 말했다. "내가 위대한 선조들을 알고 있어. 삼 개월 후, 푸른 천사들과 붉은 천사들 사이에 중요한 모임이 있어. 붉은 천사들이 십여 년 동안 누렸던 경제 위기, 크고 작은 전쟁들, 기아의 시대가 끝나고 있거든. 앞으로 십 년간은 푸른 천사들의 시대가 올 거야. 그 기간 동안 우리는 피해 입은 부분을 치료해야 하지……. 이 모임이 초기에는 이 주에 한 번씩 열렸는데, 붉은 천사들이 기간을 연장하자고 했지."

"세 달이라고요! 그건 너무……."

"……길다고? 우리 늙은 천사들한테 세 달은 아무것도 아니야. 우리는 거의 영원불멸하다는 것을 잊지 마, 제레미. 우리에게 시간은 똑같은 방식으로 흘러가지 않아. 우린 인내를 배웠지……."

지쳐서 피로해진 릴리가 잠시 사이를 두었다가 덧붙였다.

"요컨대 앨리슨이 도움을 청할 수 있는, 우리 세계에서 강하다고 꼽는 천사들은 전부 다 이번 모임에 참석할 거야. 그들은 거의 다 모일 거야. 그럼 우리는 가까이에서 그들을 만날 수 있고 그들에게 질문을 던질 수도 있어. 걱정 마, 우리는 해낼 테니까."

제레미는 자신을 안심시켜주려는 그녀에게 감사의 마음을 표했다. 그녀가 하는 말들이 비록 아무런 효과가 없었을지라도.

이어진 날들은 그야말로 지옥이었다. 제레미는 왜 마음이 이렇게도 갈가리 찢기듯 절망스러운지 이해할 수가 없었다. 일주일이 지나자 그는 너무나 초조해 반쯤 미치광이가 되었다. 한 달이 지나자 제레미는 릴리를 너무 피곤하게 만들었고 그녀는 그를 막으려고 갖은 방법을 다 동원했다. 그나마 뉴욕에 있지 않아 다행이었다. 뉴욕에 있었다면 제레미는 틀림없이 앨리슨의 아파트가 다시 임대되기 전에 그녀의 물건들을 뒤지는 데 온 시간을 보냈을 것이다. 끔찍하도록 앨리슨이 그리웠다. 어디서든 잠깐 휴식을 취하는 몇 시간 동안에도 그는 온통 악몽만을 꿈꿨다. 악몽 속에서 그는 거짓말과 배신으로 부풀어 오른, 비열하고 뚱뚱한 붉은 천사 앞에 앨리슨이 벌거벗은 채 무릎을 꿇고 있는 모습을 보았다(왜 벌거벗었을까? 그의 무의식은 그 이유를 밝히고 싶어 하지 않았다……). 그 붉은 천사는 앨리슨의 가장 우울하고 가장 비루한 감정을 먹어치웠고, 플린트는 뒤에서 그녀의 머리카락을 쓰다듬으며 그녀의 정신을 혼란스럽게 만들고 있었다. 잠에서 깰 때마다 제레미는 토하고 싶은 기분이었다. 하지만 강해지려면 먹어야만 한다는 것을 그는 잘 알았다. 강해지기 위해 제레미는 많은 양의 안개를 먹었고 평생 했던 것보다 더 많이 운동을 했다.

어느 날, 릴리의 숭배자들 중 한 명인, 유명한 흑인 배우와 이목구비가 비슷하게 생긴 코너라는 자가 아파트에 들렀다. 제레미는 무도 자세를 취하며 집중해서 훈련하고 있었다. 그는 오랫동안 유도를 연습해왔는데 다시 시작하기로 결심했던 것이다. 어떤 이유든 간에 만약 살인자와 대면하게 되면 자신을 지킬 수 있도록 말이다…….

긴 검은 머리에 귀가 약간 뾰족한 코너가 위압적일 정도로 근육질인 벌거벗은 가슴에, 근육이 울퉁불퉁한 팔을 가슴 앞으로 팔짱 낀 채 한참 동안 제레미를 바라보았다. 제레미는 곁눈질로 그가 고개를 끄덕이더니 다가와 몸을 숙이는 모습을 보았다. 코너는 무도 자세를 잡았다. 그런데 이게 무슨……?

잠시 후 제레미는 안개 카펫 위에 코가 일그러진 채 메다꽂혀 있었고 귀에서는 종이 울렸다. 코너는 친절하게 그를 일으켜주고는 여전히 입을 꾹 다물고 거칠게 툭툭 치며 자세를 고쳐주었다. 그자가 도대체 뭘 원하는지 물어보려고 제레미가 입을 열자, 검은 천사는 다시 자세를 잡더니 공격해왔다. 제레미가 재빨리 피했다. 코너는 인정한다는 듯 미소를 짓더니 상체를 틀어 공격해 제레미를 카펫에 내동댕이쳤다. 한 번 더. 화가 난 제레미가 벌떡 일어났다. 갑자기 몇 주 전부터 참아왔던 욕구불만 상태가 폭발했고, 제레미는 미친 사람처럼 코너에게 달려들었다. 잠시 뜸을 들이던 코너는 능란한 고양이처럼 교묘하게 피하며 그의 공격을 막았다. 결국 땀투성이가 되도록 지친 데다 심각하게 아팠지만 그래도 제레미는 여전히 서 있었고, 코너는 자기 옆구리를 붙잡고 인상을 썼다.

그날부터 코너는 제레미의 특별 지도 선생이 되었다. 코너의 입에서 말이라고는 단 두 마디밖에 끌어내지 못한 제레미는, 그가 왜 자신을 훈련시키려는지 듣지 못했다. 하지만 제레미는 그에게 감사했다. 이상하게도 코너는 릴리가 아파트에 없을 때만 나타났는데, 릴리는 자주 아파트를 비웠다. 코너 덕분에 제레미는 광기에 빠지지 않았다. 코너와는 반대로 제레미는 많은 말을 쏟아냈던 것이다. 그는 코너에게 자신에 대해 이야기했고, 과거의 인생과 현재의 인생에 대해 얘기했으며, 좋아하지 않는 것들에 대해서도 얘기했고 앨리슨에 대해서도 얘기했다…….

그리고 앨리슨에 대해서 이야기했다.

또 앨리슨에 대해서 얘기했고.

여전히 앨리슨에 대해서 이야기…….

솔직히 말하자면, 제레미는 만약 코너가 자신만큼 말을 많이 했다면 틀림없이 그의 머리통을 뽑아버렸을 거라고 생각했다. 하지만 참을성 많고 근육 빵빵한 특별 지도 선생은 제레미의 말을 끊지 않고 들어주었다. 음…… 제레미를 카펫 위에 메다꽂을 때만 빼고. 그는 제레미가 '난 절대 그녀를 못 찾을 거야!' 하고 절망이 폭발할 때나, '난 그녀를 찾고 말 거야!'라며 흥분하는 순간에도 말 한 마디 없이 참고 견뎌주었다…….

훈련하지 않을 때면 제레미는 플린트와 앨리슨이 갈 만한 장소는 모조리 헤매고 다녔다. 두 달 동안 릴리는 참을성 있게 제레미와 함께 다녔지만, 그가 영화관이나 극장에 함께 가는 것을 거절했기 때문에 결국 그를 혼자 내버려두었다.

"우리는 이 세상과 단절될 필요가 없어." 그녀가 짜증이 나서 투덜거렸다. "우리에게는 기회가 있다는 것을 명심해. 살아 있는 사람이 중간에 끼어 있긴 하지만 다양한 즐거움을 누릴 수 있단 말이야. 내 말 좀 들어. 기분이 완전 바닥으로 떨어졌을 때, 제이 레노•나 존 스튜어트••가 사람들을 놀리는 걸 보러 가면 정말 죽여준단 말이야!"

물론 그녀의 말이 옳다. 때때로 릴리는 며칠 동안 들어오지 않을

• 미국 TV 토크쇼 「더 투나잇 쇼」의 진행자.

•• 미국 TV 토크쇼 「더 데일리 쇼」의 진행자.

때도 있었다. 제레미는 코너도 포함된 그녀의 '귀여운 것들'을 만나러 간 것이 아닐까 의심했지만, 코너는 일체 아무 말도 하지 않았다.

릴리는 제레미가 무슨 옷을 입든 내버려두었다. 그는 뭐든 상관없이 대충 입었고, 스스로 간단한 바지와 기저귀용 옷핀을 만들어 입는 데 만족했다. 그러는 동안 배꼽 주위의 황금빛 얼룩은 점점 커져갔다……. 그는 셔츠를 만들 줄 몰라서 그녀가 주는 것을 입지 않으면 그야말로 선택의 여지가 없었다.

몇 주가 지나자 위대한 선조들이 워싱턴에 차례로 도착하기 시작했다. 그들의 수는 엄청났다. 그들의 힘과 카리스마의 무게가 납으로 된 덮개처럼 도시 위를 짓누르고 모든 공간을 덮는 것 같았다. 워싱턴 시민들은 왜인지 이유도 알지 못하고 신경질이 난다고 느꼈다. 개들은 더 시끄럽게 짖어댔으며, 여기저기에서 싸움이 더 자주 벌어졌고, 범죄가 더 많이 일어나 경찰이 몰려들기 시작했으며 수많은 실수가 불가피하게 벌어졌다. 이 모든 것이 오직 천사들이 모였기 때문이라니……. 제레미는 이 상황이 약간 두렵게 생각되었다. 그 자신도 인간들의 안개를 먹고 있었지만 천사들이 인간과 유지하는 이런 관계가 점점 더 싫어지기 시작했다.

백악관과 국회의사당 복도에 망령처럼 오랫동안 들러붙어 있은 나머지, 제레미는 그곳의 기능에 익숙해지고 말았다. 그는 날마다 대통령과 여러 고문들뿐만 아니라 파란 천사들의 엄청난 스트레스를 경험할 수 있었다. 세상은 나쁘게 돌아가고 있었고, 인간들에게는 치료약이 없었다. 그들은 여러 군데 펑크 난 타이어처럼 수선용

접착 고무를 붙이고는 최대한 오래 유지되기를 기도했다. 붉은 천사들은 정말이지 열심히 일했다. 서브프라임 모기지 사태와 연달아 일어난 매도프 스캔들• 사이에서 그들은 수백만 명의 사람들을 불행하게 만들고 파산시키는 데 성공했다.

얼마나 대단한 재능인가!

전 세계적인 금융 위기와 경제 위기가 서서히 해결되려면 적어도 십 년은 걸릴 것이라고, 가장 낙관적인 전문가조차 그렇게 말하고 있다. 푸른 천사들은 그렇게 짧은 시간에 어떻게 다시 균형을 세울 것인가? 제레미는 곰곰이 생각해보았다. 평생 동안, 그러니까…… 지상에서 살았던 시간 동안 언제나 그는 계획을 하고, 계산을 하고 생각을 했다. 이곳으로 통과하면서부터 상황이 바뀌었다. 사건을 주도하는 대신, 희생양이 되었다. 행동하는 대신, 반응하는 것으로 만족했다.

백악관의 수많은 위기 관리 회의를 뒤로하고 빈둥거리며 혼자 집으로 돌아오는 길에, 제레미는 문득 미행당하고 있다는 불쾌한 감정이 들었다. 즉시 칸의 모습이 떠올랐고 그의 오그라든 혓바닥, 붉은 장검과 함께 희미한 고통이 온몸에 차올랐다. 제레미는 아무 예고 없이 갑자기 어두운 골목길로 휙 들어섰다. 몇 초 후 거의 스치는 듯한 가벼운 발걸음 소리가 들려왔다. 제레미는 공격 준비 자세를 취했다. 무기를 갖고 있지는 않았지만, 누군가 그를 미행하면 여자

• 전 나스닥 증권거래소 소장인 버나드 매도프가 이십 년 동안 오백억 달러를 빼돌린 사기 사건.

든 남자든 거의 확실하게 때려눕힐 수 있도록 코너가 비열하게 공격하는 기술을(그래도 코너는 여전히 푸른 천사였다) 충분히 가르쳐주었던 것이다.

제레미는 검은 물체가 자신의 앞을 지나가는 순간에 펄쩍 뛰어올랐다. 그를 움켜잡고 주먹을 날렸다가 상대방의 기품 있는 코앞 몇 밀리미터 앞에서 딱 멈췄다.

테티셰리였다.

깜짝 놀라 눈을 크게 뜬 여자가 입을 멍하니 벌리고 그를 바라보았다.

"자, 이제 왜 나를 미행했는지 말해보세요!" 제레미는 자신도 깜짝 놀랐다는 것을 감추기 위해 소리를 질렀다.

젊은 파란 천사의 힘이라는 것은 삼천육백 살 이상 된 천사의 힘 앞에서 지극히 가소로운 것이었지만, 마치 호의를 베푸는 것처럼 제레미는 잡았던 그녀의 팔을 놓았다. 뚱뚱한 푸른 여자가 한숨을 내쉬었다.

"내가 미행에는 젬병이라고 그들에게 분명히 얘기했는데. 제기랄!"

"'그들'요? 누구를 말하는 겁니까? 무슨 말을 하고 싶으신 거죠?"

"우리는 네가 무엇을 하는지, 왜 그런 일을 하는지 알아보려고 널 감시했어."

진정 믿을 수 없는 대답이었다.

제레미는 정신을 차릴 수가 없었다.

“그런 일이란 게 뭐죠? 내가 뭘 한다는 겁니까?”

“사정이 그렇게 됐어.” 푸른 천사가 한숨을 내쉬었다. “이봐, 만약 도움이 필요하다면, 오로지 너 혼자만, 너만 여기로 가도록 해. 이 명함은 몸에 지니고 있지 마. 위험할 수도 있으니까…….”

제레미는 테티셰리가 내미는 작고 파란 명함을 받았다. 워싱턴으로 오기 전 집착이 심해 가벼운 위기가 있었을 때, 특히 너무 지루해서 위기의식을 느꼈을 때, 그는 뉴욕 메트로폴리탄 박물관의 이집트관을 방문해 그녀의 이름을 조회해보았다. 테티셰리는 파라오 타오 1세의 아내였다. 그녀는 하트셉수트나 네페르티티 같은 유명한 군주들에게 길을 제시해주고, 이집트를 수호하기 위해 군대를 훈련시킨 17왕조 초기 왕비들 중 한 명이었다. 제레미 앞에 서 있는 이 통통하고 자그마한 여인은 위대한 전략가인 동시에 위대한 왕비였던 것이다……. 그런 그녀가 자신을 미행하고 감시했다고 고백하다니! 도대체 무슨 이유로 그런 걸까? 제레미가 그녀에게 물을 여유도 없이, 그녀는 우아하지만 슬픈 미소를 짓더니 휙 날아가 버렸다.

제레미는 명함에 적힌 주소를 외운 다음 명함을 삼켜버렸다. 지금 이 주소로 찾아간다면 아무도 그에게 문을 열어주지 않을 것이라 추측했다. ‘만약 도움이 필요하다면, 오로지 너 혼자만, 너만 여기로 가도록 해’라고 그녀가 말했다. 그들이 누구인지는 별로 중요하지 않지만, 그 천사들은 아마도 앨리슨을 찾는 데는 아무 도움도 주지 않을 것이다……. 제레미는 별안간 자신이 너무 남들에게 의

존한다는 점을 깨달았다. 그게 릴리든, 아니면 소위 착한 사마리아인들이든지 간에 이제부터는 스스로 책임을 져야 하리라.

마침내 그는 계획을 세웠다.

밤새 발코니에 서서 도시의 불빛을 바라보던 제레미는 릴리의 아파트에 있는 가구들을 하나씩 검사하기 시작했다. 그곳을 장식해준 천사들은 똑같이 주방에도 의자들을 여러 개 마련해주었다. 릴리가 주방에 한 번도 들어가지 않는 것을 볼 때, 그 의자들은 분명 필요하지도 않은 것들이었다. 깊이 생각한 끝에 그는 의자를 하나 들어 올려 차분히 검토했다. 그러고 나서 손님용 침실 중 하나에서 안개 시트를 몇 개 가져와 찢어서 단단하게 땋았다. 플린트는 안개를 통제하면서 사라져버리고 비현실적으로 변하는 것을 막을 수 있다고 그에게 말했다. 분명히 플린트는 늙은 천사였다. 제레미도 그렇게 할 수 있을까?

그렇게 하는 데 꼭 한 달이 걸렸다. 어떤 아기 천사보다 빨리 그는 안개를 이용할 수 있었지만, 원하는 결과를 만들어내지 못한 상태에서 수백 번 시도한 끝에 마침내 사라지지 않는 안개로 작은(아주 작은) 끈 네 개를 만들어냈다. 그러니까…… 사라지지 않을 것 같은, 그런 느낌이 들었다는 얘기다. 하지만 시도해보지 않고는 알 수 없는 일이었다. 제레미는 코너에게 시험해보기로 했다. 유도의 '잡기'를 하는 동안 제레미가 안개 끈으로 두 손을 등에 돌려 묶자 덩치 큰 검은 청년은 깜짝 놀랐다. 짜증이 난 코너가 그것을 끊으려 애썼지만 헛된 노력이었다. 그는 늙은 천사가 가진 힘을 몽땅 쏟았지만 아무런 결과도 얻을 수 없었다.

"맙소사, 이게 도대체 뭐야?" 코너가 화가 나서 투덜거렸다.

제레미는 거짓말을 했다.

"혹시라도 장검을 든 살인자가 다시 돌아올지 몰라 플린트가 놔두고 간 끈이에요. 이걸로 그자를 꼼짝 못 하게 할 수 있을 거라고 했거든요. 플린트가 나를 구하러 날아올 때까지……."

코너가 고개를 끄덕였다.

"좋은 생각이야. 너를 위협하는 그 살인자라는 젊은 천사에게는 효과가 좋을 거야. 하지만 나 같은 늙은 천사한테는 써먹지 마. 늙은 천사는 몸에 있는 털구멍으로 끈을 흡수해버리기만 해도 다 없어질 테니까. 너희는 할 줄 모르겠지만. 너희 아기 천사들은."

심장이 미친 듯이 뛰었지만 제레미는 꾹 참고 미소를 지었다.

"아뇨, 플린트가 말하길 늙은 천사도 풀려날 수 없을 거랬어요."

코너는 의심하는 듯 부루퉁한 표정을 짓더니, 제레미가 만든 끈을 녹여보려 애썼다. 끈이 녹지 않자 제레미는 몹시 기뻤다. 결국 코너는 플린트가 만들었다고 생각하는 이 끈이 보기보다 훨씬 단단하다고 칭찬을 했다.

제레미의 두 번째 계획은, 빌딩 안에 있는 이 아파트의 배치 구조와 주위 환경에 대해 치밀하게 조사하는 것이었다.

어느 날 저녁, 릴리가 매우 흥분해서 들어왔다. 평소와 마찬가지로 코너와 훈련을 하고 있었지만 하루 종일 우울한 생각에 잠겨 있던 제레미가 경계 태세를 취하며 벌떡 일어섰다.

"엄청나게 큰 파티가 있을 거야." 릴리가 제레미를 향해 달려오며 말했다. "늙고 심술궂고 시뻘건 것들은 다 오는 파티야. 우리도 초대됐어!"

제레미의 빈정거리는 듯한 표정 앞에서 그녀가 말을 정확하게 고쳤다.

"알았어. 그러니까 난 초대됐고, 넌 나랑 같이 가는 거야."

제레미는 왜 릴리가 워싱턴 여기저기에서 초대받는 것인지 한 오만 번쯤 생각했다. 푸른 천사와 붉은 천사의 관계는 공공연하게 적대적이었는데 말이다. 그는 클라크를 따라다니던 푸른 천사와 붉은 천사를 떠올렸고, 그들이 서로 잘 지내는 것처럼 보였던 것도 기억해냈다. 이제 앨리슨이 사라진 지 석 달이 되었다. 오늘 저녁, 마침내 제레미는 움직일 수 있으리라.

릴리가 그에게 거의 검은색처럼 보일 만큼 짙고 검푸른 빛깔의 사치스러운 턱시도를 입혔다. 그녀는 반짝이는 초록빛 드레스와 그에 잘 어울리는 황금빛 샌들을 신고는, 눈을 한 번 찡긋해 입술에 색깔을 입히고 검은 안개로 아름다운 초록빛 눈을 어둡게 했다. 언제나처럼 잔뜩 꾸미고 반짝반짝 빛나는 모습으로 침실에서 나오는 릴리를 보자 제레미는 숨이 턱 막혔다. 두 사람이 복잡한 관계에 얽혀 함께 살고 있기는 하지만 그것이 릴리가 제레미에게 미치는 치명적인 영향을 줄이지는 못했다.

제레미는 신사적인 몸짓으로 그녀에게 팔을 내밀었고 그녀는 작게 웃으며 그의 팔에 손을 얹었다. 릴리는 이렇게 사는 것이 행복했고, 진정으로 기쁨을 표현했다. 릴리의 몸은 제레미 옆에 붙어 있었고, 제레미는 앨리슨에게만 사로잡혀 있는 것이 완전히 바보 같다는 생각을 피할 수가 없었다. 앨리슨은 그를 원하지도 않고 기회가 닿을 때마다 도망쳐버리지 않았던가. 이런 생각이 그의 머릿속을 뚫고 지나간 것이 처음은 아니었지만, 오늘 저녁은 그런 생각이 점점 더 제레미의 머릿속에 넓게 번지고 있었다.

문제의 파티는 그들이 살고 있는 곳에서 그리 멀지 않은 장소에서 열렸다. 그들은 걸어가기로 결정했다. 격렬하게 두근거리는 가슴을 안고 제레미는 그곳에서 마지막 기회를 잡아야 한다는 부담스러운 기분을 느꼈다. 만약 오늘 저녁 앨리슨을 찾지 못한다면 모든 게 끝이다…….

그들은 파티가 벌어지고 있는 호텔 내부, 화려한 조명으로 장식된 홀로 들어갈 준비를 했다. 동시에 그 옆에서는 샤론 스톤이 주최한 자선 파티가 벌어지고 있었다. 그때, "어이!" 하는 소리가 들려와 제레미의 주의를 끌었다. 누군가가 어둠 속에서 그들에게 손짓을 했다. 의아하게 생각한 제레미가 릴리에게 몸을 돌려 고갯짓으로 따라가보자고 제안했다. 릴리는 놀라서 눈썹을 치올렸지만 제레미의 말을 따랐다. 그리고 그들은 화려한 색깔의 농구화를 신고 간소화한 턱시도에 파묻힌 익숙한 얼굴과 맞닥뜨렸다.

아인슈타인이었다.

제레미는 젊은 동시에 늙은 석학을 다시 만난 것에 말도 안 되는 엄청난 행복감을 느꼈다. 그는 제레미가 새로운 인생에서 만난 가장 소중한 친구였다. 제레미는 진심으로 기뻐하며 아인슈타인에게 인사를 했고, 그가 왜 워싱턴에 있는지 궁금했다.

"저들이 나를 들여보내주지 않았어." 알베르트가 문을 지키고 서서 불청객을 쫓아내는 뚱뚱한 파란 천사와 건장한 붉은 천사를 가리키며 투덜거렸다. "당신들과 같이 들어갈 수 있을까, 미안하지만?"

그가 웃음을 터뜨리는 릴리를 향해 어린 강아지처럼 애정 어린 눈동자를 굴렸다.

"네, 물론이에요. 하지만 예의 바르게 행동한다고 약속하세요. 우리의 위대한 선조들한테 오만 가지 질문은 안 돼요. 혀를 제멋대로 놀리지도 말고요. 알았어요?"

세계적인 석학이 함박웃음을 짓고는 가슴에 십자가를 그었다.

"맹세코, 만약 내가 거짓말을 한다면 난 지옥에 갈 겁니다……. 지옥이 있다면!"

"워싱턴에 온 지는 오래됐어요?" 석학이 그들을 쫓아오자 제레미가 물었다. 아인슈타인은 거의 릴리의 발뒤꿈치를 밟을 정도로 그들에게 바짝 붙어 걸었다.

"겨우 어제 도착했지. 삼 개월 전에 뉴욕에서 학회가 있었던 것처럼 육 개월마다 이곳에서 물리학 학회가 있거든." 아인슈타인이 예민한 시선으로 주위를 둘러보며 말했다. "우리는 붉은 천사건 푸른 천사건 간에 모두 모여서 토론을 하지. 연구에 대해 대화를 나누기도 하지만 특히 우리가 보호하는 '인간들'과 그들에게 암시하는 내용들, 향상된 것들 따위에 대해 이야기를 나눈다네. 위대한 선조들의 회의가 변경되었기 때문에 우리도 어쩔 수 없이 학회를 삼 개월 앞당겨야만 했어. 뭐, 자네는 이미 짐작했겠지만 아주 늙은 천사들은 동시에 위대한 수학자들인 경우가 많거든. 게다가 사이클이 바뀔 때잖아. 붉은 천사들이 군림한 십 년이 지나고 이제 푸른 천사 차례지."

아인슈타인은 누가 엿들을 위험이라도 있는 듯 돌연 목소리를 낮췄다.

"그런데 이상한 일들이 꽤 많이 일어나고 있어……."

"이상한 일? 뭐가 이상하다는 거예요?" 제레미가 물었다.

"확실히는 몰라. 하지만 푸른 천사들이, 내 말은 선조들 말이야, 흔들의자 공장에 사는 꼬리가 긴 고양이처럼 예민한 상태야. 전혀 낙관적인 상태라고 볼 수 없지. 푸른 천사와 붉은 천사가 마지막으로 전쟁을 일으켰을 때, 인류를 제2차 세계대전으로 몰고 갔거든. 히로시마 원폭으로."

제레미가 갑자기 딱 멈춰 서는 바람에 전혀 그런 행동을 예상치 못했던 릴리가 투덜거렸다.

"뭐라고요?"

아인슈타인이 유감스러운 표정으로 고개를 끄덕였다.

"난 그 자리에 없었어. 그 이후에 죽었으니까. 하지만 천사들이 말해주었지."

제레미는 믿을 수가 없었다.

"한꺼번에 많은 수가 서로 죽일 수 없는 천사들이 어떻게 전쟁을 했어요? 게다가 어떻게 천사들은 히틀러를 괴물로 만들 정도로 사람들한테 영향을 미칠 수 있었던 거예요?"

"나도 모른다네, 제레미! 그들은 우리 젊은 천사들한테는 아무 말도 안 하거든." 아인슈타인이 불쌍한 표정으로 대답했다.

아인슈타인은 점점 초조한 듯 얼굴을 찡그리고 그들의 이야기를 듣고 있는 릴리를 가리켰다.

"반면 그녀는 알고 있지."

릴리가 그에게 경멸스러운 시선을 던지며 입을 열었다.

"내가 아는 것은, 난 절대 감동받지 않으리라는 거지. 당신은 문제만 일으키는군. 젊은 파란 천사……."

그녀가 젊은 파란 천사라는 단어를 발음하는 방식 때문에 제레미는 소름이 끼쳤다.

"파란 천사들은 내기에 돈을 걸었다가 잃은 거야. 할 말은 이게 전부야. 자, 이제 갈까? 난 파티에 참석하고 싶고, 우린 플린트와 앨리슨을 잡아야 하잖아."

이 말을 들은 두 남자는 릴리가 잡기 힘든 커다란 물고기 두 마리에 대해 말하는 것 같다고 느꼈다.

그들이 입구에 버티고 선 두 고릴라 장벽을 막 통과하는 찰나, 별안간 제레미 귀에 익숙한 이름이 들렸다. 제레미는 릴리와 아인슈타인에게 먼저 가라고, 나중에 합류하겠다고 손짓했다. 자선 파티에 참여한 인간 중 하나가 아이패드로 찾은 정보를 친구에게 설명해주고 있었다. 그 내용에 등장한 벤투지의 이름이 제레미의 귀에 와 닿은 것이다! 아주 따끈따끈한 소식이었다.

경찰은 벤투지 연구소의 여자 연구원과 제레미, 앨리슨의 살인 사건과 관련해 새로운 증거물을 발견했다. 허드슨 강에서 무기를 찾던 수색대가 기적적으로 건져낸 휴대전화 덕분이었다. 마지막으로 호출된 전화번호가 장검 살인범의 몸에서 발견된 휴대전화 번호와 일치했던 것이다. 전화기 안에 들어 있던 유심(USIM) 칩에서 경찰은 벤투지의 흔적을 찾아냈다. 칸이 죽었다는 소식에 당황한 벤투지는 그 휴대전화가 발견되리라고는 상상조차 못 했기 때문에 유심 칩을 제거할 생각은 전혀 안 했던 것이다. 진행 중인 수사가 예상치 못한 방향으로 전개될 수 있다고는 상상도 못한 벤투지가 마침내 체포되어 심문을 받게 되었다.

돌처럼 굳은 제레미는 앨리슨이 행동하고 있다는 것을 즉시 깨달았다. 이것은 틀림없이 그녀가 복수에 필요한 도움을 받았고, 이미 붉은 천사가 되었다는 의미였다…….

이제 앨리슨은 그의 능력이 미치는 범위 밖에 있는 것이다.

제레미가 고개를 들었다. 릴리가 계단 위에서 그를 기다리고 있었다. 방망이질하는 심장 소리가 안 들릴 정도로 그녀는 아름다웠다. 제레미는 한숨을 내쉬었다. 그는 지금 현재 자신이 무엇을 해야 하는지 잘 알고 있었다. 그것은 바위에서 솟아오르는 물처럼 맑고 분명했다.

제레미는 계단을 오르며 릴리의 손을 잡고 그녀의 귀에 속삭였다.

"그만 여기서 나가요."

"하지만……."

"난 벌써 지루해졌어요." 그가 딱 잘라 말했다.

제레미는 릴리가 자신의 의도에 대해 아무런 의심도 못하도록 그녀에게 열정적으로 몸을 딱 붙였다. 릴리는 놀라서 입이 벌어지더니 빨리 돌아갈 준비를 했다.

"내가 아인슈타인한테 알리고 올게." 그녀가 숨을 몰아쉬었다.

릴리는 천사들이 파티를 벌이고 있는 넓은 장소로 들어갔다. 제레미도 그녀를 따라갔지만 입구에 서서 기다렸다. 그녀가 아주 분한 표정을 짓고 있는 젊은 석학과 아마도 그 파티에 따로 초대된 것 같은 코너에게 말하는 것이 보였다. 릴리는 몹시 기쁜 표정으로 숨을 헐떡이며 제레미에게 돌아왔다. 두 천사는 손을 꼭 잡고 집으로 돌아왔다.

현관문을 넘어서자마자 제레미는 자신의 열정이 흐르는 대로 자연스레 몸을 맡겼다. 그는 릴리를 침실 문에 밀어붙이고 안개로 된 화려한 드레스를 벗긴 다음, 자신이 입고 있던 턱시도를 찢어버렸다. 벌거벗은 그는 릴리를 뚫어지게 바라보았다. 그녀는 너무나 아름다웠다! 릴리의 육체는 수 천 년 동안 더해진 농익은 매력에 열여덟 살 소녀의 신선한 아름다움을 함께 지니고 있었다. 제레미는 숨이 턱 막혔다. 탐스러운 구릿빛 가슴 위로 풍성하게 흘러내린 불꽃처럼 붉은 머리카락, 그녀는 관능적인 동시에 순수의 화신이었다.

제레미는 굶주린 야수처럼 그녀에게 달려들었다.

릴리와 나눈 사랑은 마치 활활 타오르는 불꽃처럼 뜨겁고 열정적이었다. 온몸의 감각과 피를 끓어오르게 할 정도로 격렬한 열정이 제레미를 거칠고 탐욕스럽게 만들었다.

그는 부드럽지 않았다. 제레미는 자신의 쾌락에 신경을 쓰며 가혹하게 그녀를 애무했다. 그녀는 마치 자연스레 장단을 맞춰오는 훌륭한 악기처럼 열정적으로 화답했다. 몸 구석구석을 핥을 때마다 숨결이 거칠어지며 쾌감이 점점 고조되었다. 하지만 제레미는 그녀의 안으로 들어가지 않았다. 벌써 시작할 수는 없었다. 아직은. 우선 꿈결 같은 릴리의 육체를 마음껏 즐기며 감각을 최대한 자극했다. 그녀가 참을 수 없는 욕망에 불타며 그에게 간청하고 그의 밑에서 신음할 때에도 삽입하지 않았다. 열에 들뜬 릴리는 한껏 달아오른 욕망을 충족시키기 위해 그가 지닌 천사의 능력을 자극했지만 제레미는 버텼다. 초록빛 눈동자에 드리워진 놀란 빛이 그를 질책했다. 하지만 그녀는 굴복해야 했다. 제레미는 그녀의 '귀여운 것들'처럼 하지 않았으며, 절대 그녀에게 복종하지 않을 것이다. 그런 방식으로는.

릴리는 육체적으로 제레미보다 훨씬 강했지만, 그를 주도하려 하지 않았다. 그가 손가락으로 어루만지고 혀로 핥아 참을 수 없는 희열을 느낀 그녀는 실신할 지경이 되어 제레미의 이름을 외쳐 불렀다. 몇 시간 후 릴리가 제레미의 힘과 지배력을 인정하자, 그는 허리를 격렬히 움직여 그녀의 안으로 들어갔고, 릴리는 참지 못하고 다시 신음을 토해냈다. 제레미는 릴리와 함께 육체의 환희를 즐겼고, 천사가 느낄 수 있는 쾌락의 절정에 이르는 비결을 갖고 있었다. 제레미는 아주 조금씩, 겨우 몇 밀리미터씩 움직여 그녀를 쾌락으로 신음하게 하면서 천천히 움직였다. 릴리는 기다란 두 다리로 힘차게 꿈틀거리는 그의 등을 감고 칡덩굴처럼 매달려 물결치기 시작했다. 제레미는 붉은 과일처럼 과육이 풍부한 그녀의 입술을 빨아들였다. 자제력을 잃을 정도로 좋았지만, 정신을 차리고 그녀가 오르가슴에 다다를 때까지 움직이고 또 움직였다. 릴리가 완전히 녹초가 되고 숨을 헐떡이며 단 한 마디도 뱉어내지 못하고 땀을 줄줄 흘릴 때가 되어서야, 제레미는 마침내 세차게 사정했다.

몇 분 동안 침실에는 오직 두 사람의 격한 숨소리만이 울려 퍼졌다. 마침내 릴리가 몸을 움직이더니 사랑을 나눈 청년을 향해 깜짝 놀란 시선을 보냈다.

"맙소사, 온몸이 다 아파." 만족감으로 충만한 그녀가 고양이처럼 갸르릉거렸다. "그런 건 다 누구한테 배운 거야?"

제레미는 대답하지 않았다. 앨리슨에게 얘기한 것처럼 그는 여자들하고의 경험은 아주 적었다. 막 스무 살이 되었을 때 존경스럽지만 한편으로는 독재적인 외할아버지가 경험이 많은 젊은 에스코트 걸을 고용했다는 내용은 말하지 않았다. 그 에스코트 걸은 그를 사랑하는 것처럼 속였다. 그녀는 감미롭고 아주 매력적인 방법으로 오랜 시간 동안 사랑을 나눌 수 있는 모든 테크닉을 가르쳐주었다. 제레미가 그녀에게 청혼하던 날, 그녀는 사실을 털어놓았다. 그런 방식으로 외할아버지 제임스는 손자가 섹스 때문에 여자와 스캔들에 휘말리거나 마음대로 휘둘리지 않도록 지켜주고 싶었던 것이다. 비즈니스 세계는 무자비했고 이런 위험이 어디에나 도사리고 있었다. 제임스는 목적을 달성했다. 그녀는 비할 바 없는 훌륭한 여배우였던 것이다.

이 충격적인 경험 이후 제레미는 절대 여자를 믿지 않았다. 앨리슨을 만날 때까지.

그는 손으로 릴리의 입을 틀어막았다. 제레미가 다시 그녀를 애무하기 시작하자 에메랄드빛 눈동자가 믿을 수 없다는 듯 휘둥그레 커졌다. 릴리는 다시 치밀어 오르는 쾌감에 몸을 맡기며 더 이상 아무것도 묻지 않기로 마음먹었다. 그녀는 질문하려던 것들을 전부 다 잊었다.

릴리와 사랑을 나누기 전에 제레미는 날마다 배꼽 주위로 점점 커져가는 황금빛 얼룩 때문에 주저했었다. 왜인지는 모르겠지만 그는 릴리의 반응이 걱정스러웠다. 하지만 걱정할 필요가 없었다. 옷을 벗었을 때, 그는 자신의 배를 금빛으로 물들였던 둥그런 자국이 완전히 사라져버린 것을 보았던 것이다.

새벽이 다가오는 시각, 제레미가 예상했던 일이 벌어졌을 때, 릴리는 원하던 것을 마음껏 충족시킨 천사의 모습으로 잠에 취해 있었다.

제레미와 릴리가 알몸으로 드러누워 있는 침실에 플린트가 들어섰다.

그 뒤에는 앨리슨이 서 있었다. 머리부터 발끝까지 완전히 붉은 천사가 된 푸른 천사 앨리슨이.

앨리슨은 경멸하는 시선으로 그들 둘을 무섭게 쏘아보았다.

16. 배반의 맛

앨리슨이 삼 개월 전 자취를 감춘 그날 밤, 그녀는 단 한숨도 자지 못했다. 그녀는 원형극장에서 두 붉은 천사 사이에 벌어진 사건과 생각지도 못했던 자신의 반응 때문에 혼란스러웠다.

이 바보, 멍청이, 얼간아. 네 살짜리 계집애 취급을 받아 마땅했다. 앨리슨은 자신의 마음 저 깊은 심연에 자리하고 있는 것이 너무나 낯설었다.

생각에 잠긴 그녀는 파란 시트를 매끄럽게 가다듬다가, 갑자기 자신과 제레미의 몸이 얽혀 있던 장면이 떠오르며 마치 주먹으로 맞은 것 같은 충격을 받았다. 태어나서 처음으로 앨리슨은 한 남자 때문에 뜨겁게 불타오르는 욕망을 느꼈다. 옆방에 있는 제레미에게 달려가 그의 품에 뛰어들지 않으려면 스스로를 매질해야 할 정도로 뜨거운 불길이 그녀를 휘감았다. 앨리슨은 마음을 진정시켜보려고 깊게 호흡했다. 또다시 그녀를 사로잡았던 복수의 열망과 머리에서 떠나지 않던 분노가 사라지며, 욕정이 활활 타올라 그녀는 전율했다.

'맙소사, 앨리슨. 제발 진정하라고. 그래, 제레미는 정말 잘생겼어. 그래, 그는 너한테 흠뻑 빠졌고, 너한테 완전히 미쳤어. 그래, 너도 그를 강렬히 원해! 그렇다면 무엇이 너를 막는 거니? 응? 아무것도 없어, 아무것도 없다고……. 망치질해서 네 머릿속에 박아놓은 그 망할 놈의 약속만 빼고 말이야!'

앨리슨은 자신의 임무에 집중했다. 수백만 환자들의 목숨을 구하고 수천 가족들에게 행복을 돌려줄 생각에만 몰두했다. 하지만 눈앞에 자꾸만 떠오르는 것은 벤투지 대신 제레미였다. 아직도 제레미의 심장 소리가 들리던 단단한 가슴이 손바닥 아래 느껴졌다.

앨리슨, 너만을 위해 심장이 뛴다, 고 제레미는 말했었다.

만약 그녀가 두 가지를 다 이룰 수 있다면? 사랑과 복수, 두 가지를 다 이루게 된다면? 어쨌든 간에 암 치료제의 제조법을 밝히라고 벤투지에게 강요하느니, 차라리 경찰에게 영향을 미치겠다는 그녀를 막을 것은 아무것도 없었다. 늙은 파란 천사는 경찰을 마음대로 조종할 수도, 그들의 수사를 원하는 방향으로 이끌 수도 있을 것이다. 벤투지의 여자 동료와 앨리슨, 제레미의 살인 사건을 하나로 잇는 것은 그리 복잡하지 않았다. 아닌가? 그러고 나면 벤투지는 더 이상 자신이 발견한 기적의 치료제를 숨길 수가 없을 것이다. 그는 감옥에 갈 것이고 돈이 필요할 것이다. 아버지의 연구소를 다시 사들일 정도로 억만장자는 되지 못하더라도 안락한 감방에서 부자로 살 수는 있으리라…….

별안간 양심에 아무 거리낌도 없이 앨리슨은 얼굴 가득 미소를 띠었다. 그래, 붉은 천사가 될 필요는 없어! 경기장에서 플린트가 붉은 천사가 되는 것을 그녀에게 제안했을 때는, 붉은 천사와 푸른 천사들에 둘러싸여서 그들의 힘과 카리스마 때문에 정신이 없었다. 그녀는 그 기회를 잡으려 덤벼들었지만 제레미가 옳았다. 좋지 않은 생각이었다. 악을 행하면서 선을 찾을 수는 없다. 그것은 더 큰 문제로 향하는 지름길이었다. 오로지 그녀는 머릿속이 모순적인 생각으로 복잡했기 때문에 제레미에게 말하지 못했던 것이다. 그녀는 이제껏 자신과 어울리지 않는 생각에 빠져 있었던 것이다.

마음을 고쳐먹은 앨리슨이 제레미에게 가려고 몸을 일으키다가, 무언가가 가볍게 스쳐 그 자리에 얼어붙고 말았다. 제레미가 자신과 똑같은 생각을 하고 벌써 와 있는 것일까? 하지만 어둠 속, 그녀 옆에 서서 반짝이는 회색 눈으로 그녀를 바라보는 사람은 제레미가 아니었다. 플린트였다.

앨리슨은 금세 목이 졸리는 것 같은 불안한 느낌이 들었다. 바로 이 순간, 어쩌면 그녀가 자신의 침실에서 보고 싶었던 마지막 인물은 플린트였을지 모른다. 그리고 자신의 침대에 앉는 것을 보고 싶었던…….

"우리는 대화를 나눠야 해." 플린트는 바로 옆방에 있는 제레미가 알아채지 못하도록 조그맣게 속삭였다.

"무슨 대화요?" 자신이 안개 시트 아래로 알몸이라는 것을 지나치게 의식하고, 푸른 천사의 카리스마에 충격을 받은 앨리슨이 더듬거렸다.

"네가 진짜로 원하는 게 무엇인지에 대해. 젊은 천사, 넌 불과 얼마 전에 죽었어. 그래도 난 너의 복수에 대한 일념을 이해한다는 걸 알아둬. 나는 살해당했을 때 오랜 세월 동안 미쳐 있었어. 복수를 하기 위해서라면 나도 뭐든 다 했을 거야. 나를 죽인 인간들은 노예로 팔렸기 때문에 그들은 죽기까지 오랜 시간이 걸렸지……. 하지만 얼마 후 나는 그 모든 것이 그리 중요하지 않다는 것을 깨달았어. 여기에서 시작된 새로운 인생은 훨씬 매력적이었으니까, 젊은 천사여!"

플린트가 앨리슨의 허벅지를 살짝 건드리며 몸을 굽혔다.

"아주 희망적이지." 그가 앨리슨의 입술 아주 가까이에 대고 속삭였다.

오싹해진 그녀가 뒤로 물러났지만, 플린트는 짜증을 드러내지 않고 똑같이 뒤로 물러났다.

"난…… 난 복수하고 싶지 않아요." 그녀가 조그만 목소리로 불분명하게 더듬거렸다. "난 그저…… 몹시 화가 났고, 그 광경은…… 너무…… 너무 폭력적이었어요! 두 붉은 천사에 대한 증오와 분노, 그것이 내 판단을 흐리게 한 것 같아요. 내 감정을 오염시켰고요."

플린트가 인상을 찌푸렸다.

"아, 그래? 그럼 넌 어떻게 하고 싶은 거지?"

앨리슨이 자기 계획을 그에게 설명했다. 플린트는 주의 깊게 들었다. 그리고 고개를 저었다.

"벤투지는 그렇게 하지 않을 거야. 벤투지는 아버지의 연구소를 통제할 능력을 얻기 위해 세 사람을 죽였어. 그는 모범수로 행동해 이십 년이면 감옥에서 나와 삼십 년은 연구소를 운영할 생각일 거야. 그리고 이익을 얻을 때까지 치료제의 제조법을 밝히지 않을 거야. 나는 그런 부류의 인간을 잘 알고 있거든. 네가 시도하려는 방법은 아무런 소용도 없을 거야. 그동안 환자들 수백만 명이 네 엄마처럼 암으로 목숨을 위협받으며 계속 살아가겠지."

앨리슨은 입술을 깨물었다. 안타깝게도 플린트는 정확한 표현을 찾을 줄 알았다. 플린트는 그녀의 어깨 위에 너그럽게 손을 올리고 짓궂은 미소를 지었다.

"내가 왜 널 돕고 싶어 하는지 넌 알아. 그렇지?"

갑자기 앨리슨은 구름 속을 떠다니는 것처럼 정신이 둥둥 뜨는 느낌이 들었다.

"왜냐하면 지루하니까요." 그녀가 고분고분하게 대답했다.

"……그리고 난 너의 감미로운 육체를 간절히 원하고 있어. 요즘에는 네 나이에 죽은 진짜 처녀가 거의 없거든. 네게 사랑을 가르쳐 주는 것이 내가 너에게 주는 가장 아름다운 보상이 될 거야!"

앨리슨은 순간적으로 몸이 굳었고 공포가 그녀의 머릿속에 떠다니던 구름을 쫓아냈다. 플린트는 앨리슨의 어깨 위에 얹은 손에 점점 더 힘을 주었고, 그녀는 또다시 분노가 엄습해오는 것을 느꼈다. 자신을 욕망에 복종시키려는 플린트에 대한 분노가, 사랑으로 자신을 가두려는 제레미에 대한 분노가, 자신을 죽인 벤투지에 대한 분노가 엄습했다. 앨리슨은 침대 위에 무릎을 꿇고 시트가 흘러내리는 것도 알지 못한 채, 사나운 눈길로 플린트의 눈을 뚫어지게 쳐다보았다.

"훌륭하군요!" 그녀가 거칠게 내뱉었다. "그렇다면 내 조건은 이래요. 우리는 벤투지가 암 치료제의 제조법을 밝히도록 만들어야 해요. 방법은 중요하지 않아요. 그리고 그를 감옥에 보내는 거예요. 그렇게만 할 수 있다면 나는 빨강이 되든, 초록이나 보라가 되든 아무 상관없어요! 그런 결과를 얻는다면 그때 당신이랑 잘게요."

플린트가 입술을 비죽거리며 자신에게 용감히 맞서는 감미로운 두 개의 가슴에 시선을 고정했다.

"넌 내 노예가 되는 거야." 그가 말했다. "넌 앞으로 백 년간 완전히 나만의 것이야. 적어도 넌 내 욕망에 복종해야 해. 논의의 여지없이. 싫은 기색 없이. 나한테 네 몸과 마음을 다 주는 거지."

앨리슨의 얼굴이 창백해졌다. 이건 완전히 악마와 맺는 계약이었다……. 하지만 여러 번 되풀이해서 플린트는 앨리슨에게도 제레미에게도, 그들이 잘못되는 것은 전혀 바라지 않는다는 것을 분명히 보여주었다. 그리고 그의 너무나 멋진 파란색이 말하고 있었다. 그는 '나쁜' 존재가 아니라고. 이상하게도 앨리슨은 이 생각에 그리 위로받지 않았다. 아마도 그가 사용한 '노예'라는 단어 때문일 것이다.

마침내 플린트가 어깨에서 손을 떼고 그녀의 손을 잡았다.

"그래서? 우리 이제 거래해볼까?"

복수에 대한 욕망이 앨리슨을 완전히 집어삼켰고, 나머지는 전부

다 가려져 보이지 않았다. 온몸에 소름이 쫙 끼쳤고 그녀는 차갑게 미소를 지었다.

"십 년."

"너무 짧아. 팔십 년."

"너무 길어요. 십오 년."

플린트가 손가락을 흔들었다.

"아냐, 아냐. 난 흥정하는 장사치가 아냐. 아름다운 앨리슨……."

하지만 그는 흥정을 하고 있었다. 그것은 부정할 수 없었다.

"오십 년, 이제 흥정은 그만." 앨리슨의 단호한 시선과 마주친 플린트가 덧붙였다.

앨리슨은 그가 더 이상은 의견을 굽히지 않으리라는 것을 깨달았다. 플린트는 그녀를 자기 마음대로 하고 싶었던 것이다. 끝도 없이 오랜 세월 동안. 그녀는 몸서리나는 것을 참았다.

"우리는 거래를 했어요." 영혼을 팔아버린 불쾌한 기분으로 앨리슨이 침울하게 말했다. "그러니 그 전에는 유혹도, 최면 상태도 안 돼요. 나를 당신 침대에 눕히려 애쓰지 말라고요. 알겠어요?"

앨리슨이 반항하기도 전에 플린트가 교만하고 거칠게 그녀의 입술을 덮치고는 그녀가 신음할 때까지 깊게 키스했다. 그의 키스는 제레미의 키스와는 전혀 달랐다. 하지만 그가 뿜어내는 관능적 매력은 그녀를 숨 막히게 했다. 앨리슨은 화가 났지만 뜨거운 감정이 느껴졌다.

"이건 선불이야." 플린트가 미소를 지었고, 앨리슨은 호흡을 되찾으려 애썼다. "아, 정말 감미롭군. 넌 저항할 수 없는 매력이 있어. 이제 우리 거래가 성사됐군. 난 파란색을 더 좋아하지만 붉은색은 너한테 황홀할 정도로 잘 어울릴 거야!"

플린트는 제레미가 앨리슨에게 과연 영향을 끼칠 수 있을지 믿지 않았다. 사실 지금 현재 그의 유일한 목표는 앨리슨을 침대에 눕히는 것이었다. 수 세기를 거치며 어느 누구도 그의 유혹을 뿌리치지 못했기에, 그는 앨리슨과의 이 상황이 말이 안 되지만 매력적이라고 생각했다.

이 모든 것이 플린트를 극도로 흥분시켰다. 그의 인생…… 그의 죽음은 단순했다. 플린트는 엄청난 희열을 느끼며 적들의 계획을 방해했다. 그는 수백 년 전부터 이런 놀이를 했고, 그것으로 소멸에 대한 두려움과 적에 대한 공포에서 벗어나 매우 즐겁게 지냈다. 제레미를 만났을 때, 플린트는 이 젊은 천사가 발산하는 무언가에 충격을 받았다. 다른 천사들과는 다른 무엇이 있었다. 그 다른 것을 앨리슨에게서도 발견했다. 순수하고 고집이 아주 세며 매우 예쁜 앨리슨에게서도. 플린트는 오랜 세월이 흐르는 동안 파렴치해지면서, 자신이 젊은 여자를 밝힌다는 것을 인정했다. 그때부터 그는 품에 안은 여자는 자기 것이라 결정했다. 여자가 파랑이든 빨강이든 하양이든 간에, 전혀 개의치 않았다. 플린트는 앨리슨에게 거짓말을 하지는 않았다. 그는 그녀의 육체를 원했다. 오, 그렇다. 게다가 그녀의 영혼까지 원했다. 앨리슨은 지친 군인의 갈증을 풀어주는 맑은 시냇물과 같았다. 플린트에게 젊음과 혈기를 되찾아주었다. 가치를 매길 수 없을 정도로 귀한 이 보물을 제레미에게 뺏긴다는 것은 말도 안 되는 일이었다. 젊은 천사는 분명히 점잖고 착했지만, 품위 있게 앨리슨을 돌보는 방법은 절대 알지 못할 것이다. 앨리슨이 원하는 것을 얻고 나면, 플린트는 앨리슨을 집착에서 벗어나게 해 줄 것이다. 그러면 그녀는 그의 것이 되리라…….

아니, 겨우 오십 년 동안이 아니라.

영원히.

플린트는 즉시 앨리슨을 데리고 떠났다. 물론 앨리슨은 자신이 내린 결정을 제레미에게 알릴 수 없는 것이 몹시 안타까워서 시간을 달라고 간청했다. 그러나 플린트는 완고했다. 젊은 파란 천사에게 그런 내용을 일일이 말하도록 내버려둔다는 것은 있을 수 없는 일이었다. 플린트는 그녀가 아직 혼자 통과하지 못하는 돌벽을 통과시켜, 그녀를 데리고 워싱턴으로 갔다.

이쪽 세상에서 '활동 중인' 천사들은 그리 많지 않다. 천사들 대부분은 안개를 가질 수 있다면 색깔이 어떻든 아랑곳하지 않으며, 인간들 감정을 이용하는 것으로 만족했다. 수백 년이 흐르자 플린트는 푸른 천사뿐만 아니라 붉은 천사도 모조리 다 알게 되었다. 그 중에는 앨리슨의 문제를 해결할 수 있는 특별한 천사가 있었다. 솔직히 말해 플린트조차 그 천사를 흑사병처럼 여겨 피하려고 했다. 모두들 너무나 위험하고 통제할 수 없다며 그를 피했다.

앨리슨은 제레미의 이부 여동생을 괴롭히던 붉은 천사를 만났을 때 매우 화가 났다. 그는 악행이 스스로를 변형시켜 그렇게 부풀어 올랐던 것이었지만, 아이의 고뇌를 게걸스럽게 먹어치우던 그 뚱보는 그저 아기 천사에 불과했다. 지금 앞에 서 있는, 그들보다 족히 일 미터는 더 큰 흉측하고 뚱뚱한 붉은 천사는 훨씬 무시무시했다.

"잘 지내셨소. 칼리굴라." 플린트가 고개 숙여 인사했다.

역사책에 따르면, 칼리굴라 황제는 살육을 즐겼고, 무시무시했으며(털이 워낙 많았던 그 앞에서 '염소'라고 말하는 것이 금지되었을 정도로) 완전히 미치광이였다(그는 아끼는 말을 로마 집정관으로 임명하기 전날 근위대장에게 살해되었다). 죽고 나서도 그는 여전히 추악했고 미치광이였다. 잔인하고 간악하며, 퇴폐적이고 위험한 광기가 그를 휩싸고 있었다. 그 앞에서 무릎을 꿇었을 때 앨리슨은 그 광기를 느꼈다.

벌거벗은 채.

이것은 그들을 접견하기 전에 그 괴물이 요구한 것이었다. 아마도 그는 자신의 근위대장에게 살해당한 이후, 틀림없이 날카로운 칼날에 찔리는 것이 두려웠을 것이다. 양날 검으로 약 스무 번 정도 찔렸던 것이다. 스무 번보다 적게는 아니었다. 그렇다. 앨리슨은 그가 배신자도, 단검도 좋아하지 않는 것을 이해할 수 있었다.

칼리굴라 역시 알몸이었다. 그는 정말 무시무시하게 컸고, 뱃구레는 어마어마했으며 늘어진 살들이 성기를 가려주어 앨리슨은 그나마 마음이 놓였다. 그는 워싱턴에서 약간 떨어진 알링턴 묘지 가까이 위치한 거대한 빈집의 한가운데에, 붉은 안개로 섬세하게 조각된 거대한 왕좌에 무기력하게 앉아 있었다. 그는 장례식에 온 사람들을 자신의 마음에 들도록 조종하기를 즐겼다. 언젠가 어떤 사람이 이 집에서 살려고 하자 칼리굴라는 강한 힘으로 그를 쫓아내려 했다. 그 사람은 집 안에서 너무나 기분 나쁘고 불편한 감정을 느꼈을 것이다. 세월이 흐르자 칼리굴라는 이 장소를 자신의 신성에 바쳐진 고대 로마의 신전 비슷하게 바꾸는 데 성공했다. 그는 자신을 신이라고 생각했고, 지상에 있을 때도 똑같았다.

"넌 무엇을 원하는 게냐, 데카루스?" 괴물이 투덜거리며 내뱉었다. "점심밥 대신 저 파란 아기 천사를 바치는 것이냐?"

칼리굴라가 두툼하고 새빨간 혓바닥을 날름거렸다. 지저분하게 입을 비죽거려 위로 젖혀진 입술을 핥는 그 혀는 보통의 것보다 훨씬 길고 신기하게도 뾰족했다.

"그게 아닙니다, 황제여. 이 젊은 여인은 복수를 행하려 합니다. 그녀는 붉은 천사가 되기를 바라고 황제의 도움을 얻고자 합니다."

새빨간 뚱보가 힘들게 몸을 일으켰다.

"복수라고?" 그가 우레와 같이 외쳤다. "어떤 종류의 복수인가? 천사에 대한 복수인가, 인간에 대한 복수인가?"

"인간에 대한 복수입니다, 황제이시여."

"음, 흥미가 덜하군. 그들은 너무 쉽게 죽거든. 천사를 고문하는 쪽이 훨씬 더 흥미진진하지!"

"물론입니다." 플린트가 당황하지 않고 인정했다.

"그럼 나는? 그 대가로 나는 무엇을 얻는 게냐?" 칼리굴라가 으르렁거렸다.

플린트와 앨리슨이 서로 은밀한 시선을 교환했다. 갑자기 앨리슨은 복수하고 싶은 욕구가 확 사라졌다. 그녀는 플린트에게서 발산되는 욕정의 물결을 느꼈다. 플린트가 그녀를 만졌을 때와 비슷한 느낌이었고, 언젠가는 끝까지 가겠다는 그의 결심이 더욱 확실히 느껴졌다.

"당신께서 원하는 대가를 말씀하세요." 앨리슨이 또렷한 목소리로 말했다.

괴물이 그녀의 얼굴을 뚫어지게 바라보더니 웃음을 터뜨렸다.

"말해봐, 아가씨. 넌 정직한가, 충실한가, 정당한가? 아니면 이 모든 장점을 가졌나? 넌 위선, 거짓말, 고통, 형벌과 증오를 싫어하나? 넌 사랑과 기쁨, 측은해 보이는 어린 강아지들을 좋아하나?"

이 어리석은 마지막 질문과 그 질문을 발음하는 방식은 뚱뚱한 붉은 천사가 분명히 그녀를 조롱한다는 것을 보여주었다. 앨리슨은 대답하지 않았다.

칼리굴라는 화를 내지 않고 그녀의 우울한 눈빛을 보면서 조금 전보다 더 크게 웃음을 터뜨렸다.

"진짜 오랜만에 이렇게 웃어보는구나!"

정신이상자처럼 굴던 칼리굴라가 갑작스레 진지한 모습으로 돌아갔다.

"모든 좋은 감정을 잊어버리고, 모든 구원을 넘어 타락할 것. 자, 이것이 나에게 치러야 할 대가다."

플린트가 몸을 일으키며 반박했다.

"그게 아니라……."

칼리굴라가 짜증스러운 몸짓으로 그의 말을 끊고는 앨리슨에게 말했다.

"난 데카루스가 요구한 것보다 더 지독한 것을 네게 요구할 거야. 어린 파란 천사여, 넌 우리처럼 될 거다. 넌 그걸 아주 좋아하게 될 거야……."

하얗게 질린 앨리슨이 뭐라고 반박하기도 전에 황제가 그녀를 후려쳤다.

주먹이 아닌.

정신으로.

천사들, 그중에서도 특히 지도자가 된 아주 늙은 천사들은 정신을 조종하는 법을 알고 있었다. 다시 말해 플린트처럼 칼리굴라도 앨리슨을 길들이기 위해 자신의 능력을 그녀에게 옮길 수 있었다.

그것이 정확하게 칼리굴라가 할 일이었다.

믿기지 않는 힘의 파도가 별안간 앨리슨은 휩쓸었고 동시에 고통과 쾌락에 사로잡힌 그녀는 바닥에 쓰러져 온몸을 뒤틀었다. 그녀의 두 손에 뜨거운 피가 흐르는 것이 느껴졌는데, 그것은 광기어린 쾌락이었다. 한 남자를 부수어버리고 한 마리 들짐승처럼 먹어치우는 쾌감. 아무런 법도, 규칙도, 구속도 없는 쾌락이며 가장 강렬한 최고의 쾌락이었다. 아무리 고문해도 어느 누구 하나 절대 반항할 수 없는 절정의 쾌락, 바로 절대 권력이었다.

앨리슨은 실신했다.

그다음은 확실하게 기억이 나질 않았다. 열이 올라 덜덜 떨고 고통에 휩싸여 시간이 지나간다는 것을 어렴풋이 느낄 뿐이었다. 플린트는 흔들리지 않고 침착하게 앨리슨 곁에 머물렀다. 그는 그녀의 땀을 닦아주었고 공포를 견디다 못해 그녀가 토해놓은 토사물을 훔쳐냈다. 그는 고통으로 뒤틀리는 그녀의 팔다리를 진정시켜주었고 앨리슨이 제발 자신을 죽여달라고 간청하고 울부짖을 때마다, 그녀를 칼리굴라에게 데리고 갔다…….

그렇게 괴물은 그녀를 길들였다.

가혹한 형벌은 몇 날 며칠 계속되었다. 날이 지나고 밤이 흘렀다. 감미로운 쾌락이 뒤섞인 무자비하게 잔혹한 고통의 날들이었다. 마침내, 힘찬 새로운 파도가 그녀를 덮치는 순간이 다가왔다. 앨리슨은 쓰러지지 않았다. 흐릿하던 정신이 맑아졌다. 광기 어린 황제의 냉혹한 시선 아래 그녀는 휘청거리지 않고 천천히 몸을 일으켰다.

칼리굴라는 그녀에게 힘을 보내고 또 보내며 강한 압력으로 압박했다. 하지만 앨리슨은 견디고 또 견뎠다. 플린트는 팔짱을 끼고 주의 깊게 그녀를 바라보았다. 플린트는 인정하긴 싫지만 영원히 앨리슨을 잃을지도 모른다고 생각했고, 그것이 그가 걱정했던 것이었다. 앨리슨은 광기 속에서 정신이 심하게 뒤흔들렸지만 잘 견뎌냈다.

이제 그녀가 그들 앞에 똑바로 서 있었다. 오만하고 건방지게.

새빨간 색으로.

근사했다. 플린트는 입이 바짝 말라 그저 앨리슨을 바라볼 뿐이었다.

돌연 그녀가 칼리굴라를 똑바로 바라보며, 여신처럼 우아하게 기지개를 했다. 자신의 육체가 매우 화려하고 아름다운 무기라는 것을 완벽하게 의식한 몸짓이었다. 어리고 소심했던 앨리슨을 잊게 만들고, 어리석게 집착해온 처녀성은 매장시키는 몸짓이었다. 그녀는 고개를 옆으로 기울이며 도발하듯 내뱉었다.

"추잡한 돼지야! 네 것을 전부 챙겨서 꺼져버려!"

화가 난 칼리굴라는 둔탁하게 으르렁거리는 소리를 흘렸고, 플린트는 헉하고 호흡을 멈췄다. 앨리슨은 황제가 손가락 한 번 튕기면 자신을 무너뜨릴 수도 있다는 사실을 깨닫지 못했다. 추악한 붉은 괴물은 이렇게 없애버리기에는 아까울 정도로 예쁜 붉은 천사를 만들어낸 적이 없었다. 그리고 그는 젊은 여자에게 시선을 고정하고 있는 플린트를 보았다.

플린트는 평소에 여자에게 별로 관심이 없었다.

그는 오로지 자신의 이익을 위해서만 살아갔다.

칼리굴라는 이제 자신이 이 늙은 천사를 마음대로 괴롭힐 수 있으리라는 것을 깨달았다. 게다가 플린트는 앨리슨에게 이미 너무 많은 힘을 넘겨주었던 것이다. 이제 저 예쁜 붉은 천사가 완전히 지치지 않는 이상 플린트보다 훨씬 힘이 강할 것이다. 칼리굴라는 그 사실을 그들에게 밝히지 않고 속으로 비웃었다. 생각과는 달리 고약한 선물이 되어버린 저 여자를 조종하려 애쓰는 플린트를 보는 것은 아주 흥미진진할 것이다. 플린트는 결코 목적한 바를 이루지 못하리라. 이 어린 붉은 천사는 플린트를 고통스럽게 할 것이고, 칼리굴라는 그의 고통을 즐길 것이다. 오, 그렇다!

칼리굴라는 앨리슨의 자만심을 자극하기 위해 마지막으로 꽤 강한 힘을 그녀에게 보냈지만(성공하기 위해 강도를 높이는 것을 보고 플린트가 놀라긴 했다), 그녀의 정신이 굴복할 만큼은 아니었다.

아직 아니었다. 이번에는 아니었다.

크게 마음이 놓인 플린트는 앨리슨이 견뎌내고 있다고 확신했다. 그녀는 여전히 고통스러워했지만 이제 휘청거리며 정신을 잃을 정도는 아니었다.

"나쁘지 않군……." 칼리굴라는 충격을 주는 것을 멈추고 그녀를 인정했다. "데카루스, 첫 번째 단계는 끝났네. 두 번째 단계를 위해 나중에 그녀를 다시 데리고 오게(칼리굴라는 더 이상 훈련이 필요치 않다는 말은 하지 않았다. 두 천사를 다시 보고 싶었고, 변화의 효과가 얼마나 큰지 확인하고 싶었던 것이다). 저녁 식사가 날 기다리는군."

앨리슨은 칼리굴라에게 조롱하는 말을 내뱉으려 했지만, 플린트가 그녀의 팔을 잡아끌었다. 나오는 길에 그들은 푸른 아기 천사 한 명과 그를 에워싼 여섯 명의 붉은 천사와 마주쳤다. 그 아기 천사는 아주 들떠서 크게 말하며 열광했다.

"우와! 로마 황제라고요? 확실해요? 정말 놀랍네요! 난 클럽에 있었어요. 나와서 차를 타고 달렸는데, 쾅! 그다음에는 여기더라고요……. 이제 보니 난 죽었나 봐요. 그리고 로마 황제를 만나러 가다니. 완전 끝내주네요. 꿈만 같아요!"

앨리슨은 그다음에 일어날 일에 대해 짐작했다. 그녀는 흉측한 붉은 천사가 만들어낸 그 모든 것을 견뎌냈지만, 등 뒤에서 비명이 울려 퍼지자 몸이 떨리는 것을 참을 수가 없었다. 원형극장의 그들처럼 칼리굴라가 먹는 속도에 따라 비명은 점점 더 약해졌다.

"그 뚱보, 진짜 키메라죠?" 그녀가 플린트에게 물었다.

"그래. 그는 그렇게 천사를 먹으며 살아야 한다고 선고 받았고, 자신을 괴롭혔던 이들을 찾아내 모조리 삼켜버렸어."

"그런데도 그를 가두지 않았나요?"

플린트가 얼굴에 한없는 후회를 드러내며, 한숨을 내쉬었다.

"그러려고 했어. 그런데 그가 너무 강했지."

아, 지상과 마찬가지로 여기도 불공평했다. 이들은 붙잡을 수 있는 인물들만 감옥에 가두고 없애버렸던 것이다. 붙잡히지 않은 나머지들은 아무런 처벌도 받지 않고 자유롭게 행동할 수 있었다.

"나 역시 다른 천사들을 먹고 살아야만 하는 건가요?"

플린트가 앨리슨의 담담한 어조에 하얗게 질려 그녀를 향해 몸을 돌렸다.

"아냐, 물론 아니지! 칼리굴라는 그의 힘으로 너를 길들였어. 그게 전부야. 넌 정상적으로 안개를 먹으면 돼."

"아, 그래요? 다행이네요. 식사를 한 다음에 매번 그렇게 배가 남산만 한 모습은 좀 성가셨을 거예요……."

플린트는 앨리슨의 말투가 아무런 감정도 없이 밋밋하다는 것이 신경 쓰였지만 꾹 참았다.

이내 그들은 그 넓은 집에서 나왔다. 갑자기 앨리슨이 플린트를 바위에 아주 강하게 밀어붙였고 늙은 천사는 그 바위를 통과하는 줄 알았다. 자신이 앨리슨에게 두려움을 느꼈다는 것을 깨닫고 플린트는 깜짝 놀랐다. 이런 종류의 동요를 느낀 지가 꽤 오래되었던 것이다. 다른 존재의 감정을 먹고 살아온 늙은 천사들은 자신들이 지녔던 고유한 감정을 잊어버리고 말았다. 플린트는 기대 속에서 그 감정이 매력적이라고 생각했다. 앨리슨이 자신에게 무엇을 할지 궁금해졌다.

"아직도 나를 원하나요, 파란 천사?" 앨리슨이 플린트의 입술 아주 가까이에 자신의 입술을 대며 속삭였다. 입술에 그녀의 뜨거운 숨결이 느껴졌다.

"여전히. 아니 영원히." 플린트는 자신의 몸에 앨리슨의 몸이 닿는 것만으로도 반쯤 실신할 것 같았다.

"하지만 우리 거래를 실행하기 전에는 나를 갖지 못할 거야." 앨리슨이 그에게서 몸을 떼며 중얼거렸다.

플린트가 붙잡기 전에(그는 그녀가 자신을 노골적으로 유혹한다고 생각했다. 정말 그랬다면 플린트는 좋아서 미쳤을 것이다) 앨리슨은 휙 날아올라 활시위를 떠난 화살처럼 하늘로 솟아올랐다. 플린트는 깜짝 놀라 눈을 크게 떴다. 제기랄! 칼리굴라가 도대체 무슨 짓을 한 거지? 어떻게 그녀 같은 어린 천사가 나는 법을 알게 되었을까?!

이번에는 플린트가 날아올랐다. 몇초 만에 그는 워싱턴 공항에 도착해 뉴욕을 향해 막 날아오른 비행기를 찾아냈다. 그는 그 비행기를 뒤쫓아가 먼저 좌석에 편안히 앉은 앨리슨의 옆자리에 자리를 잡았다. 앨리슨은 그에게 눈길조차 주지 않았다. 플린트는 약간 속은 기분이 들었다. 그는 다시 상황을 장악해야겠다고 결심했다.

"네 능력은 이제 거의 늙은 천사와 같아. 그 속도라면 비행기를 타지 않아도 한 시간 안에 뉴욕에 도착할 수 있을 거야."

"난 이 재능을 아끼고 싶어요. 아주 귀한 거니까." 앨리슨이 자신이 앉아 있는 좌석에서 인간이 마시는 샴페인을 마실 수 없는 것을 안타까워하며 응수했다.

그녀가 옳았다. 마음이 불안해진 플린트는 다른 것으로 접근하려 시도해보았다.

"칼리굴라 덕분에 릴리보다 훨씬 잘할 거라고 생각하지 않나? 벤투지를 '설득하는' 것 말이야. 안 그래?"

"아뇨." 앨리슨이 조용히 응수했다. "난 지금은 암 치료제에만 신경 쓸 거예요. 벤투지가 감옥에 가기를 바라니까요. 우리는 당장 뉴욕으로 돌아가 경찰이 내 살인 사건을 제대로 수사하도록 영향을 미쳐야 해요."

플린트는 인상을 찌푸렸다. 경찰을 보러 가는 것인가, 제레미를 다시 만나러 가는 것인가? 그것은 확실하지 않았지만 몇 세기 전부터 잊고 있던 감정이 그를 사로잡았다. 질투였다. 하지만 그는 앨리슨을 믿고 싶어서 즉시 그 감정을 떨쳐버렸다.

"네가 새로운 '재능'을 얻긴 했지만(그는 손가락으로 따옴표를 만들어 보였다) 넌 아직 아주 젊은 천사일 뿐이야. 그 재능을 어떻게 사용해야 하는지 잘 모르지. 그렇게 복잡한 사건에서 인간들을 인도하기는 아직 어려울 거야."

그 말 속에는 '나같이 늙은 파란 천사처럼은 안 될걸'이라는 의미가 함축되어 있었다.

"아마 당신 말이 옳을 거예요." 앨리슨은 플린트가 자신을 애송이로 취급하려는 것을 알아차렸지만, 그를 비난하지 않으면 잘 다룰 수 있었기 때문에 그 말을 받아들였다. "그러니 당신이 날 도와줄 거예요. 그렇죠?"

플린트가 고분고분하게 고개를 끄덕였다.

앨리슨은 이런 것이 좋았다. 힘과 권력, 플린트와 같은 늙은 천사를 통제할 수 있다는 느낌. 그녀는 플린트가, 그 존경스러운 플린트가 뜨거운 금속판 위에 놓인 한 마리 벌레처럼 꿈틀거리는 것을 보는 것이 좋았다. 그녀가 원하는 것은 뭐든 할 준비를 하고 혀를 쭉 뺀 채 말이다. 앨리슨은 몹시 기뻐 인간 위에서 기지개를 쭉 폈다. 오! 더 이상 의혹이나 두려움이 없다니 얼마나 행복한가! (몇 년 동안 그녀는 계속 두려웠던 것이다. 특히 살아가는 것에 대해서.) 썩어빠진 벤투지를 감옥으로 보내고 그의 고통과 번뇌를 먹으리라. 매일매일.

뉴욕에 도착했을 때 앨리슨은 제레미에 대해 언급하지 않았고, 플린트는 한결 마음이 가벼워졌다. 그녀는 자신이 구상한 계획을 그에게 설명했고 둘은 담당 경찰서로 달려갔다. 앨리슨은 자신이 살아 있을 때, 아파트로 와서 명함을 주고 갔던 본템스 형사의 사무실에 앉았다. 플린트가 만들어준 하얀 미니 드레스를 입고, 긴 다리를 서류 더미 위에 우아하게 올려놓은 그녀의 모습은 진짜 사랑스러웠다.

"좋아요, 플린트." 그녀가 고양이처럼 갸르릉거렸다. "벤투지한테 당신 여자 친구 릴리가 했던 것보다 당신이 하는 게 더 효과가 있는지 한번 보죠……."

자존심에 상처를 입은 플린트는 미간을 찌푸렸다. 하지만 그녀가 하라는 대로, 천사들이 인간들을 마음대로 부리기 위해 사용하는 반복적인 톤으로 형사에게 말을 했다.

"이 사건은 이상해. 여자 연구원, 여대생 그리고 금융 중개인. 그들끼리는 아무런 연관이 없잖아. 첫 번째 피해자는 갈색 머리에 오십 대 여자였고, 두 번째 피해자는 금발에 겨우 스무 살이었으며, 청년은 갈색 머리에 스물세 살이었잖아. 원래 연쇄살인범은 확실한 도식이 있고 우연히 사람을 죽이지는 않지. 이렇게 사건이 논리적이지 않기 때문에 넌 뭔가 이상하다고 느끼고 있어. 경찰은 살인자의 몸에서 임대 전화를 발견했고, 그 전화에는 다른 임대 전화와 여러 번 통화한 흔적이 있지. 바로 그 점에서 연쇄살인범이 아니란 생각을 바꿔야 해. 연쇄살인 사건이란 말이야. 단 한 발만 앞으로 내밀어!"

플린트 앞에서 다른 사건을 검토하고 있던 그 형사는 인상을 찌푸리더니, 일 초 전에 플린트가 말한 그대로 정확하게 다시 말하기 시작했다. 목소리를 높여서.

"그 임대 전화에 대한 부분은 이상해. 연쇄살인범은 대부분 고독한 늑대들이란 말이야. 그런데 그놈은 친구들이 무척 많은 것 같았어. 그리고 그 장검, 그것도 이상해. 가공할 무기잖아. 확실한 수법이고. 그는 희생자들에게 고통을 주지 않았어. 그냥 살인을 집행했지. 샥! 이렇게 빠르고 깔끔하게. 그의 차림은? 그는 칼을 여러 자루 몸에 지니고 있었어. 그것도 프로의 무기지. 그 아가씨와 램프가 아니었다면 우리는 아무런 의심도 못 했을 거야……."

만족한 플린트가 고개를 끄덕였다. 형사는 자신의 이론을 완벽하게 전개시켰다. 늙은 천사는 계속해서 그에게 말했다.

"경찰이 아이들을 만나러 학교에 갔을 때, 넌 학생들 명단에서 어떤 이름을 봤어. 어딘가 친숙한 이름이었지. 당장에는 그 이름에 주의를 기울이지 않았지. 왜냐하면 넌 그 여대생이 연쇄살인 사건의 피해자라고만 생각했으니까. 하지만 기억을 잘 떠올려봐. 그 학생들 중에 피터 벤투지가 있지 않았나? 그 여자 연구원이 일했던 연구소 이름과 같은 벤투지란 말이야!"

앨리슨은 플린트에게 존경스럽다는 뜻으로 고개를 끄덕였다. 형사가 갑자기 거칠게 몸을 일으켰다.

"학생 명단에서 뭔가 특별한 것을 봤는데…… 내가 그 명단을 어떻게 했더라?"

그는 앨리슨의 구릿빛 넓적다리를 통과해 서류 더미를 뒤지기 시작했다. 그녀는 그게 아주 재미있다고 생각했다. 배가 불룩 나온 형사는 스무 명 남짓한 이름이 적혀 있는 종이 한 장을 흔들었다.

형사는 명단을 재빨리 훑어보았다. 그의 얼굴이 환하게 밝아졌다.

"그래!" 그가 의기양양하게 소리를 질렀다. "이 이름을 어디선가 본 것 같다고 생각했어! 일 분 만에 두 피해자 사이의 관계를 찾아내다니 말도 안 돼. 피터 벤투지, 그 여대생이 교생 실습을 하던 반에 벤투지 연구소 전 소유자의 아들이 있었어!"

"그게 전부가 아니야, 형사님." 플린트가 그의 귀에 대고 속삭였다. "제레미 갈보의 살인 사건에 연결된 다른 이름이 없나 잘 봐……."

플린트가 앨리슨을 향해 몸을 돌렸다.

"그의 여동생 성이 뭐였지?"

"타치니." 경찰이 고분고분 말을 잘 듣는 것에 매료되어 젊은 여자가 대답했다.

플린트가 그 이름을 되풀이했다. 형사는 서류들과 학생 명단을 번갈아 훑어보더니, 갑작스레 벌떡 일어났다.

"제기랄! 눈앞에 이렇게 중요한 정보가 있었는데 그걸 못 봤다니! 빌어먹을 중압감, 빌어먹을 업무, 빌어먹을 직업 같으니! 그 엄마가 재혼해서 성이 갈보-타치니였어. 피터 벤투지의 반에 타치니라는 여학생이 있었어! 세 건의 살인 사건은 연결되어 있었다고!"

그는 손에 명단을 들고 미친 듯이 흥분해서 재킷을 낚아채 밖으로 휙 나갔다. 플린트가 앨리슨에게 승리의 브이 자를 그렸다.

"자, 이제 우리는 마약 중독자 한 놈만 더 찾으면 돼요." 앨리슨이 바닥으로 뛰어내려오며 미소 지었다.

플린트는 무슨 말인지 못 알아들었다.

"마, 뭐? 왜?"

행복한 앨리슨이 더욱 환하게 함박웃음을 지었다.

"형사들을 낚아보려고요!"

그다음은 꽤 수월했다. 강물은 천사들에게 아무것도 보여주지 않았지만 천사들은 수정 속을 다 들여다보듯 강물 속을 다 들여다보았다. 지난번에 릴리는 벤투지가 휴대전화를 던진 강물 속 정확한 장소를 짚어냈었다. 앨리슨은 이 증거가 형사에게 유용할지 확신하지 못했지만, 시도는 해봐야 했다. 플린트는 마약 중독자에게 바로 옆에 있는 식료품점을 털라고 권했다. 그것을 보고 아주 재밌어하던 앨리슨이 가게 주인에게 미친 듯한 용기를 불어넣어주자, 그 불쌍한 마약 중독자는 자제력을 잃었다. 가게 주인은 침입자에게 몸을 던졌다. 총알이 발사되어 주인의 어깨를 맞혔다. 몹시 당황한 마약 중독자는 바람처럼 가게를 빠져나와, 여러 목격자들 앞에서 무기를 허드슨 강에 던지고 사라졌다.

앨리슨은 끈질기게 기다렸고 몇 시간 후에 나타난 수중 수색대를 따라갔다.

"네가 거기에서 찾을 것은 권총이 아니야." 그녀가 잠수부의 귀에다 속삭였다. "휴대전화야. 이상하기도 하지. 누가, 왜, 그런 새 전화기를 강에 던졌을까? 넌 그것을 꺼내야만 해. 모르지, 어쩌면 식료품 가게 주인을 공격한 그 녀석이 무기와 함께 버렸는지도……"

앨리슨은 자신이 하는 말을 인간들이 얼마나 알아듣는지 확인하고 너무나 기뻤다. 그녀는 그 일을 플린트에게 부탁하지 않았다. 플린트가 자신이 앨리슨에게 꼭 필요한 존재라는 것을 증명하고 행복해하는 것을 보고 싶지 않았던 것이다. 앨리슨은 칼리굴라의 강력한 힘을 이어받은 자신이 원하는 대로 벤투지를 압박하는 게 가능하다는 점을 단 한 순간도 의심하지 않았다. 감옥에서 서서히 고통받으며 죽어가는 벤투지를 보는 것보다 더 즐거운 것이 어디 있겠는가.

앨리슨은 잠수부가 수면으로 다시 올라올 때까지 잔인한 미소를 띠고 있었다. 그러고 나서 그에게 범죄에 사용된 무기가 어디에 있는지도 알려주었다.

벤투지의 휴대전화가 수중 수색대의 손에 들어오자 나머지를 조합하는 것은 어렵지 않았다. 다행히도 몇 개월 전부터 경찰의 각 부서들이 공유 시스템을 갖게 되어, 사건이 발생했을 때 발신되었거나 수신된 전화번호에 표시를 하는 것이 가능했다. 컴퓨터에 전화번호가 잡히면 시스템에서 누군가가 '장검 살인자(기자들이 붙인 연쇄살인범의 별명)'의 휴대전화에 연결되었음을 기록한다.

그리고 본템스 형사는 이메일을 한 통 받았다.

여섯 시간 후 전화기는 과학 수사대의 손으로 넘어갔다. 다음 날 아침, 그들은 지문을 추출해내는 데 성공했다. 변호사가 항의했지만 벤투지는 어쩔 수 없이 지문을 제공해야만 했다. 불행히도, 벤투지의 지문은 휴대전화의 지문과 일치했다. 이것으로 그를 감옥에 보내기는 충분치 않았지만, 그 증거물로 그는 충분히 밀도 있는 심문을 받게 되었다. 벤투지에게서 발산되는 안개가 그가 심각하게 고뇌하고 있다는 사실을 드러냈다. 앨리슨은 그의 안개를 먹기 시작했고, 배가 터지도록 먹어대 결국에는 플린트가 걱정하며 그녀를 떼어놓았다.

"칼리굴라 때문에 넌 이미 아주 빨갛게 됐어." 플린트가 그녀에게 설명했다. "조심해! 너무 먹으면 사라질 위험이 있으니까. 널 잃고 싶지 않아. 예쁘고 사랑스러운 아가씨."

플린트는 그녀를 자기 마음대로 조종할 수 있는 아기 천사로 만들려고 집념을 불태웠다. 자신의 명령에 복종하는 온순하고 예쁜 인형. 앨리슨은 플린트가 그 꿈에서 깨어나기 어려우리라 생각했지만 일단 그에게 복종했다. 우선은 복수를 잘해내기 위해 플린트가 필요했다. 복수가 마무리되면 그는 고통을 겪는다는 것이 무엇인지 깨닫게 될 것이다.

이제 빠르지는 않지만 저항할 수 없는 상황의 움직임에 따라 정의의 실현이 멀지 않았고, 당분간은 별로 할 일이 없었다. 앨리슨은 변화의 두 번째 단계를 시작하기 위해 워싱턴으로 돌아가자고 제안했다. 그녀는 첫 번째 단계를 증오했지만 그것이 자신에게 준 능력은 더 큰 것을 원할 정도로 놀라웠다. 힘을 가졌다는 이 느낌이 그녀에게는 안개보다도 더 마약 같았다. 강력한 중독성이 있는 마약. 플린트는 앨리슨이 칼리굴라를 다시 만나러 가게 내버려둘 의사는 없었지만, 그래도 워싱턴으로 돌아가자는 의견을 받아들였다. 삼 개월 전부터 애타게 기다리던 전갈을 막 받았던 것이다. 릴리를 대신하여 코너 같은 '귀여운 것들' 중 하나가 메시지를 전달하러 왔다. 그자는 메시지를 알리기 위해 날갯짓하며 날아왔다. 플린트에게 은밀하게 메시지를 전하는 그는 그리 행복한 표정은 아니었다. 그동안 앨리슨은 벤투지를 심문하는 중인 형사에게 관심을 쏟았다.

언젠가는 이 세계에서도 누군가가 신뢰할 만한 의사소통 수단을 발명해야만 했다. 지금은 심부름꾼을 찾아내 그들을 사용하고 있지만, 전달할 메시지 때문에 안개로 된 단어들을 사방에 남기는 것은 좀 곤란했으니까. 인간들이 휴대전화를 발명한 때부터 플린트는 진심으로 휴대전화를 한 대 꼭 갖고 싶었다.

메시지 내용은 황홀경에 빠진 릴리가 보낸 것이었다. 의기양양한 승리의 감정으로.

'됐어. 그는 이제 내 거야.'

플린트는 이른 아침에 떠나는 첫 비행기를 잡았다. 그가 너무 서두르는 바람에 좀 놀랐지만 앨리슨은 자신의 새로운 능력을 업그레이드하러 돌아간다는 데 만족해서 그를 따랐다. 워싱턴에 도착하자 플린트는 앨리슨이 처음 보는 화려한 아파트로 그녀를 데리고 갔다. 그리고 침실에서 앨리슨은 아직도 뒤엉켜 있는 두 사람을 알아보았던 것이다.

릴리와 제레미, 바로 그들이었다.

17. 힘의 맛

플린트는 입술에 옅은 미소를 머금고 벌거벗은 두 남녀의 육체를 지그시 바라보았다. 반면 앨리슨은 침이라도 뱉을 듯 역겨운 표정으로 제레미를 바라보았고 제레미는 냉정을 되찾았다.

그는 침대 밖으로 뛰어나와 폭탄처럼 강렬하게 앨리슨과 부딪친 다음, 그녀와 함께 벽을 여러 겹 뚫고 지나갔다. 그녀가 어떻게 대응해보기도 전에 그들은 엘리베이터의 저 깊은 수직 통로로 떨어졌다. 정확하게 제레미가 원한 상황이었다. 릴리의 집은 약간 낮은 아파트의 꼭대기 층인 십육 층이었기 때문에 추락하는 거리는 좀 짧았지만, 바닥에 떨어지는 순간 그들의 몸은 거의 박살이 났다. 당연히 그 장면은 아주 우아하지는 않았지만, 제레미는 앨리슨을 자신의 위에 있도록 조정했다. 충격이 몇 분 동안 그녀의 머리를 울리겠지만, 그래도 제레미는 그녀가 그리 위태롭지 않으리란 것을 알고 있었다.

급박하고 위험한 상황이었기 때문에 감정적으로 고무된 제레미는 그녀를 어깨에 짊어지고 줄행랑을 쳤다. 플린트의 분노에 찬 비명이 울려 퍼졌고 주위에 있는 천사들은 모조리 몸을 떨었다.

제레미는 오래전부터 모든 것을 준비하고 계획해왔다. 그는 안개로 만든 끈들과 간단한 옷, 의자를 숨겨놓은 장소로 갔다(다행히 릴리는 주방에 한 번도 들어오지 않았다. 들어왔다면 의자가 어디로 갔는지 궁금해했을 것이다). 이제까지의 상황을 전부 다 앨리슨에게 설명할 때까지 도망가버리지 못하게 안개 끈으로 조심스레 앨리슨을 묶어 움직이지 못하게 했다.

앨리슨이 다시 정신을 차렸을 때 그녀는 묶여 있었다. 안개로 된 아주 단단한 끈으로. 그녀는 화가 치밀어 제레미를 향해 눈을 들었다. 그는 바보같이 엉성한 바지를 입고 있었다. 앨리슨은 저 멍청한 바보 때문에 아주 예쁜 새 구두를 두 짝 다 잃어버리고 안개로 만든 화려한 드레스도 갈기갈기 찢어졌다는 것을 깨달았다. 새로운 능력이 있었지만 너무 갑작스레 벌어진 일이라 그녀는 십육 층에서 떨어지면서 등을 많이 긁혔다.

제레미가 이런 짓을 벌인 걸 후회하게 만들어줄 것이다…….

앨리슨은 제레미가 자신을 묶어놓은 어두운 장소를 관찰해보았다. 쇠창살이 달린 환기창만이 음산한 작은 공간을 밝게 비춰주었다. 주위에 천사도, 인간도 아무도 없는 것을 보니 그들은 아마도 지하실에 있는 것 같았다. 앨리슨은 틀림없이 제레미가 가져다두었을 안개 의자에 앉아 있었다.

제레미는 삼킬 듯이 그녀를 바라보았다.

"앨리슨, 얼마나 당신이 그리웠는지!"

앨리슨은 경멸하듯 제레미를 바라보았다. 그리고 혹시라도 그가 자신을 끌어안고 싶어 몸이 달았다고 앨리슨이 느낄까 봐, 제레미가 조심스레 자신에게서 멀리 떨어져 있다는 것을 깨달았다.

"뜨거운 광경을 막 목격한 참에 그런 말은 어울리지 않지, 제레미!" 그녀가 빈정댔다.

제레미가 미소를 지었다.

"아, 그런가? 난 일부러 그런 척한 거야. 그게 당신을 돌아오게 할 유일한 방법이었으니까. 그렇지 않았다면 플린트는 당신을 절대 놓아주지 않았을 테니까……."

오케이. 제레미는 일단 여기에 마침표를 찍었다. 앨리슨이 눈썹을 꿈틀댔다.

"릴리와 잠자리를 하고 나서 내미는 변명이 오직 나를 다시 만나기 위해서 그런 짓을 한 거다? 당신 진짜 뻔뻔하네!"

치솟아 오르는 질투심에도 불구하고 앨리슨은 제레미에게 감탄했다. 이 남자는 아무런 거리낌 없이, 아무런 후회도 없이 자신이 한 행동을 그녀에게 설명하고 있었다.

"플린트와 릴리는 처음부터 우리를 마음대로 조종했던 거야, 앨리슨." 제레미가 매우 집중해서 말했다. "당신이 무섭다고 해서 플린트가 당신을 품에 안고 갔을 때 이미 그는 당신의 정신을 혼란시킨 거야. 그러니까 한밤중에 나한테 알리지 않고 떠나겠다는 생각은 당신 생각이 아니었던 거지. 이 세상에 있는 안개를 다 걸어도 좋아!"

앨리슨은 대답하지 않았다. 그녀의 두뇌가 전속력으로 돌아갔다. 별안간 그녀는 릴리나 플린트가 자신을 건드릴 때마다 자신의 본성과 다른, 아주 낯선 분노나 복수의 욕망을 느꼈다는 것을 깨달았다. 아, 교활한 늙은이! 플린트가 자신을 제대로 속인 것이다. 그렇다 해도 그녀는 후회하지 않았다. 그녀는 지난 이십 년 동안 겁에 질려 있던 불쌍하고 여린 여자보다 지금처럼 단호하고 강력한 자신이 더없이 좋았다.

"……그래서," 그녀가 이해하지 못했다고 생각하고 제레미가 덧붙였다. "나 역시 조금 조작을 해보자고 생각한 거야. 그것이 이렇게 효과를 본 것이고. 내가 릴리와 함께 밤을 보내자 새벽에 당신이 내 앞에 나타났어, 마법처럼. 플린트는 덫에 빠진 거야. 나는 그가 릴리와 접촉하고 있으리란 것을 알고 있었어!"

청년은 매우 자랑스러운 표정이었다. 앨리슨은 묶인 끈을 살짝 잡아당겼다. 그녀는 더 이상 논쟁을 벌일 생각이 없었다. 특히 이런 얼간이하고는.

"이런 수법으로 나를 오래 붙들어놓을 수 없다는 것은 알고 있겠지, 응?" 앨리슨이 우리에 갇힌 짐승처럼 으르렁거렸다.

"하지만 내 말을 들을 정도로는 충분할 거야. 앨리슨, 우리는 낚인 거야! 플린트는……"

"사랑에 미친 거지!" 앨리슨이 잔인하게 그의 말을 끊었다. "플린트는 나한테 완전히 미쳐서 나를 칼리굴라에게 데리고 갔어. 칼리굴라는 석 달 동안 그가 가진 힘을 나한테 배 터지게 먹였지. 덕분에 난 이런 게…… 가능해졌지!"

그녀는 아예 있지도 않았던 것처럼 쉽게 안개 끈을 풀어버리고 즉시 제레미의 목을 낚아채 돌벽 위로 밀어붙인 후, 이번에는 그녀가 그를 꼼짝 못 하게 했다.

제레미가 자랑스럽게 생각했던 그 끈들은 그리 튼튼하지 않았던 것이다…….

제레미는 대항하지 않았다. 앨리슨이 자신보다 훨씬 강했다. 게다가 그녀가 뱉어낸 말이 그의 뇌세포와 부딪쳐 폭발하며 잠시 그를 멍하게 만들었다(그래도 제레미는 앨리슨이 자신이 만든 끈을 그렇게 쉽게 끊어버려서 약간 분한 마음이 들었다). 잠시 후 제레미가 다시 입을 열었다.

"칼리굴라? 앨리슨, 농담해? 그 잔인한 로마 황제 말이야? 그가 당신에게 어떻게 했는데?"

제레미는 공포에 싸인 표정이었지만 마음의 평정을 유지하는 것 같았다. 평정을 유지하는 제레미 때문에 뭔가 자극적인 것이 빠진 느낌이었다. 앨리슨은 마지못해 그의 목을 조르던 손을 놓고 뒤로 조금 물러섰다.

"그가 나한테 어떻게 했느냐고?" 그녀가 갸르릉 소리를 내며 말했다. "오, 나에게 고통을 주었지. 너무나 고통스러워서 며칠 동안 비명을 질렀어."

제레미는 토하고 싶었다. 그의 표정이 앨리슨을 터무니없이 즐겁게 만들었다.

"동시에 좋기도 했어. 아주 좋았지! 이 강력한 힘! 당신은 이게 얼마나 황홀한 것인지 모를 거야. 마치 초신성의 중심으로 빠져드는 것 같아. 그러면 다 새까맣게 타버리겠지. 하지만 순수하게 정화된 다음, 다시 근사하게 살아나는 거야. 불꽃이 우리의 핏줄을 타고 흐르는 거지."

제레미는 갑자기 입술이 바싹 말라 침을 축였다. 앨리슨은 대단히 아름다워졌다. 그러나 그가 진정으로 원한 것은 이런 앨리슨이 아니었다. 이렇게 파렴치한 릴리의 주홍빛 모조품이 아니었다. 그는 옛날의 앨리슨을 다시 찾고 싶었다. 진정한 그녀. 그가 사랑했던 앨리슨을. 제레미는 솔직하게 모든 것을 까발리기로 했다. 그녀가 인정하지 않아도 어쩔 수 없다.

"플린트가 당신을 위해 모든 것을 다 했다고 했지? 그가 사랑에 빠졌기 때문이라고? 수천 살도 더 된 늙은 천사가? 그는 당신 같은 여자들이 수백 명도 더 여기에 도착하는 것을 봤을 텐데도? 농담이지?"

그녀는 분해서 미간을 찌푸렸다.

"그래서? 그게 뭐가 그리 중요하다는 거야?"

"제기랄. 앨리슨, 눈을 크게 떠봐! 우리는 감상적인 멜로 소설 속에 있는 게 아냐. 여기도 진짜 인생이라고! 당신은 모두들 당신의 일시적인 변덕에 기분을 맞추고, 당신과 사랑에 빠진 이상한 꿈을

꿨다고 생각하며 잠에서 깨어나질 않잖아! 무엇이든 다 그 대가를 치러야 돼, 앨리슨. 플린트는 당신을 마음대로 조종하고 나까지 마음대로 조종하고 있어. 릴리를 마음대로 조종하듯이. 당신과 나는 그 상황을 감당할 수가 없어. 그 천사는 아주 늙고 아주 강력하며, 이 세계의 규칙을 너무나 잘 알고 있단 말이야. 그리고 당신은 정확하게 플린트가 필요로 하는 무기를 그에게 준 거라고!"

"무엇을 위한 건데?" 앨리슨이 냉정하게 제레미의 말을 끊었다. "무엇을 하기 위한 무기냐고! 당신은 그가 당신도 조종한다고 말했잖아. 하지만, 그가 칼리굴라에게 데리고 간 것은 당신이 아니라 나였단 말이야!"

제레미는 입을 벌렸다가 다시 입을 다물었다. 논쟁이 한계에 다다른 것이다. 그는 지친 표정으로 관자놀이를 문질렀다.

"난 모르겠어." 제레미가 말했다. "난 플린트가 나를 만났을 때부터 꿍꿍이속이 있었다는 것을 알았을 뿐, 그것이 무엇인지는 모르겠어……."

앨리슨이 팔짱을 꼈다.

"그동안 플린트는 나의 소망을 존중해줬어. 이제 벤투지는 곧 수갑을 찰 것이고 우리는 복수를 하는 거야! 플린트는 나를 도와줬어. 제레미, 당신이 릴리와 침대에서 뒹구는 동안, 난 행동했단 말이야!"

'뒹굴었다'고……. 그래. 제레미는 자신의 계획이 그리 현명하지 못했다는 것을 깨닫기 시작했다. 그는 오로지 앨리슨을 되찾을 방법만 생각했던 것이다. 만약 그가 그 잠자리에서 아무런 쾌락도 느끼지 못했다고 그녀에게 털어놓는다면? 설령 릴리가 그렇게 아름답다 해도 그가 그 일을 일종의 고역으로 여겼다면? 오로지 앨리슨을 품에 안을 생각만 했다면?

제레미는 과감하게 뛰어들어 모든 상황을 다 설명하고 싶었지만, 표정이 드러나지 않는 앨리슨의 얼굴과 그에게 남아 있는 조심성이 그를 막았다. 제레미는 앨리슨이 자신을 믿지 않으리라는 불안하고 끔찍한 감정에 사로잡혔다.

"내가 당신한테 그것을 증명한다면?"

"뭘? 나한테 뭘 증명해?" 그녀가 화가 나서 소리를 질렀다.

"당신이 아니라는 것을. 플린트가 상처를 주려고 애쓰는 게 나라는 것을 말이야. 일석이조로 이익을 얻으려고 당신을 이용했다는 것을 증명한다면? 결국에는 우리 둘 다 소유하려는 속셈이라면?"

"제레미, 당신은 완전히 편집증 환자야! 아마도 우리는 프로이트나 라캉, 혹은 위대한 거물급 정신의학자 중 한 명을 찾아내야만 할 것 같아. 단언컨대 플린트가 갖기를 원하고, 특히 앞으로 오십 년 동안, 일 년도 더 아닌, 딱 오십 년 동안 그의 침대에 눕히고 싶은 단 한 사람은 바로 나란 말이야!"

제레미는 너무나 정확한 숫자에 충격을 받아 그녀를 뚫어지게 바라보았다.

"왜 앞으로 오십 년 동안이라는 거지? 왜 일 년도 더는 아니라는 거야?"

앨리슨은 재미있다는 미소를 지었다. 그녀는 자신이 그를 고통스럽게 하리란 것을 알고 있었다.

"왜냐하면," 그녀가 단어들을 정성들여 강조하며 말했다. "나의 복수를 그가 도와준다면, 오십 년 동안 그의 노예가 되겠다고 약속했으니까. 난 어렵지 않게 임무를 완성할 거야. 그 대가로 나는 그의 노예가 되기로 한 거라고!"

제레미는 그녀가 폭로한 끔찍한 내용에 너무나 절망스러워 뒤로 한 발짝 물러섰다. 감히 입을 열 수가 없었다. 그들이 서로를 뚫어지게 바라보는 동안 회색빛 작은 공간에는 침묵만이 맴돌았다. 제레미는 앨리슨의 얼굴에서 회한도, 공포도, 불안감도 찾아볼 수 없었다. 오직 강한 확신만이 있을 뿐이었다. 칼리굴라의 힘은 그녀를 타락시켰고, 그녀는 심지어 그것을 의식조차 하지 못했다. 하지만 가장 힘든 것은 그녀가 제레미의 믿음을 뒤흔들어놓은 것이었다. 만약 제레미가 틀렸다면? 이 모든 것이 사랑에 빠진 늙은 푸른 천사가 오로지 예쁜 여자를 즐겁게 해주고 싶은 갑작스러운 욕망에서 비롯된 것에 불과하다면?

앨리슨은 기쁨을 감추지 않고 제레미의 얼굴에 뭉게뭉게 피어나는 의혹을 관찰했다. 그의 얼굴에서 불안한 의혹을 읽는 것은 쉬웠다! 그를 고통스럽게 하는 것 역시 어렵지 않았다. 진정 기뻤다.

"난…… 난 당신을 사랑해, 앨리슨. 당신을 너무나 사랑해……. 당신은 그 힘을 없애버려야 해. 그 힘이 당신을 미치게 만들고 있단 말이야!"

말을 내뱉는 순간, 제레미는 앨리슨을 미친 여자로 취급하면서 사랑한다고 고백하는 것은 좋은 방법이 아니라는 사실을 깨달았다. 그는 혀를 세게 깨물었다. 앨리슨은 그를 너무나 불안하게 했다!

"나는 정확하게 그 반대로 할 거야, 제레미." 앨리슨이 가뿐한 표정으로 말했다. "칼리굴라가 나를 완벽하게 '길들일' 수 있도록 그를 다시 만나러 돌아갈 거야. 당신, 나랑 같이 가고 싶지 않아? 이 엄청난 힘, 이 강력한 능력. 난 또 시도해볼 거야. 정말 황홀하거든."

제레미가 다시 입을 열었다.

"앨리슨! 제발 부탁이야! 나에게 돌아와줘! 당신은 지금 정확하게 플린트가 원하는 행동을 하고 있단 말이야. 오십 년 동안 그의 노예가 되어야 한다고? 진짜야? 그게 거래 조건이었어? 벤투지로 하여금 기적의 암 치료제 제조법을 밝히게 하고, 그를 감옥에 보내는 힘을 준 대가로 그의 노예가 되는 것이 교환 조건이라고? 그런 일은 일어나지 않을 거야. 절대로."

앨리슨이 의심스러운 눈빛으로 그를 바라보았다.

"왜 안 일어난다는 거지?"

"왜냐하면 당신이 개입하지 않고 벤투지가 치료제를 시장에 내놓도록 내가 다 할 거니까. 플린트하고 한 당신의 약속은 무효가 될 거야. 우리를 죽인 자에게 복수를 할 사람은 나일 테니까. 당신이 아니라!"

앨리슨은 고개를 숙이고는 냉정한 표정으로 대답했다.

"당신은 힘이 없잖아. 제레미! 그렇게 하려면 당신도 나처럼 붉은 천사가 되어야만 해! 난 이렇게 되는 데 삼 개월이 걸렸어……. 당신은 그럴 시간이 별로 없을 거야. 당신이 그렇게 되도록 플린트가 내버려두지 않을 텐데!"

앨리슨의 얼굴에 짜증스러운 미소가 다시 번졌다.

"그래도 당신이 애쓰는 걸 보는 건 정말 흥미진진할 거야……."

제레미가 대답하기 전에 그녀는 조롱하듯 무릎을 숙여 인사를 하고는 발레 동작으로 우아하게 몸을 회전시켜 벽을 통과했다. 그리고 사라져버렸다.

젊은 남자는 심장이 으깨지는 고통을 느끼며 바닥에 털썩 주저앉았다.

그는 앨리슨을 잃은 것이다.

제레미가 릴리의 집으로 돌아가자 그들은 그를 기다리고 있었다. 릴리는 걱정을 했고 플린트는 화가 났으며 앨리슨은 혐오감을 드러냈다.

"자, 내 생명의 은인이 오셨네!" 앨리슨이 비웃었다. "날 줄 몰라서 여기까지 오는 데 엄청난 시간을 들였겠어. 제레미, 당신은 정말로 어리석어! 이 얘기는 이제 마무리하죠. 난 완전히 정신이 이상한 로마 황제하고 약속이 있어서!"

"제레미!" 릴리가 제레미에게 달려가 그를 뜨겁게 얼싸안았다. "괜찮아? 앨리슨은 무슨 일이 있었는지 우리한테 얘기하고 싶지 않대!"

붉은 머리 천사는 완전히 상처받은 표정을 지었다. 제레미는 입술을 깨물었다. 앨리슨은 그가 이 상황에서 어떻게 빠져나갈지 궁금했지만 여전히 빈정대는 표정으로 그를 관찰했다.

"죄송합니다." 제레미가 솔직히 릴리한테 말했다. "난 어느 누구의 영향도 받지 않고 앨리슨과 대화하고 싶었어요."

제레미는 릴리의 마음 아픈 시선을 피하며 부드럽게 그녀의 포옹을 풀었다. 그리고 엄청난 적의를 가지고 늙은 천사를 뚫어지게 바라보았다. 말은 더 이상 덧붙이지 않았다. 앨리슨은 아무 말도 하지 않았다. 그녀는 제레미가 그들이 합의한 사항을 무효로 돌리려 한다는 말은 플린트에게 하지 않았다. 제레미는 앨리슨이 자신에게 돌아오리란 희망을 계속 품을 수 있을까?

플린트는 위선이 뚝뚝 떨어지는 친절을 드러내며 그를 관찰했다.

"난 모두를 위해 최선을 다하려 애썼어. 앨리슨은 반드시 복수하고 싶어 했지! 그녀는 자네들을 살해하라고 지시한 장본인에게 화가 났고, 나는 그 감정을 완벽하게 이해했지……. 제레미, 네 아버지가 망령이 되었다는 소식을 들었다. 미쳐버렸다지. 그러니 내가 무엇을 막고 싶었는지 넌 알 거야. 앨리슨은 최대한 빨리 그 집착 상태에서 벗어나야만 했어. 이제 그녀가 원하던 것을 해냈으니, 그녀는 칼리굴라의 해로운 영향을 제거하고 다시 푸른 천사가 될 수 있어."

"말도 안 돼요!" 앨리슨이 소리쳤다. "난 지금의 내가 좋아요. 두 번째 단계로 넘어가기 위해 로마 황제의 집으로 다시 가고 싶다고요."

"절대 안 돼."

그 대답에 앨리슨이 소스라치자 플린트는 몸을 획 돌렸다. 늙은 천사의 얼굴이 분노와 질투의 가면을 썼다.

"넌 이제 절대 그 늙은 쓰레기는 만나지 못할 거야! 이제 넌 내 거다, 앨리슨. 내 말 들리나? 내 거란 말이다!"

앨리슨은 당황하지 않았다. 그녀에게 더 이상 두려운 것은 없었고, 이 자신감은 감미롭기까지 했다.

"난 지금 당장은 어느 누구의 소유도 아니에요. 벤투지는 아직 감옥에 가지 않았고, 당신이 그 잘난 늙은 천사의 능력으로 내 정신을 혼란시키기 전에 말하지만, 우리의 계약은 벤투지가 대가를 치르고 암 치료제가 시장에 나오는 거였어요. 이것이 안 되면 저것도 없어요. 그러니 나를 원한다면 빨리 나를 칼리굴라에게 데리고 가는 게 좋을 거예요. 제대로 마무리하도록 말이에요. 이런 능력이면 우리는 인간들을 마음대로 조종할 수 있고, 내가 원하는 것은 뭐든지 다 가질 수 있을 거예요. 그리고……."

그녀는 잠시 사이를 두고는 허리를 흔들며 찬란하게 빛나는 자신의 몸을 가리켰다.

"……그러고 나서야 비로소 이 모든 게 당신 것이 되는 거죠."

"어린 푸른 천사치고는 아주 빨리 배웠네." 릴리가 감탄하며 중얼거렸다.

플린트는 앨리슨이 자신을 비난하자, 아무런 반응도 드러내지 않으며 교활한 미소를 감추었다. 만약 앨리슨이 이런 방법으로 그에게서 빠져나가려 생각했다면 그것은 큰 오산이었다. 그는 교활하고 간악한 늙은 천사였다. 계획 A가 제대로 작동하지 않을 때를 위해, 그는 B라는 또 다른 방안을 준비해놓고 있었다. 또 C라는 계획도. 아니면 다른 것이라도……. 어쨌든 간에 그의 앞에는 계획을 이루기 위한 영원한 시간이 있었다.

"완벽해." 플린트가 말했다. "지금은 벤투지가 감옥으로 던져질 바로 그 시점이지만, 일이 완전히 끝나지 않은 것을 인정하지. 자, 가자고. 릴리가 우리와 함께 갈 거야. 제레미의 새로운 동반자가 되었으니까. 그렇지, 릴리?"

제레미는 플린트에게 대답하지 못할 정도로 고통스럽게 자신의 혀를 꽉 깨물었다. 제레미는 푸른 천사의 교묘한 음모에 짜증이 나서 릴리가 거부할 것이라고 생각했다. 그러나 붉은 머리 천사가 플린트와 시선을 마주치고 두 늙은 천사들 사이에 무언가가 오가더니, 결국 고개를 끄덕였다.

"당연하지. 난 이 모든 사건의 결말이 정말 궁금하거든. 앨리슨, 넌 힘이 가득하구나. 난 네가 원하는 결론에 도달하리라는 것을 단 한순간도 의심해본 적이 없어."

제레미는 눈을 질끈 감았다. 그리고 아주 위험한 도박을 했다.

"난 뉴욕에 있는 벤투지 집에서 여러분과 다시 만날게요. 우선 사람들을 좀 만나야 해서요."

플린트는 의심하는 것 같았고 릴리는 염려하는 표정이었다. 앨리슨은 꼬치꼬치 캐묻고 싶은 눈빛이었다. 하지만 제레미는 설명하지 않았다.

그들은 떠났고, 제레미가 다시 그들을 만나기까지는 여섯 시간밖에 남지 않았다. 그는 창백하고 기진맥진 지쳐 보였지만, 자신이 무엇을 보았는지 왜 그런 것인지는 말하기를 거부했다. 떠나기 전, 릴리는 열정적으로 그를 껴안았다. 붉은 머리 천사는 만족스러웠다. 그녀는 자신이 정복한 남자들 목록에 새로운 획득물을 막 추가시켰고, 그녀가 제레미를 곁에 두기를 바란다면 그 젊은 파란 천사는 노력을 아끼지 않을 것이라 믿었다……. 얼마나 달콤하고 즐거운 자아도취적 관점인가! 플린트처럼 그녀 역시 젊은 천사들의 마음을 쉽게 사로잡았기 때문에, 그녀의 매력에 저항하는 인물을 만나는 것은 신선한 즐거움이었다. 릴리는 한 해가 끝나기 전에 그가 정신을 잃고 자신의 발밑을 기도록 만들겠노라고 스스로 다짐했다. 제레미는 그녀만 볼 것이고, 그녀만 생각할 것이며, 그녀를 위하는 것이 아니면 숨도 쉬지 않을 것이다.

다른 남자들처럼.

설사 벤투지의 책임이 커졌다 해도 아직까지는 감옥에 들어가지 않았다. 여권을 압수당했기 때문에 그는 출국할 수도 없었다.

클라크는 앨리슨을 죽인 살인범이 타치니와는 아무런 상관도 없다는 것을 깨달았다. 그는 앨리슨이 자신에게 말했던 것을 본템스 형사에게 알리기 위해 경찰서로 달려갔다. 그녀가 우연하게 엿들었다는 벤투지의 통화 내용을 말하기 위해서 말이다. 이제 여자 연구원, 제레미, 앨리슨과 살인범 사이의 관계는 명백했다. 검사가 당분간 아무것도 밝히지 말라고 했기 때문에 기자들은 아직 그 사실을 알지 못했다.

제레미가 벤투지의 집에 찾아갔을 때 그는 벤투지가 몹시 기뻐하는 모습을 목격했다.

으음, 이건 예상 밖인데!

제레미는 금세 그 이유를 파악했다. 제약사 그룹의 주식을 포기할까 망설이던 투자 기금이 눈에 띌 정도로 주식 시세를 낮추었던 것이다. 벤투지가 유죄일 가능성이 있었고, 그를 둘러싼 좋지 않은 평판 때문에 이런 상황이 벌어진 것이다. 벤투지는 불명예를 씻고 자신이 아무것도 감추지 않았다는 것을 세상에 증명하려고, 그들에게 다시 주식을 사라고 제안했다. 누군가 죄가 있을 때 가장 훌륭한 방어 수단은 비난이다. 그것은 잘 알려진 사실이다.

앨리슨은 벤투지를 복종하게 만들려고 가진 힘을 다 바쳐, 그의 귀에 대고 계속 많은 말을 했다. 하지만 아무 소용도 없었다. 앨리슨은 잠수부나 식료품 가게 주인한테는 영향을 미칠 수 있었지만, 벤투지는 그녀의 암시에 무감각한 것 같았다. 그의 의기양양한 기분은 앨리슨에게 방해물이 되었다. 그녀는 화가 나서 미칠 지경이었다. 그녀 덕분에 그리고 그녀 탓에 벤투지는 결국 아버지의 연구소를 다시 손에 넣는 데 성공했다. 벤투지의 어깨너머로 알게 된 바에 따르면, 그는 연구소 주식을 싼 값에 사들였다. 벤투지는 즉시 자신의 변호사에게 전화를 걸어 계약서를 확인하게 했다. 십중팔구 그는 몇 시간 전부터 협상에 들어간 것이 틀림없었다. 모든 것이 이미 준비되어 있었다. 해당 당사자 모두에게서 승인하는 서명을 받았고, 이제 통지를 하고 기금을 이체시키면 되었다. 보름 후면 이 일의 성공은 확실해질 것이다. 바로 그날 저녁, 벤투지는 아무것도 알지 못하는 아들 앞에서 샴페인을 땄다. 꼬마는 아무것도 알지 못했지만 그래도 아버지가 행복하다는 것은 알 수 있었다. 아이들은 누구나 그렇듯 피터 역시 좋은 에너지를 쉽게 흡수했다. 교생 선생님이 죽어서 아직 조금 슬프기는 했지만 말이다. 피터는 기뻐서 아버지와 함께 활짝 웃었다.

"지금 그에게 암 치료제를 내놓으라고 암시하는 것은 아무 소용이 없어." 플린트가 애석해하며 한숨을 내쉬었다. "그는 회사를 다시 살 거야. 일 년 후 기적의 약을 개발했다고 발표하겠지. 그때 가서 그는 감옥에 갈 수도 있고 어쩌면 아무것도 변하지 않을지도 몰라. 그는 목적을 달성하겠지. 바라던 것보다 더 부자가 될 거야. 이제 그 어떤 것도, 어느 누구도 더 이상 그에게 영향을 미칠 수 없어. 앨리슨, 정말 유감이지만……."

젊은 여자의 입에서 실망스러운 울부짖음이 거칠게 쏟아졌다.

"제기랄!" 그녀가 절규했다. "난 그가 고통받기를 원해요! 그가 피눈물 흘리기를 바란다고! 내가 당신 것이 되길 원해요, 플린트? 그러면 방법을 찾아봐요!"

플린트가 그녀를 뚫어지게 바라보다가 갑자기 아주 심각하게 물었다.

"어떤 방법이라도 상관없어?"

"그래요, 어떤 방법이라도 상관없어요!" 앨리슨이 열정적으로 대답했다.

제레미는 그녀가 끔찍한 실수를 저지를까 봐 소리를 지를 뻔했지만, 주먹을 꽉 쥐고 아무 말도 하지 않았다.

"좋아," 플린트가 간단히 말했다. "내가 진지하게 고려해보지. 우선 이곳을 뜨자고."

그들은 맨해튼에 있는 플린트의 아파트로 돌아왔다. 제레미는 두 늙은 천사에게서 멀리 떨어져 있었을 뿐만 아니라 앨리슨에게서도 멀리 떨어져 있었다. 결과로 보면 그는 내기에서 이긴 셈이었다. 하지만 그가 혼자 보내고 온 여섯 시간은, 자신이 사랑하는 여자가 플린트의 노예가 되리라는 고통을 느끼며 지옥에서 보낸 여섯 시간 같았다. 동시에 이제 자신이 준비한 계획을 사용할 필요가 없다는 생각에 마음이 홀가분했다. 제레미는 플린트가 어떤 함정을 준비하고 있는지 온 힘을 다해 생각해내려 애썼다. 하지만 제기랄, 그는 스물세 살밖에 안 됐다! 스물세 살에, 천 살도 더 된 천사와 맞서야 하는 것이다. 이것은 공평하지가 않다!

다음 날, 플린트는 그들을 다시 워싱턴으로 보냈다. 플린트 역시 워싱턴에도 아파트가 있었지만 릴리가 자신의 아파트에서 묵을 것을 제안했다. 릴리는 제레미가 자신의 침실에 같이 머물기를 바라는 마음을 전혀 내비치지 않고, 그에게 원래 머물렀던 침실을 다시 내주면서 친절하고 섬세한 마음 씀씀이를 보였다. 제레미는 멍한 상태로 그녀에게 고마움을 표시했다. 지금 그는 자신이 어디에 있는지도 알 수 없는 지경이었던 것이다.

워싱턴은 열광의 도가니였다. 그날 밤, 인간들이 잠든 사이, 늙은 파란 천사들과 늙은 붉은 천사들은 십 년 주기의 심의회를 열었다. 그 회의는 엿새 동안 계속되었다. 세상을 창조했을 때처럼. 더욱 정확히 얘기하자면 엿새 밤 동안이었다. 천사들은 방해받지 않으려고 인간들이 떠난 다음에야 그곳을 사용했으니까.

1793년에 세워진 국회의사당은 아주 멋진 건축물로, 오래전부터 세계의 미래를 결정해온 이 회합의 근거지였다. 제레미는 붉은색과 황금색 커튼이 드리워진 상원의원의 오래된 회의장을 좋아했다. 그곳은 파랑과 황금색 양탄자가 깔린 새 회의장보다 덜 엄격해 보였다. 연단 주위에 반원형으로 놓여 멋지게 왁스칠을 한 나무 책상들, 그 공간 전체의 위쪽에 앞으로 나온 반이층은 텔레비전이나 여러 매체를 통해 자주 볼 수 있었다. 따라서 제레미는 플린트와 릴리를 따라 처음으로 이곳에 들어왔지만 어떤 장면을 보게 될지 예상할 수 있었다. 앨리슨은 플린트가 그녀의 복수를 위해 어떤 방법을 생각하고 있는지 밝히지 않아서 오고 싶지 않아 했다. 하지만 늙은 천사는 이곳이야말로 그녀가 원하는 것을 얻기 위해 절대적으로 방문해야 하는 장소라고 대답했다. 앨리슨은 플린트의 말이 권유가 아니라 명령이라는 것을 깨달았다. 그녀는 마지못해 플린트의 지시에 복종했다. 그리고 지금, 옆에 있는 제레미처럼 그녀도 눈이 휘둥그레졌다.

거기에 몰려든 붉은 천사와 푸른 천사의 숫자는 상원의원 수보다 훨씬 많았다. 인간들은 고작 백여 명에 불과했다. 가장 늙고 가장 힘이 센 천사들만이 의석을 차지할 수 있었다. 누가 뭐라던 그들만으로도 굉장히 많은 숫자였다. 그들은 적어도 이천 명은 되었는데 서로 소리쳐 부르거나, 축하의 말을 건네느라 혹은 서로 째려보느라 아수라장이었다. 제레미는 푸른 천사들보다 붉은 천사들이 훨씬 더 컨디션이 좋아 보인다는 생각을 피할 수가 없었다. 그는 자신에게 고갯짓하는 테티셰리에게 인사를 했다. 이제 이집트 왕비와는 친숙해져서, 그녀가 가장 나이 많은 천사들과 함께 의석을 차지한 모습에도 그는 놀라지 않았다. 엄청난 인원이 모였고 공간은 좁았기 때문에 천사들은 공중에도 똑같이 많이 모여 푸른 천사, 붉은 천사, 하얀 천사가 층층이 포개져 연단 위를 느릿느릿 날아다녔다.

"진짜 파이처럼 겹겹이네." 앨리슨이 그 광경을 보면서 재미있다는 말투로 중얼거렸다.

제레미가 그녀에게 미소를 보냈고, 아주 짧은 순간이었지만 둘은 은밀히 통하는 느낌을 가졌다. 그리고 앨리슨은 고개를 휙 돌렸다.

플린트와 릴리가 회의 초기에는 그리 특별한 일이 없을 거라고 알려주었는데 그들의 말이 옳았다. 푸른 천사들과 붉은 천사들은 의학 재료의 발전에 대해서 토론했고, 양쪽 진영은 세계의 빈곤율이 의미하는 것에 대해서 생생하게 논쟁을 벌인 후 두 진영 다 그 비율이 축소되기를 바랐다. 슬픔이 붉은 천사들에게 매력적인 감정이라면, 체념은 이쪽에도 저쪽에도 아무런 이익이 없기 때문이었다.

그들은 이익이 되거나 막아야 하는 전쟁에 대해서는 설전을 벌였다. 조금 전에 도착한 아프리카 대륙의 대표들은 특히 만족하는 것 같았다. 조금씩 기아가 뒷걸음질 칠수록 사망률이 줄어들고, 영양과 예방접종 재료의 발전이 장려되었다. 죽은 자들은 인간의 귀에 속삭였고 산 자들은 이 속삭임을 받아들였다. 하지만 항상 그런 것은 아니었다. 천사들이 하는 이야기를 주의 깊게 들으며 제레미는 여러 번 역겨운 감정을 느꼈다. 이들은 자신을 신이라고 생각했다. 가장 진지한 천사들조차 장난감 없이 지낼 수 없는 잔인한 아이들 같았다.

아주 놀랍게도 플린트는 회의에 참가하지 않았다. 나중에 앨리슨이 이에 대해 묻자 그는 자신은 일종의 하청업자 같은 존재라고 대답했다. 그에게 정치는 대단히 따분한 일이었고, 반면 그는 상대방의 계획을 치밀한 작전으로 망치는 일 따위를 좋아했다. 플린트는 지루한 숙고보다는 행동을 더 좋아했다. 붉은 천사와 푸른 천사들 간에 토론이 길어지자 시간을 벌 필요가 있었던 제레미에게는 아주 좋았다. 둘째 날 밤이 되자 앨리슨이 플린트에게 복수를 위해 무엇을 할 것인지 물으며 그를 집요하게 괴롭혔고, 플린트는 얼버무리며 천사들의 집회에 발의를 해야 한다고 대답했다.

앨리슨에게는 하루가 무진장 길었다. 플린트는 앨리슨에게 계획을 밝히기를 거부했지만, 그녀가 칼리굴라를 만나는 것만은 허락했다. 화가 난 앨리슨은 혼자 칼리굴라를 만나러 갔고, 그녀는 그의 집 문이 활짝 열려 있는 것을 발견했다. 아무 데로나 들어가려는 천사를 막는 게 쉽지 않아서 그런가 보다 생각했는데(특히 앨리슨만큼 강한 붉은 천사를 막기는 쉽지 않으니까), 그 집은 완전히 텅 비어 있었다.

늙은 괴물은 거기 없었다. 그의 노예들 역시 아무도 없었다. 실제로 집 전체가 회오리바람에 휩쓸린 것처럼 황폐했다. 통제할 수 없는 분노가 폭발해 온통 다 부숴버린 것처럼. 그 황제는 특별히 좋은 성격이 아니었기 때문에 그가 누군가에게 화를 내며 이렇게 다 아수라장으로 만들어버렸을 거라고 앨리슨은 결론지었다(어쩌면 그의 '식량' 중 하나가 반란을 일으켰을까?). 아니면 무언가에게 성을 냈을 것이다. 그래서 집 안에 있던 집기들이 전부 다 고초를 겪은 것이다. 아니면 플린트가 그에게 화가 난 걸로 봐서, 혹시 플린트와 싸운 것일까. 물론 앨리슨에게는 이 생각이 제일 가능성이 있어 보였지만…….

괴물이 돌아오리라고 별로 기대하지 않았기 때문에 앨리슨은 릴리의 아파트로 돌아왔다. 앨리슨은 릴리와 제레미가 함께 잠자리를 한 것에 대해 제레미도, 붉은 머리 천사도 미워하지 않았지만 릴리는 그녀를 매우 자극했다. 그래서 그들 네 명이 다시 같이 있게 된 때부터 앨리슨은 조심스레 릴리를 피했다. 혼자 불가사의한 계획에 깊이 빠져 당분간 그녀와 말하기를 거부한 제레미처럼. 그 계획이 어떻든 간에 말이다.

따라서 빨간 머리 천사가 커다란 거실에서 혼자 자신을 기다렸다는 것을 확인했을 때, 앨리슨은 깜짝 놀랐다.

"남자들은 다 어디 갔어요?" 앨리슨이 안개 사과를 낚아채 와작 와작 씹어 먹으며 경쾌한 말투로 물었다.

"제레미가 어디 갔는지는 나도 몰라. 나한테 아무 말도 안 했어. 그가 오늘 아침 일찍 떠나는 건 봤지. 플린트는 안개를 찾으러 나갔어. 지금 별로 먹을 게 없는데, 우리 친구는 미식가거든. 그는 고급스러운 안개를 좋아하지." 앨리슨이 맛있게 먹고 있는, 황금빛 안개로 만든 사과를 가리키며 릴리가 말했다. "그래, 오히려 잘됐어. 너한테 할 말이 있어."

앨리슨이 눈을 굴렸다. 이 할망구는 그녀에게 뭘 원하는 걸까? (앨리슨이 릴리가 할망구일 뿐 별것 아니란 점을 잘 알고 있었다 해도 편한 존재는 아니었다.) 릴리는 키가 거의 백팔십 센티미터쯤 되는 몸을 일으켜 그녀를 위아래로 훑어보았다.

"난 중립이야." 릴리가 입을 열었다. "푸른 천사건 붉은 천사건 그런 복잡한 내용들은 피곤할 뿐이야. 난 쾌락을 위해, 쾌락에 의해 살아갈 뿐이야."

앨리슨이 그녀에게 경멸하는 시선을 던졌다. 릴리가 미소 지었다.

"그래, 네가 무슨 생각을 하는지 알아, 풋내기 천사야. 두고 봐. 수천 년을 존재하고 나면, 혹시라도 네가 살아남는다면 말이야, 네가 무엇에 열중하든 틀림없이 너도 쾌락으로 돌아갈 거야. 그것이 육체적인 것이든 정신적인 것이든 간에……."

'마음대로 지껄여봐, 재미있는데'라는 듯한 앨리슨의 표정을 보며 릴리는 자신이 허공에다 얘기한다는 것을 깨달았다.

"어쨌든 난 제레미가 마음에 들어. 아주 많이. 몇 년 전부터 위협하는 끔찍한 권태에서 나를 꺼내줄 새로운 애인을 기다려왔어. 그렇게 감미로운 모든 쾌락을 경험했는데도 말이야. 제레미는 진짜 커다란 잠재력을 지녔어. 그러니 난 네가 그의 인생에서 나가줬으면 좋겠어. 아니, 우리 인생에서!”

18. 유혹의 맛

앨리슨은 입을 떡 벌렸다.

"당신 지금 나더러 나가라는 거예요? 농담해요?"

"전혀. 플린트와 나는 네가 그 복수 건으로 제레미를 위험하게 한다고 생각해. 언젠가는 그가 너의 그 잘난 게임의 희생자가 될 거야. 만약 아직 그를 조금이라도 사랑한다면, 이기적으로 굴지 말고 그를 가만히 내버려둬."

앨리슨은 크게 웃음을 터뜨리고 도발적인 미소를 지었다.

"이게 뭐야? 협박은 없나? 실망인데."

"널 죽일까도 생각했어. 그래, 그러면 난 제레미를 영원히 잃을 테지. 그건 내가 원하는 바가 아니야. 그렇지만 난 한순간 생각을 바꿀 수 있어. 제레미를 지키는 것이 네 목을 베는 즐거움을 보상해주지는 않지만……."

릴리는 칼리굴라가 이 젊은 여자를 얼마나 타락시켰는지 전혀 가늠하지 못했다. 그녀에게 명령을 내리는 것과 이런 식으로 위협하는 것은 좋은 방법이 아니었다. 앨리슨이 다시 릴리를 보고 웃었는데 이번에는 암사자의 미소였다. 송곳니를 날카롭게 드러낸.

"오, 자기." 앨리슨이 친구 미스티가 누군가를 이기고 싶을 때 내던 콧소리를 흉내 내며 빈정거렸다. "남들이 보면 당신이랑 내가 한 남자를 놓고 싸우는지 알겠어요."

앨리슨은 신난 소녀처럼 손뼉을 쳤다.

"정말 흥분되네요! 당신이 내게서 그를 빼앗을 수 있을 것 같아요?"

"당연하지." 화가 난 릴리가 초록색 눈동자를 번득이며 대답했다.

앨리슨은 릴리를 향해 몸을 숙이고는 갸르릉거리는 소리를 냈다.

"당신은 벌써 졌고 아직도 그를 몰라요. 정말 안타깝네요!"

릴리가 뭐라고 대응하기도 전에 앨리슨은 훽 날아오르더니 천장을 통과해 나갔다.

몇 분 후, 앨리슨이 플린트와 제레미를 동반하고 돌아왔다.

"이것 봐요, 릴리. 내가 누구를 만났는지 보세요! 우리의 매혹적인 친구들이에요! 제레미는 막 들어오는 참이었고, 플린트는 먹을거리를 가져왔네요. 냠냠. 맛있는 안개가 가득이에요. 얼마나 친절한지 플린트는 벌써 나한테 붉은 안개를 주겠다고 약속도 했어요."

앨리슨은 명랑하게 몸을 돌려 플린트의 뺨에 입술을 맞췄다. 그다음 플린트는 보지 못하는 위치에서, 반대로 릴리는 한순간도 놓치지 않는 위치에서 제레미의 입술 근처에 입을 맞췄다.

유혹의 문제에 관한 한 릴리는 어느 누구의 조언도 필요하지 않았다. 그녀는 아주 편안하게 남자들을 맞으며 말했다.

"여러분이 보고 싶었어요. 어머나! 플린트, 앨리슨을 위해서라면 붉은 안개를 가져오지 말았어야지. 그건 좀 마약 같잖아. 정말 독하다고. 그녀는 붉은 안개에 익숙해지면 절대 안 돼. 그녀가 마약 중독자는 아니잖아. 적어도 아직은!"

릴리도 앨리슨도 제레미가 인상 쓰는 모습을 놓치지 않았다. 붉은 머리 천사는 천연덕스럽게 결백한 표정을 유지했지만, 제레미가 앨리슨에게서 좀 떨어지는 것을 보고 속으로는 비웃었다. 아, 그녀는 '마약'이라는 단어를 적절하게 제대로 사용했다. 그녀는 이 단어가 제레미를 화나게 할 것이라고 짐작했다. 릴리는 그렇게 확신하며 라이벌을 똑바로 바라보고 덧붙였다.

"게다가 그녀에게 너무 많은 안개를 먹이면 사라져버릴 위험이 있잖아. 그녀가 축적한 힘에 비추어볼 때 말이야……. 여러분, 제레미의 여동생을 괴롭혔던 그 붉은 천사 기억 안 나요?"

앨리슨이 고개를 설레설레 흔들며 위협적이었다는 것을 인정했다. 붉은 머리 천사 일 점 승. 만약 이렇게 계속된다면, 릴리는 그녀에게 똑같은 위협을 주게 될 것이다. 하지만 릴리가 틀렸다. 앨리슨은 위협하지 않고 행동할 것이다. 릴리는 지금 엄청난 실수를 저지른 것이다.

이 말싸움 앞에서 플린트는 눈살을 찌푸렸다. 그는 두 여자 사이에 무슨 일이 있었다는 것을 알아차렸지만 그게 뭔지는 알 수 없었다.

"알았어, 내 얘기 좀 들어봐요. 오늘 저녁, 내 발의가 회의에 소개됐어." 플린트가 말했다. "만약 그 내용이 받아들여진다면 우리는 그것을 적용할 수 있어. 그럼 넌 네가 하고 싶은 일을 하게 될 거야. 사랑스러운 앨리슨. 나도 마찬가지고."

제레미는 플린트가 욕망을 솔직하게 드러내자 거북한 기분을 느꼈다. 칼리굴라의 힘으로 두려움에서 보호된 앨리슨은 어깨를 으쓱할 뿐이었다. 그녀는 두고 볼 것이다. 지금 그녀에게 가장 흥미진진한 것은 제레미를 차지하기 위한 릴리와의 싸움이다. 그녀는 플린트와 자지 않았다. 하지만 릴리의 매력에 압도된 제레미는 앨리슨을 열외로 두었다. 예상과는 달리, 앨리슨은 플린트가 벤투지를 고통스럽게 만들지 아닐지보다 더 위급한 것이 제레미라고 판단했다…….

앨리슨의 태도에 릴리는 화가 나서 미칠 지경이었다. 어쩌면 플린트도 화가 난 것 같았다. 그렇다면…… 완벽했다.

제레미는 시간을 벌 필요가 있었다. 지금 그에게 일 분 일 분은 평가할 수 없을 만큼 귀한 보석이었다. 제레미는 마지못해 플린트와 두 여자를 따라 국회의사당으로 향했다.

그들이 수선스러운 회의장 안으로 들어가 막 자리를 잡았을 때, 플린트가 그들을 깜짝 놀라게 했다. 무언가 걱정이 있는 것 같았다.

"미안해, 난 여러분과 같이 있을 수 없어. 내가 낸 특별한 발의 때문에 우리를 대신할 사람을 만나봐야 하거든. 오늘 회의가 끝나면 다시 여기로 올게."

불신 가득한 표정을 한 제레미는 군중 속으로 사라지는 늙은 천사를 바라보았다. 그때, 별안간 새로운 인물이 위풍당당하게 회의장으로 들어섰고, 거기 모인 군중들은 모두 한순간에 움직임을 딱 멈췄다.

붉은 천사였다. 괴물처럼 흉측하고 거대했다. 등 뒤로 보이는 익룡 같은 날개가 아주 늙은 천사라는 것을 드러냈다. 키가 적어도 삼 미터는 되는 것 같았다. 그는 송곳니를 드러냈으며 두 다리 끝에는 숫염소의 발굽이 달려 있었다.

사진 속에서 튀어나온 것 같았다.

뿔은 없었지만 새빨갛고 기다란 꼬리가 달려 있었다. 그리고 어울리지도 않는 세련된 검은색 양복을 입고 있었다.

침묵은 금세 중얼거리는 소음으로 바뀌었다. 제레미는 단편적으로 주위에서 속삭이는 몇 마디를 알아들었다.

"메피스토다!"

"메피스토펠레스야!"

"못 본 지 몇 년 됐는데!"

"맙소사, 난 저 늙은 악마가 '가버렸다'고 생각했는데……."

"저자가 여기에서 뭘 하는 거지?"

사악한 붉은 천사는 번득이는 송곳니를 드러내며 군중에게 미소를 지었다. 그는 그 효과를 의식하며 으스대고 걸었다. 릴리가 혐오감을 드러내며 뒤로 물러난 반면, 제레미의 옆에 있던 앨리슨은 그의 출현에 매혹되어 몸을 숙였다. 갑자기 그 위대한 선조가 카리스마를 드러냈고, 그것은 마치 뜨거운 불길이 그를 감싸는 것 같았다. 아주 늙은 천사들을 제외한 많은 천사들이 그의 절대 권력에 충격을 받아 두려워하며 뒤로 물러섰다. 제레미는 침을 삼키는 것도 힘들었다. 그…… 존재와 마주하고는 어느 누구도 버틸 수 없었다. 그 자는 한마디로 거대했다. 그의 오라가 지닌 강렬함 때문에 제레미는 구토를 일으킬 지경이었다. 안젤라를 괴롭히던 그 추악한 붉은 천사와 다소 비슷했지만 훨씬 끔찍했다…….

1587년에 나온 어느 무명 작가가 쓴 책 속에서, 자신의 영혼을 절대 지식과 교환해 악마에게 판 주인공인 요한 파우스트 박사가 메피스토펠레스에 대해 언급했다. 작가는 그자가 모든 것을 부인하고 부정하며, 모든 것을 파괴하고 절망과 눈물을 동반한 쓰라린 웃음을 가져오는 인물이라고 썼다. 그 후 1588년에 공연된 희곡을 쓴 크리스토퍼 말로우 덕분에 메피스토는 겨우 유명해지게 되었고, 괴테의 작품으로 유명해진 것은 이백 년 후였다. 제레미는 몸서리를 쳤다. 작가들은 파우스트가 그에게서 벗어났다고 말했다……. 하지만 바로 앞에서 날개를 퍼덕이는 진짜 악몽에 직면해서는 그 말을 믿을 수가 없었다.

메피스토펠레스는 격식을 차려 모든 천사들에게 점잖게 인사를 했고, 그들 중 네 명에게 특히 정중하게 인사했다.

"천사장 미카엘! 가브리엘! 아리엘! 라파엘!"

이름이 불린 푸른 천사들이 한 명씩 차례로 고개를 숙였다.

"천사장 아스모데! 벨리알! 로키!"

메피스토펠레스보다는 덜 위압적이었지만, 역시 놀라운 세 명의 붉은 천사가 똑같이 과묵한 인사로 그를 맞았다. 이 붉은 괴물은 양쪽 진영 어디에서도 사랑받지 못하는 것 같았다. 앨리슨이 릴리에게 속삭였다.

"천사장? 그게 뭐죠? 그들은 천사들보다 뭘 더 가졌나요?"

"그들은 훨씬 힘이 강해." 유난히 거북해 보이는 릴리가 대답했다. "절대로 그들의 주의를 끌지 않도록 조심해. 그들은 진정 위험한 존재들이니까. 천사장들은 심지어 호의적인 태도를 보일 때에도 이해타산을 따져서 행동하지."

"간청할 것이 있소!" 메피스토펠레스가 우레와 같이 소리쳐 릴리는 입을 다물었다. "푸른 천사와 붉은 천사를 다 만족시킬 간청이오."

다시 납덩이 같은 침묵이 드리워졌다. 천사들은 모두 귀를 바짝 기울였다.

메피스토펠레스는 그들에게 제레미와 앨리슨의 이야기를 했다. 그는 앨리슨이 벤투지에게 영향을 미치기 위해 붉은 천사가 된 사실을 묵과했으며, 강력한 힘을 가진 푸른 천사들이 벤투지가 치료제를 빨리 시장에 내놓도록 밀어붙였지만 성공하지 못했다고도 말했다.

이집트 왕비 테티셰리가 입을 열었다.

"메피스토펠레스, 당신이 왜 이 사건에 개입한 거지? 암을 치료하는 건 당신들, 붉은 천사들에게서 양식을 빼앗는 것일 텐데. 환자들의 모든 고통, 모든 괴로움이 기쁨에게 자리를 내주고 사라질 텐데?"

사악한 천사는 비열한 미소를 지었다.

“우리는 인간들이 가능한 한 오래 살도록 도와야만 하지. 아닌가? 암이란 질병은 다시 생겨나기도 하지……. 이것은 당신들을 위해서도, 우리를 위해서도 좋지 않아. 지상에 시체가 너무 많은 것은 말도 안 되지! 그리고 이 치료제는 암의 일부분만 치료하거든. 무너진 희망이라(그는 두 갈래로 갈라진 혀로 날름거리며 입술을 핥았다), 내 경험에 따르면 그 안개는 아주 적은 양으로도 굉장히 달콤하다네!”

테티셰리는 혐오감이 치밀어 올라 입을 다물었고, 메피스토펠레스는 냉소를 터뜨렸다. 제레미는 마치 두 개의 커다란 금속판이 천천히 끼기긱 갈라지는 듯한, 저 구역질 나는 거인의 웃음소리를 견딜 수가 없어서 두 손으로 귀를 막고 싶었지만 참아냈다.

“자, 그렇다면!” 붉은 거인이 우레와 같은 목소리로 외쳤다. “날 도와주시겠소?”

즉시 푸른 천사들이 서로 상의를 했고, 너무나 놀랍게도 붉은 천사들 역시 마찬가지였다. 확실히, 암을 치료한다는 것이 각자 양쪽 입장에서 만장일치를 얻지는 못했다. 꽤 오랜 시간이 지난 후 테티셰리가 일어섰다. 그녀는 분명 늙은 천사들의 대변인이 틀림없었다. 그녀는 눈 한 번 깜빡거리지 않고 냉정하게 거대한 붉은 천사에게 물었다.

“메피스토, 어떤 방법을 사용할 생각인가?”

“인간 세상에 개입을 할 거요. 벤투지의 아들, 꼬마 피터에게 암을 일으키는 거지.”

앨리슨은 온몸이 마비되는 줄 알았다. 제레미는 귀를 의심했다. 릴리는 의자에 앉아 있다가 방금 들은 이야기 때문에 갑자기 기진맥진 기운이 빠졌다. 그녀는 이런 것이 진짜 싫었다. 오, 안 돼! 이 난국에서 벗어나려면 어떻게 해야 한단 말인가? 바로 저기 손닿는 거리에 있는 감미롭고 유혹적인 제레미를 이용해서는 아니었다. 그렇다면…… 다른 멍청이 계집애를 쫓아버리는 수밖에 없었다.

테티셰리가 푸르스름한 눈썹을 찡그렸다.

“메피스토, 당신이 요구하는 건 엄청난 위반이야. 과다 출혈이 필요한 노력을 우리한테 요구하는 거라고. 붉은 천사들은 이 내용에 찬성하시나?”

제레미는 깜짝 놀랐다. 그는 천사들이 얼마나 인간들에게 영향을 미칠 수 있는지를 보고 충격 받았다. 그는 인간을 병들게 하기 위해서 보이지 않는 저세상의 장벽을 통과할 수도 있다는 것을 알지는 못했다!

“우리의 교환 계획은 꽤 긍정적이었소. 우리는 올 한 해 동안 스물다섯 명을 용서하고 또 치료했소.”

“그렇다면 잔인한 성범죄자나 살인자들 열두 명이 당신들 붉은 천사들을 풍부하게 먹여 살렸군!” 테티셰리가 살을 엘 듯 가혹하게 반박했다.

“미래의 푸른 천사는 열세 명이 있고.” 메피스토가 대꾸했다. “당신들은 우리한테 한 명을 빚지고 있소. 우리는 그 꼬마를 암 환자로 만드는 데 그 한 명의 몫을 이용할 거요. 아주 아픈 환자로 만들 거요. 그 전에, 벤투지를 감옥으로 보낸 형사들을 납득시킬 거요. 그러면 그가 암 치료제를 발표해야만 자기 아들을 치료할 수 있을 테지."

테티셰리가 입술을 삐죽 내밀었다.

"그가 그렇게 하지 않는다면? 만약 그가 아들을 포기할 정도로 탐욕스럽다면?"

메피스토가 어마어마하게 커다란 빨간 어깨를 으쓱하고는 놀랍게도 변신을 했다. 몸이 작게 줄어들더니 그가 있던 자리에는 이제 열 살짜리 소년 피터가 서 있었다. 그는 자기 배를 부여잡고 있었는데 너무나 아파 보였고 또 입에서는 피도 조금 흘렀다.

"난 죽을 거예요." 소년이 기운 없는 목소리로 한숨을 내쉬었다. "난 여기에 다시 오겠죠. 어쨌든 죽음은 끝이 아니에요!"

소년은 고통을 이기지 못하는 듯 쓰러졌다. 몸이 엄청나게 부풀어 오르더니 몇 초 후 다시 메피스토펠레스의 몸으로 일어서서 얼빠진 얼굴들 앞에서 웃음을 터뜨렸다.

회의장 안에 있는 천사들 모두 너무나 추잡한 장면에 탄식했고, 이 광경에 제레미는 매우 깊이 영향을 받은 것처럼 보였다. 갑자기 상황이 명쾌해진 것 같았다. 그는 서둘러 자리에서 일어나 한 마디도 입 밖에 내지 않고 밖으로 나갔다. 제레미는 단 일 분도 더 이상 저 괴물과 같은 공간에 있을 수가 없었다. 그를 따라 앨리슨도 밖으로 나왔다. 그녀는 눈물을 흘렸다.

"맙소사, 내가 무슨 짓을 한 거지?" 그녀가 울먹이며 중얼거렸다.

앨리슨이 반응을 보이기도 전에 제레미가 부드럽게 그녀의 팔을 잡았다. 그녀는 잠시 긴장했지만 그가 하는 대로 내버려두었다. 두 천사는 길을 잃고 두려워하는 아이들처럼 서로의 몸을 꼭 끌어안았다. 제레미가 국회의사당에서 그리 멀지 않은 작은 공원으로 앨리슨을 데리고 갔다. 공원에는 아무도 없었다. 시간이 너무 늦어 쇠창살문도 닫혀 있었다. 그들 앞에는 오직 둘만을 위한 광활한 초록 공간이 펼쳐져 있었다. 그녀를 꼭 잡은 채로 인도한 제레미는 앨리슨이 벤치에 앉도록 도와주었다.

"난…… 난 그런 것을 바란 게 아냐……. 그렇게 하기를 바란 게 아니라고! 그처럼은…… 그 괴물처럼은 아니라고." 앨리슨이 딸꾹질을 했다. "오, 제레미, 내가 얼마나 어리석었는지!"

"당신은 전혀 어리석지 않아." 제레미가 단호하게 반박했다. "당신은 조종당한 거야. 아주 정교하게, 확실히. 그러니 당신이 어떻게 간파할 수 있었겠어? 그 두 늙은 천사는 권모술수의 달인들이야."

앨리슨이 눈물로 흐려진 푸른 눈을 들어 제레미를 바라보았다. 그는 그녀의 새빨간 양쪽 뺨을 부드럽게 닦아주었다.

"조…… 조종당했다고? 어…… 어떻게?"

"당신이 처음으로 플린트와 날았을 때, 당신은 어지러웠고 굉장히 무서워했어. 당신이 몸부림치지 않도록 플린트가 당신의 정신을 흐릿하게 만들었다고 하더군. 우리가 벤투지와 맞닥뜨렸을 때도 릴리가 당신을 건드렸고 당신이 변했어. 원형극장에서도 마찬가지야. 당신은 그 결투에 혐오감을 느꼈지만 플린트가 당신을 만지자 또 당신이 변했어. 완전히 딴판으로. 그들이 당신한테 영향을 미칠 때마다, 당신은 그들과 똑같아졌어."

앨리슨이 어안이 벙벙해서 그를 바라보았다.

"당신은 플린트와 릴리가 붉은 천사라고 생각하는 거야? 하지만 그들은 푸른 천사잖아!"

"아냐. 앨리슨, 그들이 당신한테 전한 감정들은 항상 부정적인 것뿐이었어. 복수, 증오. 그들은 아주 늙은 천사들이야. 그들이 피부 색깔을 바꾸는 것이 어려울 거라고 생각해?"

분노가 솟아오르며 돌연 앨리슨의 낯빛이 어두워졌다.

"안 돼! 앨리슨, 그들의 감정이 계속 당신에게 영향을 미치게 하면 안 돼. 당신이 그들에게 반항한다면, 그들은 삼십 톤의 무게가 들판에 핀 꽃 한 송이를 짓이기듯이 아주 쉽게 당신을 짓밟아버릴 거야. 앨리슨, (그가 그녀의 두 손을 잡고 두 눈을 뚫어지게 바라보았다.) 당신은 나를 믿지?"

앨리슨이 혈관을 타고 끓어오르는 공포와 분노에 대항해 싸웠다.

"응." 그녀가 짧게 대답했다.

제레미가 그녀를 보고 미소 지었다. 하지만 그 미소는 불안해 보였다.

"당신이 나를 믿는다면, 당신은 진짜로, 진짜로 아주 어려운 것을 해야만 해."

앨리슨이 아름다운 눈을 크게 떴다.

"뭔데?"

"나에게 칼리굴라의 힘을 전달해주는 것."

몇 초 동안 앨리슨은 아무 말 없이 가만히 있었다. 그들을 둘러싼 도시에서는 인간들 삶에서 흘러나오는 수천 가지의 소음이 울려 퍼졌다. 하지만 공원은 이상할 정도로 조용했다.

앨리슨이 잡고 있던 손을 뺐다.

"왜?"

"그 힘이 지금 당신을 타락시키고 있으니까. 앨리슨, 당신도 메피스토펠레스를 봤지? 당신이 느낀 그 힘, 그 능력은 부작용 없이는 가질 수 없어. 그래서 당신은 엄청난 충격을 받았던 거야. 피터의 죽음과 고통을 상상한다는 것은 당신이 우리 쪽으로 돌아오고 있다는 거지. 푸른 천사 쪽으로. 하지만 당신이 그 흉악한 힘을 제거하기 위한 명료한 순간을 낚아채지 못한다면, 그것은 당신을 다 태워버릴 거야. 결국엔 당신도 그처럼 될 거야. 당신 역시 괴물이 될 거야."

앨리슨은 부르르 몸을 떨었다.

"하지만…… 당신은? 당신이 이 힘을 갖게 된다면 당신도 바뀔 거야! 당신은 내가 친구들을 희생시키는 그런 부류라고 생각하는 거야?"

제레미가 다시 그녀를 품에 안고는 그녀의 따뜻한 향기를 마음껏 들이마셨다. 앨리슨은 그가 포옹한 대로 가만히 있었다.

"내 사랑," 제레미가 세상에서 가장 부드러운 목소리로 중얼거렸다. "난 당신이 용감하고 의지가 강한 여자라는 것을 잘 알고 있어. 지금 당장 왜 그런지 당신한테 말할 수는 없지만, 이 말은 반복할 수 있어. 날 믿어. 그 끔찍한 힘을 받는 것은 나한테 아무 영향도 미치지 않을 거야. 제발, 앨리슨, 부탁이야. 나를 위해 그렇게 해줘. 당신을 위해서가 아니야. 나를 위해서, 왜냐하면 난 당신을 사랑하고 그것만이 당신을 잃지 않을 단 하나의 방법이니까!"

제레미의 팔에 안긴 앨리슨은 다정한 그의 목소리에, 자신이 굳게 지키고 있던 방어막이 스르르 녹는 것을 느꼈다. 그가 옳았다. 메피스토펠레스의 잔인성과 오만하고 냉담한 모습 앞에서 느꼈던 충격은 희미해질 것이다. 그녀는 벌써 분노와 힘이 돌아와 자신의 감정을 둘러싸는 것을 느꼈다. 안 돼. 그녀는 더 이상 그것을 원하지 않았다!

"알았어." 그녀가 너무 낮은 목소리로 속삭여 제레미는 자신이 잘 알아들었는지 확실하지 않았다.

"뭐라고 했어, 앨리슨?"

"'알았어'라고 말했어. 하지만 미리 말하는데, 제레미, 당신이 붉은 천사가 된다고 해서 이득은 없을 거야. 아니면 난 당신한테 내 인생…… 아니, 내 죽음에 대해 절대 아무 말도 안 할 거야!"

제레미가 웃음을 터뜨렸다. 그는 몸을 일으켜 갑자기 앨리슨을 들어 올리더니, 공중에서 그녀를 뱅뱅 돌렸다.

"아아아! 제레미, 그만!" 앨리슨이 무서워서 비명을 질렀다.

제레미는 그녀가 저항할 시간을 주지 않았다. 그는 그녀를 내려놓고 몹시 열정적으로 그녀에게 키스를 했다. 그녀의 숨이 멈출 만큼 깊은 사랑을 담아서. 그는 부드럽고 다정했지만, 동시에 탐욕스러웠다. 앨리슨은 그가 계속한다면 무릎을 꿇게 될 것이라 생각했다. 마침내 그는 감격하고 행복해져서 그녀를 풀어주었다.

"자, 갑시다. 내 사랑. 이 짐에서 벗어납시다."

앨리슨은 휘청거리는 다리에 힘을 주고는, 제레미에게 붉은 천사가 준 강력한 힘의 첫 포화를 날렸다. 매우 놀라기는 했지만 제레미는 비틀거리지 않았다. 앨리슨은 자신이 조준한 힘이 전달되지 않은 줄 알았다. 그녀는 무너지거나 저 너머로 '통과하지' 않고 이 힘을 전달받느라 칼리굴라 밑에서 삼 개월이 걸렸는데 말이다. 제레미는 창백해지기는 했지만 의연하게 버텼다. 게다가 그리 힘든 표정도 아니었다.

"당신…… 뭔가 느꼈어?" 앨리슨이 의심하는 듯한 말투로 물었다.

"욱, 그래." 제레미가 대답했다. "주저하지 마. 앨리슨, 당신은 전혀 위험하지 않아. 내가 맹세할게. 나도 마찬가지고!"

아직 조금 걱정스럽긴 했지만 어느 정도 안심한 앨리슨은 더 강하게 전달했다. 젊은 천사는 가볍게 찡그리긴 했지만, 고통은 전혀 드러내지 않았다.

"이 단계에서," 앨리슨이 살짝 기분이 상해서 투덜거렸다. "난 오장육부까지 다 뒤집어져 토했는데, 당신은 어때?"

"금융 중개인으로서 오랫동안 훈련한 게 먹히네." 제레미가 호흡을 몰아쉬며 내뱉었다. "우리는 압박에 익숙하거든. 자, 계속해. 당신이 가진 것을 다 보내!"

앨리스는 희미하게 미소를 지었다. 아무리 그래도 제레미는 그녀를 약간 짜증나게 했다. 그는 미친 듯이 엄청난 힘을 아파 하지도 않고 잘 견뎠다. 이것은 부당하다. 앨리슨은 그에게 한 달 정도 버틸 힘과 같은 포격을 퍼부었고 덕분에 그녀는 기운이 빠져 휘청거렸다.

아, 이번에는 제레미도 충격을 받았다. 화염 덩어리가 배 속에서부터 그를 먹어치우는 것 같았다. 얼굴이 급작스레 땀으로 뒤범벅이 되었다,

“아앗!” 그가 외쳤다. “이번 것은 지나가는 게 느껴졌어.”

“아앗? 젠장, 제레미. 도대체 당신은 뭐야? 난 그때 죽을 뻔했는데, 당신은 고작 ‘아앗’이라니. 당신 좀 짜증나는 것 알아?”

제레미가 그녀에게 창백한 미소를 보냈다.

“알았어.” 그가 인정했다. “난 그냥 센 척하는 거야. 내 말이 당신을 위로할 수 있을지 모르겠지만, 불이 붙은 벌레 수천 마리가 갉아먹는 느낌이야. 온몸 구석구석을 다!”

아! 그래도! 앨리슨은 제레미가 일종의 초인이라고 믿기 시작했다. 아니, 초천사라고 해야 하나. 만족한 앨리슨은 계속하기 위해 제레미가 다시 기력을 차리기를 기다렸다. 그가 신호했을 때 그녀는 또다시 엄청난 힘을 그에게 전달했다.

이번에는 그도 무릎을 꿇었다.

두려워진 앨리슨이 그에게로 달려갔다.

“제레미!”

그가 고통스럽게 몸을 다시 일으켰다.

"아니, 아냐, 괜찮아. 앨리슨, 계속해. 끝까지 해야만 해."

"하지만 이 빌어먹을 것이 당신을 무너뜨리고 있어!"

"난 참을 수 있어. 자, 봐. 당신 피부가 분홍색이 됐어. 거의 다 온 거야! 끝내야만 해. 그 악한 것들을 당신한테서 전부 다 없애야만 해, 완벽하게. 아니면 이 짓은 다 아무 소용없게 될 거야……."

앨리슨은 고개를 흔들었다. 눈물이 흘러내려 그녀의 뺨을 적셨다. 제레미는 그녀의 감미로운 입술을 음미하며 입맞춤을 하고는 한 번 더 말했다.

"마지막이야, 앨리슨. 자, 하자고. 이제 끝내자."

눈물에 젖은 앨리슨은 그의 말을 따랐다. 그녀는 그의 앞에 무릎을 꿇고 앉아, 눈을 감고서 자신에게 남아 있는 마지막 힘을 그에게 다 쏘았다. 아직 엄청난 양이 남아 있었고, 그것을 다 뽑아내는 데는 꽤 시간이 걸렸다. 그녀가 모든 것을 다 끝내고 떨면서 눈을 다시 떴을 때, 그녀는 자신의 피부가 다시 젊은 푸른 천사의 피부로 되돌아온 것을 보았다. 이제 그녀에게는 칼리굴라의 흉측한 힘이 단 한 조각도 남아 있지 않았다…….

너무나 기뻐 제레미를 향해 고개를 든 앨리슨은 갑자기 두려움에 떨며 숨을 삼켰다.

제레미가 완전히 붉은색으로 변해 있었다.

19. 붉은 악의 맛

두 개의 금속판을 찢을 때 나는 소음과 비슷한 날카로운 웃음소리가 그들의 뒤에서 울려 퍼졌다.

공포에 질린 앨리슨과 제레미는 간신히 몸을 일으켜 돌아보았다. 그들은 그 웃음소리가 누구의 것인지 알아차리고 신음했다.

메피스토펠레스였다.

흉악한 붉은 천사는 붉은 천사장 셋과 푸른 천사장 넷을 동반했고, 그 뒤에는 테티셰리와 릴리도 있었다. 릴리의 눈빛에는 끝없는 슬픔이 드러났다.

"마침내!" 메피스토가 몹시 기뻐했다. "결국 우리가 너를 잡았군. 나의 천사여. 우리와 합류한 것을 환영하네!"

제레미는 간신히 몸을 일으켰다. 그는 마지막으로 맞은 거대한 힘 때문에 거의 기절하기 직전이었다. 제레미는 잠시 눈앞에서 팔락팔락 날아다니는 무수한 검은 점들과 싸운 후, 메피스토펠레스를 향해 고개를 들었다.

"당신들에게?" 그가 희미한 목소리로 되풀이했다.

"그래, 우리에게." 메피스토펠레스가 교활한 표정으로 말했다. "이리 오게, 칸. 자네 형제한테 인사하게나!"

살인자가 공원의 어둠 속에서 불쑥 나타났다. 제레미는 펄쩍 뛰었다. 뒤에 있어서 칸을 못 보았던 것이다. 그 붉은 천사는 살이 찌고 키가 커졌다. 지금은 키가 이 미터는 가뿐히 넘는 것 같았다. 그는 완전히 소름끼치는 모습이 되었다. 물론, 메피스토보다는 못하지만.

애매하고 망설이는 듯한 고갯짓으로 그가 제레미에게 인사를 했다.

"여전히 말이 많군……." 제레미가 빈정거렸다. "왜 내가 우리를 살해한 살인자를 형제로 취급해야 하는지 모르겠네. 안 그런가요? 플린트!"

모두들 어안이 벙벙했다. 깜짝 놀란 푸른 천사장들은 욕설을 내뱉는 메피스토펠레스를 향해 일제히 몸을 돌렸다.

"괜찮아, 메피스토. 계속 거짓말할 필요 없어요." 제레미가 말을 이었다. "난 플린트와 당신이 동일 인물이라는 걸 너무나 잘 알고 있으니까."

메피스토펠레스는 거짓말을 계속해야 하는지 결정하지 못하고 얼굴을 찌푸렸다. 하지만 제레미의 단호하고 결단력 있는 시선을 보고 단념했다. 가면을 벗은 메피스토가 분노를 터뜨리며 으르렁거렸다.

"어떻게? 네가 그 사실을 어떻게 알았지? 난 여태껏 전 세계를 속였단 말이다! 플린트는 천오백 년이 넘는 동안 나를 드러내지 않기 위해, 진짜 나라는 인물의 성격을 다 갖고 있지 않았어. 어떤 천사도 우리 둘 사이의 관계에 대해서 눈치채지 못했고, 심지어 붉은 천사장도 못 느꼈지."

기이하게도 메피스토펠레스는 마치 플린트가 자신과는 구별되는, 의식이 있는 다른 개체인 것처럼 말했다. 제레미는 그에게 대답하며 짓궂은 쾌감을 느꼈다.

"당신 자신이 빌미를 제공했어요. 플린트는 말할 때 특이한 말투가 있거든요. 그는 항상 이런 말을 하곤 했죠. '죽음은 끝이 아니다'라고. 그는 분명히 아주 영적인 존재였죠……. 아까 회의장에서 당신이 피터의 죽음을 보여주며 똑같은 말을 했을 때, 마침내 깨닫고 말았어요. 플린트와 당신은 동전의 앞, 뒷면일 뿐이라는 사실을. 몇 시간 전부터 이미 나는 플린트가 붉은 천사가 아닐까 의심하고 있었어요. 이 모든 일이 벌어지고 난 다음에요. 하지만 솔직히 그가 지옥의 왕자 중 하나일 거란 사실은 꿈에도 생각 못 했죠. 지옥이란 곳이 존재한다면……."

앨리슨의 얼굴이 심하게 창백해지더니 거의 쓰러질 것 같았다.

"내가…… 내가 저런…… 것한테 입맞춤을 당한 거야?"

메피스토펠레스가 두 갈래로 갈라진 혀를 내밀어 천박한 붉은 입술을 슥 핥았다.

"진짜 감미로웠어. 네가 내 것이 되면 그 열락을 오십 년 동안 맛볼 수 있었을 텐데……. 그러니까, 나한테 홀딱 반한 것 같은 네가 플린트의 소유가 되면 그렇단 말이다! 난 그가 너한테 하는 것을 보기가 답답했어. 솔직히 말해 우리 젊은 친구가 나의 쓸모 있는 가면을 벗긴 것이 크게 만족스럽지는 않아. 난 그 위장술을 완성시키기 위해 거의 이천 년이란 시간을 들였거든!"

화가 난 그는 붉은 가죽 날개를 퍼덕거리더니 한숨을 내쉬었다.

"어쨌든 그것은 그리 중요하지 않아. 그것도 순간이니까."

"왜요?" 앨리슨이 소리를 질렀다. "왜? 왜 이런…… 이런 사기극을 벌인 거예요?"

"아, 넌 그럼 아직 그 이유를 모르는가, 어여쁜 아기 천사여? 네 남자 친구가 자기 배꼽 주위에 나타난 황금빛 표시를 보여주지 않은 모양이지?"

앨리슨은 제레미에게로 몸을 돌려, 입을 멍하니 벌린 채 그를 바라보았다.

"나한테 보여주지는 않았어요. 하지만 그걸 본 적은 있어요. 그래요, 봤어요." 그녀가 가까스로 말을 이었다. "그게 도대체 무슨……."

"칸! 그녀에게 네 것을 보여줘라." 메피스토가 갑자기 명령했다.

살인자는 입고 있던 검은색 기모노를 들추어 보여주었다. 그의 배 위에는 제레미의 것보다 훨씬 작은, 동전 크기만 한 황금빛 얼룩이 빛나고 있었다.

그것을 보자마자 푸른 천사장들은 인상을 찌푸렸고, 반면 붉은 천사장들은 보란 듯이 도발적인 미소를 지었다.

"너도 놀랄 거야. 제레미, 이것의 의미는……"

"……이것의 의미는," 제레미가 메피스토펠레스의 말을 재빨리 낚아채며 부드럽게 이었다. "천사장이라는 뜻이죠!"

메피스토펠레스가 의심스러운 표정으로 제레미를 바라보았다.

"알고 있었나?"

"앨리슨은 당신이 자신 때문에 이런 사건을 벌였다고 생각했어요. 하지만 내가 당신한테 얘기했었죠. 내가 죽은 다음부터 너무나 이상한 일들이 벌어졌다고요. 내가 살해당한 날, 수 세기 전 유럽이나 아프리카에서 살았던 천사 두 명이 여기로 와서 나를 만날 확률이 얼마나 될까요? 당신과 테티셰리 말이에요. 그 점에 대해 곰곰이 생각하면서 나는 진짜 이상하다고 느꼈죠. 나 역시 여기 저승에 도착한 모든 존재들처럼 처음에는 가족들을 만나는 것이 정상이잖아요. 아주 젊은 천사들이나 십 년 전, 이십 년 전, 혹은 최대 삼십 년 전에 여기로 '통과한' 천사들은 그렇다고 쳐요. 하지만 그렇게 늙은 천사들이 이제 막 통과한 아기 천사에게 그렇게 관심을 보이다니요? 게다가 당신은 아인슈타인 같은 천재들마저도 아주 노골적으로 경멸했잖아요? 그래요. 그것은 논리적이지 않았어요. 그러고 나서…… 앨리슨을 찾으러 다니면서 테티셰리가 나를 쫓아다닌다는 것을 알아차렸을 때 모든 게 확실해졌죠."

이 말에 메피스토펠레스는 이집트 왕비에게 적의에 찬 시선을 던졌지만, 그녀는 흔들리지 않았다.

"그녀는 나한테 주소를 하나 주면서, 도움이 필요하다면 자신을 꼭 찾아오라고 말했어요. 그때 나는 내가 다른 천사들과 같지 않으며, 젊은 천사들이 할 수 없는 것을 할 능력이 있음을 깨달았어요. 내가 늙은 천사들의 주의를 끌고 있다는 것도 알아차렸죠. 그래서 알아봐야겠다고 결심했어요. 난 대답이 필요했거든요."

메피스토펠레스가 눈빛으로 푸른 천사들에게 벼락같이 호통을 쳤다.

"우리는 불간섭주의에 합의한 걸로 아는데?"

천사장 중 하나인 미카엘이 앞으로 나왔다. 근사한 짙푸른 색 날개가 등 뒤로 불쑥 올라와 있었다.

"이 젊은 천사장을 붉은 천사 쪽으로 미는 것은 그를 속이는 거요. 메피스토펠레스, 그것을 뭐라고 부르지?"

"상식이지." 붉은 천사가 비웃었다. "나는 그저 그를 승리자 쪽으로 이끌었을 뿐이야."

"아니, 그것은 용납할 수 없는 개입이오!" 유머 감각이 그리 많지 않을 듯한 표정의 미카엘이 반박했다. "덕분에 우리 쪽에서는 원래대로 균형을 잡을 수 있소."

"균형이라, 멍청이!" 메피스토펠레스가 제레미를 가리키며 상스럽게 내뱉었다. "그는 지금 붉은 악마야. 내 쪽이라고! 우린 천사장이 여섯 명인데 반해 파란 천사장은 네 명뿐이군. 우리가 이겼네!"

제레미는 잠깐 동안 그가 기뻐하도록 내버려두었다. 그는 중국

속담을 아주 좋아했다. '높이 올라갈수록 떨어지는 시간도 길다.'

"완전히 그렇지만은 않아요……." 제레미가 평온한 말투로 수정해주었다.

앨리슨의 질겁한 눈빛 아래 제레미가 느닷없이 색깔을 바꿨다.

그는 다시 완전히 파란색이 되었다. 영롱하게 빛나는 짙은 파란색으로. 그는 셔츠를 벗었고, 모두들 그의 온몸이 파란색이라는 것을 확인할 수 있었다. 다만, 배 위에 다시 나타난 황금빛 얼룩이 점점 커져서 배 부분을 거의 덮었다.

"아냐!" 메피스토펠레스가 소리쳤다. "이건 불가능해!"

사악한 천사가 느닷없이 제레미에게 힘을 쏘았다. 그 자리에 있던 어떤 천사도 예상하지 못한 일이었다. 앨리슨이나 칼리굴라의 보이지 않는 힘과는 반대로 그의 공격은 붉고 치명적인 불덩어리였고, 즉시 젊은 천사를 휩쓸었다. 제레미는 강력한 회오리바람에 맞서듯이 몸을 앞으로 숙이고, 가슴 앞에서 손목으로 막고 버텼다. 그의 피부가 잠시 불그스름해지는 것 같았지만, 메페스토펠레스가 멈추자 피부는 즉시 파란색으로 돌아왔다.

"어떻게 된 거야?!" 미칠 듯이 화가 치민 메피스토펠레스가 거칠게 소리쳤다. "어떻게 한 거야! 네가 어떻게 내 힘을 견딜 수 있지? 그건 불가능해!"

제레미는 초췌한 표정이었다.

"아뇨. 고통스럽고 괴롭고 메스껍지만 불가능하지는 않아요. 당신이 나를 붉은 천사로 만들기 위해 앨리슨을 이용해 나를 타락시키려 한다는 것을 깨달았을 때, 테티셰리한테 물어봤어요. 테티셰리는 아주 드물지만 젊은 천사장이 태어나는 일이 있다고 설명해주었죠. 푸른 천사장과 붉은 천사장. 항상 그렇게 한 쌍으로. 나는 그 중 한 명이었던 거예요……."

물론 제레미는 진실을 듣기 위해, 붉은 천사가 되게 해달라고 진심으로 이집트 왕비를 위협했다는 사실은 침묵에 붙였다. 또한 자신은 아무런 종교도 믿지 않는다는 사실도 언급하지 않았다. 그는 교회에 발도 들여놓은 적이 없었던 것이다…….

테티셰리가 태연한 표정으로 제레미의 말을 인정했다.

"천사장들은 아주 특별한 향기와 오라를 갖고 있어(그녀가 꿈꾸는 듯한 표정으로 제레미를 바라보았다). 그 냄새는 정말 감미롭지. 제레미가 '통과'했을 때 우리는 그 냄새를 맡았어. 육체뿐 아니라 정신적으로도 느낀 거지. 미카엘은 그가 어떤지 보라고 나를 보냈어. 또 붉은 천사장은 붉은 천사에게로 떠났고. 푸른 천사 쪽으로 기울었다고 알려진 플린트만 빼고는 아무도 제레미에게 관심을 기울이지 않았어. 그런데 플린트도 새로운 천사장 곁에 별로 있고 싶어 하지 않는 것 같아서, 미카엘은 불간섭주의의 원칙을 존중했던 거야."

그녀는 혐오감을 느끼며 칸을 위아래로 훑어보았다.

"나는 이 붉은 천사장이 우리 진영에게는 돌이킬 수 없는 인물이라고 이미 얘기했지."

"그게 목적이었던 건가요?" 앨리슨이 흥분했다. "다른 쪽의 천사장을 슬쩍하는 것이? 당신은 우리를 갈라놓았고 고통스럽게 했고 괴롭혔어요. 난 칼리굴라 옆에서 수없이 죽음을 견뎠어요. 메피스토펠레스라는 저 쓰레기가 나한테 현혹되었다고 믿었기 때문이었죠. 이 모든 일들이 붉은 천사와 푸른 천사 사이에서 벌어진 그 어리석은 대립 때문이라고요?!"

메피스토펠레스는 강렬한 날갯짓으로 번개처럼 날카롭게 앨리슨의 머리를 강타했다. 곧바로 그녀는 털썩 쓰러졌다. 제레미가 그녀를 받치려고 펄쩍 뛰어왔다. 그녀의 입에서 피가 흘렀다.

"입 닥쳐, 이 노예야! 다음번에도 네가 나를 쓰레기로 취급한다면 그때는 네 머리통을 뽑아버리겠다. 알아들었느냐?" 메피스토가 소리쳤다.

앨리슨은 손등으로 입가에 흐르는 피를 닦으며 그에게 증오에 찬 눈길을 던졌다. 괴물은 제레미한테 너무 집중해서 그녀의 눈길을 알아차리지 못했다.

"우리는 그저 균형을 유지하고 싶은 것뿐이오." 메피스토펠레스의 거친 행동에 익숙한 미카엘이 응수했다. "처음 시작할 때 우리는 열네 명이었지. 붉은 천사장 일곱, 푸른 천사장 일곱. 암울한 시대를 지나는 동안, 우리 사이의 증오가 여섯 명의 천사장을 사라지게 했소. 각 진영마다 세 명씩. 우리는 더 이상 싸우지 않기로 결정했지. 우리의 힘은 너무 컸소. 그런데 당신이 나타난 거요, 제레미. 당신은 이승이 아직도 천사장을 만들 수 있다는 것을 증명한 것이지. 우리는 더 이상 새로운 천사장을 만나는 일은 없으리라 생각했기 때문에 아주 놀라고 또 기뻤소. 우리는 경계심을 풀고 있었어요. 당신이 플린트와 함께 있어서 안전하다고 생각했고, 칸의 공격을 받았다는 것을 알고 난 후에도 여전히 그렇게 생각했지. 그런데 플린트가 우리를 속였다니……."

"그래요. 그날 밤, 모든 것을 계획한 것은 플린트였어요." 제레미가 말했다. "그가 칸을 다시 찾아냈죠. 그러고는 우리를 공포에 떨게 해서 자신의 보호 아래 머물게 만들려고 칸에게 우리를 공격하라고 지시한 거였어요(제레미는 앨리슨을 향해 몸을 돌렸다). 우리는, 우리 둘은 바보처럼 아무것도 몰랐던 거예요!"

"칸의 공격도 계획된 거였어?" 앨리슨이 놀라 외쳤다.

"그래, 우리는 그가 들어오는 소리를 못 들었어. 게다가 그는 내가 오랫동안 써온 면도기를 다루듯이 자신의 장검을 다뤘어. 그때 그가 진짜로 나를 놓쳤을까? 그는 우리가 피하기 전에 우리를 산산조각 낼 수 있었을 거야. 그것 역시 다 거짓 같더라고. 자신의 혀도 다시 만들지 못하면서 어떻게 그런 장검을 만들 수 있었겠어? 물론 나도 나중에 깨달았지만 말이야. 그 장검은 플린트가 그에게 준 것이었어."

메피스토펠레스가 히죽히죽 웃었다.

"너희들은 진짜 겁을 먹더군. 내 어린 양들아! 난 비열하고 못된 칸에게서 너희를 보호해야만 했어! (그는 다시 근엄하게 굴면서 거대한 집게손가락으로 제레미를 가리켰다.) 자, 이제 넌 어떻게 내 힘을 견딜 수 있는지 말해라."

제레미는 침착함을 잃지 않았다.

"내가 외할아버지한테 배운 교훈이 있는데, 그거면 아마 당신을 쉽게 이길 수 있을 것 같군요. 이 늙은 사기꾼! 외할아버지는 적에게 절대 정보를 넘기지 말라고 하셨죠. 그러니, 내가 어떻게 했는지 절대 당신한테 말하지 않을 거야. 당신이 졌어요, 메피스토. 당신은 혼란과 황폐함 속에서 세상을 뒤흔들기 위해 붉은 천사장을 두 명 가질 수는 없을 겁니다. 그리고 한 번 더 내 여자 친구를 때리면 그땐 당신 날개를 삼켜버리겠어. 위대한 선조든 뭐든! 알겠어요?"

제레미가 앨리슨의 손을 낚아채 분노로 끓어오르는 붉은 거인 앞을 지나갔다. 메피스토펠레스는 그들 사이로 끼어들려 했지만 미카엘과 세 명의 푸른 천사장이 그를 막았다.

"안 돼." 미카엘이 부드럽게 말했다. "우리는 새 천사장이 한 명 생겼어. 자네도 마찬가지고. 그들을 가게 내버려둬. 제레미가 옳아. 자네가 진 거야. 그가 자네보다 훨씬 영리해. 그러니 이제 그만해."

푸른 천사들과 별로 싸우고 싶지 않은 다른 붉은 천사장들이 반발하지 않는 것을 보고, 메피스토펠레스는 화가 나서 고함을 질렀다. 그는 어마어마한 손으로 칸을 낚아채더니 불쾌하고 천박한 소음이 나게 날개를 퍼덕여, 천사장들의 기다란 머리칼을 헝클어뜨리며 날아갔다. 잠시 후 붉은 천사장들도 그 뒤를 따라 회의가 중간에 멈춰진 국회의사당 쪽으로 날아갔다

목이 멘 앨리슨이 푸른 천사장들을 향해 몸을 돌렸다.

"이제 어떤 일이 벌어질까요?"

테티셰리가 걱정스러운 표정을 지었다.

"붉은 천사들, 특히 메피스토펠레스는 패배에 쉽게 승복하지 않을 거야……."

"그래요." 노래처럼 아름다운 목소리가 들려와 제레미는 소름이 끼쳤다. "그는 패배를 좋아하지 않아. 넌 그를 도발하지 말았어야 해, 제레미. 이제 그는 무시무시한 일을 일으킬 거야."

릴리가 자리를 뜨지 않고 있었다. 그녀는 이 세상에 제레미가 단 하나의 남자인 것처럼 그를 바라보았다. 앨리슨이 제레미의 손을 놓았다. 그는 이 상황을 혼자 해결해야만 했다. 만약 제레미가 해결하지 않는다면, 앨리슨은 자신에게도 영향을 미쳤던 저 가증스러운 얼굴을 즐거운 마음으로 기꺼이 없앨 것이다.

자신의 남자 친구와 잠자리를 한 저 가증스러운 얼굴을.

"당신은 알고 있었나요?" 제레미가 릴리의 파란 눈을 뚫어지게 바라보며 물었다.

"그가 메피스토펠레스였다는 것을? 아니, 난 붉은 천사들을 위해 일하는 경우가 드물었거든. 난 플린트가 나처럼 중립이라고 생각했어."

"당신은 당신의 쾌락만을 위해 살 뿐이니까. 아닌가요? 릴리스!"

결국 모든 것을 밝힐 시간이왔다. 앨리슨은 놀라서 눈을 크게 떴다.

"릴리스? 바로 그 릴리스예요?"

"맞아." 릴리스가 차분하게 대답했다. "이브 이전에 창조된 최초의 여자. 어쩌고저쩌고 말들은 많지만…… 사실 난 기억이 잘 안 나. 어쨌든 최초의 인간들 중 하나였던 것은 사실이야. 그래, 그것은 부인할 수 없지."

앨리슨이 놀라서 아직도 입을 동그랗게 오므린 채 제레미를 향해 몸을 돌렸다.

"아, 제기랄! 메피스토펠레스가 당신을 유혹하기 위해 궁극의 여자인 릴리스를 끌어들인 거였어! 당신은 어떻게 견뎌낸 거야?"

"난…… 난 예쁘고 고집 세고 아주 예측하기 힘든 푸른 천사와 미친 듯이 사랑에 빠져 있었거든." 제레미가 말했다. "욕망은 불꽃처럼 뜨거워지면서 모든 것을 무너뜨리지. 반면 사랑은 부드럽고 온화하며 창조적이야. 앨리슨, 내가 바란 것은 그거야. 당신의 사랑. 릴리스의 욕망이 아니라!"

그러자 릴리스가 너무나 슬프게 미소 지어, 앨리슨은 가슴이 먹먹해졌다.

"아, 좋은 교훈을 얻었어." 마침내 릴리스가 입을 열었다. "몇 세기 이래 처음으로 사랑에 빠졌는데, 절대 나를 사랑할 수 없는 한 남자를 사랑하다니. 운도 좋군……."

체념한 듯 릴리스는 어깨를 으쓱하고는 몸을 휙 돌려, 불타는 듯 정열적인 머리카락을 휘날리며 고개를 높이 쳐들고 어둠 속으로 사라졌다.

"참 이상해." 앨리슨이 작은 목소리로 중얼거렸다. "그녀한테 감동받았어. 원래는 혼내줬어야 했는데, 그녀를 위로하고 싶었어……."

미카엘 천사장이 앨리슨을 향해 몸을 기울였다. 그의 부드러운 미소를 보자 앨리슨은 몸이 따뜻해지는 감정을 느꼈다.

“그것이 인간적인 거야, 앨리슨. 연민을 느낄 수 있는 것이고 용서할 수 있는 거지.”

“바로 그거예요. 지금 생각났는데,” 앨리슨이 갑자기 심각하게 말했다. “제레미! 당신이 그녀랑 잔 것을 내가 용서하리라 생각한다면, 그건 오산이야!”

제레미는 어찌해야 할지 안절부절 못했다. 미카엘이 한숨을 쉬며 그를 향해 몸을 돌렸다.

“뭘 했다고?”

“으음, 그것도 계획의 일부였어요.” 제레미가 불쌍한 표정으로 대답했다.

“형편없는 계획이었어. 그래요!” 앨리슨이 으르렁거렸다. “플린트가 나를 다시 데리고 오게 만들려고 릴리스랑 잤어요. 궁극의 여인이자 매혹적인 마녀하고요.”

미카엘이 제레미를 바라보았다. 그는 이런 말을 하는 듯한 표정이었다. 확실히, 그 생각은 진짜 형편없었다고.

“그래요, 나도 알아요.” 제레미가 응수했다. “하지만 그렇게 하지 않았으면, 플린트, 즉 메피스토펠레스는 틀림없이 어떤 구원도 받을 수 없을 만큼 앨리슨을 타락시켰을 거예요. 내 계획이 어리석었다는 것은 알고 있었지만 그게 내가 찾아낸 최선의…….”

앨리슨이 그에게 이런 의미의 시선을 보냈다. ‘당신, 아직 내 얘기를 제대로 못 알아들었네!’

그들이 논쟁을 벌이는 동안 테티셰리가 메피스토펠레스의 말을 기억해냈다.

"잠깐만! 왜 메피스토는 앨리슨이 자신의 노예라고 말했던 거지?"

테티셰리는 앨리슨 앞에 떡 버티고 서서 엄격한 눈초리로 그녀를 바라보았다.

"그에게 무엇을 약속했던 거지, 젊은 천사?"

앨리슨은 눈을 내리깔고 침을 꿀꺽 삼키고는 기어들어가는 목소리로 말하기 시작했다.

"음…… 제레미만 그런 형편없는 계획을 세운 건 아니에요. 안타깝게도……. 만약 플린트가 벤투지를 부추겨서 암 치료제를 발표하고 그를 감옥에 보내는 데 성공한다면, 난 오십 년 동안 플린트의 노예가 되겠다고 약속했어요."

천사장들이 깜짝 놀란 시선을 서로 교환했다.

"뭐야?" 미카엘이 우레와 같이 소리를 질렀다. "도대체 무슨 생각을 한 거야? 메피스토펠레스와 계약을 하는 건 악마와 계약하는 것과 마찬가지란 말이다. 미쳤군!"

"오, 음, 아녜요. 네!" 앨리슨이 대꾸했다. "난 그가 나를 도우려는 늙은 파란 천사인 줄 알았거든요. 아기 천사장을 타락시키기 위한 세계적인 싸움의 중심에 내가 있는 줄은 꿈에도 몰랐단 말이에요! 당신들이 우리한테 여기 당신들 세계를 어떻게 해야 잘 사용하는지, 그것만 제대로 알려주었더라면! 그래도 머리가 돌 지경인데요. 이건 당신들 잘못이에요. '어머나, 어쨌든 개입할 필요는 없어!'라는 생각을 하며 방치했잖아요. 우리가, 그러니까…… 내가 궁지에 처했는데도 말이에요!"

"그녀는 사기극의 희생자예요!" 제레미가 창백해져서 소리쳤다. "앨리슨은 플린트의 말을 믿을 수밖에 없었어요. 그녀는 진심으로 푸른 천사와 약속을 했다고 믿었어요. 그런데 무시무시한 붉은 천사장과 마주하고 있었던 거죠!"

미카엘이 고개를 흔들었다.

"안타깝게도 어쩔 수 없어. 계약은 이미 두 사람을 벗어났어. 메피스토펠레스가 이 계약에서 자기 몫을 실행한다면, 앨리슨 역시 약속한 것을 지켜야 할 거야. 선택의 여지는 없을 거야. 그는 여전히 '위대한 선조들'의 심의회에 이 건을 상정할 수 있어. 어떤 판결이 나올지 훤히 보이는군. 앨리슨은 앞으로 오십 년 동안 그의 노예가 되어야 해. 안타깝지만 확실하다네."

조용히 꼼짝도 않고 있던 앨리슨이 조그맣게 웃음을 터뜨려 모두 깜짝 놀랐다.

"젠장! 오래전부터 나는 암 치료제가 발표되고 수천만 환자들을 구하기를 바랐는데, 이제는 그렇게 되지 말라고 기도해야 하다니……. 맙소사, 그토록 원하던 것을 조심해야만 하다니……."

앨리슨은 떠오르는 생각을 미뤄두고 부드럽게 제레미의 손을 잡았다.

"지금 당장은 우리가 할 수 있는 게 없어요. 지금은 한밤중이고, 메피스토펠레스는 내일 아침까지는 행동하지 않을 거예요. 눈앞에 닥친 이 모든 상황이 절망스럽네요. 이제 제레미와 나는 몇 시간 자러 갈게요. 내일 저녁 국회의사당에서 다시 만나죠. 어때요?"

그녀가 가련하고 걱정스러워서 미카엘과 다른 천사장들은 가만히 있었다. 그들 역시 젊은 여자가 기진맥진해 쓰러지지 않으려면 휴식이 필요하다고 생각했다.

"워싱턴에 살지 않는 푸른 천사들을 위해 만다린 오리엔탈 호텔의 특급 스위트룸이 준비되어 있어. 내가 묵는 곳이지." 미카엘이 그들에게 말했다. "난 이 위기를 어떻게 타개할지 고민할 시간이 필요해. 오늘 밤에는 거기로 돌아가지 않을 생각이야. 내일도 역시 안 갈 거고. 자, 그리로 가게. 보안 서비스가 있으니 내가 미리 알려놓겠어. 그들이 메피스토펠레스와 그 졸개들로부터 당신들을 보호해 줄 거야."

미카엘은 앨리슨과 제레미가 건네는 감사 인사를 그냥 무심하게 손짓으로 쓸어버린 뒤, 하늘로 얼굴을 돌리고는 날아갈 준비를 했다.

"잠깐만요!" 제레미가 외쳤다. "당신께 다른 것을 부탁하고 싶어요, 죄송하지만!"

미카엘이 멋지게 생긴 푸른 날개를 다시 접었다.

"뭐지? 말해봐."

"죽기 전에 앨리슨의 어머니는 그녀에게 맹세를 하라고 했어요. 난 내가 사랑하는 여자가 한 약속을 깨뜨리고 싶지 않아요. 그러니까, 당신은 최고의 신부님 같은 분이시니까, 어쨌든 간에, 저기…… (그는 입술이 말랐고 침을 꿀꺽 삼켰다.) 우리 결혼의 주례가 되어주실 수 있나요?"

앨리슨은 뒤로 자빠질 뻔했다.

"뭐라고?! 하지만……."

부드럽고도 근엄하게 제레미가 그녀를 향해 몸을 돌렸다.

"앨리슨, 난 당신을 사랑해. 당신과 결혼하고 싶어. 지난번에는 당신이 거절하는 바람에 좋지 않게 끝났지만."

그는 무릎을 꿇고 현기증이 날 정도로 깊게 숨을 들이마셨다. 열정적이고 황홀한 현기증이었다.

"내겐 당신한테 끼워줄 다이아몬드 반지도 없어. 반지를 만든다 해도 틀림없이 내일 아침이면 사라져버릴 거야. 그런 돌멩이 대신 내 마음을 줄게. 앨리슨 덜스마우스, 나와 결혼해주겠어? 죽음이 우리를 갈라놓을 때까지…… 여기에서는 죽음이 관계가 없나……? 아니, 이게 더 낫겠다. 영원히 나와 더불어 행복하도록 나의 청혼을 받아주겠어?"

청혼을 받은 앨리슨은 어항에서 방금 튀어나온 금붕어 같은 표정을 지었다. 그녀는 입을 열었다가 닫았다가 뻐끔거릴 뿐 단어를 뱉어낼 수 없는 것 같았다. 앨리슨이 아직도 무릎을 꿇고 있는 제레미에게로 느닷없이 달려들어 목을 끌어안는 바람에, 두 사람 다 쓰러져버렸다.

"오, 청혼을 받아들일게요. 네!" 앨리슨은 눈물을 흘리면서 동시에 웃었다. "네, 나의 백마 탄 기사님. 네, 나의 매혹적인 왕자님. 네, 나의 천사장이여!"

미키엘, 테티셰리와 다른 천사장들은 그들이 서로 포옹하는 모습을 보며 크게 감동했다. 심지어 유리엘은 눈물을 훔치기까지 했다.

푸른 천사장은 그들의 청을 들어주었다. 그는 즉시 안개로 두 개의 반지를 만들었다. 다른 천사들은 모두 노래를 부르기 시작했다. 그들이 성대를 어떻게 했는지는 알 수 없었지만, 노래가 매우 아름답고 장중해 제레미는 온몸에 소름이 돋았다. 예식에 맞게 미카엘은 서로 반지를 끼워주게 했고, 서로를 지켜주며 영원히 사랑하라고 말했다. 앞으로 다시는 어리석은 계획 같은 건 세우지 말라는 충고를 하고 나서, 두 사람이 남편과 아내가 되었다고 선포했다. 제레미는 신부를 끌어안았다. 그 자리에서 결혼을 완성하려는 듯, 그는 신부에게서 떨어지지를 못했다. 제레미는 죽은 것이 너무나 행복했다. 결국 이 천국은 그에게 완벽하게 잘 맞는 곳이었다.

미카엘이 마지막으로 그들을 축복하고는 다른 천사들과 함께 날아갔다.

두 사람은 너무 감동해서 아무 말도 할 수 없었다. 속으로는 걱정스러웠지만 마침내 함께 있게 되어 행복한 제레미와 앨리슨이 손을 꼭 잡고 호화로운 호텔까지 걸었다. 두 사람은 급하게 이뤄진 결혼식 때문에 아직 흥분에서 완전히 벗어나지 못한 채, 평화로운 침묵 속에 천천히 걸었다. 앨리슨은 다음 날 무엇이 자신들을 기다리는지에 대해서는 생각하고 싶지 않았다. 지금 그녀가 생각하는 단 한 가지는 제레미가 옆에 있다는 것이었다. 그는 그녀의 맹세를 기억하고 있었던 것이다! 그런 자상함이 그녀를 감동시켜 결국 눈물이 흘러내렸다. 앨리슨은 자신의 손가락에 끼워진 결혼반지를 몰래 훔쳐보았지만 여전히 실감은 나지 않았다. 그녀는 결혼을 한 것이다!

두 사람이 만다린 오리엔탈 호텔에 도착했을 때는 미카엘과 나머지 천사장들이 이미 들른 후라, 약속대로 믿음직한 푸른 병사들이 그들을 기다리고 있었다. 병사들은 두 사람을 황금색과 오렌지 색조로 꾸며진 호화로운 스위트룸까지 호위해주었다. 천사들의 회의에 대비해서 그들은 인간들에게 몇 가지 사항을 암시했고, 덕분에 스위트룸은 가구도 없이 텅 빈 채 잠겨 있었다. 가구가 있어야 할 자리에는 대신 안개로 만든 화려한 가구들이 놓여 있었다. 두 연인을 위해 미카엘은 환영 편지를 썼고, 스위트룸에 마련된 다양한 안개 시스템을 어떻게 사용하는지에 대해서도 설명을 덧붙였다. 제레미는 편지 내용 중 한 가지를 앨리슨에게 비밀로 숨겼다. 그는 자신이 원하던 것을 경험할 수 있게 되어 너무나 행복했다. 이 세계에 도착했을 때부터 앨리슨을 놀라게 하려는 꿈을 꾸지 않았던가.

"우와!" 앨리슨이 아름다운 실내장식에 감동받아 탄성을 질렀다. "너무 멋져!"

제레미는 말하고 싶지 않았다. 그는 병사들을 복도로 내보내고는, 안개로 된 문을 잠그고 앨리슨에게 다가갔다. 제레미는 그녀를 부드럽게 품에 안았다.

"난 당신을 잃고 싶지 않아." 제레미가 한숨을 쉬며 앨리슨을 아주 세게 껴안아, 그녀는 숨이 막힐 정도였다.

"당신은 나를 잃지 않아." 앨리슨이 제레미의 황홀한 향기를 들이마시며 대답했다.

그래, 이제야 그녀는 그 유명한 제레미의 향기를 맡을 수 있었다. 오븐에서 막 꺼낸 뜨거운 빵 위에 버터 한 조각을 살짝 올려놓았을 때 나는 냄새였다. 오직 냄새를 맡는 것만으로도 앨리슨은 제레미를 깨물고 싶었다. 허나 그를 아프게 하고 싶지는 않았으므로 좀 나은 방법을 택했다. 그의 입술을 살짝 깨물었다.

두 천사의 키스는 제레미의 두려움과 슬픔이 담겨져 처음에는 조심스럽고 초라하게 시작했다. 그러나 천천히 타오르는 불길처럼 두 사람은 서로를 포옹하며, 열정이 자신들의 육체를 탐닉하도록 내버려두었다. 열에 들뜬 두 사람은 옷을 벗었다. 앨리슨은 더 이상 두렵지 않았다. 사랑을 나누는 것이었지만 불안은 없었다.

제레미는 앨리슨을 수정처럼 부드럽게 다루었지만, 그녀는 더 격렬한 것을 원했다. 그녀는 까다롭고 반항적인 기질이 있었으며 감미로운 동시에 강한 모습을 보였다. 앨리슨은 제레미가 애무하면 애무로, 탄식을 하면 탄식으로 돌려주었으며, 그들의 혀는 두 사람을 황홀하게 도취시키는 노련한 춤을 추었다. 그들의 몸은 마치 이 순간을 위해 태어난 것처럼 꼭 맞았다. 앨리슨은 정신을 잃을 정도로 비명을 질렀다. 제레미는 그녀 안에서 완벽하고 절대적인 감정으로 새로운 극치에 다다랐다. 그녀는 이런 고통을 경험해본 적이 없었지만, 그가 허리를 움직이기 시작하자 그 리듬에 몸을 맡겼다. 제레미는 계속 더 멀리, 더 강하게 가기 위해 앨리슨의 상체를 뒤로 젖히고 리드미컬하게 움직였다. 그러다 돌연 믿을 수 없는 일이 일어났고, 그것은 두 사람의 조화를 깨뜨릴 만큼 갑작스러웠다. 두 사람이 하나로 융합한 것이다. 육체뿐 아니라 영혼까지도. 완전히 매료된 제레미는 앨리슨이 느끼는 것을 전부 다 느낄 수 있었고, 앨리슨은 제레미가 느끼는 것을 고스란히 느낄 수 있었다. 그녀가 꽤 격렬하게 움직였다. 제레미가 신음했다. 이번에는 그가 다른 방식으로 응답하자, 앨리슨이 신음했다. 그 순간부터 정말 믿을 수 없는 결과가 일어났다. 그들은 상대방이 욕망하는 것을 정확하게 알아차렸고 상대방이 겪은 것을 정확하게 느꼈다. 그들이 사랑을 나누며 느낀 성적 쾌락은 순수한 황홀경 속에서 두 사람을 실신하게 만들었다. 둘 다 함께. 동시에.

잠시 후, 그들은 아직도 도취된 상태로 천천히 정신을 차렸다.

"맙소사!" 앨리슨이 입을 열었다. "난 도대체 몇 년 동안 이런 느낌을 포기했던 걸까? 내가 미쳤었나 봐!"

제레미가 조그맣게 웃음을 터뜨리고는 옆으로 굴러가 숭배하는 표정으로 그녀를 바라보았다.

"항상 이렇지는 않아. 아, 내가 무슨 말을 하는 거지? 나는 절대 이렇지 않아! 당신들, 여자들은 훨씬 유리해. 우와! 오르가슴을 여러 번 겪잖아? 이건 불공평해. 난 성을 바꾸고 싶어!"

앨리슨은 즐거운 웃음을 터뜨렸다. 정말 기분이 너무 좋았다! 모든 것이 기적이었고 그녀는 그것을 충분히 즐길 작정이었다.

포기하기 전에.

제레미는 앨리슨의 아름다운 파란 눈에 슬픔이 싹트는 것을 보았다. 그는 몸을 숙여 그녀의 도톰한 입술에 입을 맞췄다.

"메피스토가 내게서 당신을 빼앗아가게 내버려두지 않을 거야, 앨리슨. 약속할게!"

앨리슨은 한숨을 내쉬고는 대화 주제를 바꿨다.

"제레미, 아까 어떻게 해서 그의 힘을 견뎌냈는지 궁금해. 내가 칼리굴라의 힘을 당신에게 전달했을 때, 당신은 분명히 붉게 변했었어. 내가 꿈꾼 거 아니지?"

"사실 그게 처음은 아니었어." 제레미가 앨리슨의 긴 다리를 쓰다듬으며 고백했다. 그녀는 다시 욕망에 전율했다. "천사장들과 나는 이미 칼리굴라를 찾아갔었어. 붉은 천사의 힘에 대항하는 면역성을 기르기 위해서……."

제레미가 부드럽게 쓰다듬자 앨리슨은 약간 호흡이 가빠왔지만 잘 버텼다.

"어떻게?"

"난 칼리굴라에게 결투를 신청했어."

앨리슨은 몸을 벌떡 일으켰고, 다시 솟아오르려던 욕망이 전부 날아갔다.

"뭐?"

"물론 나를 믿도록 교묘하게 설득했지. 로마 황제는 의심 없이 결투를 받아들였고. 그는 앨리슨, 당신한테 내 목숨을 주겠다고 큰소리치며 나를 공격했어. 당신이 거실에 나를 걸어놓도록 말이야. 그는 당연히 내가 당신에게 복수하기 위해 찾아온 것이라고 생각했어. 내가 괴로움과 질투에 미쳤다고 믿었지. 당신과는 반대로 그는 나를 봐주지 않았고, 온 힘을 다해서 나를 후려쳤어."

"그럼 죽을 뻔했잖아! 사라지는 건 난 모른다고! 제레미, 그건 미친 짓이야! 그 괴물한테 대항할 수 있는 천사는 아무도 없어!"

"그래, 그렇지……. 하지만 푸른 천사장 넷이 칼리굴라와 결투하기 바로 직전에 내 세포들이 터지도록 나를 훈련시켰어!"

앨리슨이 멍하니 입을 벌리고 제레미를 바라보았다.

"뭐라고?"

"조금 전에 당신이 천사장들에게 이 세계를 잘 사용하는 방법과 우리를 방치했던 사실에 대해 말했잖아. 나도 당신과 마찬가지로 그 점에 대해 미카엘과 다른 천사장들의 얼굴에 대고 쏘아댔어. 그랬더니 그들은 나에게 용서를 바라며 나를 훈련시켜준 거야. 네 명이 동시에. 우리 천사장들은 다른 일반 천사들보다 훨씬 강해(그가 뽐내듯이 자신의 가슴을 두드리자 앨리슨이 미소 지었다). 음, 그리고 (그는 인상을 찌푸렸다.) 난 어쨌든 천사장들의 힘을 한꺼번에 맛봤어. 아, 내 몸의 세포들 하나하나가 다 타버리는 것 같더라고. 칼리굴라가 나를 공격했을 때는 내가 이미 겪었던 것에 비하면 시시했지. 물론 그는 강했어. 그러나 천사장들의 힘에 비하면 아무것도 아니었어."

앨리슨이 존경스럽게 그를 바라보았다.

"당신은 이미 다 알고 있었어! 당신은 모든 게 준비되어 있었던 거야! 내가 그 괴물의 집에 다시 갔을 때 왜 그렇게 난장판이었는지 이제야 알겠네! 바로 당신이 그랬던 거야! 그를 어떻게 한 거야? 혹시…… 음, 그를…… 먹어치운 거야?"

"우웩, 아냐! 메피스토펠레스가 플린트의 모습을 했을 때, 칼리굴라가 천사들한테 잡히기에는 너무 힘이 강력하다고 했던 말은 사실이 아니었어. 그는 단순히 메피스토의 보호 아래 있었던 거야. 천사장들 앞에서 칼리굴라가 나의 결투 요청을 받아들였을 때를 제외하고 말이야. 나와 결투를 하며 그가 힘을 다 쓰고 패배했을 때, 그는 젊고 순수한 천사들을 먹어치운 죄로 공식적으로 구속당했어. 푸른 천사장들은 그를 안개 감옥에 감금했고 그는 거기서 수 세기 동안 시들어갈 거야."

앨리슨이 부르르 몸을 떨었다.

"맙소사, 정말 대단한 소식이야! 칼리굴라는 나한테 지독한 고통을 줬어. 나를 타락시키면서 만족감을 느끼기 위해서 그랬던 거지……. 믿어지지가 않네. 당신은 내가 전달한 힘과 메피스토펠레스의 무시무시한 힘도 철저하게 준비해서 가볍게 이겨냈어! 그런데 왜 나한테 아무 말도 안 했어, 제레미?"

"말할 수 없었어, 앨리슨. 당신은 그 혐오스러운 힘에 영향을 받아 복수하겠다는 열망이 너무 강했거든! 그리고 끔찍하게도 붉은 천사가 되어버렸지! 내가 당신한테 이렇게 말했다고 쳐. '자, 사실 난 천사장이고 플린트는 나를 함정에 빠뜨리려는 목적으로 당신을 도울 뿐이야.' 당신은 어떻게 했을까?"

깊게 생각하던 앨리슨은 고개를 끄덕이며 대답했다.

"칼리굴라의 영향 아래에 있었으니 화를 냈을 거야. 난 천사장으로서의 당신 힘만 보고, 당신이 말하는 진심을 알아차리지 못했을 거야. 아마도. 나도 모르겠어. 틀림없이 당신을 이용하려 했겠지. 하지만 당신한테 내 힘을 주었을 거라고는 생각지 않아. 그래, 당신이 옳아."

"난 끔찍한 도박을 한 거야, 앨리슨." 그동안 헤치고 온 것들 때문에 아직도 마음이 괴로운 제레미가 말을 이었다. "천사장들이 당신을 구할 수 있는 유일한 방법은 당신이 자발적으로 힘을 나한테 전해주는 것뿐이라고 털어놓았어. 그래서 나는 플린트가 아주 흉악한 짓을 저질러서 당신이 충격을 받는다면 가능할 거라고 희망을 걸었지. 그는 메피스토펠레스로 변신하면서 전부 망칠 뻔했고, 물론 나도 예상하지 못한 거였어. 하지만 그가 피터에게 무슨 짓을 하려는지 당신이 알아차렸을 때, 그 상황이 당신 속에 잠재해 있던 진짜 앨리슨을 깨웠지. 그의 치밀한 계략과 거짓말 때문에 당신은 정신이 흐릿했던 거야. 당신은 단순히 복수하기 위해서 그 어린 소년을 고통스럽게 하는 상황은 절대 받아들이지 않을 사람이지."

앨리슨이 한숨을 내쉬었다.

"나는 무슨 일이 벌어지고 있는지 전혀 몰랐어. 당신이 모든 것을 예상한 반면, 나는 완벽하게 속아 넘어갔지. 결과적으로 난 당신한테 있어 왓슨인 것 같은 기분이야, 셜록 홈스!"

"당신은 왓슨보다 훨씬 예뻐!" 제레미가 웃으며 말했다.

앨리슨이 몹시 기쁜 표정으로 그에게 미소 짓고는, 열정적으로 그를 껴안았다.

"내가 당신한테 그 얘기했나? 당신은 굉장히 섹시한 천사장인 동시에 멋진 천재고, 내가 당신을 아주 좋아한다고?" 그녀가 호흡을 진정시키려고 뒤로 물러서며 중얼거렸다.

"아니, 그런 말 안했는데……." 제레미가 관능적인 목소리로 속살거리며 그녀에게 뜨거운 키스를 퍼부었다. "그럼 아마도 그걸 보여줄 수 있겠지?"

앨리슨은 그의 청을 쉽게 승낙했다.

그들은 내내 침대에서 나머지 시간을 보냈다. 세상과 단절된 채로. 두 천사는 함께 있는 기쁨을 만끽하고 싶었다. 둘이 함께 보낸 마법 같은 시간 동안, 그들은 그저 두 사람이 누릴 수 있는 육체적 기쁨만을 발견한 것이 아니라, 영혼의 아름다움도 발견했다. 두 사람의 영혼은 너무나 잘 어울렸다!

도시에 밤이 내리기 시작하자, 그들은 호텔의 천사들이 준비해준 탁월하고 감미로운 안개를 맛보았다. 제레미가 장난기 가득한 미소를 지었다.

"이리 와봐." 그가 앨리슨을 욕실로 이끌며 말했다. "사실 좀 더 일찍 깜짝쇼로 당신을 놀래주고 싶었는데 같이 있는 시간이 너무 달콤해서 시간이 어떻게 가는지도 잊고 있었어."

"뭔데?" 이 세계에서 깜짝쇼라니, 더 놀랄 것이 있는지 살짝 의심스러워하며 앨리슨이 물었다.

"이거야." 안개 샤워기의 꼭지를 열며 제레미가 대답했다.

곧 총천연색의 가늘고 미지근한 안개비가 그들에게 뿌려졌고, 앨리슨은 너무 기쁘고 황홀해서 믿을 수가 없었다.

"어머나! 어떻게 이런 게 가능하지?"

"플린트가 음료수로 주었던 액체 안개 기억나지? 그 순간, 무언가 내 머릿속에서 종을 치는 것 같았어. 천사장에게는 안개에 물의 용해력과 농도를 부여할 수 있는 능력이 있거든. 정확하게 미카엘도 그 능력을 이용한 거야. 침실로 들어오면서 발견한 안개 편지에 적혀 있더라고."

앨리슨은 뜨거운 눈으로 제레미를 바라보았다. 그들은 너무나 근사한 안개 샤워를 했다. 물론 두 사람은 그냥 씻기만 하진 않았다…….

두 사람은 다시 침대로 돌아가 누웠고 서로를 마음껏 탐닉했다. 누군가 은밀하게 방문을 '똑똑' 두드리는 소리가 들리는 바람에 두 천사는 깜짝 놀라 소스라쳤다. 아쉬운 마음으로 제레미가 시트를 몸에 두르고 문을 열었다. 깃털 이불 아래에서는 앨리슨이 방금 둘이 같이 경험한 감각에서 아직도 깨어나지 못한 채 미간을 찌푸렸다. 그녀는 이 포근하고 안락한 둥지에 현실이 끼어드는 것을 원치 않았다.

미카엘이 나타났다. 그는 나지막한 문틀을 지나려고 고개를 숙이고 날개를 접었다.

"방해해서 미안하네." 그가 아주 정중하게 말했다. "안타깝게도 나쁜 소식을 갖고 왔어."

"잠깐만 준비할 시간을 주세요. 곧 나올게요." 제레미가 한숨을 내쉬었다.

푸른 천사들의 힘과, 아이러니하게도 칼리굴라와 메피스토펠레스의 힘을 받은 덕분에 제레미는 안락의자를 이용해 옷을 만들 수 있었다. 자신을 위해서는 연한 파란색 양복을, 이제까지 붉은색이나 분홍색을 입어 별로 기분이 좋지 않았던 앨리슨에게는 그녀가 원하는 대로 자신과 똑같은 옅은 푸른빛 원피스를 만들어주었다.

그들은 나쁜 소식을 견뎌보려고 서로 손을 꼭 잡고 미카엘 앞에 섰다.

그러나 그 소식은 나쁜 정도가 아니었다.

최악이었다.

"메피스토펠레스는 지는 것을 아주 싫어해. 하물며 다른 붉은 천사장들 앞에서 지는 것은 더욱 싫어하지." 미카엘이 말을 시작하자 그의 완벽한 이마에 주름이 생겼다. "우리가 그를 너무 화나게 만들어서, 그는 천사장으로는 상상을 초월하는 힘을 끌어낸 것 같아. 그가 임무를 달성했어. 다른 천사장들의 도움 없이 혼자서 말이지. 우리는 설득을 할 여지조차 없었다네. 정말 유감이야, 앨리슨. 결국 그가 해내고 말았어."

"그가 뭘 해냈다는 거죠?" 제레미가 입이 바싹 말라 물었다.

"그는 형사 두 명의 정신을 흐려놓고 지속적으로 암시를 해서, 벤투지를 집에서 체포하게 했어. 벤투지가 유치장에 있는 동안 메피스토펠레스는 피터를 아주 아프게 만들었지. 암은 아니야, 그럴 힘도 시간도 없었으니까. 어떻게 했는지 모르겠지만 그는 어린 소년에게 내출혈을 일으키는 데 성공했어. 다행히 더 심각한 증세는 없어. 그다음, 아이를 담당한 인턴의 정신도 흐릿하게 해서 검사 서류를 뒤섞어버렸어. 어린 암 환자하고 피터의 서류가 섞여버렸지. 실제로 피터는 가벼운 내출혈일 뿐인데, 간에 수술이 불가능한 종양이 있는 것처럼 진단이 내려진 거야. 의사들은 두 형사를 만났어. 피터의 아버지가 감치되었다고 피터를 돌보는 가정부가 병원에 알렸으니까. 형사들은 피터한테 무슨 일이 생겼는지 벤투지에게 얘기해 주었고, 벤투지는 자신의 아들이 말기 암에 걸렸다고 믿고는 거의 돌아버렸지. 분노와 증오 때문에 힘이 몇 배로 강해진 메피스토펠레스에게 '떠밀려' 벤투지는 갑자기 모든 것을 고백하고, 자신이 개발한 약을 아들에게 주게 했어……."

제레미와 앨리슨은 멍한 눈빛으로, 자신들의 귀를 믿지 못하고 있었다.

"그럼," 미카엘의 말이 끝나고 무거운 침묵이 흐르자, 마침내 앨리슨이 입을 열었다. "그게 뭘 의미하는 거죠?"

미카엘이 지친 표정으로 커다란 손을 들어 얼굴을 쓸어내렸다.

"그건 메피스토펠레스가 당신과의 계약을 실행하겠다는 거야. 벤투지가 감옥에 갔기 때문에 결과적으로 당신은 복수를 한 거지. 연구소에서 무슨 일이 벌어졌는지 알게 되면, 그들은 벤투지의 치료제를 검토할 테고 그 약품은 시장에 나올 거야. 메피스토펠레스가 한 짓은 거의 불가능한 일이야. 보통 인간들에게 이렇게 영향을 주려면, 즉 인간을 치료하거나 병이 나게 하려면, 적어도 천사장 셋과 늙은 천사 여섯이 필요해……. 그가 우리 앞에서 패배한 것이 그를 광적으로 만든 것 같아. (그가 고쳐 말했다.) 그러니까…… 평소보다 더 광적으로."

제레미와 앨리슨은 너무나 놀라서 서로 바라보았다.

별안간 이 모든 것이 앨리슨에게는 너무 심하다는 생각이 들었다. 그녀는 죽어서 천사가 되었는데 조종당하고 속고 엄청난 고통을 당한 데다 붉은 천사까지 되었다. 그런 고난을 겪고 이제야 인생의 남자를 만나 완벽한 행복을 얻었는데, 지금 그 행복을 그녀에게서 앗아가겠다는 것 아닌가?

앨리슨은 울음을 터뜨렸다. 제레미도 눈물이 고여 앨리슨을 품에 안고 그녀의 이름을 부르고 또 불렀다. 앨리슨이 불행을 물리치는 주문이라도 되듯이.

수 세기 동안 끔찍하고 무서운 일들을 많이 봐온 미카엘조차 마음이 혼란스러워 놀라고 말았다. 그는 두 눈에 눈물이 솟아오르는 것을 느꼈다.

"난 당신을 잃고 싶지 않아." 앨리슨이 신음했다. "당신을 너무나 사랑해, 제레미! 그가 그 추잡한 손을 나한테 대는 것을 어떻게 참아내지? 난 미쳐버릴 거야!"

"자, 자, 쉿, 나 말고는 아무도 당신한테 손댈 수 없어. 내 사랑, 쉿, 진정해. 우리는 뭔가 해결 방법을 찾아낼 거야. 나를 믿어, 알겠지?"

시련은 너무 혹독했다. 앨리슨은 너무 강렬한 절망감에 휩쓸려 진정이 되지 않았다. 그녀의 긴 울음소리가 제레미의 가슴을 더욱 찢어놓았다. 제레미는 감히 그녀에게 말할 수 없었다. 플린트가 그녀를 낚아채간다면 자신도 견디지 못하리라는 말을.

"어떻게 내가 우리 사랑을 포기할 수 있겠어?" 그녀가 수천 번째 되물었다.

"당신은 우리 사랑을 포기하지 않아. 내 사랑, 나의 아름다운 천사여. 당신은 내 아내야. 우리는 하나로 묶여 있단 말이야!"

미카엘은 마음이 뒤흔들려 몸을 돌렸다.

"난…… 난 복도에서 기다리지. 하지만 가긴 가야 하네. (그는 돌연 제레미의 분노하는 눈빛에 놀랐다.) 물론 즉시 가진 않을 테니, 둘만의 시간을 좀 가지게."

앨리슨을 진정시키는 데는 거의 한 시간이 걸렸다. 그녀는 너무나 떨려 두 다리로 서 있지도 못했다.

"음, 그래도 결혼 첫날밤은 보낸 거네." 마침내 그녀가 자조 섞인 슬픈 미소를 띠며 말했다. "이제 우리는 오십 년 후에 다시 만나는 거야. 그리 길지도 않은 시간이야. 우리 앞에는 영원한 시간이 펼쳐져 있으니까!"

제레미는 벌써부터 패배했다고 인정하고 싶지 않았다. 이제 막 인생의 사랑을 찾았는데, 패배 따위는 절대 인정하고 싶지 않았다. 분노로 얼굴이 굳은 제레미가 벌떡 일어났다. 그러고는 두 팔로 앨리슨을 안고 미카엘이 기다리는 복도로 나갔다.

"심의회는 벌써 시작됐나요?" 제레미가 물었다.

"그래. 메피스토펠레스가 앨리슨을 되찾으려고 의견을 상정했지.

플린트는 자신의 예쁜 푸른 천사를 다시 보고 싶어 안달이 났네."

앨리슨은 치밀어 오르는 구역질을 환한 미소 뒤에 애써 숨겼다.

"자, 가자." 제레미가 말했다.

그가 앨리슨을 깊은 눈으로 응시하고는 말했다.

"절대 아무 말도 하지 마. 당신을 끌어들이지는 않을 테니까. 만약 그가 당신더러 가까이 오라고 하면 그 말에 따르도록 해, 온순하게. 난 그 덫에서 빠져나올 수 있는 방법을 찾을 거야. 단 한 가지, 당신이 격렬한 장면을 연출하지도, 히스테리를 부리지도 않는 게 유일한 조건이야. 앨리슨, 그렇게 할 수 있겠어?"

매우 두려웠지만 앨리슨은 나약한 여자가 아니었다. 제레미가 거슬리는 단어를 선택한 것이 결과적으로 그녀가 혼란에서 빠져나오는 것을 도왔다.

"격렬한 장면과 히스테리? 제레미, 날 어떻게 보는 거야?!"

자신이 한 말이 어떤 영향을 미쳤는지 보고 만족한 청년이 그녀에게 키스를 날렸다.

"용감무쌍한 여전사로 생각하지. 나를 믿어. 우리는 궁지에서 벗어날 거야."

앨리슨이 고개를 끄덕였다. 상황이 절망적일 때 어느 누구도 아프게 하지 않는 말이었다. 제레미는 더 이상 아무것도 할 수 없었고 두 사람은 그것을 잘 알고 있었다.

세 천사는 만다린 오리엔탈 호텔에서 아주 가까이 있는 국회의사당까지 걸어갔다. 몇 분 후 앨리슨은 제레미에게 잠깐 혼자 있게 해

달라고 요구했다. 그녀는 마지막으로 혼자만의 자유로운 시간을 누리고 싶었던 것이다. 길을 쭉 따라가면서 앨리슨은 사형선고를 받은 것 같은 느낌이 들었다. 그녀는 인간들 세상 위에 포개져 이토록 찬란한 색깔로, 이토록 아름답게 빛나는 이곳의 조그만 티끌 하나도 놓치고 싶지 않아 천천히 시간을 들여 주위를 둘러보았다. 그녀는 메피스토가 무언가를 바라볼 수 있는 단순한 기쁨조차 절대 허락하지 않을 정도로 그녀를 타락시키리라는 것을 잘 알고 있었다. 기쁨, 아름다움, 자유로움, 이 모든 것은 갈망과 증오로 대체될 것이다. 앨리슨은 눈물을 삼켰다. 그녀의 불안감을 감지한 제레미가 손을 꼭 잡아주었다.

그들이 회의장에 들어가자 천사들이 하나씩 입을 다물었다. 끔찍한 침묵이 군중 사이로 퍼졌다. 두 젊은 천사를 연결한 사랑이 그들을 환하게 비춰, 푸른 천사 몇 명은 울음을 터뜨렸다. 모두들 무슨 일이 벌어질지 느끼고 있었다. 전날부터 앨리슨과 제레미의 비극적인 이야기가 모두의 입에 돌고 돌았다. 그들은 미카엘이 두 천사를 결혼시켰지만 메피스토펠레스가 제레미에게서 그 사랑을 빼으려 한다는 내용을 알고 있었다. 제레미는 아무것도 할 수 없다는 사실도. 진짜 비극이었다. 마치 셰익스피어가 「로미오와 줄리엣」을 다시 창작해낸 것처럼. 다만 이 비극이 소름 끼치게도 현실이라는 것만 달랐다.

고요한 침묵을 깨고 메피스토펠레스의 음산한 웃음소리가 울려 퍼졌다.

“자, 마침내 오늘의 여주인공이 나타나셨군! 이리 가까이 오게, 사랑스러운 앨리슨. 내 친구 플린트가 널…… 맛보고 싶어 안달이 났어. 그는 나의 모습으로는 너를 건드리지 말라고 나한테 약속하게 했어. (메피스토가 몸을 숙이더니 앨리슨의 귀에 이렇게 속삭였다.) 그는 네가 무서워서 미쳐버릴까 봐 두려워하는 것 같더구나!”

앨리슨이 체념하고 앞으로 나가려 하자, 제레미가 가만히 있으라는 신호를 보냈다. 대신 제레미가 메피스토펠레스 앞에 버티고 서서 거인과 맞서 싸우기 위해 고개를 들었다.

“당신은 뭘 원하는 겁니까?”

메피스토펠레스가 빨간 눈썹 한쪽을 치켜세웠다.

“어떻게 그런 말을 하느냐? ‘내가 뭘 원하느냐’고?”

“아, 됐어요!” 제레미가 참지 못하고 내뱉었다. “우리를 바보 취급하는 건 그만둬요! 당신은 이미 가혹한 운명으로 우리 두 사람을 갈라놓았어요. 죽음보다 더 끔찍한 최악의 숙명에 바쳐진 여자라니, 당신한테는 장난감 정도밖에 아닐 테지만요! 자, 내 질문은 간단해요. 난 당신이 앨리슨에게 아무런 앙심도 품고 있지 않다는 것을 알아요. 그러니 당신은 뭘 원하나요? 그녀를 데려가는 대신에.”

메피스토펠레스가 다른 쪽 눈썹을 치켜세워 두 눈썹이 만났다. 천사들은 그 광경에 홀려 더 잘 들으려고 몸을 앞으로 숙였다.

“꽤 성가신 놈이구나.” 붉은 천사장이 으르렁거렸다. “나는 네가 그녀와 다시 만나려고 내 보초를 위협했다가 차례로 그들의 주먹에 맞아 헐떡이며 싸우는 동안, 나의 붉은 천사들이 네게서 울부짖는 그녀를 떼어놓길 기다리고 있단다. 조금 운이 좋다면 푸른 천사들이 네 편을 들 것이고, 그러면 우리는 멋진 싸움판을 벌이게 되겠지……. 자, 너의 불타는 열정은 어디로 갔느냐? 너의 광적인 분노는 어디로 갔지? 너의 용감무쌍한 해결 방법은 어디에 있느냔 말이다! 아주 실망스럽구나!"

"당신과 마주하고 있자니 냉정을 유지하는 게 현명하겠군요." 제레미가 응수했다. "그래서요?"

멜로드라마처럼 극적인 상황이 펼쳐지지 않아 실망한 메피스토펠레스는 독살스레 휘파람을 불었다. 그다음 침이 뚝뚝 떨어지는 송곳니를 드러내며 입을 쫙 벌려 미소 지었다.

"내가 원하는 게 뭐냐고, 이 성가신 햇병아리 천사장아? 당연히 네가 죽는 것이지!"

20. 사랑의 맛

그곳에 모인 천사들 모두 메피스토펠레스의 말에 충격을 받고 몸이 굳었다.

"그러니까…… 네가 죽는다는 건 물론 하나의 표현이야." 괴물이 말을 이었다. "여기에서 죽는 것은 아주 복잡하거든. 차라리 이렇게 말해야겠지……. 네가 사라지기를 원한다고!"

"앨리슨을 놓아줄 테니 교환 조건으로 나더러 죽어라, 아니 사라져라, 이겁니까?"

"바로 그거야. 난 너를 내 쪽으로 기울게 하는 데 성공하지 못했어. 하지만 붉은 천사 진영에는 천사장 칸이 있으니 완전히 달라질 수 있지. 난 둘 다 갖는 게 더 좋지만 꿩 대신 닭이라고, 난 닭으로 만족할 거야. 네가 사라지고 나면 붉은 천사장은 다섯 명인 반면, 푸른 천사장은 네 명이 되지. 꽤 공정한 거래 조건 같은데, 아닌가?"

미카엘이 반대하며 자리에서 일어나자, 메피스토펠레스는 그에게 침묵하라는 의미로 손을 들었다.

"아니! 이건 나와 제레미 사이의 문제야. 아무도 간섭하지 못해. 그가 사랑하는 여자를 구하고 싶다면 선택해야지. 자신의 목숨인지, 여자의 목숨인지. 왜냐, 내가 그녀를 소유하게 되면 난 그 오십 년을 길고도 긴 지옥의 오십 년이 되게 할 거니까. 앨리슨이 그에게 되돌아갈 때가 되면 그녀는 단 한 가지 소원, 단 한 가지 욕망만 가지게 될 거야. 사라져버리고 싶다는 욕망."

제레미는 자신이 덫에 걸렸다는 것을 깨달았다. 앨리슨의 목숨을 위해서는 자신의 목숨을 줘야 한다는 것. 그렇다, 이 조건은 합리적이라고 여겨졌다. 앨리슨은 제레미를 믿었기 때문에 흔들리지 않았다. 다만 이번에는 그가 아무 계획도 세울 수 없다는 게 문제였다. 제레미는 메피스토가 단순히 자신을 없애버리는 게 아니라, 자신에게 붉은 천사 진영으로 넘어오라고 제안하리라 생각했었다. 어쩔 수 없다. 제레미는 메피스토의 조건에 동의하기 위해 입을 열려 했다. 바로 그때…….

"너무 도가 지나쳐!" 미카엘이 우레와 같이 소리쳤다. "우리는 절대 허락하지 않을 거야! 천사장을 사라지게 하다니, 그런 일은 수천 년 전부터 단 한 번도 없었어! 안 돼, 메피스토, 자넨 허풍 떠는 건가, 아니면 뭔가? 자네가 내세운 조건은 말도 안 되는 소리야."

메피스토펠레스가 음흉하게 눈살을 찌푸렸다.

"사라지게 한다고? 아니, 아냐, 그것과는 달라! 제물은 자신의 목숨과 자유를 수호할 수 있어! 여러분이 잘못 이해했군. 내가 제안하는 것은 결투야, 당연히!"

"결투?" 얼마 전에 앨리슨이 행복해하는 것을 보고 감동해 눈물을 흘렸던 유리엘이 내뱉었다. "자네와 젊은 천사장이? 그건 다섯 살짜리 어린애가 불도저와 대결하는 거나 마찬가질세. 좀 진지하게 굴게!"

"결국," 메피스토펠레스가 일부러 과장되게 낙담한 표정을 지으며 말했다. "난 우리 소중한 푸른 동료들이 온통 악의만 본다는 걸 인정해야겠구먼. 아니, 나와 대결하는 게 아냐……. (그가 회중 앞으로 완전히 새빨간 어떤 형상을 밀어냈다.) 내가 보호하고 있는, 너무나 멋지고 강력한 칸과 죽을 때까지 싸우는 결투가 될 거야. 우리 진영의 챔피언, 카아아아아아아아안! 이제, 푸른 천사 팀의 챔피언을 소개합니다! 제에에에레에에에미이이이이!"

괴물은 권투 시합의 링 아나운서처럼 두 천사의 이름을 소리쳐 불렀다. 모두 흥분한 가운데 웅성거리는 소음이 푸른 천사들과 붉은 천사들이 자리 잡은 좌석의 열들로 퍼져나갔다. 제레미는 메피스토펠레스의 제안을 천사들이 마음에 들어 한다는 사실을 깨달았다. 심지어 아주 많이. 느닷없이 칸이 이 미터 이상되는 키와, 붉은 피부 아래로 굵은 강철 밧줄이 물결치는 듯한 근육을 자랑하며 아주 위협적인 모습으로 나타났다.

"거기에 덤으로," 메피스토펠레스가 경쾌한 표정으로 덧붙였다. "붉은 천사장들과 나는 푸른 천사장들에게 거래를 제안하고 싶소. 만약 우리 챔피언이 이긴다면, 우리가 앞으로 십 년 더 세상을 지배

할 것이오. 만약 우리 챔피언이 진다면, 푸른 천사들한테 자리를 넘길 거요…….”

“어찌 되었든 간에 이번엔 우리 차례였소.” 미카엘이 논리적으로 반박했다.

“그래, 하지만 우리는 여러분한테 십 년 동안 자리를 넘기는 게 아니라, 삼십 년 동안 넘기겠소!”

푸른 천사장들은 깜짝 놀라 그를 뚫어지게 바라보았다. 그러고는 붉은 천사장들과 토론하기 시작했다. 천사장들이 이 믿을 수 없는 제안에 대해 논쟁을 벌이는 동안, 앨리슨은 제레미에게 다가가 그를 바짝 끌어당겼다. 아무도 그들의 얘기를 듣지 못하도록.

“당신은 저 살인자와 상대할 수 없어, 제레미! 저자는 당신을 갈기갈기 찢어버릴 것이고, 난 동생이 숨긴 남편 오시리스의 찢긴 시체 열네 조각을 찾아 전 세계를 헤매고 다녀야 했던 이집트 여신 이시스처럼 될 거야! 우리가 도망가버리는 건 어떨까, 응? 당신이 천사장이 되고 싶지 않다고 그에게 얘기하고, 푸른 천사 쪽으로 세상이 기울도록 하지 않겠다고 약속하고 말이야. 우리는, 우리가 바라는 것은 오직 함께 행복해지는 거잖아!”

제레미가 그녀를 사랑스럽게 바라보았다.

“나도 알아, 내가 아무 말이나 막 지껄인다는 것, 그렇지?” 앨리슨이 코를 훌쩍거렸다.

“조금.”

"난 당신을 잃는다는 생각을 견딜 수가 없단 말이야, 제레미!"

앨리슨의 비명은 완벽한 고뇌의 절규였다. 두 사람을 둘러싸고 있던 천사들은 그 소리에 전율했고, 그들이 나누는 대화를 한 마디도 놓치지 않았다.

"나도 훈련을 많이 했어." 제레미가 지금 상황을 현실로 느끼지 못하는 것처럼 차분한 표정으로 대답했다. "난 칸이 무섭지 않아."

"난 두 배로 무서워." 앨리슨이 응수했다. "제레미, 내 말 좀 들어봐. 우리는 서로 사랑해. 내가 플린트에게서 벗어나는 것이 당신이 죽는 것을 봐야 한다는 뜻이라면, 난 즉시 그의 것이 되겠다고 얘기할 거야."

제레미는 가슴 깊이 벅차오르는 사랑을 그녀와 함께 나누며 다정하게 미소 짓고는 부드럽게 말했다.

"하지만 메피스토펠레스가 옳아, 앨리슨. 이것은 그와 나 사이의 문제야. 지금 당신이 벌거벗고 몸을 쟁반에 얹어 그에게 바쳐진다 해도, 그는 당신한테 눈길 한번 주지 않을 거야. 그가 이제까지 해온 모든 일들은 이 유일한 목표를 이루기 위한 거야. 나를 쓰러뜨리는 것, 아니면 나를 없애는 것. 아직도 왜 그것이 그에게 그토록 중요한지 모르겠지만 말이야. 그는 이 세상이 균형을 잃기를 원해. 앨리슨, 그저 당신이나 내가 아니라, 이 세상이 말이야. 우리는 그의 광기 어린 계획이라는 기름 친 톱니바퀴 안에 낀 모래알들에 불과한 거야. 하지만 그 모래알들 역시 자유의지를 갖고 있지. 난 저자가 이기지 못하도록 내가 할 수 있는 최선을 다할 거야. 내 말 이해하지, 앨리슨? (그는 앨리슨을 꼭 끌어안았고, 앨리슨은 그의 몸이 전하는 따뜻한 온기를 느끼고는 끊임없이 눈물을 흘렸다. 제레미는 절대 그녀를 그냥 내버려두지 않을 것이다!) 내가 이길 거야. 당신을 위해서. 우리를 위해서. 이 세상을 위해서. 살아 있는 사람들의 세상을 위해서 말이야. 미카엘이 세상의 균형을 다시 잡아야 한다고 한 말은 옳아. 그러기 위해 십 년은 충분치가 않아. 사실 난 삼십 년조차 간신히 여유가 있을 거라고 생각해!"

제레미는 눈물에 젖어 짭짜름한 그녀의 부드러운 장밋빛 입술에 입을 맞추고, 그녀에게서 몸을 떼고 메피스토펠레스를 향해 몸을 돌렸다.

"좋아요. 결투를 받아들이겠어요. 미카엘?"

"푸른 천사장들 역시 받아들이겠소." 미카엘이 마지못해 대답했다. "만약 칸이 이기면 붉은 천사 측은 십 년 동안 두 세계를 지배하고, 우리가 이기면 푸른 천사 측이 삼십 년 동안 지배할 거요."

"언제 시작하죠?" 앨리슨과 함께 조금 더 시간을 보내고 싶어서 제레미가 메피스토펠레스에게 물었다.

"난 네 동료들이 나를 골탕 먹이는 것을 원하지 않아." 메피스토펠레스가 푸른 천사들에게 적의에 찬 눈길을 던지며 인상을 썼다. "그러니, 자, 지금 당장 하는 거야! 내셔널 파크 야구장에서."

제레미는 워싱턴의 유명한 야구 경기장인 내셔널 파크 구장을 알고 있었다. 그곳은 사만 좌석 이상을 보유하고 있어서 도시의 '현역' 천사들을 몽땅 다 수용하기에 충분했다.

곧바로 요란하게 바스락거리는 날갯짓 소리를 내며 천사들이 국회의사당 출구를 향해 날아갔다. 불과 몇 분 만에 온 도시에 결투에 대한 소식이 쫙 퍼졌다. 칸과 제레미, 두 천사장 중에 누가 더 센지, 둘 중 누가 천사의 세상을 푸른 천사 쪽으로 혹은 붉은 천사 쪽으로 기울게 할 수 있을지, 거기에 믿을 수 없는 사랑 이야기까지 더해져서 모두의 입에 회자되었다. 흥미진진한 요소들이 몽땅 다 합해져, 심지어 별로 활동을 하지 않는 천사들까지 끌어들일 정도로 흥분이 극에 달했다…….

미카엘은 제레미가 날아가느라 쓸데없이 힘을 낭비하고 싶지 않다고 해서 그를 안고 갔고(특히 제레미는 하늘을 비행하는 자신의 능력에 아직 확신이 없었으므로), 그 옆에서는 유리엘과 앨리슨이 날고 있었다. 경기장에 도착하자 그들은 거대한 잔디밭 한쪽에 내렸고, 메피스토펠레스는 칸과 함께 반대쪽에 도착했다. 내셔널 파크의 계단식 좌석은 불과 몇 분 만에 꽉 차버렸고 천사들은 여기저기 편하게 자리를 잡았다. 팝콘과 핫도그 장사도 빠지지 않았다. 소식을 듣고 자신의 귀를 믿을 수 없어 달려온 아인슈타인이 제레미와 앨리슨에게 다가왔다.

"소식을 듣자마자 달려온 거야. 아아, 세상에, 난 자네가 특별하단 걸 처음부터 알고 있었어! 그런데 어쩌다 이런 더러운 일에 연루된 건가?"

"나도 잘 모르겠어요." 제레미가 힘없이 미소를 지으며 대답했다. "하지만 당신이 옳았어요. 늙은 천사들과 어울리는 것은 그리 좋은 생각이 아니었어요…….”

믿을 수 없어 하는 아인슈타인에게 앨리슨과 제레미가 번갈아 가며 자신들의 불행한 사연을 털어놓는 동안, 천사장들은 대단한 일을 했다. 그들은 안개로 경기장을 가득 채웠다. 높이가 적어도 삼 미터는 되는, 푸른 빛과 붉은 빛이 도는 아주 빽빽하고 두꺼운 안개층으로 잔디밭을 완전히 덮었다. 그들은 선수들이 올라갈 수 있도록 시합장의 양쪽 옆에 계단도 꼼꼼하게 마련했다.

“저들이 뭘 하는 거예요?” 앨리슨이 너무 괴로워 두 손을 쥐어짜며 물었다. “이 안개들은 다 어디에서 왔어요?”

천사장들이 결투를 위해 경기장을 준비하는 동안, 그 옆에 있었던 테티셰리가 그들에게 설명해주었다.

“천사장들은 안개를 사용하기 위해 사람들 가까이 있거나 그들 위에 있을 필요가 없어. 그들은 안개를 불러올 수 있거든. 그렇게 안개를 불러 작업을 한 거야. 네가 보는 것, 저것이 워싱턴의 안개야. 물론 아주 일부지만. 지금은 선수 각자가 상대방을 함정에 빠뜨릴 때 안개를 사용할 수 있도록 터를 준비하는 중이지. 더 강하고 더 빠른 쪽이, 창살이나 칼날이 가득 박힌 구덩이 같은, 상대방을 꼼짝 못하게 할 수 있는 뭔가를 불러올 수 있을 거야.”

“상대방을 먹어 삼킬 수 있도록요? 그거예요?” 앨리슨이 바들바들 떨면서 물었다. “메피스토펠레스는 칸이 제레미를 먹어치우기를 바라는 건가요?”

“거짓말은 하지 않을게. 난 두 사람이 키메라의 결투를 관람했다는 걸 알고 있어. 칼리굴라도 키메라 중 하나였지. 그래, 메피스토가 결론적으로 원하는 건 칸이 제레미를 먹어치우는 거야……."

절망에 빠진 앨리슨은 더 이상 무엇을 해야 할지 알 수 없었다. 제레미는 마지막으로 앨리슨을 포옹한 다음, 열정적으로 키스를 하고는 그녀의 귀에 그녀만을 영원히 사랑한다고 속삭였다. 그러고 나서 당당하고 용감하게 고대의 원형 경기장과 비슷한 시합장을 향해 앞으로 나아갔다.

두 선수는 옷을 다 벗고 짧은 바지만 입었다. 따라서 결투 중에 생기는 아주 작은 상처도 즉각적으로 보일 것이다. 너무나 마음이 불안한 앨리슨은, 위압적인 칸의 옆에 서니 제레미가 얼마나 작아 보이는지 깨닫고 부들부들 몸을 떨었다.

계단식 좌석에 앉은 푸른 천사들도 붉은 천사들만큼 흥분한 것 같았다. 각 진영의 천사들은 자기네 도전자에게 용기를 북돋아주려고 고함을 질러댔다. 제레미는 시합장의 안개 위에 조심스레 한 발을 내디뎠다. 천사장들은 작업을 너무나 잘해놓았다. 바닥은 아주 단단해서 비틀거리거나 넘어지는 일은 없을 것 같았다.

이번에는 칸이 경기장의 다른 쪽에 발을 내디뎠다. 그 역시 안개를 시험해보더니 씨익 미소를 지었다. 두 선수 모두 무기는 없었다. 그들은 천사장이 지닌 힘을 사용해 재빨리 무기를 만들어야 했다. 제레미가 채 반응하기도 전에, 칸이 벌써 날아올라 붉은 매처럼 제레미 위로 덤벼들었다. 제레미는 살인자가 완전히 위로 달려오기를 기다렸다가 바로 직전에 옆으로 굴렀고, 칸은 구멍이 움푹 팰 정도로 심하게 안개 바닥에 부딪혔다. 제레미는 방어 자세를 취하며 뒤로 물러섰다. 칸이 음산하게 킬킬킬 웃었다. 제레미는 붉은 천사장이 만들어낸 날카로운 송곳니를 보고 오싹 소름이 끼쳤다. 칸이 다시 뛰어올라 맞붙어 싸우려 했지만, 제레미는 상대방이 자신을 건드리게 내버려둘 생각이 없었다. 그는 상대방이 무술 고수일 것이라 짐작했지만, 코너와 삼 개월간 함께한 무술 연습이 자신의 목숨을 구할 것이라고는 기대하지 않았다. 제레미 역시 천사장의 힘을 사용해 빠른 속도로 상대방을 피했다. 짜증이 난 살인자는 인상을 찌푸리더니, 안개를 크게 한 줌 잡아 변형시켰다. 그의 손에 날카로운 단검 세 자루가 나타났다. 제레미도 역시 빠르게 안개를 낚아채 방패를 하나 만들었다. 탁! 탁! 두 개의 단검이 제레미의 방어막을 뚫을 뻔하며 그의 코앞 일 밀리미터 앞에서 멈췄다. 순간, 세 번째 단검이 제레미의 옆구리를 깊이 베었고, 그는 고통스러운 비명을 질렀다.

"칸, 첫 번째 공격 성공!" 열광적인 붉은 관중 덕분에 신난 메피스토펠레스가 부르짖었다.

바보같이 당한 게 화가 난 제레미는 상처로 고통스러웠음에도 갑작스러운 공격을 시도했다. 방패를 그물로 만들어 휙 던지자, 이번에는 칸이 깜짝 놀라 반밖에 피하지 못했다. 순간적으로 제레미가 칸에게 달려들며 주먹질을 하면서 자신의 옆구리에 박혀 있던 단검을 그 주인에게 꽂았다. 살인자는 칼로 가슴이 꿰뚫리는 상황은 가까스로 피했지만, 피를 흘리며 뒤로 펄쩍 물러섰다.

“제레미, 두 번째 공격 성공!” 이번에는 푸른 천사들의 환호에 응답하며 미카엘이 외쳤다.

제레미가 박수갈채에도 주의가 흐트러지지 않자, 상대방은 몹시 비열하게 인상을 찡그리며 입술을 들어 올려 뾰족한 송곳니들을 드러냈다. 제레미는 안개를 모아 다시 칸한테 달려들어, 칸이 새로운 무기를 만들 시간을 주지 않았다. 상대방에게 달려들면서 제레미는 테티셰리가 했던 말을 기억해냈다. 천사장들은 안개를 사용하기 위해 꼭 안개를 만질 필요는 없다는 말을. 그렇다면 잘 집중만 한다면…….

곧바로 제레미의 부름에 답해 칸의 등 뒤에 커다란 벽이 불쑥 솟아났다. 양손에는 이제 반쯤 만들어진 장검을 든 칸이 제레미의 공격을 피해 뛰어넘으려다가, 그 장벽에 아주 세게 부딪혔다. 제레미는 그 틈을 이용해 칸이 당황하도록 주먹을 계속 날리며 다시 싸움을 시작했다. 하지만 제레미는 금세 자신이 큰 실수를 저질렀다는 것을 깨달았다. 칸은 이 미터가 훌쩍 넘는 키에 신체적으로 그보다 훨씬 강했기 때문에, 주먹으로 그를 때릴 때마다 그 충격이 제레미를 뒤흔들었다……. 젊은 천사장은 달리 선택의 여지가 없어서 공격을 중단하고 믿을 수 없는 높이로 펄쩍 뛰어올라 뒤로 물러섰다.

결투가 진행되면서 두 사람 모두 상처를 많이 입었다. 둘 다 온통 피로 얼룩졌기 때문에 천사장들은 더 이상 승점을 세지 않았다. 제레미의 발길질에 송곳니 하나가 부러졌지만, 칸은 아직 에너지가 넘치는 것 같았다. 제레미는 손바닥에 뭔가를 숨기고 있다가 자극하는 미소를 지으며 칸에게 가까이 오라는 신호를 했다. 칸은 자신이 만든 조잡한 장검을 들고 제레미를 베어버릴 준비를 했다. 그때 갑자기 제레미가 새총을 쐈다. 안개로 만든 돌멩이가 정확하게 칸의 두 눈 사이에 명중했다. 미간 한복판에 돌멩이를 맞아 정신이 없는 거인이 잠시 비틀거리더니, 피가 철철 흐르는 이마에 믿을 수 없다는 듯 손을 갖다 댔다. 제레미는 쾌재를 불렀지만 칸이 그저 비틀거리는 걸로 끝나자 약간 실망했다. 그는 진심으로 칸이 쓰러지기를 바랐던 것이다.

"자, 덩치야, 넌 골리앗에 맞선 다윗 얘기도 못 들었나? 결국에 누가 이겼는지 맞춰볼래?"

칸이 짐승처럼 울부짖으며 다시 제레미에게 달려들었지만, 살인자는 원초적이고 증오에 찬 힘밖에 없었고 제레미는 우아하고 민첩하게 대응했다. 유도로 단련한 것이 큰 도움이 됐다. 제레미는 공격을 교묘하게 피하고 펄쩍 뛰어오르며 상대방과 약간 거리를 두었다. 제레미는 최선을 다했다. 민첩하고 치명적인 무기인 장검이 그를 여러 군데 스쳤고, 베인 상처들은 지독히 고통스러웠음에도.

별안간 칸이 행동을 멈추고 제자리에 서서 제레미를 향해 손을 내밀었다. 제레미가 깜짝 놀란 사이, 제레미의 발밑에서 바닥이 움직이기 시작했다. 현기증이 날 정도로 아주 빠르게 뾰족한 안개 말뚝들이 바닥에서 솟아올랐다. 제레미는 절망적인 몸짓으로 몸을 굴려 간신히 피했지만, 말뚝 하나가 그의 허벅지를 찔렀다. 극도로 흥분한 관중이 더욱 격렬하게 소리쳐대기 시작했다. 제레미는 다리를 절뚝거렸고 많은 피를 흘렸다. 칸이 그를 보고 비웃었다. 그리고 다시 시작이었다. 기진맥진하고 창백해진 제레미는 사방에서 솟아올라 자신을 잔인하게 공격하는 말뚝들을 피하기 위해 이리저리 뛰어올랐다. 기운이 점점 쇠퇴하는 가운데 남은 힘을 끌어모아 제레미는 돌연 칸을 향해 몸을 돌렸고, 이번에는 그가 칸을 향해 손을 내밀었다. 거인의 발밑에 있던 바닥이 갑자기 사라졌다. 제레미가 아주 깊은 구멍을 만들었고 칸은 구멍 안으로 떨어져 보이지 않았다. 딸깍하는 메마른 소리와 함께 쇠창살이 구덩이를 닫았다. 피범벅이 된 제레미가 구덩이로 다가갔다. 마침내 그는 적을 가두는 데 성공한 것이다. 됐어. 그럼 이제 어떻게 하지?

제레미는 그 질문을 오래 품고 있을 여유도 없었다. 일찍이 들어본 적 없는 무시무시한 울부짖음을 뱉어내며 칸이 쇠창살을 으스러뜨리고 구덩이 밖으로 튀어나왔다. 살인자가 한쪽 다리에 상처 입은 것을 제레미가 흘깃 보았나 싶었는데, 칸이 벌써 그를 움켜잡고 목을 조르기 시작했다. 천사들은 호흡할 필요가 없었으므로 그 공격은 무의미한 것이었다. 제레미는 즉시 칸의 두뇌가 이제 폭력적인 본능만을 허락할 뿐, 이성은 저버렸다는 것을 깨달았다. 지상이었다면 물론 칸이 확실히 결판 지었을 것이다. 제레미는 몸부림을 쳤다. 그러자 살인자가 송곳니를 드러내고 그의 목을 물었다.

제레미는 고통스러운 비명을 참을 수가 없었다.

동시에 그는 힘이 쭉 빠지는 것을 느꼈다. 목을 물면서 칸이 뭔가 힘을 약하게 하는 독 같은 것을 주입했다는 생각이 들었다. 미칠 듯이 뛰어대는 심장 소리와 침이 꿀꺽거리며 넘어가는 소리, 무언가를 빨아들이는 무시무시한 소음들 너머 돌연 앨리슨의 목소리가 울려 퍼졌다. 마치 그녀가 머릿속에 있는 것처럼.

"제레미, 그것은 진짜 육체가 아니야. 당신의 육체는 진짜 육체가 아니라고!"

벼락을 맞은 듯 제레미는 순식간에 깨달았다. 피투성이가 되어 끔찍해 보이는 겉모습과 고통에도, 그의 육체는 안개로 된 것일 뿐이었다. 진짜 육체가 아니었다. 그의 진짜 몸은 죽으면서 사라졌을 것이다. 이 새로운 몸은 그의 영혼이 만들어낸 것이었다. 날개를 가진 천사들처럼 그도 원하는 것을 만들 수가 있었다…….

제레미는 눈을 감고 변신하기 위해서 정신을 집중했다…….

…… 물로 변신하기 위해서.

물이 된 제레미는 피범벅이 된 칸의 손아귀에서 돌연 빠져나와, 믿을 수 없게도 자신이 만들어놓은 구멍으로 흘러 들어갔다. 살인자가 분노로 비명을 지르며 그를 따라 구덩이로 뛰어들었다. 제레미를 먹어치우겠다는 생각에 사로잡힌 칸은 게걸스럽게 그를 마시기 시작했다.

젊은 푸른 천사장은 이런 상황을 예상했던 듯 물에서 다시 염산으로 변했다. 물론 칸의 배 속에서 말이다. 지독하고 강렬한 염산은 즉시 살인자를 녹이기 시작했고, 그는 도망갈 수도 움직일 수도 없는 상태에서 고통스럽고 불쾌한 비명을 질러댔다.

죽음 같은 침묵이 관중을 덮었다.

제레미는 또 하나의 교훈을 얻었다. 천사를 죽이는 단 한 가지 방법은 완전히 사라지게 하는 것이라는 사실을. 제레미는 자신을 먹기 위해 송곳니를 키워왔던 칸과는 반대로, 자신은 칸을 절대 먹지 않으리라고 생각했다. 그는 키메라가 되고 싶지 않았다.

그러나 그 광경을 조용히 지켜보던 메피스토는 제레미가 칸을 먹어치우고 붉은 천사장으로 변하기를 내심 바라고 있었다…….

몇 초 후, 모든 것이 끝났다. 이제 칸은 완전히 사라지고 아무것도 남지 않았다. 온 힘을 다해 제레미는 자신의 몸을 다시 만들었고, 힘들게 구덩이 밖으로 빠져나왔다.

갑자기 경기장이 함성으로 폭발했다. 환호성이 파도처럼 제레미에게 전달되었다. 천사들은 젊건 늙건, 푸르건 붉건, 모두 자리에서 일어나 미친 듯이 박수갈채를 보냈다. 제레미는 정신을 차리지 못할 만큼 지쳐 있었지만 그들에게 인사를 했다. 그는 천사들에게 흥미로운 볼거리를 제공한 것에 만족했지만, 무엇보다 그가 원한 것은 앨리슨과 침대였다. 이번만은 반드시 그 순서가 아니어도 좋았다.

돌연 푸른 파도가 그를 둘러쌌다. 그 파도는 그의 힘을 다시 새롭게 되살리고 상처를 말끔히 치료했다. 제레미는 푸른 천사장들을 향해 고개를 들어 감사의 뜻을 표시했다. 계단식 좌석에서 앨리슨이 경기장까지 질풍처럼 달려오는 것이 보였다. 그녀가 그의 품으로 뛰어들었다. 그녀는 감동에 휩쓸려 울면서 웃었다.

"오, 신이시여, 오, 신이시여! 난 너무나 무서웠어!"

"나는 그래도 제레미라 불리는 게 좋아." 젊은 천사장이 농담을 했다. "신이라니, 좀 어색하잖아."

"바보!"

"꼭 알아야겠어! 신이야, 바보야?"

행복한 앨리슨은 그를 꼭 껴안았고, 더 이상 아무것도 중요한 건 없었다.

하지만 단지 몇 초 동안이었다. 메피스토펠레스가 형용할 수 없는 분노에 휩싸여 그들 앞에 나타난 것이다. 제레미는 다른 농담을 앨리슨에게 던지려다가 말이 목구멍에 탁 걸려버렸다.

"왜 그를 먹지 않는 거냐?" 괴물이 으르렁거렸다. "그를 먹으면 엄청난 힘이 생긴단 말이다!"

"바로 그게 당신이 원하는 것이니까요, 메피스토! 당신은 칸이 나만큼 강하지 않다는 것을 알고 있었고, 그가 본인의 육체와 안개에 완전히 숙달하지 못했다는 것도 알고 있었어요. 당신은 내가 그를 먹기를 바랐던 거죠. 그건 칸이 아니라 다른 천사라도 상관없었겠죠. 내가 칸을 절반이라도 삼켰다면 난 붉은 천사장이 되었을 거예요. 내가 붉은 색깔로 바뀐 것을 알게 되면, 난 그를 뱉어내 목숨은 살려줬겠죠……. 그렇게 되면 결국 당신은 두 명의 붉은 천사장을 갖게 됐을 거예요. 그중 한 명은 몸이 반 정도로 작아졌겠지만……."

메피스토펠레스가 깊게 인상을 썼다.

"널 타락시키는 것은 정말 쉽지가 않구나, 젊은 천사장."

그가 몸을 숙여 제레미의 얼굴에 뜨거운 숨결을 불었다.

"우리 둘은 아직 끝난 게 아니야. 제레미 갈보, 우리는 다시 만날 거야, 곧! 약속하마!"

제레미나 푸른 천사장들이 뭐라고 응수하기도 전에 그는 휙 날아가버렸다.

천사들은 열정적으로 토론을 벌이며 한둘씩 야구장을 떠났다. 천사장들은 경기장에 모아둔 안개를 흩뜨리고, 제레미의 승리를 축하하기 위해 만다린 오리엔탈 호텔로 돌아가기로 결정했다. 제레미는 단지 칸과 메피스토펠레스의 결투에서만 이긴 것이 아니었다. 그가 이기면서 인간들을 위한 유예 기간을 삼십 년 번 것이다. 푸른 천사들은 삼십 년이라는 시간을 붉은 천사들이 나쁘게 만들어놓은 것들을 고치는 데 쓸 것이다. 젊은 천사장의 눈에는 이것이 가장 아름다운 승리였다. 붉은 천사장을 제거하면서 제레미는 자신이 천사들 세계의 균형을 뒤흔들었다고는 생각하지 않았다. 몇 세기 전부터 따져보니, 처음으로 붉은 천사장 네 명에 푸른 천사장 다섯 명이 대립하는 구도가 된 것이다. 선이 우세했다.

푸른 천사장들은 행복감에 젖었고, 워싱턴에는 믿을 수 없는 환희와 승리의 감정이 퍼졌으며, 그 감정을 인간들도 느꼈다. 며칠 동안 그들은 국회에서 통제된 상황을 풀었고 대통령에게 더욱 공정하게 일하도록 허용했다. 시간이 필요했지만 조금씩 인간 세상은 나아질 것이었다.

그 후 이어진 몇 주 동안, 오랜 독재자들이 전 세계 여기저기에서 무너졌고, 혁명의 바람이 일어났으며, 민중은 그들의 권리와 자유를 찾기 위해 투쟁했다. 확실한 것은 푸른 천사장들이 소매를 걷어붙이고 진지하게 일을 했다는 것이다…….

제레미는 푸른 천사장들이 보내주었던 치유의 파도에도 불구하고 아주 지쳐 있었다. 그는 결투가 끝나고 몇 날 며칠을 앨리슨과 침대에서 보냈다. 앨리슨은 그가 그렇게 피곤하지는 않다고 생각했다……. 그날 이후 제레미는 살아 있는 전설이 되었기 때문에(그러니까, 사실은 죽은 전설), 푸른 천사들이건 붉은 천사들이건, 그들을 축하하겠다고 찾아오는 방문객들에게 끊임없이 방해를 받았다. 결국 그들은 약간 뒤로 물러나 있기로 결정했다. 그 전에 제레미는 두세 가지 중요한 일을 처리할 것이 있었다.

우선 어머니를 찾아갔다. 벤투지가 자신의 죄를 고백하자, 클레르는 남편이 아들의 살인 사건에 아무런 책임도 없다는 것을 알게 됐다. 제레미는 프랭크 타치니에 대한 어머니의 감정이 확고해지도록 애썼다(음, 물론 마음에서 우러나온 것은 아니었지만, 어머니는 행복해져야 마땅했으니까). 제레미는 동시에 테티셰리에게 간단한 조사를 부탁했는데, 그녀는 제레미에게 도움을 주게 되어 무척 기뻐했다. 그는 여동생을 괴롭혔던 그 붉은 천사가 실제로 타치니의 경호원에게 살해당했으며, 그래서 그가 타치니를 살해하려 했다는 것을 확인했다. 클레르는 이 사실에 대해서는 아무것도 알지 못하는 것이 확실했다. 새아버지가 좋지 않은 사업들을 청산했다는 소식을 들으며, 제레미는 이제부터라도 가족들이 모두 안전하기를 진심으로 바랐다.

게다가 제레미는 클라크가 프랑켄슈타인을 안젤라에게 맡기도록 부추겼다. 그 귀여운 강아지는 모델의 아파트보다 넓은 저택에서 사는 게 훨씬 행복할 테니까. 안젤라는 즉시 열렬한 사랑에 빠졌다. 강아지와 클라크 둘 다에게 빠진 것이다. 고통으로 구겨졌던 소녀의 작은 얼굴이 다시 웃음을 되찾았다. 안젤라는 절대 제레미를 못 잊겠지만, 오빠를 대체할 수 있는 클라크라는 인물을 찾아낸 것이다. 고맙게도 클레르가 클라크에게 안젤라의 오빠가 되는 것을 허락해주어 클라크 역시 앨리슨을 잃은 상처를 치료할 수 있었다 (음, 이번 역시 제레미가 어머니를 약간 부추기긴 했다).

감옥에 들어간 벤투지는 얼마 지나지 않아 자신이 발표한 암 치료제가 피터에게 아무 소용도 없다는 사실을 알게 되었다. 그의 아들 피터는 아주 완벽히 건강한 상태라는 것이 밝혀졌던 것이다. 벤투지가 화가 뻗쳐 질러대는 고함 소리가 앨리슨을 많이 위로해주었다. 그녀는 더 이상 그에게 살해당한 것을 원망하지 않았다. 덕분에 그녀는 완벽한 행복을 경험하게 되었으니까. 그렇다고 그것이 벤투지가 벌 받는 것을 보는 즐거움을 방해하지는 않았다…….

마지막으로 제레미의 마음에 걸리는 것이 한 가지 있었다…….

인간들에게 조화로운 삶을 되돌려주느라 아주 긴 하루를 보낸 다음, 제레미와 앨리슨은 편안히 휴식을 취했다. 제레미는 앨리슨의 목에 수십 번 입맞춤을 하며 행복해하다가, 느닷없이 앨리슨에게 묻고 싶은 질문이 하나 떠올랐다.

"경기장에서 죽어가고 있을 때 당신 목소리가 들렸어. 내 머릿속에서. 당신이 내 목숨을 구한 거야. 그때 어떻게 한 거야? 나한테 그런 말을 해야 된다는 것을 도대체 어떻게 알았지? (제레미가 그녀를 약 올렸다.) 혹시 숨은 천사장 아니신가?"

앨리슨이 하늘로 고개를 들었다.

"와우, 오예, 고마워! 그런데 무슨 일이 있어도 난 천사장은 되고 싶지 않네! 아냐, 당신을 구한 건 내가 아니야. 릴리였어."

제레미가 깜짝 놀라 몸을 일으켰다.

"릴리?"

앨리슨이 미소 지었다.

"그래. 당신과 그녀의 잠자리를 내가 용서할 준비가 안 됐다고 얘기했던 것 기억나?"

제레미는 침을 꿀꺽 삼켰다. 그는 이 이야기가 끝나지 않았나 보다고 생각했다.

"으음, 사실 난 당신을 용서했어. 아니, 그것보다 한 단계 더 나아가 당신을 칭찬해줘야겠어. 당신이 우리의 팜므 파탈한테 큰 영향을 미쳤더라고. 당신이 죽어가는 것을 보자, 릴리가 거의 반쯤 미쳐서 나를 찾아왔어. 그리고 진심으로 서로 사랑하는 두 천사는 '접속'할 수 있다고 말해주더군. 당신이 하고 있는 결투는 육체적인 것이 아니라고 내가 당신한테 알려줘야만 한다는 거야. 그래야 당신이 칸을 육체적으로 이길 수 있다는 거지. 난 그녀의 말에 따랐어. 그게 제대로 먹혀 들어간 거야! 당신은 그녀에게 목숨을 빚졌어……."

제레미가 자신의 다섯 손가락에 숨을 불더니, 아주 만족한 표정으로 가슴을 문질렀다.

"당신 뭘 원해? 내 사랑, 뭐든지 말해봐. 난 섹스 머신이니까!"

앨리슨이 투덜거렸다.

"이번에는 당신이 옳았다고 하자. 그렇지만 미리 말하는데, 젊은 푸른 천사님, 또 그런 짓을 한다면 산 채로 당신 가죽을 벗길 거야. 당신이 최고의 천사든 아니든 상관없어, 아셨어?"

제레미는 그녀를 넘어뜨리고는 앨리슨의 아름다운 푸른 눈을 너무나 사랑스럽게 바라보았다.

"앨리슨, 당신밖에 없어. 지금도 그리고 영원히, 사랑해."

며칠 후, 앨리슨과 제레미가 인류의 행복에 정진하느라 여전히 지쳐 있는 것을 확인하고, 미카엘은 그들에게 휴가를 주어야 한다고 천사장들에게 의견을 제시했다. 이 의견에 아무도 반대하지 않았다. 저승에서 '휴가'라니, 앨리슨과 제레미는 좀 이상하다고 생각했지만 그래도 그 의미에 대해서는 좋게 받아들였다. 그들은 바닷가에 자리한 반쯤 빈 매혹적인 호텔로 갔다. 장소는 완벽했다. 그들은 비어 있는 침실들을 사용하는 동시에 휴양객들에게서 맑은 안개를 받을 수 있었다. 사랑에 빠진 두 연인은 근처에 있는 농촌 마을을 오랫동안 산책했고, 이제 서로 몇 분만 떨어져도 견딜 수 없다는 사실을 깨달았다. 두 사람의 마음이 하나로 확실하게 합치됐다는 사실이 너무나 아름다워, 그들은 날마다 더욱 경탄했다.

어느 날 아침, 아인슈타인이 느닷없이 그들을 찾아왔다. 여느 때보다 더 투덜거리며 아인슈타인은 두 사람이 너무 그리웠다고 털어놓았다. 앨리슨과 제레미는 자신들의 평화로운 행복에 기꺼이 그를 받아들였다.

향기로운 초원을 한가로이 거닐던 어느 날, 아름다운 꽃들 앞에서 넋을 잃고 서 있던 알베르트가 그들에게 옛날이야기를 털어놓았다. 그가 수면에 떠 있는 꽃가루를 보고, 브라운 운동과 미립자의 존재를 증명했다는 것이다. 그 얘기를 하다가 알베르트가 느닷없이 바닥에 미끄러졌다. 앨리슨은 웃음을 터뜨렸다. 이 완벽하게 행복한 순간에 물리학자 소년이 바닥의 흙덩어리도 못 보고 미끄러지다니. 제레미도 알베르트의 시선을 따라 하늘을 바라보았다.

제레미가 하늘에서 발견한 것은 그를 혼란에 빠뜨렸고, 심장은 미친 듯이 빨리 뛰기 시작했다.

거기에는 구름을 뚫고 나타난 거대하고 붉은 얼굴이 있었다. 남녀 양성이 다 드러나 극단적으로 아름다운 그 얼굴은 제레미를 곤으스러뜨릴 벌레처럼 바라보았다.

햇빛 때문에 잠시 안 보였다가 순간, 거대하고 숭고한 푸른 얼굴이 나타나더니 그를 따뜻하게 바라보았다…….

마지막으로 그 푸른 얼굴이 제레미에게 한쪽 눈을 찡긋했다.

작가의 말

2002년 5월, 내가 초기 플랑드르파의 그림을 굉장히 좋아한다는 것을 아는 멋진 내 남편이 아이들과 나를 데리고 2002년 브뤼헤에서 열린 「얀 반 에이크, 초기 플랑드르파와 남부 화가들」 전시회에 갔다.

너무나 황홀했던 나는 하나같이 전부 다 훌륭한 백여 점의 그림들 사이를 그야말로 헤매고 다니며 즐거움을 만끽했다. 그 전시회의 목적은 어떤 면에서는 프랑스와 이탈리아에, 또 어떤 면에서는 스페인과 포르투갈에 영향을 미친 가장 위대한 화가들을 보여주는 것이었다.

판 데르 베이던, 한스 멤링, 프라 안젤리코와 또 다른 화가들의 그림을 탐욕스레 눈에 담다가, 갑자기 난 안트워프에 있는 미술관에서 전시를 준비 중인 놀라운 그림 한 점과 맞닥뜨렸다. 그것은 그 시기에 활동한 위대한 프랑스 거장들 중 한 명인 장 푸케의 「믈룅 성모 마리아」였다. 아기 예수를 무릎에 앉힌 성모 마리아가 짙푸른 드레스를 입고, 가슴 부분의 옷을 잘라 그 위로 비현실적으로 하얀 가슴 한쪽을 드러낸 그림이었다. 그녀는 조형적인 표정을 한 붉은 아기 천사들과 푸른 아기 천사들에 둘러싸여 있었다. 15세기에 말이다! 나는 완전히 매혹되었다.

갑자기, 벼락을 맞은 것처럼 뚜렷한 어떤 생각이 나를 강타했다. 그때 떠오른 생각은 천사들이 지닌 영혼은 붉은색과 푸른색, 두 가지 색깔이라는 것이었다. 두려움이나 증오처럼 부정적이고 난폭한 감정들은 붉은색이고, 기쁨이나 사랑과 같이 긍정적인 감정들은 푸른색이라는 확신이 들었다.

그림 앞에 서서 나는 계속 생각에 생각을 거듭했다(한 시간 이상을 그 앞에 서 있는 바람에 아이들과 남편은 아주 지루해했다). 이런 감정으로 천사들은 무엇을 할까? 대답은 명확했다. 그들은 그 감정을 먹는 것이다. 당연히!

종종 그렇듯이 이 소설은 시각적인 충격이 내 머리까지 전달되면서 잉태되었고, 마침내 천사들이 살고 있는 기묘한 세계가 태어났다…….

소피 오두인 마미코니안